작품 유형으로 본 가사문학사

최초의 가사들

작품 유형으로 본 가사문학사

최초의 가사들

최상은 지음

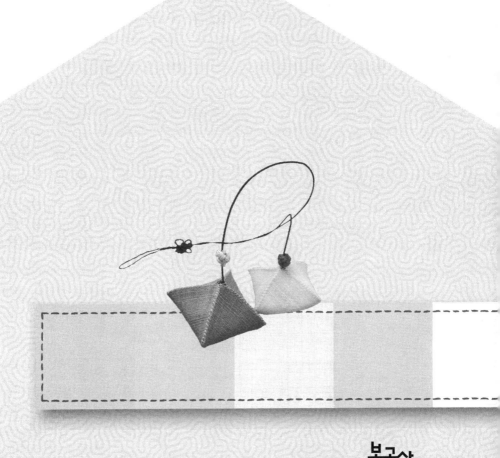

보고사
BOGOSA

이 책은 한국가사문학관의 출판 지원으로 발행되었음.

국문학사상에서 '최초의 작품'은 단순히 '맨 먼저 나온 작품'이라는 의미만을 지닌 말이 아니다. 문학의 갈래나 작품 유형에서 최초의 작품은 문학사의 크고 작은 변화의 기점이 된다는 점에서 큰 의의를 지닌다. 왜냐하면, 전에 없던 갈래나 유형의 시작을 알리는 첫 작품은 문학사의 흐름이 더 넓어지고 커지는 시발점이요, 굽이치는 변곡점이기 때문이다.

최초의 작품은 어느 날 갑자기 불쑥 나타나는 것이 아니다. 새로운 갈래나 유형이 문학사에 등장하기까지는 일반적으로 전사前史가 있다. 기존의 문학을 발전시키고 지속시켜 나가고자 하는 힘과 변화를 요구하는 힘이 공존하면서 투쟁해 나가는 역학관계 속에서 새로운 갈래와 유형이 형성된다. 그 전사는 오랜 기간에 걸친 것일 수도 있고 특별한 역사적 사건일 수도 있다. 따라서 문학사를 파악함에 있어서는 지속과 변화, 공존과 투쟁의 역학관계를 균형 있게 살펴야 한다. 특히 최초의 작품은 그런 역학관계 속에서 이해해야 그 문학사적 의의를 제대로 평가할 수 있다.

고려 말 선승들의 한시 중 정격에서 벗어나, 글자 수가 일정치 않은 긴 형식의 민요를 닮은 작품이 다수 등장하고, 신흥사대부의 한문학에 사부가 이 시기에 집중적으로 창작된 것 등이 가사 발생의 전사라 할 수 있다. 다시 말하면, 한시의 격식을 벗어나 민요적 성격을 지닌 노래, 장편의 서술적 진술방식과 교훈적 성격을 지닌 한문학의 성행은 연속체 장편시가인 가사 발생의 원천이 되었다고 할 수 있다. 고려 말의 선승이나 신흥사대부는 이념적으로 위기의식을 느끼면서 개혁의지를 불태우고 있었던 상황이라 자신들의 정서를 토로하고 독자에게 교화를 펼칠 문학의 필요성을 절감, 기존의 문학에 자신들의 미의식을 보태 이러한 작품들을 창작했을 것으로 보인다.

이러한 과정을 거쳐 선승 혜근의 〈서왕가〉, 신흥사대부 신득청의 〈역대전리가〉와 같은 이념가사들이 가사의 시대를 열었다. 그런데 성리학을 이념으로 하는 신흥사대부가 조선을 건국함으로써 선승의 불교가사는 극도로 위축되고 사대부가사는 다양한 유형으로 발전을 거듭하여 사대부층의 주류 문학이 되었다.

이 책은 발생기인 고려 말에서부터 쇠퇴기인 조선 말까지 창작된 가사문학의 유형별 최초 작품에 대하여 각각 논의하고 가사문학사를 간추려 본 결과물이다. 유형분류는 수없이 산재해 있는 개별작품들을 공통점 중심으로 묶어 나가는 작업으로서 개별작품을 체계적으로 이해하기 위한 하나의 과정이다. 그런데 유형분류는 일정한 원칙이 있어서 따르면 되는 것이 아니라 연구자에 관점에 따라 얼마든지 달라질 수 있다. 이 책에서 다룬 29가지의 유형은 기존연구들을 최대한 참고로 하고 필자의 관점을 보태서 분류한 결과이다.

그동안 작품 유형 분류는 다양하게 이루어졌지만 주로 공시적인 분포양상을 살피는 데 주안점을 두고 있어서 그 문학사적 의의를 체계적으로 밝히는 데는 한계가 있었다. 이 책에서는 유형별 최초작품의 작품세계를 분석하면서 작가를 소개하고 그 유형의 시대별 지속과 변모 양상을 살폈다. 마지막 논문에서는 이러한 개별 유형에 대한 논의를 토대로 시대별 유형분포 양상과 역사적 흐름을 살펴 그 문학사적 의의를 밝혔다.

이 책에서 다룬 '최초의 가사들'은 한국가사문학관에서 발행하고 있는 계간지 『오늘의 가사문학』 제1호에서 제30호까지 연재한 글들이다. 유형별 최초의 작품을 논의한 글이 29편이고, 마지막으로 이 글들을 토대로 가사문학사를 간략하게 정리해 본 것이 1편이다. 유형별 최초 작품에 대한 논문은 게재 순서와 관계없이 작품 연대순으로 재배열하고 내용을 수정해서 실었다. 29가지로 제시한 이 책의 유형분류는 완벽한 체계를 갖춘 것은 아니지만, 가사문학사의 큰 흐름을 형성한 유형은 대부분 포함하고 있다고 본다.

이 책에 실린 글들은 계간지 『오늘의 가사문학』이 있었기에 지속적으로 발표될 수 있었다. 전라남도 담양군 가사문학면 지곡리에 위치한 한국가사문학관에서는 가사문학학술진흥위원회를 구성하여 가사문학 연구와 현대화에 심혈을 기울이고 있다. 가사문학 데이터베이스 구축과 『오늘의 가사문학』 발간, 가사문학전국학술대회·한국가사문학대상 공모전·가사문학 청소년 유튜브제작대회·가사문학전국낭송대회·전국청소년가사시 랩페스티벌·인문학 교육강좌 등 다양한 프로그램을 연중 실시하고 있다. 이런 사업은 담양군의 적극적인 지원으로 가능한 것이었다. 한국가사문학관을 산하기관으로 건립한 이래 지속적인 지원을 아끼지 않고 있고, 2019년에는 관내 행정단위인 '남면'을 '가사문학면'으로 개명하여 가사문학에서 지역의 정체성을 찾으려는 노력까

지 보여주고 있는 담양군과 모든 사업을 열정적으로 실행하고 있는 한
국가사문학관에 경의를 표한다. 또한, 한국가사문학학술진흥위원회 위
원장으로서 한국가사문학관에서 실시하고 있는 가사문학 관련 사업들
을 기획·주관하면서 필자에게 '최초의 가사들'을 기획주제로 연재하자
는 아이디어를 제공하고 원고를 의뢰해 준 최한선 교수님께 감사의 말
씀을 드린다.

2022년 3월
최상은

차례

최초의 불교가사 〈서왕가〉

중생 교화 비원의 노래

작가 혜근의 삶과 문학

혜근惠勤(1320~1376)은 속성이 아牙 씨이고 법명은 나옹懶翁이다. 아버지는 종7품 선관서령善官署令 아서구牙瑞具이다. 일찍이 출가하려 했지만 부모의 반대로 뜻을 이루지 못하다가 20세 때 이웃에 사는 친구의 죽음을 보고 삶에 회의를 느껴 문경에 있는 공덕산 묘적암妙寂庵의 요연了然 선사禪師를 찾아가 출가했다.

출가 후 전국 유명 사찰을 두루 돌아다니면서 수행하다가 25세에 양주 천보산 회암사檜巖寺에서 크게 깨달았다고 한다. 28세에는 원元나라에 건너가 인도승 지공指空을 만나 2년간 수도하고 귀국했다. 36세 때는 원나라 순제順帝가 연 법회에서 설법을 하고 금란가사金襴袈裟를 하사받기도 했다. 이처럼 여러 차례 원나라를 오가며 지공 등 여러 승려들을 만나며 법력을 쌓았다. 39세에 다시 귀국, 40세 때는 공민왕의 명으로 내전에서 설법을 했다. 이후 여러 사찰에 머물렀는데 왕의 신임이 두터워 50세 되던 1371년에는 공민왕의 왕사王師로 봉해지고 왕명에 따라 오래 머물던 회암사를 떠나 송광사로 옮겼다.

그러다 57세 때인 1376년에는 회암사를 중수하고 낙성법회를 열 때에는 경향 각지에서 수많은 군중들이 모여들었다. 이를 우려한 관부官府에서 관리를 보내 해산시키고 관문을 닫았는데도 막을 수 없을 정도였다고 한다. 그 정도로 혜근은 당시 민중들의 추앙을 받고 있었다. 본의 아니게 이런 정치적 상황에 직면한 혜근은 결국 밀양의 영원사瑩源寺로 추방당해야 했다. 이때 혜근은 이미 병이 든 상태라 밀양으로 내려가던 중 여주 신륵사에 머무르다가 거기서 입적했다. 혜근은 자초自超·지천智泉 등 수많은 제자를 두어 조선 불교의 기반을 마련했다. 저서로는 『나옹화상어록懶翁和尚語錄』 1권과 『나옹화상가송懶翁和尚歌頌』 1권이 전한다.

혜근은 조계종의 승려로서 원나라에 가서 인제종의 선풍을 받아들여 고려 불교를 중흥시키려 했다. 그러나 나라 안팎으로 극도로 혼란한 정국이 펼쳐지는 가운데 신돈辛旽의 발호로 불교의 폐단에 대한 비판이 가중되는 고려 말의 상황은 혜근의 입지를 어렵게 만들었다. 이런 상황에서 혜근은 왕사로서 국가 정책에 적극적으로 관여하기보다는 불사佛事를 일으키고 민중들을 교화하는 데 힘을 썼다.

혜근의 이런 이념적 성향은 그의 문학에서도 잘 드러난다. 혜근은 300여 편의 선시禪詩·염불송念佛訟·가송歌頌을 남겼다. 선승으로서의 깨달음을 노래한 한시 작품도 많지만 누구보다 민중을 위한 우리말 가송을 많이 지었다. 규범적인 한시 형식의 선시 외에 형식이 일정치 않는 장편시 〈나옹삼가懶翁三歌〉(백납가百衲歌, 고루가枯髏歌, 영주가靈珠

歌)와 이두로 기록되어 있는 〈승원가僧元歌〉, 가사문학의 효시로 알려진 〈서왕가西往歌〉, 〈심우가尋牛歌〉, 〈낙도가樂道歌〉 등이 그런 작품들이다. 나옹삼가와 〈승원가〉는 원래 우리말 노래였는데 한역하고 이두로 표기한 것으로 그 형식은 〈서왕가〉와 같은 가사歌辭였을 것으로 추정하고 있다. 이런 작품들은 모두 민중들을 위한 교화의 시편들이거나 민중과 함께 깨달음에 이르고자 노력한 혜근의 정서를 노래한 작품들이다.

불교문학의 전통과 불교가사의 전개

삼국시대에 들어온 불교는 오랜 세월 우리나라 사람들의 주 이념이 되었다. 고대로부터 전해오던 토속신앙과 융화된 불교는 고려시대까지 국시國是가 되어 우리나라 사람들의 정신세계를 이끌어 왔다. 그런 만큼 불교는 우리나라 문학의 작품세계를 형성하는 터전이 되었다고 할 수 있다.

불교문학의 주류는 승려들의 작품이다. 고구려와 백제의 불교문학은 기록으로 남아 있는 것이 거의 없지만 신라의 경우는 원효와 의상을 비롯하여 많은 승려들의 작품이 전해오고 있다. 일반 문인들의 문학에 비해 이른 시기에 높은 수준의 작품들을 내놓았다. 우리나라 불교는 한문으로 전래되었기 때문에 불교문학 역시 한문학이다. 시의 경우는 기존의 한시 형식을 따랐다. 불경을 풀이하거나 자신의 깨달음을 노래한 게송偈頌은 모두 한시이다. 특히 자신의 깨달음의 경지를 노래한 작품을 선시禪詩라 하기도 한다.

　승려들을 중심으로 큰 흐름을 형성해 왔던 선시는 향유 계층이 승려들이나 상층 문인들에 국한될 수밖에 없었다. 그런데 승려들의 이념적 지향이 일반적으로 상구보리上求菩提 하화중생下化衆生에 있다고 본다면, 한문학으로써 하화중생을 이루는 데는 한계에 부딪힐 수밖에 없었다. 그래서 승려들은 우리말 노래로써 민중들에게 다가가고자 했다. 고려전기의 승려 균여均如는 당시에 널리 불리던 우리말 노래인 사뇌가 형식을 활용, 〈보현시원가普賢十願歌〉를 지어 화엄종의 교리를 세상 사람들에게 쉽게 전달하여 교화를 펼치고자 했다.

　균여가 〈보현시원가〉와 같은 작품을 쓸 수 있었던 것은 신라 때부터 계층을 넘어 창작되었던 향가, 특히 사뇌가가 있었기 때문에 가능했다. 신라 때는 이미 월명사月明師의 〈제망매가祭亡妹歌〉·〈도솔가兜率家〉, 충담사忠談師의 〈찬기파랑가讚耆婆郎歌〉·〈안민가安民歌〉, 융천사融天師의 〈혜성가彗星歌〉, 영재永才의 〈우적가遇賊歌〉 등 승려들의 작품들이 여러 편이 나왔고 광덕廣德의 〈원왕생가願往生歌〉, 희명希明의 〈도천수대비가禱千手大悲歌〉 등 하층민의 불교적 기원이 담긴 작품들까지 등장하는 것으로 보아 당시에 불교문학이 매우 성행했던 상황을 짐작할 수 있다.

　무신란 이후 고려 후기에 와서 불교는 새로운 방향으로 발전하고 승려들의 선시 창작은 왕성하게 이루어졌지만 우리말 노래 창작은 이루어지지 않았다. 향가는 소멸되고 대신 신흥사대부의 경기체가와 권문세족의 속악가사가 성행했다. 그런데 승려들의 한시 중 기존의 형식을 벗어나 글자 수가 들쑥날쑥한 작품들이 있어서 주목할 만하다. 충지冲止(1226~1292)의 작품 중 이어俚語를 써서 지었다는 〈비단가臂短歌〉나 보우普愚(1301~1382)의 〈석가출산상釋迦出山相〉, 혜근의 〈나옹삼가〉

같은 작품들은 길이가 긴 노래인데 글자 수가 일정치 않아 한시라고 하기는 어렵고 우리말로 된 노래를 한문으로 번역한 것으로 보는 것이 타당하다. 이뿐만 아니라, 이두로 기록되어 있는 장편시로서 혜근의 〈승원가〉도 있어서 주목을 요한다. 이렇게 한문이나 이두로 기록되고 글자 수가 일정치 않은 긴 노래는 우리말로 된 가사歌辭 형식의 작품을 한역하여 기록한 것으로 볼 수 있다. 학계에서는 이들 작품이 보여주고 있는 형식은 전대에는 볼 수 없었던 것으로 새로운 시가 장르인 가사의 발생 과정을 보여 주는 것이기 때문에 그 문학사적 의의가 크다고 평가하고 있다.

오랜 기간 이러한 작품들의 창작이 이루어지다가 혜근의 〈서왕가〉와 같은 가사 작품이 등장했다고 보는 것이다. 〈서왕가〉는 구전되다가 18세기 초에 기록되었기 때문에 작가에 대한 논란이 있었지만 현재 혜근의 작품으로 공인되고 있다. 불교가사, 나아가 가사 장르는 이런 과정을 거쳐 형성되었고 시작되었다. 역시 작가에 대한 논란이 있기는 하지만, 혜근은 또 다른 〈서왕가〉와 〈심우가〉, 〈낙도가〉를 지어 가사 장르의 시작을 도도하게 알렸다.

성리학을 국시로 하고 억불책을 편 조선 건국 후 불교는 위축될 수밖에 없었고 불교가사의 창작도 거의 이루어지지 않았다. 다만,『월인석보月印釋譜』에 수양대군首陽大君(1417~1468)이 지었다고 하는 〈원앙서왕가鴛鴦西往歌〉라는 작품이 있어서 조선 초기 가사의 편린을 보여주고 있다. 이 작품은 속세의 부귀영화를 버리고 정진하면 극락에 갈 수 있다는 권선징악의 주제를 가지고 있는 작품인데 연속체로 되어 있다는 점에서 가사이지만 음보율이나 음수율 면에서 볼 때는 가사의 전형성에서 많이 벗어나 있다.[1]

그러다가 16세기 후반에 이르러 휴정休靜(1520~1604)의 〈회심곡回心曲〉이 나오면서 불교가사 창작이 활발하게 이루어졌다. 휴정의 명성에 기인한 현상인지는 모르겠으나 〈회심곡〉은 많은 이본이 생겼고 민중들에게까지 파급되어 잡가·민요로도 불리면서 현대까지 대표적인 불교 노래의 한 양식으로 전승되고 있다. 휴정 이후 침굉枕肱(1616~1684)의 〈귀산곡歸山曲〉 등 3편의 가사, 지형智瑩의 〈참선곡參禪曲〉 등 5편의 가사가 뒤를 이었고, 연이어 많은 유명·무명 작가들의 작품들이 나왔다. 조선 후기에 불교가사의 창작과 향유가 활발하게 된 것은 임진왜란이나 병자호란 이후 느슨해진 조선의 통치체제와 혼란한 정국, 민중들의 각성 등으로 인해 그동안 움츠리고 있던 불교가 중흥한 결과라고 볼 수 있을 것이다.

가사문학의 시작, 최초의 불교가사 〈서왕가〉

앞서 논의한 바와 같이, 장기간의 장르 형성 과정을 거쳐 〈서왕가〉라는 최초의 가사 작품이 창작되었다. 〈서왕가〉가 나온 고려 말은 정치·사회는 물론 불교까지 총체적인 난맥상을 보였던 시기였다. 특히 왕사까지 지냈고 종교적으로 추앙의 대상이 되었던 혜근에게 있어서 이런 시국은 매우 무거운 짐이 되었을 것으로 보인다. 〈서왕가〉는 혜근이

1 류연석, 「새로 쓰는 가사문학사 2」, 『오늘의 가사문학』 제2호(한국가사문학관, 2014. 9.1.) 참조. 가사문학에 있어서 〈원앙서왕가〉가 가지는 의의에 대해서는 아직 본격적인 논의가 이루어지지 않고 있어서 논란의 여지가 있기 때문에 여기서는 류연석의 논문을 참고로 하여 작품의 존재를 언급하는 데서 그친다.

느꼈던 이러한 공적·사적 무게감과 고민, 그리고 자신의 의식지향을 드러낸 작품이다.

주지하다시피, 〈서왕가〉는 한글 창제 이전에 창작된 작품으로서 구전될 수밖에 없었다. 14세의 작품이 18세기에 기록되었기 때문에 원전의 모습을 그대로 지니고 있다고는 볼 수 없다. 상당한 변모를 겪었을 것으로 보이지만, 혜근이 당시에 매우 추앙받던 승려일 뿐만 아니라 〈서왕가〉가 종교문학이기 때문에 원전을 최대한 훼손시키지 않으려는 노력이 있었지 않을까 추측된다. 여기서는 합천 해인사 소장본(1776)을 중심으로 살펴본다.

작품을 단락으로 나누어 살펴보고 논의를 종합해 본다.

(가)
나도 이럴만경 셰샹애 인재러니
무샹無常을 싱각ᄒ니 다 거즛 거시로쇠
부모의 기친 얼골 주근 후에 속졀업다
져근닷 싱각ᄒ야 셰ᄉ을 후리치고
부모ᄭᅴ 하직ᄒ고 단표ᄌ單瓢子 일납一衲애
쳥녀장靑藜杖을 비기들고 명산을 ᄎᆞ자드러
션지식善知識을 친견ᄒ야 ᄆᆞ옴을 볼키려고
쳔경만론千經萬論을 낫낫치 츄심ᄒ야
뉵젹六賊을 자부리라 허공마虛空馬를 빗기ᄐᆞ고
마야검摩耶劍을 손애 들고 오온산五蘊山 드러가니
졔산諸山은 쳡쳡ᄒ고 ᄉᆞ샹산四想山이 더옥 놉다
뉵근문두六根門頭애 자최업슨 도적은
나며들며 ᄒᆞᄂᆞᆫ 즁에
번노심煩惱心 베쳐노코 지혜로 빅를 무어

삼계三界바다 건네리라 념불즁싱 시러두고
삼승三乘 딤쌔예 일승一乘 돗글 드라두고
츈풍은 순히 불고 비운은 섯도는딕
인간을 싱각ᄒ니 슬프고 셜운지라

단락(가)는 작품의 서두로서 화자 '나'가 무상한 세사世事를 버리고 명산을 찾아 불심을 밝히려고 출가하는 과정을 보여주고 있다. 이 단락의 내용은 혜근이 20세까지 부모 슬하에서 지낸 삶이 무상하다고 여기며 단사표음에 누더기를 걸치고 깨달음을 얻으려 명산을 찾아가는 모습과 오버랩된다. 화자가 찾고자 하는 명산은 오온산 사상산 너머에 있다. 그런데 오온산 사상산은 골짜기가 깊고 높아 험준한 산일뿐만 아니라 거기에는 육적이 진을 치고 있다. 그래서 육적을 잡기 위해 마야검을 들고 허공마를 타고 들어갔다고 했다. 마치 첩첩산중에 진치고 있는 도적을 잡기 위해 혈혈단신 중무장하고 말달리는 장군을 연상케 한다. 그렇지만 자취 없이 횡행하는 도적을 어떻게 할 수는 없었다. 죽음을 각오하고 도적을 퇴치하려는 장군과 같이 비장한 각오로 육적을 쫓고 선지식을 찾으려 했으나 실패했다.

작품 서두의 이런 서사적 설정은 깨달음에 이르는 험난한 과정의 비유이다. 그래서 다음 대목에서는 새로운 비유를 사용했다. 이번에는 첩첩산중을 벗어나 바다로 나왔다. 번뇌를 버리고 지혜의 배를 만들어 삼계 바다를 건너려고 염불하는 중생들을 태우고 삼승[2] 돛대에 일승 돛을

---

2 삼승三乘: 중생이 깨달음에 이르는 세 가지 방법, 즉 성문승聲聞乘, 연각승緣覺乘, 보살승菩薩乘을 말한다.

달았는데 순풍이 불고 날씨는 화창하다고 했다. 앞길을 가로막고 있는 첩첩산중에 비해 막힘없이 순항하는 바닷길을 묘사했다. 앞 대목에서는 깨달음에 대한 열망은 있지만 세속의 욕망을 버리지 못한 절망적인 상황을, 뒤 대목은 번뇌를 버리고 지혜를 얻음으로써 깨달음의 세계로 진입하고 있는 모습을 보여준 것이다. 그리고 깨달음을 얻는다면서 혼자 내닫는 단계를 지나 염불하는 중생들과 함께 그 길을 가고자 했다는 면에서도 진일보했다. 즉 육적에 시달리다가 세속의 번뇌를 버리고 일승 돛을 달았으니 장차 이승, 삼승 돛을 달아야 할 것이다.

그런 단계에서 인간세상을 생각하니 슬프고 서럽다고 했다. 20년을 속세인으로 산 자신과 염불하지 않는 중생이 많은 현실에 대한 탄식이다. 이런 탄식은 화자의 시선을 돌리게 만든다. 단락(나)를 살펴보자.

(나)
념불마는 즁싱드라 몃 싱을 살냐ᄒ고
셰ᄉ만 탐챡貪着ᄒ야 이욕의 즘겻는다
ᄒᆞᄅᆞ도 열두시오 ᄒᆞᆫ둘도 셜흔날애
어늬 날애 한가ᄒᆞᆯ고
쳥명ᄒᆞᆫ 불셩佛性은 사름마다 ᄀᆞ자신들
어늬 날애 싱각ᄒᆞ며
ᄒᆞᆼ사공덕恒沙功德은 볼ᄂᆡ本來 구둑具足ᄒᆞᆫ둘
어늬 시예 나야쁠고
셔왕西往은 머러지고 지옥은 갓갑도쇠
이보시소 어로신네
권ᄒᆞ노니 죵졔션근種諸善根 시무시소
금싱애 ᄒᆞ온 공덕 후싱애 슈ᄒᆞᄂᆞ니
빅년탐물은 ᄒᆞᄅᆞ 아젹 듯글이오

삼일 ᄒ온 념블은 빅천만겁에
다ᄒᆞᆷ 업슨 보뵈로쇠
어와 이 보뵈 력천겁이불고歷千劫而不古ᄒ고
궁만셰이댱금極萬世而長今이리라
건곤이 넙다ᄒᆞᆫᄃᆞᆯ 이 ᄆᆞᄋᆞᆷ애 미츌손가
일월이 볼다ᄒᆞᆫᄃᆞᆯ 이 ᄆᆞᄋᆞᆷ애 미츌손가
삼셰계불은 이 ᄆᆞᄋᆞᆷ을 아ᄅᆞ시고
뉵도즁싱六道衆生은 이 ᄆᆞᄋᆞᆷ을 져ᄇ릴시
삼계뉸회三界輪廻을 어늬 날에 긋칠손고

단락(가)에서 보여 준 화자의 1인칭 독백 문체가 단락 (나)에서는 2인칭 전언의 문체로 바뀌었다. 전언의 대상은 '중생들'과 '어르신네'이다. 여기서 중생들과 어르신네는 고려 말 당시의 상하층을 통틀어 일컬은 말일 것이다. 순풍에 돛 단 배를 탄 '나'가 속세의 중생들과 어르신네에게 어서 와서 배를 타라고 부르고 있는 상황 설정이다.

중생들은 염불하지 않고 애욕에 빠져 있으며, 어르신네는 선행을 하지 않고 탐욕에 빠져 있다. 타고난 불성과 공덕을 버리고 애욕에 빠져 있는 중생들에게는 극락은 멀어지고 지옥은 가까워지고 있다고 탄식했다. 그리고 어르신네는 이승에서 쌓은 공덕을 저승에서 받게 된다는 것도, 잠깐 염불이 천지일월도 못 미칠 영원한 보배가 되는 줄도 모르고 하루아침 티끌 같은 탐욕에 빠져서 부처님의 마음을 저버리고 있으니 삼계윤회를 언제 그칠 것이냐고 안타까워했다.

화자 '나'와 배를 탄 중생들, 그리고 염불하지 않는 중생과 탐욕에 빠진 어르신네가 모두 함께 극락세계로 가고 싶은 소망을 담았다. 그 과정에서 권위적 강요를 위한 명령형이나 청유형 문장, 일방적 선언의 설명형 문장을 거의 쓰지 않고 감탄형·의문형 문장을 주로 사용함으로 써 감성에 호소하여 정서적 공감대를 형성하고자 했다. 바꾸어 말하면, 〈서왕가〉는 단락(가)에서 깨달음에 이르기까지 자신의 험난한 경험과 깨달음의 기쁨을, 단락(나)에서는 깨달음에 이르지 못한 속세인들에 대한 안타까운 마음을 절실하게 표현함으로써 지적 교화보다는 정서적 감화 효과를 거두고자 한 작품이라 할 수 있다.

단락(다)에서는 또다시 문체가 전환된다.

> (다)
> 져근닷 싱각ᄒ야 ᄆᆞ음을 씨쳐먹고
> 태허太虛를 싱각ᄒ니 산쳡쳡 슈잔잔
> 풍슬슬 화명명ᄒ고 숑쥭은 낙낙ᄒᆫᄃᆡ
> 화장華藏바다 건네저어 극낙셰계 드러가니
> 칠보금디七寶錦地예 칠보망을 둘너시니
> 구경ᄒ기 더옥죠히
> 구품 년ᄃᆡ九品蓮臺예 념불소ᄅᆡ 자자잇고
> 청학빅학과 잉무공쟉과
> 금봉쳥봉은 ᄒᄂᆞ니 념불일쇄
> 쳥풍이 건듯부니 념불소ᄅᆡ 요요遙遙ᄒᆞ외

단락(가)에서 중생들을 태우고 화장바다를 건너가려다가 단락(나) 의 속세 중생들과 어르신들을 돌아보며 머뭇거리고 있었는데, 문득 생 각을 고쳐먹고 바다를 건너 다다른 극락의 모습을 묘사한 것이 단락 (다)이다. 단락(다)에서는 자신의 정서보다는 극락 풍경 묘사에 비중 을 두었다. 온갖 보화로 장식된 극락, 연대에 앉은 사람들은 물론 새들조차 염불을 하는 극락의 모습을 보여주었다. 염불하지 않는 속세의 중생들이나 어르신네들에게는 묘사된 극락 풍경만으로도 충분히 감동적일 수 있기 때문이다. 극락에 들어간 화자는 한 단계 높은 깨달음의 경지에 도달해 있음을 보여 준 것이다. 단락(가)에서 삼승 돛대에 일승 돛을 달았다고 했는데 단락(다)의 경지는 이승 돛까지 단 단계가 아닐까 생각된다.

> (라)
> 어와 슬프다
> 우리도 인간애 나왓다가 념불 말고 어이홀고
> 나무아미타불

그런데 단락(라)에서는 왜 "어와 슬프다"라고 탄식을 했는가? 단락(다)에서 화자 '나'는 염불하는 중생들을 데리고 극락에 들어왔지만 단락(나)의 중생들과 어르신네는 속세에 그대로 머물러 있다. 함께 들어와야 할 극락, 함께 얻어야 할 깨달음의 세계라야 하는데 그렇게 하지 못했으니 반쪽 깨달음이다. 그래서 이런 탄식이 나온 건 아닐까? 그런 탄식 아래, 시점이 '우리'로 바뀌었다. 딴 세상에 살고 있는 '나'와 '중생들·어르신네'가 어우러진 '우리'가 함께 염불하는 세상, 그것이 진정한 의미의 극락이다. 작품 결말의 "념불 말고 어이홀고"라는 의문형 문장은 삼승[3] 돛을 올려 '우리', 즉 모든 사람들이 극락에 들어오기 위해

---

3 삼승 중 세 번째인 '보살승'은 '상구보리 하화중생', 즉 '자신의 깨달음을 구함은 물론 남도 깨달음으로 이끌어 주는 것'을 의미함.

서는 염불 말고 다른 방법이 없음을 강조하면서 삼승 돛을 올리지 못한
비원悲願을 담았다고 할 수 있다.

이상에서 살펴본 바와 같이, 〈서왕가〉는 시점의 이동을 통해서 화자
와 전언의 대상 사이에 공감대를 형성하는 작품 전개로써 감화의 효과
를 높였다. 그런 면에서, 일방적인 전언으로써 불교를 포교하고 백성들
을 교화하고자 한 후대의 여러 작품들에 비해 문학적인 면에서 높은
평가를 할 수 있는 작품이다. 그리고 고려 말 혼란기를 살았던 혜근이
속세인으로서 번뇌에 시달리던 자신의 모습과 정서를 통해 속세 중생
들과의 동질감을 확보하고 모든 세속 사람들과 함께 극락으로 들어가
고자 하는 비원의 진정성을 담았기에 이 작품의 오랜 전승이 가능했다
고 생각된다.

또한, 〈서왕가〉가 염불문으로 암송, 전승되었다는 점에도 유념할 필
요가 있다.[4] 문학 작품으로만 수용할 때와는 달리 염불문으로 암송을
할 경우, 작품 내용은 제3자인 작가의 작품을 감상하는 단계에서 머무
는 것이 아니라 염불자와 화자가 일치되는 감동을 경험할 수 있다. 번
뇌에 시달리던 화자 '나'가 깨달음에 이르는 과정, 중생들과 어르신네
들을 이끌고 함께 깨달음의 세계로 가고자 하는 소망이 염불자 자신의
이야기로 인식될 수 있는 것이다.

〈서왕가〉는 최초의 불교가사로서 의의가 큰 작품이다. 그에 못지않
게 뛰어난 문학성으로써 오랜 기간 전승되면서 감동을 주었고 전승 과

---

4 작품의 마지막 줄 "나무아미타불"은 염불을 마치고 마지막으로 외는 공식구이다.

정에서 불교가사의 한 전형을 이루어 후대 불교가사의 모태가 되었다
는 면에서도 그 의의를 인정해야 할 것이다.[5]

(『오늘의 가사문학』 제12호, 2017)

---

5 혜근과 〈서왕가〉에 대해서는 다음 글들을 참고로 했다. 김대행, 「〈서왕가〉와 문학교육
론」, 정재호 편, 『한국가사문학연구』(태학사, 1996). ; 김종진, 「〈서왕가〉 전승의 계보학
과 구술성의 층위」, 『한국시가연구』 제18집(한국시가학회, 2005). ; 김주곤, 『한국불교
가사연구』(집문당, 1994). ; 류연석, 「새로 쓰는 가사문학사 2」, 『오늘의 가사문학』 제2
호(한국가사문학관, 2014). ; 윤영옥, 「교화와 〈서왕가〉」, 『순천향어문논집』 제5집(순
천향대 국문과, 1992). ; 정한기, 「〈서왕가〉의 수용문맥과 교훈의 재해석」, 『국문학연구』
제34집(국문학회, 2016). ; 조동일, 『한국문학통사 제4판』 2(지식산업사, 2005). ; 조태
영, 「〈서왕가〉의 문학적 가치」, 『한국고전시가작품론 2』(집문당, 1992). ; 최현재, 『조
선 전기 사대부가사』(문학동네, 2012).

최초의 역사가사 〈역대전리가〉

역사로 진언한 충정의 노래

작가 신득청의 삶과 문학

신득청申得淸(1332~1392)은 고려 충숙왕忠肅王 복위 원년에 신용희
申用羲(1315~1382)의 쌍둥이 아들로 태어났는데 이름을 중청仲淸이라
했다가 후에 득청으로 개명했다. 신득청의 선조는 고려 개국공신인 신
숭겸申崇謙이고 조부는 신현申賢이다. 신현은 우탁禹倬의 문인으로서
원나라와 명나라에서도 추앙받은 대학자였는데 그의 행적은 『화해사
전華海師全』¹에 기록되어 있다.

27세 되던 1358년에 문과에 급제, 장령掌令에 제수된 후 여러 벼슬
자리를 지냈다. 그러다 신돈辛旽이 참살당한 1371년(40세)에는 〈역대

---

1 '화해사'는 중화(원, 명)와 해동(고려)의 스승이라는 뜻으로 신현을 높인 말이다. 따라서
'화해사전'은 화해사 신현의 모든 것을 기록한 문집임을 의미한다. 『화해사전』은 필사본
으로 전해 온 것으로 보이는데 1920년 목활자본으로 간행된 이후 세상에 널리 알려졌다.

전리가歷代轉理歌)를 지어 공민왕에게 올렸다. 〈역대전리가〉는 중국 역대 왕들의 실정失政과 이념적 혼란을 비판하고 유가儒家의 이념으로 왕을 경계한 작품이다. 신하에 대한 내용도 있지만 왕에 대한 경계에 무게 중심이 놓여 있다. 그런데 왕이 그 뜻을 받아들이지 않아서였던지 벼슬을 그만두고 경상북도 영해로 물러났다. 그 후 우왕禑王 때인 1378 년(47세) 여러 신하들의 천거로 이부상서대광첨의판문화부당상판사吏 部尚書大匡僉議判門下府堂上判事 평산부원군平山府院君이 되었다. 이때에 도 왕 앞에서 〈역대전리가〉를 불러 왕을 경계했는데 이번에도 왕이 받 아들일 기미가 보이지 않자 벼슬한 지 한 달 만에 영해로 물러났다. 이 색李穡(1328~1396)은 봉정산 아래 신득청의 집에 봉정재鳳停齋라는 이 름을 붙여 주었다. 그 후 61세 되던 1392년에 고려가 망하고 조선이 들어서자 통곡하면서 동해에 투신하여 죽었다.

정몽주鄭夢周(1337~1392)는 신득청의 성품을 칭송하기를, 신득청이 조정에 서면 맑기가 창랑수와 같고 곧기는 낙낙장송 같은데, 맑지만 냉 정하지 않고 곧되 뾰족함이 없으니 탁한 세상에서도 보전할 수 있을 것이라고 했다. 그리고 조정 공론에서도 신득청에 의해 조정이 맑아진 다고 하였고, 공민왕도 그가 있어 나라가 맑아진다고 하여 중청이라는 이름을 득청으로 바꿔 주었다고 한다. 그리고 직언하다 관직에서 쫓겨 나거나 관직에 임명을 받고도 나가지 않은 경우가 많았던 것으로 미루 어 보면, 성격이 매우 강직했던 것으로 보인다.[2]

----

2 신득청의 삶과 〈역대전리가〉의 창작 경위에 대해서는 다음 논문들을 참고로 했다. 정재 호는 여러 가지 정황을 들어 신득청과 그의 조부 신현의 실존에 의문을 제기했다. 이에 따라 정몽주鄭夢周, 원천석元天錫, 범세동范世東 등 여러 인사들과 관련된『화해사전』 편찬 경위, 나아가『화해사전』의 진위에 대해도 의문을 제기했다. 그런데 실존을 부정할

역사문학의 전통과 역사가사의 전개

'역사가사歷史歌辭'는 역사적 사실을 주 대상으로 하고 작가의 역사 의식을 드러낸 가사의 한 유형을 의미한다. 한문학에서는 오랫동안 '영사시詠史詩', '영사악부詠史樂府' 등 '영사'를 사용해 왔고,[3] 그에 따라 가사 장르에서도 '영사가사詠史歌辭'를 많이 써 왔는데 '영사'는 소재로서의 '역사'와 향유 방식으로서의 '음영'이 결합된 말이다. 가사의 향유 방식은 음영이 주를 이루고 있지만 가창되는 경우[4]도 있었기 때문에 여기서는 향유방식은 배제하고 작품 내용 중심의 '역사가사'[5]를 사용하기로 한다.

한문학에서 이른바, 영사시의 역사는 그 연원이 길다. '영사'는 후한 後漢의 반고班固(32~92)의 작품명으로 사용된 이래 양梁나라 소통蕭統 (501~531)이 편찬한 『문선文選』에서는 문학의 한 유형으로 사용되었다. 『문선』은 후대 중국은 물론 우리나라 문학에 지대한 영향을 끼친 책이다. 우리나라에서는 신라 말 박인범朴仁範의 〈마외회고馬嵬懷古〉와

만한 명확한 근거도 없어서 현재의 중론을 따라 실존 인물로 보고 논의를 진행한다. 정재호, 「〈역대전리가〉의 진위고」, 『동방학지』 제36집(연세대 국학연구원, 1983). ; 이 임수, 「〈역대전리가〉와 형성기의 가사문학고」, 『우리말글』 제47집(우리말글학회, 2009). ; 최두식, 「한국영사문학연구」(건국대 박사학위논문, 1987). ; 김학성, 「발생기의 가사, 그 이념성과 문학성」, 『오늘의 가사문학』 제14호(한국가사문학관, 2017).

3 '영사'의 개념과 '영사문학'의 작품 개관·분석, 전반적 성격에 대해서는 최두식, 앞의 글과 김영숙, 「영사시의 개념과 작품의 실상」, 『동방한문학』 제37집(동방한문학회, 2008) 참조.
4 〈역대전리가〉도 신득청이 우왕 앞에서 때때로 '창주唱奏'했다고 하니 가창되었을 가능 성이 있다. 최두식, 앞의 글, 195쪽 참조.
5 '역사가사'는 조동일, 『한국문학통사 3』(지식산업사, 2008), 363쪽에서 사용한 용어임.

같은 영사시적 성격의 작품이 나오기도 했지만, 영사시가 본격적으로
창작된 것은 고려 후기부터이다. 우리나라에서 영사시라는 용어가 처
음 사용된 것은 이규보李奎報(1168~1241)의 시 〈개원천보영사시開元天
寶詠史詩〉에서다.⁶ 이규보는 또 다른 영사시 〈동명왕편東明王篇〉을 짓
기도 했다. 『삼국유사』의 기록⁷에 의하면, 무신란 후인 13세기 초에 오
세문吳世文이 〈역대가歷代歌〉를 지었다고 하는데, 이 작품도 영사시일
것으로 보이지만 작품이 전해지지 않아 그 실상은 알 수 없다. 이외에
도 고려 후기에는 이승유李承休의 〈제왕운기帝王韻紀〉를 비롯하여 이
제현李齊賢, 최해崔瀣, 이곡李穀, 이색李穡, 이첨李詹, 정도전鄭道傳 등
신흥사대부 작가의 영사시가 대거 창작되었다.⁸ 조선시대에도 영사시
는 지속적으로 창작되었고 영사시와는 별도로 '영사악부詠史樂府'의
창작도 왕성하게 이루어졌다.

이와 같은 영사시의 흐름을 통해서 볼 때, 고려 후기로부터 중국이나
우리나라의 역사를 통하여 당대의 현실에 대하여 비판하고 정치의 나
아갈 방향을 제시하려는 문학적 풍토가 조성되어 있었던 것으로 보인
다. 이러한 문학적 풍토는 경국제민을 이념으로 삼은 유가 신흥사대부
의 등장과 밀접한 관련이 있을 것이다. 고려 후기 영사시의 작가가 모
두 신흥사대부이기 때문이다. 신흥사대부의 영사시 창작은 무신란 이

6 〈개원천보영사시〉에 대해서는 이희영, 「개원천보영사시의 기사 선택과 구성에 관하여」,
  『한문학논집』 제48집(근역한문학회, 2017) 참조.
7 일연一然, 『삼국유사三國遺事』 권 제3, 「탑상塔像」 제4, 〈가섭불연좌석迦葉佛宴座石〉
  참조.
8 고려 후기 영사시에 대해서는 강동석, 「고려 후기 역사를 노래한 한시의 여러 양상과
  그 의미」, 『어문연구』 제88집(어문연구학회, 2016) 참조.

후 수차례의 몽고 침입, 원 지배기의 국권약화와 권문세족의 횡포 등 혼란한 정국을 타개하기 위한 새로운 역사의식과 현실인식의 필요성에서 이루어졌다고 볼 수 있다. 한문학의 이러한 풍토는 당시에 형성되어 가던 가사 장르로 자연스럽게 이어져 역사가사가 나올 수 있었지 않나 생각된다. 이 시대의 승려 충지冲止나 혜근惠勤의 시에는 한시漢詩로 된 선시禪詩가 많지만, 한시라고는 할 수 없고 가사 형식과 닮은 장편시의 창작이 여러 편 이루어졌고, 혜근의 「서왕가西往歌」·〈심우가尋牛歌〉·〈승원가僧元歌〉와 같은 가사 작품이 등장했기 때문이다.⁹ 특히 이두로 기록된 〈승원가〉는 동시대에 나온 이두 표기 가사인 신득청의 〈역대전리가〉 창작의 개연성을 높여주고 있다.

앞서 언급한 바, 〈역대전리가〉가 실려 있는 신현의 『화해사전』, 그리고 신현과 신득청의 실존 여부에 대한 논란이 있기는 하다. 그렇지만 한문 영사시의 왕성한 창작 풍토, 고려 말의 정치적·이념적 혼란, 청렴 강직한 유학자 신득청의 불교 비판, 공민왕恭愍王과 우왕禑王 앞에서 〈역대전리가〉를 부르며 왕을 경계한 것 등 여러 가지 정황으로 미루어 볼 때 〈역대전리가〉를 신득청의 작품으로 보는 데 큰 무리가 없을 듯하다.¹⁰ 그래서 여기서는 〈역대전리가〉를 최초의 역사가사로 보고자 한다.

〈역대전리가〉는 공민왕 때인 1371년에 지어 왕에게 바친 작품으로 『화해사전』에 실려 있다. 원래 〈역대전리가〉는 이두체로 기록된 것인

9 고려 말 가사 장르 형성 과정에 대해서는 조동일, 『한국문학통사 2』(지식산업사, 2005), 193~203쪽 참조.
10 〈역대전리가〉가 후대의 위작이라는 정재호의 주장에 대하여 비판하면서 신득청의 창작으로 본 견해는 김학성, 앞의 논문, 12~18쪽 참조.

데 조선에 들어와 단종端宗 때 범승락范承洛[11]이 한글로 해독하고 원문
에 병기해서 성삼문成三問과 박팽년朴彭年에게 보였더니 두 사람이 감
탄했다고 한다.[12] 현재까지 전해 오고 있는 〈역대전리가〉는 범승락의
한글본이 병기된 것인데 표기법으로 볼 때 후대에 재차 필사된 것으로
보인다.

〈역대전리가〉 이후 조선 전기에는 역사가사의 창작이 뜸하다가 16
세기에 진복창陳復昌이 역대 제왕의 현부賢否를 먼저 서술하고 다음으
로 신하의 현부를 서술한 〈만고가萬古歌〉(또는, 〈역대가歷代歌〉)를 지었
는데 우리말로 된 장가라는 기록[13]이 있어서 이 작품도 역사가사였을
것으로 보이지만 작품의 실상은 알 수가 없다. 작가가 밝혀진 작품으로
는 18세기 박이화朴履和(1739~1783)의 〈만고가萬古歌〉가 있는데 이후
18~19세기에 나온 작가미상의 작품은 수십 편에 달한다.

---

11 『화해사전』의 편찬에 관여한 범세동의 증손자.
12 최두식, 앞의 글, 195쪽 참조.
13 심수경沈守慶, 『견한잡록遣閑雜錄』, 『국역대동야승Ⅲ』(민족문화추진회, 1984), 번역
551~552쪽, 원문 133쪽 참조. "근래에 우리말로 장가를 지은 사람들이 많은데 오직
송순의 〈면앙정가〉와 진복창의 〈만고가〉가 사람의 마음을 제법 움직인다. …… 〈만고
가〉는 먼저 역대 제왕의 현부를 서술하고 다음으로 신하들의 현부를 서술하였는데 ……
우리말로 가사를 짓고 곡조를 맞추었으므로 들을 만하다. 사람들은 진복창이 삼수에
귀양살이할 때 지은 것이라고 하는데 재주가 덕보다 승한 자라 하겠다.(近世作俚語長
歌者多矣 唯宋純俛仰亭歌 陳復昌萬古歌 差强人意 …… 萬古歌則 先敍歷代帝王之賢
否 次敍臣下之賢否 …… 而以俚語塡詞度曲 亦可聽也 人言復昌謫在三水時所作 眞所
謂才勝德者也.)"; 홍만종洪萬宗, 『순오지旬五志』, 『홍만종전집洪萬鍾全集』 상上(태학
사, 1980). 이 책에서는 진복창이 〈역대가〉를 지었다고 했는데, 〈만고가〉와 동일 작품인
것으로 보인다. "〈역대가〉는 진복창이 지은 것으로 역대 제왕의 치란을 서술하고 성현
군자의 비태를 기록하였는데 족히 만고의 역사라 할 수 있다.(歷代歌 陳復昌所製 述歷
代帝王之治亂 記聖賢君子之否泰 足爲萬古之一史)"

가사는 아니지만 15세기에는 세종의 명으로 윤회尹淮·권제權踶가
쓴 영사시 〈역대세년가歷代歲年歌〉가 있었고, 17세기에는 윤휴尹鑴의
『백호전집白湖全集』에도 영사시 〈역대가歷代歌〉가 실려 있는 것으로
보아 고려 후기로부터 사대부층의 〈역대가〉 창작의 전통이 꾸준히 이
어져 왔음을 알 수 있다.[14] 이들 〈역대가〉들은 주로 중국의 역대 사적을
서술하면서 주로 유가적 정통론에 입각한 역사의식을 보여주는 작품
군[15]인데 조선 후기에 집중적으로 창작되고 유통되었던 것은 존명멸청
尊明蔑淸 의식에서 나온 결과일 것이다.

중국 중심의 〈역대가〉류와 함께 우리나라의 역대 사적을 서술한 작
품도 다수 있다. 18세기 초 홍만종洪萬宗(1643~1725)이 지은 〈동국녁디
가東國歷代歌〉는 단군으로부터 숙종 때까지의 우리 역사를 서술한 작
품이다.[16] 19세기에는 안치묵安致默(1826~1867)이 쓴 〈해동만화海東漫
話〉가 나왔다. 〈해동만화〉는 병인양요 다음 해인 1867년에 역대 왕조
의 자랑스러운 치적을 서술하면서 유학자의 입장에서 서양의 위협에
대한 국권수호의 결의를 다진 작품이다. 이 작품은 경북 북부지방에서
규방가사로 널리 읽힌 결과 필사본도 여러 편 전해지고 있다. 장학고張
鶴皐의 〈역대취몽가歷代醉夢歌〉는 〈대지유람가大地遊覽歌〉라고도 하는

---

14 〈역대세년가〉와 〈역대가〉에 대해서는 손대현, 「영사가사 연구」(경북대 박사학위논문,
2014), 13~22쪽 참조. 손대현은 이 논문 21~22쪽에서 정재호의 〈역대전리가〉 위작설
에 동의하면서 18세기 박이화의 〈만고가〉와 안치묵의 〈해동만화〉를 최초의 영사가사라
고 했다.
15 〈역대가〉류 가사는 〈역대가〉, 〈녁대가〉, 〈역대편〉, 〈만고가〉 등의 제목이 붙어 있는
작품들이다.
16 〈동국역대가〉의 이본, 작자와 창작연대에 대해서는 강전섭, 「〈동국역대가〉의 작가 모색」,
『동방학지』 제54~56집(연세대 국학연구원, 1987) 참조.

데 1910년 한일합방 이후 망국의 통분을 이기지 못하고 중국과 조선의 역사를 회고한 다음, 전국을 유람하면서 자신의 역사의식을 서술한 작품이다.

그리고 서술의 범위를 좁혀서 조선왕조의 역사를 노래한 〈한양가〉,[17] 또는 〈한양오백년가〉도 수십 편 나왔다. 사공수(1846~1925)가 1913년에 지은 〈한양오백년가〉는 조선왕조의 창건에서 국치에 이르기까지의 경과를 통렬한 심정으로 서술한 장편가사이다. 이 작품도 경북지방 규방가사로 수용되어 광범위하게 읽혀 국사 교과서의 역할을 했다.[18]

위에서 언급한 바, 〈해동만화〉, 〈한양오백년가〉 등 역사가사가 규방가사로도 수용되어 수많은 이본을 남겼고 이들 작품 외에도 많은 역사가사 작품이 규방에서 창작되고 유통되었다. 그중에는 가문의 역사를 서술한 〈세덕가〉류의 작품들도 많은데 이들 작품은 19세기로부터 일제강점기에 집중적으로 창작되었다. 그 이유는 세도정치의 전개와 외세의 개입 및 일제의 침략 등으로 기존의 공동체가 해체되어 가는 과정에서 가문의식의 필요성을 절감했기 때문일 것이다.[19]

---

17 한산거사漢山居士가 썼다고 하는 〈한양가漢陽歌〉도 있는데 여기서 논의하는 작품과는 별개의 작품이다. 이 작품은 한양의 인정풍물에 대하여 서술한 작품으로서 역사가사에서는 제외한다.

18 조선 후기 역사가사의 전개에 대해서는, 조동일, 앞의 책 3권 363~365쪽과 4권 111~116쪽, 그리고 손대현, 앞의 글, 13~33쪽 참조.

19 규방가사의 하위 유형으로서의 역사가사와 세덕가류 가사에 대해서는 다음 논문을 참고로 할 수 있다. 김인구, 「세덕가계 가사에 관한 고찰」(『국어국문학』 제84집(국어국문학회, 1980). ; 홍경표, 장성진, 권영철, 박혜숙, 「영사류가사연구-규방가사를 중심으로」, 『여성문제연구』 14집(대구가톨릭대학교 사회과학연구소, 1985). 이 논문에 의하면, 영남지방 사대부가의 규방에 널리 분포하고 있는 규방가사에는 20여 종의 하부유형이 있는데 영사류가사는 그중의 하나이다. ; 손대현, 앞의 글. 필자는 이 논문 165~167쪽에

이상에서 살펴본 바와 같이, 역사가사는 고려 말에서 일제강점기에
이르기까지 오랜 기간 창작되어 왔다. 특히 정국이 혼란한 시기에 많
이 창작되었는데, 이런 시기일수록 올바른 역사의식을 가지고 과거사
의 득실을 판단, 혼란한 시국을 극복해 나가야 한다는 절박함이 있었
을 것이다. 최초의 작품인 신득청의 〈역대전리가〉는 불교국인 고려에
서 유교의 정통성을 내세우며 왕에게 올렸다는 면에서 매우 혁신적인
작품이라 할 수 있겠다. 조선조의 작품은 대체로 유가 사대부의 보수
적 성향을 드러내고 있는데, 이런 보수적 성향은 19세기 이후 일제강
점기에 이르면 외세 침입에 대한 국권수호의 애국심으로 이어지거나
기존 공동체 해체의 위기에서 혈연집단 중심의 가문의식으로 발현되
기도 했다.

〈역대전리가〉, 역사로 진언한 충정의 노래

〈역대전리가〉는 장구한 역사 속에 존재했던 중국 역대 왕조를 조망
하면서 그 흥망성쇠 전변轉變의 이치를 서술한 작품이다. 주로 난세를
자초했던 왕들의 행적을 중심으로 서술하되 신하의 도리에 대해도 곁
들였다. 작가 생존 당시의 왕에게 올린 작품이니 왕을 경계하는 데 주
목적이 있었을 것이다.

먼저, 작품 전체를 단락으로 나누어 내용의 전개를 살펴본다.

서 영사가사를 역대가류, 한양가류, 세덕가류로 분류하고 이본을 포함하여 120여 작품
의 목록을 제시했다.

① 역대 왕들의 실정失政과 멸망
  ①-1 하夏나라 걸왕桀王의 포학무도함
  ①-2 상商나라 재신宰辛의 음학우심함
  ①-3 육칠성인六七聖人의 수난, 문왕文王과 강태공의 만남, 주周
    나라 창업
  ①-4 주나라 유왕幽王의 대악무도함
  ①-5 진시황秦始皇의 강포함
② 불佛·선仙·무巫에 대한 헛된 믿음과 왕조의 멸망
  ②-1 한漢나라 무제武帝·명제明帝의 구선사불求仙事佛
  ②-2 공자의 밝은 말씀을 따르지 않은 우매함
  ②-3 촉한蜀漢 유선劉禪의 혹신무불惑信巫佛
  ②-4 쯥나라의 청담부도淸談浮屠 횡행
  ②-5 도연명의 귀거래
③ 남북조南北朝, 당송唐宋의 난세와 왕들에 대한 경계
④ 신하에 대한 경계
⑤ 왕과 신하에 대한 경계

단락으로 나누어 볼 때, 〈역대전리가〉의 내용은 크게 중국 역대 왕
들의 정치적·이념적 실패, 그리고 왕과 신하에 대한 경계로 이루어져
있다.

단락①에서는 중국 고대 왕들의 실정과 패망에 대하여 서술했다. 단
락①-1, 단락①-2를 인용해 보자.[20]

---

20 작품인용은 임기중, 『한국역대가사문학집성』(http://www.krpia.co.kr/)을 바탕으로
  하되, 누락되거나 잘못된 내용은 이임수, 앞의 논문과 최두식, 앞의 논문을 참고로 하여
  수정·보완하였음. 그리고 시행 구분은 4음보를 기준으로 하고, 내용상 2음보로 나누어
  질 경우 행 구분을 하고 6음보로 길어질 경우 4음보와 2음보로 행 구분을 한다. 3음보와
  5음보일 경우는 한 행으로 쓴다.

단락①-1

　貪虐無道(탐학무도) 夏桀伊難(하걸이는) 丹朱商均(단주상균) 不肖爲也
(불초ᄒ야) / 堯舜禹矣(요순우의) 禪位相傳(선위상전) 於以他可(어이타ᄀ)
不知爲古(부지ᄒ고) / 妺喜女色(매희여색) 大惑爲也(대혹ᄒ야) 可憐割史
(가련ᄒ사) 龍逢忠臣(용방충신) 一朝殺之(일조살지) 無三日高(무삼일고)

단락①-2

　淫虐尤甚(음학우심) 宰辛伊難(재신이는) 所見無識(소견무식) 自疾爲多
(ᄌ질ᄒᄃ) / 夏桀爲鑑(하걸위감) 全昧爲高(전매ᄒ고) 妲己冶容(달기야용)
狂惑下也(광혹ᄒ야) / 又亡國(우망국) 自甘爲尼(자감ᄒ니) 六七聖人(육칠
성인) 先王廟乙(선왕묘를) 保存何里(보존ᄒ리) / 亡國人達(망국인들) 業矢
孫可(업실손ᄀ)

　단락①-1은 하나라 마지막 왕 걸왕이 탐학무도하고 여색에 혹하여
충신을 죽인 사실을 말했다. 작품의 시작 부분이지만 서사의 내용을 갖
추지 않고 바로 하고자 한 말로 단도직입했다. 왕위를 사양하다가 주변
의 추대로 왕이 되어 선정을 베푼 요순堯舜과 하나라를 세운 우禹의
아름다운 역사를 이어받지 못했음을 안타까워했다. 이어서 단락①-2
에서는 상商나라 마지막 왕 주왕紂王 재신은 하나라 걸왕을 거울로 삼
지 못하고 음학함이 자심하여 여러 성인들과 함께 선왕들이 다스려오
던 왕조를 망하게 하고 말았다고 개탄했다. 역사적 사실을 열거했지만
사실의 전말에 대한 자세한 서술보다는 그에 대한 주관적 평가와 격앙
된 정서의 표현에 치중했다. 서사의 격식 없이 바로 본사로 들어간 것
도 이런 이유에서다. 탐학무도, 음학우심, 대혹, 광혹 등 극단적 용어를
사용하고 "一朝殺之(일조살지) 무삼일고", "亡國人達(망국인들) 업실손
ᄀ"등 설의법을 사용, 해서는 안 될 일들을 한 걸주桀紂를 호되게 나무

랐다. 왕에게 올린 작품임을 생각할 때, 이런 정도의 표현은 극언極言
이라 할 수 있다.

단락①-3에서는 분위기가 전환된다.

단락①-3

微子仁兄(미자인형) 保宗吉奴(보종길노) 去國時乙(거국시를) 曼羅西羅
(만ᄂ셔라) / 殺剖比干(살부비간) 觀心活濟(관심홀제) 佯狂爲奴(양광위노)
箕子至仁(기자지인) / 何故得罪(하고득죄) 若此漢古(약차ᄒ고) / 九侯鄂侯
(구후악후) 並脯活齊(병포홀제) 周侯歎息(주후탄식) 無奈奴多(무내로ᄃ) /
天下大老(천하대로) 姜太公以(강태공이) 窮困八十(궁곤팔십) 避紂河也(피
주ᄒ야) / 金相玉色(금상옥색) 姬聖人矣(희성인의) 善養老(선양로) 造欣末
乙(조흔말을) 飽聞爲古(포문ᄒ고) / 渭水陽(위수양) 磻溪石矣(반계석의) 廣
張三千(광장삼천) 六百釣難(육백조난) / 待時流送(대시유송) 歲月而理(세
월이라) / 周侯獵車(주후엽차) 行次亂而(행차ᄂ이) 太公行道(태공행도) 天
授魯多(천수로ᄃ) / 相佐武王(상좌무왕) 伐罪爲尼(벌죄ᄒ이) 殷封孤竹(은
봉고죽) 豆兒達隱(두아들은) 避居北海(피거북해) 此時魯多(차시로ᄃ) / 八
百諸侯(팔백제후) 尊周河也(존주ᄒ야) 武王聖人(무왕성인) 踐位漢而(천위
ᄒ이) / 不食周粟(불식주속) 仗義爲高(장의ᄒ고) 隱於首陽(은어수양) 採薇
爲也(채미ᄒ야) / 餓死自盡(아사자진) 可憐河多(가련ᄒ다)

선왕을 도와 왕조를 다스리던 예닐곱 명의 성인들이 죽음을 당하거
나 피신을 했는데 그중에서 강태공은 나이 80에 주왕을 피해 위수 남
쪽 반계석에서 낚시하며 때를 기다리다 사냥 나온 주후[21]를 만나 주왕
을 벌하고 무왕을 도와 주나라를 세웠다. 주나라를 정통 왕조로 여기는

---

21 주周나라를 세운 무왕武王의 아버지 문왕.

유가儒家의 입장에서 강태공의 행도行道를 하늘이 내려준 것이라며 궁정적으로 평가했다. 이 대목의 서술 초점은 문왕보다는 강태공에 맞춰져 있다. 그렇기 때문에 왕을 내쫓고 스스로 왕이 된 무왕을 의롭지 못하다고 여기고 주나라의 곡식은 먹지 않는다며 수양산에 들어가 고사리를 캐 먹다가 굶어 죽은 고죽군孤竹君의 두 아들 백이伯夷와 숙제叔齊를 안타까워했다. 이런 백이와 숙제를 일반적으로는 충신으로 평가하지만 여기서는 가련하다고 했다. 팔백 제후가 다 주나라를 받들고 무왕을 추대했는데 굳이 그렇게 피해 살다가 굶어 죽어야 했었느냐고 의문을 제기한 것이다. 서술의 중심이 죽음을 불사한 백이숙제의 절의節義보다는 주왕의 자심한 음학淫虐을 벌하고 주나라를 세우는 데 공을 세운 강태공의 칭송에 있었기 때문이다. 강태공의 도움으로 폭군 주왕을 몰아내고 세상으로부터 추앙받은 무왕을 언급한 것은 작가가 공민왕이나 우왕에게 걸주의 전철을 밟지 말고 무왕과 같이 추앙받는 왕이 되어달라는 부탁의 말과 함께 강태공과 같이 성군을 모시는 신하가 되고 싶다는 자신의 희망을 밝힌 것으로 볼 수 있다.

단락①-3에서 존주尊周의 마음으로 주나라 건국 당시 상황을 얘기한 후, 단락①-4와 ①-5에서는 다시 주나라를 멸망의 길로 들어서게한 유왕, 그리고 진시황의 횡포와 비극적 결말을 언급했다. 단락①-1, 단락①-2와 같은 맥락이다. 단락①-3을 중심으로 앞뒤 두 단락에서 대표적 폭군을 예로 들어 왕을 경계하면서 작가가 생각하는 이상적인 군주상으로 무왕을, 신하상으로 강태공을 들고 있다. 여기서도 감탄법과 설의법을 많이 사용했지만 정서표현은 절제되어 있고 시어 역시 정제되어 있다.

단락①에서는 폭군의 실정을 들어 왕을 경계했다면, 단락②에서는 이념적 혼란상을 제시하면서 왕에게 경각심을 불러일으켰다.

단락②-1

漢武帝(한무제) 求仙割齊(구선훌제) 汾水秋風(분수추풍) 悔心爲也(회심
ᄒ야) / 亡秦跡(망진적) 不係咸隱(불계홈은) 艱辛河那(간신ᄒ나) 擧錄爲多
(거록ᄒᄃ) / 事佛明帝(사불명제) 繪像咸焉(회상홈은) 亡國之兆(망국지조)
不知河高(부지ᄒ고) / 夷狄君長(이적군장) 之於刀以(지어죄이) 蘭臺石室
(난대석실) 其高眞可(그고진ᄀ) / 史策庫(사책고) 無三日魯(무삼일로) 佛經
閣(불경각) 刀也難高(되야ᄂ고) / 垂統萬世(수통만세) 罔測爲多(망측ᄒ다) /
王家事佛(왕가사불) 代作爲也(대작ᄒ야) 覆宗絕祀(복종절사) 這人君伊(저
인군이) / 佛門矣奴(불문으로) 日於羅(일어나) 荒迷迷滅(황미미멸) 道也難
以(되냐ᄂ이) / 明心見性(명심견성) 韓丹末隱(한단말은) 一身破作(일신파
작) 二物而羅(이물이라) / 羅到南(나도남) 南道乃家(남도ᄂ가) 到也本可(되
야본ᄀ)

단락②-2

獲罪天矣(획죄천의) 無所禱難(무소도ᄂ) 萬古大聖(만고대성) 孔子末三
(공자말삼) / 日月中天(일월중천) 發斤末魯(발근말노) 布在方冊(포재방책)
墨卿跡而(묵경적이) / 乃嫩狎喜(ᄂ눈압희) 發可益高(발ᄀ잇고) / 師父訓書
(사부훈서) 河如室齊(ᄒ여실제) 乃貴聰明(ᄂ귀총명) 又在下尼(우재ᄒ니) /
耳目若此(이목약차) 無三日魯(무삼일로) / 無見無聞(무견무문) 底羅韓古
(저러ᄒ고) / 漢帝子 楚王英而(한제자 초왕영이) 卽地跋西(즉지발서) 劍下塵
(검하진) 道丹末可(되단말ᄀ)

단락②-1에서는 전한의 무제가 신선사상에 빠져 진시황의 전철을
밟는 듯했지만 정신을 차려 한나라가 망하는 지경에까지 이르지 않게
한 것은 다행이었는데, 후한의 명제는 망국의 징조인지도 모르고 불상
을 그리고 사책고를 불경각으로 만들어 유가의 이념으로 만세를 이어

나가야 할 왕가에 불사佛事를 크게 일으켰으니 망측한 일이라고 했다. 그러면서 불교의 교리를 비판했다.

단락②-2에서는 공자의 말을 인용, 신선을 찾고 불교를 찾는 것은 하늘에 죄를 짓는 일이라 했다. 그리고 해와 달이 중천에 떠 있듯 묵적 墨翟[22]의 행적이 내 눈앞에 밝아 있고 스승들의 가르침이 내 귀를 총명 하게 하는데, 이런 눈귀를 가지고 무슨 일로 보지도 듣지도 않고 저렇 게 하느냐며 신선을 찾고 불교에 빠진 사람들에 대해 개탄했다. 그러면 서 초왕 영은 불교를 믿는다면서 목이 잘려 죽었으니 무슨 일인가 하고 물었다. 여기서 신득청은 공자를 섬기는 유가로서 자신의 이념적 지향 을 분명하게 밝힌 것이다. 단락②-3과 단락②-4에서는 다시 신선사 상과 불교, 그리고 무속에 빠진 한나라 이후 왕조에 대한 비판을 이어 갔다. 촉한의 유선이 무속과 불교에 현혹된 것, 신선사상과 불교의 횡 행으로 나라가 망하게 된 것에 대하여 "可憐爲多(가련ᄒ다)", "多尤習多 (다우습ᄃ)"라고 동정하고 희화화했다.

그런데 단락②-5에서는 지금까지의 서술 기조를 전혀 다른 방향으 로 바꾸어 도연명陶淵明의 귀거래歸去來를 얘기했다.

단락②-5
義皇上人(희황상인) 陶元亮而(도원량이) 今是昨非(금시작비) 始覺爲也 (시각ᄒ야) / 彭澤印綬(팽택인수) 乃解河高(내해ᄒ고) 就荒三逕(취황삼경) 都羅溫而(도라오니) / 歡迎谷口(환영곡구) 僮僕而五(동복이오) 候門持點

---

22 묵적은 유가에서 출발했지만 독자적 노선을 걸어 후대에 많은 영향을 끼친 묵가사상을 이룩했다. 유가와는 다른 길을 갔지만 겸애설과 평화주의를 표방하면서 서민 백성을 위한 정치를 주장했다는 면에서 신득청이 묵적의 학설을 긍정적으로 평가한 것 같다.

(후문지점) 穉子達以(치자둘이) / 典午老人(전오노인) 麻齋刃可(마져인ㄱ) / 携幼入室(휴유입실) 自酌河而(자작ㅎ니) 漉酒葛巾(녹주갈건) 翟夫人隱(적부인은) / 秫酒盞前(출주잔전) 更勸爲高(갱권ㅎ고) / 北窓枕(북창침) 無絃琴焉(무현금은) / 能知翁意(능지옹의) 含情爲乃(함정ㅎ니) 門前柳(문전류) 籬下菊果(이하국과) / 園中松(원중송) 庭畔柯亂(정반가ᄂ) 晉時光色(진시광색) 尙帶爲羅(상대ㅎㄴ) / 山外世界(산외세계) 刀羅本而(도라본이) 寄奴草色(기로초색) 劉宋日世(유송일세)

　도연명을 희황상인이라고 하면서 행복한 귀거래를 생동감 있게 묘사했다. 어제까지 혼란한 정국에서 벼슬살이한 것은 잘못됐고 지금 귀거래하는 것이 옳음을 비로소 깨달았다고 했다. 팽택 수령의 벼슬자리를 내놓고 거친 시골로 돌아가는 장면, 동구 밖에서 아래 사람들과 자식들이 맞이하는 장면, 집에 들어가 가족들과 술상을 마련하는 장면, 무현금을 뜯으며 정원의 수목과 꽃을 바라보는 장면을 생생하게 서술했다. 도연명의 〈귀거래사〉를 떠올렸던 것 같다. 그런 삶 속에서 근심걱정 없이 지내다 보니 바깥세상에서는 어느새 진나라는 가고 송나라가 왔다고 했다. 앞 단락들과는 달리 도연명의 행복한 귀거래를 언급한 것은 도연명에 대한 흠모의 정으로써 진晉나라의 사상적 난맥상을 간접적으로 비판하면서 작가의 의중을 밝힌 것으로 볼 수 있다. 즉, 왕실의 비호로 횡행하던 신돈辛旽의 불교에 대한 반감, 본인도 도연명처럼 혼란한 정국을 떠나겠다는 의지를 밝히면서 왕을 경계한 것이다.

　단락③에서는 남북조로부터 당송에 이르기까지 황실의 실정과 사상적 난맥상을 총체적으로 언급하면서 왕에 대한 경계의 말을 이어갔다. 남북조시대 이래의 혼란에 대해서는 쓰고자 하나 붓털을 더럽힐 것 같다고 했다. 이어서 당나라와 송나라는 볼 만한 행적이 너무나 많지만

당나라는 총희에 빠진 황제의 음탕함으로, 송나라는 황제의 암약暗弱
으로 정치를 그르쳤음을 말했다. 이어서 도교와 불교에 홀려서 정신 못
차리고 아첨하는 신하를 좋아한 것은 진한秦漢시절과 똑같고, 환관과
총희가 날뛰고 충신과 성현을 죽이고 쫓아낸 것도 진한을 거울삼지 못
한 탓이라고 했다. 앞 시대를 거울삼지 않고 어떻게 평생토록 선하고
평안하게 살 수 있고 어지러이 망하지 않는다고 할 수 있겠는가라고
물었다. 그런 후 암울한 역사의 전철을 밟은 당송의 역사를 통해서 왕
에 대한 경계의 말을 계속했다.

　　단락③ 후반부
　　創興治平(창흥치평) 安社稷道(안사직도) 前世興王(전세흥왕) 同轍伊五
　(동철이오) / 敗亂家國(패란가국) 亡社稷刀(망사직도) 前世不君(전세불군)
　同轍日世(동철일세) / 烈士忠直(열사충직) 眞儒賢伊(진유현이) 亂世羅高
　(난세ㄹ고) 邑室孫可(읍실손가) / 蠹小奸諛(두소간유) 凶賊臣以(흉적신이)
　平時羅高(평시ㄹ고) 邑室孫可(읍실손ㄱ) / 人君心事(인군심사) 如何中矣
　(여하중의) / 蠹反忠(두반충) 忠反蠹(충반두) 日於爲高(일어ᄒ고) / 亂反平
　(난반평) 平反亂(평반난) 日於爲尼(일어ᄒ니) / 胡爲不思(호위불사) 無三日
　高(무삼일고)

　잘 다스려 흥하고 평화로웠던 나라들은 왕이 전세의 흥한 왕을 본받
아서 그 길로 갔기 때문이고, 나라가 어지럽고 사직이 망한 것은 왕이
전세의 못난 왕의 길로 갔기 때문이라고 전제하고 충신과 진유眞儒가
난세라고 없었으며, 간신과 적신賊臣이 평시라고 없겠는가라고 물었
다. 그리고 왕의 마음이 어떠하냐에 따라 간신이 충신이 되고 충신이
간신이 되며, 난세가 평시가 되고 평시가 난세가 되는데 헤아리지 않

는 것은 무슨 일인가라고도 물었다. 왕의 마음에 따라 나라의 운명이
결정된다는 점을 거듭 강조했다. 매우 강한 어조로 왕에게 직언을 한
것이다.

왕에 대한 경계에 이어서 단락④에서는 신하에 대한 경계의 말을
했다.

단락④

嗚呼人君(오호인군) 獨豈然可(독기연ㄱ) 嗟亦人臣(차역인신) 多其於以
(ᄃ글어니) / 一時寵貴(일시총귀) 造他馬所(조타마소) / 季世誤君(계세오군)
貪榮家矣(탐영가의) 媚諛要華(미유요화) 富貴身以(부귀신이) / 傾國前矣
(경국전의) 屠戮爲刀(도륙ᄒ니) / 殉忠死義(순충사의) 不顧家矣(불고가의)
殺身夷族(살신이족) 樂節人隱(낙절인은) / 他國矣道(타국의도) 師則爲刀
(사즉ᄒ니) / 昭昭史册(소소사책) 春秋筆以(춘추필이) 無私爲尼(무사ᄒ니)
萬代眸羅(반대모라) 興世事跡(흥세사적) 披閱爲高(피열ᄒ고) 季世事跡
(계세사적) 揣摩漢而(취마ᄒ니) / 可憐賢人(가련현인) 榮華道也(영화도야)
千世萬世(천세만세) 遺芳爲古(유방ᄒ고) / 富貴小人(부귀소인) 可憐道也
(가련도야) 千歲萬歲(천세만세) 恒殺日世(항살일세) / 致身行志(치신행지)
活如他可(ᄒ려다가) 百諫一謨(백간일모) 無用爲也(무용ᄒ야) / 退終巖穴
(퇴종암혈) 活也爲面(ᄒ야ᄒ면) 林水之樂(임수지락) 豈窮闊也(기궁홀야) /
天理此間(천리차간) 順命爲面(순명ᄒ면) 無恨爲尼(무한ᄒ이) 安身日世(안
신일세) / 比干見殺(비간견살) 殷仁而羅(은인이ᄂ) 止則止道(지즉지도) 聖
人日世(성인일세)

단락④에서는 역사를 귀감으로 삼아야 하는 것은 왕만이 아니라 신
하도 역시 다 그렇다고 했다. 난세에 왕을 오도하고 아첨해서 부귀영화
를 탐하면 나라가 기울기 전에 도륙당하고, 죽음으로 충의와 절의를 행

하는 사람은 다른 나라에서도 스승으로 삼을 것이니 공평무사한 역사책이 만대의 눈동자가 될 것이라고 했다. 치세와 난세의 사적을 살펴보니 불쌍했던 현인들은 영화로이 천세만세에 향기롭고, 부귀했던 소인들은 불쌍하게도 천세만세에 죽임을 당할 것이라고도 했다. 그러니 조정에 나가 뜻을 펼치려다 아무리 간언을 해도 소용없을 때 물러나 시골에서 생을 마무리한다면 산수 간의 즐거움에 다함이 있겠는가라고 묻고 하늘의 이치에 따라 천명에 순응하면 여한 없이 편안할 것이라고 했다. 그리고 은나라의 어진 사람 비간은 죽임을 당했지만 그칠 곳에 그칠 줄 알아 성인이 되었다고 칭송했다. 작가는 역대 인물들 중 혼란한 정국에서 비굴하게 벼슬자리에 연연하지 않고 시골로 내려간 도연명의 삶을 동경하면서 죽음으로 간언을 하고 후대에 추앙받는 비간을 스승으로 삼았던 것이다. 단락①-3에서 칭송해 마지않았던 강태공처럼 새 왕을 맞이해 새로운 왕조를 이루지도 못하고, 비간처럼 죽음을 당하지도 않은 상황에서 신득청이 선택한 것은 도연명의 삶이었다. 그런데 영해에 은거하다 동해에 투신해서 죽은 작가의 삶으로 보면, 가련하다고 했던 백이숙제의 뒤를 따랐다고 하겠다. 이렇게 볼 때, 단락④는 작가 자신의 신하관臣下觀을 서술했다고 할 수 있다.

단락⑤는 결말로서 왕과 신하를 아울러서 경계하면서 작품을 마무리했다.

단락⑤

一章歌言(일장가언) 荒澁爲那(황삽ㅎ뇌) 節節懇惻(절절간측) 刀也西羅(도야셔라) / 人君爲鑑(인군위감) 爲也時面(ㅎ야시면) 傳世無窮(전세무궁) 爲狎時古(하압시고) / 人臣取則(인신취즉) 爲也時面(ㅎ야시면) 永命無窮

(영명무궁) 都如難而(되여ᄂᆞ니) / 於噫乎(오희호) 世世上(세세상) 爲君臣以
也兮(위군신이야혜)

이 노래는 황삽하지만 구구절절 간절한 마음을 담았다고 했다. 왕이
귀감으로 삼으면 왕조가 대대로 무궁할 것이고 신하가 교훈으로 삼으
면 생명이 무궁할 것이라고 했다. 마지막 줄 "오호라! 온 세상 왕 되고
신하된 사람들이여!"라는 한탄에 작가의 간절한 마음이 함축되어 있다.

하나라 걸왕으로부터 중국의 장구한 역사에 등장했던 제왕들에 대해
서는 실정을 낱낱이 들어 비판한 데 비하여 예거한 신하들에 대해서는
성인이라고까지 극존대를 하면서 귀감으로 삼은 것으로 보면, 신득청
은 〈역대전리가〉에서 유학을 주 이념으로 삼아 왕에 대한 경계에 무게
중심을 두고 신하로서 자신이 가지고 있었던 의지를 밝혔다고 하겠다.
즉, 〈역대전리가〉는 왕비인 노국대장공주 죽음 이후 공민왕의 실정, 권
문세족의 횡포, 요승으로 알려진 신돈에 대한 지나친 신뢰 등 총체적인
난국의 당시 현실을 비판하면서 군신이 함께 역사를 거울삼아 올바른
길로 가야 함을 진언한 작품이라 할 것이다. 우왕 때도 나라의 상황이
나아지지 않자 다시 한번 〈역대전리가〉로써 경계했지만 받아들여지지
않았다.

(『오늘의 가사문학』 제25호, 2020)

최초의 은일가사 〈상춘곡〉

산림과 홍진의 양면성

작가 정극인, 그의 삶과 문학

정극인丁克仁(1401~1481)은 태종으로부터 성종까지 일곱 왕을 거치면서 장수했다. 그렇지만 정극인은 벼슬로 현달한 사람은 아니다. 호남에서 유일하게 사간원 정언에 임명된 것을 영광으로 생각할 정도였다. 29세에 생원시에 합격하고 성균관에서 오랜 동안 공부했으나 53세가 되어서야 대과에 합격하여 본격적으로 벼슬길에 나갔다. 벼슬살이의 부침을 거듭하다가 69세에야 사간원 정언이 되었다. 그런데 이듬해 70세에 치사하고 태인으로 물러나 향리의 자제를 가르치는 데 심혈을 기울였다. 그 공을 인정받아 1472년 성종이 3품산관三品散官을 내리자 이에 감격해 〈불우헌가不憂軒歌〉·〈불우헌곡不憂軒曲〉을 지어 송축했다.

정극인은 항상 사대부로서 유가의 이념을 실현하기 위하여 올곧게 살아가려고 초지일관했던 인물이었다. 성균관에서 대과를 준비할 시절, 기근이 심한데다 농한기가 아닌데도 세종이 흥천사興天寺 중건을 위한 대규모 토목공사를 벌이고 승려 행호行乎의 비행이 자심해지자 성균관 유생들과 함께 상소문을 올려 항변하였다. 이 일로 정극인은 죽을 위기를 넘기고 귀양을 갔다가 풀려나 태인으로 돌아간 일도 있었다. 성균관에 오래 머물고 있으면서도 대과에 오르지 못했고 상소 사건으로 위기를 가까스로 면한 상황이라 정극인의 생애에서 가장 힘들고 근심이 많았을 시절이었음에도 불구하고 자신의 집 이름과 호를 '불우헌'이라 붙이고 삶의 자세를 흩트리지 않으려고 노력하였다.

그리고 벼슬에서 물러나 있을 때는 훈도로서 시골 아이들 교육에 힘썼고 향음주례를 마련하여 백성들의 삶의 규범을 세웠으며, 80세에 이르기까지 시정의 폐단을 고하는 상소문을 올리는 등 사대부의 이념실현을 위하여 성실한 삶을 살았다. 즉, 정극인은 사대부로서 규범적인 삶을 추구하는 한편 현실에 대한 관심의 끈을 놓지 않고 기회가 있을 때는 벼슬에 나가기도 했고 상소를 올리기도 했던 것이다. 그럼에도 불구하고 치사할 무렵에 지은 것으로 추정되는 〈상춘곡賞春曲〉에서는 정치현실을 '홍진紅塵'에 비유했다. 여기에 정극인의 고민이 있었다.

정극인은 많은 고민을 안고 태인에서 '불우헌不憂軒'을 짓고 홍진을 멀리하면서 '불우不憂'의 삶을 살고자 했다. 그렇지만 정극인은 홍진 세상으로의 진출에 대하여 강한 집념을 가지고 있었기 때문에 불우헌이 오히려 '우憂'의 공간으로 인식되기도 했다. 정극인은 자신의 이러한 고민과 소망을 다양한 문학작품을 통해서 표현하였다. 관인문학이었고 송축가로도 연주된 경기체가, 이와는 상반되게 사림문학으로 발달한 가사 등 다양한 장르를 활용하여 단표누항의 이념뿐만 아니라 부귀공명에 대한 강렬한 집념을 보여주었다. 또한 한시의 경우에도 관직생활의 흥취와 소망을 노래한 시와 강호한정을 노래한 작품이 공존하고 있어서 정극인이 매우 역동적인 의식세계를 지니고 있었음을 증명해 주고 있다. 특히 관직 생활에 대하여 정극인만큼 적극적으로 문학작품을 창작한 작가는 찾아보기 힘들다.

은일문학의 전통과 은일가사

은일문학隱逸文學의 문학사적 전통은 그 연원이 매우 오래되었다. 은일은 유가적儒家的이든 도가적道家的이든 정치현실과 관련되어 있다. 혼탁한 정치현실을 피하기 위해 선택했든, 치사한객으로서 여유로운 삶을 위해 선택했든 은일은 정치현실과 떼어놓을 수 없는 행위이다. 따라서 은일문학은 정치현실을 떠나 고향이나 자연 속에 은거하는 삶이나 정서를 술회한 문학이라고 정의할 수 있다.

일반적으로 은일문학의 연원은 3세기경 진晉나라 죽림칠현竹林七賢에서 유래한 것으로 본다. 이후 도연명의 〈귀거래사歸去來辭〉나 〈도화원기桃花源記〉는 은일문학의 전범典範이 되었다. 혼탁한 정치현실을 피해 초야에 숨어 살면서 시주詩酒를 벗 삼아 지낸 죽림칠현이 시작한 은일의 풍조는 후대 정치인들이나 문학인들에게 동경의 대상이 되었다. 우리나라에서는 고려 무신란 이후 죽림칠현을 흠모하여 결성된 죽림고회竹林高會가 은일문학을 열었다.

은일의 풍조는 조선시대에도 지속되었고 은일문학 역시 왕성하게 창작되었다. 15세기 계유정란癸酉靖亂 후 생육신生六臣들은 평생 벼슬길에 나오지 않았고 잠령칠현蠶嶺七賢들 역시 출사하지 않고 숨어 살았다. 그러다 연산군 때부터 시작된 사화士禍로 인하여 관직을 그만두고 초야로 숨어드는 것이 하나의 풍조가 되다시피 했다. 사화 이후에도 정치적 난맥상은 계속되어 당쟁이 발생하고 격심해지면서 은일의 풍조는 더욱 일반화되어 조선 후기까지 성행하게 되었고 그에 따라 은일문학 또한 많은 창작이 이루어졌다. 소위 '강호가도江湖歌道'도 이러한 풍조 속에서 생겨난 조선의 가풍歌風이라 할 수 있다. 유가儒家에서 결신오세潔身傲世라고 비판하는 도가적道家的 은일문학도 있기는 하지만 조선의 은일문학은 대체로 수기치인의 이념적 다짐이나 흥취를 노래하거나 관직에서 물러나 있는 심적 갈등을 노래한 작품이 주류를 이룬다.

사대부층은 관직에의 진출이 바로 이념 실현의 길이었고, 그렇기 때문에 사대부층의 가장 큰 관심은 관직에 있었다. 그렇기 때문에 관직에의 진출이 가로막히거나 본의 아니게 물러나게 되었을 때는 그만큼 갈등의 진폭이 컸기 때문에 문학사에서 은일문학이 차지하는 비중도 크지 않았나 생각된다.

이러한 은일문학의 전통에 힘입어 은일가사隱逸歌辭 역시 왕성한 창작이 이루어졌다. 정극인의 〈상춘곡〉 이후 가사문학사에서 가장 많은 창작이 이루어진 유형이 은일가사이다.

〈상춘곡〉, 산림과 홍진의 양면성

〈상춘곡〉은 치사한 정극인이 태인에서의 삶을 노래한 작품이다. 앞서 언급한 바, 관직에서 물러나 시골에서 생활했던 은일 사대부의 고민이 〈상춘곡〉에 잘 나타나 있다.

먼저 작품의 서두와 결말을 살펴본다.

> 紅塵에 뭇친분네 이내生涯 엇더ᄒ고
> 넷사름 風流를 미출가 못미츨가
> 天地間 男子몸이 날만흔이 하건마는
> 山林에 뭇쳐이셔 至樂을 모룰것가
> 數間 茅屋을 碧溪水 앏픠두고
> 松竹 鬱鬱裏예 風月主人 되여셔라
>
> 功名도 날씌우고 富貴도 날씌우니
> 淸風明月 外에 엇던벗이 잇스올고
> 簞瓢陋巷에 훗튼혜음 아니ᄒ닉
> 아모타 百年行樂이 이만흔들 엇지ᄒ리

서두는 '풍월주인'이 '홍진에 뭇친분네'에게 자신의 삶을 과시하는 내용이다. 홍진은 산림과 대비되는 공간으로서 혼탁한 정치현실의 비유이다. 청정한 산림에 비해서 홍진은 사람이 살 수 없는 먼지투성이의 오염된 세계로서 인간이 안주할 수 없는 공간이다. 서두에 나타나 있는 '홍진'은 언뜻 보기에는 시적 화자와는 상관없이 동떨어져 있는 공간이다. 반면, 산림은 배산임수의 안온한 지형에 모옥이 있어서 시적 화자가 지락을 즐기면서 살아가고 있는 공간이다. 정극인은 홍진과 산림을 대비되는 공간으로 표현함으로써 홍진과 산림에 대한 자신의 의식을 선명하게 드러내 주고 있다. 자신의 풍류를 옛 성현들의 풍류에 비견할 만하다고 하고, 천지간에 나만한 즐거움을 누리고 사는 사람이 있는가 라고 자신할 정도로 풍월주인으로서의 지락을 누리고 있다고 자부하면서 홍진에 묻혀 있는 사람들을 안타까워하고 있는 것이다.

그런데 결말의 어조는 이와 판이하다. '공명도 날 꺼리고 부귀도 날 꺼리니 청풍명월 외에 어떤 벗이 있겠는가'에서는 목소리가 한껏 움츠러들었다. 이 대목의 의미는 내가 부귀공명을 꺼려서 청풍명월을 벗한 것이 아니라 부귀공명이 나를 꺼려서 어쩔 수 없이 청풍명월을 벗 삼을 수밖에 없었다는 것이다. 그런데 이어지지는 대목에서는 또다시 '청풍명월을 벗하며 단표누항에 허튼 생각하지 않고 살아가니 이렇게 일평생 살아가는 내 모습이 어떠한가'라고 자신의 삶을 과시했다. 시적 화자는 부귀공명을 쫓아 다녔지만 그 뜻을 이루지 못하고 물러나 청풍명월을 벗하며 안회의 안빈낙도를 추구하고 있는 상황을 이렇게 표현한 것이다. 자기과시를 하면서도 부귀공명에 대한 미련이 마음 한구석에 자리 잡고 있었던 것이다. 홍진에 묻혀 사는 사람들에 대해서 자기과시를 했지만 정작 시적 화자에게는 청풍명월 외에 어떠한 벗도 없는 적막한 처지였다.

그러면 시적 화자의 정서가 구체적으로 드러나 있는 본사를 살펴보자. 단락을 나누고 단락별 핵심 시행과 시어를 제시한다.

① 物我一體어니 興이 다룰소냐.
   桃花杏花, 綠楊芳草, 수풀에 우는 새
② 閑中眞味를 알니업시 호재로다.
   柴扉, 亭子, 逍遙吟詠
③ 이바 니웃드라 山水求景 가쟈스라
   니웃, 山水求景
④ 武陵이 갓갑도다 져미이 긘거이고.
   踏靑, 浴沂, 茱山, 釣水, 葛巾漉酒, 微吟緩步, 淸流, 桃花, 武陵

⑤ 엊그제 검은들이 봄빗도 유여홀샤.
　松間細路, 杜鵑花, 峰頭, 千村萬落, 煙霞日輝

〈상춘곡〉 내용의 대부분을 차지하고 있는 본사의 내용은 새봄의 풍경과 흥취이다. 서두에서 보이는 홍진에 묻힌 사람들에 대한 자기과시나 결말에서 보이는 부귀공명에 대한 미련 같은 것은 전혀 나타나 있지 않다. 서두에서 말한바, '풍월주인'의 풍월에 대한 감흥으로 시종일관하고 있다. 본사의 이런 내용은 서두에 나타나 있는 풍월주인의 자기과시의 배경이 되고 결사에 나타나 있는 안빈낙도의 명분이 되는 것이다.

　그러면 단락별로 제시한 핵심어를 먼저 살펴보자. 5단락 전체를 통틀어 정극인이 거주하고 있었던 태인의 지명이 전혀 없다. 풍월주인으로서 거느리고 있는 풍월, 즉 자연은 작가가 실제로 몸담고 있는 현장이 아니라는 의미이다. 특정 고유명사는 전혀 없고 경전이나 고사의 인용, 일반명사만 등장한다. 시적 화자의 행위를 나타내는 단어 역시 본인의 움직임을 구체적으로 보여주는 시어가 아니라 용사用事가 대부분이다. 정극인이 독서를 통해서 알게 된 '녯사람 풍류'를 동경하면서 자신도 그런 풍류를 즐기고자 했기 때문에 용사가 많은 것이다. 그리고 '시비, 정자, 청류, 송간세로, 봉두, 천촌만락' 등도 일반명사로서 정극인이 살았던 곳의 구체적인 지명이나 건물명과 연관되어 있지 않기 때문에 막연한 공간으로 여겨져 그가 실제로 발 디디고 이웃들과 함께 생활하고 경험하고 있는 구체적인 공간이라는 느낌을 주지 않는다. 그러므로 〈상춘곡〉의 자연은 낯익은 정경이지만 구체화하기 어렵다. 그것은 머릿속으로 그릴 수는 있어도 현실 속에는 없기 때문에 감각적으로 경험할 수는 없는 추상적이고 관념적인 공간이다.[1] 정극인은 자신의 실제 경험이 아니라 선험적으로 터득한 가장 아름다운 자연과 그 자연 속에서의 관념적 풍류를 동경하고 있었던 것이다.

단락③의 "이바 니웃드라 山水 구경 가쟈스라"는 이웃과 함께 풍류를 나누고자 하는 의지를 보여주기도 한다. 그렇지만 그 산수 역시 실재하는 곳은 아니다. 〈상춘곡〉에서의 산수 구경의 궁극은 무릉도원이다. "져믹"가 바로 그곳, 무릉도원이라 했다. "져믹"는 저만큼 떨어져 있는 막연하고 추상적인 공간일 따름이지 시적 화자가 이웃들과 어우러져 사는 장소는 아니다. 그리고 단락①의 물아일체의 흥은 단락②에서 "閑中眞味를 알니업시 호재로다"라고 했듯이 혼자 즐기는 것이고, 단락③에서 이웃을 끌어들여 함께 하고자 했지만 단락④에서 다시 "微吟緩步ᄒ야 시냇ᄀ의 호자 안자"라고 한 것처럼 결국은 혼자의 풍류에 그쳤다. 또한 단락⑤에서 "峯頭에 급피올나 구름소긔 안자보니 千村萬落이 곳곳이 버러잇ᄂᆡ"의 천촌만락은 자신이 융화되어 그 속에서 사람들과 어우러져 사는 생활 현장이 아니라 구름 속에서 멀찍이 바라보는 관조의 대상이다.

이렇게 볼 때, 〈상춘곡〉의 산수는 사대부라면 누구나 꿈꾸는 아름답고 평화로운 정경, 즉 '머릿속에 깊이 뿌리 내린 관념적 아름다움'[2]의 대상이다. 정극인은 태인에서 살았지만 〈상춘곡〉의 배경은 상상의 무릉도원에서 태인의 "져믹"에 이르기까지, 공자 시절로부터 현재의 "새봄"까지 넓은 시·공간에 펼쳐져 있다. 이것은 시적 화자의 의식이 경험

1 김대행, 「상춘곡 : 추상의 의미」, 『고시가연구』 제5집(한국고시가문학회, 1998), 74쪽 참조.
2 위의 글, 75쪽.

적 삶과는 멀찍이 떨어져 있는 이념과 동경의 세계에 머물러 있었음을 의미한다.

〈상춘곡〉의 정극인은 정치현실을 '홍진'에 비유하여 '산림'으로 물러난 명분을 찾았고, 산림의 아름다움과 산림 속에서의 풍류를 통해서 안빈낙도하는 삶의 명분을 찾았다. 따라서 '홍진'은 표면적으로는 배척의 공간인 것처럼 형상화되어 있지만 꺼리지(싀우지)만 않는다면 나가고 싶은 곳이다. 반면, 산림은 여유롭고 평안하게 풍류를 즐기면서 살아가는 곳인 것 같지만 삶의 뿌리를 내리지 못하고 관념 속에서 딴 세상을 꿈꾸고 있는 추상적 공간이다.

사대부들이 물러나는 명분은 정치현실은 홍진이고 자연은 무릉도원이기 때문이며, 나가는 명분은 정치현실에는 성은聖恩과 부귀공명이 있고 자연은 혼자만의 외로운 공간이기 때문이다. 사대부들의 이상은 두 가지 이념의 완전한 실현에서 오는 것이고 이념 실현 후 여유롭고 평안하게 사는 것이다. 그렇지만 그런 이상의 실현은 이루어지기 힘든 것이었다. 은일가사는 그런 이상실현의 강렬한 소망이 현실의 장벽에 가로막혀 좌절당한 사대부들의 복잡한 심사를 그린 작품군이라 할 수 있다.

〈상춘곡〉 역시 안빈낙도하면서 백년행락을 누리고자 하는 표면적 의미 이면에는 강렬한 관인 지향적 의식을 내포하고 있다. 즉, 〈상춘곡〉은 물러나 사는 사대부의 보편적인 명분 이면에 '산림'에서 진정한 안빈낙도를 하지 못하고 '홍진'을 향하여 강한 집념을 지니고 있었던 정극인의 고민을 내포하고 있는 은일가사이다. 수기치인修己治人의 이념을 충족하지 못한 유가 사대부 정극인의 고민과 오랜 은일문학의 전통이 만남으로써 조선조 가사의 시작을 은일가사로 할 수 있었던 것이다.

〈상춘곡〉으로 시작한 은일가사는 가사문학의 가장 큰 줄기를 형성하면서 조선 후기까지 많은 작품을 남겼다.

(『오늘의 가사문학』 제6호, 2015)

최초의 유배가사 〈만분가〉

유배정서의 응집과 분출

작가 조위의 삶과 문학

〈만분가〉의 작가 조위曺偉(1454~1503)는 경상도 금산(현재의 김천)에서 울진현감 조계문曹繼門(?~?)의 아들로 태어났다. 조위는 10살 무렵자형姊兄이 된 김종직金宗直(1431~1492)을 찾아가 학문적 인연을 맺었다. 이듬해에는 서울 사는 당숙 조석문曺錫文(1413~1477)의 집에 갔다가 그의 눈에 들어 12살부터는 그 집에 기거하며 글을 배웠다. 말하자면, 조위는 학문과 삶의 자세에 대해서는 김종직, 관직 진출과 관리의처신에 대해서는 조석문을 사표로 삼았다고 하겠다. 조위는 친·인척대학자와 정승의 가르침으로 18세에 소과에 합격하고 21세에 대과에합격하여 승문원承文院 정자正字가 되면서 관직생활을 시작했고 23세되던 1476년에는 성종의 명으로 사가독서를 했다. 이후 도승지都承旨, 충청도 관찰사, 중추부동지사中樞府同知事 등을 역임했다.

조위는 자형 김종직에게 학문을 배우기 시작했고 관직에 진출하고 난 이후에는 김굉필金宏弼(1454~1504), 정여창鄭汝昌(1450~1504) 등 김종직의 제자들과 친밀하게 지냈다. 39세 되던 1492년에는 도승지가 되었고 김종직이 세상을 떠났다. 이듬해에는 호조참판이 되었고 성종成宗의 명으로 김종직의 문집을 찬집했다. 그리고 1494년에는 성종이 세상을 떠났다. 순탄하게 관직생활을 하던 조위는 김종직과 성종이 세상을 떠난 후 환해의 소용돌이에 휘말려 고초를 겪다가 죽게 된다.

연산군燕山君 4년(1498)에 일어난 무오사화戊午士禍는 조위의 삶을 급전직하하게 만들었다. 사건의 발단은 사림파士林派 김종직의 제자인 김일손金馹孫(1464~1498)이 춘추관의 사관으로서 『성종실록成宗實錄』의 사초에 김종직의 〈조의제문弔義帝文〉을 싣자 유자광柳子光(1439~1512) 등 훈구파勳舊派들이 연산군에게 사림파를 대역죄인으로 보고하고 몰아간 것이다. 사림파에게 염증을 내고 있던 연산군은 사림파들을 혹독하게 국문한 끝에 모든 일이 김종직의 사주로 일어난 것으로 결론짓고, 죽은 김종직은 부관참시하고 김일손 등 많은 사림파들에게는 능지처참 등 참혹한 형벌을 가했다. 조위는 이때 마침 성절사聖節使로 명明나라에 가 있어서 참혹한 화는 피했지만, 귀국길에 바로 의주에 유배되었다가 1년 후 순천으로 이배되어 거기서 죽었다. 사후 1년, 1504년에 일어난 갑자사화甲子士禍 때는 스승 김종직과 마찬가지로 부관참시를 당하는 수모를 겪었다.

조위는 사림파의 핵심 인물 김종직의 제자이면서 수양대군이 계유정란癸酉靖亂(1455)으로 세조世祖가 될 때 공신이 된 훈구대신 조석문의 조카라는 점에 유의할 필요가 있다. 다시 말하면, 조위는 스승 김종직의 영향을 받은 사림파와 훈구 가문 출신 관각문인의 양면성을 지닌

인물이다. 문학에 있어서도 사림파로서 당시의 현실문제에 대한 비판
의식과 백성들의 삶에 대한 관심을 드러낸 작품을 쓰기도 하고, 한편으
로는 남들로부터 '유려하고 脂粉態가 있다'든가 '麗婉하다'는 평가를
받는 등 사장詞章 중심의 작품을 쓰기도 했다.[1]

순탄한 벼슬살이 가운데서 득의에 찬 문학 활동을 했던 조위는 무오
사화를 겪고 난 이후에는 연속되는 유배생활에서 오는 외로움과 고향
에 대한 그리움, 벼슬에 대한 미련 등을 노래했다. 조위의 유일한 국문
시가인 〈만분가〉 역시 순천 유배시절에 지은 작품이다. 그리고 조위와
함께 무오사화 때 수난을 당했던 김굉필이 평안도 희천에 유배되었다
가 순천으로 이배되어 오자 조위는 그와 함께 도학에 대하여 토론하면
서 학문에 정진했고 문학작품에서도 유락적 풍류보다 도학의 이념을
추구하는 성향을 보였다.[2]

유배가사의 시작과 전개

〈만분가〉는 작가 조위가 무오사회에 연루, 순천에 유배되어 갔을 때
창작한 작품이다. 〈만분가〉는 작품창작 이후 250여 년 후 안정복安鼎福
(1712~1791)의 『잡동산이雜同散異』에 기록되어 있지만 작가에 대한 논

---

1 조위의 사대부적 성격에 대해서는 김창호, 「조위 시를 통해 본 15세기 후반 문학 지형의
  일면」, 『동양한문학연구』 26집(동양한문학회, 2008)에서 자세하게 다루었다.
2 조위의 생애와 문학에 대해서는 이동재, 『매계 조위의 삶과 문학』(보고사, 2004); 윤호
  진, 「매계 조위의 학문연원과 시세계」, 『남명학 연구』 제20집(경상대 남명학연구소,
  2005) 참조.

란은 없다. 그리고 〈만분가〉는 최초의 유배가사라는 점에서 관심을 받
아왔다.[3]

〈만분가〉는 밖으로는 동아시아 중세 보편문학에서 연군문학의 사표
라고 하는 굴원屈原(BC 343~BC 278 추정)의 〈이소離騷〉의 전통, 안으로
는 고려전기 정서鄭敍(?~?)가 지은 〈정과정鄭瓜亭〉의 전통을 이어받아
작가의 상상력을 보태고 융합시켜서 가사문학의 새로운 전통을 만들어
냈다. 유교·신화·무속·도교 등 다양한 종교·사상의 상상력을 동원하
여 화자와 현실의 갈등을 역동적으로 형상화한 〈이소〉, 억울하게 버림
받은 자신의 정서를 여성화자와 님에 비유하여 하소연한 〈정과정〉의
맥을 이어 유배가사의 전통을 새롭게 수립했다. 이후 〈만분가〉의 전통
은 천상계와 지상계라는 허구적 공간을 설정하고 여성이 남성을 그리
워하는 연정가로써 연군의 정서를 우의寓意한 정철鄭澈(1536~1953)의
〈사미인곡思美人曲〉 계열, 그리고 유배 사실과 현실적·경험적 사실을
중심으로 현실에 대한 울분이나 원망의 토로에 치우쳐 있는 송주석宋
疇錫(1650~1692)의 〈북관곡北關曲〉 계열로 이어졌다. 〈사미인곡〉 계열
은 정철의 〈속미인곡續美人曲〉·조우인曺友仁(1561~1625)의 〈자도사自
悼詞〉·김춘택金春澤(1670~1717)의 〈별사미인곡別思美人曲〉으로 이어졌
고, 〈북관곡〉 계열은 이진유李眞儒(1669-1730)의 〈속사미인곡續思美人
曲〉·이광명李匡明(1701~1778)의 〈북찬가北竄歌〉·이방익李邦翊(?~?)의
〈홍리가鴻罹歌〉·이기경李基慶(1756~1819)의 〈심진곡尋眞曲〉·〈낭유사
浪遊詞〉로 이어졌다.[4] 조위는 과거 유배문학의 전통을 폭넓게 이어받아

3 이가원, 「만분가 연구」, 『동방학지』 6집(연세대 동방학연구소, 1963) 참조.
4 최상은, 「유배가사의 작품구조와 현실인식」(한국정신문화연구원 부속대 석사학위논

불의에 유배당한 자신의 복잡한 정서를 〈만분가〉 한 편에 녹여 놓았고, 후대인들은 자신의 처지에 따라 다른 방향으로 유배가사의 전통을 이어 나갔던 것이다.

그런데 안조원(?~?)의 〈만언사〉와 김진형金鎮衡(1801~1865)의 〈북천가北遷歌〉에서는 새로운 변모를 보인다. 〈만언사〉는 안조원이 대전별감으로 있을 때 죄를 짓고 제주도에 유배 가서 지은 작품인데 작가의 신분이 중인이라는 점에서 특이하다. 안조원은 중인 지식인으로서 사대부 지향적 의식을 가지고 있었지만, 중인으로서 신분적 한계를 느끼지 않을 수 없는 위치였다. 작품에서도 한자말과 고사를 많이 사용하여 사대부 지향적 의식을 드러내는 한편, 민요의 해학적 표현을 적극적으로 활용하여 현실을 비판하거나 유배생활을 희화하기도 했다. 중인이라는 신분적 위치에서 오는 양면성이라 할 수 있겠다. 〈북천가〉는 작품의 분위기가 이전의 작품들과는 전혀 다르다. 유배정서에 의한 침울한 분위기는 거의 없고 흥겨운 유람과 기생과의 사랑놀음이 작품의 주조를 이룬다. 이는 당시 정치현실이나 유배 자체에 대한 조롱이면서 기존 유배가사의 작품세계를 뒤집는 일탈이다. 〈만언사〉와 〈북천가〉가

문, 1983), 82~88쪽 참조. ; 최현재, 「연군가사의 구도와 전개」, 『조선시대 시가의 역사적 이해와 전망』(소명출판, 2012), 121~131쪽 참조. 최현재는 이 논문에서 〈만분가〉 화자의 성격과 정서의 양상을 중심으로 유배가사의 계보를 작성했다. 〈만분가〉는 남성과 여성의 모습을 함께 지니고 연군, 충간, 원망을 노래하고 있다는 면에서 굴원의 〈이소〉, 정서의 〈정과정〉과 같은 유배문학에 나타나는 충신연주지사의 전통적 모습을 그대로 유지한 작품이고, 이 전통은 〈자도사〉, 〈북관곡〉으로 이어졌다고 했다. 그리고 〈사미인곡〉·〈속미인곡〉은 충신연주지사의 전통을 단순히 따른 것이 아니라 새롭게 창조하여 전인미답의 경지를 개척한 작품인데 〈별사미인곡〉·〈속사미인곡〉이 그 뒤를 이었다고 했다.

보여 준 파격적 성격은 유배가사 작품세계의 확장이면서 말기적 현상
이라고 할 수 있겠다.

유배정서의 응집과 분출, 〈만분가〉

그동안 〈만분가〉의 성격에 대하여 주로 두 가지 관점에서 논란이 되
어 왔다. 그것은 작품화자의 성격, 그리고 연군가 여부에 대한 것이었
다. 연군가라는 관점에서 바라볼 때, 〈만분가〉는 여성적 목소리와 남성
적 목소리가 혼재되어 있음으로 인해 작품화자의 성격이 상충되어 있
어 구조적으로 문제가 있다고 지적하는가 하면,[5] 〈만분가〉는 연군· 충
간· 원망 등의 복합적인 정서의 결합으로 이루어져 있기 때문에 두 목
소리를 지닐 수밖에 없었다고 평가하기도 한다.[6] 어쨌든 〈만분가〉는 굴
원의 〈이소〉와 정서의 〈정과정〉 등 충신연주지사忠臣戀主之詞의 전통
을 이어받아 연군가사의 전통을 마련했다는 점은 분명하다. 〈만분가〉
의 뒤를 이어 허구적 공간과 여성화자의 설정을 세련되게 가다듬은 정
철의 〈사미인곡〉· 〈속미인곡〉에 와서 연군가사는 최고의 문학적 성과
를 거두게 된다. 그리고 소재, 비유물, 원분을 직소한 구절 등의 분석을
통하여 〈만분가〉는 충신연주지사라기보다는 원분가怨憤歌라 해야 한
다는 의견이 제시되기도 했다.[7] 이러한 논란은 작품의 다의성에 기인하

5 최상은, 「연군가사의 짜임새와 미의식」, 『조선 사대부가사의 미의식과 문학성』(보고사,
   2014).
6 최현재, 앞의 글, 126~127쪽 참조.
7 유연석, 「만분가에 드러난 원한의 양상」, 『한국시가문화연구』 제30집(한국시가문화학

는 것이기 때문에 모두 일면의 타당성을 지니고 있다. 그래서 여기서는 이와 같은 논란은 주로 작품에 나타난 정서에 대한 것이라고 보아, 이런 정서를 포괄할 수 있는 용어로 '유배정서'[8]를 사용하고자 한다.

〈만분가〉는 유배문학에서 보여 줄 수 있는 다양한 정서가 응집되어 있다. 이는 앞서 논의한 바와 같이, 〈만분가〉는 밖으로는 유교·신화·무속·도교 등 다양한 종교·사상의 상상력을 동원하여 화자와 현실의 갈등을 역동적으로 형상화한 〈이소〉, 안으로는 억울하게 버림받은 자신의 정서를 여성화자와 님에 비유하여 하소연한 〈정과정〉의 전통을 이어받고 작가의 상상력을 보태고 융합시켜 유배가사의 전통을 새롭게 수립했다.

여기서는 〈만분가〉가 작품 외적으로는 작가가 정치현실에 의해 관직에서 쫓겨나 유배된 상황에서 창작되었다는 것, 작품 내적으로는 허구적 공간(천상계와 지상계)과 작품화자(여성과 남성)가 이원적으로 설정되어 있다는 것에 초점을 맞추어 논의를 진행한다. 먼저 작품 서두를 살펴보자.

> 天上 白玉京 十二樓 어듸매오
> 五色雲 깁픈곳의 紫淸殿이 マ려시니
> 天門 九萬里를 꿈이라도 갈동말동
> 촌라리 싀여지여 億萬번 變化ᄒ여

회, 2012).

8 실제로 유배를 당한 상황은 아니라 할지라도 타의에 의해 어쩔 수 없이 관직에서 물러난 상황에서의 정서는 유배 상황에서의 정서에 못지않다고 보아 '유배정서'로 통칭하고자 한다.

> 南山 늣즌봄의 杜鵑의 넉시되여
> 梨花 가디우희 밤낫즐 못울거든
> 三淸洞裏의 졈은 한널 구름되여
> ㅂ람의 흘리ㄴ라 紫微宮의 ㄴ라올라
> 玉皇 香案前의 咫尺의 나아안자
> 胸中의 싸힌말슴 쓸커시 ᄉ로리라

작품에 등장하는 천상계는 도가에서 말하는 옥황상제가 있다고 하는 백옥경이다. 백옥경과 지상계는 단절된 공간이다. 화자가 지향하는 세계는 백옥경이지만, 실제로는 도달할 수 없는 곳도 백옥경이다. 그래서 화자는 죽어서 넋이라도 백옥경에 올라가 옥황상제 앞에서 흉중에 쌓인 말씀을 실컷 아뢰고자 한다. 이렇게 현실세계에 실재하지 않는 허구적 공간, 신성 존재에만 의지하고 살 수밖에 없다는 것이 화자의 비극적 상황이다.

그러면 〈만분가〉에 설정된 허구적 공간인 천상계와 지상계는 어떠한 공간인가? 〈만분가〉에 설정된 천상의 옥황상제는, "이몸이 녹아져도 玉皇上帝 處分이요 / 이몸이 싀여져도 玉皇上帝 處分이라~두어소리 슬피우러 님의귀의 들리기도 玉皇上帝 處分일다"라고 할 정도로 화자의 모든 것을 좌지우지할 수 있는 절대적 능력을 지니고 있다. 현실과 화자의 대립을 해결해 줄 수 있을 뿐만 아니라, 님을 만나게 해 줄 수도 있는 구원자이다. 문제는 천상계와 지상계는 단절된 공간이기 때문에 화자가 천상계의 옥황상제를 만날 수 없다는 데에 있다. 그러면 현실의 문제는 무엇인가.

> 魯나라 흐린 술희 邯鄲이 무슴 罪며

秦人이 醉흔 盞의 越人이 무음 탓고
城門 모딘 블의 玉石이 함끽 트니
쓸 압희 심은 蘭이 半이나 이우레라

盜跖도 셩히 놀고 伯夷도 餓死ᄒ니
東陵이 놉픈 작가 首陽이 느즌 작가

　고사를 인용하여 당시의 현실을 비유한 대목이다. 앞 대목은 모든 일이 사리에 어긋나고 무고한 사람을 해치는 현실, 옳고 그름을 구별하지 못함으로 인해 충신이 죽임을 당하고 간신배가 득세하는 현실을 안타까워하는 내용이다. 뒤 대목 역시 도둑들이 횡행하고 충신이 죽어가는 현실을 비유했다. 충신이라고 자부하는 작가가 자신의 억울함을 하소연하는 내용이지만, 당시 정치현실의 실제적 상황을 말해 주기도 한다. 이러한 현실인식은 작가의 처지에서 나온 것이기 때문에 객관성을 지니고 있다고는 볼 수 없지만, 어느 정도 당시의 현실을 반영한 것이라고 볼 수는 있다.

　현실적 문제 가운데 가장 심각한 것은 화자와 님의 이별이다. 그 이별은 넘을 수 없는 장애물로 인해 재회의 기약이 없는 절망적인 상태이다.

幽蘭을 것거 쥐고 님 겨신 듸 ᄇ라보니
弱水 ᄀ리진 듸 구름 길이 머흐러라

千層浪 흔가온대 白尺竿의 올나더니
無端흔 羊角風이 宦海中의 니러나니
億萬丈 소희 싸져 하늘 싸흘 모를노다

밀거니 혀거니 灩澦堆를 겨요 디나
萬里鵬程을 멀니곰 견주더니
ᄇ람의 다브치여 黑龍江의 쩌러진 둣
天地 ᄀ이 업고 魚雁이 無情ᄒ니
玉 ᄀᄐ 面目을 그리다가 말년지고

　　약수, 억만장 소, 염여퇴, 흑룡강 등은 건너지 못할 장애물을 비유한
것으로 절망적인 화자의 정서를 나타낸 소재들이다. 특히, 백척간두에
서 있다가 억만 장 깊은 물에 빠져 천지를 구별하지 못한다고 한 표현
은 극한 상황에 이른 화자의 정서를 비유한 것이다. 너무 극단적인 표
현이라는 인상을 주기는 하지만, 관가에 불어닥친 회오리바람으로 인
해 절망에 빠진 자신의 정서를 이렇게 나타냈다. 이외에도 〈만분가〉에
서는 작품 전체에 걸쳐서 감정의 분출을 억제하지 못하는 화자의 불안
하고 흥분된 정서를 표현하기 위해 극단적 성격의 소재를 많이 사용하
고 있다. "ᄎ라리 싀여지여 億萬번 變化ᄒ여" 님의 곁에 가겠노라고 했
고, "三千丈 白髮이 一夜"에 길었다고도 하고, 님이 있는 곳까지의 길을
"萬里鵬程"이라 하는 등 과장법의 사용이 잦은 것도 화자의 이런 정서
에서 연유하는 것이다. 그리고 화자의 변하지 않는 마음을, "崑崙山 第
一峰의 萬丈松"에 비유하기도 하고, "輪廻萬劫ᄒ여 金剛山鶴"이 되겠
다는 말로 나타내기도 했다. 억만 번, 삼천 장, 만리, 만장, 만겁이라는
과장된 숫자의 사용은 화자의 자제할 수 없는 정서의 발로라 할 것이
다. 화자의 이런 정서는 아무도 자신을 도와주지 않아 "玉ᄀᄐ 面目을
그리다가" 말 것 같은 불안과 초조에 빠져들게 만들었다.
　　이러한 불안과 초조는 님의 무관심으로 인해 더욱 심각해진다.

> 北風의 혼자 셔셔 ᄀ 업시 우는 뜻을
> 하를 ᄀ튼 우리 님이 젼혀 아니 슬피시니
> 木蘭秋菊에 香氣로온 타시런가
> 婕妤昭君이 薄命혼 몸이런가

화자는 '輪廻萬劫ᄒ여 金剛山 鶴'이 되어서라도 님에게 가겠노라고 했지만, 님은 전혀 그런 화자의 심정을 살펴 주지 않는다. 그뿐만 아니라, 님은 간신배들에게 둘러싸여 사리판단을 못 하는 상황이다. 화자가 일방적으로 그리워하는 님은 화자에게 아무런 희망도 힘도 될 수 없는 실정이다. 그럴수록 화자는 님에게로 가야 한다는 강박관념을 가지게 되고, 그로 인해 화자는 더욱 절망하고 불안해지는 것이다. 그만큼 정치현실이 작가에게 불리하게 전개되었던 것이다. 이러한 모든 문제를 해결해 줄 수 있는 존재가 바로 천상계의 옥황상제이다.

> 三淸洞裡의 졈은 한닐 구름 되여
> ᄇ람의 흘리 ᄂ라 紫微宮의 ᄂ라 올라
> 玉皇 香案前의 咫尺의 나아 안자
> 胸中의 싸힌 말슴 쓸커시 스로리라
>
> 이 몸이 녹아져도 玉皇上帝 處分이요
> 이 몸이 싀여져도 玉皇上帝 處分이라
> 노가디고 싀어지여 魂魄조차 훗터지고
> 空山髑髏 ᄀ치 님자 업시 구니다가
> 崑崙山 第一峯의 萬丈松이 되여 이셔
> ᄇ람비 쓰린 소릭 님의 귀예 들니기나
> 輪廻萬劫ᄒ여 金剛山 鶴이 되여

> 一萬 二千峯의 므음ᄀ 소사 올나
> ᄀ을 둘 불근 밤의 두어 소릭 슬픠 우러
> 님의 귀의 들니기도 玉皇上帝 處分일다

화자의 흉중에 있는 모든 회포를 하소연할 수 있는 대상이 옥황상제이고, 님을 만나게 해 줄 수 있는 능력을 지닌 것도 옥황상제이다. 그래서 자신의 죽음까지도 옥황상제의 처분에 맡겼다. 그러나 옥황상제는 천상계에 있다는 것이 문제이다. 천상계는 구름이 되어 바람에 날려야 갈 수 있다고 했다. 그것은 상상에서나 가능하지 실제로는 불가능하다. 또한, 님을 만나는 것도 역시 죽음을 가정한 상황설정이기 때문에 실제는 불가능하다.

이와 같은 절망적 상황은 다음과 같은 체념적 결말을 이끌어낸다.

> 어와 이 내 가슴 山이 되고 돌이 되여
> 어듸 어듸 사혀시며
> 비 되고 믈이 되여 어듸 어듸 우러 녤고
> 아모나 이 내 뜻 알 니 곳 이시면
> 百歲交遊 萬世相感ᄒ리라

이상의 논의에서 드러난 작품구조상의 공간은 천상계와 지상계, 지상계는 다시 장안과 호남으로 나누어지는데, 모두 단절된 공간으로 설정되어 있다. 지상 공간인 장안은 님이 있는 곳으로서 화자가 가고자 하는 목적지이지만, 갈 수 없는 상황이다. 그래서 절대적 능력을 지니고 있는 옥황상제의 힘을 빌려서라도 장안에 가서 님을 만나고자 하지만 역시 불가능한 실정이다. 작가의 처지에서 백옥경과 장안이 가지는 의미를 정리해 보면, 백옥경은 작가의 상상에서는 갈 수 있는 곳이지만 실제로는 갈 수 없는 곳이며, 장안은 실제로는 갈 수도 있는 곳이지만 작가의 상상에서는 갈 수 없을 것만 같은 곳이다. 인간의 능력으로는 실제로 불가능한 일은 이루려 하고, 실제로 가능한 일은 불가능하게 생각하고 있기에 작가의 세계관은 비극적일 수밖에 없다.

그러므로 이 작품에 드러난 작가의 현실인식도 매우 비극적이고 절망적이다. 그것은 작가가 겪은 정치현실이 매우 큰 충격으로 받아들여졌기 때문일 것이다. 성종 때까지 왕조의 문물제도를 완비하고 평화를 누리던 조선은 연산군이 등극하여 원한의 정치를 하면서 상황이 급속도로 악화되기 시작했다. 더구나 작가는 중국에 사신으로 갔다가 돌아오는 길에 무오사화를 당했기에 더욱 당황했을 것이다. 사화는 중앙정계에서 목소리를 높여가는 사림파를 견제하기 위한 훈구파의 가혹한 정치 행위였다. 무오사화는 그 시발점이었고 많은 사림파들이 희생당했는데 조위 역시 그중에 한 사람이었다. 더 큰 문제점은 연산군이 작가를 비롯한 사림파에 대하여 전혀 호의적이지 않았을 뿐만 아니라, 모든 규범과 가치판단의 척도가 되어야 할 왕으로서의 자질을 전혀 갖추고 있지 않았다는 것이다.

이러한 상황에서 지은 〈만분가〉이지만 작품 속 화자는 님에 대하여 전혀 원망의 목소리를 내지 않았다. 오히려 님에게 돌아가기만을 거듭 빌고 있다. 여기서 유가 사대부 작가의 모습을 찾아볼 수 있다. 연군가사는 어느 작품이나 다 마찬가지지만, 작가에게 님은 비난이나 원망의 대상은 아니다. 주변 사람들이나 현재 상황에 대한 비난과 원망은 있지만 님에 대한 직접적인 원망의 목소리는 없다. 이런 류의 작품을 연군가사, 또는 충신연주지사라고 하는 이유도 여기에 있다.

작품에서 천상계와 지상계를 설정하고 옥황상제를 등장시킨 것은 작가의 비극적 정서를 더욱 심화시켜 나타내기 위한 수단이다. 옥황상제는 모든 현실적 문제를 해결해 줄 수 있는 능력을 지닌 절대자이다. 그러나 옥황상제는 인간이 도달할 수 없는 천상계에 있다는 것이 문제이다. 이 작품에서의 옥황상제가 성종을 비유한 말이라고 한다면, 천상계는 저승을 의미한다. 경국제민을 이념적 목표로 삼았던 사대부에 있어서 성종은 이상적 군주일 수 있다. 특히 성종의 두터운 신임을 받고 있었던 조위는 그때를 생각하며 성종을 신격화하여 현재의 암담한 상황을 하소연해 봤을 것이다. 그렇지만 신격화 대상이 저승의 성종이기 때문에 화자의 소망을 성취시켜 줄 수는 없다는 것이 궁극적인 문제이다.

님이든 옥황상제든 작가에게는 남이다. 작가는 모든 문제를 남에게 의지하여 해결하고자 할 뿐. 자신의 의지를 보여 주지는 못했다. 절망적인 현실에서 울부짖고 있을 뿐이다. 그렇기 때문에 작품 전체의 어조가 격앙되어 있고 결말이 체념적 어조로 마무리될 수밖에 없는 것이다.[9] 작가는 천상계의 옥황상제에 의지하여 현실문제를 해결해 보려 했으나 현실에 적극적으로 대결해 나가지 못하고 격정적 감정의 토로에 그치고 말았다. 따라서 〈만분가〉는, 작가의 이념실현 의지나 정치현실에 대한 비판보다는 갑작스럽게 불어닥친 정치적 회오리에 의해 좌절당한 절망감, 그리고 원래 자리로의 복귀에 대한 갈망을 토로한 작품이라고 볼 수 있다.

---

9 이점에 대해서는 필자의 다음 논문에서 구체적으로 논의했다. 최상은, 「〈萬憤歌〉와 〈思美人曲〉의 作品構造와 作家意識」, 『嶺南語文學』 15집(대구:영남어문학회, 1988), 283~286쪽.

지금까지 논의한 〈만분가〉의 화자는 님을 그리워하는 여성화자이다. 그런데 작품의 여러 대목에서 여성화자보다는 남성화자로, 남녀관계보다는 군신관계로 설정되어 있어서 통일성이 부족하다는 인상을 준다. 앞서 작가가 처한 현실에 대하여 논의하면서 인용한 "魯나라 흐린 술 희~"는 남녀관계에서의 여성의 목소리보다는 군신관계에서의 남성 신하의 목소리로 읽힌다. 다음 대목을 보자.

> 죽기도 命이요 살기도 하느리니
> 陳蔡之厄을 聖人도 못 면ᄒ며
> 縲絏非罪를 君子인들 어이ᄒ리
> 五月飛霜이 눈물로 어릐는 듯
> 三年大旱도 冤氣로 니뢰도다
> 楚囚南冠이 古今의 흔둘이며
> 白髮黃裳의 셔룬일도 하고만타

화자 자신이 당한 횡액을 공자孔子가 당한 진체지액에, 자신의 죄 없음을 죄 없이 감옥에 갇힌 공자의 사위 공야장公冶長에, 고초 가운데서도 변함없는 충성심을 춘추시대 초나라 사람 종의鍾儀에 비유하고 생사를 하늘에 맡길 수밖에 없는 상황에 대한 원망과 서러움을 토로하고 있다. 바로 앞 대목의 눈물겹게 님을 그리워하는 여성화자 목소리가 이 대목에서는 살벌한 정치현실에 직면한 남성화자의 목소리로 바뀌었다. 이런 목소리의 교체는 여러 번 일어나는데, 이는 굴원의 이소나 정서의 〈정과정〉 등 연군문학의 전통을 이은 것으로 볼 수도 있으나[10] 작품구

---

10 최현재, 앞의 글, 126~127쪽 참조.

조상으로 볼 때는 통일성이 결여되어 있어서 정제된 작품세계를 구축했다고 보기는 어렵다.

〈만분가〉에서 보여 준 천상계와 지상계라는 허구적 공간을 설정하고 여성화자의 목소리를 통해 연정가의 정서로 연군의 정서를 우의한 작품구조는 정철의 〈사미인곡〉·〈속미인곡〉에 와서 꽃을 피웠고 조선 후기까지 이어졌다. 다른 한편으로는 유배 사실과 현실적·경험적 사실, 현실에 대한 울분이나 원망의 정서를 남성화자의 목소리로 서술하는 방식은 송주석의 〈북관곡〉으로 이어져 또 하나의 흐름을 형성하였다. 〈만분가〉는 오랜 연원을 지닌 유배문학의 전통을 이으면서 유배가사의 전통을 새롭게 마련, 큰 흐름을 이루었다는 점에서 문학사적 의의가 있는 작품이다.

(『오늘의 가사문학』 제1호, 2014)

최초의 우의가사 〈매창월가〉

은일하는 풍류와 지조의 노래

작가 이인형의 삶과 매화

이인형李仁亨(1436~1504)은 경상도 함안군의 명문집안에서 태어났다. 김종직金宗直의 제자이면서 사돈이었다. 젊어서 문명을 떨쳤지만 과거에는 여러 번 낙방, 33세 때에야 장원하여 출사하게 되었다. 성균관 전적으로부터 전라도 관찰사, 대사간, 대사헌, 한성부 좌·우윤 등 화려한 관직생활을 했고 정조사正朝使로 명나라에 다녀오기도 했다.

60세 되던 연산군 원년에는 성종 상을 치르고 고향으로 내려가 그해 말 대사간으로 나가기까지 잠시 세상과 인연을 끊고 자신을 매헌주인梅軒主人이라 칭하면서 산림에 묻혀 살았다. 이인형은 관직에 나가 네 임금을 섬기며 비교적 순탄한 관직생활을 하고 70세 가까이 장수했다. 생전에는 연산군 때까지 혼란한 정국에 휘말리지 않고 여러 관직을 역임했다. 그러나 사망하던 해인 1504년에 일어난 갑자사화甲子士禍

때, 1498년에 일어난 무오사화戊午士禍에 연루된 유생들의 구명에 앞
장섰다고 하여 부관참시를 당하는 참화를 겪기도 했다. 훈구파의 사림
파에 대한 견제로 일어난 것이 사화인데, 이인형은 사림파의 정신적 지
주였던 김종직의 제자이면서 사돈이었다는 것도 참화의 요인이 되었을
것이다. 부관참시 2년 후에 신원되어 예조판서에 추증되었다.

이인형에 대한 기록은 그의 사후 400여 년 뒤인 1929년에 후손들이
간행한 『매헌선생실기梅軒先生實記』, 『매헌선생문집梅軒先生文集』, 매
헌·행헌 형제의 사적을 정원일기政院日記에서 초록하여 엮은 『매행양
선생입조실록梅杏兩先生立朝實錄』 등이 있다. 기록이 모두 근대에 들어
와서 간행되었기 때문에 누락되고 착오가 있는 부분이 다소 있기는 하
지만 매헌 관련 자료로서의 의의는 매우 크다.

이인형의 4형제는 모두 나무나 꽃으로 호를 삼았다. 인형은 호를 매
헌梅軒, 의형義亨은 행헌杏軒, 예형禮亨은 오헌梧軒, 지형智亨은 국헌菊
軒이라 했다. 4형제의 이름과 호는 각별한 의미를 두고 지은 듯하다.
이름은 맹자孟子가 말한 4가지 덕목 인의예지仁義禮智에서 가져왔고
호는 흔히 고결한 선비의 정신세계와 입신양명의 꿈에 비유되는 매행
오국梅杏梧菊에서 가져왔다. 유가 사대부의 의식을 전형적으로 보여주
는 작명이다. 4형제는 모두 이름과 호에 걸맞게 학문과 인품으로 칭송
을 받았을 뿐만 아니라 과거급제를 통하여 관직에 나가서도 명성을 날
렸다. 그 결과 숙종 때는 인형·의형 형제를 비롯한 함안 이씨 조상들의
학문과 덕행을 기리기 위하여 위계서원葦溪書院이 세워졌고 최근에는
예형·지형 형제의 위패까지도 모셨다.

인형은 세한삼우歲寒三友로 일컬어지는 매화로써 호를 삼아 나이로
형일 뿐만 아니라 정신적인 면에서 고결하면서도 강인한 형으로서 형

제들에게 귀감이 되고자 했던 것 같다. 그의 가사 〈매창월가梅窓月歌〉
역시 이러한 관점에서 해석해 볼 필요가 있다.

우의문학의 전통과 우의가사의 전개

동양문학에 있어서 우의寓意는 중요한 글쓰기 방식의 하나였다. 산
문에서는 주로 '우언寓言'이라는 용어를 많이 사용해 왔는데 시에서도
매우 유용한 수사기법이다. 우의는 동물이나 사물을 얘기하는 듯하지
만 인간의 일을 얘기하고, 멀고 엉뚱한 것을 얘기하고 있는 듯하지만
가까운 우리의 현실을 얘기한다.

맹자孟子, 장자莊子 등에 등장하는 우의는 도연명陶淵明, 이백李白,
소식蘇軾 등 후대 문인들을 통하여 동양 문학의 대표적인 수사기법의
하나로 발전했다. 이런 중국 문인들의 문학은 우리나라 문인들에게 회
자되었고 그들이 사용했던 우의 역시 우리 문학에서도 매우 광범위하
게 활용되었다.

『삼국사기三國史記』에 전하는 설화 〈구토지설龜兎之說〉이나 설총薛
聰의 〈화왕계花王戒〉는 이른 시기 우리나라의 우의문학이다. 동물과 꽃
의 이야기를 통해서 인간의 일을 풍자하고 비판하여 교훈을 주고자 하
는 이야기들이다. 이후 우의문학은 광범위하게 창작되어 고려 후기에
는 가전체假傳體 문학이 대거 창작되었고 조선시대에는 심성가전心性
假傳으로 발전하기도 했다.

매화를 노래한 시는 당송唐宋 이후에 본격적으로 등장했는데 매처학
자梅妻鶴子하며 살았다는 송宋나라 임포林逋(967~1028) 이후 수많은

시인들이 그의 삶을 흠모하면서 매화시를 지었다. 매화를 시인 자신으로 우의하면서 선비의 품격을 드러내 보이고자 하는 작품이 풍성하게 창작되었다. 신라 말 육두품 문인 최광유崔匡裕(?~?)의 〈정매庭梅〉로부터 시작된 우리나라 매화시는 고려 후기 임춘林椿, 이규보李奎報, 이곡李穀, 이색李穡 등 많은 문인들에 의해 창작되었다.[1] 그런 매화시의 전통은 조선의 사대부들에게도 계승되어 왕성한 창작이 이루어졌다. 매화시뿐만 아니라 동물이나 사물을 제재로 한 작품, 별개의 상황설정을 통한 비유적 작품 등 우의문학은 매우 다양하게 창작되었다.

우의가사는 이인형의 〈매창월가〉에서 시작되었다. 〈매창월가〉는 작품 전편이 우의이다. 표면적으로는 매창월梅窓月을 노래한 것 같지만 그 매창월은 시인 자신이나 시인이 처한 상황, 나아가 자신의 의식세계의 우의이다. 매화는 가사문학뿐만 아니라 시조에서도 시인을 우의하는 제재로 다양하게 활용되었다.

〈매창월가〉에서 시작된 우의가사는 다른 방식으로 '유배가사'에서 커다란 흐름을 형성하기도 하였다. 조위曹偉의 〈만분가萬憤歌〉에서 시작된 일련의 유배가사는 표면적으로는 시적 화자 '나'가 이별한 '님'을 그리워하는 남녀의 연정가戀情歌이지만, 이면적으로는 '나'를 신하, '님'을 임금의 우의로 읽어 충신연주지사로 해석하는 경우가 많다. 〈만분가〉는 표면적 의미와 이면적 의미가 문면에 혼재되어 있어 비유의 통일성이 다소 떨어지지만, 정철鄭澈의 〈사미인곡思美人曲〉·〈속미인곡續美人曲〉은 완벽한 연정가로서의 모습을 갖추었는데 최고의 충신연

---

1 매화시의 전통에 대해서는 김재룡, 「한국 매화시의 전통과 송경」, 『우리문학연구』 제22집(우리문학회, 2007) 참조.

주지사로 평가받고 있다. 이러한 유배가사의 우의적 기법은 조우인曹友仁의 〈자도사自悼詞〉, 김춘택金春澤의 〈별사미인곡別思美人曲〉, 이진유李眞儒의 〈속사미인곡續思美人曲〉 등으로 계승되어 널리 사용되었다.

그 외에, 현실비판가사로서 나라의 일을 집안일에 빗대어 쓴 허전許墺(1563~?)의 〈고공가雇工歌〉와 이원익李元翼의 〈고공답주인가雇工答主人歌〉(1547~1634)가 있고, 박인로朴仁老(1561~1642)의 〈누항사陋巷詞〉와 같은 작품도 우의를 통해서 세태를 비판하고 현실상황의 심각성과 자신의 의지를 드러낸 작품으로 해석하기도 한다.[2] 이와 같이, 우의는 가사 장르에서도 오랫동안 작품 전체나 일부에서 다양하게 활용되어 온 수사기법이다.

〈매창월가〉의 우의성

『매헌선생실기』에 실려 있는 이인형의 〈묘지명墓誌銘〉에는 다음과 같은 기록이 있다.

> 그의 만년에는 관직을 사직하고 돌아와 용두정에 집을 짓고 뜰에는 매화를 심어서 스스로 매헌주인이라 했다. 그리고 〈매창월가〉를 지어 자신의 의취를 우의했다.(其晚年 謝官歸 築室于龍頭亭 種梅爲庭而自號梅軒主人 作梅窓月歌 以寓其趣)[3]

----

2 박연호, 「〈누항사〉의 우의성과 그 의미」, 『개신어문연구』 제28집(개신어문학회, 2008).
3 홍재휴, 「매창월가고」, 『어문학』 제56집(한국어문학회, 1995). 앞으로 이인형에 대한 기록이나 작품은 이 글에서 인용하므로 각주를 생략함.

이인형이 관직을 그만두고 물러나 용두정 근처에 집을 짓고 매화를 심어 '매헌'이라 이름 지었다. 집 이름인 '매헌'을 자신의 호로 삼고 〈매창월가〉를 지어 자신의 의취를 우의했다고 했다. 그럼, 그 의취란 무엇인가?

『매헌선생실기』의 〈가장家狀〉을 참고로 하자.

> 성종이 승하하자 선생은 마침내 통곡하면서 예를 다해 만사를 지어 올렸다. 연산군 때에 이르러 정치가 혼란해지자 관직을 버리고 돌아왔다. 용두정 위에 집을 짓고 뜰에 매화를 심어서 절구絕句 한 편을 지어 스스로 경계하고 〈매창월가〉 한 편을 지어 취흥을 돋우었는데 대체로 벼슬에는 뜻을 두지 않았다.(成廟昇遐 先生遂痛哭盡禮 製進挽辭 及燕山政亂 棄官而歸 築室于龍頭亭上 種梅爲庭實 一絕詩以自警 作梅窓月歌一関 以助醉興 蓋無意於宦情也.)

〈묘지명〉의 내용과 유사하지만 좀 더 구체적으로 서술한 글이다. 매화를 심은 뜻을 두 가지로 얘기했다. 먼저 절구 형식의 한시 한 편을 지어서는 스스로 경계했고, 〈매창월가〉로는 취흥을 돋우었다고 했다. 한시 한 편은 〈영매詠梅〉를 가리킨 것 같다.

玉骨氷肌序已闌	티 없이 맑고 고운 매화가 난만한 계절
月明籬底學龍盤	달 밝은 울타리 아래 서린 용 깨우치네
牙山老相還爲主	아산의 노재상 돌아와 주인 되었으니
桃李場中保歲寒	도화 오얏 우거진 가운데 추운 겨울 견뎠구나

제1행과 제2행에서는 밝은 달 아래 피어 있는 매화의 티 없이 맑고 고운 이미지를, 제3행과 제4행에서는 주인이 늙어 재상이 되어 돌아오

기까지 오랜 세월에도 변함없이 추위를 이겨내고 뭇 봄꽃에 앞서 피어
나는 그 꿋꿋한 기개를 노래했다. 〈영매〉는 매화를 노래한 것 같지만
속뜻은 시인 자신을 우의적으로 노래한 작품이다. 제1·2행에서는 웅
크린 용처럼 힘겹게 공부하던 젊은 시절 시인의 마음을, 제3·4행에서
는 늙어서 재상이 되어 고향에 돌아온 자신의 감회를 우의했다. 젊은
시절 순수한 마음으로 공부하고 출사하여 수많은 관직을 거치며 재상
까지 되었다가 용두정이 있는 고향 아산牙山으로 돌아왔다. 따뜻한 봄
날 화려하게 피었다 금방 져버리는 연약한 도리桃李와 같은 사람들을
수없이 많이 만났지만, 그 가운데서도 꿋꿋하게 살아온 자신을 회고한
것이다. 따뜻한 봄을 기다리며 아직 필 생각도 하지 않고 죽은 듯이 있
는 도화나 오얏과 달리 예나 지금이나 겨울의 혹한을 이기고 활짝 피어
나는 매화와 같이, 세월이 많이 흘렀음에도 불구하고 자신의 마음은 변
함없음을 확인했다.

그러면 〈매창월가〉를 살펴보자. 논의의 편의상, 전편을 단락으로 나
누어 본다.

단락① 梅窓에 둘리 쓰니 梅窓의 景이로다
단락② 梅는 엇더흔 梅고
　　　　林處士 西湖에 氷肌玉魂과 脈脈淸宵에
　　　　吟詠ᄒ던 梅花로다
단락③ 窓은 엇더흔窓고
　　　　陶靖節先生 灑酒葛巾ᄒ고
　　　　無絃琴 집푸며 瑟瑟 淸風에
　　　　비기엿던 窓이로다

단락④ 달은 엇더흔 달고
李謫僊 豪傑이 采石 江頭에
一釣船 씌워두고 夜被錦袍 倒著接履
玉盞에 수를 부어 靑天을 向ᄒ야
問ᄒ든 달리로다
단락⑤ 梅도 이梅요 窓도 이窓이요
달도 이 달리니
이시면 一盃酒요 업시면 淸談이니
平生의 흔 詩를 을푸기 죠와 ᄒ노라

단락①은 서두, 단락⑤는 결말이다. 서두에서는 매창월이 어우러진 풍경을 추상적으로 제시하고 단락②③④에서는 매화와 창과 달에 대한 관념적 인식을 각각 제시했다. 결말인 단락⑤에서는 단락②③④에서 각각 제시한 매창월이 어우러져 있는 풍경에 대한 감격과 일배주와 청담으로 지내는 삶, 그리고 그런 매창월을 노래한 이 시 한 편을 평생 읊으며 살아가기를 원하는 정서를 표현했다. 즉, 〈매창월가〉의 매창월은 실제 풍경 '달밤에 창밖에 핀 매화'일 뿐만 아니라 또 다른 이면적 의미를 내포하고 있는 관념적 풍경인 것이다.

이인형이 매창월을 이렇게 감격적으로 노래한 것은 단락②③④에 등장하는 임처사林處士 임포林逋, 정절선생靖節先生 도연명, 적선謫仙 이백李白의 명성 때문이다. 은일처사의 상징인 이들의 고사와 인연이 있는 매창월이 함께 어우러진 모습은 벼슬을 그만두고 시골에 돌아온 선비들에게 이상적인 봄 풍경으로 회자되어 왔다. 세상의 티끌을 말끔히 씻고 매처학자梅妻鶴子하며 정결한 마음으로 살아가는 임포의 삶, 욕심 없이 갈건녹주하며 소탈하게 살아가는 도연명의 삶, 뱃놀이하며 가없는 취흥에 빠져드는 이백의 호탕한 삶은 조선 사대부들의 은일문학에서 공식처럼 등장하는 동경의 세계이다. 하나같이 정치현실과 인연을 끊고 자연을 벗하며 살아가는 도가적 현실도피의 삶이다. 이런 맥락에서 본다면, 〈매창월가〉는 이인형이 벼슬에서 물러나 고향에 머무르고 있을 때, 흠모하는 선현들의 고사를 연상하면서 탈속적인 삶을 동경하여 쓴 작품이라고 할 수 있다.

이렇게 볼 때, 〈영매〉와 〈매창월가〉는 같은 매화를 노래했지만 두 작품에 형상화된 매화의 이미지는 다르다. 매화는 고난 가운데서도 변함없이 피어나는 기개가 있어 인간을 경계하는 의미를 지니기도 하고, 세속에 물들지 않은 은일처사의 정결한 이미지를 지니고 있기도 하다. 이런 매화의 두 가지 이미지를 포괄하는 용어가 '아치고절雅致高節'이다. 매화가 지닌 이러한 이미지의 전형화된 풍경이 매창월이다. 세한삼절인 매화, 소나무, 대나무는 선비들의 지조를 우의하는 제재들로서 그들의 거처를 매창, 송창, 죽창이라 불렀다. 그리고 그들의 거처에 비치는 것은 항상 달이다. 달빛은 햇빛에 비해 드러내지 않는 은은함이 있다. 매창월은 자랑하지 않고 드러내지 않으면서 꿋꿋하게 지켜나가는 선비적 기품의 우의이다. 시가詩歌 작품을 통해서 확인해 보자.

溫溫人似玉　　　다사로운 사람 옥같이 곱고
藹藹花如雪　　　소복하게 핀 꽃 눈같이 희네
相看兩不言　　　말없이 서로 바라보고 있노라니
照以靑天月　　　푸른 하늘에서 달이 비추네
　　　　　　　　　　- 성삼문成三問의 〈매창소월梅窓素月〉

동풍이 건 듯 부러 적셜을 헤텨내니
창밧긔 심근 미화 두세 가지 픠여셰라
ㄱ득 닝담ᄒᆞᆫ듸 암향은 므ᄉ 일고
황혼의 ᄃᆞᆯ이조차 벼마틴 빗최니
늣기ᄂᆞᆫ 듯 반기ᄂᆞᆫ 듯 님이신가 아니신가
뎌 미화 것거내여 님 겨신듸 보내오져
님이 너를 보고 엇더타 너기실고
- 정철鄭澈의 〈사미인곡思美人曲〉

호를 매죽헌梅竹軒이라 한 성삼문도 매화에 각별한 애정을 가지고
있었던 것 같다. 〈매창소월〉은 환한 달빛 아래 창가에 앉아 눈 속에
핀 매화를 바라보는 정취를 노래한 작품이다. 세속의 명리에 찌들지 않
고 깨끗하면서도 다사로운 정을 지닌 인간의 모습, 서로 말은 없지만
자연과 교감하는 시적 화자의 정결한 마음을 고즈넉한 분위기로 그려
냈다. 반면에, 정철은 눈이 채 녹지 않은 계절에 창밖에 핀 매화를 자기
자신에, 베갯머리에 비친 달을 님에 비유했다. 추위에도 굴하지 않고
꽃을 피우는 매화를 통해 고난에도 굴하지 않는 자신의 절개를 간절한
목소리로 표현했다. 이것이 역대 문학에 나타나는 매창월의 두 가지 대
표적 이미지다.

이인형은 〈매창월가〉에서 취흥의 상징인 도잠의 취창醉窓[4]과 이백의

---

4 도연명이 취해서 비스듬히 기대어 먼 산 바라보던 창. 도연명의 〈귀거래사歸去來辭〉
중 다음 대목을 참고로 하자. "술 항아리가 가득 차 있어 술병과 술잔을 당겨 자작하고
정원의 나무를 바라보니 얼굴이 편안해진다. 남쪽 창가에 기대어 의기양양해 하니, 무릎
을 넣을 정도의 좁은 집이지만 마음은 편안하다(有酒盈罇 引壺觴以自酌 眄庭柯以怡
顏 倚南窓以寄傲 審容膝之易安 園日涉以成趣 門雖設而常關)."

취월醉月[5]을 결합시켰다. 현실부정적 도피의 임포의 삶에, 끝없는 취흥을 탐닉한 도잠과 이백의 풍류에 빠져들기로 작정한 듯한 인상을 준다. 그렇지만 결말에서는 매창월이 있으면 一盃酒요 없으면 淸談이라고 하더니 "平生의 혼 詩를 을푸기 죠와ᄒ노라"라고 했다. 도연명과 이백의 가없는 취흥에 빠져들다가도 취흥을 가라앉히고 청담으로 은인자중하는 자세로 돌아가 평생 좋아하는 시를 읊으며 살아가겠다는 말로 마무리했다. 〈매창월가〉는 일탈적 풍류를 노래한 것 같지만, 이면에는 지나친 취흥으로 빠져들지 않게 하는 제어장치를 가지고 있었던 것이다. 그 제어장치가 바로 매창월의 전형화된 이미지, 전통적 관념인데 한시 〈영매詠梅〉에서 잘 보여주고 있다. 〈영매〉의 매화는 티 없이 맑고 고운 이미지와 함께 추위를 이겨내고 꽃을 피우는 꿋꿋한 기개의 비유이다. 『매헌선생실기』의 〈가장家狀〉에는 "뜰에 매화를 심어서 절구絶句 한 편을 지어 스스로 경계하고 〈매창월가〉 한 편을 지어 취흥을 돋우었는데 대체로 벼슬에는 뜻을 두지 않았다."라고 했다. 두 작품을 통해 이인형의 정서적·의식적 균형 감각을 볼 수 있다. 따라서 작품 결말의 '혼 시詩'는 바로 〈영매〉를 가리키는 것으로 보인다.[6]

〈가장〉에서는 이인형이 벼슬에 뜻을 두지 않았다고 했는데, 실제로 이인형은 탈속적인 삶을 동경하며 초야에만 묻혀 지냈던 사람은 아니다. 이인형이 은일처사로 자처했던 사람이 아니라는 것은 그의 생애를 통해서도 알 수 있다.

---

5 이백이 취한 채 뱃놀이하다가 강물에 뛰어들어 잡으려 했던 달.
6 고전문학에서는 우리말 노래를 '가'라 하고, 한시를 '시'라 했다. 따라서 〈매창월가〉는 '가'이고, 〈영매〉는 시이다. 『매헌선생실기』에 이 두 작품이 나란히 실려 있다.

〈매창월가〉는 성종이 승하한 후 고향이 내려와 있었던 60세 무렵에 지었다.[7] 대부분의 관직생활을 했던 시기가 성종 때였기 때문에 성종의 승하는 이인형에게 상당한 충격이었을 것이다. 그렇기 때문에 고향으로 돌아갔고 그때 자신의 마음을 담아 매헌梅軒을 지었다. 그리고 그해 동생 의형을 잃고 실의에 빠지기도 했다. 정치적으로, 가정적으로 불행한 시기였기 때문에 일시적으로 세상과 인연을 끊고 은둔하고자 하는 마음이 생겼을 수도 있다. 그리고 일배주一杯酒로 실의를 달래기도 했을 것이다. 그렇지만 이인형은 전형적인 사대부였다. 세상을 부정적으로 바라보고 도피하고자 한 도가적 은일주의자는 아니었다. 고향에 머무른 지 채 1년이 안 되어 사간원 대사간으로 다시 관직에 나갔다.

조선의 사대부는 경국제민經國濟民을 이념으로 하는 계층이었다. 그렇지만 정치적 소용돌이에 휘말릴 때 그들은 귀거래歸去來를 동경했다.[8] 그들의 작품에 등장하는 도연명과 이백의 취흥은 일시적 일탈이요 낭만적 상상의 세계이다. 그렇기 때문에, 그들의 문학이 도가적 현실부정으로 흐르지는 않았다.

이런 관점에서 볼 때, 〈매창월가〉는 임포, 도연명, 이백을 흠모하면서 은일한사로 살아가고자 하는 뜻을 노래한 것 같지만, 짧은 기간 고향에 돌아와 지낸 사대부 이인형이 일시적으로 정치현실에서 일탈한 풍류를 노래한 작품이라 할 수 있다. 이인형이 현실부정적 도피를 생각한 것은 아니었음을 〈영매〉를 통해서, 매창월의 관념적 의미를 통해서

---

7 〈매창월가〉의 창작 시기에 대해서는 논란이 있지만, 앞서 언급한 〈묘지명〉이나 〈가장〉에 기록되어 있는 바, 60세 무렵으로 보는 것이 가장 타당할 듯하다.
8 최진원, 「강호가도연구」, 『국문학과 자연』(성균관대 출판부, 1981), 10~33쪽.

알 수 있다. 한편으로는 정치현실을 버리고 취흥에 빠져드는 일탈적 정서를 토로하면서, 다른 한편으로는 그런 자신을 경계하고 사대부로서 지조를 버리지 않으려는 강인한 의지를 보여주기도 했던 것이다. 매창월은 현실의 때를 벗은 정결, 다른 한편으로는 현실지향적인 지조라는 양면적 의미를 지닌 제재로서 우리 시가문학에 널리 활용되어 왔다.

그리고 〈매창월가〉는 율격면에서 4음보가 중심이 되지만, 짧은 작품이면서도 2음보·3음보·5음보·6음보 등 다양한 음보율을 보이고 있어서 '4음보 연속체'라는 가사 율격의 전형성에서는 많이 벗어나 있다. 그리고 한 음보의 글자 수도 매우 불규칙하게 나타나고 있어서 형식면에서 불안정한 모습을 보여주고 있다. 이런 불안정성의 요인은 초기가사의 정제되지 않은 단면이라 하기도 하고, 이 작품이 가창방식으로 실현되었기 때문이라 하기도 하고, 작가의 의도에 의한 개성적 단면이기도 하다고도 한다.[9] 그렇지만 〈매창월가〉는 20세기에 들어와서 기록되었기 때문에 정확한 요인을 단정지어 얘기하기는 어려울 것 같다.

(『오늘의 가사문학』 제10호, 2016)

9 박영주, 「사대부가사의 개척자 매헌 이인형」, 『오늘의 가사문학』 제13호(한국가사문학관, 2017), 45~46쪽 참조.

최초의 담양가사 〈낙지가〉

왕족의 은일과 갈등, 그리고 관념적 삶

작가 이서의 삶과 담양

이서李緒(1484~?)는 태종의 장남이며 세종의 형인 양녕대군讓寧大君의 증손자이고 이산수伊山守 사성嗣盛의 셋째 아들이다. 3세 때 아버지를 여의고 23세 때는 어머니마저 여의었다. 후손이 간행한 이서의 문집 『몽한영고夢漢零稿』 행장에 의하면, 이서는 어려서부터 용모가 준수하고 인격과 필력이 뛰어났다고 한다. 그리고 극진히 모시던 부모님이 돌아가신 후에도 형제들 간 우애가 매우 돈독했다고 한다. 그런데 이서가 26세 되던 해에 일어난 형 이찬李讚의 모반 사건으로 인해 이찬은 사형을 당하고 두 형제는 경상도로, 전라도로 유배되었다. 이서는 전라도 명양현鳴陽縣(현재의 창평)으로 유배되었다. 이서는 유배 14년 만에 풀려났지만 한양으로 돌아가지 않고 담양군 대곡에 터전을 잡고 은거하면서 성리학 공부와 후진 교육으로 일생을 보냈다. 〈낙지가樂志歌〉는 담양에 터전을 잡고 살면서 쓴 작품이다.

　이서는 반정과 모반 사건, 그리고 연속되는 사화士禍 등 혼란한 정치
현실에 휘말려 자신의 의지와는 관계없이 죄인이 되고 유배를 가야 하
는 억울한 삶을 살아야 했다. 거기다 왕족이지만 고향인 한양을 포기하
고 머나먼 담양 땅에서 살아야만 하는 상황에 처해 있었다. 유배에서
풀려났다고는 하지만 정치적 난맥상은 자신의 앞날을 예측할 수 없게
했고, 그런 위험을 감지한 이서는 14년이라는 긴 세월 동안 정을 붙이
고 살았던 담양에서 일생을 보내기로 마음을 먹었던 것 같다. 〈낙지가〉
를 지어 '낙지樂志'의 삶을 살아가고자 하는 마음을 표현했지만, 실제
삶의 현실은 마음 같지 않았을 것이다. 왕족으로서의 삶을 포기한 것도
그렇고, 태어나고 자란 한양에 대한 향수도 정서적으로 이서를 힘들게
하는 요소가 되었을 것이다. 담양에서 이서가 지은 〈술회述懷〉라는 한
시를 살펴보자.

　　　斗縣雲山壯　　　두현의 운산은 장엄한데
　　　寒傖歲月多　　　타향살이 세월 많이 흘렀구나
　　　分明今夜夢　　　오늘밤 꿈에는 꼭
　　　飛渡漢江波[1]　　날아서 한강물 건넜으면

　예나 지금이나 변함없는 운산의 장엄한 모습에 비해 많이 변해 버린
자신의 모습을 보면서 세월의 무상함을 느꼈다. 그런 감정은 자연스럽
게 부모님이 계셨고 형제들과 화목하게 살았던 고향인 한양을 떠올리

---

1 李緒, 「述懷」, 『夢漢先生文集』, 『韓國歷代文集叢書』 2285(경인문화사, 1997), 414쪽.

게 하고 그리움이 북받쳐 오르게 했을 것이다. '한창寒脹'이라는 시어
에서 억울하게 쫓겨나 타향살이를 해야 했던 이서의 스산한 마음을 읽
을 수 있다. 그리고 3, 4행은 꿈속에서라도 한강을 건너 고향으로 돌아
가고 싶은 애절한 정서를 잘 표현해 주고 있다.

이 작품과는 달리, 〈낙지가〉에서는 왕족으로서의 기상과 이념을 견
지하면서 중장통仲長統의 〈낙지론樂志論〉을 사숙하겠다고 했다. 〈술
회〉와 〈낙지가〉는 담양에서 살아야 했던 이서의 두 마음을 선명하게
보여주는 작품들이라 하겠다. 이서에게 담양은 제2의 고향이면서 타향
이었던 것이다.

담양의 문학적 풍토와 담양가사의 전개

16세기의 담양은 호남지방 학문과 문학의 중심지였다. 송순宋純
(1493~1583), 임억령林億齡(1496~1568), 양산보梁山甫(1503~1557), 기대
승奇大升(1527~1572), 고경명高敬命(1533~1592), 임제林悌(1549~1587) 등을
비롯하여 수많은 문인 학자들이 동시대에 활동, 담양이 호남의 학문과
문학을 이끌어 나갔다고 할 수 있다. 담양군 가사문학면 성산星山 자락
에 있는 '서하당棲霞堂'·'식영정息影亭'을 중심으로 활동했던 문인들을
'성산가단星山歌壇'[2]이라 명명할 정도로 많은 문인 학자들이 여기에 모
여들어 그들의 융성한 문화를 이끌어 나갔다.

이러한 풍부한 문화적 터전 위에서 담양의 가사문학이 발달할 수 있

2 정익섭, 「성산가단 연구」, 『호남문화연구』 제7권, 1975.

었다. 특히 가사문학에서 큰 족적을 남긴 송순과 정철로 인해서 담양은
가사문학의 본고장으로 인식되기에 이르렀다. 담양에 가사문학의 씨를
뿌린 것은 이서이다. 이서는 한양에서 유배되어 왔다가 담양에 정착한
외지인이지만 담양 문학에 끼친 영향은 적지 않다. 송순의 〈면앙정가〉
에 영향을 준 것이 이서의 〈낙지가〉라고 하는 연구[3]도 있듯이 〈낙지가〉
는 담양의 가사문학, 좁게는 담양 은일가사의 전통을 마련한 작품이라
할 수 있다.

　담양군 가사문학면 소재 '한국가사문학관'에서 만든 '한국가사문학
DB'에 의하면, 담양의 가사는 〈낙지가〉를 비롯하여 총 18작품이 있는
데 16세기에 6작품, 18·19세기에 12작품이 창작되었다. 유형별로 볼
때도 은일가사, 연군가사, 기행가사, 교훈가사, 송축가사 등 매우 다양
하다. 그리고 정철鄭澈(1536~1593)과 남석하南碩夏(1773~1853)는 다작
작가로서 네 작품을 남겼고, 남극엽南極曄(1736~1804), 류도관柳道貫
(1741~1813), 정해정鄭海鼎(1850~1923) 등도 두 작품씩 남겼다. 한 지역
에서 가사 작품이 이렇게 집중적으로 창작된 곳은 거의 없다. 이렇게
담양에서 가사가 집중적으로 창작된 것은 송순이나 정철의 영향이 컸
을 것이다. 송순은 정신적으로 담양 사림의 중심인물로서 〈면앙정가〉
를 지었고, 정철은 〈성산별곡〉·〈관동별곡〉·〈사미인곡〉·〈속미인곡〉
등 명편 가사를 여러 편 내놓아 가사문학이 절정의 수준에 이르게 했
다. 정철의 작품은 후대 가사 작가들의 귀감이 되어 여러 편의 아류작
을 낳기도 했다.

　이런 정도의 작품의 양과 질로 미루어 볼 때, 담양가사의 문학사적

---

3 김성기, 「이서의 낙지가 연구」, 『고시가연구』 제7집(한국고시가문학회, 2000).

비중은 매우 크다 할 것이다. 그와 함께 담양에는 문학의 산실이고 사
대부의 문화 공간인 누정이 밀집되어 있는데 누정은 가사문학의 현장
이라는 점에서 담양의 사대부문화를 파악하는 데도 가사문학은 매우
중요한 자료가 된다. 그런 면에서 볼 때, 담양군 가사문학면⁴ 〈식영정〉
아래에 '한국가사문학관'을 건립하고 가사문학 연구와 현대적 계승에
힘쓰고 있는 것은 매우 의미 있는 일이라 생각된다. 그리고 이런 작업
이 지속적으로 이루어질 수 있는 것은 담양가사가 지역 전통문화의 중
요한 축을 이루고 있다는 데 대한 지역민들의 공감대가 있기 때문일
것이다. 그래서 여기서는 〈낙지가〉를 통하여 담양가사의 엄숙한 시작
을 살펴보고자 한다.

〈낙지가〉, 왕족의 은일과 갈등, 그리고 관념적 삶

〈낙지가〉는 16세기 사화기士禍期 은일가사 중 한 작품이다. 사화기
로부터 당쟁기에 이르기까지의 정치적 혼란으로 인해 사대부들이 정치
현실을 버리고 고향으로 돌아가는 풍조가 생겨났고, 본의 아니게 벽지
로 쫓겨나는 사대부들도 수없이 많이 발생하였다. 이러한 정치적 상황
속에서 은일가사와 유배가사가 발달하게 되었다. 이서는 갑자사화 이
후 일어난 중종반정(1506) 이듬해에 형의 모반 정국에 연루되어 담양에
유배되었는데, 유배에서 풀려나고도 한양으로 돌아가지 않고 담양에

---

4 2019년에 '남면'을 '가사문학면'으로 고쳤다. 16세기로부터 융성한 담양가사를 지역의
  정체성 확립에 중심이 되는 문화유산으로 여겨 '한국가사문학관'을 세우고, 행정단위인
  면의 이름까지 고쳤다.

머물러 있었다. 그때의 정서를 노래한 것이 〈낙지가〉이다.

우선, 〈낙지가〉의 내용 전개를 단락으로 나누어 살펴본다.

① 곤륜일맥이 뻗어 내린 천부금성 조선
② 성인의 문물제도를 이어받아 계계승승할 조선
③ 조선 팔도의 명산과 담양의 추월산
④ 미풍양속의 담양
⑤ 담양 남쪽 30리 응봉 아랫마을에 터를 잡음
⑥ 인덕仁德으로 한가롭게 살아가는 응봉 아랫마을
⑦ 성현의 삶을 본받자는 교훈과 역리逆理에 대한 경계
⑧ 안빈낙도하는 삶
⑨ 이루 다 표현할 수 없는 마음과 〈낙지론〉 사숙

작가는 단락⑤에서 담양 남쪽 응봉 아랫마을에 터를 잡고 살아가는 자신의 모습을 보여주기 위해 단락①~④까지의 긴 서사序詞를 두었다. 긴 서사는 세상에서 가장 살 만한 곳이 담양임을 소상하게 알려주기 위한 장치로 보인다. 중국 신화에 등장하는 산으로서 세상에서 가장 높고 신성한 산인 곤륜산의 한 줄기가 뻗어내려 조선이 되었고, 계계승승 무궁하게 번창할 조선에도 명산이 즐비함을 팔도의 산 이름을 일일이 열거하면서 자랑스럽게 얘기했다. 마지막으로 담양의 추월산은 천만년 동안 주룡主龍이고 주변 고을의 표준이라고 했다. 마치 자기가 살고 있는 담양이 세계의 중심인 듯, 담양이 호남에서 제일가는 고장인 듯 호기있게 표현했다.

단락을 중심으로 작품 전개를 살펴보자. 작품 서두인 단락①에서는 곤륜산의 맥이 화산, 태산, 동정호, 무산, 만리장성 등 동서남북 중국

대륙을 거쳐 조선에까지 그 정기가 뻗어내려 천부금성을 이루었다고
했다. 그리고 조선은 한강과 삼각산이 비호하는 명당자리 한양에 터전
을 마련, 성군이 세운 나라임을 천부금성·좌청룡·우백호·직립오천·
만호장안 등 미화법과 과장법을 활용하여 자신있게 과시했다. 단락②
에서는 백년하청과는 비교가 안 되는 천년하청의 기다림 끝에 성군이
나타나 백성을 구제하고 조선을 세웠고, 그 조선은 요순탕무와 주나라·
노나라의 의관문물을 이어받은 정통성 있는 나라이기 때문에 천만년
계계승승 무궁할 것이라고 했다. 이 단락에서는 "仙李乾坤 王春", "請祝
聖人 이 아니며 九五龍이 飛龍이라"라는 표현을 통해 이씨 왕가를 신성
한 가문으로, 태조 이성계를 성인으로 송축함으로써 왕족으로서의 자
부심을 드러내기도 했다.

단락①②는 시선을 멀리 곤륜산으로까지 확장하여 신성한 나라 조
선, 천부의 도읍지 한양을 송축했다면 단락③에서는 시선이 조선 팔도
를 향한다. 곤륜산을 향했던 시선이 삼각산으로, 삼각산에서 다시 조선
팔도의 명산을 더듬었다. 조선 팔도 동서남북을 종횡으로 누비면서 천
우신조로 생겨난 명산들을 예찬했다. 그렇게 팔도를 누비던 시선은 전
라도의 지리산을 거쳐 담양의 추월산에 머물렀다. 단락③의 한 대목을
보자.

全羅道라 智異山은 萬八千年 靑靑ㅎ고
湖南千里 名區되여 五十三州 各 고을의
星列碁布 버런ㄴ듸 秋月山이 潭州로다
千萬年之 主龍이오 五十面之 標準이라

팔도의 다른 산들에 대해서는 대체로 추상적이고 관습적인 표현으로
소개를 하다가 지리산은 호남 천리에 특별한 의미가 있다고 했다. 지리
산은 만 팔천 년 변함없이 푸르러 호남을 명승지를 만들었고 53고을을
펼쳐 놓았는데 그 고을의 산들 중 담양의 추월산이 으뜸이라 했다. 과
장법을 써서 추월산은 천만년 동안 담양의 주산이고 담양은 이 지방
여러 고을의 표준이라고 했다.

이어지는 단락④에서는 담양의 미풍양속을 칭송했다.

> 往古來今 太守마다 郡中無事 高枕ᄒ여
> 化及萬家 仁聞이오 恩給百姓 善政이라
> 推賢養老 美俗이오 愛民下士 厚禮로다
> 北闕下의 良臣이오 南州中의 賢候로다
> 瓜期六載 城主例를 更留五年 民願이라

옛날부터 부임해 오는 태수마다 선정을 베풀어 군중이 평안하고, 교
화와 은혜가 온 백성한테 미쳐 아름다운 풍속과 후덕한 예의범절이 있
다고 했다. 담양이 이 지방의 표준이 되고 있음을 이렇게 표현한 것이다.

담양군에서 잠시 머물렀던 시선은 범위를 좁혀 "응봉鷹峰 아릭"까지
접근했다가 거기서 멈춘다. 작가는 '응봉 아래에 거기에 터를 닦고 살
겠노라'고 했다. 단락⑤에서는 자신이 터를 잡고 사는 마을을 둘러싸
고 있는 득인산, 만덕산, 금성산, 장산을 열거하면서 이들 산 이름에
이념적 의미를 부여하였다. 단락⑥을 살펴보자.

> 主聖臣良 이世上의 ᄒ욤업시 安土ᄒ야
> 得仁山上 仁을 어더 親親爲大 養親ᄒ니

孝誠이야 至極홀가 北堂安寧 바리셔라
萬德山上 德홀바다 明明爲道 敎人홀제
草堂三間 지여노코 迎月掃石 閒暇ㅎᄃ

　임금은 성은을 베풀고 신하는 어질어 이 세상이 한없이 평안하다. 그리고 득인산에서 '인仁'의 미덕을, 만덕산에서 '덕德'의 미덕을 연상, 이 산들의 정기를 받아 인덕仁德이 실현되고 있는 응봉 아랫마을이 초당을 지어놓고 한가롭게 음풍영월할 수 있는 곳이라 했다.

　여기까지 단락의 전개방식을 보면 두 단락씩 짝을 이루고 있음을 알 수 있다. 단락①②, 단락③④, 단락⑤⑥이 짝을 이루게 하여 지리적 특징과 문물제도를 번갈아 보여주는 방식이다. 점층적으로 시야를 좁혀가면서 자신이 살고 있는 마을을 심층적으로 표현해 내고 있다.

　작가 이서는 자신이 터 잡고 살고 있는 마을을 자랑하기 위해 머나먼 길을 돌아왔다. 곤륜산으로부터 중국 대륙을 가로질러 한양으로, 한양으로부터 조선 팔도를 돌아 담양으로, 담양에서 다시 남쪽으로 30리 떨어진 응봉 아래에까지 왔다. 처음부터 끝까지 산줄기를 따라 자신의 위치를 확인시켰다. 이러한 작품 전개는 작가가 왕족으로서 만세기업을 이룬 조선 왕조의 힘찬 기상과 융성한 문물제도를 과시하면서 담양의 작은 마을에 터를 잡고 사는 명분을 찾기 위한 머나먼 여정이다. 직전에 있었던 중종반정, 자신의 유배사건 등 복마전의 정치현실은 조금도 내비치지 않은 채 이상 국가 조선을 얘기하고, 편안하고 한가한 시골 생활을 보여주었다.

　그러면 담양 응봉 아랫마을에서의 작가 이서의 삶은 어떠했을까? 단락⑥까지 산줄기를 따라 전개되어 온 시상이 단락⑦부터는 오로지 이념 중심으로 전개된다. 단락②④⑥에서 조선과 담양, 그리고 응봉 아랫마을이 명당으로서 천만년 태평성대를 누리며 살아갈 곳임을 분명하게 말하기 위하여 요순 이래의 유교이념을 물려받은 조선의 전통과 문물제도를 제시했다면, 단락⑦ 이하에서는 자신의 이념과 삶의 방향을 제시하였다.

단락⑥의 득인산과 만덕산에서 인덕仁德을 연상했다면, 단락⑦에서는 시경詩經의 〈기욱시淇澳詩〉[5]와 〈갈담시葛覃詩〉[6]에서 우리 대왕과 대비의 성덕聖德과 인혜仁惠를 떠올렸다. 담양에서의 삶을 대왕과 대비에 대한 칭송으로부터 시작한 것은 왕실의 은혜가 담양에까지 미치고 있음을 강조함으로써 왕족으로서의 자존감을 살리기 위함이다. 어지러운 정치현실의 희생양이 되어 고향땅 한양으로 돌아가지 못하고 담양에 살 수밖에 없는 처지이지만 왕족으로서의 지체는 변함없이 유지하고 있었던 것이다.

이렇게 왕실에 대한 칭송으로 시작한 담양 생활은 다분히 이념 편향적이다. 담양에서의 생활 현실은 전혀 나타나 있지 않고 공자를 비롯한 성현의 삶을 일일이 열거하면서 모든 사람이 본연의 마음을 버리지 말고 순리대로 살아갈 것을 권유하였다. 본연의 마음을 어기고 살아가는 사람들을 산에서 벌목하는 사람과 시냇물에서 물장난하는 아이에 비유하고, '벌목하지 마소 / 벌목하지 마소', '물장구치지 마라 / 물장구치지 마라'라고 만류하면서 본연의 성품과 순리로 살아가라고 했다. 그러려면 소학과 대학을 차례로 배워 이치를 깨닫고 마음을 올바로 가져야

5 임금의 덕을 칭송한 노래.
6 왕비의 덕을 칭송한 노래.

한다고 하면서 순임금을 본받고자 한 안자가 얼마나 순수한지, 문왕을 스승 삼고자 한 주공의 도가 얼마나 큰지를 알겠다고 했다. 순임금과 문왕이 순리대로 왕위를 물려줬듯이 순조롭게 이어가는 조선 왕조의 질서를 흩트리는 행위를 벌목과 격수에 비유하여 경계한 것이다. 이서는 항상 왕족으로서의 신조를 잃지 않고 있었던 것이다.

단락⑧에서는 꾀꼬리와 봉황에 비유하여 사람은 머물 곳을 알아서 머물 줄 알고 덕으로써 덕을 볼 줄 알아야 한다고 했다. 제갈량과 도연명이 시골에 은거하며 출세에 뜻이 없었듯이 자신도 담양에 머물러 살면서 안빈하겠다고 했다. 그리고 부귀영화를 쫓아다닌 모수毛遂와 소진蘇秦을 비웃으면서 산림에서 한가롭게 지내며 학문을 도야한 왕유와 정명도를 기렸다. 담양에서 안빈낙도하는 자신의 삶의 명분을 먼 옛날 선현들의 삶에서 찾으려 한 것이다.

그런데 작품의 결말인 단락⑨는 2행밖에 안 되지만 시상이 급격히 전환되었다는 점에서 유심히 살펴볼 필요가 있다.

> (가) 書不盡意 圖不盡情 이닉 事業 뉘알소냐
> (나) 仲長統의 樂志論을 我亦私淑 ᄒ여셔라

단락⑧에까지 갈등 없는 자신의 이념적 삶을 호기 있게 보여주다가 (가)에서 갑자기 글로도 그림으로도 표현할 수 없다고 한 그 사정은 무엇일까? 그리고 마지막 행 (나)에서 "仲長統의 樂志論을 我亦私淑 ᄒ여셔라"라고 했는데 왜 하필 중장통의 〈낙지론〉을 사숙하겠다고 했을까?

(가)의 의미는 (나)의 의문을 해결하는 과정에서 답을 찾을 수 있을

것 같다. 중장통은 후한後漢 말 사람으로서 학문을 좋아하고 기개가 있었는데 당시 사회에 대해서는 매우 비판적이어서 직언을 서슴지 않았던 인물이라고 한다. 〈낙지론〉은 중장통이 자연으로 돌아가 자기 뜻대로 살고자 하는 뜻을 밝힌 글이다. 〈낙지론〉에 나타나 있는 그의 시골 생활은 비옥한 토지와 넓은 집에서 음풍농월하면서 지낼 수 있는 풍요롭고 여유로운 삶이었다. 그리고 도가적 상상력으로 현실에 얽매이지 않고 자유롭게 살아가는 생활이었다. 결말에서는 "이와 같이 하면 은하수를 건너 우주 밖으로 나아갈 수 있으니, 어찌 제왕의 문에 드는 것을 부러워하리오?"라고 했다. 중장통은 은일을 했지만 안빈낙도했던 인물은 아니었던 것이다. 그리고 제왕의 문에 들어가는 것을 부러워하지 않는다고 했지만 나중에 조조曹操의 군사軍師가 되어 출사, 정치현실에 참여한 것으로 보아 그의 은일이 진심이 아니었을 것이라는 평가[7]가 나오기도 한다.

　(나)에 대한 이러한 해석을 토대로 (가)의 의미를 추론해 보자. (가)에서 "書不盡意 圖不盡情 이니 事業 뉘알소냐"라고 던진 이 물음은 〈낙지가〉 단락①~⑧에서 길게 말한 내용 외에 다른 사정이 있다는 의미이다. 이 물음을 던지고 바로 이어서 중장통의 〈낙지론〉을 사숙하겠다고 한 것은 중장통의 삶에 공감하는 바가 있었기 때문일 것이다. 중장통은 신랄한 현실비판의식으로 벼슬자리에 나아가지 않고 은거하면서 살았으면서도 정작 〈낙지론〉에서는 현실에 대한 비판의 말을 한마디도 하지 않았다. 이서 역시 〈낙지가〉에서 정치현실은 완전히 배제하고 '낙

7　이상원, 「문학, 역사, 지리-담양과 장흥의 가사문학비교」, 『한민족어문학』 제69집(한민족어문학회, 2015).

지'하는 모습만을 보여줬다. 이서는 정치현실에 대하여 불만을 가지고 있었음에도 풍요롭고 여유있는 은일생활을 한 중장통의 호기에 호감을 가졌던 것은 아닐까? 〈낙지가〉에서 표면적으로는 안빈낙도하고 이념에 따라 살아가는 자신의 모습만을 보여줬지만 이면에는 그만큼의 현실에 대한 불만이나 갈등을 내포하고 있었음을 (가)에서 암시한 것이다. 앞서 언급한 한시 〈술회〉에서 보여준 정서를 〈낙지가〉에서는 철저하게 숨기고 있었던 것이다.

이서가 호화로운 은일생활을 했던 중장통을 사숙하겠다고 한 것으로 보아 그의 은일생활 역시 왕족으로서의 은일생활이었지 한미한 선비의 은일생활은 아니었을 것이다. 그리고 〈낙지가〉에는 이념만 드러나 있지 작품의 현장인 응봉 아랫마을이나 작가의 실제적인 삶과 경험의 구체적인 모습은 보이지 않는다. 자신의 이념적 지향을 선언적 목소리로 보여주거나 과거 선현들의 고사에 기대고 있어서 자기 삶의 장소를 관념 속에서만 구축하고 있었다는 느낌을 받는다. 〈낙지가〉는 혼란한 정치현실이 삶의 현장을 떠난 관념을 낳고, 그 관념이 은일지사의 삶의 지표가 되는 과정을 잘 보여주고 있는 작품이라고 할 수 있다.

(『오늘의 가사문학』 제8호, 2016)

최초의 누정가사 〈면앙정가〉

호연한 풍류의 노래

작가 송순, 그의 삶과 문학

송순宋純(1493~1582)은 사화士禍와 당쟁의 시대를 살았던 사람이다. 성종 때 태어나서 연산군 시절 시작된 사화를 오롯이 겪고 당쟁 초기까지 살았다. 사화가 시작된 연산군 시절은 정국이 극도로 혼란한 시기여서 관직을 그만두고 물러나는 귀거래歸去來의 시대라 일컬어지기도 한다. 송순은 그런 시절에 출사하여 유배를 당하는 등 우여곡절을 겪기도 했지만 나이 들어 치사致仕할 때까지 무난히 관직생활을 했다.

송순은 27세 때인 1519년에 별시문과에 급제하여 출사, 기묘사화와 연이은 정치의 난맥상을 경험하였고 정치현실에 대한 비분강개와 힘든 백성들의 삶에 대한 개탄, 그리고 고적한 자신의 심회를 노래한 문학작품을 여러 편 지었다. 그리고 41세 되던 1533년에는 김안로 일파가 권세를 장악하고 횡행하자 담양으로 물러나 하늘을 우러러보고 땅을 굽어보아도 부끄러움 없는 삶을 지향한다는 의미를 담아 면앙정俛仰亭을 지었다.

이후 53세 때인 1545년에는 을사사화가 일어나 사림들이 참혹하게 희생당했고 1550년에는 송순도 유배를 당해 1년 6개월여 여러 곳을 옮겨 다니며 고생을 했다. 유배에서 방면된 후 정국이 안정되자 송순도 내·외직을 두루 거치면서 순탄한 노년을 보내다가 과거 합격 50년이 되던 1559년 77세로 치사하고 고향으로 물러나 90세 되던 1582년까지 살았다.

송순은 호남 사림의 대선배로서 혼란한 정국에서 부침이 있기는 했지만 치사할 때까지 인품을 갖추고 올곧은 현실인식으로써 경국제민의 이념을 실현하기 위하여 초지일관했던 인물로 알려져 있다. 송순은 호남 사림의 스승 격인 송흠宋欽·박상朴祥 등에게 가르침을 받았고, 임억령林億齡·신광한申光漢·성수침成守琛·이황李滉 등과 친분이 있었으며, 제자별 문인들인 김인후金麟厚·임형수林亨秀·박순朴淳·기대승奇大升·고경명高敬命·정철鄭澈·임제林悌 등과 친밀하게 지냈다. 과거 합격 60년 되던 해 면앙정에서 회방연回榜宴이 열렸는데, 정철의 제안으로 고경명·기대승·임제가 함께 송순을 대나무 가마에 태워 떠메고 내려오자 주변 고을 수령들과 모여 있던 사람들이 함께 그 가마를 뒤따르며 감탄하고 부러워했다는 일화는 유명하다. 이 일화는 송순이 당시의 사대부들과 지역민들에게 얼마나 존경받았던가를 알 수 있게 해 준다.

이와 같이, 송순은 조선 전기 중 가장 난세라 할 수 있는 시절에 출사하여 힘든 정치생활을 하면서 마음이 흔들려 일을 그르칠 뻔한 적도 있었지만 부단한 노력으로 항상 공경과 정직으로써 일을 처리할 수 있었다고 자신있게 밝히기도 했다(〈상눌재박선생서上訥齋朴先生書〉). 그런 소신으로 시종일관했던 그는 〈문개가聞丐歌〉, 〈문인가곡 聞隣家哭〉 등 공경과 정직에서 벗어나는 정치현실과 백성들을 고통받게 하는 위정자들을 신랄하게 꼬집은 현실비판시를 지었다. 그뿐만 아니라 바람직한 삶을 살기 위해서 필수적으로 지켜야 할 실천덕목을 제시한 오륜가五倫歌, 자신의 정치현실에 대한 꿈을 형상화하여 임금에게 바친 응제시應製詩, 자연을 통해서 사대부의 보편적인 꿈을 형상화한 산수시山水詩 등 이상과 현실을 넘나드는 다양한 작품세계를 보여주었다.[1] 그리고 한시뿐만 아니라 여러 편의 시조 작품과 〈면앙정가〉와 같은 가사 작품 등 당시의 모든 문학 양식을 활용함으로써 탁월한 작가적 능력을 보여주기도 했다.[2]

누정가사의 시작과 전개

누정樓亭은 신라시대부터 있었지만 누정문학이 본격적으로 시작된 것은 고려 중엽부터이다. 김부식金富軾의 〈관란사루觀瀾寺樓〉, 이규보李奎報의 〈명일여이삼자등환벽정明日與二三子登環碧亭〉·〈제남산모정題南山茅亭〉 등 누정을 노래한 한시 작품과 부전가요 〈한송정寒松亭〉, 〈총

1 최상은, 「송순의 꿈과 면앙정가의 흥취」, 『한국시가문화연구』 제31집(한국시가문화학회, 2013), 353~360쪽 참조.
2 송순의 삶과 문학에 대해서는 다음 글들을 참조했다. 권정은, 「누정가사의 공간인식과 미적 체험」, 『한국시가연구』 제13집(한국시가학회, 2003). ; 남동걸, 「조선시대 누정가사 연구」(인하대 박사학위논문, 2011). ; 이종건, 『俛仰亭 宋純 研究』(개문사, 1987). ; 최재남, 「16~17세기 향촌사림의 시가문학」, 『한국시가연구』 제9집(한국시가학회, 2001). ; 최진원, 「강호가도연구」, 『국문학과 자연』(성균관대 출판부, 1987).

석정가叢石亭歌〉 등이 있었고 〈한림별곡翰林別曲〉에 '홍루각紅樓閣', 안축의 〈관동별곡〉에 '강선정降仙亭'·'상운정祥雲亭' 등이 등장하는 것으로 보아 고려시대에는 누정이 문학창작의 주요 장소가 되었던 것으로 보인다. 작가나 작품 내용으로 보아 이 시대의 누정은 왕이나 귀족들이 호화로운 흥취에 빠져들거나 풍경을 감상하던 곳이기는 하지만 문학작품 창작의 현장으로서 새롭게 문학사에 등장한다는 점에 의의를 둘 수 있다.

조선 초기에는 예조에서 지은 〈가성덕歌聖德〉, 변계량卞季良의 〈화산별곡華山別曲〉에 '모화루慕華樓', '경회루慶會樓'·'광연루廣延樓' 등이 등장하는데 이들 누각은 고려 때와 마찬가지로 왕을 중심으로 하는 공식적인 연회가 열리거나 송축을 위한 장소이다. 다만, 〈화산별곡〉은 단순하지만 누각에서 바라보는 한양 풍경을 그리고 있다는 점에서 진전된 모습을 보여주고 있다. 더 나아가 변계량의 〈희우정가喜雨亭歌〉와 김종직金宗直의 〈풍영루가風詠樓歌〉는 장편 한시로서 서경과 서정의 짜임새가 누정가사에 매우 근접하고 있다. 이러한 일련의 작품들은 누정가사가 문학사의 오랜 흐름 속에서 형성되었음을 말해주고 있는 것이다.

누정가사가 등장하기 시작한 16세기에는 혼탁한 정치현실을 피해 관직에서 물러난 사대부들이 사적으로 누정을 건립하는 경우가 많아서 이전 누정이 대개 왕과 최고의 관인층이 향유하던 장소였던 것과는 많이 달라졌다. 16세기에는 개인 누정 건립이 하나의 풍조가 되다시피 하여 사설 누정이 전국에 수백 개로 늘어나면서 지방 사림 문화의 구심점이 되었다. 이러한 누정 건립 풍조 속에서 누정가사가 등장했다.

누정가사는 소위 은일가사의 한 갈래인데, 은일가사는 정극인의 〈상춘곡〉에서 시작되었지만 누정가사가 나옴으로써 그 맥을 크게 형성할 수 있었다. 조선조 최초의 누정가사는 송순의 〈면앙정가俛仰亭歌〉이다. 〈면앙정가〉에 나타나는 정자 주변의 풍경과 풍류생활, 그리고 사계四季 묘사 등은 후대 작품에서도 두루두루 나타나고 있어서 누정가사의 최초 작품이면서 그 전형을 만들어낸 작품이다. 〈면앙정가〉에서 시작된 누정가사는 가사의 최고봉이라 일컬어지는 정철鄭澈(1536~1593)이 식영정息影亭을 중심으로 〈성산별곡星山別曲〉을 지음으로써 활발한 계승이 이루어질 수 있었다. 〈성산별곡〉에 이어 이현李俔(1540~1618)의 〈백상루별곡百祥樓別曲〉이 나왔고, 17세기에는 김득연金得研(1555~1637)의 〈지수정가止水亭歌〉, 박인로朴仁老(1561~1642)의 〈소유정가小有亭歌〉, 채헌蔡瀗(1715~1795)의 〈석문정가石門亭歌〉, 조성신趙星臣(1765~1835)의 〈개암정가皆巖亭歌〉 등 19세기까지 지속적인 창작이 이루어졌다.

누정가사의 호연한 시작, 〈면앙정가〉

앞서 언급한 바, 송순은 동시대 작가들에 비해 한시는 물론 시조와 가사 등 다양한 양식으로 문학작품을 창작했는데 그중 문학사적으로 가장 큰 의의를 지니는 작품으로 평가받고 있는 것은 〈면앙정가〉이다. 이런 평가는 최초의 누정가사라는 의미 외에 〈면앙정가〉의 짜임새, 표현, 형상화 등 문학성의 측면에서도 가능하다.

그러면, 〈면앙정가〉를 구체적으로 살펴보자.

无等山 흔 활기 뫼히 동다히로 버더이셔
멀리 쎄쳐와 霽月峯의 되여거늘
無邊 大野의 므슴짐쟉 ㅎ노라
일곱구비 흔듸 움쳐 믄득믄득 버럿ᄂᆞᆺ
가온대 구비ᄂᆞᆫ 굼긔든 늘근뇽이
선좀을 ᄀᆞᆺ씨야 머리를 안쳐시니
너ᄅᆞᆫ바회 우희 松竹을 헤혀고
亭子ᄅᆞᆯ 안쳐시니
구름튼 靑鶴이 千里를 가리라
두 나ᄅᆡ 버럿ᄂᆞᆺ

작품 서두이다. 면앙정의 위치와 모양을 장엄하게 묘사했다. 멀리 무등산에서 동쪽으로 뻗어 내린 산줄기를 타고 제월봉으로 내달리는 산의 형세를 꿈틀거리는 용의 움직임으로 생생하게 그려냈다. "일곱구비 흔듸 움쳐 믄득믄득 버럿ᄂᆞᆺ"은 꿈틀거리며 힘차게 날던 용이 산이 되어 주저앉아 있는 듯한 느낌을 가지게 한다. 멀리 무등산으로부터 출발한 시선이 빠른 속도로 좁혀지면서 "너ᄅᆞᆫ바회"에서 멈추었다. 여기가 바로 이 작품의 중심이 되는 장소 면앙정이다. 일단 면앙정으로 좁혀져 정지되었던 시선은 다시 원경으로 향하면서 활발한 움직임으로 묘사되었다. 정자는 그냥 앉아 있는 것이 아니라 청학이 되어 구름을 타고 천 리를 가려고 두 날개를 펼친 듯하다고 했다. 원경에서 근경으로, 근경에서 원경으로의 시선 이동, 그리고 움직임과 멈춤의 동작을 통해서 작품의 시작이 생동감을 얻었다.

시선이 정자에서 다시 원경으로 확산되는 다음 대목을 보자.

玉泉山 龍泉山 느린 믈히
亭子압 너븐들히 兀兀히 펴진드시
넙씨든 기노라 프르거든 희지마나
雙龍이 뒤트느듯 긴깁을 치펏느듯
어드러로 가노라 므슴일 비얏바
닷는듯 샏로는듯 밤낫즈로 흐르는듯
므조친 沙汀은 눈ㄱ치 펴졋거든
어즈러은 기럭기는 므스거슬 어르노라
안즈락 느리락 모드락 홋트락
蘆花을 사이두고 우러곰 좃니는뇨
너븐길 밧기오 진하늘 아릭두르고
쇼즌거슨 모힌가 屏風인가 그림가아닌가
노픈듯 느즌듯 긋는듯 닛는듯
숨거니 뵈거니 가거니 머믈거니
어즈러온 가온딕 일홈는 양ᄒᆞ야
하늘도 젓치아녀 웃독이 셧는거시
秋月山 머리짓고
龍龜山 夢仙山 佛臺山 魚登山
湧珍山 錦城山이 虛空에 버러거든
遠近 蒼崖의 머믄짓도 하도할샤

　정자 앞 냇물을 따라 넓은 들판으로 내달리고, 다시 병풍처럼 늘어서 있는 주변 산으로 시야가 넓어졌다. 이렇게 넓어지는 시야는 쌍용이 꿈틀거리며 바쁘게 내닫는 형상으로 묘사했다. 그리고 산들도 그냥 서 있는 것이 아니라 서로 모양과 높이를 다투며 경쟁하고 있는 움직임으로 나타냈다. 거기다 어지럽게 날아다니는 기러기가 그 움직임에 활기를 불어넣고 있다. "구름튼 靑鶴이 千里를 가리라 / 두 나릭 버럿는 듯"한

정자의 움직임과 정자 앞 조망의 역동성에서 작가 송순의 호연지기를
볼 수 있다.

〈면앙정가〉 전반부에 구체적으로 묘사되어 있는 정자의 모습이나 조
망에 대한 묘사의 속뜻은 〈면앙정가 삼언俛仰亭歌 三言〉에 잘 표현되어
있다.

俛有地	굽어보면 땅이요
仰有天	우러러 보면 하늘이
亭其中	그 가운데 정자 있도다
興浩然	호연한 흥취 일어나니
招風月	풍월을 부르고
挹山川	산천을 끌어들여
扶藜杖	청려장에 의지하여
送百年	백년을 보내리라

면앙정의 '면앙俛仰'은 송순의 이념적 소신을 담고 있다. 즉, 맹자孟
子가 이른 바, '우러러 하늘에 부끄러움이 없고 굽어보아 인간에게 부끄
러움이 없다(仰不愧於天 俯不怍於人)'를 본받고자 하는 의지의 표현이다.
하늘과 땅 사이 한중간에 자리 잡고 있는 면앙정은 풍월과 산천을 불러
들여 백 년을 누리는 세상의 중심이다. 자리를 박차고 날아갈 듯이 들썩
거리는 것 같지만 정자는 항상 그 자리에 있듯이, 송순도 흥취에 들떠
있는 것 같지만 현실세계에 뿌리를 박고 공경과 정직을 신조로 떳떳하
게 살고자 했던 송순의 의지를 '면앙정' 제목에서 확인해 볼 수 있다.

〈면앙정가〉의 전반부는 공간의 이동으로써 세상의 중심에 있는 면앙
정을 보여주고 있다면 이어지는 대목에서는 4계절, 즉 시간의 이동에
따른 풍경의 변화를 보여주고 있다. 4계절 풍경도 누정가사에 일반적

으로 나타나는데 〈면앙정가〉의 4계절 묘사는 한결같이 아름다운 풍경
에 대한 찬탄이다. 변함없이 계속 순환하는 자연에 순응하면서 순리대
로 살아가려고 하는 삶의 자세를 보여주는 것이 4계절 묘사 대목의 의
미라 하겠다.

풍경 묘사에 이어지는 대목은 그 속에서 노니는 화자의 생활이다.

> 人間을 써나와도 내몸이 겨를업다
> 니것도 보려ᄒ고 져것도 드르려코
> ᄇ람도 혀려 ᄒ고 돌도 마즈려코
> 봄으란 언제줍고 고기란 언제낙고
> 柴扉란 뉘다드며 딘 곳츠란 뉘쓸려료
> 　　　　(중략)
> 블닉며 틴이며 혀이며 이아며
> 온가짓 소리로 醉興을 빈야거니
> 근심이라 이시며 시름이라 브터시랴
> 누으락 안즈락 구부락 져츠락
> 을프락 ᄑ람ᄒ락 노혜로 노거니
> 天地도 넙고넙고 日月도 흔가閑暇ᄒ다

공간과 시간면에서 면앙정의 위치와 모양, 그리고 주변 풍경을 활기
차면서도 질서있게 보여준 후, 그 속에서 지내는 화자의 생활 역시 역
동적으로 표현해 주고 있다. 아름다운 자연을 하나도 놓치려 하지 않고
바쁘게 돌아다니는 모습, 자연 속에서 체면 불고하고 극도의 흥취에 빠
져드는 흥취를 사실적으로 묘사해 주고 있다. 더욱이 순수한 우리말을
사용함으로써 표현의 생동감을 한층 더 높일 수 있었다.

마지막 결말은 화자의 정서로써 마무리했다.

義皇 모을너니 니젹이야 긔로괴야
神仙이 엇더틴지 이몸이야 긔로고야
강산풍월江山風月 거느리고 내百年을 다누리면
岳陽樓상의 李太白이 사라오다
浩蕩情懷야 이예셔 더홀소냐
이몸이 이렁굼도 亦君恩이샷다

자기가 사는 시절을 태평성대라고 하고 자신을 신선이라 했다. 강산
풍월을 거느리고 사는 호탕한 흥취를 한껏 고조시켰다. 이렇게 아름다
운 자연에서 노닐 수 있게 해 준 것을 '역군은亦君恩'이라고 하면서 작품
을 마무리했다. '역군은'은 임금을 송축하는 악장적 표현이지만 여기서
는 굳이 임금을 송축하는 의미로 해석하기보다는 이념과 현실의 일치에
서 오는 만족감, 그리고 아름다운 자연 속에서 즐기는 호탕한 풍류의
극점에서 터져 나오는 탄성의 사대부적 표현이라고 보는 것이 좋겠다.

이상에서 살펴본 바와 같이, 〈면앙정가〉는 누정가사의 최초작이지만
누정 중심의 공간적·시간적 풍경 묘사와 화자의 정서 표현 등에서 누
정가사의 전형을 마련한 작품이다. 첫 작품이 이렇게 전형성을 지닐 수
있었던 것은 아마 누정문학의 문학적 전통이 오래되었고 가사 창작이
일반화되어 있었던 당시 문학 환경에서 연유하는 것으로 보인다. 그리
고 작품의 짜임새나 표현기법 등에서 남달랐던 송순의 문학적 역량이
십분 발휘된 작품이었고 정철이 〈성산별곡〉과 같은 작품으로 뒤를 이
어 줌으로 말미암아 누정가사의 창작이 후대까지 활발하게 이루어질
수 있었던 것 같다.

(『오늘의 가사문학』 제5호, 2015)

최초의 기행가사 〈관서별곡〉

흥취와 충정 사이

작가 백광홍, 그의 삶과 문학

백광홍白光弘(1522~1556)은 증조부 이래로 세거해 온 전라남도 장흥의 사자산 자락 기산岐山 마을에서 태어나 사화기士禍期를 거치면서 사림문학이 융성하던 시절에 활동했던 인물이다. 어렸을 시절, 기묘사화己卯士禍(1519)의 여파로 일어난 신사무옥辛巳誣獄(1521)으로 장흥에 유배되어 온 신잠申潛(1491~1554)을 찾아가 학문의 길에 들어섰고 신잠이 태인현감이 되었을 때, 그를 따라가서 이항李恒(1499~1576)을 만나 제자가 되었다. 그 후 임억령林億齡(1496~1568), 김인후金麟厚(1510~1560), 기대승奇大升(1527~1572), 정철鄭澈(1536~1593) 등 쟁쟁한 호남의 사림들과 스승·동학 관계를 맺으면서 학문적·문학적 역량을 발휘하여 당대 8문장의 한 사람으로 꼽히기도 했다. 뿐만 아니라, 그의 가문에서는 삼당시인三唐詩人의 한 사람인 아우 백광훈白光勳을 비롯하여 여러 문

인들을 배출했고, 장흥은 쟁쟁한 문인들을 많이 낳은 문인의 고장으로
서 이름을 떨쳤다. 장흥뿐만 아니라 호남지방에서는 이 시기에 많은 학
자·문인들을 배출하여 조선 문단의 꽃을 피웠다.

　백광홍은 28세 때에 사마시司馬試에 합격하고 3년 후에 대과에도 합
격하여 본격적으로 출사出仕했다. 출사한 후 문명을 떨쳐 명종의 총애
를 받았다. 34세 때는 평안도 평사로서 관서지방을 여행하고 난 후, 가
사 〈관서별곡關西別曲〉을 지었다. 35세 되던 1556년 가을, 병으로 관직
을 그만두고 고향으로 가던 중 처가가 있는 부안에서 목숨을 거두었다.
사후 수많은 문인들이 백광홍을 추모하고 그의 학덕과 문학을 기리는
시편들을 남겼다. 백광홍의 문집 『기봉집岐峯集』은 그의 사후 300년
이후에 간행되었다. 『기봉집』은 백광홍의 문학작품이 임진왜란을 겪
으면서 대부분 유실되는 우여곡절을 겪은 끝에 겨우 간행되었는데, 문
집에 실리지 못한 작품이 더 많을 정도로 짧은 생애에 많은 작품을 남
겼다고 한다.[1]

　태인, 담양, 장흥 등 호남지방의 학자·문인들의 문화풍토는 사대부
가사를 시작하고 발전시키는 밑거름이 되었고, 백광홍의 문학적 역량
은 장흥지방 가사의 발전에 크게 기여했다. 그러한 풍토가 형성되어 있
었기 때문에 조선조 최초의 가사인 정극인의 〈상춘곡〉을 비롯하여 조
선 전기의 대부분 가사 작품들이 호남지역 작가들에 의해 창작될 수
있었던 것이다.

----

1 백광홍의 삶과 문학에 대해서는 정민, 「기봉 백광홍의 인간과 문학세계」, 『한국학논집』
　제38집(한양대 한국학연구소, 2004), 83~85쪽; 박영주, 「기행가사의 남상, 기봉 백광
　홍」, 『오늘의 가사문학』 제6호(한국가사문학관, 2015), 61~63쪽 참조.

기행가사의 시작과 전통

문학작품은 사람들이 일반적으로 겪는 평범한 일상보다는 특별한 경험이나 갈등을 소재로 한다. 그런 면에서 낯설고 새로운 세계를 경험하는 여행은 문학작품의 좋은 소재가 될 수 있다. 그래서 기행문학은 이른 시기부터 많은 창작이 이루어졌는데 8세기경 신라 혜초慧超(704~787)의 〈왕오천축국전往五天竺國傳〉 이래로 우리 문학의 한 영역으로 자리매김해 왔다. 한문으로만 창작되어 오다가 한글 창제 후 16세기에 이르러 한글 문학 창작이 왕성하게 이루어지던 분위기 속에서 가사 장르의 형식을 빈 한글 기행문학의 시대가 시작되었다. 그 시작이 백광홍의 〈관서별곡〉이다. 〈관서별곡〉에 대해서는 후인들의 평가가 여럿 있어서 당시 기행문학으로서의 위상을 가늠해 볼 수 있다. 이수광李睟光(1563~1628), 홍만종洪萬宗(1643~1725) 등은 〈관서별곡〉을 소개하면서 17, 18세기에 이르기까지 이 작품이 전창傳唱되고 있었음을 밝혔다. 특히 동시대 호남 최고의 문인이라 할 수 있는 정철의 〈관동별곡〉은 〈관서별곡〉의 영향을 크게 받아 창작되었고, 조선 후기에까지 영향을 끼쳐 기행가사가 가사문학의 흐름에서 큰 비중을 차지하는 유형이 되게 했다. 그리고 장흥지방에서는 위세직魏世稷(1655~1721)의 〈금당별곡金塘別曲〉, 노명선盧明善(1707~1775)의 〈천풍가天風歌〉 등 기행가사를 비롯하여 많은 가사작품이 창작되었는데 이는 백광홍의 선편이 있어서 가능했던 것으로 보인다.

이외에도 조선 후기에는 여러 종류의 기행가사가 창작되었다. 〈관서별곡〉과 같은 관유가사官遊歌辭, 중국이나 일본에 사신으로 갔다 온 경험을 쓴 사행가사使行歌辭, 해외 표류 경험을 쓴 〈표류가사漂流歌辭〉 등

이 있고 유배가사나 규방가사에도 기행가사적 성격을 지닌 작품들이
다수 창작되었다. 이렇게 볼 때, 기행가사는 가사문학의 존재양상이나
흐름을 파악하는 데 있어서 빼놓을 수 없는 유형이라 할 수 있겠다.

〈관서별곡〉, 흥취와 충정 사이

〈관서별곡〉은 왕명을 받고 관서지방에 부임, 관할 지역을 다니면서
보고 듣고 느낀 것을 노래한 작품이다. 백광홍은 과거에 합격한 후 정9
품 홍문관정자로 임명이 되고 명종의 신임을 얻어 호당湖堂에 발탁되
기도 했다. 바로 이어서 정6품 평안도 평사로 임명을 받고 관서지방으
로 향했다. 몇 단계 높은 관직을 부여받은 감격이 〈관서별곡〉에 잘 녹
아들어 있다.

> 關西 名勝地예 王命으로 보뇌실싀
> 行裝을 다사리니 칼흔ㄴ 쑨이로다
> 延詔門 늬달아 모화고기 너머드니
> 歸心이 쌘르거니 故鄉을 思念ᄒ랴
> 碧蹄에 말가라 臨津에 비건너
> 天水院 도라드니 松京은 故國이라
>
> 西邊을 다보고 返旆 還營ᄒ니
> 丈夫 胸襟이 져그나 ᄒ리로다
> 셜믜라 華表柱 千年鶴인들 날가타니 쏘 보안난다
> 어늬제 形勝을 記錄ᄒ야 九重天 스로료
> 未久上達 天門ᄒ리라

〈관서별곡〉의 서두와 결말이다. 서두에서는 왕명을 받고 행장을 단출하게 꾸려 송경에 이르는 여정을 소개했다. 서대문 모화관의 연조문을 나서 모화고개를 넘어설 때는 임지에 빨리 도착하겠다는 마음에 고향 생각할 여유도 없다고 할 정도로 기대가 컸다. 그리고 벽제에서 말을 갈아타고 임진강을 배로 건너 천수원을 돌아드는 긴 여정을 단 2행의 짧은 시구詩句로써 순간적으로 이루어지는 연속 동작으로 표현하고 있다. 여정의 견문이나 정서는 모두 생략되어 있어서 무미건조해 보이지만, 임지로 향하는 들뜬 마음이 짧은 시구의 긴 여정 속에 녹아들어 있다. 정철이 〈관동별곡〉 서두에서 강원도 관찰사 임명을 받고 창평에서 서울로 뛰어올라가 임명장을 받고 임지인 원주에 도착하는 과정을 단 7행으로 표현한 것[2]도 〈관서별곡〉 서두와 매우 닮아있다.

결말에서는 관서지방 여정을 끝내고 감영으로 돌아온 감회를 노래했다. 신선같이 돌아다니다가 돌아온 만족감을 표하면서 자신이 본 형승을 모두 기록하여 왕에게도 아뢰겠다고 했다. 임지를 무사히 돌아본 결과를 모두 왕에게 아뢰고 정서적으로 공감대를 이루는 것은 사대부들의 보편적인 꿈일 것이다. 서두에서는 임지로 향하는 기대와 감격에 찬 들뜬 마음으로 출발하는 모습을, 결말에서는 임지에서의 여정을 끝내고 왕을 만나 자신의 여정을 낱낱이 아뢸 날을 기다리고 있는 모습을 보여주고 있다. 이것이 사대부들이 보편적으로 바라는 이상적인 상황이고, 그런 상황에서 느끼는 사대부들의 이념적 흥취라 할 수 있다.

---

2 정철, 〈관동별곡〉. "江湖애 病이 깁퍼 竹林의 누엇더니 / 關東 八百里에 方面을 맛디시니 / 어와 聖恩이야 가디록 罔極ᄒ다 / 延秋門 드리ᄃ라 慶會南門 ᄇ라보며 / 下直고 믈너나니 玉節이 알픠 셧다 / 平丘驛 ᄆᆯ을ᄀ라 黑水로 도라드니 / 蟾江은 어듸메오 雉岳이 여긔로다"

유가 사대부들이 보편적으로 가지고 있는 제일의 꿈은 과거에 합격하여 관직에 나가고, 왕의 총애를 받아 승승장구하여 입신양명하는 것이다. 서두와 결말을 중심으로 본다면, 〈관서별곡〉은 그러한 사대부로서의 꿈을 실현한 만족감을 그린 작품이라 할 수 있다.

〈관서별곡〉은 공적 업무를 위하여 관할지역을 돌아본 여정을 쓴 작품이지만 공식적인 글은 아니다. 다시 말하면, 〈관서별곡〉은 관할지역을 순시하는 근엄한 관리의 여정을 보여주는 작품이 아니다. 사적인 글일 뿐만 아니라 아름다운 풍경과 개인적인 흥취로 인해 공적인 업무를 부담스러워하는 모습까지 보여준다.

> 感松亭 도라드러 大同江 브리보니
> 十里波光과 萬重烟柳는 上下의 어릐엿다
> 春風이 헌스ᄒᆞ야 畫船을 빗기보니
> 綠衣紅裳 빗기안자 纖纖玉手로 綠綺琴 니이며
> 皓齒 丹脣으로 采蓮曲 브르니
> 太乙眞人이 蓮葉舟 트고 玉河水로 ᄂᆞ리ᄂᆞᆫ듯
> 셜미라 王事靡鹽 흔들 風景에 어이ᄒᆞ리
> 練光亭 도라드러 浮碧樓에 올나가니
> 綾羅島芳草와 錦繡山烟花는 봄비슬 쟈랑흔다

평양 주변의 아름다운 풍경과 화려한 흥취를 노래한 대목이다. 풍경은 그 자체의 아름다움보다는 화려한 주연酒宴의 분위기를 조성하는 데 더 큰 의의가 있어 보인다. 그렇기 때문에 풍경은 구체적이고 세밀하게 묘사하지 않고, 자신이 신선이 된 것처럼 미인들과 어울려 벌이는 주연의 모습을 흥겹게 그려내고 있다. "셜미라"는 단순히 "슬프다"라는

의미가 아니라 아쉬움의 정서가 함축된 감탄어이다. 왕명을 받은 관리
로서 이런 흥취에 빠져드는 것에 대한 부담감을 느끼기도 하지만 아름
다운 풍경을 두고 어이하겠느냐고 변명처럼 묻고 있다. 그런 후 왕사도
뒤로 미루어야 할 정도로 도도한 흥취를 계속적으로 보여주고 있다.
　이러한 유흥적 흥취는 왕명을 수행하는 관리의 모습은 아닐 것이다.
그래서 흥취를 즐기기 위한 상황 설정을 했다.

> 梨園의 곳피고 杜鵑花 못다진제
> 營中이 無事커늘 山水를 보랴ᄒ야
> 藥山東臺에 술을 실고 올나가니
> 眼底 雲天이 一望에 無際로다
> 白頭山 ᄂᆡ린물이 香爐峯 감도라
> 千里를 빗기흘너 臺압프로 지너가니
> 盤回屈曲ᄒ야 老龍이 소리치고
> 海門으로드난닷
> 形勝도 ᄀᆞ이업다 風景인달 안니보랴
> 綽約仙娥와 嬋妍玉鬢이
> 雲綿 端粧ᄒ고 左右에 버려이셔
> 거문고 伽倻鼓 風笙龍管을 부ᄅ거니
> 니애거니 ᄒᆞᄂᆞᆫ양은 周穆王 瑤臺上의
> 西王母 만나 白雲曲 브르난닷
> 西山에 ᄒᆡ지고 東嶺의 달 올아
> 綠鬢雲鬟이 半含嬌態ᄒ고 盞밧드ᄂᆞᆫ 양은
> 洛浦仙女 陽臺에ᄂᆡ려와 楚王을 놀ᄂᆡᄂᆞᆫ닷

“營中이 無事커늘 山水를 보랴ᄒ야 / 藥山東臺에 술을 실고 올나가
니 / 眼底 雲天이 一望에 無際로다.”이 대목은 모든 상황을 순탄한 태

평성대로 설정함으로써 가없는 풍류에 정당성을 부여하는 장치이다. 영중에 아무 이상이 없을 정도의 완벽한 업무수행은 이어지는 풍류에 정당성을 부여해 줌과 동시에 마음의 모든 부담을 떨치고 극대화된 흥취에 빠져들 수 있게 해 주었다. 〈관동별곡〉의 "營中이 無事ᄒ고 時節이 三月인제 / 花川 시내길히 楓岳으로 버더잇다"도 이런 정서에 다름 아니다. 이것이 왕명을 받고 지방에 부임한 조선 사대부들의 이념적 실현과 흥취의 문학적 표현법이고 이 표현법은 〈관서별곡〉에서 시작되었다.

극대화된 흥취는 약산 동대에서 바라보는 호쾌한 풍경 묘사에도 나타난다. 백두산에서부터 시작된 물줄기가 향로봉을 감돌아 천 리를 흘러 대 앞을 지나가는데 그 형상이 노룡이 꼬리치며 바다로 들어가는 듯하다며 힘차고도 신비롭게 표현했다. 이렇게 가없이 아름다운 풍경에다 주 목왕과 서왕모, 초 양왕과 낙포선녀의 고사를 인용해 가면서 신선이 된 양 기생들과 벌이는 술자리 흥취는 여기서 절정을 이룬다.

이景도 됴커니와 遠慮인들 이즐쇼냐
甘棠召伯과 細柳將軍이 一時예 同行ᄒ야
江邊으로 巡下ᄒ니 煌煌玉節과 偃蹇龍旗ᄂ
長天을 빗기지나 碧山을 썰쳐간다
都南을 너머드러 비고기 올나안자
雪寒재 뒤에두고 長白山 구버보니
重岡 複關은 갈쇼록 어렵도다
百二重關과 千里劍閣도 이럿툿 ᄒ던도
八萬 貔貅ᄂ 啓道 前行ᄒ고
三千 鐵騎ᄂ 擁後 奔騰ᄒ니

胡人 部落이 望風 投降ㅎ야
白頭山 나린물의 一陣도 업도다
長江이 天塹인달 地利로 혼쟈ㅎ며
士馬 精强흔들 人和업시 ㅎ올쇼냐
時平 無事홈도 聖人之化로다

절정의 풍류를 즐긴 화자는 '이렇게 좋은 풍경을 즐기는 것도 좋지만 그렇다고 나라를 위한 걱정을 잊겠는가?'라고 하면서 문득 관리 본연의 자세로 돌아와 위풍당당하게 순시 길을 나서는 장면이다. 뿐만 아니라, 도남을 너머 배고개를 거쳐 설한재를 지나 장백산을 굽어보니 수많은 관문은 옛날 중국의 백이중관과 천리검각에 비견할 수 있을 정도로 천하 요새라고 하고, 용맹스러운 병사들이 앞뒤로 내달리고 있으니 오랑캐 부락들이 모두 투항하여 백두산 줄기 아래로 오랑캐의 진이 하나도 없다고 했다.

이렇게 튼튼한 국경의 방비는 천연 요새의 지세만으로 될 수가 없고, 군사와 병마가 강하다 하더라도 인화 없이는 할 수 없음을 강조했다. 그리고 이렇게 태평성대에서 무사하게 지낼 수 있는 것은 모두 임금의 교화 덕분이라고 했다. 천연의 요새와 정병을 갖추고 인화로써 나라를 다스리는 임금에 대한 송축이다. '여정 도중의 상황에 따라서는 동탕한 풍류의 흥취를 노래하기도 하지만, 이렇듯 관인으로서의 직분의식과 그 정점에 위치한 임금을 향한 충정의식을 노래하는 것 또한 소홀히 하지 않았던 것이다.'[3]

---

3 박영주, 앞의 글, 67쪽 참조.

〈관서별곡〉은 왕명을 받고 관서지방을 여행한 후 지은 작품이기 때문에 왕에 대한 충정으로 시작하고 결말지었다. 그렇지만 작품의 대부분을 차지하는 여정은 작가가 사적인 입장에서 본 풍경과 개인정서를 위주로 하고 있다. 이런 맥락에서 본다면, 서두와 결말에 나타나는 왕에 대한 충정도 이면적으로는 개인적인 여행의 흥취를 극대화하기 위한 장치라고 볼 수 있다. 〈관동별곡〉의 여러 대목에 등장하는 왕에 대한 충정이나 유교적 이념도 이와 같은 맥락에서 해석할 수 있다.

〈관서별곡〉은 80행 정도의 길지 않은 작품인데 관서 여정에 등장하는 지명만도 30곳이 넘는다. 짧은 작품에 많은 지명을 등장시킴으로써 작품 전개에 속도감을 부여해 주는 효과는 있지만, 그만큼 소략하고 추상적인 표현이 많아졌다. 그리고 풍류 현장 역시 실제의 상황을 묘사해 주기보다는 고사를 인용하여 주관적인 흥취를 과시하는 데 주력했다. 그리고 기행문학은 일반적으로 여행지의 풍경이나 풍습, 그곳 사람들의 삶, 그에 대한 작가의 정서 등을 포함하는데 〈관서별곡〉은 그런 면에서 소재나 주제가 다소 편협하다고 볼 수 있다. 그렇지만 같은 기행가사류인 〈관동별곡〉이나 여타 조선 전기 사대부가사와 시조의 작품세계로 미루어 볼 때, 〈관서별곡〉은 당시 문학의 보편성에서 크게 벗어나지는 않았다고 할 수 있다. 사실적인 기행문학은 〈관동별곡〉을 거쳐 조선 후기에 가서야 가능했다.

(『오늘의 가사문학』 제2호, 2014)

최초의 전쟁가사 〈남정가〉

감상적 승전가

작가 양사준과 을묘왜변

〈남정가南征歌〉가 처음으로 학계에 소개되었을 때는 작가가 양사언
楊士彦(1517~1584)이라 했는데 나중에 작가 비정에 의하여 그의 동생
양사준楊士俊(?~?)으로 밝혀졌다. 작가를 양사언이라 한 것은 〈남정가〉
가 실려있는 『남판윤유사南判尹遺事』의 기록을 따른 것인데 후속 연구
에 의해 양사언은 을묘왜변乙卯倭變(1555)에 참전한 적이 없는 것으로
밝혀졌다. 즉, 『남판윤유사』에 실려 있는 양사준의 작품과 양사언·양
사준 형제의 연보를 검토해 본 결과 양사준의 작품으로 확인된 것이다.
『남판윤유사』 편찬자가 〈남정가〉의 작가를 양사언으로 잘못 알게 된
것은 두 사람의 인지도 때문이 아니었나 생각된다. 양사준은 한미한 일
생을 살았고 후사가 없었는 데 비해 양사언은 그 문학적 명성이 후대에
널리 알려져 있었기 때문에 이 책을 편찬한 후손들이 착각했을 가능성

이 높은 것이다.

양사준은 돈녕주부敦寧主簿를 지낸 양희수楊希洙의 6남 3녀 중 5남으로서 형 양사언과 동생 양사기梁士奇(1531~1586)와 함께 문명을 떨쳤는데 세상 사람들이 중국의 '삼소三蘇'에 비유할 정도였다고 한다. 양사언은 문집『봉래집蓬萊集』을 남겼고 가사 〈미인별곡美人別曲〉, 시조 〈태산이 높다하되~〉를 지었을 뿐만 아니라 명필로도 유명하다. 반면, 양사준의 행적은 밝혀져 있는 것이 별로 없어서 생몰연대도 알 수가 없다. 양사준이 평양서윤平壤庶尹으로 있을 때, 재물을 부당하게 유용하였다는 명목으로 사헌부에서 파직소를 올리는 바람에 채직되었다는『명종실록明宗實錄』의 기록이 전부이다.

『남판윤유사』는 을묘왜변 때 방어사로 호남에 파견된 남치근南致勤(?~1570)의 행적을 기록한 책으로 후손들이 남치근 사후 130년 후인 1700년에 편찬하였다. 양사준은 특별한 벼슬 없이 을묘왜변 당시 왜구를 토벌하기 위하여 방어사로 파견된 김경석·남치근 등과 함께 영암 전투에 참전했고, 그 경험을 토대로 〈남정가〉를 지었다. 그런 인연으로 양사준의 7언시 〈을묘막중작乙卯幕中作〉과 〈남정가〉가『남판윤유사』에 실릴 수 있었다. 특히 〈남정가〉는 승전의 감격을 구구절절이 노래한 작품이기 때문에 조상의 행적을 기리는 데 더할 나위 없는 작품이었을 것이다.

을묘왜변은 명종 10년(1555)에 일어난 매우 큰 규모의 왜구 침입 사건이었다.『명종실록』의 기록을 보면, 당시 조선의 조정에서 가장 큰 골칫거리가 왜구의 침입이었다. 을묘왜변 전에도 여러 차례의 침입이 있었고 그때마다 외교적 조치를 취했지만 비슷한 사건이 끊임없이 일어났다. 을묘왜변은 다른 때와는 달리 규모가 커서 호남 일대가 많은 피해를 입었다. 해남으로 침입한 왜구들은 어란도·장흥·영암·강진 등 호남지방을 횡행하면서 노략질을 자행하였다. 이때 왜구 토벌을 하다가 절도사 원적元積, 장흥부사 한온韓蘊 등이 전사하고 영암군수 이덕견李德堅은 포로가 되는 등 사태가 매우 긴박하게 전개되었다. 이에 조정에서는 호조판서 이준경李浚慶을 도순찰사, 김경석金景錫·남치근南致勤을 방어사防禦使로 임명하여 호남으로 파견했는데 이때 양사준도 동행한 것으로 보인다.

전쟁가사의 시작과 전개

전쟁문학은 전쟁의 상황이나 경험, 전쟁에 대한 의식이나 정서를 소재나 주제로 삼은 문학 작품을 의미한다. 전쟁은 인간에게 가장 참혹한 결과를 가져다주는 사건이라는 점에서 전쟁문학은 전쟁 그 자체는 물론 전쟁을 일으킨 당사자들을 고발하고 비판하면서 참다운 인간성을 부각시키는 데 그 목적이 있다고도 볼 수 있다. 전쟁가사 역시 이런 개념 아래에서 이해할 필요가 있다.

앞서 살펴본 바와 같이, 〈남정가〉는 전쟁의 실상보다는 승전의 감격에 무게 중심이 놓여 있다. 전쟁의 참상이나 백성들의 고통 등 전쟁의 부정적 측면은 오히려 승전의 감격과 우국충심을 극대화해 주는 역할을 하는 것처럼 보인다. 따라서 위의 개념으로 볼 때, 〈남정가〉는 전쟁가사의 전형성에서는 벗어나 있는 '승전가'라고 할 수 있다.

그리고 감상적 정서의 토로에서 기인하는 것인지는 모르겠으나 〈남정가〉는 율격이나 형식도 매우 불안정하다.

賊謀不測이라

一陣은 徘徊ᄒ고 一陣은 行軍ᄒ다

錦城橫截ᄒ야 茅山으로 도라드니

元帥府애 갓갑도다

皮鞶轅門이 이대도록 ᄒ단 말가

鷹揚隊 風馬隊 左花列 右花列

一時躍入ᄒ니

炮火ㅣ 雹散이오 怒濤飛雪이오

射矢如雨로다

　가사 율격의 전형은 4음보 연속체인데 이 대목의 율격은 2음보, 4음보, 6음보이다. 뿐만 아니라, 2음보의 경우도 사자성어四字成語가 많아 음수율이 2·3조, 또는 2·4조가 되는 경우가 많다. 이 대목뿐만 아니라 작품 전체에서 이런 현상이 빈번하게 나타나 동시대의 다른 작품들과 비교해 볼 때도 율격적 파격이 월등히 많다. 이러한 파격으로 인해 작품의 율독도 역시 매끄럽지 못하다. 뒤에서 언급할 작품들도 사자성어를 많이 사용하고 있지만, 음보의 파격은 현격하게 적어서 율독에 부자연스러움을 느끼지는 않는다. 이렇게 볼 때, 〈남정가〉는 율격적인 면에서는 가사 장르의 전형성에 미치지 못했고, 내용적인 면에서는 전쟁가사의 전형성을 확보하는 데는 이르지 못했다고 볼 수 있다. 이것이 초기가사의 특징인지, 작가의 개별적 특징인지는 좀 더 폭넓게 검증해 봐야 할 문제이다. 그렇지만 〈남정가〉는 인간이 겪을 수 있는 가장 험난한 경험인 전쟁을 가사 장르로 작품화하는 길을 최초로 열었다는 점에서 문학사적 의의를 부여할 수 있다.

　〈남정가〉 이후 전쟁가사는 희대의 전란인 임진왜란 때 다시 나타났다. 의병으로 참전했던 최현崔晛(1563~1640)의 〈명월음明月吟〉과 〈용사음龍蛇吟〉, 수군으로 참전했던 박인로朴仁老(1561~1642)의 〈태평사太平詞〉와 〈선상탄船上嘆〉 등 여러 작품이 창작되었다. 〈명월음〉은 피난길에 오른 선조宣祖을 향한 연군의 정을 밝은 달에 비유하여 노래한 작품이고 〈용사음〉은 전혀 다른 작품으로서 전쟁의 참상, 전쟁에 대비하지 못한 벼슬아치들에 대한 비판, 의병들의 활약, 장수와 재상들의 각성 촉구 등이 그 내용으로서 전쟁가사의 진면목을 보여주는 작품이다. 〈태평사〉는 왜구들이 물러나자 군사들을 위로하기 위하여 쓴 작품으로 평화로운 나라에 대한 갈망과 함께 충효이념이 짙게 배어 있는 작품이고 〈선상탄〉은 왜구에 대한 강한 증오심과 함께 우국충정과 태평성대에 대한 기대를 노래한 작품이다.

그리고 그동안 전쟁가사 논의에서 별로 언급되지 않은 백수회白受繪(1574~1642)의 〈재일본장가在日本長歌〉, 안인수安仁壽의 〈안인수가安仁壽歌〉도 전쟁가사에 포함할 수 있다. 왜냐하면 임진왜란 때 졸지에 왜구에게 납치되어 일본으로 건너가서 여러 해를 지냈는데 그때의 처절했던 경험과 충절, 고국과 가족에 대한 절절한 그리움의 정서를 노래한 작품들이기 때문이다. 그리고 병자호란의 경험을 노래한 작품으로는 작가미상의 〈병자난리가丙子亂離歌〉가 있다. 이와 같이 임진왜란이 일어난 16세기 말 이후, 다른 유형의 가사작품들과 마찬가지로 전쟁가사도 전형성을 갖추면서 작품세계도 다양화되어 갔다.

〈남정가〉, 감상적 승전가

양사준이 왜구 토벌을 위하여 영암으로 파견되었을 때는 을묘왜변의
피해가 이미 심각해진 상황이었다. 그 정황을 보여주고 있는 작품 서두
를 보자.

> 나라히 무스ᄒᆞ야 이빅 년이 너머드니
> 文恬武嬉ᄒᆞ야 兵革을 니젓다가
> 時維 乙卯ㅣ오 歲屬三夏애
> 島寇 雲翔ᄒᆞ니 빗수를 뉘 혜려요
> 혜욤 업손 뎌 兵使야
> 네 딘을 어듸 두고 達島로 드러간다
> 옷 버서 乞降이 처엄 ᄠᅳᆺ과 다를셰고
> 父母 妻子을 뉘 아니 두어실고
> 칼 맛거니 살 맛거니 枕屍遍野ᄒᆞ니
> 어엿쓸샤 南民이야
> 賊勢乘勝ᄒᆞ야 十城을 連陷ᄒᆞ니
> 峯峯이 候望이오 골골이 兵火로다
> 桓桓 老將과 一介書生이
> 紫霞을 ᄀᆞ득 부어 北關의 拜辭ᄒᆞ니
> 우리 집을 다 닛과다
> 天作高山ᄒᆞ야 月出是崇ᄒᆞ니
> 靈岩 巨鎭애 사흘만의 오단 말가

나라가 무사한 지 이백 년이 넘었다고 다소 과장된 표현을 하면서
전쟁을 잊을 정도로 평화로운 나라에 갑자기 왜구가 침입하여 급박하
게 돌아갔던 상황을 속도감 있게 전개했다.『명종실록』에도 태평한 지

오래되어 기율이 해이해지고 방책을 세우는 신하도 없어 조정에서도 우왕좌왕하고 있었다고 기록하고 있다. 병마절도사 원적元積, 장흥부사 한온韓蘊 등이 달량포에서 포위되어 위기에 처하자 차라리 화친하는 것이 낫겠다고 판단, 항복한 후 전사한 사건을 비판적으로 언급했다. 백성들의 희생과 패전의 책임도 그들에게 돌리고 자신의 출병을 장엄하게 표현했다. 자하주 마시면서 임금께 하직하고 사기충천하여 사흘 만에 영암 진영에 도착했다고 했다.

문맥을 검토해 보자. 왜구의 규모를 "島寇 雲翔ᄒ니 빗수를 뉘 혜려요"라고 하고, 전쟁의 참상을 "칼 맞거니 살 맞거니 枕屍遍野ᄒ니", 전세의 심각함을 "賊勢乘勝ᄒ야 十城을 連陷ᄒ니 / 峯峯이 候望이오 골골이 兵火로다"라고 했다. 전세가 불리하고 피해가 심각함을 표현한 대목으로서 서울에서 전해 들은 호남의 전황을 개략적으로 요약한 내용이다. 전쟁으로 고난에 빠져 있는 백성들에 대해서도 "어엿쌀샤 南民이야"라고 한마디 언급했다. 전체적으로 전쟁에 대한 일반적이고 추상적인 표현에 머물러 있다. 이어지는 대목에서도 더 이상 전쟁의 참상이나 백성들의 고난에 대하여 구체적으로 서술하지 않았다. 서두의 주된 내용은 "혜욤 업슨 뎌 兵使"를 나무라며 사흘 만에 영암 거진에 당도한 호기로움이다.

서두에 이어서 전개되는 대부분의 작품내용은 승승장구하는 아군의 활약상이다. 아군의 활약상을 보여주기 전에 우선 적병들이 눈앞에 당도하여 공자 사당을 더럽히고 원수부까지 쳐들어와 군영을 능멸하는 위급한 상황을 개략적으로 서술하였다. 치열한 전투장면과 승전상황을 서술한 대목을 살펴보자.

炮火ㅣ 霓散이오 怒濤飛雪이오
射矢如雨로다
莫我敢當이어늘 어듸라 드러온다
長槍을 네 브린다 大劍을 네 쓸다
칼 마자 사더냐 살 마자 사더냐
天兵四羅 흔듸 내드라 어듸 갈다
春蒐夏苗와 秋獮冬狩를
龍眠妙手로 山行圖를 그려내다
이 マ트미 쉬오랴
金鼓爭擊ㅎ니 勝氣塡城이오
猛士飛揚ㅎ야 執訊獲醜로다
旌旗을 보와 ㅎ니 들니니 賊首ㅣ오
東城 도라보니 싸히니 賊屍로다

포탄과 화살이 쏟아지는 전투에서도 호기 있게 왜구들에게 호통치면서 쉽게 이긴 상황을 보여주고 있다. 접전을 치르며 적을 포위하여 이긴 상황을 이름난 화가가 그림을 그리는 것보다 쉬웠다고 했다. 그리고 맹렬한 기세의 아군이 적을 사로잡아 깃발마다 적의 머리가 매달리고 적의 시체가 산을 이루었다고도 했다. 그리고 아군의 기개나 승전의 과시에 초점을 맞추다 보니 왜구에 대한 적개심이나 전쟁의 참상 등 전쟁 현장의 정서나 상황을 실감나게 드러내지는 못했다.

그런데 당시의 전황을 기록한 『명종실록』의 명종 10년 5월 이후의 기록을 보면, 작품에 서술된 것처럼 쉽게 승전을 한 것 같지는 않다. 실록에서는 군량미가 모자라 군사들이 피폐해졌고 병선이 부족해서 왜구를 감당할 수 없는 심각한 상황이었음을 언급하고 있다. 전쟁이 그렇게 용이하게 승전으로 치닫지는 않았다는 의미이다. 그리고 남치근 등장군들이 제때에 공격하지 못해 비난을 받았고 왜구들의 노략질하는 기세가 너무 커져서 우리 군사들이 기가 꺾였다는 기록도 있다.

실재의 상황과 달리 승승장구하는 아군의 모습이나 전쟁 상황에 대한 서술은 작가의식이 다른 데 있었기 때문으로 보인다. 작가는 전쟁 상황을 사실적으로 보여주어 전쟁의 참혹함이나 비극적 결과를 보여주고 그 역사적 의미를 부여하기보다는 승전의 감격을 극대화하는 데 관심이 더 컸던 것 같다. "神將아 올나가 獻馘王庭ᄒᆞ고랴 / 崎嶇 峻阪애 馳射擊刺를 다 아라 가ᄂᆞ니라"에서는 서둘러 승전보를 임금에게 전하는 모습을, "天雨洗兵ᄒᆞ야 海岱永淸ᄒᆞ니 / 壯士 喧呼ᄒᆞ야 歡聲이 四合이로다"에서는 전쟁을 말끔히 끝내고 환호성을 지르고 있는 모습을 확인할 수 있다. 이는 승전의 감격으로 인해 과도하게 들떠있었던 아군의 정서를 여실히 드러낸 것이다.

실록의 기록을 통해 볼 때, 을묘왜변은 일방적인 승리였다고 보기 어려우며 남치근의 왜구 토벌 과정에서의 공과에 대한 논란이 그해 9월까지도 계속되었는데도 불구하고 〈남정가〉에서는 승전 사실만을 감격적으로 그려내고 있다.

승전의 감격은 결말까지 계속된다.

> 士女百姓들하 어듸 어듸가 잇다가
> 모다곰 오ᄂᆞᆫ다
> 禾穀이 離離ᄒᆞ고 桑麻이 芃芃이로다
> 國富民安ᄒᆞ야 太平을 ᄒᆞ리로다
> 安不忘危라 이긔과라 마로시고
> 膳甲兵 修器械農을 兼理ᄒᆞ샤
> 軍政을 ᄇᆞᆯ키샤듸 禮義로 알외쇼셔

親其上 事其長이 긔 아니 됴흐닛가
不敎而戰이오 進之以殺이면
罔民이 아니닛가
夜歌을 激烈ᄒ니 어릴셔 이 몸이여
忠心애 憂國一念이야 니칠 스치 업서이다

 승전 후 흩어졌던 백성들이 모이고 풍년 들어 태평성대를 맞이했다. 태평성대라고 해서 경계를 늦추지 말고 전쟁에 대비하고 기강을 회복하자고 했다. 그리고 마지막 행에서 우국충심의 다짐으로 작품을 마무리했다. 결말의 내용 역시 사실적 상황 묘사라기보다는 주관적 정서의 표현이다. 특히 "禾穀이 離離ᄒ고 桑麻이 芃芃이로다"는 사실이라기보다는 그런 바람의 표현이기도 하고 승전에서 오는 풍요로운 정서의 표현이기도 하다. 실제적으로는 당시에 몇 년 동안 계속된 가뭄으로 기근이 심했다는 기록이 실록에 여러 차례 나온다. 결말 역시 전쟁 그 자체보다는 승전의 감격을 이어나가고, 선비로서 유가의 규범을 정립하고 충성심을 다짐하는 데 그 목적이 있었던 것이다.

 이렇게 볼 때, 〈남정가〉는 실재의 전쟁 상황이나 작가의 현실인식을 보여주는 작품이라기보다는 승전의 감격과 이념적 다짐에 무게 중심이 놓여있는 작품이라 할 수 있다. 다시 말하면, 〈남정가〉는 승전의 감격에 들떠있는 '감상적感傷的 승전가'라고 정의할 수 있다. 남치근의 후손들이 『남판윤유사』에 〈남정가〉를 수록한 것은 이와 같이 자신들의 조상이 참전한 전쟁을 승전가로 노래했기 때문일 것이다.

(『오늘의 가사문학』 제4호, 2015)

최초의 선유가사 〈서호별곡〉

선유 풍경과 관념적 흥취

작가 허강의 삶과 서호

허강許橿(1520~1592)은, 젊은 나이에 아버지가 정치의 소용돌이에 휘말려 유배지에서 사망하는 참화를 겪었다. 허강의 아버지 허자許磁(1496~1551)는 명종明宗 때에 일어난 을사사화乙巳士禍(1545) 때 소윤파小尹派로서 대윤파大尹派 제거에 가담했으나 나중에 대윤파의 신원을 주장하는 등 온건한 자세를 취하자 철저하게 정권을 장악하려던 윤원형尹元衡·이기李芑 등 강경파의 탄핵으로 함경도 홍원에 유배당했다가 거기서 죽었다. 얼마 후 신원되어 영의정으로 추증되었다. 허강은 아버지가 유배지에서 죽자 무덤가 여막에서 죽을 먹으면서 연명을 했다 한다. 복상을 마친 후 좋은 행실을 기리는 의미에서 벼슬자리를 주었으나 출사하지 않고 40여 년을 강호에 방랑하면서 살았다. 주로 한강 서호西湖에 은거하였기 때문에 세간에서 허자를 서호처사西湖處士라

불렀다고 한다. 허강은 1592년 임진왜란이 일어나자 토산에 피난을 갔
다가 그해에 73세로 병사했다.

손자 허목許穆(1595~1682)이 그의 증조부 허자와 조부 허강의 시문
을 모아 엮은『선조영언先朝永言』에는 허강의 시조 7수와〈서호별곡西
湖別曲〉이 수록되어 있다. 시조 중 2수와〈서호별곡〉은 서호 은거 시절
에 지은 것이다.

한강의 서호는 현재의 마포, 서강 일대로서 풍경이 아름다워 조선
전기에는 많은 사대부들의 연회나 시회가 열려 수많은 시문을 남긴 곳
이기도 하고 세상을 피해 살았던 사람들의 은일공간이기도 했다. 이에
따라 조선 초기 이래로 이곳에서 뱃놀이를 하며 유람하는 것은 아름다
운 풍류의 하나로 관념되었다.[1]

허강은 한남나루에서 배를 타고 서호에 이르기까지 유람하면서 그
풍경과 은일의 정서를〈서호별곡〉으로 노래하였다.〈서호별곡〉은 별도
로 다루기로 하고 여기서는 먼저 서호를 노래한 시조 2수를 소개한다.
한강을, 서호를 허강만큼 절절하게 노래한 작가도 없다.

> 西湖十里ㅅ 들헤 히 다 뎌믄 날에
> 먼 듸를 머다 아녀 오실샤 님하님하
> 반기노라 반기노라ᄒᆞ니 슬을 말이 업세라
>
> 西湖 눈 딘 밤의 둘비치 믈갓거ᄂᆞᆯ
> 鶴氅을 녀믜혀고 江皐로 디나가니

---

1 정민, 「16·7세기 조선 무인지식인층의 강남열과 서호도」, 『고전문학연구』 제22집(한
국고전문학회, 2002), 298쪽.

蓬海예 羽衣仙人을 마조 본 둣ㅎ예라²

선유문학의 전통과 선유가사의 전개

선유문학船遊文學의 연원은 매우 깊다. 동아시아 상층 지식인들에게
선유, 즉 뱃놀이는 단순한 고기잡이나 놀이의 수단에 그치는 것이 아니
었다. 선유는 그들의 이념 실현의 꿈을 형상화하고 현실에서의 갈등과
좌절을 노래하는 현장이었다. 중국과 우리나라의 산수화에서 가장 일
반적으로 나타나는 선유, 수많은 시문詩文의 배경이 된 선유는 당시인
들의 예술혼을 자극하는 매력적인 활동이었던 것이다.

선유문학의 오랜 전통은 전국시대戰國時代 초楚나라의 굴원屈原의
〈초사楚辭〉 중 〈어부사漁父辭〉에서 시작되었다고 볼 수 있다. 혼란한
정치현실의 희생자의 정서를 드러낸 그의 〈초사楚辭〉는 후대에 충신연
주지사忠臣戀主之詞로서 두고두고 회자되었다. 〈어부사〉에서의 어부는
혼탁한 현실에서 소외된 굴원의 갈등과 정서를 대변해 주는 인물로 설
정되어 있다. 이후 〈어부사〉는 우리나라에도 수용되어 〈어부가漁父歌〉
가 문학사의 한 흐름을 구성할 정도가 되었다. 고려 말의 〈어부가〉에서
조선시대 이현보의 〈어부가〉를 거쳐 윤선도의 〈어부사시사〉로 이어지
는 〈어부가〉의 전통은 매우 큰 흐름을 형성, 〈어부가〉 계열의 많은 작
품들을 낳게 했다. 〈어부가〉의 전통을 마련해 준 이들 작품은 선유의

---

2 김현식, 「〈서호별곡〉과 〈서호사〉의 변이양상과 그 의미」, 『고전문학연구』 제25집(한국
    고전문학회, 2004), 185쪽에서 재인용.

과정과 정서를 생생하게 보여주고 있다.

또 하나의 선유문학의 전통은 성리학을 완성한 주자朱子(1130~1200)의 〈무이도가武夷櫂歌〉이다. 주자가 선유하면서 '무이구곡武夷九曲'을 노래한 〈무이도가〉는 조선시대 구곡시가九曲詩歌의 큰 흐름을 형성하였을 뿐만 아니라 문학 논쟁의 계기가 되기도 했다. 그리고 도원을 찾아간 어부를 그린 도연명陶淵明의 〈도화원기桃花源記〉, 적벽강의 선유 풍류를 노래한 소동파蘇東坡의 〈적벽부赤壁賦〉 등도 우리나라 문인들에게 널리 회자되어 선유가 조선 사대부 문인들의 풍조가 되게 하는 촉매가 되었을 것이다. 그래서 선유는 우리나라 문학의 한 모티프가 되었다.

이와 같이, 선유문학은 연원이 매우 오래되었고 널리 향유된 문학의 한 유형이다. 한시와 시조에서는 물론 가사 장르에서도 선유는 중요한 모티프 중의 하나가 되었다. 작품 전편이 선유 풍경과 정서로 구성되어 있는 작품이 있는가 하면 부분적으로 선유 모티프가 포함되어 있는 작품도 있다. 소위 은일가사나 기행가사는 일반적으로 선유 모티프를 포함하고 있다. 최초의 선유가사는 허강의 〈서호별곡〉이다. 〈서호별곡〉은 작품 전편이 선유 과정을 보여주고 있어서 전형적인 선유가사라고할 수 있다. 허강의 원작에 양사언이 가창을 위한 곡조까지 붙인 것으로 보아 〈서호별곡〉이 당시에 꽤 관심을 끌었던 작품이었던 것으로 보인다.

〈서호별곡〉에 이어 채헌蔡瀗(1715~1795)의 〈석문정구곡도가石門亭九曲櫂歌〉가 그 뒤를 이었다. 이 작품은 채헌이 고향의 석문정 주변에 구곡을 설정하고 배를 타고 유유자적한 모습을 그린 작품이다. 주자의 〈무이도가〉를 연상케 하는 작품이다. 선유가사는 규방가사에도 수용되

어 여성들의 뱃놀이 풍류를 노래한 〈선유가〉와 같은 작품이 나오기도
했다. 〈선유가〉는 〈화전가〉와 같은 여성 풍류가사이다. 앞서 언급한 바
처럼, 선유 모티프는 정철의 〈성산별곡〉, 박인로의 〈노계가〉·〈사제곡〉·
〈소유정가〉 등 은일가사나 백광홍의 〈관서별곡〉, 조우인의 〈관동속별
곡〉 등 기행가사에서 흔하게 발견할 수 있는 제재이다. 이와 같이, 선유
가사라 명명할 수 있는 전형적인 작품은 많지 않지만, 선유가 가사문학
에 있어서 매우 중요한 모티프라는 점에서 주목해 볼 필요가 있다. 여
기서는 최초의 선유가사인 〈서호별곡〉의 작품세계를 탐색해 본다.

〈서호별곡〉의 선유 풍경과 관념적 흥취

〈서호별곡〉은, 허강이 아버지의 억울한 유배와 유배지에서의 별세와
같이 힘든 경험을 한 후 정치현실을 버리고 서호에 숨어 살면서 지은
작품이다. 젊은 나이였음에도 불구하고 출사하지 않고 숨어 산 것으로
보아 정치현실에 대한 분노와 원한이 마음에 사무쳤지 않나 생각된다.
그런 서호 생활의 어느 봄날, 배를 타고 한강 유람을 한 후 쓴 작품이
〈서호별곡〉이다.

〈서호별곡〉의 내용을 요약하면 다음과 같다.

① 봄을 맞이한 감회
② 한강 유람길을 나서서 한남나루에서 출발, 봉도에 이름
③ 동작나루에서 용산까지의 유람
④ 서강 주변의 유람과 풍류
⑤ 송호의 풍경과 풍류

⑥ 호탕한 취흥과 뱃놀이
⑦ 무우영귀의 기상

한남나루에서 출발해서 서호까지 유람한 풍류를 노래했다. 먼저 작품 앞부분인 단락①과 단락②, 작품의 결말인 단락⑦을 인용해 본다.

① 성대聖代에 일민逸民이 되여 호해湖海예 누어이셔
시서時序룰 니젓쌋다 삼월三月이 져므도다

② 각건춘복角巾春服으로 세네 번 드리고
회즙송주檜楫松舟로 창오탄蒼梧灘 건너
연사한정軟沙閑汀의 안즈며 닐며
오며가며 ㅎ여이셔
일점봉도一點蓬島ᄂ 눌 위히여 뗘오뇨

⑦ 무우舞雩예 증점기상曾點氣像은 어쩌턴고 ㅎ노라[3]

단락①은 봄을 맞이한 작가의 감회이다. 시절을 '성대'라 하고 자신을 '일민'이라 했다. 성대聖代는 사실이라기보다는 물러난 사대부의 은일가사에서 흔히 쓰이는 관습적인 표현이다. 여기서 자신을 능력은 있으나 정치 일선에 나오지 않고 숨어 사는 사람을 가리키는 일민이라 한 것의 의미에 대해서는 생각해 볼 여지가 있다. 어쨌든 湖海, 즉 시골에 물러나 살면서 계절의 변화도 잊고 지내다 삼월이 다 저물었음을

---

3 임기중 편,『한국역대가사문학집성』(www.krpia.co.kr). 작품 인용은 모두 이 책에서
하고 가독성을 위해 한자어에는 한글로 음을 단다.

깨닫고 한강 유람에 나서는 모습을 단락②에서 보여주고 있다. 작품의
내용을 살펴보면, 작가는 한강 유람을 하면서 줄곧 옛날 선현들의 은거
생활 현장을 떠올렸다. 작품에 등장하는 많은 은거 생활 중 작가가 궁
극적으로 지향한 것은 증점曾點의 '무우영귀舞雩詠歸'[4]이다. 계절을 늦
은 봄으로 설정하고 봄옷을 갈아입고 서너 벗을 데리고 나섰다고 했는
데, 이는 논어의 '무우영귀' 대목의 분위기를 연출해 본 것이다. 그리고
작품의 결말인 단락⑦에서도 '무우의 증점기상이 어떠한가'라는 물음
을 통해 많은 은거 중 증점의 은거를 최상의 것으로 여겼음을 말해 주
고 있다. 작품 앞부분과 결말을 호응시켜 작가의식의 지향을 분명히 한
것이다.

　한강 유람길을 계속 따라가 보자. 유람길은 단락②에서부터 단락⑤
까지인데 차례로 살펴본다.

　　　각건춘복角巾春服으로 세네 번 드리고
　　　회집송주檜楫松舟로 창오탄蒼梧灘 건너
　　　연사한정軟沙閑汀의 안즈며 닐며
　　　오며가며 ᄒ여이셔
　　　일점봉도一點蓬島ᄂ 눌 위히여 ᄲㅓ오뇨
　　　춘일春日이 재양載陽ᄒ야 유명창경有鳴鶬庚이어ᄃ
　　　여집의광女執懿筐ᄒ야 원구유상爰求柔桑이로다

---

4 『논어論語』, 「선진先進」. 공자가 제자들에게 각자의 소망을 얘기하라 했더니 다른 제자
　들은 세상의 부귀공명에 대하여 얘기했는데, 증점은 "늦은 봄에 봄옷이 다 되면 성인成
　人 5, 6명과 아이들 6, 7명과 함께 기수沂水에서 목욕하고 무우舞雩에서 바람 쇠고 시를
　읊조리며 돌아오는 것입니다.(莫春者春服既成冠者五六人童子六七人浴乎沂風乎舞
　雩詠而歸)"라고 대답하자 공자도 증점과 함께 하겠다고 했다.

첨피강한瞻彼江漢ᄒ야 성화聖化을 알리로다
한지광의漢之廣矣여 불가영사不可詠思며
강지영의江之永矣여 불가방사不可方思로다

단락② 대목이다. 무우영귀의 풍류를 연상하며 시작한 한강 선유는
곧바로 『시경詩經』의 여러 장면과 겹쳐진다. 유람을 시작하면서 노 젓
는 배를 보고 〈죽간竹竿〉⁵의 회즙송주檜楫松舟를 연상했고, 봉도가 가
까워지자 봄볕과 꾀꼬리 울음소리에 〈빈풍豳風〉⁶의 뽕따는 처녀를 떠
올렸다. 그리고 넓은 한강에 배를 띄우고 건너편을 바라보면서 〈한광漢
廣〉⁷의 표현을 그대로 빌려왔다. 그리고 순임금 이야기가 얽혀 있는 창
오탄, 삼신산의 하나인 봉래산, 〈한광〉에 나오는 한강 등 모두 고사가
얽혀 있는 옛 지명을 원용하였다. 특히 시구詩句를 그대로 인용한 것은
그 시에서 받은 감동을 실제 자기의 경험세계에서도 느꼈음을 의미한
다. 〈한광〉의 노랫말을 인용, 문왕文王의 덕이 골고루 미쳐 아름다운
풍속이 생겼듯이 우리 임금의 성화聖化로 이렇게 유람을 할 수 있다고
하면서 뱃놀이의 흥취를 즐겼다. 단락②를 보면, 대부분의 행이 용사用
事이다. 작가는 한강을 유람하면서 실제 한강의 풍경이나 흥취 대신 독

---

5 『시경詩經』, 「국풍國風」, 「위풍衛風」, 〈죽간竹竿〉. " …… 淇水滺滺 / 檜楫松舟 / 駕言
出遊 / 以寫我憂(유유히 흐르는 기수 / 전나무 노에 소나무배 / 타고 나가 놀며 / 내
근심 잊으리라.)"

6 위의 책, 「빈풍豳風」, 〈칠월七月〉. "春日載陽 / 有鳴倉庚 / 女執懿筐 / 遵彼微行 /
爰求柔桑(봄날이 비로소 따뜻해지니 / 꾀꼬리 울어대고 / 예쁜 대광주리 든 아가씨
들 / 저 오솔길 따라 / 부드러운 뽕잎 따러 가네) ……."

7 위의 책, 「주남周南」, 〈한광漢廣〉. " …… 漢之廣矣 / 不可泳思 / 江之永矣 / 不可方思
(한강의 넓음이여 / 헤엄칠 생각 못하겠도다 / 강의 깊이여 / 뗏목 띄울 생각 못하겠도
다) ……."

서 경험에서 얻은 관념의 세계를 누볐다.

그런데 단락③에서는 작가의 정서가 달라졌다.

> 별구어촌別區漁村 노하露河ㅣ란 말이
> 왕유망천王維輞川이야 유주노강柳州露江이라
> 어류재량魚罶在梁 이 너의 생애生涯로다

단락③은 동작나루에서 용산에 이르는 유람 대목인데 그중 노하, 즉 노들강의 어촌을 바라본 감회를 노래한 대목이다. 고뇌에 찬 은거생활을 했던 왕유의 망천, 그리고 좌천의 쓰라린 경험을 했던 유종원의 노강을 연상했다. "어류재량魚罶在梁 이 너의 생애生涯로다"라고 한 대목에서는 통발 놓아 고기잡이나 하는 것이 자신의 생애라고 생각하는 체념 어린 정서를 읽을 수 있다. 단락④⑤에서도 이런 상반된 정서의 교차는 반복된다. 직설적으로 드러내지는 않았지만 흥겨운 뱃놀이 가운데서도 언뜻언뜻 스쳐 지나가는 현실적 고뇌는 어쩔 수 없었던 것으로 보인다. 절제하는 가운데 속마음을 완곡하게 보여주고 있다.

마지막 유람지인 '송호' 유람을 노래한 단락⑤를 살펴보자.

> 송호松湖늘 도라 니
> 사공회계謝公會稽이야 대규섬계戴逵剡溪이라
> 형문지하衡門之下여 가이서지可以棲遲로다
> 필지양양泌之洋洋이여 가이락기可以樂飢이로다
> 춘초지당春草池塘은 사령영가靈運永嘉이며
> 주무숙周茂叔 염계濂溪로다
> 일편태기一片苔磯 동강조대桐江釣臺라

삼삼양구麭麭羊裘와 적적죽간簬簬竹竿으로
신세身世를 브텨쏘다
하양일사河陽逸士의 어초문대乙漁樵問對乙
아느냐 모르느냐

　송호 유람 대목에서도 자연과 은거한 여러 선현들을 등장시켰는데 주된 의식은 서지락기棲遲樂飢와 어초문대漁樵問對에서 찾을 수 있다. 단락④까지 여러 유형의 인물들을 등장시켜 복잡한 의식세계를 보여주다가 이 대목에 이르면 작가의 의식은 『시경』〈형문衡門〉[8]의 직접 인용과 하양에 숨어 살았던 소옹邵雍의 '어초문대를 아느냐 모르느냐?'라는 강한 의문형 표현으로써 혼탁한 세상이지만 운명에 순응하면서 살아가고자 하는 마음을 드러냈다. 특히 어초문대 대목은 정치적 소용돌이 속에 휘말려 아버지를 잃고 갈등 속에서 살아가던 마음을 정리하고 자신을 추스르는 목소리이다. 송호에 와서 갈등하던 마음을 잡은 것이다.
　송호에서의 이런 의식전환은 단락⑥의 취흥으로 이어진다.

벽강임천僻强林泉과 율리전원栗里田園의
흘이리 뵈아히로다

---

8 『시경詩經』「국풍國風」「진풍陳風」〈형문衡門〉. "衡門之下 / 可以棲遲 / 泌之洋洋 / 可以樂飢 / 豈其食魚 / 必河之魴 / 豈其取妻 / 必齊之姜 / 豈其食魚 / 必河之鯉 / 豈其取妻 / 必宋之子(형문 아래여 / 오래도록 쉴 만하도다 / 샘물의 넘실댐이여 / 배고 픔을 즐길 만하도다 / 어찌 물고기를 먹는데 / 꼭 하수의 방어여야 하는가 / 어찌 처를 얻는데 꼭 제나라 강씨여야 하는가 / 어찌 물고기를 먹는데 꼭 하수의 잉어여야 하는가 / 어찌 처를 얻는데 꼭 송나라 자씨여야 하는가")

도화금랑桃花錦浪의 무창武昌 새 버드리

가지마다 봄미로다

포도주葡萄酒 아황주鵝黃酒 노자작鸕鷀爵 앵무배鸚鵡杯

일일수경一日須傾 삼백배三百杯를

풍지난도馮池鸞刀와 송강노어松江鱸魚로

광망光芒이 전국戰國ᄒ니 확확비비霍霍霏霏로다

수휘사동手揮絲桐이오 목과환운目過還雲ᄒ니

창명연월滄溟烟月이야 ᄯᅩ 우리의 물리로다

편선翩躚ᄒᆫ 우의도사羽衣道士이 강고江皐로 다니며 무로디

그ᄃᆡ네 노로미 즐거우냐 엇쩌ᄒ뇨

호산천재湖山千載예 아름다온 이를

절로 아니라 사ᄅᆞᄆ로 그러ᄒ니

산음난정山陰蘭亭도 우군右軍 옷 아니면

청단수죽清湍脩竹이 무몰사산蕪沒沙山이랏다

우주승상宇宙勝賞을 ᄎᄌ리 업ᄉ며

조물造物이 숨겻다가 천유성적天遊盛迹이야 우리로 열리로다

공명空明의 빗ᄶᅢ를 흘리노하 가ᄂᆞ 디를 존니노라

송호에서 복잡한 마음을 정리했기 때문일까? 작가는 무한한 취흥에
빠져들었다. 자신이 있는 송호를 도연명의 율리와 도화원에 비유하고
이백의 〈양양가襄陽歌〉 중 한 대목[9]을 인용, 호탕한 취흥에 빠져들어
물아일체의 경지에 이르렀음을 노래했다. 그리고 소동파蘇東坡의 〈후
적벽부後赤壁賦〉 결말의 우의도사를 등장시켜 신선경에 이른 자신의

9 李白, 〈襄陽歌〉. "…… 鸕鷀杓 / 鸚鵡杯 / 百年三萬六千日 / 一日須傾三百杯(가마우
지 국자 / 앵무새 술잔으로 / 인생 백 년 삼만 육천 날 / 모름지기 하루에 삼백 잔은
기울여야지)……."

모습을 과시했다. 또한 세상에 아름다운 것은 저절로 그렇게 된 것이 아니라 알아주는 사람이 있어서 그렇게 된다고 했다. 이 아름다운 것들을 찾는 사람이 없어서 조물주가 숨겼다가 우리에게 열어 주었다고 했다. 이름 없는 산을 난정이 왕희지로 인하여 유명해졌듯이 서호도 자신이 알아줌으로 해서 아름다워졌다고 호기있게 표현한 것이다. 그러면서 달밤에 배가 흘러가는 대로 내버려 두고 가는 대로 가 보겠노라고 했다. 한강에서의 무한 흥취를 노래하면서 어초문답에서 얻은 해답, 이런저런 세상일에 얽매이지 않고 순리대로 살아가는 삶의 이치를 터득한 것이다.

거기서 작가가 궁극적으로 찾은 삶의 모델이 무우의 증점기상이다. 유람길에 나선 한강의 풍경을 바라보면서 많은 인물과 지명을 동원하여 도가적 은둔, 유가적 은구, 가없는 취흥 등 복잡한 의식과 정서의 엇갈림을 보여주었는데 결말에서는 공자도 동감한 무우의 증점기상으로 귀결지었다. 다시 말하면, 단락①에서 '성대의 일민'으로 자처한 작가는 갈등과 고민 대신 유유자적하면서 살아가려는 마음을 단락⑦에서 "무우舞雩예 증점기상曾點氣像은 어쩌턴고 ᄒᆞ노라"라고 표현한 것이다.

지금까지 살펴본 바와 같이, 〈서호별곡〉은 처음부터 끝까지 거의 모든 행에서 은거 선현들을 등장시키고 그들과 관련된 고사와 시구를 원용하였다. 한강을 유람했지만 작가의 의식은 대륙의 천하를 와유臥遊하였다. 한강의 실제 풍경은 문제가 안 되었다. 즉, 한강 유람 시에 작가가 마주친 실제의 풍경은 거의 없다. 그리고 유람할 때 일어났던 시상이나 정서의 표현도 대부분 선현들의 고사에서 빌려왔다. 허강은 한양이 고향이고, 한양의 서호에 머물러 살았다. 그럼에도 불구하고 〈서호별곡〉에는 서호의 실제 풍경이나 작가의 서호 경험이 전혀 나타나 있지 않다. 작가의 몸은 서호에 있었지만 의식은 대륙의 산천을 넘나들고 있었던 것이다. 말하자면, 서호 풍경의 아름다움이나 유람의 흥취는 서호의 것이 아니라 공간적·시간적으로 저 멀리 떨어져 있는 관념의 세계에 속한 것이다.

그러면 허강은 왜 이렇게 자신이 뿌리내리고 살았던 고향의 강을 유람하면서 작품에서는 관념의 세계를 유람하고 있었을까? 조선의 사대부들은 유학의 이념인 경국제민을 생활신조로 삼았기 때문에 현실과 완전히 손을 끊을 수는 없었다. 그들의 물러남은 일반적으로 어쩔 수 없는 상황 때문이지 현실도피는 아니었던 것이다.[10] 허강 역시 아버지로 인해 고초를 겪고 서호로 숨어들었지만, 사대부임을 포기하지는 않았다. 〈서호별곡〉의 여러 대목에서도 그것을 확인할 수 있었다. 그렇지만 그 물러남이 자기 가족에게 불행을 가져다준 정치현실 때문이었다는 점에서 허강은 내심 갈등이 심했을 것이다. 그러한 갈등이 작가를 이런 관념의 세계로 유도하지 않았을까? 혼란한 정치현실을 피하고자 서호에 깃들었고, 동경의 대상이었던 옛 선현들의 은거는 서호에 깃드는 명분을 제공해 줄 수 있었을 것이다. 현란할 정도로 다채롭게 인용되어 있는 은일고사는 작가의 이런 고민을 덮어주고 은거의 명분을 제공해 주는 동시에 흥취를 고양시켜 주는 이념적 배경이 되어 주었던 것이다. 이것이 〈서호별곡〉의 관념적 흥취이다.

(『오늘의 가사문학』 제9호, 2016)

---

10 최진원, 「강호가도연구」, 『국문학과 자연』(성균관대 출판부, 1981), 23~33쪽.

최초의 대화체 가사 〈관동별곡〉

이념과 현실의 일치, 그리고 극대화된 흥취

작가 정철, 그의 삶과 가사문학

정철鄭澈(1536~1593)은 서울에서 사대부가의 7남매 중 막내로 태어났다. 어린 시절 두 누이가 인종의 후궁이 되고 계림군의 부인이 되면서 궁중 출입을 하게 되었고 후일 명종明宗이 된 경원대군(명종)과 친하게 지내기도 했다. 왕실과의 이런 인연이 정철의 가문으로 보면 매우 영광스러운 것이기도 했지만 후일 정치적 역학관계로 인하여 두고두고 집안의 화근이 되었다. 을사사화 때 계림군이 역모에 연루되어 처형을 당하는 바람에 아버지와 형이 유배를 당하게 되면서 잇단 정치적 수난을 겪었는데 그때마다 정철은 함경도로, 경상도로 아버지를 따라 유배지에서 생활하기도 했다.

그러다가 사면이 되자 정철의 아버지는 선산이 있는 담양에 내려가 살았다. 정철의 나이 16살 때였는데 그때부터 과거에 합격해서 벼슬길에 나가기까지 10여 년을 담양에 살았다. 담양에 정착하기 전 5, 6년 동안의 혹심한 고초를 겪은 정철 가족의 입장에서 볼 때, 담양은 한을 안고 산 고장이면서 모처럼의 평안을 누린 곳이기도 했을 것이다. 정철은 이때 다행히 송순, 임억령, 김인후, 김대승 등 쟁쟁한 문인·학자들에게 수학할 수 있었고 자기보다 10년 연상인 김성원과 친하게 지낼 수 있는 기회를 얻었다. 정철의 문학적, 학문적 소양은 이때 쌓았다고 볼 수 있다.

정철은 27세에 과거에 합격, 본격적으로 관직에 진출했다. 다소의 부침이 있었으나 승승장구했다. 그러다가 당쟁이 격화되면서 정철은 관직에의 진퇴를 거듭, 파란만장한 정치생활을 했다. 관직에서 물러나게 되었을 때 정철은 주로 경기도 고양에 머물러 있었으나 정치적 상황이 여의치 않을 때는 담양으로 내려갔다. 여러 차례 담양에 내려가 있었는데 〈성산별곡〉, 〈사미인곡〉, 〈속미인곡〉 등은 그때 지은 작품들이다. 한 번은 강원도 관찰사 명을 받고 감격하여 들뜬 마음으로 서울로 뛰어올라갔다가 바로 강원도로 부임, 관동지방을 한 바퀴 돌고 〈관동별곡〉을 지었다. 여러 작품들에 나타난 정서로 미루어 볼 때, 정철은 담양을 마음 편하게 머물러 사는 장소로 생각하지는 않았던 것 같다.

앞의 세 작품에서는 담양에서의 어두운 비애의 정서가 사람의 마음을 울리는 데 비해, 〈관동별곡〉은 담양을 떠나 한양을 거쳐 강원도에 부임, 관동팔경을 한 바퀴 도는 과정에 너무나 빠른 속도로 역동적으로 전개되고 있어서 넘치는 흥을 느낄 수 있게 해 준다. 작품에 나타나 있는 이런 정서로 미루어 볼 때 관직생활 이후 정철의 담양시절은 유배지와 다를 바 없는 암담한 시간이었던 것 같다. 그리고 관직에서 물러났을 때와 다시 나갔을 때, 정철의 정서적 진폭이 얼마나 컸던가를 이들

가사 작품을 통해서 확연히 느낄 수 있다. 정치인으로서의 정철에 대한 평가는 엇갈리고 있지만 정치적 수난기에 쓴 그의 가사문학은 조선 최고의 문학으로 절찬을 받고 있다.

정철은 만년에 이르기까지 파직과 유배를 거듭하면서도 관직에 줄기차게 진출, 좌의정에까지 오르게 된다. 임진왜란 중 피란 가는 임금을 모시는 와중에서도 그런 정치적 소용돌이는 계속되었고, 마지막으로 명나라에 사은사로 다녀왔을 때 또 모함을 당하자 관직을 놓고 강화도로 물러나서 1593년 58세로 세상을 떠났다. 파란만장했던 그의 정치 일생은 영욕을 넘나드는 것이었지만 그럴 때마다 남긴 그의 문학작품은 명편으로 남아 현재에 이르고 있다.

대화체 가사의 시작과 전개

문학작품에서 사용하는 표현기법으로서의 대화에 대한 개념은 다양하게 규정되어 왔다. 그런데 여기서는 대화의 개념을 작품 내에 둘 이상의 인물이 서로 의견을 교환하는 형태의 화법[1]으로 규정하고자 한다. 대화체는 대화 형식에 따른 문체를 의미한다. 대화체는 희곡 장르의 주 문체이고 서사 장르에서도 큰 비중을 차지하는 문체이다. 시가詩歌 장르에서는 독백체가 주로 사용되는데 특별한 시적 효과를 거두기 위해 대화체가 사용되는 경우가 있다.

---

1 대화의 개념에 대해서는 다양한 견해들이 있지만 여기서는 임재욱, 「가사와 시조에 활용된 대화체의 변천과 그 의미」, 『국어교육연구』 제61집(국어교육학회, 2016), 192쪽의 견해를 따른다.

가사와 시조에서도 대화체를 사용하고 있는 작품군이 있어서 이에 대한 연구의 필요성이 있고 지금까지 다양한 연구가 이루어지기도 했다. 여기서는 대화체 가사의 시작과 전개에 대해 살펴보고자 한다. 그런데 희곡 장르를 제외하면 작품 전편에서 대화체를 사용하고 있는 경우는 드물기 때문에 부분적으로 대화체를 사용하고 있는 작품도 대화체 가사에 포함하고자 한다.

대화체 가사는 정철이 처음으로 시도했다. 정철의 가사 4편은 탁월한 문학성으로 인해 대대로 인구에 회자되고 있다. 김만중金萬重(1637~1692)은 〈관동별곡關東別曲〉과 〈사미인곡思美人曲〉·〈속미인곡續美人曲〉에 대하여 천기天機가 저절로 펼쳐져 있고 이속夷俗의 비리鄙俚함이 없으니 우리나라의 진문장眞文章은 이 세 편뿐이라[2]고 했고 홍만종洪萬宗(1643~1725)은 〈관동별곡〉에 대하여 그 상물狀物과 조어造語의 기묘함은 진실로 악보의 절조絶調라[3]고 평가했다. 순수한 우리말 시어의 능란한 구사, 전대前代의 시가에서는 찾아볼 수 없는 표현기법의 활용 등이 이러한 극찬의 비평이 나오게 했을 것이다.

정철은 4편의 가사작품 중 〈관동별곡〉, 〈속미인곡〉, 〈성산별곡〉 등 세 작품에서 대화체를 중요한 표현기법으로 사용했다. 아무도 시도하지 않았던 대화체를 여러 작품에서 구사, 표현기법의 새로운 영역을 개

---

2 金萬重, 『西浦集·西浦漫筆』(通文館, 1971), 652~653쪽. "松江 關東別曲前後美人歌 乃我東之離騷 而以其不可以文字寫之 故惟樂人輩口相授受 或傳以國書而已 …… 若論眞贗則固不可與學士大夫所謂詩賦者 同日而論 況此三別曲者 有天機之自發 而無夷俗之鄙俚 自古左海眞文章 只此三篇."

3 洪萬宗, 「旬五志」, 趙鍾業 編, 『韓國詩話叢編』3(東西文化院, 1989), 575쪽. "關東別曲 松江鄭澈所製 歷擧關東山水之美 說盡幽遐詭怪之觀 狀物之妙 造語之奇 信樂譜之絶調."

척했을 뿐만 아니라 대화체를 통하여 시적 화자의 정서를 자연스럽게 펼침으로써 독자들의 공감대를 넓혔고 후대 작품에도 큰 영향을 끼쳤다는 점에서 그 의의를 평가할 수 있다.

그런데 최초의 대화체 가사에 대해서는 논란의 여지가 있다. 왜냐하면 정철의 가사 작품 중 대화체를 사용하고 있는 작품은 〈관동별곡〉, 〈속미인곡〉, 〈성산별곡〉인데 이 중 〈성산별곡〉의 창작연대에 대한 논란이 있기 때문이다. 〈성산별곡〉의 창작년대에 대한 견해는 30대 전후설, 40대 설, 50대 설 등 다양하게 제시됐다. 그런데 정철의 관직 진퇴 상황과 작품에 나타난 정서나 정황으로 미루어 볼 때, 〈사미인곡〉·〈속미인곡〉과 비슷한 시기인 50대 창작설이 가장 타당한 것으로 보인다.[4] 그렇게 본다면, 최초의 대화체 가사는 〈관동별곡〉이 된다.

〈관동별곡〉에서 처음 부분적으로 사용한 대화체를 〈속미인곡〉에서는 전편에 걸쳐서 사용했다. 두 여성 화자를 표면에 등장시켜 대화로 갈등을 풀어나가는 방식으로써 작가의 내면 갈등을 자연스럽게 표현했고, 〈성산별곡〉 역시 작가의 갈등을 허구적인 인물 '손'과 '식영정 주인'의 대화체로 풀어나감으로써 현장감과 생동감을 얻어 정서 전달을 실감나게 할 수 있었다.

정철 이후 뜸하던 대화체 가사의 전통은 17세기에 들어 박인로朴仁老(1561~1642)의 〈누항사陋巷詞〉로 이어졌다. 〈누항사〉는 작가가 이웃에 소를 빌리러 가서 박절하게 거절당하는 참담한 모습을 시적 화자와 이웃사람의 대화로 표현함으로써 현장감을 살렸다. 정철의 작품들이 작가의 내면 정서를 드러내기 위해 가상의 인물을 설정했다면, 〈누항

---

4 최한선, 「성산별곡과 송강정철」, 『목원어문학』 제9집(목원대 국어교육과, 1990) 참조.

사〉는 작가가 실제로 마주한 현실적 대화 상대인 이웃사람을 등장시켰다는 점에서 대화체가 좀 더 적극적으로 사용되었다고 볼 수 있다. 박인로가 정철의 영향을 받았는지는 확언할 수 없지만 가사문학의 대표적 작가라 할 수 있는 두 사람이 공히 대화체 작품을 남긴 것은 대화체의 시적 효과에 대한 인식이 전승되고 있었음을 시사하고 있다.

박인로와 동시대 사람인 정훈鄭勳(1563~1640)도 여러 편의 가사작품을 남겼는데 그중 〈탄궁가嘆窮歌〉에서 '궁귀窮鬼'라는 가상의 인물을 설정하여 시적 화자와 대화를 나누는 장면을 연출했다. 짧지만 대화체를 사용하여 가난한 현실과 자신의 이념 사이의 갈등을 선명하게 표현해 주었다. 비슷한 시기의 임유후任有後(1601~1673)는 작품 전편을 대화체로 쓴 〈목동문답가牧童問答歌〉를 남겼다. 이와 같이, 17세기에는 여러 작가의 작품이 창작되었고 정철의 가사가 널리 전승되어 여러 이본이 발생한 것으로 보아 대화체 가사의 창작과 수요가 크게 증가한 것을 알 수 있다.

18세기에는 대화체 가사가 한층 다양화되는 양상을 보여준다. 권섭權燮(1671~1759)의 〈영삼별곡寧三別曲〉, 구강具康(1757~1832)의 〈북새곡北塞曲〉, 김춘택金春澤(1670~1717)의 〈별사미인곡別思美人曲〉, 이운영李運永(1722~1794)의 〈임천별곡林川別曲〉, 작가가 밝혀져 있지 않은 가집『초당문답草堂問答』에 실려 있는 〈백발편白髮篇〉, 〈갑민가甲民歌〉 등이 있다. 〈영삼별곡〉과 〈북새곡〉은 기행가사로서 부분적으로 대화체를 사용하였고, 〈별사미인곡〉은 작가가 밝혔듯이 정철의 〈속미인곡〉을 본받아 지은 작품이다. 〈임천별곡〉은 할멈과 생원이 벌이는 성적 희롱을 희화화한 이색적인 작품이다. 〈백발편〉은 노옹의 말을 통해 방탕하게 지내면서 늙음을 예측하지 못한 것을 후회하고 시간을 허송하지 말고 늙기 전에 조심하라고 경계한 작품으로 작품 전편이 주인과 노옹의 대화로 이루어져 있다. 〈갑민가〉는 함경도 갑산의 백성인 '갑민'이 폭정에 견디다 못해 군사 도망을 하게 된 사정을 생원과의 대화체로 토로한 현실비판가사이다.

이와 같이, 대화체 가사는 조선 전기에 사대부의 개인정서를 드러내는 표현기법으로 사용되어 오다가 17세기 들어 제3자인 현실적 대화상대를 등장시키는 등 좀 더 적극적인 형태의 대화체 가사들이 등장하더니 18세기에는 더욱 다양화되면서 작자가 밝혀져 있지 않은 서민가사에서도 대화체가 사용되었다. 18세기의 이러한 흐름은 19세기로 이어져 성스러운 종교가사에서 파행적인 성적 유희를 다룬 작품, 사회문제를 고발하는 작품에 이르기까지 광범위하게 활용되었다.

19세기에도 다양한 형태의 대화체 가사가 등장했다. 유배가사인 김진형 金鎭衡(1801~1865)의 〈북천가北遷歌〉, 사행가사인 유인목柳寅睦(1839~1900)의 〈북행가北行歌〉, 종교가사인 최제우崔濟愚의 〈몽중노소문답가夢中老少問答歌〉, 이외에도 작가가 밝혀져 있지 않은 〈갑민가甲民歌〉, 〈덴동어미화전가〉, 〈거사가居士歌〉 등이 있다. 〈북천가〉는 형벌을 받고 있는 상황이었고, 〈북행가〉는 사신이라는 공식 업무를 띠고 있는 상황이었음에도 불구하고 기생과의 애정행각을 실감나게 표현하기 위하여 대화체를 사용했다는 면에서 변화된 사대부가사의 모습을 보여준다. 〈거사가〉는 거사와 청춘과부의 구애현장의 성적 욕망을 대화체로 쓴 작품으로 〈임천별곡〉과 유사한 작품이다. 〈덴동어미화전가〉는 네 번이나 개가를 한 덴동어미의 비극적인 삶을 그린 변형화전가이다. 〈몽중노소문답가〉는 동학의 경전인 『용담유사龍潭遺詞』 중 한 작품이다.

이렇게 광범위하게 사용된 대화체 가사는 20세기 개화가사에까지 이어졌다. 『경향신문』이나 『대한매일신보』와 같은 신문에 발표된 대화체 가사들은 주로 세태비판, 세태한탄, 우시우국憂時憂國 등 당시의 사회현실에 대한 주제를 대화체로 풀어나간 작품들이 집중적으로 창작되었다.

이상에서 살펴본 바와 같이, 대화체 가사는 가사문학을 꽃피웠다고 평가받고 있는 정철의 작품으로부터 가사문학의 종말을 고하는 20세기에 이르기까지 현장감과 생동감 넘치는 표현기법으로서 널리 활용되어 독자들에 대한 전달 효과와 공감대를 높이는 데 크게 기여했다는 점에서 문학사적 의의가 크다고 할 수 있다.

여기서 한 가지 밝혀 둘 점은 이 글에서 언급한 작품 외에도 대화체 가사가 많이 있을 수 있다는 것이다. 누락된 작품이 있다면 그것은 필자가 과문한 탓이다. 다만, 이 글은 최초의 대화체 가사를 중심으로 논의하면서 대화체 가사의 대체적인 흐름을 파악하는 데 목적이 있는 만큼 모든 작품을 망라하기는 어려웠다는 점을 밝혀 두고자 한다.[5]

---

5 대화체 가사를 공시적·통시적으로 다루고 문학사적 의의까지 밝힌 김형태의 「대화체 가사 연구」(연세대 박사학위논문, 2005)가 많은 참고가 됐다. 이 논문에서는 대화체 가사의 목록도 제시하고 있다. 그런데 여기서는 '개별 텍스트 내에서 대화가 이루어지는 작품'을 대화체 가사로 규정한 데 비해 이 논문에서는 '텍스트 간 대화의 방식'까지 대화체 가사에 포함하고 있다는 점에서 주의할 필요가 있다. 백순철도 「문답형 규방가사의 창작환경과 지향」(고려대 석사학위논문, 1995)에서 '텍스트 간 대화의 방식'으로 이루어진 규방가사를 '문답형 규방가사' 규정하고 논의를 진행했다.

이념과 현실의 일치, 〈관동별곡〉의 극대화된 흥취

경국제민經國濟民으로써 충忠을 실천하고 입신양명하는 것이 조선 사대부의 이념적 목표였다. 사대부문학의 정서는 대부분 이러한 이념 의 실현 여부에 따라 암울하기도 하고 흥겹기도 하다. 바꾸어 말하면, 사대부문학에 나타나는 갈등과 고민은 정치현실에서의 좌절에서 오는 경우가 대부분이다. 정철의 〈사미인곡〉과 〈속미인곡〉, 그리고 〈성산별 곡〉에 나타나 있는 암울한 정서 역시 여기서 연유한다.

그러면 〈관동별곡〉의 경우를 살펴보자. 〈관동별곡〉은 위의 세 작품 과는 정서가 판이하다. 세 작품과는 달리 작품 서두에서 결말에 이르기 까지 들뜬 흥취를 마음놓고 펼치고 있어서 오히려 의아한 생각이 들 정도이다. 우선 서두부터 살펴보자.

江湖애 病이 깁퍼 竹林의 누엇더니
關東 八百里에 方面을 맛디시니
어와 聖恩이야 가디록 罔極ᄒ다
延秋門 드리ᄃ라 慶會南門 ᄇ라보며
下直고 믈너나니 玉節이 알ᄑ 셧다
平丘驛 ᄆ믈을 ᄀ라 黑水로 도라드니
蟾江은 어듸메오 雉岳이 여긔로다

정치현실에서 밀려나 창평으로 내려가 우울한 생활을 하다가 관찰사 임명을 받고 성은에 감사하면서 한걸음에 궁궐로 뛰어 올라가는 모습 이 생동감 넘치게 표현되어 있다. 방면方面을 맡긴다는 소식을 듣는 순 간 연추문에 다다라 있고, 임금께 하직하고 물러났는데 순식간에 치악이 눈앞에 있다. 많은 시간적·공간적 거리가 있음에도 불구하고 몇 개의 지명만을 언급함으로써 관찰사 행차의 빠른 진행을 효과적으로 표현했다. 그리고 임명을 받은 시점에서 본다면, 궁궐에 올라가 임금을 뵌 후 하직하여 치악에 이르는 것은 미래이지만 표현된 시간은 모두 현재시제이다. 즉 사건의 진행을 순차적으로 상세히 서술한 것이 아니라 과감한 생략과 비약적 표현을 통해 앞서가는 시적 화자의 들뜬 마음을 생동감 있게 나타낼 수 있었다.

　서두의 이런 정서는 결말에서 절정을 이룬다. 결말 대목의 가장 큰 특징이 대화체로 이루어져 있다는 것이기 때문에 대화체 부분을 " "로 표시하여 인용해 본다.

　　松根을 볘여 누어 픗줌을 얼픗 드니 / 쑴애 흔 사름이 날ᄃ려 닐온 말이,
　　"그ᄃᆡ를 내 모ᄅᆞ랴? 上界예 眞仙이라. / 黃庭經 一字를 엇디 그릇 닐거 두고 / 人間의 내려 와셔 우리를 쫄오ᄂᆞᆫ다?"
　　"져근덧 가디 마오! 이 술 흔 잔 머거 보오!"
　　北斗星 기우려 滄海水 부어 내여 / 저 먹고 날 머겨늘 서너 잔 거후로니 / 和風이 習習ᄒᆞ야 兩腋을 추혀드니 / 九萬里 長空애 져기면 ᄂᆞ리로다.
　　"이 술 가져다가 四海예 고로 ᄂᆞ화 / 億萬蒼生을 다 醉케 밍근 後의 / 그제야 고텨 맛나 ᄯᅩ 흔잔 ᄒᆞᄌᆞᆺ고야!"
　　말 디쟈 鶴을 ᄐᆞ고 九空의 올나가니 / 空中 玉簫소ᄅᆡ 어제런가 그제런가? / 나도 줌을 ᄭᅢ여 바다흘 구버보니 / 기픠를 모ᄅᆞ거니 ᄀᆞ인들 엇디 알리? / 明月이 千山萬落의 아니 비췬 ᄃᆡ 업다.

취중에 소나무 그루터기에 누워 풋잠이 들었을 때의 꿈 이야기이다. 몽중도사(꿈에 나타난 사람)와 시적 화자 간의 대화를 통해서 꿈속의 장

면을 생생하게 전달해 주고 있다. 대화체의 사용으로 이 꿈속 장면은
현실에서 이루어지는 두 신선의 대화 장면으로 착각하게 할 정도로 현
장감을 얻었다. 주선酒仙의 경지에 오른 시적 화자의 모습이다. 몽중도
사의 말을 빌려 자신을 상계上界에서 인간세계로 내려온 진선眞仙으로
자처하고, 북두성을 잔 삼고 창해수를 술 삼아 실컷 마시고는 하늘로
날아오를 것 같다는 표현은 호탕한 흥취의 최상급이라 할 수 있겠다.
다음 비평은 이점을 지적한 것이다.

> 매양 목소리를 높여 읊을 때 들어 보면, 그 소리의 운치가 청초하고
> 뜻이 초홀하여 자기도 모르는 사이에 날개가 돋아 허공을 날아 바람을
> 타고 훨훨 선경으로 날아오르는 것 같았다.[6]

그렇다고 해서 작가 정철이 신선으로 자처하면서 비현실적인 흥취에
만 빠져들었던 것은 아니다. 이 술 가져다가 온 백성들한테 골고루 나
눠 주어 다 취하게 만든 후에 다시 만나서 한잔하자고 한 시적 화자의
말을 통해 작가 정철이 관찰사로서의 직책을 망각하고 마냥 혼자만의
흥취에 빠져들었던 것은 아니었음을 말해 주고 있다.

실제로 백성들을 다 취하게 할 수 있는 것은 아니지만 백성들과 함께
즐거워하는 상황을 설정함으로써 목민관으로서 애민정신을 보여 주면
서 자신의 충만한 흥취를 한껏 고조시킬 수 있었다. 다시 말하면, 목민
관로서 경국제민의 이념을 실현함으로써 백성들과 함께 태평성대를 구

---

6 李選,「李選本跋」, 鄭澈,『松江全集』(成大 大東文化研究院, 1964), 316쪽. "每聽其引
喉高詠 聲韻淸楚 意旨超忽 不覺其飄飄乎如憑虛御風 羽化登仙."

가하는 상황은 도도한 취흥을 극대화시켜 줄 수 있었던 것이다.

마지막 행 "明月명월이 千山萬落천산만락의 아니 비췬 듸 업다"는 시적 화자가 추구하는 이념 실현의 궁극적 경지이다. 백성들에게 골고루 미치는 임금의 성덕聖德을 망양정望洋亭 달밤의 아름다움에 비유, 모든 것이 조화롭고 평화로운 이상세계를 형상화해 냈다. 작가 정철은 사대부로서의 이상을 〈관동별곡〉 작품상에서 설정하여 마음껏 관동산수의 아름다움을 완상하고 취흥에 빠져들었던 것이다.

이념과 현실이 일치된 이상적 상황을 설정함으로써 극대화된 흥취의 현장을 대화체로써 눈으로 보듯 생동감 넘치게 표현한 결말이 당시 강원도 백성들의 현실과 일치하는 것은 아니었다. 정철이 선조에게 올린 상소문의 한 대목을 보자.

하물며 관동 한 도는 피폐된 지 오래되었고 위급이 극도에 달해서 다만 뿌리만 뽑혀지게 되었을 뿐 아니라 가지와 잎까지도 벌써 시들어져 갑니다. 그리고 대개 지역이 동으로는 큰 바다를 접하고 서로는 많은 산이 둘러 있어, 들은 평탄한 데가 없고 땅은 모두 모래와 돌입니다. 봄이 다 지나도 눈이 녹지 않고 가을이 들기도 전에 서리가 내려, 벼는 여문 것이 적고 논밭에는 수확이 적어서 비록 풍년을 만날지라도 굶주림을 면할 수 없기 때문에 백성이 살기를 싫어하여 경락境落이 소연蕭然하여 백 리 안에 인가를 찾을 수가 없습니다. 〈……〉 신이 도내를 살펴보옵건대, 자식이 어미를 고발한 자, 종이 상전과 간음한 자, 아내가 남편을 배신한 자, 한 이랑의 밭으로 형제끼리 소송을 한 자, 수절하는 여자를 강제로 더럽힌 자, 친척과 동족끼리 쟁송을 한 자, 그 수를 헤아릴 수 없이 많습니다. 신이 처음에는 놀라서 방을 붙여 깨우치기도 하고, 말로 타이르기도 하며, 글을 지어 효유하기도 하였는데 오늘이나 내일이나 달라지는 것이 없습니다. 이 같은 일이 가는 고을마다 잇달아 일어

나서 말만으로는 안 된다는 것을 이제야 알았습니다.[7]

　이 상소문은 관찰사로서 피폐된 강원도 사정을 임금에게 알려서 백성을 잘살게 하고자 하는 정철의 의지를 표명한 글이다. 관찰사로서 임금에게 올린 공적인 글이니 그 내용이 허구적 상황은 아닐 것이다. 지형적·기후적 악조건에다 흉흉해진 풍속과 인심으로 인해 강원도 백성들이 겪고 있는 어려움을 일일이 열거하고 있다.

　이러한 상황은 〈관동별곡〉의 시적 상황과는 괴리가 심하다. 〈관동별곡〉의 시상 전개는 일관되게 결말의 극대화된 흥취로 수렴되고 있기 때문이다. 금강산으로 들어갈 무렵에는 시적 화자 자신을 '급장유汲長孺 풍채風采'에 비유하면서 '영중營中이 무사無事하다'고 했다. 급장유를 담고자 하는 자신의 의지는 사실이라 하더라도 영중이 무사하다는 말은 사실이 아닐 가능성이 높다.

　　江陵大都護 風俗이 됴흘시고
　　節孝旌門이 골골이 버러시니
　　比屋可封이 이제도 잇다 홀다
　　眞珠館 竹西樓 五十川 ᄂ린 믈이
　　太白山 그림재를 東海로 다마가니

7 鄭 澈, 「江原監司時陳一道弊 疏」, 『松江全集』 續集 卷二 雜著(成大 大東文化研究院, 1964), 86, 87쪽. "況關東一道 凋瘵久矣 倒懸極矣 不但本根將拔而柯葉亦已傷矣 盖 其地 東濱大海 西擁衆山 野無曠 平地皆沙石 經春猶雪 未秋先霜 禾稼寡實 田畝少收 雖逢樂世 不免啼飢 故民不樂居 境落蕭然 百里之內 不見人煙. 〈……〉 臣伏見道內 有 子訴母者 奴烝主者 妻背夫者 爭田一畝 而兄弟訟者 有女守身而强暴汚者 至於姑姊 叔姪骨肉宗黨之爭訟者 不可勝言 臣始焉駭之 或散榜曉之 或進言告之 或作文諭之 及其今日如此 明日又如此 諸邑到處 比比有之 然後知不可口舌爭之."

　　출하리 漢江의 木覓의 다히고져

　강릉의 풍속이 좋고 충신효자가 많이 나서 집집마다 표창할 만하다
고 했다. 요순시절에 못지않은 태평성대임을 자신 있게 노래했다. 거기
다 시적 화자의 마음을 한양의 임금에게 전달하고 싶다고도 했다. 작품
서두에서 "어와 성은聖恩이야 가디록 망극罔極ᄒ다"라고 하고, 철원을
지나면서 "삼각산三角山 제일봉第一峰이 ᄒ마면 뵈리로다"라고 하는
등 임금을 향한 충성된 마음을 수시로 드러내고 있다. 관동산수의 아름
다움과 태평성대를 누리는 강원도 백성들, 그리고 충신인 자신은 〈관
동별곡〉의 흥취를 극대화하는 필요충분조건이다.

　〈관동별곡〉과는 달리 〈훈민가〉는 앞의 상소문에서 언급한 피폐된
풍속에 대하여 개탄하고 풍속을 개선하기 위해 지은 작품이다. 〈훈민
가〉에서 교화의 덕목으로 내세운 것이 바로 상소문에서 지적한 내용이
다. 〈훈민가〉에서는 관찰사로서 강원도를 순회하면서 보고 느낀 현실
상황의 심각성과 백성들을 감화시켜 풍속을 바꿔 보고자 하는 정철의
간절한 정서를 읽을 수 있다.

　그런데 정철이 〈관동별곡〉에서 당시의 현실과는 전혀 다른 상황 설
정을 통해 흥취를 극대화한 이유는 무엇인가? 그것은 창작 목적이 〈훈
민가〉와는 달랐기 때문이다. 〈관동별곡〉은 현실 자체보다는 사대부로
서 꿈꾸는 세계를 설정하고 그 세계에서 노니는 흥취를 노래하기 위해
지은 작품이기 때문에 굳이 암담한 현실을 소재로 사용할 필요가 없었
을 것이다. 충신인 작가 자신과 태평성대를 누리는 백성과 산수의 아름
다움이 어우러진 세계, 이것은 유가 사대부가 꿈꾸는 이상의 세계이고,
그런 이상의 세계에서 극대화된 흥취가 발생할 수 있는 것이다.

　작품 결말에서 몽중도사와의 대화에 나타나 있듯이, 상계의 진선이면서 억조창생과 함께 취해 보고자 하는 시적 화자는 정철이 꿈꾸는 사대부의 이상형이다. 정철은 비현실적인 듯, 몽상적인 듯 여겨질 수 있는 꿈속 상황을 현실에서 실현된 것처럼 생생하게 표현했다. 꿈을 생시처럼, 이상을 현실처럼 나타내는 표현의 묘체, 바로 대화체이다. 홍만종이 말한바, 상물狀物과 조어造語의 기묘함에는 대화체도 포함된다.

(『오늘의 가사문학』 제16호, 2018)

최초의 미인가사 〈사미인곡〉

절절한 그리움의 노래

미인문학의 전통과 미인가사의 전개

미인美人이라는 단어가 문학작품에 처음으로 쓰인 것은 『시경詩經』에서다. 긴 노래 중 결말 "누구를 생각하는가 / 서방의 미인이여 / 저 미인은 / 서쪽 사람이로다."[1]에 나오는 미인을 임금의 의미로 해석해왔다. 『시경』에서 임금의 의미로 쓰인 미인은 굴원屈原(BC 343~BC 278)의 문학으로 이어졌다. 연군문학의 남상이라고 하는 초楚나라 굴원의 「구장九章」 중 〈사미인思美人〉에서 미인이 사용되었는데 이 작품은 후대 유가 사대부 문학의 전범이 되어 널리 향유되었다. 물론 미인이 아름다운 여인을 가리키는 용례도 많이 있지만, 우리나라 사대부들은 주

---

1 『시경詩經』, 「국풍國風」 「패풍邶風」 「간혜簡兮」. "云誰之思 西方美人 彼美人兮 西方之人兮."

로 임금의 의미로 사용했다.

조선시대에는 미인을 작품의 제목으로 삼은 일군의 가사작품이 지속적으로 창작되어 관심을 끈다. 가사문학에서 최초로 미인이라는 제목을 사용한 것은 정철의 〈사미인곡思美人曲〉이다.[2] 실질적으로 〈사미인곡〉은 임금의 덕을 칭송한 『시경』의 미인보다는 연군문학인 〈사미인〉의 미인을 이어받은 작품이라 할 수 있다. 〈사미인곡〉 이후에 나온 연군가사들 중 대부분 작품들이 〈사미인〉을 제목으로 쓰고 있는 것을 보면 〈사미인〉의 오랜 전통을 알 수 있다. 그리고 김만중金萬重, 이선李選, 김춘택金春澤 등도 〈사미인곡〉과 〈속미인곡〉을 평가하면서 굴원의 이소에 비유했다. 그런 면에서, 이 글에서 초점을 맞추고 있는 작품 유형은 '미인가사'라기보다는 '사미인가사'라고 하는 것이 더 정확한 용어일 수도 있다. 그런데 홍만종은 "〈사미인곡〉 역시 송강이 제은 작품인데 시경의 '미인' 두 자를 조술하여 우시연군지의를 우의했다."[3]고 했고, 굴원도 『시경』의 미인을 연상하고 〈사미인〉이라는 제목을 썼을 것으로 보이기 때문에 미인가사라 해도 무방할 듯하다.

---

2 지금까지 최초의 미인가사는 양사언楊士彦의 〈미인별곡美人別曲〉이라고 공인되어 왔다. 정철의 〈사미인곡〉보다 앞선 시기의 작품이기 때문에 그렇게 볼 수 있다. 그렇지만, 원래 이 작품에는 제목이 붙어있지 않던 것을 작품 발굴자인 김동욱 선생이 〈미인별곡〉이라 명명한 것이기 때문에 원제목이 무엇인지 알 수 없다. 물론 양사언의 한시에 미인을 예찬한 〈미인곡美人曲〉이 있어서 유사한 내용의 이 작품에 〈미인별곡〉이라는 제목을 붙여도 큰 무리는 없지만, 그렇다고 해서 후대인이 임의로 붙인 제목으로 문학사적 의미를 논의하는 것은 무리가 있다고 본다. 그리고 작품 내용이나 정서면에서 〈사미인곡〉을 이은 작품은 유형을 이룰 정도로 많이 나왔지만, 〈미인별곡〉을 이은 작품은 나오지 않았다. 그래서 이글의 논의에서는 〈미인별곡〉을 제외하기로 한다.

3 홍만종洪萬宗, 「순오지旬五志」, 『홍만종전집洪萬宗全集』 상(태학사, 1980), 93쪽. "思美人曲 亦松江所製 祖述詩經美人二字 以寓憂時戀君之意."

정철이 〈사미인곡〉을 짓고 이어서 〈속미인곡〉을 내놓으면서 '미인 가사' 창작의 전통이 생겼다. 굴원의 〈이소離騷〉가 후대에 〈이소경離騷 經〉이라 할 정도로 연군문학의 전범으로 인식되어 온 데다 정철이 탁월 한 문학성을 지닌 두 작품을 내놓음으로써 미인가사 창작이 활발하게 이루어질 수 있었다고 생각된다. 국문시가에 있어서 정서의 〈정과정 곡〉, 조위의 〈만분가〉 등 연군문학의 전통은 이미 형성되어 있었지만, 연군문학으로서의 미인가사 유형은 정철로부터 시작되었다.

정철은 작품 제목에서는 '미인'을 사용하고 본문에서는 '미인' 대신 순수한 우리말 '님'을 사용했다. 그리고 시적 화자를 여성으로 설정하 여 연정가사로 읽힐 수도 있게 했다. 〈사미인곡〉에 대한 김상숙金相肅 (1717~1792)의 비평은 이점을 잘 설명해 준다. "고신孤臣과 원녀怨女는 그 마음이 똑같다. 여자는 지아비에게 버림을 당하더라도 스스로 지아 비를 버리지는 않으며 신하는 비록 임금에게 소외를 당하더라도 자신 이 임금을 멀리하지는 않는다."[4]라고 했다. 이 말은 정철이 여성의 목소 리로 〈사미인곡〉을 쓴 이유를 잘 설명해 주고 있다.

정철의 두 작품에서 시작된 미인가사는 조선 후기 연군가사의 한 흐 름을 형성하였다. 김춘택金春澤(1670년~1717)의 〈별사미인곡別思美人 曲〉, 이진유李眞儒(1669~1730)의 〈속사미인곡續思美人曲〉, 장현경張顯慶 (1730~1805)의 〈사미인가思美人歌〉, 류도관柳道貫(1741~1813)의 〈사미 인곡〉이 그 뒤를 이었다. 〈별사미인곡〉은 제주도에 유배를 가서 지은

----

4 김상숙金相肅,「번사미인곡 병서飜思美人曲 并序」,『송강전집松江全集』(성균관대 대동 문화연구원, 1964), 408쪽. "嗚呼 孤臣寃女其志同也 女雖見絶於夫 而不宜自絶焉 臣 雖見疎於君 而不二自疎焉 非知其義之重 而一心貞固者 其孰能如是也哉."

작품으로 〈사미인곡〉의 정서를 이어받고자 했으나 이미 관습화된 표현
을 구사, 창의성과 생동감이 떨어지는 현상을 보였다. 추자도 유배생활
을 쓴 〈속사미인곡〉도 '님'과 여성화자를 설정하여 〈사미인곡〉의 전통
을 잇기는 했으나 임을 그리워하는 여성화자의 정서와 실제의 유배 현
실이 섞여 있어서 작품의 유기성이나 통일성은 많이 떨어진다고 할 수
있다. 장현경의 〈사미인가〉는 지방 관리로 있을 때, 류도관의 〈사미인
곡〉은 벼슬하지 않고 초야에 묻혀 살 때 지은 작품으로서 둘 다 연군가
이기는 하지만 당시 정치현실과는 전혀 상관없는 작품이다.

이들 작품은 제목에서 정철의 〈사미인곡〉과 동일하게 '사미인'을 썼
을 뿐만 아니라 정서적인 면에서도 유사한 점이 많아 18세기까지 정철
의 작품이 얼마나 성행했던가를 짐작할 수 있게 해 준다. 그렇지만 이들
작품은 관습화되거나 구성의 긴밀성이 떨어지는 현상을 보여 문학성이
정철의 〈사미인곡〉에는 현저히 못 미친다. 이렇게 볼 때, 〈사미인곡〉과
〈속미인곡〉은 미인가사의 시작이면서 최고의 명작이라고 할 수 있다.

한 가지 특이한 점은 정철의 〈사미인곡〉과 〈속미인곡〉이 조선 후기
에는 기녀들에 의해 연정가로도 불렸다는 것이다. 위에서 언급한 조선
후기 미인가사들이 나오기 전 17세기 전반기에 이안눌李安訥(1571~
1637)과 임전任銓(1600~1651)은 공히 어느 강가에서 기생이 부르는 정
철의 '미인' 노래를 듣고 감동해서 칠언절구 한시를 남겼다. 그 외에도
여러 가지 기록을 통해서 정철의 가사가 민간에서 널리 회자되고 있었
음을 알 수 있다.[5] 이렇게 두 작품이 연군가로서 두고두고 칭송되고,

---

5 최상은, 「유배가사의 작품구조와 현실인식」(한국학대학원 석사학위논문, 1983), 27~
28쪽 참조.

연정가로서 널리 불리게 된 요인은 두 영역을 무리 없이 넘나들 수 있는 뛰어난 형상성과 표현에 있다고 할 것이다.

조선 후기에 정철의 〈사미인곡〉과 〈속미인곡〉이 연정가로 불림으로써 미인가사가 연정가로 인식되는 현상까지 나타나게 되었다. 구강具康(1757년~1832)의 〈사미인곡〉은 이별한 여성의 고통스러운 정서를 잘 드러내어 당시의 애정가사와도 친연성이 많다는 점에서 주목할 만하다.[6] 그리고 작자미상의 〈사미인곡〉은 남성화자가 절대가인을 만났다가 헤어진 후 그 여성을 그리워하는 정서를 보여주고 있어서 미인가사가 남성 작가의 연정가로도 창작되고 있었음을 말해 주고 있다.[7] 그뿐만 아니라 또 다른 작자미상의 〈미인가〉는 기생집을 찾아가 미녀를 탐닉하다가 밤에야 돌아오는 남성화자의 하루를 그린 작품인데 기존의 미인가사에서는 볼 수 없는 매우 일탈된 풍류를 내용으로 하고 있다. 이들 작품은 남성작가의 연정, 일탈한 기생 행락 등 미인가사의 작품세계가 매우 다양화되어 가는 현상을 말해 줌과 동시에 장르의 이완현상을 확인시켜 주기도 한다.

절절한 그리움의 노래 〈사미인곡〉

정철은 50세 되던 1585년 동인들로부터 탄핵을 받고 벼슬자리에서

---

6 안혜진, 「구강의 사미인곡에 나타난 문학적 특성과 의의」, 『한국시가연구』 제23집(한국시가학회, 2007) 참조.
7 박춘우, 「'미인곡'계 가사의 존재양상」, 『나랏말쌈』 제17호(대구대 국어교육과, 2002), 77~78쪽 참조.

물러나 경기도 고양에 머물러 있다가 비난의 목소리가 가라앉지 않자 담양으로 내려가 4년을 지냈다. 당시는 동인 세력이 조정의 주도권을 장악하고 있어서 정철이 속한 서인이 정치적으로 수세에 몰리고 있을 때였다. 4년이라는 기간은 정철에게 있어서는 실의에 빠져 살았던 긴 긴 세월이었다. 그때 자신의 모습을 보면서 초나라 굴원을 연상하지 않았을까? 굴원도 당시 경양왕頃襄王에게 직언을 하다가 반대파의 논척으로 인해 호남으로 유배를 갔다가 멱라강에서 자결하는 비운의 삶을 살았다. 반대파의 논척으로 벼슬자리에서 물러날 수밖에 없었던 상황, 공교롭게도 호남이라는 지명의 공통점까지 겹치면서 정철은 굴원의 〈사미인〉을 떠올리고 〈사미인곡〉과 〈속미인곡〉의 시상을 얻었을 것으로 보인다.[8]

그러면, 〈사미인곡〉의 작품세계로 들어가 보자. 우선 단락을 나누어 작품 전개를 살펴본다.

① 평생을 기약한 임을 이별하고 천상에서 하계에 내려온 시름과 무심한 세월
② 봄에 매화를 보고 임에게 매화를 보내 마음을 전달하고 싶음
③ 긴긴 여름날 임의 옷을 지어 임에게 보내고 싶음
④ 쓸쓸한 가을밤에 달과 별을 보고 그 빛을 임에게 보내고 싶음
⑤ 추운 겨울, 봄볕을 임에게 보내고 싶은 마음과 절절한 외로움

---

8 정철이 굴원의 〈사미인〉에 착안해서 〈사미인곡〉과 〈속미인곡〉을 썼지만 두 사람의 작품은 각각 독창적인 문학성과 작품세계를 지니고 있다. 김만중, 홍만종 등 조선시대 문인들이 정철의 두 작품을 극찬한 이유도 여기에 있다. 이점에 대해서는 굴원의 〈이소〉와 정철의 〈사미인곡〉을 비교·연구한 최상은, 「한중 연군문학 비교 연구」(『중국학논총』 29집, 한국중국문화학회, 2010)를 참고로 할 수 있다.

⑥ 임으로 인해 골수에 맺힌 병, 차라리 죽어서 범나비 되어 임 곁에
날아가고 싶음

단락①은 작품 서두로서 천상의 광한전에서 하계로 내려온 시적 화
자의 정서를 드러낸 부분이다. 단락②③④⑤는 단락①에 이어서 하계
에서의 외로움에다 무심한 세월 때문에 느꺼워하는 시적 화자의 모습
을 계절의 변화를 통하여 구체적으로 보여주는 대목이다. 단락⑥은 앞
의 단락②③④⑤에서 보여 준바, 임이 없는 하계에서 쏜살같이 지나가
는 세월 앞에 절망하는 시적 화자의 비원을 보여주는 결말 부분이다.

> 이몸 삼기실제 님을조차 삼기시니
> 훈싱 緣分이며 ᄒᆞᄂᆞᆯ모를 일이런가
> 나ᄒᆞ나 졈어잇고 님ᄒᆞ나 날괴시니
> 이ᄆᆞ음 이ᄉᆞ랑 견졸ᄃᆡ 노여업다
> 平生애 願ᄒᆞ요ᄃᆡ 훈ᄃᆡ녜쟈 ᄒᆞ얏더니
> 늙거야 므스일로 외오두고 그리ᄂᆞᆫ고
> 엇그제 님을뫼셔 廣寒殿의 올낫더니
> 그더ᄉᆡ 엇디ᄒᆞ야 下界예 ᄂᆞ려오니
> 올저긔 비슨머리 헛틀언디 삼년일쇠
> 臙脂粉 잇ᄂᆡ마ᄂᆞᆫ 눌위ᄒᆞ야 고이홀고
> ᄆᆞ음의 ᄆᆡ친실음 疊疊이 ᄡᅡ혀이셔
> 짓ᄂᆞ니 한숨이오 디ᄂᆞ니 눈믈이라

단락①의 앞부분인데 시적 화자의 정서를 뚜렷하게 드러내기 위해
공간설정을 양극화했다. 단절된 공간인 광한전과 하계는 임과 나의 극
복할 수 없는 거리를 의미한다. 광한전은 한평생 나에게만 절대적인 사

랑을 나눠 주는 임이 있는 행복한 곳이다. 반면, 하계는 단장을 해도 봐줄 사람이 없어서 홀로 임을 그리워해야 하고, 첩첩이 맺힌 시름으로 한숨과 눈물로 보내야 하는 곳이다. 마음은 오로지 광한전에 가 있는데 몸은 하계에 머물고 있다는 것이 시적 화자의 비극적 상황이다.

하계에서의 그런 비극적 상황을 단락②③④⑤에서 구체적으로 실감나게 제시해 주고 있다. 이들 단락의 내용을 몇 가지로 나누어 살펴본다.

첫째, 혼자 외롭게 임을 그리워하며 지내는 초조한 마음을 시간의 흐름으로 나타냈다. 단락①에서 "人生은 有限ᄒᆞ되 시름도 그지업다 / 無心ᄒᆞᆫ 歲月은 믈흐ᄅᆞᆺ 흐ᄂᆞᆫ고야"라고 하더니 이 대목에서는 "동풍이 건듯 부러", "ᄒᆞᆯ밤 서리김의" 등 구체적인 표현을 통해서 순식간에 바뀌어 가는 계절의 변화, 즉 빠르게 흐르는 시간 앞에 초조해하는 마음을 실감나게 느끼게 해 준다.

둘째, 계절마다 임에게 보내고 싶은 것이 있다고 했다. 봄에는 매화, 여름에는 손수 지은 임의 옷, 가을에는 청광淸光, 겨울에는 양춘陽春 등 이들 제재는 임에게로만 향하는 시적 화자의 마음인데 천상에 있는 임에게 전달될 가능성도 희박하고 전달되더라도 반가워할지 장담할 수 없는 상황이다.

셋째, 광한전이라는 천상의 신성 공간, 광한전의 주인인 신격화된 임으로 설정하고 있다. 시적 화자의 마음은 그 신성 공간과 신격화된 임에게로만 향하고 있기 때문에 하계의 모든 현상은 부정적·대립적으로 인식된다. 예를 들면, 여름에는 밤이 짧고 낮이 길어서, 겨울에는 낮이 짧고 밤이 길어서 외롭다고 했다. 거기에다 천상과 하계는 단절된 공간이기 때문에 시적 화자의 소망은 이루어질 수 없다.

이와 같이, 〈사미인곡〉의 시적 화자는 절망적 상황에 빠져 있다. 하계에서의 이런 절망적 상황은 작품 결말인 단락⑥의 정서로 집약된다.

> ᄒᆞᄅᆞ도 열두째 ᄒᆞᆫ들도 셜흔날
> 져근덧 싱각마라 이시름 닛쟈ᄒᆞ니
> ᄆᆞᄋᆞᆷ의 ᄆᆡ쳐이셔 骨髓의 ᄢᅦ텨시니
> 扁鵲이 열히오다 이병을 엇디ᄒᆞ리
> 어와 내병이야 이님의 타시로다
> ᄎᆞᆯ하리 싀어디여 범나븨 되오리라
> 곳나모 가지마다 간ᄃᆡ죡죡 안니다가
> 향ᄆᆞ틴 ᄂᆞᆯ애로 님의오시 올므리라
> 님이야 날인줄 모ᄅᆞ셔도 내님조ᄎᆞ려 ᄒᆞ노라

단락②③④⑤에서 하계의 계절 변화로 형상화한 절망적인 상황은 골수에 맺힌 병이 되게 했고, 골수에 맺힌 병은 다시 죽음의 결심으로 나아가게 했다. 하루와 한 달을 'ᄒᆞᄅᆞ도 열두째 ᄒᆞᆫ들도 셜흔날'로 길게 풀어 써서 시름에 쌓여 있는 시적 화자의 지루한 삶을 드러내고, 잠시라도 잊어버리고 싶은 간절한 마음을 '져근덧 싱각마라 이시름 닛쟈ᄒᆞ니'로 표현했다. 이렇게 시적 화자는 길고 짧음의 시간 표현을 통해서 절망적 상황을 잊어 보려 했지만, 이미 편작이 열이 와도 못 고치는 골병이 되고 말았다고 하고, 결국 죽어 범나비가 되어서라도 임 곁으로 가겠다고 마지막 다짐을 했다. 하계는 죽어서라도 벗어나야 할 곳, 광한전은 죽어서라도 가야 할 곳으로 설정함으로써 더 이상 극복할 수 없는 절망적 상황으로 흘러 버렸다.

이렇게 공간과 시간 인식을 통하여 천상과 하계를 설정한 것의 의미는 무엇인가? 〈사미인곡〉을 연정가로 읽을 경우에는 남녀 간 임을 잃었을 때의 비통한 정서로, 연군가로 읽을 경우에는 어쩔 수 없이 관직에서 물러나서 오랜 시간 은거의 삶을 살아야 했던 사대부의 절망적인 정서로 이해할 수 있다. 어떻게 이해하든 〈사미인곡〉은 작가 정철의 극단적이고 절망적인 현실인식을 잘 보여주는 작품이다. 즉, 관인의 세계인 서울에서는 철저히 소외당하고 제2의 고향인 담양에서도 안주할 수 없는 정철의 절박한 삶의 형상, 그것이 〈사미인곡〉이다.

〈사미인곡〉이 두고두고 회자되는 또 다른 이유는 뛰어난 표현 때문이다. 위의 인용문들에서도 나타나 있듯이, 여성의 감각을 방불케 하는 어조와 섬세한 시어의 선택, 그리고 순수한 우리말의 구사가 놀랍다. 여름을 노래한 단락③을 살펴보자.

> 곳 디고 새닙 나니 綠陰이 질렷ᄂᆞᆫ듸
> 羅幃寂寞ᄒᆞ고 繡幕이 뷔여 잇다
> 芙蓉을 거더 노코 孔雀을 둘러 두니
> ᄀᆞᆺ득 시름 한듸 날은 엇디 기돗던고
> 鴛鴦錦 버혀 노코 五色線 플텨내여
> 금자히 견화이셔 님의 옷 지어내니
> 手品은 ᄏᆞ니와 制度도 ᄀᆞ줄시고
> 珊瑚樹 지게 우희 白玉函의 다마 두고
> 님의게 보내오려 님 겨신듸 ᄇᆞ라보니
> 山인가 구름인가 머흐도 머흘시고
> 千里萬里 길히 뉘라셔 ᄎᆞ자갈고

일반적으로 여름은 녹음이 우거지고 만물이 번성하는 정열과 충만의 계절이다. 그런데 시적 화자는 공허감과 시름에 젖어 있다. 나위·수막·

부용·공작 등의 화려한 소재를 동원한 시적 화자의 방 묘사, 순수한 우리말 수식어와 서술어를 통한 외로움의 표현이 시적 화자를 더욱 애처롭게 보이게 한다. 그리고 원앙금·오색선·금자·산호수지게·백옥함 등 사치스러울 정도로 미화법을 사용하여 임의 품격을 최대한 높이고 그런 임을 위하여 옷을 짓는 시적 화자의 모습에서 임을 향한 여성의 지순한 사랑과 정성을 볼 수 있다. 그럼에도 불구하고, 험하고 멀어 갈 수는 없고 바라만 봐야 하는 여성의 애절한 마음이 "머흐도 머흘시고", "뉘라셔 츳자갈고"라는 표현에 녹아들어 있다. 김만중이 "이 세 작품은 하늘이 내린 성품을 자연스럽게 표현했는데 속인들의 비리함이 없다. 자고로 우리나라의 참된 문학작품은 오직 이 세 편뿐이다."[9]라고 극찬한 것도 이런 측면에서 정철의 〈관동별곡〉, 〈사미인곡〉, 〈속미인곡〉 세 작품을 비평한 것이다.

정철은 '미인'을 '군주', 또는 '미녀'의 의미로 사용한 문학적 전통을 이어받아 〈사미인곡〉이라는 명편을 지어 새로운 문학적 전통을 수립하였을 뿐만 아니라 최고의 문학적 성과를 거두었다. 〈사미인곡〉의 이런 문학적 성과는, 미인가사가 연군가의 큰 흐름이 되게 했을 뿐만 아니라, 광범위한 수용자들에게 연정가로도 노래 불릴 수 있게 함으로써 가사 장르의 저변을 넓히는 데도 크게 기여했다.

(『오늘의 가사문학』 제7호, 2015)

---

9 김만중, 『서포집·서포만필西浦集·西浦漫筆』 합집(통문관, 1971), 652~653쪽. "此三別曲者 有天機之自發 而無夷俗之鄙俚 自古左海眞文章 只此三篇."

최초의 속편가사 〈속미인곡〉

원작보다 빛난 속편

작가 정철, 그의 가사문학사적 위상

송강松江 정철鄭澈(1536~1593)은 당대는 물론 현대에도 최고의 가사 문학 작가로 칭송받고 있다. 〈사미인곡〉, 〈속미인곡〉, 〈성산별곡〉, 〈관동별곡〉 등 네 작품은 가사문학의 전통을 확립했다고 해도 과언이 아닐 정도로 문학사적 의의가 큰 작품들이다.

먼저, 이들 작품에 대한 조선 사대부들의 비평을 살펴보자.

(가) 송강의 〈관동별곡關東別曲〉과 〈전후사미인가前後思美人歌〉는 우리나라의 이소離騷이다. 그런데 한문으로는 제대로 옮겨 놓을 수 없기 때문에 오직 악인樂人의 무리들이 입으로 서로 전하거나 국문으로만 전할 따름이다. …… 만약 그 진위를 논한다면 참으로 학사 대부들의 이른바 시부詩賦라고 하는 것들과는 함께 논할 수 없는 것이다. 하물며 이 세 별곡別曲은 천기天機가 저절로 펼쳐져 있고 이속夷俗의 비리鄙俚함

이 없으니 말할 나위가 있겠는가. 예로부터 지금까지 우리나라의 진문
장眞文章은 이 세 편뿐이다.[1]

　(나) 〈관동별곡〉은 송강 정철이 지은 것인데, 관동산수의 아름다움을
일일이 열거하고 그윽하고 기이한 경관을 설진說盡하였다. 그 상물狀物
과 조어造語의 기묘함은 진실로 악보의 절조絶調라. 〈사미인곡思美人曲〉
역시 송강이 지은 것인데, 『시경詩經』의 미인美人 두 자를 본받아 우시
연군憂時戀君의 뜻을 우의寓意했다. 초楚나라 영중郢中의 〈백설곡白雪
曲〉에 비견할 만하다. 〈속미인곡續美人曲〉 역시 송강이 지었는데, 〈사미인곡〉에
서 미진했던 생각을 다시 펼쳤다. 그 말은 더욱 공교롭고 그 뜻은 더욱
절실하여 공명孔明의 〈출사표出師表〉와 견줄 만하다.[2]

　(가)(나)는 송강가사에 대한 조선 사대부들의 많은 비평 중 대표적
인 두 가지 사례이다. 다른 비평들과 마찬가지로 이 두 비평도 송강가
사가 우리나라 최고의 문학임을 역설한 글이다. 표현이나 형상성의 측
면에서는 물론 내용이나 주제면에서도 출중함을 평가한 비평이다. 고
전비평에서 우리나라 문학작품에 대한 평가로서 이 정도의 절찬은 찾
아보기 어렵다. 그만큼 송강가사가 우리 문학사에서 가지는 의의가 크

1　김만중金萬重, 『서포집·서포만필西浦集·西浦漫筆』(통문관, 1971), 652~653쪽. "松江
　　關東別曲前後美人歌 乃我東之離騷 而以其不可以文字寫之 故惟樂人輩口相授受 或
　　傳以國書而已 …… 若論眞贗則固不可與學士大夫所謂詩賦者 同日而論 況此三別曲
　　者 有天機之自發 而無夷俗之鄙俚 自古左海眞文章 只此三篇."
2　홍만종洪萬宗, 「순오지旬五志」, 조종업 편, 『한국시화총편』3(동서문화원, 1989), 575
　　쪽. "關東別曲 松江鄭澈所製 歷擧關東山水之美 說盡幽邃詭怪之觀 狀物之妙 造語之
　　奇 信樂譜之絶調 思美人曲 亦松江所製 祖述詩經美人二字 以寓憂時戀君之意 亦郢
　　中之白雪 續思美人曲 亦松江所製 復申前詞未盡之思 語益工意益切 可與孔明出師
　　表伯仲者也."

다는 의미이다. 이렇게 빼어난 작품들이기에 청음淸陰 김상헌金尙憲
(1570~1652)은 이들 노래를 너무 좋아해서 아침저녁으로 노래 불렀을
뿐만 아니라 아이들에게도 가르쳐 널리 노래 부르게 했다고 한다.[3] 그
리고 조선 후기에는 〈사미인곡〉이 순수한 연정가로서도 널리 불리고,[4]
〈관동별곡〉은 부분창으로 불렸다는 기록도 있다.[5] 그뿐만 아니라, 현대
인들에게도 여전히 공감을 주고 있고 고전문학 연구자들에게도 가장
많은 조명을 많이 받고 있다. 이렇게 볼 때, 송강가사가 가지는 문학사
적 의의는 독보적인 것이다.

속편문학의 전통과 속편가사의 전개

속편문학續篇文學이란 작가가 자신의 작품에서 미진함이 있을 때 보
완하고자 지은 작품, 다른 작가의 작품 중 감동이나 공감을 주는 작품
을 흠모하여 그 작품을 본받아 지은 작품을 일컫는다. 속편문학은 흔히
모방작으로 평가절하되는 경우가 많지만, 반드시 그런 것만도 아니다.
원작에 비해 문학성이 빼어나 호평을 받은 작품도 얼마든지 있다. 그리

---

3 김상숙金相肅, 「번사미인곡 병서飜思美人曲 幷序」, 정철鄭澈, 『송강전집松江全集』(성균
   관대 대동문화연구원, 1964 영인), 408쪽. "昔淸陰先生 甚愛此調 朝夕歌詠 其家兒童
   亦莫不傳誦 羅幃寂寞繡幕空虛之句 如鄭康成婢僕 能誦毛詩者."
4 정철, 앞의 책, 414쪽. 여기에 실린 임전任銓의 〈의주용강문여랑창미인사감이작議舟龍
   江聞女娘唱美人詞感而作〉, 이안눌李安訥의 〈청송강가사聽松江歌辭〉는 기생이 〈사미인
   곡〉, 또는 〈속미인곡〉을 부르는 것을 듣고 감동해서 지은 칠언절구七言絶句이다.
5 이병기 교주, 〈동명일긔〉, 『여유당일기意幽堂日記』(백양당, 1949), 28~29쪽. 〈동명일
   긔〉의 한 대목을 보면, 귀경대에서 월출을 기다리면서 기생이 〈관동별곡〉을 불렀다는
   내용이 있다.

고 속편문학의 창작은 원작의 우수성을 증명해 주는 것이고, 다수의 속
편문학 창작은 원작의 공감대가 그만큼 컸다는 것을 의미한다. 나아가
속편문학 창작은 당시 문학 담당층 문화의 한 단면을 보여주는 현상으
로도 이해할 수 있다.

속편문학의 연원은 매우 깊다. 일찍이 중국 삼국시대 촉蜀나라 제갈
량諸葛亮(181~234)은 〈출사표出師表〉를 지은 후 〈후출사표後出師表〉를
지었고, 송宋나라 소식蘇軾(1037~1101)은 〈적벽부赤壁賦〉를 지은 후 〈후
적벽부後赤壁賦〉를 지었다. 이들은 자신의 원작에 대한 속편으로서 두
편 모두 후대에 널리 애창된 명편들이다. 중국 호남성湖南省의 '소상팔
경瀟湘八景'을 노래한 소상팔경시는 중국뿐만 아니라 우리나라 문인들
에게 하나의 풍조가 되어 왕성한 창작이 이루어졌다. 또한 주자朱子의
〈무이도가武夷櫂歌〉를 흠모한 사대부 문인들은 '구곡시九曲詩' 창작에
심혈을 기울였다. 이이李珥의 〈고산구곡가高山九曲歌〉가 그 대표작이
다. 이이는 이 작품 제1수에서 "고산구곡담高山九曲潭을 살름이 몰으든
이 / 주모복거誅茅卜居ᄒ니 벗님네 다 오신다 / 어즙어, 무이武夷를 상
상想像ᄒ고 학주자學朱子를 ᄒ리라"라고 했다. 주자의 〈무이도가〉를
흠모하여 그 시상을 본받아 〈고산구곡가〉를 지었음을 밝힌 것이다.

가사문학에 있어서도 지속적으로 많은 속편 작품이 창작되었다. 속
편가사의 창작은 가사문학의 태두라 할 수 있는 송강의 〈속미인곡〉으
로부터 시작되었다. 송강은 〈사미인곡〉에 이어서 〈속미인곡〉을 지었다.
〈사미인곡〉에 드러난 정서로 볼 때, 당시 송강은 관직에서 물러나 제2
의 고향인 창평에 물러나 있으면서 절망에 빠져 있었던 듯하다. 그런
절망 속에서 〈사미인곡〉을 지었지만, 마음속 정서를 충분히 풀어내지
못했던지 바로 이어서 〈속미인곡〉을 지었다. 제목을 통해서 〈속미인

곡〉이 〈사미인곡〉의 후속편임을 밝혔다. 앞선 인용문 (나)에서 얘기한
것처럼, 홍만종도 '〈속미인곡〉은 〈사미인곡〉에서 미진했던 생각을 다
시 펼쳤다'고 했다.

송강 스스로 속편가사 〈속미인곡〉을 지은 후, 여러 작가들이 〈사미
인곡〉의 속편가사를 내놓았다. 학계에서 유배가사의 한 흐름을 '사미
인곡계思美人曲系'⁶라고 명명할 정도로 〈사미인곡〉의 속편가사가 여러
편 창작되었다. 조우인曺友仁(1561~1625)의 〈자도사自悼詞〉, 김춘택金
春澤(1670~1717)의 〈별사미인곡別思美人曲〉, 이진유李眞儒(1669~1730)의
〈속사미인곡續思美人曲〉, 장현경張顯慶(1730~1805)의 〈사미인가〉, 류도
관柳道貫(1741~1813)의 〈사미인곡〉 등이 모두 〈사미인곡〉의 속편가
사 작품들이다. 특히, 조우인은 나이 들어 우연히 송강의 〈관동별곡
關東別曲〉을 보고 감동하여 젊은 시절 관동지방을 여행했던 기억을
더듬어 〈관동속별곡關東續別曲〉을 지을 정도로 송강의 가사작품은 울
림이 컸다.

송강가사에서 시작된 속편가사는 조선 후기로 가면 매우 광범위하게
창작된다. 특히 규방가사의 경우는 속편 작품의 창작이 전국적으로 이
루어져 당시 여성문화의 큰 흐름을 형성할 정도였다. 일반적으로 규방
가사의 유형을 계녀가류, 화전가류, 자탄가류로 분류하는데 이들 유형
들에 속한 작품들이 대체로 속편가사이다. 원전은 확실치 않으나 작품
의 내용이나 구성이 유사한 속편 작품이 많은 것으로 보아 규방가사가
당시 여성들에게 매우 큰 공감대를 형성했던 것으로 보인다. 남아 있는
작품 수나 유통과정으로 볼 때, 규방가사는 조선 후기 여성문학의 한

6 서원섭, 「사미인곡계 가사의 비교연구」, 『논문집』 11집(경북대, 1967).

풍조였을 뿐만 아니라 극에 달하고 있었던 가부장제 사회 여성들의 생활문화를 생생하게 보여주고 있는 자료라고 할 수 있다.

　이외에도 오륜가사, 종교가사 등에서도 속편 작품을 찾아볼 수 있는 바, 속편문학을 모방작, 아류작 등으로 폄하하기보다는 당시의 문학, 나아가 문화의 한 단면이라는 관점에서 적극적인 의미 부여를 할 필요가 있다고 본다.

더욱 절실한 그리움의 노래, 〈속미인곡〉

먼저 작품을 단락으로 나누어 구체적으로 살펴본다.

　　(가) 뎨 가는 뎌 각시 본 듯도 ᄒᆞ뎌이고
　　　　 천상天上 백옥경白玉京을 엇디ᄒᆞ야 이별離別ᄒᆞ고
　　　　 ᄒᆡ 다 뎌 져믄 날의 눌을 보라 가시ᄂᆞᆫ고
　　(나) 어와 네여이고 이내ᄉᆞ셜 드러보오
　　　　 내얼굴 이거동이 님 괴얌 즉ᄒᆞᆫ가마ᄂᆞᆫ
　　　　 엇딘디 날보시고 네로다 녀기실ᄉᆡ
　　　　 나도 님을미더 군ᄠᅳᆮ디 젼혀업서
　　　　 이리야 교ᄐᆡ야 어ᄌᆞ러이 ᄒᆞ돗ᄯᅥᆫ디
　　　　 반기시ᄂᆞᆫ ᄂᆞᆺ비치 녜와 엇디 다ᄅᆞ신고
　　　　 누어 싱각ᄒᆞ고 니러안자 혜여ᄒᆞ니
　　　　 내 몸의 지은죄 뫼ᄀᆞ티 싸혀시니
　　　　 하늘히라 원망ᄒᆞ며 사ᄅᆞᆷ이라 허믈ᄒᆞ랴
　　　　 셜워 플텨혜니 조물造物의 타시로다
　　(다) 글란 싱각마오

　　(라) 미친 일이 이셔이다
　　　　님을 뫼셔 이셔 님의 일을 내알거니
　　　　믈 7 튼 얼굴이 편 호실 적 몃날일고
　　　　춘한고열春寒苦熱은 엇디 호야 디내시며
　　　　추일동천秋日冬天은 뉘랴셔 뫼셨 는고
　　　　죽조반粥早飯 조석朝夕뫼 녜와 ♂티 셰시 는가
　　　　기나긴 밤의 줌은 엇디 자시 는고
　　　　　　　　　(중략)
　　　　모첨茅簷 춘 자리의 밤듕만 도라오니
　　　　반벽청등半壁靑燈은 눌 위 호야 볼갓 는고
　　　　오 른며 ᄂ 리며 헤쓰며 바자니니
　　　　져근덧 역진力盡 호야 픗줌을 잠간 드니
　　　　정성精誠이 지극 호야 꿈의 님을 보니
　　　　옥玉 7 튼 얼구리 半이나마 늘거셰라
　　　　ᄆ 옴의 머근말슴 슬 7 장 슯쟈 호니
　　　　눈믈이 바라나니 말슴인들 어이 호며
　　　　정情을 못다 호야 목이조차 몌여 호니
　　　　오뎐된 계성鷄聲의 줌은 엇디 씨돗던고
　　　　어와 허사虛事로다 이님이 어듸간고
　　　　결의 니러안자 창窓을 열고 ᄇ 라보니
　　　　어엿븐 그림재 날조출 쑨이로다
　　　　츨하리 싀여디여 낙월落月이나 되야이셔
　　　　님겨신 창窓안히 번드시 비최리라
　　(마) 각시님 돌이야 ᄏ 니와 구즌비나 되쇼셔

　　〈속미인곡〉의 작품 구성상 특징은 이전 가사작품에서는 전혀 시도되
지 않았던 대화체로 되어 있다는 것이다. 대화의 주체는 '너'와 '나'이
다. 단락(가)(다)(마)는 '너', 단락(나)(라)는 '나'의 말이다. 〈속미인

곡〉에서의 두 화자는 작가의 두 분신이라 할 수 있다. 두 분신은 동질적이기도 하고 이질적이기도 하다. 작품 서두인 (가)의 "뎨 가는 뎌 각시 본 듯도 ᄒᆞᆫ뎌이고"라는 '너'의 말에서 이 점을 확인할 수 있다. 어디서 본 듯도 하다는 사실은 그들이 과거에 함께 천상 백옥경에 있었던 적이 있다는 동질성을 보여주기도 하지만, '듯하다'는 완전한 동질감이 아닌 이질성을 내포하고 있는 표현이다. 이질성은 "ᄒᆡ 다 뎌 져믄 날의 눌을 보라 가시ᄂᆞᆫ고"에서도 나타난다. 날이 저물어 어두움에도 불구하고 '임'을 찾아다니는 '나'에 대하여 '너'는 날도 어두운데 여자가 누구를 찾아다니는 것이 이해가 안 된다고 했다. '나'는 현실을 거스르더라도 임을 찾아야 한다는 의지를, '너'는 현실에 순응하고 살아야 한다는 상식을 얘기하고 있다.

두 화자가 작가의 두 분신, 즉 작가의 마음속 갈등을 형상화한 것으로 볼 때, '너'는 과거의 임은 잊어버리고 지상의 현실에 만족하고 안주하고자 하는 마음을, '나'는 현실에는 전혀 발을 붙이지 못하고 과거의 행복했던 시절에 집착하여 그런 과거 상태로 돌아가기를 갈망하는 마음을 형상화한 인물이다. 이런 마음의 갈등은 쉽게 해결되지 않는다. 단락(가) '너'의 말에 대하여 '나'는 단락(나)에서 '너'의 말에 따를 수 없는 사연을 격앙된 목소리로 호소했다. 그런데 '너'는 단락(다)에서 다시 한번 그런 건 잊어버리라고 한다. '너'의 이 말에 대하여 '나'는 (라)에서 또다시 맺힌 일을 구구절절이 풀어내면서 죽어도 '너'의 말에 따를 수 없는 마음, 즉 죽어도 임을 포기할 수 없는 마음을 확고한 의지로 답했다. 그 결과 작품 결말인 단락(마)에서 '너'가 '나'의 말에 공감하게 된다. 이러한 작품전개는 작가가 이럴까 저럴까 고민하다가 죽어서라도 임을 따르겠다는 쪽으로 결심을 굳힘으로써 갈등을 해소하는

정서의 추이를 보여주는 것이다. 가사작품 중에서 작가의 갈등과 갈등
해소 과정을 이렇게 정연한 구성과 절실한 목소리로 형상화하고 표현
한 작품도 보기 힘들다.

〈속미인곡〉은 이러한 순차적 구성에다 대립적 구조를 활용, 작가의
정서를 더욱 절실하게 그려내고 있다. 〈속미인곡〉은 〈사미인곡〉처럼
시적화자 '나'가 천상백옥경에서 임을 이별하고 지상에 내려와 홀로 지
내는 슬픔과 임에 대한 그리움을 노래했다. 그렇지만 천상과 지상에 대
한 대립적 인식을 드러내고 있는 〈사미인곡〉과 달리 〈속미인곡〉은 지
상에서 천상의 임을 그리워하는 마음을, 임에게 돌아갈 수 없는 암담한
상황을 자연현상과의 대립관계로 나타냈다.

위의 인용문 중 단락(라)의 중략 부분을 살펴보자.

> 임다히 소식消息을 아므려나 아쟈ᄒ니
> 오늘도 거의로다 ᄂᆡ일이나 사름올가
> 내 ᄆᆞᆷ 둘 ᄃᆡ 업다 어드러로 가쟛말고
> 잡거니 밀거니 놉픈 뫼히 올라가니
> 구롬은 ᄏᆞ니와 안개ᄂᆞᆫ 므스 일고
> 산천山川이 어둡거니 일월日月을 엇디 보며
> 지척咫尺을 모르거든 천리千里를 ᄇᆞ라보랴
> 출하리 믈 ᄀᆞ의 가 빗길히나 보랴ᄒ니
> ᄇᆞ람이야 믈결이야 어둥졍 된뎌이고
> 샤공은 어ᄃᆡ 가고 븬 빈만 걸럿ᄂᆞᆫ고
> 강천江天의 혼자 셔셔 디ᄂᆞᆫ 히ᄅᆞᆯ 구버보니
> 임다히 소식消息이 더욱 아득ᄒᆞ뎌이고

임을 기다리는 마음을 역동적으로 그려냈다. 임 소식을 소극적으로

기다리기보다는 적극적으로 찾아 나서는 행동으로 보여줬다. 그에 대하여 자연현상도 구름과 안개가 뒤덮이고 바람과 물결이 세차게 일어나는 움직임으로 표현, '나'의 행동과 극한 대립 관계로 설정하였다. 높은 산에 올라가 보기도 하고 물가에 가서 뱃길을 살펴보기도 하지만, 자연은 '나'가 임과 소통할 수 있는 모든 가능성을 철저하게 봉쇄하고 있다. 구름과 안개와 어둠은 시야를 가리고, 바람과 물결은 뱃길을 막았다. 임에게 갈 수도 없고 임에게서 소식이 올 수도 없는 절망적 상황이다. 임을 만나기 위해 이리저리 방황하고 허둥대는 '나'의 행동과 '나'를 가로막고 있는 자연은 극단적으로 대립되어 있다. 자연의 방해로 인해 임 소식은 더욱 아득해져 버렸다고 한탄했다. 이러한 설정은 〈사미인곡〉에 비해 시적 화자의 정서는 한층 더 절망적이게, 임에 대한 그리움의 정은 훨씬 더 절실하게 만들어 줬다.

　작품구성이나 대립구조와 함께 〈속미인곡〉의 문학성을 논의함에 있어서 빼놓을 수 없는 것은 순수한 우리말의 사용이다. 인용문을 통해 알 수 있듯이 한자어의 사용이 다른 작품에 비해 현저히 적다. 그뿐만 아니라, 남성 작가인 정철이 이별당한 여성의 언어를 섬세하게 구사함으로써 이 작품이 연군가戀君歌로도, 연정가戀情歌로도 읽힐 수 있게 한 것이다. 고전비평에서 〈속미인곡〉을 〈사미인곡〉보다 빼어난 작품으로 평가한 것은 무엇보다도 〈속미인곡〉이 순수한 우리말의 구사가 뛰어나고, 순수한 우리말을 통하여 작가 개인의 정서를 우리 민족의 보편적 정서에 한층 더 잘 부합되게 표현한 데 대하여 적극적으로 의미 부여를 한 것이다.[7]

---

7 박영주, 「西浦가 송강가사를 '我東之離騷'라고 한 것에 대하여」, 『비교어문연구』 제1

홍만종의 비평문을 다시 인용해 보자.

> 〈속미인곡〉 역시 송강이 지었는데, 〈사미인곡〉에서 미진했던 생각을 다시 펼쳤다. 그 말은 더욱 공교롭고 그 뜻은 더욱 절실하다.

〈속미인곡〉이 〈사미인곡〉의 속편이면서도 〈사미인곡〉을 능가하는 작품임을 간략하게 설명해 주었다.

(『오늘의 가사문학』 제11호, 2016)

집(반교어문연구회, 1988) 참조.

최초의 여성가사 〈규원가〉

남달라서 불행했던 여인의 강렬한 정서 분출

작가 허초희, 그리고 그의 문학

허초희許楚姬(1563~1589)는 당파 형성 시 동인의 영수였던 허엽許曄(1517~1580)의 딸인데 그의 호인 난설헌蘭雪軒으로 더 잘 알려져 있다. 그리고 허성許筬, 허봉許篈, 허균許筠이 그의 형제들이다. 이들 허씨 부자들은 여러 고관 벼슬을 지냈을 뿐만 아니라 난설헌과 함께 '허씨오문장許氏五文章'이라 불릴 정도로 유명한 문인 집안을 형성하였다.

난설헌은 외가인 강릉에서 태어났다. 오빠 허봉과 동생 허균도 강릉에서 태어났는데 허봉은 동생들을 많이 아끼고 챙겼다고 한다. 허봉은 난설헌에게 두보杜甫의 시집을 주면서 시를 배우게 했을 뿐만 아니라 서얼 출신 친구 이달李達(1539~1612)을 두 동생의 스승으로 삼게 했다는 점에도 주목할 필요가 있다. 이들 남매가 당시 사대부들의 일반적인 문학과는 달리 다양하고 자유분방한 작품세계를 구축할 수 있었던 것은 손곡의 영향이 컸을 것으로 보인다.

남달리 총명했던 난설헌은 타고난 재능에 비해서 행복하게 살지 못했다. 15세에 김성립金誠立(1562~1592)에게 시집을 갔으나 부부 사이가 별로 화목하지 못했고 시부모로부터도 사랑을 받지 못했던 것 같다. 8세 때에 이미 〈광한전백옥루상량문廣寒殿白玉樓上樑文〉을 쓸 정도로 재능이 뛰어난 난설헌이 시부모와 남편에게는 오히려 큰 부담이 되었을지도 모른다. 그런 나머지 남편 김성립은 밖으로 돌며 난설헌이 외로움과 그리움에 시달리게 했다. 또한 어린 자식 남매를 잃었을 뿐만 아니라 배 속의 아이까지 유산하는 불행을 겪었고 18세 때는 부친상을 당했다. 타고난 재능에도 불구하고 어려서부터 닥친 삶의 질곡 때문이었는지, 23세 때에 "푸를 바닷물 신선바다에 스미고 / 푸른 난세는 채색 난세에 기대네 / 부용꽃 스물일곱 송이 / 붉게 떨어지니 서리달만 차구나(碧海浸瑤海/靑鸞倚彩鸞/芙蓉三九朶/紅墮月霜寒)"(〈몽유광상산夢遊廣桑山〉)라는 예언적 시편을 남기고 27세에 세상을 떠났다.

난설헌은 8세에 〈광한전백옥루상량문〉이라는 거편을 남겨 그 문학적 재능을 보여주었고, 한편으로는 『태평광기』를 탐독하고 두보 등 당시唐詩에도 심취하여 문학세계를 확장, 다양한 작품을 남겼을 뿐만 아니라 짧은 생애에 1,000여 편의 방대한 시문을 창작하였다. 그런데 자신의 작품을 남기기를 꺼려하여 다 불살라 버렸다고 하는데 그 와중에 동생 허균이 수습한 210여 편의 시문을 모아 난설헌 사후 『난설헌집蘭雪軒集』을 편찬했다고 한다. 허균을 통해서 난설헌의 작품은 중국에까지 전해져 명나라 오명제吳明濟의 『조선시선朝鮮詩選』 등 중국인이 편찬한 조선시 선집들에 두루 수록되어 명성을 날렸다. 그런데 조선에서는 오히려 난설헌의 작품이 폄하되었다. 16세기 당대에는 칭송을 받았지만 17세기 이후 조선 후기에는 배척을 당했는데 서인 중심의 정국, 허균의 처형, 난설헌의 분방한 작품세계 등이 그 요인이 되었을 것이다.

난설헌의 작품은 개인적인 불행을 노래한 시, 남녀간의 애정시, 현실을 벗어나 무한한 신선의 세계를 노래한 유선시遊仙詩, 하층민이나 백성들의 고난을 노래한 시, 궁녀들의 일상을 노래한 궁사宮詞 등 당대의 여성문학에서는 찾아볼 수 없는 다양한 시세계와 시풍을 보여준다. 자신의 주변을 중심으로 현실과 신선세계를 오르내리고, 하층민의 공간에서 궁중을 넘나드는 광대한 시세계를 보여준 대형 여성문학가였다. 가사 〈규원가閨怨歌〉 역시 한시에서 보여준 난설헌의 이러한 시적 역량을 유감없이 보여주는 가사작품이다.

〈규원가〉는 『고금가곡古今歌曲』에 실려 있다.

여성가사의 시작과 전개

조선시대에는 여성들의 문학활동이 그렇게 자유롭지 못했다. 난설헌이 살았던 조선 전기 16세기에는 여성들의 사회적 지위가 조선 후기처럼 속박되어 있지 않았다고는 하지만 학자로서 문학가로서 활동하기에는 제약이 많은 시대였다. 그런 시기에 난설헌은 사대부 문벌가의 여성으로서 다른 여성들에게서는 찾아볼 수 없는 파격적인 작품들을 쏟아냈다. 〈규원가〉 역시 이런 난설헌의 문학적 성향을 잘 보여주는 작품으로서 문학사적으로 특별한 의미를 지닌다. 남성들의 가사 창작은 매우 일반화되어 있었지만 여성가사는 없던 시절, 난설헌이 첫 가사작품을 아주 강렬하게 시작한 것이다.[1]

그런데 〈규원가〉 이후 여성가사는 계속 창작되지 못했다. 현재 남아 있는 기록으로 볼 때, 17세기에는 여성가사를 찾아볼 수 없고 18세기 이후에도 작가가 밝혀져 있는 작품은 그리 많지 않다. 그런 작품들도 〈규원가〉와는 달리 양반가 부녀자로서의 규범이나 품격을 유지하면서 그들의 정서를 완곡하게 그려내고 있다. 〈규원가〉가 여성문학의 시작 을 알렸지만 부덕婦德이라는 규범에 얽매이지 않고 여성의 정서를 한 껏 풀어내는 전통은 당시 사회 분위기에서는 쉽게 형성될 수 없었던 것이다.

18세기 이후에는 경상도 양반가의 부녀자들을 중심으로 규방가사 창작이 일반화되어 수천 편의 작품을 남겼다. 애초에 규방가사는 여성 들의 교양과 한글교육의 목적으로 짓고 읽었지만, 한글 사용이 가능해 지면서 자연스럽게 개인의 정서를 풀어내는 작품창작으로 이어질 수 있었던 것이다. 규방가사는 여러 유형이 있지만 크게 계녀가류, 화전가 류, 자탄가류가 대부분을 차지한다. 규방가사는 가부장사회에서 살아 가는 여성들의 규범, 흥취, 한을 노래했는데 작품에 나타나 있는 정서 표현은 대체로 양반 부녀자의 규범적 테두리 안에서 이루어졌다. 다만, 자탄가류 작품들 가운데는 격정적인 분풀이로 치닫는 작품도 있어서 〈규원가〉와 친연성이 많지만, 이들 작품도 결말에서는 감정을 누그러

---

1 〈규원가〉가 최초의 여성가사인가에 대해서는 논란이 있다. 홍만종의 『순오지旬五志』에 는 허균의 첩 무옥巫玉의 작품으로 되어 있고, 『고금가곡古今歌曲』과 『교주가곡집校註 歌曲集』에는 난설헌이 지은 것으로 되어 있어서 혼란이 야기되었다. 정밀한 고증이 되어 야겠지만, 현재 학계에서는 일반적으로 난설헌의 작품으로 인정하고 있어서 여기서는 난설헌의 작품으로 보고 논의를 한다. 그리고 난설헌의 작품이라고도 하는 작품에는 〈봉선화가鳳仙花歌〉도 있는데 조선조의 기록에는 어디에도 난설헌의 작품으로 밝혀져 있지 않아 여기서는 논의하지 않는다.

뜨리는 화해의 미덕을 보여주는 경우가 많다는 점에서 〈규원가〉와 다르다.

규방가사가 일반화되면서 여러 장르와 교섭이 이루어지고 하층 여성들의 삶을 그린 작품들도 등장하여 변모를 겪기도 했다. 그리고 18·19세기에 작가가 전혀 밝혀져 있지 않은 하층의 애정가사류가 등장했는데 이 가운데는 여성가사라고 할 수 있는 작품들도 많아서 19세기경에는 여성가사가 광범위하게 창작되었을 것으로 보인다.

〈규원가〉, 남달라서 불행했던 여인의 강렬한 정서 분출

난설헌의 남편 김성립은 아내가 죽은 후에야 문과에 급제했다. 김성립은 명망있는 집안 출신이지만 결혼 후 생활이 건실하지 못했는데 과거 준비를 하던 시절, 공부보다는 기생집을 드나들며 방탕한 생활을 했다고 한다. 난설헌은 이미 총명하고 글 잘 짓는다는 칭찬이 자자했던 것에 비해 김성립은 이런 아내에게 부담을 느끼고 가정 바깥으로 나도는 용렬함을 보인 것이 아닌가 생각된다. 거기다 두 자식까지 잃었으니 부부 사이가 더욱 악화되었을 수도 있다. 동생 허균이 누나의 삶을 회고하면서, 살아 있을 때는 부부 사이가 좋지 않았고 죽어서는 제사 모실 아들 하나도 없이 되었다고 안타까워했을 정도로 난설헌은 불행했다. 난설헌은 이러한 삶과 응어리진 정서를 〈규원가〉에서 분출시켰다.

> 엇그제 저멋더니 ᄒ마 어이 다 늘거니
> 少年行樂 생각ᄒ니 일러도 속절업다
> 늘거야 서른 말ᄉᆞᆷ ᄒ자니 목이 멘다

세상의 서룬 사람 수업다 ᄒ려니와
薄命ᄒᆫ 紅顔이야 날 가ᄐᆞ니 ᄯᅩ 이실가
아마도 이 님의 지위로 살동말동 ᄒᆞ여라

〈규원가〉의 서두와 결말이다. 행복했던 어린 시절을 생각하며 목메
는 현실로 시작해서 박명한 삶에 대한 서러움으로 죽을 것만 같은 심정
의 토로로 맺었다. 15세에 결혼하여 10여 년 동안 살면서 늙은이 아닌
늙은이가 되어 버린 자신의 모습이 세상에 어디 다시 있을 수 있겠는
가, 이 모양으로 어떻게 살아갈 수 있겠는가라고 하는 절망적인 목소리
에 〈규원가〉의 정서가 집약되어 있다.
자신의 운명에 절망하는 목소리를 한 번 더 확인해 보자.

父生母育 辛苦ᄒ야 이 내 몸 길러 낼 제
公侯配匹은 못 바라도 君子好逑 願ᄒ더니
三生의 怨業이오 月下의 緣分으로
長安遊俠 경박자를 ᄭᅮᆷᄀᆞ치 만나 잇서
當時의 用心ᄒᆞ기 살어름 디듸는 듯
三五 二八 겨오 지나 天然麗質 절로 이니
이 얼골 이 態度로 百年期約 ᄒᆞ얏더니
年光이 훌훌ᄒᆞ고 造物이 多猜ᄒ야
봄바람 가을 믈이 뵈오리 북 지나듯
雪鬢花顔 어ᄃᆡ 두고 面目可憎 되거고나
내 얼골 내 보거니 어느 님이 날 괼소냐
스스로 慚愧ᄒ니 누구를 怨望(원망)ᄒ리

서두에서 이어지는 대목이다. 부모님이 고생하여 내 몸을 낳고 기르
셨으니 공후배필은 아니더라도 최소한으로 좋은 배필 만나기를 바랐는

데 장안유협 경박자를 만난 것이 원통한 일이지만 그것은 삼생의 업이
요 천생연분이라 여겼다. 그런데 그로 인해 자신의 마음은 살얼음을 디
디고 사는 것처럼 아슬아슬했다. 이팔청춘 아름다운 용모로 결혼했는
데 어느새 세월이 훌훌 흘러 늙어 버렸으니 누가 날 사랑하겠느냐, 나
스스로 부끄러우니 누구를 원망하겠느냐고 한탄했다. 모든 상황이 남
편으로 인해 생긴 것이지만 자신의 탓으로 돌리는 체념적 목소리를 읽
을 수 있다.

　화자는 이런 체념적 한탄에만 그치지 않는다. 다음 대목을 보자.

> 三三五五 冶遊圓의 새사람이 나단 말가
> 곳 피고 날 저물 제 定處 업시 나가 잇어
> 白馬 金鞭으로 어듸어듸 머무는고
> 遠近을 모르거니 消息이야 더욱 알랴
> 因緣을 긋쳐신들 싱각이야 업슬소냐
> 얼골을 못 보거든 그립기나 마르려믄
> 열 두 째 김도 길샤 설흔 날 支離ᄒ다
> 玉窓에 심근 梅花 몃 번이나 픠여 진고
> 겨울 밤 차고 찬 제 자최눈 섯거 치고
> 여름날 길고 길 제 구즌 비는 므스 일고
> 三春花柳 好時節의 景物이 시름업다
> 가을 둘 방에 들고 蟋蟀실솔 이 床에 올 제
> 긴 한숨 디는 눈물 속절업시 혬만만타
> 아마도 모진 목숨 죽기도 어려울사

　이 대목에서는 기방을 전전하면서 소식도 없이 돌아오지 않는 남편
에 대한 원망, 그런 남편으로 인하여 외로움과 그리움에 몸서리치는 자

신의 모습을 처절하게 그리고 있다. 시간을 세고 날짜를 세며 보내야 하는 지리한 하루 한 달, 해가 몇 번이 바뀌어도 혼자서 한숨쉬고 눈물 흘리며 지내야 하는 속절없고 생각만 복잡한 세월의 힘겨움을 계절과 낮밤의 변화에 따라 실감나게 표현해 주고 있다. 외로움과 그리움의 정서에 대한 표현이 절실하면 할수록 남편에 대한 원망의 강도도 강해지는 것이다. 그래서 '모진 목숨 죽기도 어렵다'고 극단적인 표현을 썼다.

화자의 정서를 가늠해 볼 수 있는 대목을 더 들어본다.

> 도로혀 풀쳐 혜니 이리 ᄒᆞ여 어이 ᄒᆞ리
> 靑燈을 돌라 노코 綠綺琴 빗기 안아
> 碧蓮花 한 곡조를 시름 조ᄎ 섯거 타니
> 瀟湘夜雨의 댓소리 섯도ᄂᆞᆫ 듯
> 華表千年의 別鶴이 우니ᄂᆞᆫ 듯
> 玉手의 타는 手段 녯 소래 잇다마ᄂᆞᆫ
> 符蓉帳 寂寞ᄒᆞ니 뉘 귀에 들리소니
> 肝腸이 九曲 되야 구븨구븨 ᄭᆞᆫ쳐서라
> 츨하리 잠을 드러 쑴의나 보려 ᄒᆞ니
> 바람의 디ᄂᆞᆫ 닙과 풀 속에 우는 즘생
> 므스 일 원수로서 잠조차 ᄭᆡ오ᄂᆞᆫ다
> 天上의 牽牛 織女 銀河水 막혀서도
> 七月 七夕 一年 一度 失期치 아니거든
> 우리 님 가신 후는 무슨 弱水 가렷관듸
> 오거나 가거나 消息조차 ᄭᅳ쳣는고
> 欄干(난간)의 비겨 셔서 님 가신 듸 바라보니
> 草露ᄂᆞᆫ 맷쳐 잇고 暮雲이 디나갈 제
> 竹林 푸른 고듸 새 소리 더욱 설다

이 대목에서 화자는 또 한 번의 국면 전환을 시도한다. 문득 이렇게 살아서 어떻게 하겠느냐는 생각이 들어서 거문고를 연주해 보지만 화자의 간장은 오히려 더 끊어질 듯 아프기만 하다. 거기다 꿈에나 님을 볼까 했더니 잠조차 깨우는 풀벌레가 원수처럼 생각되는 애타는 그리움의 정서, 그리고 화자와 님 사이에 약수가 가로막고 있어서 영원히 만날 수 없을 것 같아 일 년에 한 번 만나는 견우직녀가 오히려 부러워질 정도로 절망적인 마음이 시행마다 절절히 표현되어 있다.

이상에서 살펴본 바와 같이, 〈규원가〉 화자의 외로움이나 그리움은 단순히 님이 오기를 기다리는 마음이 아니다. 서두에서 '삼생의 원업'이라고 하고 님을 '장안유협 경박자'라 하면서 결말에서 자신을 '박명흔 홍안'이라 한 것, '白馬金鞭으로 三三五五 冶遊園으로 전전한다'고 한 것에서 알 수 있듯이 님에 대한 원한이 내포되어 있다. 자신을 외롭게 하고 그리워하게 하고 비참하게 하는 님에 대하여, 여성으로서 수동적인 기다림의 정서보다는 님을 나무라고 원망하면서 억울한 외로움과 그리움의 정서를 격정적으로 표현하고 있다.

여성가사 창작의 사회적 분위기가 형성되어 있지 않았던 16세기에 나온 〈규원가〉는 강렬한 인상을 남겼다. 그렇지만 이런 작품의 창작이 일반화되기까지는 많은 시간이 필요했다. 16세기 당대는 물론, 17세기까지도 여성가사가 나타나지 않고 18·19세기에 가서야 규방가사를 비롯한 여성가사 창작이 일반화될 수 있었다. 그만큼 〈규원가〉의 등장은 문학사적으로 특별한 의미를 지니는 것이다.

(『오늘의 가사문학』 제3호, 2014)

최초의 우국가사 〈용사음〉

우국의식과 현실인식, 그리고 사실성

작가 최현의 삶과 문학

최현崔晛(1563~1640)은 경상도 선산부의 해평면(현재의 경북 구미시 해평면)에서 태어났다. 본관은 전주全州이고 호號는 인재訒齋이다. 8세 때부터 고응척高應陟(1531~1605), 김성일金誠一(1538~1593), 권문해權文海, 정구鄭逑(1543~1620), 장현광張顯光(1554~1637) 등 이황李滉(1501~1570)의 학통을 이어받은 영남의 대학자들로부터 가르침을 받았다. 특히 최현은 김성일의 조카이면서 권문해의 생질녀인 의성 김 씨와 결혼, 대학자들과 인척관계를 맺음으로써 이들 학자의 영향을 절대적으로 받았을 것으로 보인다. 학문적 성향으로 볼 때, 퇴계의 학풍은 문장보다는 인격의 도야와 도의 실천을 중시하여 성현의 도를 현실에 실현하는 데 목표를 두었다. 최현이 수학기를 거쳐 후일 임진왜란과 병자호란을 고스란히 겪으며 발 벗고 나서서 나라를 위기에서 구하고자 했던 것도 이런 학문적 배경에서 나온 실천적 행동이었다고 볼 수 있다.

최현은 26세에 생원시에 합격하고 본격적으로 출사하기 전인 30세 때 임진왜란이 일어나자 고향에서 의병에 가담하며 수많은 진정서를 올렸다. 그리고 나라를 걱정하고 무능한 관리들을 비판하는 〈용사음龍蛇吟〉·〈명월음明月吟〉 같은 가사를 창작하기도 했다.

이후에도 왜란의 뒷수습에 적극적으로 동참하다 44세(1606)에 문과에 급제하면서 본격적으로 벼슬길에 나아갔다. 광해군이 즉위하던 해 (1608)에는 동지사冬至使 서장관으로 북경을 다녀왔다. 이후 사간원 정언 등 여러 벼슬을 역임하다 51세 되던 해(1613)에 일어난 영창대군永昌大君 옥사獄事 때 관직에서 물러나 부평에 머물다가 선산으로 내려가 10여 년을 은둔했다. 이 시절에는 학문에 힘쓰며 스승인 고응척, 김성일의 문집 편찬에 동참하고 선산읍지인 『일선지一善志』를 편찬했다.

61세(1623)에 인조반정이 일어나자 다시 관직에 나아가 홍문관 수찬, 형조·예조 참의, 대사성, 강원도 관찰사 등을 두루 거쳤다. 이괄李适의 난(1624) 때는 출전하여 공을 세웠으나, 강원도 관찰사 시절에는 이인거李仁居 모반사건(1627)에 연루되어 유배당했다가 풀려났고, 양천식楊天植 모반사건(1630) 때는 무고를 당해 투옥되었다가 풀려나기도 했다. 이 시절은 최현이 연속으로 유배와 옥고를 치르는 고난의 세월이었다.

75세(1637)에 병자호란이 일어나자 의병을 일으켜 남한산성으로 진격해 가다가 강화 소식을 듣고 개탄하면서 고향으로 돌아갔다. 78세 (1640)에 병으로 누웠다가 그해에 세상을 떠났다. 후에 해평의 송산서원松山書院에 배향되었다.

이상에서 살펴본 바와 같이, 최현은 이황의 학풍을 이어받은 성리학자들에게 배우고 그들과 교유하면서 성리학자로 자리매김을 했지만, 성리학의 이념적 원리나 논쟁에 대한 저술보다는 연속되는 전란의 현실에 대하여 문제제기를 하고 국가를 위한 실천의 자세를 다잡는 글들을 지속적으로 내놓았다. 외침을 받을 때마다 의병을 일으키고 전란 극복을 위한 글들을 지었던 것도 이러한 그의 학문적 자세에서 기인하는 것이다. 그리고 그의 문학 작품들도 대체로 이러한 그의 삶의 맥락에 닿아 있다고 보면 틀림없을 것이다.

최현의 저술은 후손들이 엮은 그의 시문집『인재집訒齋集』(1778)이 있는데 이 책에는 한시 140여 수가 실려 있다.『인재집』편찬 7년 후에는『인재속집訒齋續集』(1785)이 나왔는데 〈용사음〉과 〈명월음〉은 이 책에 실려 있다. 그리고 최현은 고향인 선산의 읍지인『일선지』(1618)를 편찬하여 전란으로 인해 폐허가 된 선산의 현실, 지역의 역사와 인물 등 선산에 대한 다방면의 내용을 기록해 놓았다.『일선지』부록에는 몽유록계 소설인 〈금생이문록琴生異聞錄〉이 실려 있다. 〈금생이문록〉은 정몽주, 길재, 김종직 등 영남의 명현들을 등장시켜 영남 사림파의 정통성을 부각시키고자 한 몽유록계 한문소설인데 교술성이 강해 문학적으로는 크게 성공하지 못한 작품으로 평가받고 있다.[1]

---

1 최현의 삶과 문학의 전반적 성격에 대해서는 다음 글들을 참고함. 홍재휴,「인재가사고」,『동방한문학』제18집(동방한문학회, 2000). ; 박영주,「현장의 사실성을 중시한 인재 최현」,『오늘의 가사문학』제11호(한국가사문학관, 2016). ; 최재남,「인재 최현의 삶과 시세계」,『한국한시작가연구』제8권(한국한시학회, 2003).

우국가사의 시작과 전개

우국가사憂國歌辭는 외침이나 외세의 개입으로 위기에 처한 나라를 걱정하는 '우국'의 주제를 지닌 가사라고 정의할 수 있다. 그렇기 때문에, 우국가사에는 적으로 간주되는 외세에 대한 원한이나 분노, 외세에 대처하지 못하는 국내 현실에 대한 비판의식이 나타나는 것이 일반적이다. 우국가사를 이렇게 정의할 경우, 현실비판가사도 우국가사에 포함될 수 있다. 그렇지만 우국가사의 '우국'은 외세로 인한 국가의 위기 상황을 전제로 하기 때문에 국내 현실에 한정된 현실비판가사는 우국가사에서 제외한다. 그리고 전쟁가사나 연군가사 등도 우국가사에 포함될 수 있는 여지가 있다. 그렇지만 전쟁가사와 연군가사가 다 우국의 주제를 가지고 있는 것은 아니다. 우국, 또는 우시憂時라는 용어를 사용하고 있거나 일부 우국적 요소가 포함되어 있더라도 주제의 비중이 다른 쪽에 편향되어 있다면 우국가사에서 제외한다.

예를 들어, 양사준楊士俊이 을묘왜변乙卯倭變(1555)에 참전한 경험을 바탕으로 쓴 〈남정가南征歌〉는 전쟁가사로서 작품의 결말에서 "忠心애 憂國一念이야 니칠 스치 업서이다"라고 우국일념을 언급하고 있지만, 실재의 전쟁 상황이나 작가의 현실인식을 보여주는 작품이라기보다는 승전의 감격과 이념적 다짐에 무게 중심이 놓여있는 작품, 즉 승전의 감격에 들떠있는 '감상적感傷的 승전가'[2]라고 정의할 수 있기 때문에 우국가사에 포함시키기 어렵다. 그리고 이선李選은 정철鄭澈의 가사를

---

2 최상은, 「최초의 전쟁가사 〈남정가〉, 감상적 승전가」, 『오늘의 가사문학』 제4호(한국가사문학관, 2015). 114쪽.

평가하면서 "애군우국愛君憂國의 성심誠心이 시어의 표현에 잘 나타나 있다"[3]고 했고, 홍만종도 정철의 가사를, "〈사미인곡〉 역시 송강이 지은 것인데, 시경의 미인 두 자를 본받아 우시연군憂時戀君의 뜻을 우의했다."[4]라고 평가했다. 이들의 평가에서도 '우국'과 '우시'라는 용어를 사용하고 있기는 하지만, 〈사미인곡〉이나 〈속미인곡〉 등 정철의 가사작품에서는 나라를 걱정하는 마음보다는 위기에 직면한 개인의 정치적 현실과 연군의 정을 절실하게 드러내는 데 정서가 기울어져 있기 때문에 이들 작품도 우국가사로 분류하기는 어렵다.

우국가사는 임진왜란이 일어난 이후 최현의 작품으로부터 시작되었다. 앞서 작가의 삶을 통해서 말한 바와 같이, 최현은 임진왜란에서 병자호란에 이르는 전란의 시기를 우국 일념으로 살았고, 그런 삶을 문학작품으로 보여줬다. 그 대표적인 작품이 〈용사음〉과 〈명월음〉이다. 〈용사음〉은 용띠 해와 뱀띠 해, 즉 임진왜란이 일어난 1592년과 1593년의 조선의 현실과 나라에 대한 걱정을 노래한 작품이고 〈명월음〉은 1592년 피란길에 오른 선조를 달에 비유하여 노래한 작품이다. 임진왜란 이후의 가사작품으로 가장 먼저 나온 작품들로서 1595년 전후로 지어졌을 것으로 보인다.[5] 두 작품은 전쟁가사이면서 우국가사이다.

비슷한 시기의 작품으로 허전의 〈고공가〉가 있는데, 작품내용으로

---

3 이선李選, 「이선본발李選本跋」, 『송강전집松江全集』(성균관대 대동문화연구원, 1964), 316쪽. "右 關東別曲 思美人曲 續美人曲 三篇 …… 至其愛君憂國之誠則 亦然於辭語之表."

4 홍만종洪萬宗, 「순오지旬五志」, 조종업 편, 『한국시화총편』 3(동서문화원, 1989), 575쪽. "思美人曲 亦松江所製 祖述詩經美人二字 以寓憂時戀君之意."

5 홍재휴, 앞의 글 16~18쪽 참조.

보아 〈고공가〉는 임진왜란이 소강상태에 접어든 1595~1597년경에 창
작되었을 것으로 보인다. 이 작품도 우국가사로 볼 수 있는 여지는 있
지만, 국내 현실에 초점이 맞추어져 있기 때문에 현실비판가사로 분류
하는 것이 더 타당할 것으로 보인다.[6] 이렇게 본다면, 최초의 우국가사
는 〈용사음〉이다.

임진왜란은 모든 면에서 조선을 변화시키는 계기가 되었다. 단시간
에 전국이 초토화되는 전란을 겪으면서 기존의 가치관이나 이념에 대
한 회의가 생기고 비판의 목소리가 높아지면서 반상班常의 구분이 있
는 신분체제조차 흔들리게 되었다. 이러한 사회의 변화와 함께 문학 역
시 많은 변모를 보였다. 가사는 견문과 정서를 확장적 문체로 서술해
내려가는 장르로서 조선 전기에는 주로 작가의 정서를 서정적으로 풀
어나가는 성향이 강했으나 임진왜란 이후 조선 후기에는 교술적·서사
적 성격이 강해지는 방향으로 전개되었다.

우국가사는 우국의 정서 표현이기도 하지만 위기에 처한 나라의 현
실, 작가의 경험에 대한 서술의 비중이 높은 유형으로서 조선 후기 가
사 장르의 문학사적 전개를 선도해 나갔다고 할 수 있다. 〈용사음〉은
조선 후기 가사의 이러한 성격을 뚜렷하게 보여주고 있는 현실비판가
사에, 〈명월음〉은 조선 전기의 연군가사에 맥이 닿아 있다. 이런 측면
에서 볼 때, 최현은 조선 전·후기 가사의 분기점에서 그 흐름을 선도해
나간 인물이라고 평가할 수 있다.

최현에 이어 박인로朴仁老(1561~1642)는 임진왜란에 직접 참전하여

---

6 최상은, 「최초의 현실비판가사, 〈고공가〉」, 『오늘의 가사문학』 제14호(한국가사문학
  관, 2017) 참조.

나라에 대한 걱정과 태평성대를 기원하며 〈태평사太平詞〉를 지었고,
임진왜란이 끝난 후 수군으로 부산진에 부임하여 왜적에 대한 적개심
과 나라에 대한 충성심, 태평성대를 바라는 마음을 노래한 〈선상탄船上
嘆〉을 지었다. 두 작품 모두 전쟁가사이면서 우국가사로 분류할 수 있
는 작품이다. 비슷한 시기에 나온 작품으로 보이는 조위한趙緯漢(1567~
1649)의 〈유민탄流民歎〉과 〈유민탄〉을 보고 감동하여 이에 화답한 작
품인 정훈鄭勳(1563년~1640)의 〈위유민가慰流民歌〉는 작품이 전하지는
않지만, 관련 기록에 의하면 현실비판가사임에는 분명한데 우국가사라
고 할 수 있을지는 의문이다.[7]

정훈은 한역가만 전하는 〈우희국사가憂喜國事歌〉에서 임진왜란 직전
부터 병자호란에 이르기까지의 나랏일과 외침에 대한 적개심을 읊었
다. 강복중姜復中(1563~1639)도 병자호란 당시의 정치현실에 대한 비
판과 피폐한 나라에 대한 걱정을 〈위군위친통곡가爲君爲親痛哭歌〉로
노래했다. 작가가 밝혀져 있지 않은 우국가사로는 〈병자난리가丙子亂
離歌〉가 있다.

이렇게 연속되는 전란을 겪으면서 적국에 대한 분노와 국내 정치현
실에 대한 비판, 나라에 대한 걱정을 담은 일군의 우국가사는 병자호란
이 수습되고 외침에 의한 전란이나 위기가 없었던 17세기 중엽 이후
창작이 뜸하다가 기독교를 이념으로 하는 서양세력과 서양화된 일본의
도전이 거세게 몰아닥친 19세기 중엽 이후부터 일제강점기에 이르기

---

7 고순희, 「임란 이후 17세기 우국가사의 전개와 성격」, 『한국고전연구』(한국고전연구학
회, 1996). 17세기 우국가사의 전반적인 양상에 대해서는 주로 이 논문을 참고로 하였
다. 이 논문에서는 〈유민탄〉과 〈위유민가〉를 우국가사에 포함시켰다.

까지 왕성한 창작이 이루어졌다. 임·병 양란은 동양권 내에서의 문제였지만 이 시대의 상황은 생면부지의 서양세력이 가세하여 동양적 가치관 자체를 무너뜨리는 방향으로 전개됨으로 인해 훨씬 심각한 것이었다.

19세기 조선은 중세 전제왕권체제의 말기 중세가 심각하던 시절로서 안으로 사회개혁의 목소리가 높았고, 밖으로는 문호개방을 요구하는 외세의 압박이 거세지고 있었다. 그런 현실에 대한 당시인들의 대응방식은 매우 다양하고 복잡했다. 내부적 문제에 대한 관점의 차이, 외세의 수용 여부에 대한 견해 차이 등이 얽히고설켜 상황이 매우 혼란스럽게 전개됐다.

이러한 현실에서 우국문학 역시 다양한 관점에서 많은 창작이 이루어졌다. 먼저, 최제우崔濟愚(1824~1864)는 동학을 창건하여 민중적 주체의식으로 외세에 항거하고 지배세력의 횡포에 저항하였다. 그런 이념적 바탕을 마련한 것이 가사 장르로 창작한 『용담유사龍潭遺詞』이다. 그리고 『용담유사』〈권학가勸學歌〉에서 서양세력을 '요망한 서양적'이라고 했듯이 신재효申在孝(1812~1884)는 병인양요丙寅洋擾(1866)의 승리를 노래한 〈괫심한 서양되놈〉이라는 짧은 가사작품을 짓기도 했다.

대한매일신보는 독립신문의 개화방식에 대한 비판적 입장에서 주체적·민족적 개화를 부르짖는 가사작품을 수백 편 실었다. 그리고 시사적 성격이 강한 가사 '사회등가사社會燈歌辭'를 연재하기도 했다. 독자의 투고를 받아 실은 작품이 많아 작가가 밝혀져 있지 않은 경우도 허다하며, 내용과 형식면에서 전통적 가사의 모습을 보여주는 작품이 있는가 하면 민요풍의 작품들도 있다. 대한매일신보에 실린 가사는 의병의 구국활동을 옹호하면서 항일의식을 강하게 드러낸 작품들이다. 이

외에도 경향신문 등 여타 신문과 잡지에서도 다양한 우국가사 작품들
을 실었다.

'의병가사'는 철저하게 항일의식으로 지어진 작품군으로서 유홍석柳
弘錫(1841~1913)의 〈고병정가사告兵丁歌辭〉가 최초의 작품이다. 이어
의병장 민용호閔龍鎬(1869~1922)가 〈회심가回心歌〉를 지었고 이후 여
러 편의 의병가사가 나왔다. 특히 유홍석의 며느리 윤희순尹熙順(1860~
1935)도 의병을 지원하기 위하여 〈안사람의병가〉 등 여러 편의 가사를
내놓아서 눈길을 끈다. 의병가사는 일제강점기하에서도 창작이 이어져
신태식申泰植(1864~1932)의 〈신의관창의가申議官倡義歌〉, 김대락金大洛
(1845~1914)의 〈분통가憤痛歌〉, 윤희순의 〈신세타령〉 등이 나왔는데
민족의 비극을 슬퍼하며 항일의지를 다지는 내용들이다.[8]

우국가사는 나라를 걱정하는 마음을 노래했다는 점에서는 서정성을
지니기도 하지만, 외세의 침입과 간섭으로 인한 국가의 위기상황, 그런
현실에 적절히 대응하지 못하는 위정자들의 행태 등 현실 문제 등에
대하여 냉철하게 관찰하고 자세히 서술하여 독자들에게 전달함으로써
정서적 공감대를 형성하고 현실인식을 제고하는 데 기여한 바가 컸다.
시조·한시·소설 등 다른 장르의 우국문학 작품도 많이 나왔지만, 우국
가사의 창작이 가장 활발하게 이루어져 국가의 위기상황에서 문학의
시대적 사명을 뚜렷하게 인식시켰다고 할 수 있겠다.

---

8 의병가사와 신문·잡지의 우국가사에 대해서는 다음 글들을 참고로 함. 조동일, 「개화기
의 우국가사」, 민병수·조동일·이재선 공저, 『개화기의 우국문학』(신구문화사, 1979),
59~131쪽. ; 조동일, 「의병 투쟁의 문학」, 「국문시가의 새로운 양상」, 『한국문학통사
4』(지식산업사, 2008), 181~210쪽, 272~314쪽.

〈용사음〉의 우국의식과 현실인식, 그리고 사실성

앞서 언급한 바처럼, 〈용사음〉은 임진왜란 중 임진년에서 계사년에 이르는 2년의 전쟁 경험을 읊은 작품이다. 용사龍巳를 제목으로 삼아 연도를 구체적으로 밝힌 것은 두 해 동안의 경험적 사실을 제시하려는 작가의 의도에서 비롯된 것으로 보인다. 그리고 '음吟'은 한문학의 악부시체에서 빌려온 것인데 깊은 슬픔과 근심을 탄식조로 읊는 시편에 붙이는 명칭이다. 따라서 '용사음'이라는 제목에는 자신이 직접 경험한 임진왜란의 사실은 물론, 그와 관련된 자신의 정서를 절실하게 보여주고자 하는 작가 최현의 의도가 숨어 있다고 볼 수 있다.

〈용사음〉의 작품전개를 단락으로 나누어 살펴보기로 한다.

① 전쟁 많은 세상에 대한 탄식
② 중국과 우리나라의 역사와 전쟁 회고
③ 가렴주구에 눈먼 관리들, 그리고 무방비 상태에서의 맞이한 전쟁 상황
④ 의병에 대한 예찬과 안타까움
⑤ 전쟁의 참혹함과 한탄
⑥ 명나라 원군에 대한 기대와 관리들에 대한 당부
⑦ 역병으로 인한 백성들의 참상
⑧ 전쟁에 대한 애닮은 정서와 안타까운 현실

다음 대목은 작품 서두인 단락①이다.

내 타신가 뉘 타신고 天命인가 時運인가 / 져근덧 亽이예 아모란 줄 내 몰래라 / 百戰乾坤에 治亂도 靡常ᄒ고 / 南蠻北狄도 녜브터 잇건마

는 / 慘目傷心이 이대도록 ㅎ돗던가[9]

서사에서는 누구의 탓인지도 모를 전쟁이 갑자기 일어나자 어찌 된 영문인지를 몰라 당황해하면서 역사적으로 수많은 전쟁과 흥망이 있었고 남북 오랑캐들이 있었지만 이렇게 눈을 참혹하게 하고 마음을 상하게 한 적이 있었던가라고 탄식했다. 눈에 보이는 실재의 참상과 작품화자의 정서를 중심으로 작품이 전개될 것임을 예고해 주고 있다. 서사에 제시된 역사적 상황을 구체적으로 예거한 것이 단락②이다.

城彼朔方ㅎ니 王室이 尊嚴ㅎ고 / 雪耻除兇ㅎ니 胡越이 一家러니 / 皇綱 不振ㅎ야 陰盛 陽衰ㅎ니 / 劉總의 물발의 肝腦塗地ㅎ고 / 石勒의 프람긋틱 雲霧四塞ㅎ니 / 宋齊梁陣에 南北을 뉘 分ㅎ료 / 萬里峨嵋예 行次도 窘迫ㅎ샤 / 錢塘寒月이 녯 비치 아니로다 / 中國도 이러커니 四夷룰 니룰소냐 / 一片靑丘에 몃 번을 뒤져겨 / 九種三漢이 언제만 디나가뇨 / 我生之初에 兵革을 모르더니 / 그덧의 고쳐도야 이 亂離 만나관디 / 衣冠文物을 어제본 둧 ㅎ것마는 / 禮樂絃誦을 츠즐 딕 젼혀업다 / 生甫及申을 山岳의 앗기더니 / 島夷醜種을 뉘라셔 胚胎ㅎ고 / 猛虎長鯨이 山海를 흔들거늘 / 東西南北에 뭇싸홈 니러나니 / 밀티며 취티며 말할시고 일할셰고

북방에 성을 쌓아 왕실은 존엄하고 천하가 한 식구처럼 살았는데 황제의 힘이 약해지자 유총과 석륵과 같은 오랑캐가 창궐하여 남북이 나뉜 사건, 당나라 현종의 아미산 피난 사건 등을 예로 들면서 중국도 이

---

9 작품 인용은 홍재휴, 앞의 글, 26~30쪽에서 함.

러한데 우리나라는 오죽했겠는가라고 했다. 어린 시절에는 전란을 몰
랐는데 그 사이에 난리가 나서 의관문물과 예악학문은 없어지고 나라
를 떠받쳐 줄 인재도 없는데, 섬나라 오랑캐는 호랑이나 고래처럼 강성
해져서 산하를 흔들어 온갖 전쟁을 일으켰다고 했다. 중국 한족과 북쪽
오랑캐 간의 실재했던 역사적 사건을 들어 우리나라에 대한 왜적의 횡
행을 탄식했다. 중국의 사례를 들어가면서 우리나라가 얼마나 위험한
지경에 있는지를 독자에게 전달하여 경각심을 높이고자 했다.

단락③에서는 단락②에서 보여준 위기의식이 우리나라 관리들에
대한 분노의 정서로 바뀌어 있다.

> 니 됴흔 守令들 너흐ᄂᆞ니 百姓이요 / 톱 됴흔 邊將들 허위ᄂᆞ니 軍士
> 로다/ 財貨로 城을 쌋니 萬丈을 뉘 너므며 / 膏血로 히치 ᄑᆞ니 千尺을
> 뉘 건너료 / 綺羅筵 錦繡帳의 秋月春風 수이간다 / 히도 길것마ᄂᆞᆫ 秉燭
> 遊 긔 엇덜고 / 主人 줌든 집의 門은 어이 여럿ᄂᆞ뇨 / 盜賊이 엿거든
> 개ᄂᆞᆫ 어이 즛쟛는고 / 大洋을 ᄇᆞ라보니 바다히 여위엿다 / 술이 씌더냐
> 兵器를 뉘 가디료 / 監司가 兵使가 牧府使 萬戶僉使 / 山林이 뷔화던가
> 수이곰 드러갈샤 / 어릴샤 金粹야 뷘 성을 뉘 딕희료 / 우을샤 申砬아
> 背水陣은 므스 일고 / 兩嶺을 놉다 ᄒᆞ랴 漢江을 깁다 ᄒᆞ랴 / 人謀不臧ᄒᆞ
> 니 하늘이라 엇디ᄒᆞ료 / 하나 한 百官도 수 치올 ᄲᅮᆫ이랏다 / 一夕에 奔
> 竄ᄒᆞ니 이 시름 뉘 맛들고 / 三京이 覆沒ᄒᆞ고 列郡이 瓦解ᄒᆞ니 / 百年苑
> 洛에 누릴샤 비릴샤 / 關西로 도라보니 鴨綠江이 어드메요 / 日月이 無
> 光ᄒᆞ니 갈길흘 모를노다 / 三百 二十州에 一丈夫ㅣ 업돗던가 / 甘心屈
> 膝ᄒᆞ야 犬豕에 稱臣ᄒᆞ니 / 黃金橫帶ᄒᆞ던 녯 宰相 아니런다

왜적이 쳐들어오는 것도 모르고 가렴주구를 일삼으며 세월 가는 줄
모르고 주야로 호화로운 잔치를 벌이고 있는 관리들, 마치 문을 열어놓

고 도적을 맞이하는 주인 같고 도적이 엿보고 있는데 짓지 않는 개와 같다고 개탄했다. 이러한 무방비 상태에서 왜적들은 한바다 가득 몰려들어왔다. 적을 맞이한 감사와 병사·관리들은 너무나 쉽게 무기를 버리고 도망갔다. 경상우감사로 있으면서 왜적이 쳐들어오자 진주를 버리고 도망한 김수와 탄금대에서 배수진을 친 신립 등 실재 인물을 등장시켜 냉소적 목소리로 희화화함으로써 사실성을 높였다. 조령, 추풍령, 한강이 아무리 천혜의 요새라 하더라도 관리들은 숫자만 채울 뿐 힘쓰지 않으니 하늘인들 어찌하겠느냐고 탄식했다. 하룻저녁에 다 도망을 하니 삼경(서울, 개성, 평양)은 점령당하고 고을은 와해되니 사지에 몰린 백성들의 시신에서는 피비린내가 진동한다고 했다. 거기다 왜적은 압록강을 넘보고 있는데 나라의 상황은 해와 달이 빛을 잃어 갈 길을 찾지 못하고 있는 지경이다. 그런데 황금띠 매던 재상들은 개돼지와 같은 왜적에게 무릎 꿇고 신하가 되었다고 비꼬았다. 임진왜란이 발발하여 한 달도 안 되는 짧은 기간에 전국을 유린당한 전쟁의 책임이 관리들에게 있음을 천명한 것이다. 어이없는 전쟁의 참상을 예거하고 그에 대한 화자의 정서를 격앙된 목소리로 표현함으로써 현실비판적 메시지를 직설적으로 전달하고 정서적 공감대를 높이고자 했다.

무방비 상태에서 왜란을 맞이하고 속수무책으로 전국을 유린당하게 한 관리들의 무능력함에 대한 질타는 의병에 대한 칭송으로 이어진다. 단락④를 검토해 보자.

　　㉠ 嶺南에 스나히 鄭仁弘 金沔쏜가 / 紅衣 郭將軍아 膽氣도 壯홀셰고 / 三道勤王이 白衣書生으로 / 兵軍勢弱ᄒ야 홀일이 업건마ᄂᆞᆫ / 擧義復讐를 成敗를 의논ᄒ랴 / 招諭使 孤忠을 아ᄂᆞᆫ가 모ᄅᆞᄂᆞᆫ가 / 魯仲連 檄

書를 뉘 아니 눈물내리 / ⓛ 조초난 뎌 손닉야 權應銖 웃지마라 / 永川
賊 아니티면 더욱이 흘일업다 / 먼듸 軍功은 듯기록 귀예 차딕 / 갓기온
賊勢는 볼스록 눈의 추다 / 뒤조쳐 굿보더니 눔의 덕의 첫잔잡고 / 燋頭
爛額은 셔도던 功이 업다 / ⓒ 宋象賢 金悌甲 高敬命 趙憲 鄭澹 /
疾風이 아니 블면 勁草를 뉘 아더뇨 / ⓔ 桃紅 李白 홀제 버들조쳐 프
르더니 / 一陣西風에 落葉聲 쑨이로다 / ⓜ 金垓 鄭宣藩 柳宗介 張士珍
아 / 죽느니 만커니와 이 죽엄 恨티마라 / ⓗ 金城이 믈허지니 晋城을
뉘 지킈료 / 雷南壯士돌이 一夕에 어듸간고 / ⓐ 綠蘋을 안듀 삼고 淸水
를 잔의 브어 / 忠魂毅魄을 어듸가 브른려뇨

　　의병으로 참전한 사람들의 이름을 일일이 나열하여 그들의 활약과
공을 칭송했다. 의병 칭송의 이면에는 비애가 숨어있다. 이 단락을 세
분하여 내용을 살펴보자. ㉠㉢㉤에서는 의병들의 이름을 일일이 들어
가면서 힘이 없으면서도 성패를 떠나 죽음으로 항전한 그들을 칭송했
다. 반면, ㉡㉣㉥에서는 도망가면서도 이러한 의병의 활동을 비웃고
남의 공을 가로채는 비겁한 사람들, 온화한 시절에는 희희낙락하다가
위기에 처하자 추풍낙엽처럼 흩어지는 사람들, 패전을 거듭하자 갑자
기 도망가 버리는 병사들을 나무랐다. 힘없는 백성들은 스스로 의병이
되어 왜적에 대항하는데 힘 있는 관리들은 도망가고 협잡을 일삼는 현
실에 대한 개탄이다. ㉦에서는 이런 현실에서는 제물祭物은 고사하고
의병들의 충혼을 어디서 불러야 할지도 모르겠다며 비장한 목소리를
냈다. 단락④는 기대했던 의병조차 제대로 활동하지 못하게 하고 실패
하게 만들어 의로운 영혼들을 찾을 수도 없게 한 절망적인 현실과 안타
까운 마음을 서술한 대목이다.
　　단락④에서 보여준 의병의 안타까운 현실은 참혹한 결과를 초래하

였다. 단락⑤를 살펴보자.

> 祖宗舊彊에 盜賊이 님재 도여 / 뫼마다 죽기거니 골마다 더듬거니 /
> 血이 흘러나 平陸이 成江하니 / 乾坤도 뵈자올샤 避훌딕 전혀 업다 /
> 先聖을 毁辱ㅎ니 陵寢이라 安保ㅎ며 / 아희룰 죽이거니 늘그니라 사라
> 시랴 / 福善禍淫을 뉘라서 올타더뇨 / 우연이 어려야 이 하늘 미들러냐 /
> 두어라 엇지ㅎ료 父母님 머르시랴

조상이 물려준 우리 강토는 도적이 주인 노릇하고 백성들의 피가 흘
러 평지가 강이 되어 피하려 해도 피할 수도 없다고 개탄했다. 선왕들
조차 욕되게 하여 왕릉도 보존할 수 없고 아이·늙은이 할 것 없이 죽
이는 참혹한 지경에 이르렀다. 이런 상황에서 어떻게 복선화음을 옳다
하고 하늘인들 믿을 수 있겠느냐고 하면서 돌아가신 부모님이 뭐라고
하실지 두렵다고 한탄했다. 지존인 왕으로부터 남녀노소에 이르기까
지 파탄에 이르고 기존의 가치관까지 무너진 나라의 현실을 개탄한 것
이다.

단락④에서 보여줬던 기대와 좌절, 그로 인하여 파탄에 이른 나라의
현실을 단락⑤에서 보여주더니 단락⑥에서는 명나라의 원군에 대한
기대와 우리나라 장상將相들에 대한 간절한 부탁의 말을 했다.

> 天王이 震怒ㅎ샤 六月에 興師ㅎ니 / 浙江長沙룰 소리만 드럿더니 /
> 어와 우리 壯士 몃들애 나오신고 / 三都룰 掃淸ㅎ니 中興이 거의로다 /
> 나가는 窮寇룰 要擊을 못흘런가 / 養虎遺患을 또 엇제 ㅎ돗던고 / 李提
> 督 雄兵을 어듸가 對敵ㅎ며 / 劉將軍 勇略으로 무스 일 못 일울고 / ㅎ
> 마 ㅎ마ㅎ니 歲月도 오가거다 / 하늘이 돕쟈는가 시절이 머럿는가 / 다
> 시곰 싱각ㅎ니 人事 아니 그릇던가 / 國家興亡이 將相에 믹인마리 / 지

낸 일 뉘웃지 마오 이제나 올캐 ᄒ소

명나라 원군이 와서 삼경을 깨끗이 회복하니 나라 중흥이 가까웠다
고 기대에 부풀었다. 그런데 도망가는 왜구를 왜 요격하지 못하고 후환
을 남기느냐고 우려의 목소리를 냈다. 이여송, 유정 등 명나라 장수들
을 거명하며 그들의 용맹과 지략이면 못할 것이 없을 것인데 이제 곧
이제 곧 하면서 세월만 가니 하늘이 돕지 않는 건가, 때가 안 된 건가라
고 거듭 걱정하는 목소로 의구심을 드러냈다. 그러면서 장상들에 대한
간절한 부탁의 말을 했다. 지금까지의 일을 다시 생각하니 모두 잘못된
인사 때문 아니던가, 국가 흥망이 장상에게 달렸으니 지난 일 후회 말
고 이제부터 옳게 하라고 했다. 도망가기 바빴던 장상들에게 "어와 우
리 壯士 몃 둘애 나오신고"라고 냉소적인 목소리로 기대 반 우려 반의
마음을 표현했지만 단락 후반부에서는 간절한 부탁의 목소리를 냈다.
그렇지만 나라는 더욱 절망적인 상황으로 휩쓸려 들어갔다. 단락⑦
을 살펴보자.

兵連不解ᄒ야 殺氣干天ᄒ니 / 아야라 남은 사룸 癘疫의 다 죽거다 /
防禦란 뉘 ᄒ거든 밧트란 뉘 갈려뇨 / 父子도 相離ᄒ니 兄弟를 도라보
며 / 兄弟를 ᄇ리거든 妻妾을 保全ᄒ랴 / 蓬蒿偏野ᄒ니 어드메만 내 故
鄕고 / 白骨成丘ᄒ니 어느 거시 내 骨肉고 / 昔年繁華를 쑴ᄀ티 싱각ᄒ
니 / 山川은 녯 ᄂᆞ티요 人物은 아니로다

명나라 원군이 와서 전세가 역전되는가 했더니 전황은 지지부진하고
살기는 충천해 있는데 역병까지 돌아 남은 사람도 다 죽게 생겼다. 이
런 상황에서 나라 방어, 농사짓기는 누가 할 것인가? 부자도 헤어지는

데 형제를 돌아보며, 형제를 버리는데 처첩인들 보전하겠는가? 가족조차 함께 살고 거둘 수 없는 처참한 지경에 빠졌다. 그뿐만 아니라 고향은 쑥밭이 되고 백골이 언덕을 이루었으니 어느 것이 내 혈육인지 알 도리가 없다고도 했다. 산천은 옛 모습을 지니고 있지만 사람은 너무나 많이 변해 버렸다. 인재人災와 천재天災가 겹친 최악의 상황이 되었다. 단락⑧은 작품의 결말이다.

> 周人 黍離歌를 靑史애 눈물내고 / 杜陵 哀江頭를 오늘 다시 블너보니 / 風雲이 愁慘ᄒ고 草木이 슬허ᄒ다 / 男兒 삼긴 ᄠᅳᆺ이 이러케 ᄒ랴마ᄂᆞᆫ / 좀호반 석은 션븨 ᄒᆞᆫ 돈도 채 못ᄡᅡᆼ다 / 靑聰馬 赤兎馬 울명셔 구ᄅᆞ거ᄂᆞᆯ / 莫耶劍 龍泉劍 白虹이 절노 션다 / 언제야 天河를 헤쳐 이 兵塵을 씨스려뇨

결말에서는 나라가 더 이상 나빠질 수 없는 절망적 상황에 빠진 현실에 대한 화자의 정서를 드러냈다. 옛날 주나라의 멸망을 노래한 『시경詩經』의 〈서리가〉, 당나라 현종의 수난을 회고하고 옛날을 그리워하면서 쓴 두보杜甫의 〈애강두〉를 떠올리며 우리나라의 현실을 애달파했다. 그러면서 나라를 위기에 빠뜨린 무능력하고 부패한 문무관들은 한 푼어치의 가치도 못 된다고 신랄하게 비판했다. 그리고 아무리 명마라도 달릴 수 없고 아무리 명검이라도 쓸 수 없는 현실을 한탄했다. 명마 명검이 무용지물인 것은 쓸 만한 사람이 없어서이기도 하고, 두고도 쓸 수 없는 나라의 처지 때문이기도 하다.[10] 이런 안타까운 상황에 대한

---

10 이금희, 「임진전쟁기의 참상과 문학적 형상화」, 『국문학논총』 제12집(택민국학연구원, 2013), 15쪽 참조. 필자는 이 글에서 〈용사음〉의 결말은 명나라와의 관계 때문에 군사

탄식이 "언제야 天河를 헤쳐 이 兵塵을 씨스려뇨"이다. 희망이 보이지 않는 암담한 현실을 바라보는 비분강개이다.

이상에서 살펴본 바와 같이, 〈용사음〉은 임진왜란의 실제상황과 작가의 경험을 사실적으로 표현하여 현장감을 살림으로써 독자들로 하여금 현실인식을 새롭게 하게 하고, 한편으로는 그런 현실에 대한 의지와 정서를 과감하게 표현함으로써 정서적 공감대를 높인 작품이라고 평가할 수 있다. 주로 서정적 지향을 보여준 조선 전기 가사와는 달리, 〈용사음〉은 관념보다는 현실의 사실적 전달에 큰 비중을 두었다는 점에서, 현실비판 의식을 강하게 드러냈다는 점에서 가사 장르의 변화를 보여주고 있어서 조선 후기 가사의 흐름을 이끈 선구적인 작품으로 그 문학사적 의미를 부여할 수 있다.

(『오늘의 가사문학』 제20호, 2019)

작전권을 조선이 독자적으로 행할 수 없었던 현실을 탄식한 것이라고 해석했다.

최초의 현실비판가사 〈고공가〉

보수적 현실비판, 그리고 작품화자의 다의성

작가 허전, 그리고 작가에 대한 논란

〈고공가雇工歌〉의 작가는 허전許墺(1563~?)이라고 한다. 허전은 생애가 자세하게 알려져 있지 않은 인물로서 조선왕조실록의 기록에 몇 번 등장하는데, 29세 때 생원시에 합격해서 임진왜란 때는 무관직인 선전관宣傳官으로 활동했고, 현령 벼슬까지 지냈던 것으로 보인다. 조선왕조실록 광해군 8년(1616) 6월의 기록에는 허전이 해주의 역모 사건에 연루, 체포되어 사건에 대하여 진술하고 심문을 받았다고 되어 있다. 그 후 이 사건에 대한 논란이 있었던 것 같으나 결론은 어떻게 났는지 기록되어 있지 않다.

그런데 〈고공가〉의 작가에 대해서는 논란이 많았다. 〈고공가〉는 필사본 가사집인 『잡가雜歌』에 실려 있는데 작품 말미에 선조宣祖의 어제御製 작품으로 기록되어 있다.[1] 그리고 이복李馥(1626~1688)도 숙종

肅宗에게 간諫하는 상소문에서 '선조대왕께서 임란 이후 나라가 너무
어려워 이를 수습코자 사람들이 쉽게 알 수 있는 언문으로 〈고공가〉를
지어 신하들에게 보이셨습니다'[2]라고 했다. 반면, 이수광李睟光은『지
봉유설芝峯類說』에서, 세상에 선왕이 〈고공가〉를 지었다고 전해지고
있지만, 그건 잘못 전해지는 것이고 진사로서 무과에 급제한 허전이 지
은 것이라고 바로 잡았다.[3] 그리고『승정원일기承政院日記』의 기록을
보면, 승정원에서 숙종肅宗에게 올린 계啓에서도 이수광의 주장을 근
거로 이복의 상소문에 대한 비판을 하면서 〈고공가〉는 선조의 어제가
아니라 허전의 지은 것이라고 다시 확인했다.[4]

---

1 이 노래는 선조가 직접 지은 것이다. 임진왜란을 지내고 난 후 이 노래를 지어 신료들에
　게 강개한 뜻을 우의한 것이다.(此宣廟御製 壬辰經亂之後 作此歌以寓慷慨臣僚之意)
2 이복, 〈응지진언겸정어제고공가소 정사應旨進言兼呈御製雇工歌疏 丁巳〉,『양계집陽溪集』
　권卷3「소疏」. "선조대왕께서 여러 해 고생하신 끝에 마침내 나라를 회복하려는 뜻을
　이루시고 상처를 진정시켰지만 나라 꼴이 너무 형편없었습니다. 이런 때에 크게 경계하
　고 독려하는 조치가 없으면 끝내 진정시키고 수습할 수 없을 것이므로 사람들이 쉽게
　깨닫게 하고자 언문으로 고공가 한 편을 지어 신하들에게 보이셨습니다.(昭敬大王 經年
　羈縲之餘 克遂光復之志 瘡痍甫定 國容草草 於是時也 不有大警動大策勵之擧 則終
　無以鎭定而收拾 故欲人易曉迷 以諺語作爲雇工歌一章 以示朝臣.)"
3 이수광,『지봉유설』권14「문장부文章部」7 '가사歌詞'. "세상에 전하기를, 〈고공가〉는
　선왕께서 지으신 것이라고 하는데 세상에 널리 유행하고 있다. 완평 이원익完平李元翼
　이 또 고공답주인가雇工荅主人歌를 지었다. 그러나 내가 들으니, 어제가 아니고 허전의
　작인 것을 세상에서 잘못 전한 것이라고 한다. 허전은 진사로서 무과에 급제한 사람이
　다.(俗傳雇工歌 爲先王御製 盛行於世 李完平元翼 又作雇工荅主人歌 然余聞 非御製
　乃許㙉所作 而時俗誤傳云 許㙉以進士登武科者也)"
4『승정원일기』숙종 3년 8월 26일 경오. "또 계에서 이르기를, 오늘 경상감사 정복이
　올린 계를 보니 동래부사 이복의 문비공함 안에, 〈고공가〉는 말 배우던 어린 시절부터
　이미 소문을 들었는데 이 작품은 선조대왕이 난을 평정한 후 신하들의 공을 격려하기
　위하여 지은 것이라고 한다'라고 했습니다. 〈고공가〉는 어제가 아니라 진사 허전이 지었
　다는 설이 고 판서 이수광이 지은『유설』에 분명하게 기록되어 있습니다. 그런 즉, 이복
　이 다만 소문만 듣고 어제라고 망언을 하고, 문비 아래에도 오히려 자기 의견에 집착하

『잡가』의 필사 연대는 〈고공가〉가 창작된 지 200~300년 이후이므로 전승 과정에서 선조 어제로 인식되었을 가능성이 높다. 반면, 이수광은 〈고공가〉 창작 당시의 인물이고, 그의 저작인 〈지봉유설〉에서 우리나라의 대표적인 가사 작품들을 소개하고 비평하면서 〈고공가〉에 대해서는 다른 언급 없이 작가 문제를 바로잡았다는 면에서 『잡가』의 기록에 비해서 신뢰도가 높다고 할 수 있다. 거기다 승정원에서 임금에게 보고한 글에서도 이수광의 주장을 따르고 있는 것을 보면 〈고공가〉의 작가는 허전으로 보는 것이 타당할 것으로 보인다.

그런데, 이수광이 굳이 어제가 아니고 허전의 작품이라고 확인하고, 작품이 나온 지 70~80년 후인 숙종조에 승정원에서 허전이 지은 것을 어제라고 잘못 얘기한 이복을 종중추고從重推考해야 한다고 하고 임금도 그렇게 하라고 윤허한 이유가 무엇인지는 정확하게 알 수가 없다. 혹시 역모 사건에 연루된 인물의 작품을 임금의 작품으로 언급하는 것 자체가 문제되었을 수는 있을 것이다. 어쨌든, 상당 기간 동안 〈고공가〉의 작가 문제가 심각한 논란거리가 되어 왔다는 것을 짐작할 수 있다.

여 착오가 많은 데도 끝내 그 외람됨을 깨닫지 못하니 그 사태가 매우 심각하여 놀랄 만합니다. 동래부사 이복을 종중추고할 것을 청합니다. 전교하시기를, 윤허한다. (又啓曰 今見慶尙監司鄭樸啓本 則東萊府使李馥問備公緘內以爲 雇工歌 學語以後 已得於傳聞 知其爲宣祖大王靖亂後 激勵臣工之所作云 雇工歌非御製 乃進士許墺所作之說 明載於故判書李晬光著類說 則李馥只以傳聞 妄謂御製 問備之下 猶執己見 下語頗錯 終不覺其猥越 其在事體 殊甚可駭 請東萊府使李馥 從重推考 傳曰 允)"

현실비판가사의 개념과 작품들

임진왜란과 병자호란이라는 국가적 전란을 경험한 후 상하층으로 나누어진 중세 신분제도는 흔들리기 시작했다. 그에 따라 상층 사대부층의 분화, 하층민의 각성 등으로 인하여 사대부층에 국한되어 있던 문학담당층이 확대됨에 따라 문학의 작품세계 역시 다양화되었다. 현실비판가사는 이러한 문학 환경의 변화에 따라 생겨난 개념이다.

지금까지 현실비판가사는 조선 후기 지방하층사족이 작가이고 피폐한 농민의 삶을 문제삼아 현실을 비판한 작품으로 규정해 왔다. 조선후기의 현실비판은 주로 상층의 격화된 당쟁, 삼정의 문란과 같은 상층의 횡포, 그에 따른 하층민의 피폐한 삶 등이었기 때문에 현실비판가사의 개념도 이렇게 규정해 왔다. 그리고 현실비판가사에서의 현실은 정치현실이 아니라 생활현실이라는 점에서 조선 전기의 가사와는 변별된다.

그런데 현실비판은 상층에 대한 하층의 비판으로만 한정할 필요는 없다고 본다. 신분에 관계없이 현실을 바라보는 관점이 있을 것이고, 그 관점에 따라서 현실을 비판할 수 있을 것이기 때문이다. 다시 말하면, 하층은 하층대로, 상층은 상층대로 그들의 관점에서 현실을 비판할 수 있는 것이다. 비판의 대상은 자신이 속하지 않은 다른 계층의 문제일 수도 있고, 동일 계층의 문제일 수도 있다. 그래서 여기서는 부정적인 사회현상이나 인물의 행위에 대하여 비판한 작품군을 현실비판가사라 규정하고자 한다.

단, 현실 자체보다는 현실에 당면해 있는 작가 자신의 입지나 주관적인 정서 표현에 비중이 크게 놓여 있는 작품이나 부분적으로 비판의식이 포함되어 있는 작품들은 제외한다. 은일가사, 유배가사, 전쟁가사 등 조선 전기의 가사 작품에도 부분적으로 현실비판적 성격을 지닌 경우가 있기는 하지만 대부분 정치현실이나 주관적인 정서 표현에 치우쳐 있어서 현실비판가사로 분류하기에는 적절치 않다고 본다.

예를 들어, 최현崔晛의 〈용사음龍蛇吟〉은 임진왜란 당시 무책임하고 가혹한 관리들에 대한 비판이 있기는 하지만 전란을 당한 정서나 의병에 대한 칭송, 백성의 참상에 대한 안타까운 정서 등이 주조를 이루고 있어서 전쟁가사로 분류하는 것이 합리적일 것 같다. 박인로朴仁老의 〈누항사陋巷詞〉나 정훈鄭勳의 〈성주중흥가聖主中興歌〉 등도 현실비판가사로 분류하기도 하지만 〈누항사〉는 현실에 대한 탄식과 이념적 다짐이, 〈성주중흥가〉는 광해군의 폭정에 대한 비판이 부분적으로 나타나 있지만, 인조반정의 정당성과 소망이 주조를 이루고 있어서 현실비판가사로 보기는 어렵다.

이렇게 볼 때, 시기적으로 가장 이른 현실비판가사는 허전의 〈고공가〉이다. 기존의 연구에서는 교훈가사나 도학가사로 보아 왔지만 이 글에서 설정한 개념에서는 〈고공가〉를 현실비판가사에 포함할 수 있다. 〈고공가〉에 대하여 이원익이 〈고공답주인가〉를 내놓아 반론을 제기하면서 또 다른 관점에서 현실을 비판하고 있어서 현실비판가사의 시작이 매우 역동적으로 전개되었다.

17세기 초에 〈고공가〉로 시작된 현실비판가사는 〈고공답주인가〉를 거쳐 작자가 밝혀져 있지 않은 〈시탄사時歎詞〉로 이어졌다. 〈시탄사〉는 조정의 무능과 당쟁으로 피폐한 정치현실과 백성들의 원한을 사고 있는 국사國事를 비판한 작품이다. 그런 점에서 〈시탄사〉는 상층 내부의 문제나 상층의 관점에서 하층을 바라본 현실 문제를 비판한 〈고공가〉와 〈고공답주인가〉와는 관점이 확연히 다른 작품이다.

18세기 이후 현실비판가사는 대체로 〈시탄사〉의 맥락을 이었다고 볼 수 있다. 다시 말하면, 〈고공가〉나 〈고공답주인가〉는 후대로 가면서 보수적이고 이념편향적인 도학가사류로 변모되어 가고 현실비판가사는 하층의 관점에서 상층을 비판하는 방향으로 전개되었다. 18세기의 현실비판가사에는 〈임계탄壬癸歎〉, 〈합강정가合江亭歌〉, 〈향산별곡香山別曲〉, 〈갑민가甲民歌〉가 있다. 이들 작품은 관리들의 횡포에 의해 고통받는 농민들의 실상, 나아가 유민이 될 수밖에 없는 절박한 농촌의 현실을 구체적으로 제시해 주고 있는 현실비판가사들이다.

19세기의 현실비판가사에는 〈거창가居昌歌〉가 있다. 〈거창가〉는 〈정읍군민란시여항청요〉라고도 불리는데 지방 수령의 학정과 도탄에 빠진 농촌 현실을 비판한 작품이다. 이 작품은 현실비판에 그치지 않고 저항적인 민란의 창의가倡義歌로 불리기도 해서 현실비판가사의 극단적인 모습을 보여주는 작품이기도 하다. 그리고 이 작품은 조선 왕조를 찬양한 〈한양가漢陽歌〉와 결합되어 있어서 특이한 작품구조로 되어 있다. 두 작품의 결합은 내용상 긴밀성이 떨어지는 측면이 있기는 하지만 의도된 것으로 볼 수 있다. 전승과정에서 지나친 저항성을 은폐하고 비판의 대상을 한정함으로써 전승 담당자들이 감당해야 할 위험성을 줄이는 데 그 목적이 있었다고 볼 수 있다. 〈거창가〉는 1930년대까지 필사가 이루어질 정도로 널리 읽혔다.

그리고 19세기에는 〈우부가愚夫歌〉나 〈용부가庸婦歌〉와 같은 작품들이 등장하여 흥미를 끈다. 이들 작품은 중세 신분질서가 와해되고 경제 문제가 대두되면서 상하층, 남녀를 막론하고 인륜이 무너져 내린 현실을 적나라하게 보여주고 비판했다. 이들 작품은 비판의 대상이 되는 인물들을 희화화하여 풍자한 골계적 작품으로서 현실비판가사의 또 다른 변모를 보여주고 있다.

〈고공가〉의 보수적 현실비판, 그리고 화자의 다의성

앞서 논의한 바와 같이, 〈고공가〉의 작가에 대해서는 논란이 있다. 논란은 어느 쪽의 주장이든 타당성이 어느 정도 있기 때문에 일어나는 것이다. 이 논란은 단지 작가의 진위뿐만 아니라 작품내용에 대한 해석의 문제와도 관련이 있다. 이 작품의 작가가 임금이라고 하기도 하고 무반의 신하라고 하기도 한다. 임금과 신하 간의 작가 논란은 동일 신분 작가에 대한 논란과는 차원이 다른 문제이다. 왜냐하면, 자칫 민감한 정치문제로 비화될 가능성도 있기 때문이다. 그런데 문학적인 관점에서만 본다면, 〈고공가〉가 작품의 형상성이나 표현에서 해석의 여지가 그만큼 많다는 것을 의미하기도 한다.

그러면, 먼저 작품의 서두와 결말부터 살펴보자.

집의 옷밥을 언고 들먹는 져 雇工아
우리집 긔별을 아는다 모로는다
비오는 늘 일 업슬 지 숫꼬면셔 니르리라

너희 일 이드라 ᄒ며셔 숫 흔 소리 다 소래라

서두에서 들먹는 고공을 나무라면서 비 오는 날 일 없을 때 새끼 꼬면서 한마디 하겠다고 했다. 집안 사정을 아는지 모르는지 저희들 옷밥

만 챙기고 들먹는 고공에 대한 불만을 털어놓은 것이다. 비 오는 날 새
끼 꼬면서 얘기하겠다고 한 것도 이유가 있다. 비가 오면 바깥일은 못
하지만 새끼는 꼴 수 있는 것이다. 한 시라도 게을리하지 않고 일하는
모습을 보여주고자 한 것이다. 그 결과를 결말에서 말했다. 이렇게 잠
시 앉아서 얘기하는 동안에 벌써 새끼 한 사리 다 꼬았지 않느냐며 게
으른 고공들을 애달파했다. 서두와 결말에 나타나 있는 화자의 어조가
단순히 고공을 타이르는 데 그치는 것이 아니라 나무라고 야단치는 격
앙된 목소리이다. 이런 어조는 서두에서 본사本詞를 거쳐 결말까지 계
속되고 있다.

　본사의 내용을 단락으로 나누어 차례대로 살펴보자.

　　　단락①
　　　처음의 한어버이 사롬스리 흐려훌직
　　　仁心을 만히 쓰니 사롬이 졀로 모다
　　　플쎗고 터을 닷가 큰집을 지어내고
　　　셔리보십 장기쇼로 田畓을 긔경ᄒ니
　　　오려논 터밧치 여드레 ᄀ리로다
　　　子孫에 傳繼ᄒ야 代代로 나려오니
　　　논밧도 죠커니와 雇工도 근검터라

　과거의 집안 형편을 얘기했다. 할아버지는 인심을 많이 쓰고 사람들
이 저절로 모여들어 알아서 농사를 지으니 여드레 만에 전답을 다 갈았
고, 그런 가문이 자손에게 대대로 계승되어 논밭도 좋고 고공들도 근검
했다고 했다. 가장 이상적인 집안의 모습을 제시했다.

단락②

저희마다 여름지어 가음여리 사던 것슬
요ᄉ이 雇工들은 헴이 어이 아조 업서
밥사발 큰나 쟈그나 동옷시 죠코 즈나
ᄆ음을 둣호ᄂᆞ 듯 호슈을 ᄉ오ᄂᆞ 듯
무ᄉᆞᆷ 일 걈드러 흘긧할긧 ᄒᆞᄂᆞᆫ다
너희ᄂᆡ 일 아니코 時節좃ᄎᆞ ᄉ오나와
ᄀᆞᆺ득의 ᄂᆡ 셰간이 플러지게 되야ᄂᆞᆫ듸
엇그직 火强盜에 家産이 蕩盡ᄒᆞ니
집ᄒᆞ나 불타붓고 먹을 썻시 전혀업다
큰나큰 셰ᄉ을 엇지ᄒᆞ여 니로려료

  앞서 제시한 이상적인 집안의 모습은 어디까지나 과거이다. 과거에
는 각자 다 알아서 농사지어 풍족하게 살았는데 요사이는 고공들이 생
각 없이 이득 따지고 서로 질투나 하고 있다고 나무랐다. 거기다 엊그
제는 불강도가 가산을 다 털어가서 집은 불타고 먹을 것도 하나 없는
이런 상황을 어떻게 해야 하느냐고 한탄했다. 과거와는 판이하게 달라
진 현재의 집안 형편에 황망해 하면서 그 탓을 고공들한테 돌렸다. 안
으로는 고공들의 이완된 생활자세를, 밖으로는 도적들이 횡행하는 현
실에 대하여 강하게 비판하고 있는 것이다.

단락③

金哥李哥 雇工들아 ᄉᆡᄆᆞᆷ 먹어슬라
너희ᄂᆡ 졀머ᄂᆞᆫ다 헴혈 나 아니ᄉᆞᆫ다
ᄒᆞᆫ 소틱 밥 먹으며 매양의 恔恔ᄒᆞ랴
ᄒᆞᆫ ᄆᆞᆷ ᄒᆞᆫᄠᅳᆺ으로 녀름을 지어스라

> 흔 집이 가음열면 옷밥을 分別ᄒ랴
> 누고는 장기잡고 누고는 쇼을 몰니
> 밧갈고 논살마 벼셰워 더져두고
> 늘됴흔 호미로 기음을 미야스라
> 山田도 것츠럿고 무논도 기워간다
> 사립피 둘목나셔 벳겨틱 셰올셰라
> 七夕의 호미씻고 기음을 다 민 후의
> 슷쇼기 뉘 잘ᄒ며 셤으란 뉘 엿그랴
> 너희 지조 셰아려 자라자라 맛스라
> ᄀ을 거둔후면 成造를 아니ᄒ랴
> 집으란 내 지으게 움으란 네무더라
> 너희 지조을 내 斟酌 ᄒ엿노라
> 너희도 머글 일을 分別을 ᄒ려므나

　고공들을 나무라던 어조가 설득의 어조로 바뀌었다. "金哥李哥 雇工
들아"라고 호칭을 하면서 새 마음먹기를 당부했다. 그리고 "흔 소틱
밥", "흔 ᄆ음", "흔 집"이라는 표현을 통해 화자와 고공은 남이 아니라
가족이고 공동체임을 강조했다. 각자 맡은 일을 열심히 분별있게 하면
풍족하게 살 수 있을 것이라고 하면서 화자도 동참하겠노라고 했다. 날
선 비판의 목소리를 누그러뜨리고 부드러운 회유의 목소리로써 현실을
타개해 보려는 의도라고 볼 수 있다.

　단락④
> 명셕의 벼룰 넌들 됴흔 히 구름 씨여
> 볏뉘을 언지 보랴
> 방하을 못 씨거든 거츠나 거츤 오려

옥갓튼 白米될 줄 뉘 아라 오리스니
너희니 드리고 새 스리 사쟈ᄒᆞ니
엇그제 왓던 도적 아니 멀리 갓다ᄒᆞᄃᆡ
너희니 귀눈 업서 져런 줄 모르관ᄃᆡ
화살을 젼혀 언고 옷밥만 닷토ᄂᆞᆫ다
너희니 다리고 팁ᄂᆞᆫ가 주리ᄂᆞᆫ가
粥早飯 아춤져녁 더ᄒᆞ다 먹엿거든
은혜란 싱각아녀 제 일만 ᄒᆞ려ᄒᆞ니
혐혜ᄂᆞᆫ 새들이리 어ᄂᆡ제 어더이셔
집일을 맛치고 시름을 니즈려뇨

회유의 목소리는 다시 강한 비판의 목소리로 바뀌었다. 화자는 고공
들을 데리고 새 살림살이를 해 보고자 하는데 고공들은 엊그제 왔던
도적이 아직 멀리 가지도 않았는데도 불구하고 옷밥만 다투고 있다고
비판했다. 그래서 새 고공들을 언제 얻어서 집안일을 무사히 끝내고 시
름을 잊을 수 있겠는가라고 한탄했다. 이 말은 계속 그런 자세로 일하
면 새로운 고공을 들일 테니 생각 잘하라는 최후통첩이다.

단락①에서 과거의 이상적인 집안 모습을 제시하고 단락②~단락④
에서는 현재의 흐트러진 집안 모습을 지적하고 비판했다. 단락②~단
락④에서는 어조를 달리해 가면서 고공들을 나무라기도 하고 달래기
도 해 본다. 단락②에서 비판의 목소리로 야단을 치다가 단락③에서는
회유의 목소리로 달래보지만, 단락④에서는 다시 비판의 목소리로 바
뀌었다. 화자는 변해 버린 고공들의 마음은 아랑곳하지 않고 과거에만
매달려 있었다고 볼 수 있다. 다시 말하면, 보수적인 주인이 변해 버린
현실을 인정하지 않고 고공을 비판하면서 과거로의 회귀만을 고집하고
있었던 것이다. 서두의 격앙된 목소리가 결말까지 이어지는 이유가 여

기에 있다.

〈고공가〉는 작가에 대한 논란이 있듯이, 내용에 대한 논란도 만만치 않다. 문면 그대로 주인의 머슴에 대한 비판으로 볼 것이냐, 임금의 신하에 대한 비판으로 볼 것이냐, 무신의 문신에 대한 비판으로 볼 것이냐, 작가가 누구이냐에 따라 내용 해석도 달라질 수 있지만, 작가가 누구이든 그 작가의 입장에서 작품을 일관된 문맥으로 해석할 수 있다는 것이 이 작품의 특징이다.

그리고 작가에 관계없이 당시인들이 이 작품을 바라본 관점이 중요하다. 작품 창작 이후 200~300년 동안 작가에 대한 논란이 있었고, 작가의 진위에 관계없이 『잡가』와 같은 대중적인 노래집에서 임금이 신하를 비판한 내용이라고 기록했고 독자들이 그렇게 받아들였다면 그 자체로서 의미가 있는 것이다.

다만, 한 집안의 위계질서가 무너져 가는 현실이 안타까워서 지었든, 임금의 목소리를 빌려 무관의 입장에서 문관들을 비판하기 위해 지었든 허전이 이런 작품을 지었을 수는 있는데, 일개 현령 벼슬을 지낸 무관이 지은 작품이 임금의 작품으로 전승된 이유, 대사헌까지 지낸 이수광 같은 인물은 물론 승정원에서조차 임금의 작품이라는 것을 극구 부정한 이유, 이원익과 같은 인물이 이 작품에 〈답가答歌〉를 쓴 이유 등에 대해서는 아직까지 의문이 남아 있다.

(『오늘의 가사문학』 제14호, 2017)

최초의 화답가사 〈고공답주인가〉

실천적 현실인식과 비판의식

작가 이원익의 삶과 현실인식

〈고공답주인가雇工答主人歌〉의 작가 이원익李元翼(1547~1634)은 왕실 종친 집안 출신으로서 서울에서 태어났다. 고조부가 태종의 여덟 번째 왕자인 익녕군益寧君 이치李袳(1422~1464)인데 종친이라 대대로 관직에 나가지 못하다가 이원익이 여러 관직을 거쳐 영의정에 이름으로써 현달했다. 이원익은 1564년(명종 19년) 18세로 사마시에 합격하고, 1569년(선조 2년) 별시문과에 병과로 급제하여 이듬해에 승문원 부정자로 관직생활을 시작했다. 이후 명종·선조·광해군·인조 등 네 임금을 모시면서 동부승지, 이조판서, 우의정 등 수많은 관직을 거쳐 영의정을 다섯 번이나 역임했다.

이원익은 학자라기보다는 정치인이었다. 당쟁이 치열해지는 시기, 임진왜란과 정묘호란 등 전란기에 관직 생활을 하면서 우여곡절도 겪었지만 사정私情에 얽매이지 않고 공도公道를 실천하고 당시 조선 사회의 문제를 직시하여 나라의 정치를 바로 잡는 데 헌신한 명재상으로 평가를 받고 있다. 광해군과 인조가 임금이 되었을 때, 첫 번째 영의정으로 이원익을 선택했다는 사실에서도 그의 명성을 짐작할 수 있다. 특히 경연을 통해서, 임금은 간언諫言을 잘 들어야 하고 백성이 나라의 근본임을 알고 왕도정치를 행해야 함을 지속적으로 강조했다. 그리고 붕당의 폐단을 비판하면서 임금과 신하가 서로 자신의 임무를 다하여 공도를 실천해야 국가가 바로 다스려진다고 주장했다.[1] 직언을 서슴지 않아 수난을 당하기도 했지만 치사할 때까지 공도를 실천한 청백리로서 만년에는 오막살이에 살면서 끼니를 이을 수 없을 정도로 가난했다고 한다.

이원익의 행적 몇 가지를 예로 들어 본다. 임진왜란과 정묘호란 때는 왜구를 토벌하고 임금을 보호하는 데 혼신의 힘을 기울여 포상을 받기도 했고, 광해군의 폭정을 간하다가 유배를 당하기도 했지만 의지를 굽히지 않았고, 인조반정 후 광해군을 죽여야 한다는 공론이 일어났을 때는 오히려 광해군을 구명하기도 했다. 조정에서의 이러한 이원익의 행동은 당파에 휩쓸리지 않는 공도의 실천이었다.

이원익은 관리로서 백성을 최우선으로 해야 한다는 애민정신을 현실 정치에서 실천한 인물이다. 이원익이 황해도 안주목사로 갔을 때, 백성들의 삶이 너무 피폐해 있어서 임시 구휼을 한 다음 뽕나무를 심어 누에를 치게 해서 생활을 윤택하게 해 주자 백성들이 감사의 뜻으로 뽕나

---

[1] 엄연석, 「유학사상에 근거한 이원익의 유가적 리더십 재조명」, 『유교사상문화연구』 제61집(한국유교학회, 2015) 참조.

무를 이공상李公桑이라 불렀다는 일화가 있다. 그리고 백성들의 군역
부담을 줄여주기 위해 군병방수제도軍兵防守制度를 시행, 종전의 4교대
제를 6교대제로 바꿈으로써 1년에 3개월씩 근무하던 것을 2개월만 근
무하도록 했다. 또한, 이원익은 임진왜란이라는 국가적 재난 속에서 농
민들의 부담을 줄여 주기 위해 공물변통 정책을 펼쳐 대동법을 시행하
기도 했다.[2] 국내·외적으로 어지러운 정국 속에서도 이러한 정책들을
시행할 수 있었던 것은 이원익의 사욕을 버린 공도의 실천과 정확한
현실인식이 있었기 때문이다.

화답시의 전통과 화답가사의 전개

화답시和答詩는 다른 사람의 시에 응답하는 시를 말한다. 한시漢詩에
있어서 화답시의 전통은 매우 오래되고 광범위하게 이어져 왔다. 화답
시는 남의 시를 받고 자유롭게 답시를 쓰는 증답시贈答詩, 정해진 규칙
에 따라 화운和韻(의운依韻·용운用韻·차운次韻)하여 화답하는 화운시和
韻詩, 묻고 대답하는 방식의 문답시問答詩 등을 포괄하는 개념이다. 화
운시는 당나라를 거쳐 송나라 이래로 성행한 것으로 보이는데 우리나
라 시인들도 많은 작품을 남기고 있다. 퇴계 이황의 경우, 도우道友들
과 교유하면서 남긴 시편 가운데 화답시의 분량이 적지 않아 따로 연구
할 필요성이 제기될 정도이다.[3]

---

2 이정철, 「오리 이원익과 두 번의 공물변통」, 『조선시대사학보』 제54집(조선시대사학회,
  2010) 참조.
3 이정화, 「퇴계의 화답시 연구」, 『한국한시연구』 제10집(한국한시학회, 2002), 63~89쪽

국문시가에서도 화답시를 어렵지 않게 찾아볼 수 있다. 고려 말 조선 건국을 위해 박차를 가하고 있을 때, 이성계의 아들 이방원李芳遠이 정몽주鄭夢周를 회유하기 위하여 쓴 〈하여가何如歌〉에 대하여 정몽주가 화답한 〈단심가丹心歌〉는 문답형 화답시조이다. 다음으로 사대부와 기생 사이의 화답시조가 여러 편 있어서 흥미롭다. 15세기에는 성리학자로서 황진이와 재미있는 일화를 남긴 서경덕의 〈무음이 어린 後ㅣ니~〉에 대하여 황진이가 〈내 언제 信이 업셔~〉로 화답한 시조가 있다. 16세기에는 정철鄭澈이 기생 진옥眞玉에게 하룻밤의 정사情事를 넌지시 물어보는 〈玉이 玉이라커늘~〉에 대하여 진옥이 즉석에서 〈鐵이 鐵이라커늘~〉로 화답하고, 임제林悌도 비슷한 의도로 기생 한우寒雨에게 〈北天이 맑다커늘~〉로 운을 띄우자 한우는 〈어이 얼어 자리~〉로 화답했다. 당시의 최고 문인이 건네는 능청스러운 수작에 재치 있게 화답한 두 기생의 순발력이 대단하다. 이외에도 황진이와 벽계수, 최경창과 기생 홍랑의 화답시조가 있다.

화답가사는 허전許墺(1563~?)의 〈고공가雇工歌〉에 대하여 이원익이 답가答歌로 쓴 〈고공답주인가〉에서 시작되었다. 〈고공가〉는 작가와 '고공'의 의미에 대한 논란이 있기는 하지만 임진왜란 후 자기 잇속만 차리고 있는 세태에 대하여 비판한 현실비판가사이다.[4] 이 작품에 대하여 이원익은 고공의 입장에서 주인에게 답변하는 방식으로 〈고공답주인가〉를 썼다.

참조.

4 최상은, 「최초의 현실비판가사 〈고공가〉」, 『오늘의 가사문학』 제14호(한국가사문학관, 2017년 가을), 55~65쪽 참조.

〈고공답주인가〉의 뒤를 윤이후尹爾厚(1636~1699)의 〈일민가逸民歌〉
가 이었다. 〈일민가〉는 윤이후가 외숙부의 〈환산별곡還山別曲〉에 화답
하여 지은 은일가사이다.[5] 〈일민가〉의 뒤는 〈만언사답萬言詞答〉이 이
었다. 〈만언사답〉은 정조 때 대전별감 안조원安肇源이 추자도에 유배
가서 겪은 일을 쓴 〈만언사萬言詞〉에 대한 화답가사이다. 〈만언사〉는
유배지에서 겪은 참상을 사실적으로 그리면서 자신의 억울함과 임금에
대한 변치 않는 충성심을 토로한 작품으로서 나중에 임금에게까지 알
려져서 작가를 유배에서 풀려나게 했다고 한다. 〈만언사답〉은 유배지
시골사람의 목소리로써 절망에 빠져 있는 유배 손님을 위로하고 격려
한 작품이다. 〈만언사답〉 역시 작가는 안조원인데 자신의 이중적인 마
음을 제3의 인물로 설정하여 화답가의 형태로 쓴 작품이다.[6] 〈만언사
답〉은 순한글 필사본 가사집『만언ᄉ』등 여러 이본에 〈만언사〉, 〈사부
모〉, 〈사백부〉, 〈사처가〉, 〈사자〉 등과 함께 실려 있다.

조선 후기에 크게 성행한 규방가사에서 화답가가 많이 나왔다. 규방
가사의 화답가는 문답형이 많다. 이들 화답가는 문중이나 촌락 내의 친
목회, 화수회, 시주회, 화전놀이가 그 창작환경이 되는 작품들이다. 특
히, 문중 여성들이 화전놀이를 가면, 〈화전가〉를 짓거나 남녀가 가사를
통해 문답하는 현상은 오랜 전통을 가지고 있었다.[7] 여성들의 화전놀이

---

5 〈환산별곡〉의 작가와 〈일민가〉의 창작배경에 대해서는 이동영, 「환산별곡」의 작자에
  대하여」,『가사문학논고』(부산대 출판부, 1987). ; 구수영, 「윤이후의 「일민가 연구」,
  『동악어문학』제7집(동악어문학회, 1971) 참조.
6 〈만어사답〉은 동일 작가의 연자가사라 할 수 있는데 제3의 화자를 설정하여 작가를
  위로하는 내용으로 되어 있어서 화답가의 형태를 취하고 있다. 그래서 일단 화답가사에
  포함해서 논의를 진행한다. 연작가사에 대해서는 백순철, 「연작가사 〈만언사〉의 이본
  양상과 현실적 성격」,『우리문학연구』제12집(우리문학연구회, 1999) 참조.

에 남성들이 개입하여 짓궂은 장난을 하면서 조롱하는 〈조화전가嘲花
煎歌〉를 짓고, 여성들은 다시 남성들을 대상으로 반론을 펴고 남자들을
조롱하는 〈반조화전가反嘲花煎歌〉를 짓는 등 흥미로운 창작 풍토가 조
성되어 있었다.

화답가사는 애정가사에서도 나타난다. 작가를 알 수 없는 〈규수상사
곡閨秀相思曲〉은 짝사랑하던 여인이 시집을 가 버리자 상사병이 들어
죽을 지경이 되어 편지 형태로 쓴 작품이다. 이미 다른 남자와 결혼한
여성이 이 작품을 받고 남자의 처지를 애달파하면서 〈상사회답가相思
回答歌〉로써 화답했다.

17세기 〈고공답주인가〉로부터 시작된 화답가사는 18세기를 거쳐 19
세기에 성행했고 20세기 초까지 지속적으로 창작되었다. 특히 규방가
사에서 문답형 화답가사가 활발하게 지어졌고 애정가사에까지 화답가
사가 나타나는 것은 문학사적 변화를 실감하게 하는 현상이다. 그리고
화답가사는 작가 개인에 국한되지 않고 상대 작가와의 상관관계 속에
서 지어진다는 면에서 당시 문학의 활발성을 보여주는 좋은 사례이다.

〈고공답주인가〉, 실천적 현실인식과 비판의식

〈고공답주인가〉를 싣고 있는 『잡가』에는 이 작품이 이원익의 작품
이고 그 내용은 그치지 않는 붕당을 탄식하고 상편인 〈고공가〉에 응대

---

7 문답형 규방가사에 대해서는 백순철, 「문답형 규방가사 창작환경의 두 층위」, 정재호
   편, 『한국가사문학연구』(태학사, 1996) 참조. 이 글에서는 문답형 규방가사 자료 목록
   도 소개하고 있다.

한 작품이라고 기록되어 있다.[8] 『잡가』에는 〈고공가〉 바로 뒤에 〈답가
答歌〉라는 제목 하에 이 작품이 실려 있다. 〈고공가〉는 작가에 대한 논
란이 있기는 하지만 허전의 작품으로 알려져 있다. 허전은 무관으로서
현령 정도의 벼슬을 지낸 사람인데 어떤 연유로 〈고공가〉를 지었고,
영의정까지 지낸 이원익은 왜 이 작품에 〈답가〉를 썼는지는 분명하게
밝혀져 있지 않다. 그렇지만 작품의 내용이나 작품의 평어評語로 미루
어 볼 때, 두 작품 모두 당시 사회의 부정적 현상에 대하여 문제제기를
하고 토론한 작품임에는 분명하다.

　〈고공답주인가〉[9]가 〈고공가〉에 대한 화답가이므로 작품내용을 대비
해 가면서 논의하기로 하겠다.

　　　집의 옷 밥을 언고 들먹는 져雇工아
　　　우리집 긔별을 아는다 모로는다
　　　비오는 늘 일업슬 지 숫꼬면셔 니르리라

　　　어와 져 반하[10]야 도라안자 내 말듯소

8　임기중, 『역대가사문학집성』(www.krpia.co.kr.) 참조. "이 작품은 그 당시 이원익이
　썼는데 붕당이 그치지 않음을 탄식하고 상편의 교화론에 응대한 것이다. 임금을 사랑하
　고 나라를 걱정하는 성심이 표현에 잘 드러나 있다. 이 작품은 하고자 하는 말을 충분히
　다 했다고 할 수 있다.(此其時 相國李公元翼所術 盖歎朋黨之不息 對上篇之化論 愛君
　憂國之誠 顯於句語之表 此所謂亦足以發也)"
9　아래에서는 〈답가〉라 약칭한다.
10　필사본 『잡가』에는 "반하"로 기록되어 있는 것을 현대의 주석서들에서 "양반"으로 잘못
　옮겨 적음으로 인하여 연구자들이 등장인물의 관계를 파악하는 데 혼란이 일어나기도
　했다. 영인 자료집인 임기중의 『역대가사문학전집』 제6권(동서문화원, 1987)권 527쪽
　과 『역대가사문학전집』 제31권(아세아문화사, 1998)의 560쪽, 그리고 『한국가사문학
　집성』의 〈고공답주인가〉 영인 자료 참조.

엇지흔 져믄 소닉 헴업시 단니ᄂ다
마누라 말슴을 아니 드러 보ᄂ순다

〈고공가〉와 〈답가〉의 서두이다. 〈고공가〉는 하는 일 없이 들먹는 고
공이 안타까워서 주인이 솔선수범하여 비 오는 날 새끼를 꼬면서 나무
라는 말투로 시작했다. 이에 대하여 〈답가〉에서는 생각 없이 돌아다니
는 젊은 반하[11]에게 마누라 말씀을 듣지 못했느냐고 나무랐다. 마누라
는 〈고공가〉의 화자를 가리키니 마누라 말씀은 〈고공가〉를 가리킨다.
〈답가〉의 서두는 〈고공가〉 화자의 말에 동조하는 어조이다. 그러면 두
작품의 결말을 살펴보자.

너희닉 다리고 팁ᄂ가 주리ᄂ가
粥早飯 아춤져역 더ᄒ다 먹엿거든
은혜란 싱각아여 제 일만 ᄒ려ᄒ니
혐혜ᄂ 새드이리 어닉제 어더이셔
집일을 맛치고 시름을 니즈려뇨
너희 일 이ᄃ라 ᄒ며셔 숫 혼 소리 다 쇠래라

이집 이리되기 뉘타시라 홀셔이고
헴업는 죵의일은 뭇도아니 ᄒ려니와
도로혀 혜여ᄒ니 마누라 타시로다
닉항것 외다ᄒ기 죵의죄 만컨마는
그러타 뉘을보려 민망ᄒ야 솗ᄂ이다

---

11 반하班下는 양반의 집 하인이라는 뜻으로, 종들끼리 서로 부르는 말이다. 단국대 동양학
연구소, 『한국한자어사전』 권3(단국대 출판부, 1995), 401쪽 참조.

> 숫소기 마롬시고 내말슴 드로쇼셔
> 집일을 곳치거든 죵들을 휘오시고
> 죵들을 휘오거든 賞罰을 볼키시고
> 賞罰을 발키거든 어른죵을 미드쇼셔
> 진실노 이리ᄒ시면 家道절노 닐니이다

〈고공가〉는 서두의 어조를 결말까지 이어갔다. 가난한 가운데서도 끼니를 잘 챙겨 먹였음에도 그 은혜를 모르고 제 일만 하려 하는 고공들을 나무라며 사려깊은 새 일꾼을 들여 집일을 맡기겠다고 했다. 마지막으로, 그 사이에 새끼 한 사리 다 꼬았지 않느냐며 고공들의 행동을 애달파 했다. 비 오는 날 일 없다고 들먹지만 말고 새끼라도 꼬면 좋지 않으냐고 나무란 것이다.

〈답가〉는 결말에서 서두와는 전혀 다른 어조로 마누라에게 제언하고 있다. 종[12]들이야 원래 생각 없으니 물을 것도 없고 생각해 보니 이 모든 잘못이 마누라의 탓이라고 했다. 이어서 마누라를 탓하기에는 종의 죄가 많지만, 세상 보기 민망하여 아뢴다고 하면서 새끼꼬기 그만두고 내 말씀 좀 들어보라고 부탁했다. 그 말씀의 내용은 집안을 다스리려면 종들을 휘어잡아야 하고, 종들을 휘어잡았으면 상벌을 분명히 해야 하고, 상벌을 분명히 했으면 어른 종을 믿어야 한다는 것이다. 그래야 가도가 저절로 일어날 것이라고도 했다. 새끼 꼬는 일 같이 사소한 일을

---

12 연구자에 따라서는 '고공'과 '종'은 신분의 차이가 있고, 그렇기 때문에 작품의 의미도 달리 해석해야 한다는 견해를 제시하기도 했다. 그렇지만 이원익의 경우, 작품 제목은 〈고공답주인가〉라 하고 작품 내용에서는 '종'이라고 한 것으로 보아 두 용어를 같은 의미로 혼용했던 것으로 보인다. 따라서 고공을 '머슴', 또는 '종'과 같은 의미로 해석해도 작품 이해에는 무리가 없을 듯하다.

직접 하면서 간섭하지 말고, 큰 틀에서 집안 경영을 해야 한다고 충언을 한 것이다.

서두에서와는 달리 결말에서는 종은 물론 마누라까지 문제 삼았다. 종들의 잘못이 크지만, 근본적인 잘못은 마누라에게 있음을 꼬집은 것이다. 그렇지만 어조는 많이 달라졌다. 본사에서 종들의 잘못을 일일이 꼬집어 비판할 때는 격앙된 목소리를 냈지만, 결말에서는 간곡한 어조로 마누라가 해야 할 일을 하나하나 짚으면서 부탁의 말을 했다. 마누라를 종 나무라듯 할 수는 없었을 것이다.

다음으로, 비판의 화살이 종들을 향해 있는 본사의 내용을 살펴보자. 〈고공가〉의 본사에서는 먼저 평화로웠던 과거의 집안 모습을 제시하고 현재의 흐트러진 집안 모습을 비판했다. 어조를 달리 해 가면서 해이해진 종들을 꾸짖기도 하고 달래는 과정을 보여준다. 그렇지만 결국 격앙된 꾸짖음의 목소리로 마무리하고 만다. 화자는 평화롭던 과거에 얽매어, 변해 버린 현재의 상황을 인정하지 않고 비분강개하는 데서 그쳤다.[13]

〈고공가〉에서는 고공을 통털어서 비판했지만, 〈답가〉에서는 다양한 종들을 등장시켜 각각 비판하고 있다. 〈답가〉의 본사를 몇 단락으로 나누어 살펴본다.

> 나는 일얼만뎡 外方의 늙은 툐이
> 공밧치고 도라갈 지 흐는 일 다 보왓뉘
> 우리 딕 세간이야 녜붓터 이러튼가

---

13 자세한 작품 분석은 최상은, 앞의 글 참조.

> 田民이 만탄말리 一國에 소릭나데
> 먹고입는 드난 죵이 百餘口 나마시니
> 므슴 일 호노라 터밧츨 무겨는고
> 農莊이 업다 호눈가 호미연장 못 갓던가
> 날마다 무슴호려 밥먹고 단기면셔
> 열나모 亭子 아릭 낫줌만 자눈순다

먼저 화자 '나'가 바라본 집안 사정을 서술하고 있다. 바깥에 사는 늙은 종이 공물을 바치고 돌아가면서 하는 짓을 다 보았다고 했다. 집안일이 산적해 있는 데도 일하는 대신 공물을 바치고 돌아가는 노비의 행동을 보며 한심한 집안 형편에 대하여 개탄했다. 원래 우리 댁은 논밭과 종이 많기로 일국에 소문이 날 정도로 큰 집안이라 먹고 입고 드나드는 종이 백 명이 넘는데도 텃밭까지 묵혀 두고 있느냐, 농장이 없는 것도 아니고 연장이 없는 것도 아닌데 날마다 먹고 다니면서 정자 아래에서 낮잠만 자느냐고 나무랐다. 전체적으로 나태해진 집안 종들을 나무랐다.

다음 단락부터는 구체적인 사례들을 하나하나 짚어 나갔다.

> 아희들 타시런가
> 우리딕 죵의 버릇 보거든 고이호데
> 쇼먹기는 우히드리 샹마름을 凌辱호고
> 進止호는 어린 손닉 한계대를 긔롱혼다
> 셰셰름14 제급 못고 예예15로 제 일호니

---

14 셰셰름: 표준어는 아니지만 일부 방언이나 일상생활에서 종종 쓰이는 '삐뚜름하다'(서 있거나 세워진 모습이 바르지 아니하고 한쪽으로 약간 기울어져 있다)의 '삐뚜름'인

흔집의 수한 일을 뉘라셔 심써홀고
穀食庫 븨엿거든 庫直인들 어이ᄒ며
셰간이 흐터지기 딀자힌들 어이홀고
내왼줄 내몰나도 남왼줄 모롤넌가
플치거니 뭿치거니 할거니 돕거니
ᄒ로 열둣 딕 어수선 핀 귀이고

종들의 괴이한 버릇을 꼬집었다. 소먹이는 아이들이 상마름을 능욕하고 오가는 어린아이들이 어른을 조롱하는 버릇이 만연되어 있는 현실, 즉 위아래 위계질서가 무너진 상황이다. 그러한 상황 아래에서 비정상적으로 재물을 챙기고, 앞에서는 대답만 해 놓고 제 일만 하고 돌아다니니 숱한 집안일을 누구라서 힘써 하겠는가. 상황이 이러하니 곡식창고는 비고 세간은 흩어져 남아나는 게 없다. 거기다 제 잘못은 모르고 남 탓을 하며 서로 싸우고 헐뜯고 있으니 하루 종일 어수선하다. 이 대목은 〈고공가〉의 "ᄆᆞ음을 둧호ᄂᆞᆫ 듯 호슈을 싀오ᄂᆞᆫ 듯 / 무슴 일 감 드러 흘긧할긧 ᄒᆞᄂᆞᆫ다"와 유사한 상황이다.

밧별감 만하이ᄉ 外方舍音 都達化도
제 소임 다 바리고 몸ᄭᅳᆯ릴 샨이로다
비ᄉᆡ여 셔근 집을 뉘라셔 곳쳐셔 이며

듯하다. '삐뚜름하다'의 표준어는 '삐딱하다'이다. 따라서 '셰쎄름'은 '삐딱하게, 비정상적이게'의 의미로 해석할 수 있을 듯하다.

15 예예: 기존의 주석서에서는 주로 '딴 길로 돌리어'나 '딴 꾀로'로 해석했다. 이 경우 '예'는 '예돌다(에돌다)'의 '예-'의 의미로 본 듯하다. 그렇지만 이 작품의 문맥으로 볼 때 '예예'는 "예예"라고 대답만 하고 행동은 따로 하는 상황으로 해석하는 것이 좋을 듯하다.

> 옷버서 문허진 담 뉘라셔 곳쳐 쓸고
> 불한당 구모도적 아니 멀니 단이거든
> 화살츤 誰何上直 뉘라셔 힘쎠 흘고

이 대목은 집안일을 하는 사람들 중 "아히"들보다는 직책이 높은 사람들에 대하여 얘기한 것으로 보인다. 갖가지 직책에 대한 소임을 다하지 않고 몸만 사리고 있어서 썩어가는 집과 무너진 담을 고칠 수가 없다. 하물며 아직 멀리 가지도 않은 불한당 구모도적, 즉 왜적인들 지켜줄 사람이 있겠는가. 집안 안팎으로 위기에 봉착했음을 탄식한 것이다.

> 큰나 큰 기운 집의 마누라 혼ᄌ 안자
> 긔걸을 뉘 드르며 論議을 눌라 흘고
> 낫 시름 밤 근심 혼자 맛다 계시거니
> 옥ᄀ튼 얼굴리 편ᄒ실 적 면 날이리

종들이 해이해졌을 뿐만 아니라, 위계질서가 무너지고 집안일보다 각자도생에 몰두하는 바람에 결국 마누라만 혼자가 됐다. 분부 들을 사람도, 같이 의논할 사람도 없어 밤낮 혼자 근심걱정을 해야 하는 상황이다 보니 귀한 몸이 편할 날이 없다고 했다. 종들이 있지만 아무도 마누라에게 관심을 두지 않고 마누라는 종들을 통제할 수 없는 절박한 상황이 되어 버렸다. 종의 신분인 화자의 입장에서 보기에도 딱한 처지가 되어 버린 마누라가 안타까웠던 것이다.[16]

---

16 작품에 대한 전체적인 해석은 김용찬, 「고공의 목소리를 통해 '경영'의 방법을 묻다,

〈고공가〉는 비판의 대상을 고공으로 뭉뚱그렸는데 비해 〈답가〉는 임무에 따라 여러 종류의 종으로 나누었다. 그렇게 함으로써 〈고공가〉에 비해서 비판의 내용이 체계화되고 강도가 높아졌다. 종들에게도 잘못이 있지만 가장 근본적인 책임은 마누라에게 있다고 한 결말의 반전은 작품을 훨씬 무게감 있게 만들어 주었다.

『잡가』의 평어에서 밝혔듯이, 〈답가〉는 이원익이 붕당의 폐단을 탄식한 작품이다. 그렇다면 〈답가〉는 집안일로써 국사國事를 비유比喩한 작품으로 해석할 수 있다. 즉, 작품에 등장하는 종과 마누라는 국가를 경영하는 신하와 임금의 비유이다. 나, 외방의 늙은 툐, 아ᄒᆡ, 쇼 먹기는 ᄋ호ᅵ, 샹ᄆᆞ름, 진지ᄒᆞᄂᆞᆫ 어린 손, 한계대, 고직, 밧별감, 만하이ᄉᆞ, 외방사음, 도달화, 수하상직 등 종의 명칭을 일일이 제시한 것은 임무는 다하지 않고 이익만 챙기는 신하들을 비판한 〈고공가〉의 기조를 이으면서 심화한 것으로, 결말에서 임금의 책임을 언급하고 부탁의 말을 한 것은 〈고공가〉에 대한 반론을 제기한 것으로 볼 수 있다.

앞서 '이원익의 삶과 현실인식'에서도 언급했듯이, 이원익은 관직에 있으면서 백성의 입장에서 제도 개선에 힘썼고, 당쟁의 폐단을 지적하고 공도를 실천하면서 임금에게도 직언을 서슴지 않았던 인물이었다. 그런 인물이었기 때문에 임금의 목소리로 쓴 〈고공가〉에 대하여 반론을 제기하고 임금까지 과감하게 비판한 〈답가〉를 지을 수 있었지 않나 생각된다. 이 작품을 쓸 당시인 선조 때 이미 이원익은 재상宰相의 지위에까지 오른 대신이었다. 〈답가〉에서 이른바, '어른 종'은 바로 작품

〈고공가〉와 〈고공답주인가〉」, 『오늘의 가사문학』 제14호(한국가사문학관, 2017 가을) 참조.

의 화자 '나'이면서 작가 자신을 포함한 재상들을 가리킨다고 할 수 있다. 〈답가〉는 임금에게 현실인식을 똑바로 해서 강하고 공정한 군주가 되어 재상들을 믿고 정사政事를 한다면 나라가 저절로 일어날 것이라는 희망을 준 작품이다. 이 점에서 〈답가〉는, 보수적인 사고로 과거 지향적인 성향이 있는 〈고공가〉에 비해 한층 진전된 안목과 현실인식을 보여주는 작품이라고 평가할 수 있다.

(『오늘의 가사문학』 제15호, 2017)

최초의 탄궁가사 〈누항사〉

안빈과 탄궁 사이

작가 박인로, 그의 삶과 문학

박인로朴仁老(1561~1642)는 본관이 밀양이고 영천에서 태어나 평생을 이곳에서 살다가 82세에 세상을 떠났다. 생몰연대를 통해서 알 수 있듯이 박인로는 생애 중반기에 임진왜란과 병자호란을 고스란히 겪으면서 전쟁의 참상과 시대의 변화를 누구보다 절실하게 경험했던 사람이다. 박인로는 소위 조선 전기에서 조선 후기로의 이행기, 중세문학에서 근대문학으로의 이행기를 살았고 그의 가사문학에도 그런 이행기적 성격이 잘 드러나 있다.

그런데 박인로의 신분적 성격에 대해서는 논란이 있다. 박인로의 가문은 고조부까지는 현달한 사대부 집안이었지만 그 이후로는 영천지방의 사족에 머물렀다. 이러한 집안 내력과 함께 〈누항사陋巷詞〉 등 그의 문학작품에 나타나는 '가난'과 사회적 현실로 미루어 볼 때, 박인로는 박인로의 가사작품은 대인관계와 관련되어 있는 경우가 많아서 주변 인물들에 대해서도 살펴볼 필요가 있다. 박인로와 가장 특별한 관계를 맺은 사람은 이덕형李德馨(1561~1613)이다. 이덕형은 영의정까지 지낸 사람으로 향촌에 머물러 있었던 박인로와는 처지가 많이 달랐지만, 매우 친밀한 사이였던 것으로 보인다. 이덕형이 사도도체찰사로서 영남을 체찰할 때, 영천에 들러 박인로의 시조묘에 제를 지내러 가고, 이덕형이 관직에서 물러나 경기도 용진 사제에 있을 때는 박인로가 그곳까지 찾아가 노닐 정도로 친분이 두터웠다. 사제에 갔을 때, 이덕형이 산촌의 가난한 삶에 대해 묻자 〈누항사〉[2]를 지었고, 이덕형의 명으로 〈사제곡莎堤曲〉을 지었다. 일찍이 이덕형이 영천에 갔을 때 홍시를 보내자 연시조 〈조홍시가早紅枾歌〉를 지어 화답한 적도 있다. 그리고 이덕형의 증손 이윤문李允文(1646~1717)이 편찬한 박인로의 가집인 『영양역증永陽歷贈』에 〈누항사〉·〈사제곡〉과 함께 실려 있는 〈상사곡相思曲〉

과 〈권주가勸酒歌〉가 발견되어 박인로 가사의 새로운 작품세계를 보여
주었다. 〈상사곡〉과 〈권주가〉는 이덕형의 아들들의 부탁으로 쓴 작품
이다.[3]

다음으로는 장현광張顯光(1554~1637)이 있다. 장현광은 대사헌 등
여러 관직에 임명을 받았지만 나가지 않고 학문에 정진한 대학자이다.
병자호란 때는 의병을 일으키게 하고 군량미를 지원하는 등 나라를 위
해 힘쓰다가 나라가 청나라에 굴욕을 당한 후에는 영일 입암에 칩거하
다가 세상을 떠났다. 사후에는 영의정에 추증되었다. 박인로는 장현광
이 은거하고 있던 입암에 찾아가서 〈입암별곡立巖別曲〉을 지어 그의 덕
을 기렸다.

그 외에도, 여러 관직에 재임하고 학문과 문장으로 이름이 난 정구鄭
逑(1543~1620)와 함께 소유정에 올랐을 때는 〈소유정가小有亭歌〉를 지
었고, 영남 안찰사로서 선정을 베푼 이근원李謹元을 기린 〈영남가嶺南
歌〉를 지었다. 그리고 박인로는 본인과 유사한 행적을 지닌 영천지방의
여러 인물들과의 관계에서는 한시漢詩을 여러 작품 남겼다. 이렇게 대
인관계와 관련되는 작품이 많았던 것은 박인로가 학문이나 인품은 물
론, '선가자善歌者'로서 작품 창작에 탁월한 능력이 있었기 때문인 것
으로 보인다. 그리고 '대작代作'과 '명작命作'이 5편이나 되는 것으로
보아 선가자로서의 명성이 나 있었던 것 같다. 창작과 가창을 동시에
했는지는 명확하지는 않지만 여러 가지 정황으로 미루어 볼 때 창작은
물론 가창에도 능했던 것으로 보인다.[4]

---

3 김성은, 「노계 박인로 가사의 공간 연구」(경북대 박사학위논문, 2013) 참조.
4 최현재, 앞의 책, 84~99쪽 참조.

박인로의 가사 작품은 이외에도 부산 통주사로 부임하여 왜적에 대한 적개심과 연군의 정, 그리고 평화에 대한 기원을 담은 〈선상탄船上嘆〉·〈태평사太平詞〉를 지었다. 이언적李彦迪(1491~1553)이 머물던 독락당을 찾아가서 그의 덕을 기리며 〈독락당獨樂堂〉을. 만년에는 노계에 머물면서 〈노계가蘆溪歌〉를 남겼다.

안빈安貧에서 탄궁嘆窮으로

유교를 이념으로 삼았던 조선 사대부층은 경국제민과 입신양명을 이념적 목표로 삼았다. 그렇지만 그런 삶의 목표는 순조롭게 달성할 수 없는 경우가 더 많았다. 관직에 나가지 않고 고향에 머물러 있거나 관직에서 물러난 사대부들에게 삶의 지표가 되었던 것이 안회顏回의 안빈낙도安貧樂道이다. 공자가 가장 사랑하고 칭송했던 제자 안회는 유교를 이념으로 삼았던 조선 사대부층에게 사표가 되었다.『논어論語』「옹야雍也」의 내용5으로 미루어 볼 때, 안회는 정말 가난하게 살았던 것으로 보인다. 그렇게 가난한 형편에서도 수신修身하는 자세를 흐트러뜨리지 않고 즐거운 마음으로 생활했기 때문에 두고두고 칭송의 대상이 되었다. 안회의 이러한 삶의 자세는 초야에 머물러 있는 사대부들이 흐트러짐 없이 수신하며 생활할 수 있었던 이념적 근거가 되었다.

---

5 『論語』「雍也」, "공자가 말하기를, 어질도다, 안회여! 도시락밥에 물 한 바가지를 마시며 누추한 동네에 살면 다른 사람들은 그 걱정을 감당하지 못하는데 회는 그렇게 사는 즐거움을 바꾸지 않으니 어질도다, 회여!(子曰 賢哉 回也 一簞食一瓢飮 在陋巷 人不堪其憂 回也 不改其樂 賢哉 回也.)"

그런데 사대부층은 원래 지주들로서 관직에서 물러나더라도 고향에 돌아가 유유자적할 수 있는 넉넉한 생활근거가 있었다. 그럼에도 불구하고, 안빈낙도를 구호처럼 되뇐 것은 경전에서 가르치고 있는 "가난하더라도 아첨하지 말아야 할 뿐만 아니라 즐거울 수 있어야 하고, 부유하더라도 교만하지 말아야 할 뿐만 아니라 예禮를 좋아해야 한다."[6]나 "군자는 도道를 위하여 힘쓸 뿐 먹고 살 일을 도모하지는 않으며, 농사를 지으면 굶주릴 때도 있지만 학문을 하면 녹봉을 얻을 수 있으므로 군자는 도를 근심하지 가난을 걱정하지는 않는다."[7]와 같은 내용을 생활이념으로 삼았기 때문이다. 가난한 처지는 아니었지만, 사대부층은 경서의 이런 가르침으로 인해 경국제민의 이념을 실현하지 못하는 데서 오는 갈등을 최소화하고 삶의 균형을 유지할 수 있었던 것이다.

가사 장르에 있어서 안빈낙도를 노래한 최초의 작품은 정극인(1401~1481)의 〈상춘곡〉이다. 〈상춘곡〉은 조선 사대부가사의 최초 작품이면서 안빈낙도를 노래한 최초의 은일가사이기도 하다. 정극인은 53세에 대과에 합격하여 벼슬길에 나섰다가 70세에 치사하고 태인으로 물러나 향리의 자제들을 가르치며 노년을 보냈다. 그 공을 인정받아 72세 때는 성종으로부터 삼품산관三品散官 벼슬을 받고 감격해 〈불우헌가不憂軒歌〉·〈불우헌곡不憂軒曲〉을 지어 송축했다. 그리고 80세에 이르기까지 시정의 폐단을 고하는 상소문을 올리는 등 정치현실에 대한 관심도 많았다. 그러면서도 치사할 무렵에는 〈상춘곡賞春曲〉을 지어 정치

---

6 『論語』, 〈學而〉, "子貢曰 貧而無諂 富而無驕 何如? 子曰 可也.. 未若貧而樂 富而好禮者也."

7 『論語』, 〈衛靈公〉, "子曰 君子謀道 不謀食 耕也餒在其中矣 學也祿在其中矣 君子憂道 不憂貧."

현실을 '홍진紅塵'에 비유하면서 풍월주인風月主人으로서 안빈낙도하
며 백년행락百年行樂을 누리는 자신의 삶을 과시하기도 했다. 이것이
시골에 묻혀 사는 사대부 정극인의 고민이면서 은일생활의 명분이기도
했다. 이러한 안빈낙도의 삶을 노래한 은일가사의 전통은 조선 후기까
지 도도하게 이어졌다.

　오랜 전통으로 내려오던 안빈낙도 의식은 임진왜란 후 조선 후기로
접어들면서 변화가 온다. 안빈낙도를 노래하는 은일가사의 전통이 계
속 이어지는 한편, 가난에 대한 의식의 변화가 나타나기 시작했다. 가
난한 현실을 고통으로 생각하는 탄궁嘆窮 의식이 나타나기 시작한 것
이다. 이런 변화는 박인로의 〈누항사〉에서 처음으로 나타난다. 〈누항
사〉에는 농사를 짓기 어려워진 상황, 신분사회의 위계질서가 와해되면
서 주인과 종의 관계가 흐트러져 가는 세태 등에 대한 탄식이 실감나게
표현되어 있다. 물론 작품 결말에서는 평생 온포溫飽에는 뜻을 두지 않
고 단사표음簞食瓢飮을 족히 여기고 살겠다고 하는 안빈의식이 나타나
있기는 하지만 작품 내용의 무게는 가난에 대한 탄식에 쏠려 있다.

　〈누항사〉에서 시작된 탄궁의식은 정훈鄭勳(1563~1640)이 이었다. 정
훈은 〈탄궁가嘆窮歌〉에서 가난한 삶에 대하여 "엇지흔 人生이 이대도
록 苦楚흔고"라고 탄식했다. 〈탄궁가〉도 결말에서는 〈누항사〉와 마찬
가지로 안빈으로 마무리했지만 무게 중심은 탄궁에 있다. 한편, 박인로
는 〈노계가蘆溪歌〉에서, 정훈은 〈용추유영가龍湫游詠歌〉와 〈수남방옹
가水南放翁歌〉에서 전형적인 안빈의식을 보여주고 있어서 전환기 작가
의 혼란스러운 의식세계를 잘 보여주고 있다.

　이상의 작품들에서는 탄궁의식이 강하게 나타나 있기는 하지만 결국
안빈낙도를 지향하는 보수성을 발견할 수 있다. 다시 말하면, 급변하는

현실 앞에서 당황스러워하면서 자신을 추스려야 하는 절박함이 있기는
하지만, 그래도 이념에 의지하여 유가儒家 본연의 자세를 잃지 않았다
는 면에서는 여유가 있는 편이다.

그런데 18·19세기에 오면 원한 맺힌 탄식의 목소리가 담긴 작품들
이 등장하여 관심을 불러일으킨다. 소위 현실비판가사 유형인데 이들
작품에 나타나는 가난에 대한 시적 화자의 목소리는 자기 탄식에 머무
르지 않고 남에 대한 원망으로 바뀌어 있다. 앞서 언급한 〈누항사〉류에
서는 가난의 이유가 시의에 밝지 못한 자신의 우활 때문이라고 했지만,
현실비판가사에서는 그 원인이 힘 있는 자들의 횡포에 있다고 했다. 이
것은 매우 큰 의식의 변화이다. 자기 탄식의 탄궁에서 기득권층의 횡포
에 대한 원한 맺힌 탄궁의식으로의 변화이다. 이런 의식은 〈갑민가〉,
〈기음노래〉, 〈합강정가〉, 〈정읍민란시여항청요〉 등 일련의 작품에서
광범위하게 나타난다. 안빈을 미덕으로 생각하던 시대에서 가난을 견
딜 수 없는 생활현실로 생각하며 탄식하고 원망하는 시대로 바뀐 것이
다. 이제 가난은 이념실현의 매개체가 아니라 극복되어야 할 대상이 되
었다.

관리들의 수탈이 극심했던 18·19세기의 현실비판가사에서 유교이
념은 상층의 통치원리로서의 의의만 있었지 하층의 생활원리는 아니었
다. 이런 상황에서 나온 원한 맺힌 탄궁은 관리들의 호사스러운 부귀에
대한 적대감의 표출이기도 하지만, 부귀에 대한 갈망의 또 다른 표현이
기도 하다. 이런 의식 속에 안빈이 끼어들 자리는 없어진다.

이런 변화는 당시 문학에 광범위하게 나타난다. 〈계녀가誡女歌〉류에
서 치산治産의 중요성을 가르치는 항목이 등장하고, 『악부』에 실려있
는 〈치산가治産歌〉[8]에서는 제가齊家의 바탕인 농사와 부인네의 근검절

약을 통한 건전한 부의 축적을 역설했다. 이들 작품은 안빈낙도를 이념
으로 한 작품들처럼 보수적 성향을 띠지만, 빈부에 대한 인식에 있어서
는 상당한 차이를 보인다. 안빈이 미덕이던 사회에서 치산治産이 미덕
인 사회로 전환되고 있었던 것이다. 즉 가난해도 원망하지 않고 부유해
도 교만해지지 않을 수 있는 안빈의식으로써 자기 수양을 하고 가난을
극복해 나가던 시대에서 부귀를 중요한 가치로 여기는 시대로 전환된
것이다. 다음 두 대목이 이런 의식의 변화를 극명하게 보여준다.

> 貧而無怨을 어렵다 ᄒ건마ᄂᆞ
> 닉 生涯 이러호딕 설온 뜻은 업노왜라
> 簞食瓢飮을 이도 족히 너기로라
> 平生 ᄒᆞᆫ 뜻이 溫飽애ᄂᆞᆫ 업노왜라(〈누항사〉)

와 같이 가난한 현실에 대하여 탄식하면서도 안빈의식으로 가난을 극복
해 나가던 시대에서,

> 예절도 의식이요 힝세도 의식이요
> 친구도 의식이요 공명도 의식이요
> ᄉᆞ업도 의식이요
> 의식이 유족허면 ᄌᆞ식나서 글일키고
> 향쳔도 절노허고 죽빅의 일홈쓰고
> 긔린각의 화상뫼셔 쳔추만셰 유젼허셰(〈치산가〉)

---

8 정재호·김흥규·전경욱 편, 『주해 악부』(고려대 민족문화연구소, 1992), 665~667쪽.

와 같이 풍족한 의식衣食이 세상살이의 중심에 놓이는 시대로 바뀐 것이다.

안빈과 탄궁 사이, 〈누항사〉

박인로의 가사 11편 중 가장 많은 주목을 받고 있는 작품이 〈누항사〉이다. 임진왜란을 전후한 격변기의 경험을 다른 어떤 작품보다도 사실적으로 그림으로써 이행기문학의 성격을 두드러지게 보여주고 있기 때문이다. 창작연대와 창작의도에 대해서는 논란이 있기는 하지만, 작품의 근본적인 성격 규정이 달라져야 할 정도는 아니다.

먼저, 창작연대는 박인로와 이덕형의 관계에 비추어 볼 때 〈사제곡〉과 함께 1611년이라는 주장과 작품내용과 여타 기록을 종합해 볼 때 1596년이라는 주장이 엇갈리고 있다. 창작연대가 어느 해이든 임진왜란으로 인해 피폐해진 자신과 농민들의 삶을 작품의 제재로 삼았다는 점에서는 다름이 없다.

창작 의도면에서 볼 때도 〈누항사〉는 곤궁해진 현실 앞에 당황하고 고민하는 향반 박인로의 탄식을 보여주는 작품이라는 주장, 내우외환으로 나라 전체가 경제적 궁핍에 시달리던 당시의 모습을 우의적으로 서술한 작품이라는 주장 등이 있다. 논의의 초점에 차이가 있기는 하지만 〈누항사〉는 작가 개인이나 백성들이 겪었던 절박한 처지를 사실적으로 그린 작품이라는 점에서는 견해를 같이하고 있다.

그러면 작품을 구체적으로 검토해 보자.

어리고 迂闊홀산 이 닉 우히 더니 업다
吉凶禍福을 하날긔 부쳐두고
陋巷 깁푼 곳의 草幕을 지어 두고
風朝雨夕에 석은 딥히 셥히 되야
셔홉 밥 닷홉 죽에 煙氣도 하도 할샤
언매마히 바든 밥의 懸鶉稚子들은
쟝긔 버려 죨 미덧 나아오니
人情千里예 츔아 혼자 먹을넌가
설데인 熟冷애 뷘 비 쇡일 쑨이로다
生涯 이러ᄒ다 丈夫 뜻을 옴길넌가
安貧一念을 젹을망졍 품고 이셔
隨宜로 살려 ᄒ니 날로조차 齟齬ᄒ다

〈누항사〉의 서두이다. 누항에서 가난하게 살고 있으면서도 모든 세
상일을 하늘에 맡겨두고 있는 자신이 어리석고 우활하기 짝이 없다고
탄식했다. 이어서 겨우 끼니를 때우고 있는 한심한 모습, 누더기 옷을
입고 밥 달라고 덤벼드는 어린아이들의 모습을 실감나는 비유로 묘사
했다. 그럼에도 불구하고, 일념으로 안빈낙도하며 살아가고자 하지만
날로 어긋나고 있다고 탄식했다. 매운 연기 맡으며 멀건 죽 끓이는 정
상情狀, 장기판의 졸卒처럼 물러설 줄 모르고 밥 달라고 보채는 아이들
모습의 묘사는 전에 볼 수 없는 사실적 표현이다. 그리고 "安貧一念을
젹을망졍 품고 이셔 / 隨宜로 살려 ᄒ니 날로조차 齟齬ᄒ다"의 정서는
〈상춘곡〉의 서두 "紅塵에 뭇친분네 이내生涯 엇더ᄒ고 / 녯사룸 風流
룰 미츨가 못미츨가 / 天地間 男子몸이 날만흔이 하건마ᄂᆞᆫ / 山林에
뭇쳐이셔 至樂을 ᄆ룰것가 / 數間茅屋을 碧溪水 앏픠두고 松竹鬱鬱裏
예 / 風月主人 되어셔라"와는 전혀 다르다. 〈상춘곡〉의 서두가 은일의

흥취라면, 〈누항사〉의 서두는 은일의 탄식이다.
　이러한 탄식은 이어지는 대목에서 한층 더 심화된다.

　　　　ㄱ올히 不足거든 봄이라 有餘ᄒ며
　　　　주머니 뷔엿거든 瓶이라 담겨시랴
　　　　다만 ᄒ나 뷘 독 우희 어론털 도ᄃᆞᆫ
　　　　늘근 쥐ᄂᆞ 貪多務得ᄒ야
　　　　恣意揚揚ᄒ니 白日 아래 强盜로다
　　　　아야러 어ᄃᆞᆫ거ᄉᆞᆯ 다 狡穴에 앗겨주고
　　　　碩鼠三章을 時時로 吟詠하며
　　　　歎息無言ᄒ야 搔白首 ᄲᅮᆫ니로다
　　　　이中에 탐살은 다 내집의 뫼홧ᄂᆞᆫ다
　　　　貧困ᄒᆞᆫ 人生이 天地間의 나ᄲᅮᆫ이라

　천지간에 '나'만큼 빈곤한 인생도 없는데 탐살은 내 집에 다 모인 듯,
강도 같은 쥐들이 빈 독까지 노리고 있는 기가 막힌 현실에 대해 탄식
하고 있는 대목이다. 말없이 흰 머리만 긁적이고 있는 '나'와 의기양양
한 쥐의 대비가 시적 화자의 비참한 처지를 선명하게 부각시켜 주고
있다.
　이어서 다음 대목을 살펴보자.

　　　　飢寒이 切身ᄒ다 一丹心을 이질ᄂᆞᆫ가
　　　　奮義忘身ᄒ야 죽어야 말녀 너겨
　　　　于橐于囊의 줌줌이 모와 녀코
　　　　兵戈五載예 敢死心을 가져 이셔
　　　　履尸涉血ᄒ야 몃 百戰을 지ᄂᆡ연고

一身이 餘暇잇사 一家를 도라보랴
一奴長鬚는 奴主分을 이젓거든
告余春及을 어늬 사이 싱각ㅎ리
耕當問奴ㄴ들 눌ㄷ려 물롤는고
躬耕稼穡이 닉 分인줄 알리로다
莘野耕叟 壟上耕翁을 賤타 ㅎ리 업것마는
아므려 갈고젼들 어늬 쇼로 갈로손고

가난에 대한 탄식은 나라에 대한 섭섭함으로까지 심화되었다. 가난
한 상황에서도 나라에 대한 충심에 죽을 각오로 전쟁에 나가 여러 해
동안 몇백 전을 치르고 돌아왔는데 이미 세상은 변해서 종들은 주인을
몰라보고 나에게 농사철이라고 알려줄 사람 하나 없다고 했다. 손수 농
사를 지을까 생각도 해 보지만 논밭 갈 소조차 없는 답답한 형편이다.
'집안 돌아볼 틈도 없이 일단심一丹心으로 나라를 위해 헌신한 결과가
이것밖에 안 되는가'라고 탄식하고 있는 것이다.
　다음은 시적 화자가 처한 상황을 가장 극명하게 보여주는 대목이다.

旱旣太甚ㅎ야 時節이 다느즌졔
西疇 놉흔 논애 잠깐 긴 녈비예
道上無源水을 반만깐 딕혀두고
쇼흔 젹 듀마ㅎ고 엄섬이 ㅎ는 말삼
親切호라 너긴 집의
달 업슨 黃昏의 허위허위 다라 가셔
구디 다둔 門밧긔 어득히 혼자 서셔
큰 기춤 아함이를 良久토록 ㅎ온後에
어화 긔 뉘신고 廉恥 업산 닉옵노라

初更도 거읜듸 긔 엇지 와 겨신고
年年에 이러ᄒᆞ기 苟且ᄒᆞᆫ 줄 알건만ᄂᆞᆫ
쇼 업슨 窮家애 혜염 만하 왓삽노라
공ᄒᆞ나 갑시나 주엄즉도 ᄒᆞ다마ᄂᆞᆫ
다만 어제밤의 거넨 집 뎌 사람이
목불근 수기雉을 玉脂泣게 ᄭᅮ어ᄂᆡ고
간이근 三亥酒을 醉토록 勸ᄒᆞ거든
이러ᄒᆞᆫ 恩惠을 어이 아니 갑흘넌고
來日로 주마ᄒᆞ고 큰 言約 ᄒᆞ야거든
失約이 未便ᄒᆞ니 사셜이 어려왜라
實爲 그러ᄒᆞ면 혈마 어이ᄒᆞᆯ고
헌 먼덕 수기 스고 측업슨 집신에
설피설피 물너오니
風采저근 形容애 긔 즈칠 ᄲᅮᆫ이로다

한때나마 소를 빌려주겠다고 하는 이웃이 있어서 하루 전날 확인차 그 집에 갔다가 허탕치고 돌아오는 장면이다. '빌려주겠다고 약속은 했지만, 그 사이에 건넌집 사람이 술과 안주를 들고 와서 대접하는 바람에 그쪽으로 빌려주기로 했다'는 말을 듣고 맥빠진 모습으로 쓸쓸히 돌아오는 장면이 사실적으로 묘사되어 있다. 허위허위 달려갔다가 설피설피 물러나왔다는 표현, 풍채 적은 형용에 개 짖을 뿐이라고 하는 표현은 시적 화자의 창피하고 초라한 모습을 너무나 생생하게 각인시켜 준다.

이런 모습에 담긴 시적 화자의 정서는 다음 대목으로 계속 이어진다.

蝸室에 드러간들 잠이 와사 누어시랴

北窓을 비겨안자 새배를 기다리니
無情흔 戴勝은 이뇌 恨을 도우느다
終朝 惆悵ㅎ며 먼 들흘 바라보니
즐기는 農歌도 興업서 들리느다
世情 모른 한숨은 그칠 줄을 모른느다
술고기 이시면 권당 벗도 하렷마는
두 주먹 뷔게 쥐고 世態업슨 말슴애
양즈 하나 못고오니
ㅎ른아젹 블일 쇼도 못 비러 마랏거든
ㅎ믈며 동곽번간의 醉홀 뜻을 가딜소냐
아슨온 져 소뷔는 벗보임도 됴홀셰고
가시 엉긘 묵은 밧도 容易케 갈련마는
虛堂半壁에 슬듸업시 걸려고야
츨하리 첫봄의 프라나 볼일 거슬
이제야 풀녀 흔들 알 니 잇사 사러오랴

소 빌리러 이웃집에 갔다가 돌아와서 좁은 방안에 웅크리고 앉아 밤
새 우는 새소리를 들으며 한을 돋우고, 아침 내내 들려오는 농민들의
즐거운 노래 소리를 들으며 한숨만 내쉬고 있는 자신의 모습을 그렸다.
그리고 하루아침 부릴 소도 못 빌리는 주제에 남의 상갓집에서 한 잔
얻어먹고 취해 볼 비윗살이나 있느냐, 쓸데없이 걸려있는 농기구를 보
니 팔아버리고 싶지만 시기가 다 지났는데 누가 사러 오겠느냐고 자문
했다. 가난하고 힘없는 자신에 대한 자조적 탄식이다.
   이러한 탄식은 다음 대목에서 반전된다.

   春耕도 거의거다 후리쳐 더뎌두쟈

江湖 흔 쑴을 쑤언지도 오릭려니
口腹이 爲累ᄒᆞ야 어지버 이져쎠다
瞻彼淇澳ᄒᆞᄃᆡ 綠竹도 하도할샤
有斐君子들아 낙ᄃᆡ ᄒᆞ나 빌려스라
蘆花 깁픈 곳애 明月淸風 벗이 되야
님자 업슨 風月江山애 절로절로 늘그리라
無心흔 白鷗야 오라 ᄒᆞ며 말라 ᄒᆞ랴
다토리 업슬슨 다문 인가 너기로라
이제야 쇼비리 盟誓코 다시마쟈
無狀흔 이 몸애 무슨 志趣 이스리마ᄂᆞᆫ
두세이렁 밧논을 다 무겨 더뎌두고
이시면 粥이오 업시면 굴물망졍
남의 집 남의 거슨 견혀 부러 말럇노라
ᄂᆡ 貧賤 슬히 너겨 손을 헤다 물너가며
남의 富貴 불리너겨 손을 치다 나아오랴
人間 어ᄂᆡ 일이 命밧긔 삼겨시리
가난타 이제 죽으며 가ᄋᆞ며다 百年 살냐
原憲이ᄂᆞᆫ 몃 날 살고 石崇이ᄂᆞᆫ 몃 히 산고
貧而無怨을 어렵다 ᄒᆞ건마ᄂᆞᆫ
ᄂᆡ 生涯 이러호ᄃᆡ 설온 뜻은 업노왜라
簞食瓢飮을 이도足히 너기로라
平生 흔 뜻이 溫飽애ᄂᆞᆫ 업노왜라
太平天下애 忠孝를 일을 삼아
和兄弟 信朋友 외다 ᄒᆞ리 뉘 이시리
그 밧긔 남은 일이야 삼긴 ᄃᆡ로 살렷노라

탄궁으로 일관해 오다가 이 대목에서 갑자기 체념적인 안빈으로 바
뀌었다. 농사를 내던지고 오랫동안 꿈꾸어 오던 강호에서 풍월을 즐기

며 살아가겠노라고 했다. 소 빌리기와 같은 일은 다시 하지 않겠다고 다짐하며 충효를 일삼고 화형제和兄弟 신붕우信朋友하면서 살겠노라고 도 했다. 전반부의 궁핍한 상황이 절실했기 때문에 이 대목의 안빈낙도 가 더욱 선명하게 부각되는 효과도 있지만[9] 박인로가 겪었던 갈등의 심각성을 부각시켜 주기도 한다.

결말에서 충효와 안빈낙도로써 마무리하기는 했지만, 작품의 주조를 이루고 있는 것은 탄궁 대목이다. 〈누항사〉에 나타나는 이러한 탄궁의 식은 이전 가사작품에서는 찾아볼 수 없는 것이다. 어쨌든 〈누항사〉는 대전환기에 향촌에서 한미한 삶을 살았던 사족의 고민, 나아가 나라 전 체가 혼란과 가난에 시달렸던 절박한 당시 상황을 전형적으로 보여주 는 작품이라고 평가할 수 있겠다. 즉, 〈누항사〉에서 보여준 안빈에서 탄궁으로의 의식 변화는 임진왜란을 계기로 커다란 변화를 가져온 문 학사의 흐름과 맞물려 있다.

(『오늘의 가사문학』 제17호, 2018)

---

9 김광조, 「〈누항사〉에 나타난 '탄궁'의 의미」, 『고전과 해석』 제2집(고전문학한문학연구 학회, 2007), 51쪽.

최초의 송축가사 〈독락당〉

송축과 이념적 삶

작가 박인로, 그의 이념과 현실

박인로朴仁老(1561~1642)는 생존연대에서 알 수 있듯이 젊은 시절 임진왜란을 겪으며 전쟁의 참상과 급변하는 현실을 누구보다 절실하게 경험했던 사람이다. 박인로의 신분과 경제적 상황에 대해서는 다소 논란이 있지만, 현실과 이념 모두에서 힘겹게 살았던 향촌사족이었던 것은 분명해 보인다.[1]

박인로는 사대부 문인의 삶을 지향했지만 무관 벼슬로 만족해야 했다. 임진왜란을 오롯이 겪으며 의병에 자원하여 참여했고 39세의 늦은

---

1 박인로의 생애에 대해서는 최상은, 「최초의 탄궁가사, 〈누항사〉」, 『오늘의 가사문학』 17호(한국가사문학관, 2018) 참조. 여기서는 박인로의 현실 상황과 그의 이념을 중심으로 정리한다.

나이에 무과에 급제하여 수문장, 선전관, 조라포 만호 등 여러 무관 벼
슬을 거쳤다. 〈누항사〉의 내용으로 미루어 볼 때, 박인로가 무관 벼슬
을 끝내고 고향 영천으로 돌아갔을 때는 가정형편이 더욱 어려워져 있
었을 뿐만 아니라 지역사회의 분위기도 훨씬 악화되어 있었다. 경제적
기반의 약화, 정치권에서의 소외 등으로 박인로는 심각한 갈등에 휩싸
였던 것으로 보인다. 그러나 박인로의 가사 작품에서는 이런 갈등이 최
소화되어 있다는 점에 관심을 가져 볼 필요가 있다. 즉, 〈누항사〉를 제
외한 다른 작품들에서는 그런 갈등이 거의 나타나지 않는다.

　여러 가지 기록을 통해서 볼 때, 임진왜란 이후 향촌사회의 현실은
급변하여 기존의 신분적, 이념적 질서가 유지될 수 없는 상황이었다.
소위 중세에서 근대로의 이행기로 접어들면서 많은 문학작품에서도 당
시의 그런 현실과 변화의 조짐이 나타나기 시작했는데 〈누항사〉가 그
선구적인 작품이다. 그렇지만 박인로는 그런 현실과 시대의 변화보다
는 자신의 이념적 지향을 굳게 지켜나가고자 힘썼다. 전쟁이 일어났을
때는 분연히 일어나 의병이 되어 국가에 충성했고 고향으로 돌아와서
는 성인의 가르침에 따라 성의입덕誠意入德할 것을 다짐하며 생활했던
사람이다.[2]

　박인로의 이념적 지향은 대인관계에서도 잘 나타난다. 박인로가 대
인관계에서 가장 특별한 관계를 맺었던 사람은 이덕형李德馨(1561~
1613)이다. 이덕형은 나이로는 박인로와 동갑이지만 영의정까지 지냈
던 거유巨儒로서 사회적 위상은 전혀 다른 사람이다. 이덕형이 도체찰

---

[2] 박인로의 이념적 삶에 대해서는 최상은, 「노계가사의 창작기반과 문학적 지향」, 『한국
　시가연구』 제11집(한국시가학회, 2002) 참조.

사都體察使로 영천에 갔을 때는 박인로 집안의 시조묘에 참배하기도 하고 이덕형이 치사 후 용인 사제로 물러나 있을 때는 박인로가 영천에서 사제까지 찾아가 노닐기도 했다. 이때 이덕형이 박인로에게 산거궁고지상山居窮苦之狀을 물었을 때 〈누항사〉를 짓고, 이덕형을 대신하여 자연에서의 흥취와 안빈낙도·충효의 이념을 노래한 〈사제곡〉을 짓기도 했다.

장현광張顯光(1554~1637) 역시 박인로와 친분이 두터웠다. 장현광은 여러 관직에 임명받고도 출사하지 않고 학문에 정진했던 영남의 대학자로서 사후에는 영의정으로 추증되었다. 박인로는 장현광이 은거하고 있던 영일 입암에 찾아가 〈입암별곡立巖別曲〉을 지었는데 주로 자연에 묻혀 사는 이념적 흥취와 장현광의 도학자적 삶을 노래했다. 결말에서는 시적 화자를 '나'로 설정하여 장현광의 삶이 마치 자신의 삶인 듯이 표현했다. 박인로는 정구鄭逑(1543~1620)와도 친분이 있었는데 정구는 여러 관직을 거쳐 대사헌에 올랐을 뿐만 아니라 학문과 문장으로도 이름이 난 사람이다. 박인로는 정구와 함께 울산 초정에 가서 목욕을 하고 왔고 소유정에 올라서는 〈소유정가小有亭歌〉를 지었다. 〈소유정가〉역시 자연에서의 흥취를 노래하되 안빈낙도와 충忠으로 마무리했다. 그 외에도, 박인로의 문집 『노계집盧溪集』에 소개되어 있는 정세아 일가鄭世雅 一家, 조호익曺好益, 정침鄭湛, 정연길鄭延吉, 최기남崔起南 등도 박인로와 유사한 행적을 지닌 인물들[3]이어서 그의 대인관계와 이념적 삶의 연관성을 짐작하게 해 준다.

이러한 박인로의 대인관계와 삶의 자세는 조선 성리학의 학문적 정

---

3 이상보, 『노계시가연구』(이우출판사, 1980), 17~40쪽 참조.

립에 선구자적 위치를 차지하고 있는 이언적李彦迪(1491~1553)을 칭송
한 〈독락당獨樂堂〉과 장현광을 기린 〈입암별곡〉, 선정을 베풀어 성리
학의 이념을 현실에 실현시킨 영남 안찰사 이근원李謹元⁴을 기린 〈영남
가嶺南歌〉에 잘 드러나 있다. 박인로는 생애 후반기에 이르러, 성리학
의 이념적 지표를 정립한 이언적과 장현광을 기리면서 자신의 이념을
재다짐하고, 선정을 베풀어 백성들로부터 추앙받는 이근원을 통해 자
신의 이념이 현실에 실현된 듯한 꿈을 형상화한 것이 아닌가 생각된다.

송축문학의 전통과 송축가사의 전개

송축문학의 전통은 동양문학의 원류라 할 수 있는 『시경詩經』까지
거슬러 올라갈 수 있는데 『시경』의 육의六義 중 '아雅'와 '송頌'에 맥이
닿는다. '아'는 정악의 노래로서 연향과 회조會朝의 음악이며 다스림을
받고 경계를 진술하는 말이고, '송'은 종묘의 노래로서 성덕의 모습을
찬미하고 그 성공을 신명에게 고하는 것이다. 즉, '아'는 군신간의 상열
相悅을 목적으로, 송은 조종선왕의 신명에 대한 인간의 기구를 목적으
로 만들어진 것이다. 그런데 후대로 오면서 '송'이 점차 인사人事 일반
을 대상으로 함에 따라 '아'와 구별할 수 없는 동질적인 개념으로 인식

---

4 『노계집』에 기록되어 있는 이근원은 그 존재를 확인할 수 없는 인물이기 때문에 박인로
당시에 경상감사로 부임한 적이 있는 이기조李基祚(1595~1653)로 보아야 한다는 주장
이 나왔다. 일리 있는 주장이기는 하나, 여기서는 『노계집』의 기록에 따라 이근원으로
표기한다. 이종문, 「노계〈영남가〉의 찬양 대상 인물에 대한 고찰」, 『어문논집』 제59집
(민족어문학회, 2009) 참조.

되기에 이르렀다. 따라서 '아송'은 '훌륭한 과거를 기반으로 바람직한 현재와, 그것이 미래로 영속될 것을 염원하는 소망적 사고에서 나온 것으로 이것이 아송의 근원적 의미이자 현실적 공효다.'[5]

학계에서는 '아송'에 해당하는 용어로 송축頌祝, 송도頌禱, 송양訟揚 등의 용어를 써 왔는데 여기서는 '송축'을 쓰기로 한다. 왜냐하면, 아송의 의미 중 '바람직한 현재'의 상황, 즉 경사慶事에 대한 축하의 의미가 확대된 작품이 조선 후기에 양산되어 이들 작품을 포함할 필요가 있기 때문이다. 따라서 '송축문학頌祝文學'은 대상에 대하여 칭송하고 축하하며 미래를 축원하는 의미를 담은 문학이라고 정리할 수 있다.

국문학사상에서의 기록으로 볼 때, 우리나라의 송축문학은 신라 유리왕 때의 〈도솔가兜率歌〉에서 그 연원을 찾을 수 있다. 노랫말은 전하지 않지만 "이 노래가 악樂의 시작이다."[6]라는 문장과 설화로 보아 이 노래가 악장문학이었고, 악장문학이었다면 임금의 덕을 칭송하는 내용이었을 것이다. 그리고 향가 중 충담사忠談師의 〈찬기파랑가讚耆婆郎歌〉, 고려속요 중 〈동동動動〉[7] 등도 송축문학에 포함할 수 있을 것이다. 이러한 송축문학의 전통은 조선 초에 꽃을 피웠다. 태조 때 정도전의 〈몽금척夢金尺〉 등 다수의 작품을 시작으로 성종대에 이르기까지 수많은 송축문학이 창작되었다. 많은 작품 중 세종조의 〈용비어천가龍飛御天歌〉는 송축문학의 정점에 이른 작품이라 할 수 있다.

---

5 조규익, 『조선초기아송문학연구』(태학사, 1986), 17~18, 28쪽 참조.

6 김부식, 『삼국사기三國史記』 권제1, 「신라본기新羅本紀」 제1 '유리왕이사금儒理尼師今' 5년. "此歌樂之始也"

7 『고려사高麗史』 권71 「지志 제25」 「악樂」 2 '속악俗樂', "동동 놀이는 그 노랫말에 송도의 노랫말이 많다.(動動之戲 其歌詞 多有頌禱之詞)"라는 기록이 있다.

이와 같이, 주로 궁중 의식이나 연회에서 공식적으로 소용되던 송축문학의 전통은 개인 정서를 표현하는 시조나 가사에서도 활용되는 현상을 보이기도 했다. 연군가戀君歌 계열의 작품이나 〈강호사시가江湖四時歌〉의 "亦君恩이샷다" 등의 표현에서 느슨해진 송축문학의 모습을 볼 수 있다. 이들 작품은 대상에 대한 송축보다는 개인정서 표현에 무게 중심이 있기 때문에 송축문학으로 보기는 어렵다.

가사문학의 경우, 17세기 초 이전의 사대부가사가 주로 자연을 대상으로 관조적 심미성을 존중하는 태도를 보였다면, 그 이후의 사대부가사는 주로 현실적인 문제에 관심을 두면서 체험의 구체성을 중시하는 방향으로 변모되어 갔다.[8] 그런가 하면 현실보다는 이념성이 더욱 강화되는 작품군이 등장하고, 담당층이 확대됨에 따라 가사문학의 작품세계는 다양한 변모 양상을 보였다.

최초의 송축가사는 박인로의 〈독락당〉이다. 박인로는 〈독락당〉 이후 또 다른 송축가인 〈입암별곡〉과 〈영남가〉를 지어서 송축가사의 지평을 도도하게 열었다. 〈독락당〉은 박인로가 추앙해 마지않던 이언적의 학덕을, 〈입암별곡〉은 장현광의 학덕을, 〈영남가〉는 영남 안찰사 이근원의 치적을 기린 송축가사이다. 〈누항사〉에서 보여주었던 것과는 또 다른 방향에서 가사의 흐름을 형성했다고 할 수 있다. 앞서 살펴본 바와 같이, 박인로는 임진왜란은 물론 그 후의 급변하는 사회를 적접적으로 경험한 사람이지만 그의 삶은 그런 현실에 적극적으로 대응하기보다는 이념적 삶을 추구하는 방향이었다. 박인로는 유래없이 많은 가사 작품

---

8 박영주, 「사대부 가사의 전환점에 위치한 노계 박인로」, 『오늘의 가사문학』 제17집(한국가사문학관, 2018), 42쪽.

을 남겼는데 대부분의 작품이 그런 삶을 기조로 창작되었다.

박인로에 이어 정훈鄭勳(1563~1640)이 〈성주중흥가聖主中興歌〉를 지었다. 〈성주중흥가〉는 인조반정의 감격을 노래한 작품으로서 광해군 시절을 비판하면서 인조에 대해 찬사를 보내고 선정에 대한 소망과 인조의 만수무강을 축원한 작품이다.[9] 이후 작품 창작이 뜸하다가 19세기 중반 이광사李匡師(1705~1777)의 〈무인입춘축성가戊寅立春祝聖歌〉가 그 뒤를 이었다. 이 작품은 이광사가 유배지에서 입춘을 맞이하여 영조英祖에 대한 충성과 연군의 정을 노래하면서 임금의 성덕과 왕조의 무궁을 송축한 작품이다. 18세기 말 정조正祖 때는 류도관柳道貫(1741~1813)이 왕자(순조純祖)의 탄생을 경축하고자 〈경술가庚戌歌〉를 지었다.[10]

이후 송축가사는 규방가사의 한 유형으로도 확대되어 많은 작품을 남겼다. 18세기 말 정부인연안이씨貞夫人延安李氏(1737~1815)의 〈쌍벽가雙璧歌〉가 규방가사의 송축가사로는 가장 이른 시기의 작품이다. 〈쌍벽가〉는 동갑인 아들과 조카가 동시에 과거에 급제한 것을 칭찬하고 자신의 소회를 펼치면서 국태민안과 가문의 만대유전을 축원한 작품이다. 이후 규방가사에서는 결혼, 회갑, 회혼 등을 기리는 송축가사의 창작이 이어졌고, 그 외 국가와 왕실에 대한 송축가사, 기관과 단체의 송

---

9 최지연, 「조선 후기 송축가사 연구」(홍익대 석사학위논문, 2001) 참조. 이 논문에서는 〈성주중흥가〉를 조선 후기 송축가사의 최초작으로 소개하고 있다. 이 논문은 송축문학의 연원인 『시경』으로부터 신라 이래 우리나라의 송축문학의 전통에 대하여 개괄하면서 〈독락당〉·〈입암별곡〉·〈영남가〉에 대해서는 언급하지 않았다. 여기서는 송축가사의 최초작을 〈독락당〉으로 보되 조선 후기 송축가사 작품 현황은 〈성주중흥가〉로부터 소개되어 있는 이 논문의 작품 목록을 주로 참고로 하였다.

10 고성혜, 「담양가사의 미의식 연구」(전남대 석사학위논문, 2012), 40~42쪽 참조.

축가사, 개인의 송축가사가 20세기 초까지 지속적으로 창작되었다.[11]

이상에서 살펴본 바와 같이, 송축가사는 조선 후기의 다양화된 가사 문학 중 성리학 이념의 가장 이상적인 실현태를 노래한 작품군이다. 성 리학자나 선치善治를 한 관리, 가정의 경사 등에 대한 송축이 그것이다. 작품에 따라서는 송축 이면에 유교적 관습의 굴레 속에서의 갈등을 표 출하기도 했다. 특히 개화기 이후 일제강점기의 송축가사에서는 주권 없는 조국의 현실과 문명개화를 통한 자주독립에의 염원 사이의 갈등 이 드러나 있다는 점도 주목할 만하다. 그렇지만, 송축가사는 복잡하게 전개되고 있었던 당시 사회의 현실 문제로부터는 멀리 떨어져 있거나 현실에 대한 갈등을 보여주더라도 조선의 유가적 이념과 중세 체제에 대해서는 순응적이었다는 점에서는 매우 보수적인 작품군이라 할 수 있다.[12]

송축과 이념적 삶, 〈독락당〉

독락당獨樂堂은 이언적이 벼슬을 그만두고 고향에 돌아와 거처하던 집이다. 독락당이 있는 경주시 안강읍 옥산리는 박인로가 살았던 영천 과는 인접 지역이다. 그런데다 이언적은 영남사림의 거목이고 성리학 의 선구자이기 때문에 이념적 삶을 지향했던 박인로의 입장에서는 추 앙할 만한 고향 학자였을 것이다. 박인로는 1619년 이언적의 자취를

---

11 최지연, 앞의 논문, 6~23쪽의 송축가사 작품목록과 유형분류 참조. ; 고전자료편찬실, 『규방가사』 I(한국정신문화연구원, 1979)의 '축원송도류'의 작품 참조.
12 최지연, 앞의 논문 참조.

찾아 독락당에 들렀다가 송축가사 〈독락당〉을 지었다. 이 시기에 박인로는 이황을 흠모하여 안동의 도산서원을 찾는가 하면 정구와 교유하면서 학문에 힘쓰던 시기였다.

그러면 〈독락당〉을 단락으로 나누어 작품 전체의 전개를 살펴보기로 하자.

① 일편단심 무부로 분주하게 지내다 늙어서야 독락당을 찾음
② 만권서책의 독락당과 선생의 독락에 대한 흠모의 정
③ 독락당 주변 풍경과 선생의 이념적 흥취
④ 독락당에 다시 올라 선생을 회고, 학문에 정진한 선생을 동방 군자로 여김
⑤ 도덕군자인 선생의 삶과 사림에게 추앙받는 선생을 기림
⑥ 선생의 문집을 살피며 선생 유화遺化의 지극함을 느낌
⑦ 후생들에 대한 당부

작품의 서사인 단락①을 살펴보자.

紫玉山 名勝地예 獨樂堂이 蕭灑홈을 / 들런디 오래로딕 / 이몸이 武夫로서 海邊事ㅣ 孔棘거늘 / 一片 丹心에 奮義를 못내ㅎ야 / 金鎗鐵馬로 餘暇업시 奔走터가 / 中心景仰이 白首에 더옥 깁허 / 竹杖芒鞋로 오날사 ᄎᄌ오니 / 峰巒은 秀麗ㅎ야 武夷山이 되어 있고 / 流水ᄂᆞ 盤回ㅎ야 後伊川이 되엿ᄂᆞ다 / 이러흔 名區에 임직 어이 업도썬고 / 一千年 新羅와 五百載 高麗에 賢人君子들이 만히도 지닌마ᄂᆞᆫ / 天慳地秘ㅎ야 我 先生씌 기치도다 / 物各有主ㅣ 어든 ᄃᆞ토리 이실소냐

단락①에서는 무인으로서 나라를 위해 동분서주하느라 찾지 못하다

가 늙어서야 찾아온 독락당에 대한 감회를 서술한 대목이다. 독락당이
있는 자옥산의 산수를 주자朱子의 무이산과 정이程頤의 이천에 비유함
으로써 이언적의 위상을 한껏 높였다. 뿐만 아니라, 우리나라 일천 년
신라와 오백 년 고려에도 현인군자가 많았지만, 하늘이 아끼고 땅이 숨
겨 뒀다가 선생을 이곳의 주인으로 삼았으니 누가 감히 다투겠느냐고
하면서 최고의 찬사를 아끼지 않았다.

작품의 본사 중 단락②~단락④는 독락당에서 시작하여 이언적이
명명命名했다는 주변의 명승지를 차례대로 돌아보고 다시 독락당으로
돌아오는 과정을 서술했고, 단락⑤~단락⑥은 이언적이 끼친 교화가
지극함을 노래했다. 작품의 전개를 순차적으로 살펴본다.

> 青蘿를 헤혀드러 獨樂堂을 여러니니 / 有閑景致는 견홀 딕 뇌야 업
> 니 / 千竿修竹은 碧溪조차 둘너잇고 萬卷書册은 四壁의 사혀시니 / 顔
> 曾이 在左ᄒ고 游夏는 在右ᄒᄂᆞᆺ / 尙友千古ᄒ며 吟詠을 일을 삼아 / 閒
> 中靜裏예 潛思自得ᄒ야 혼자 즐겨 ᄒ시닷다 / 獨樂 이 일홈 稱情ᄒ 줄
> 긔 뉘 알리 / 司馬溫公 獨樂園이 아무려 조타ᄒᄂᆞᆯ /其間眞樂이야 이 獨
> 樂애 더로손가

단락② 대목이다. 독락당 경치에 대한 서술이지만, 실제의 경치가
아니라 관념화된 경치이다. 대나무로 둘러싸여 있고 벽에는 사방 서책
들이 쌓여 있는 곳이다. 좌우에 제자들을 거느리고 학문을 도야한 공자
를 상고하고 음영하며 조용한 가운데 자득하여 혼자 그 즐거움을 누린
선생을 기렸다. 사마온공의 독락원이 아무리 좋다한들 진락眞樂을 깨
달은 선생의 독락보다 더 하겠느냐고 했다. 독락당의 유한有閑한 경치
는 천고의 이념을 자득한 관념 속의 경치이다.

단락③은 독락당 주변에 있는 이언적의 흔적을 찾아다니는 과정을
보여주고 있다. 이언적이 명명했다는 양진암養眞巖, 관어대觀魚臺, 영
귀대詠歸臺, 징심대澄心臺, 탁영대濯纓臺, 사자암獅子巖을 차례로 오르
며 자연 경치는 물론 선생의 정신세계를 노래했다. 곳곳의 명칭에서 짐
작할 수 있는 바, 가는 곳마다 아름다운 경치에 이념적 의미를 부여하
여 선생의 덕을 기렸다. 그중 한 대목을 살펴본다.

> 觀魚臺 느려오니 실온덧흔 盤石의 / 杖屨痕이 보이는닷 / 手栽長松
> 은 녯 빗츨 씌여시니 / 依然物色이 긔 더옥 반가올샤 / 神淸氣爽ㅎ야
> 芝蘭室에 든덧ㅎ다 / 多少古跡을 보며 문득 싱각ㅎ니 / 層巖絶壁은 雲
> 母屛이 절로 되야 / 龍眠妙手로 그린 덧시 버러잇고 / 百尺澄潭애 天光
> 雲影이 얼희여 즐겨시니 / 光風霽月이 부ᄂᆞᆫ듯 ᄇᆞ싀ᄂᆞᆫ듯 / 鳶飛魚躍을
> 말업슨 벗을 삼아 / 沈潛翫索ㅎ야 聖賢事業 ㅎ시덧다 / 淸溪를 빗기건
> 너 釣磯도 宛然홀샤 / 문노라 白鷗들아 녜 닐을 아ᄂᆞᆫ산다 / 嚴子陵이
> 어ᄂᆡ 해예 漢室로 가단말고 / 苔深磯上애 暮烟만 즐겨셔라

관어대의 경치를 노래한 대목이다. 관어대에서 내려다본 경치를 노
래한 것 같지만 실제의 경치 자체를 노래하는 데 그친 것은 아니다. 반
석, 장송, 지란, 층암절벽 등은 성리학자들이 애호하는 이념적 소재들
이다. 화가가 그려놓은 듯이 아름다운 경치를 노래했지만, 그 경치 속
에 깃들어 있는, 영원히 변치 않고 은은하게 전해 내려오는 이념적 향
기를 맡고 있었던 것이다. "百尺澄潭애 天光雲影이 얼희여 즐겨시니~
沈潛翫索ㅎ야 聖賢事業 ㅎ시덧다"는 푸른 하늘과 구름, 시원한 바람과
밝은 달, 날아다니는 솔개와 물고기가 하나로 어우러져 있는 풍경, 그
런 자연을 벗 삼아 깊이 생각하고 탐구하여 성현사업을 한 선생을 그렸

다. 관어대의 아름다운 경치를 감각적인 차원을 넘어 이념적 경지로 승
화시켰다. 이 대목은 이황李滉의 〈도산십이곡陶山十二曲〉의 한 수를 연
상하게 한다.

> 春風에 花滿山ᄒ고 秋夜에 月滿臺라
> 四時佳興ㅣ 사롬과 ᄒ가지라
> ᄒ믈며 魚躍鳶飛 雲影天光이아 어늬 그지 이슬고

　물아일체의 흥과 천지운행의 조화로운 운행을 꿰뚫은 이념적 감동을
노래한 작품이다.[13] 박인로는 양진암에 새겨진 이황의 글씨를 보고[14]
관어대로 내려와 계곡의 경치를 보면서 이 작품을 연상했고, 이 작품을
통해서 선생의 높은 경지에 대한 흠모의 마음을 표현했던 것은 아닐
까?[15] 이어지는 대목 "淸溪를 빗기건너 釣磯도 宛然ᄒ샤 / 문노라 白鷗
들아 녜 닐을 아ᄂ산다 / 嚴子陵이 어늬 해예 漢室로 가단말고 / 苔深
磯上애 暮烟만 줌겨셔라"에서는 벼슬을 마다하고 낚시하며 숨어 살았
다는 한나라 엄자릉의 기개를 떠올렸지만, 선생이 없는 낚시터에서 쓸
쓸한 감회에 빠져드는 박인로의 모습을 보여주기도 했다.
　단락③에서는 독락당 주변 선생의 흔적을 찾아다니며 자연 경치의
관념화를 통해 선생의 이념적 삶을 우회적으로 표현했다면, 단락④에

---

13 최진원, 『한국고전시가의 형상성』(성균관대 출판부, 1988), 28~29쪽 참조.
14 尋眞을 못ᄂᆡᄒ야 養眞庵의 도라드러 / 臨風靜看ᄒ니 ᄂᆡ 뜻도 쫒然ᄒ다 / 退溪先生
　手筆이 眞得인줄 알리로다
15 물론 '어약연비魚躍鳶飛'는 『시경詩經』「대아大雅」, 〈한록旱麓〉의 "연비여천鳶飛戾天
　어약우연魚躍于淵"에서 유래한 것으로 많은 문인 학자들이 인용해 온 표현이지만, 이
　작품의 문맥으로 보아 박인로는 이황의 시조를 떠올렸던 것으로 보인다.

서는 다시 독락당에 올라 세상 근심 잊은 채 성현서聖賢書에 뜻을 두
어 성리학의 도를 밝혔으니 동방군자는 이뿐이라고 직접적으로 칭송
했다.[16]

　단락⑤에서는 동방군자로 추앙받은 선생의 생전 행적을 구체적으로
열거했다. 단락⑤는 단락④의 구체화라 할 수 있다. 효제와 충성으로
조정에 나아갔지만 무고하게 유배당한 사정, 유배지에서도 도덕만 닦
아 사람들을 감동시켜 궁벽한 시골에 사당까지 세운 사정, 자옥산 명승
지에 옥산서원玉山書院을 지은 사연, 문묘에 배향된 사연 등을 차례로
기렸다. 이로써 동방의 문화가 한당송에 비길 만하고, 주자朱子의 자양
운곡이 바로 이곳이라고 칭송했다. 주자의 도道가 선생에게 전수되고,
선생의 도가 주자와 나란히 할 정도가 되었음을 천명한 것이다. 기이할
정도로 아름다운 세심대의 경치는 선생의 이런 도로 인해서 완성되는
것이고, 선생의 도가 어려 있는 끝없는 진경眞景은 다 찾기 어려울 정
도의 경지에 이르렀음을 노래했다.[17]

　단락⑥은 선생의 도맥공정을 깨달은 박인로 자신의 마음가짐을 말
했다.

　　樂而忘返ㅎ야 旬月을 淹留ㅎ며 / 固陋흔 이 몸애 誠敬을 넙이ㅎ야 /
　　先生文集을 仔細히 살펴보니 / 千言萬語 다 聖賢의 말삼이라 / 道脈工
　　程이 日月갓치 블가시니 / 어드운 밤길히 明燭잡고 옌덧ㅎ다 / 진실로
　　이 遺訓을 腔子裏예 가득 담아 / 誠意正心ㅎ야 修誠을 넙게ㅎ면 / 言忠
　　行篤ㅎ야 사름마다 어질로다 / 先生遺化 至極흠이 엇더ㅎ뇨

---

16 "獨樂堂 고쳐올나 左右를 살펴보니 ~ 吾東方 樂只君子ᄂ 다믄 인가 너기로라"
17 "ㅎ믈며 孝悌를 本을 삼고 ~ 無邊眞景을 다 춧기 어려올식"

선생의 흔적을 찾아다니는 즐거움으로 인해 돌아가는 것도 잊어버리고 오랫동안 머물며 수양하는 마음으로 선생의 문집에 침잠하는 자신의 모습이다. 문집에 담긴 선생의 말씀이 모두 성현의 말씀이라 자신으로 하여금 도학의 맥과 수양과정을 밝게 깨닫게 하여 어두운 밤길을 밝은 촛불을 들고 가는 것처럼 만들어 주었다고 했다. 이 유훈을 마음 속에 가득 담아 수양에 힘쓰면 사람마다 다 어질어질 것이니 선생이 남겨 준 교화가 얼마나 지극하냐며 감격에 찬 목소리를 냈다. 도학의 맥이 성현들에게서 이언적에 이르러 꽃을 피웠고 그러한 도맥공정에 박인로 자신도 동참하고 있음을 감동적으로 서술한 것이다.

박인로의 이러한 정서는 작품의 결사인 단락 ⑦로 이어진다.

嗟哉 後生들아 趨仰을 더옥 놉혀 / 萬世千秋에 山斗갓치 바린사라 /
天高地厚도 有時盡 ᄒ려니와 / 獨樂堂 淸風은 가업실가 ᄒ노라 /

결사는 이언적에 대한 최상급의 축원이다. 후생들에게 추앙하는 마음을 더욱 높여 만세천추에 태산북두처럼 우러러보라고 하고, 그렇게 하면 높고 두터운 하늘과 땅도 다할 때가 있겠지만 독락당의 맑은 기풍은 끝이 없을 것이라고 결말지었다. 서두와 결말에서 너무 과도할 정도로 이언적을 높였는데, 이는 박인로 자신도 이언적의 도맥공정에 동참하고 있음을 과시하는 효과도 거둘 수 있었다. 선현들의 가르침이 이언적 선생에 이어지고, 이언적 선생의 유훈이 박인로 자신을 거쳐서 후생들에게 전해지는 도맥공정을 밝힘으로써 도학자적 삶을 지향하는 박인로의 의식세계를 잘 보여주고 있다고 하겠다.

〈누항사〉 이래의 박인로 가사 작품의 의식세계는 일관되게 나타나는

데 그 이념적 지향이 전형적으로 나타나 있는 작품이 〈독락당〉이고, 〈독락당〉에 나타난 박인로의 의식세계는 장현광을 기린 〈입암별곡〉, 이근원을 기린 〈입암별곡〉으로 이어진다. 임진왜란 후 조선 사회의 급변하는 현실을 반영한 작품들이 다양하게 창작되었지만, 한편에서는 기존 성리학의 이념을 굳게 지켜나가려는 보수성을 강하게 띤 작품들도 그에 못지않게 많이 창작되었다. 박인로의 가사 작품은 대체로 보수성을 강하게 띠고 있는데 〈독락당〉은 그 정점에 있는 작품이라 할 수 있다.

(『오늘의 가사문학』 제21호, 2019)

최초의 애정가사 〈채란상사곡〉

낭군에 대한 애끊는 그리움,
그리고 남성작가의 여성적 목소리의 정체

작가 박응성의 삶과 문학

박응성朴應星(1581~1661)에 대해서는 그의 문집『송계잡록松溪雜錄』
에 실려 있는 〈일기日記〉, 연시조 〈송계곡松溪曲〉의 서문인 '가서歌
序', 그리고 〈제주랑문祭朱郎文〉 등의 자료를 통해서 대강 짐작해 볼
수 있다.[1]

박응성의 집안은 15세기 후반 그의 고조부 박지몽朴之蒙(1445~?)이

---

1 박응성과 그의 문학에 대해서는 학계에 전혀 알려진 바 없었는데 권두환이『송계잡록』
을 발굴하고 자세한 고증을 거쳐 학계에 소개함으로써 그 면모를 드러냈다. 따라서 박응
성의 생애와 문학의 전모에 대한 사실 확인은 권두환의 다음 논문에 전적으로 의지할
수밖에 없었다. 따라서, 이 글의 '작가 박응성의 삶과 문학'의 내용은 대부분 권두환,
「『송계잡록』과 〈송계곡〉 27수」, 『고전문학연구』 제42집(한국고전문학회, 2012)을 참
고로 하여 작성되었음을 밝힌다.

경상북도 영해에 정착하면서 세거, 무안박씨 영해파를 형성하였다. 그의 집안은 주로 무반으로서 많은 무과 급제자를 배출했을 뿐만 아니라 퇴계 이황의 학통을 잇고자 노력하는 등 그 지역의 사족들과도 깊은 유대관계를 형성했다. 그리고 박응성의 재종조부 박세렴朴世廉 대에 이르러서는 방대한 규모의 재산을 확보했다. 또한 박세렴의 아들 박의 장朴毅長은 무과에 급제하여 경주판관으로 있을 때 임진왜란이 발발, 참전하여 전공을 세워 녹훈되었다. 이러한 터전 위에 박의장의 아들이고 박응성의 팔촌인 박유朴瑜를 중심으로 많은 노력을 한 결과 무안박씨 영해파는 명문 양반가로서 오늘날까지 명망을 유지하고 있다.

그렇지만 박응성의 직계인 박창기朴昌基(박지몽의 넷째 아들)의 후손들은 매우 한미한 형편이었던 것 같다. 박창기는 일찍이 울진의 평해로 분가를 했는데, 당시에는 규모가 상당한 '임한당任閑堂'이라는 집을 소유하고 있었던 것으로 보아 형편이 괜찮았다가 점차 한미해진 것 같다. 박응성의 조부 박현朴俔은 생존연대가 불분명하고, 아버지 박원장朴源長은 박응성이 5세 되던 해 30세로 타계한 걸로 보아 영해 본가에 비하면 형편이 매우 어려웠던 것으로 보인다.

이런 상황에서도 박응성의 형제들은 『평해향교지平海鄕校誌』의 「유안儒案」에 나란히 이름을 올릴 정도로 학덕을 겸비하고 있었다. 이들 형제를 일컬어 '승지承旨', '진사進士'라 한 「유안」의 내용, 박응성은 스스로 학문에 힘쓰고 책상자를 짊어지고 스승을 쫓아다녔다는 〈묘지명墓誌銘〉의 내용, 평해 향교 석전제釋奠祭 등 교회校會에 참석했고 헌관獻官·고강考講·감시監試 등의 구실을 맡았다는 〈일기〉의 내용 등으로 미루어 볼 때, 이들 형제는 문인으로서 당시 평해의 유림들과 어깨를 나란히 할 정도의 위치를 확보하고 있었던 것으로 보인다.

박응성은 개인문집 『송계잡록』을 남겼다. 『송계잡록』에는 일기, 총 54편 66수의 한시漢詩, 시조時調 〈송계곡〉과 〈가서〉, 〈제주랑문〉, 가사 歌辭 〈채란상사곡彩鸞相思曲〉 등이 실려 있다. 〈일기〉는 1632년 4월부터 1635년 5월까지 만 3년 정도에 걸쳐서 한문으로 쓴 것이다. 〈일기〉는 특별히 기록할 만한 일이 있을 때 썼는데 29쪽 정도밖에 안 되는 분량이다. 박응성의 구체적인 행적은 이 〈일기〉에 기록된 3년에 제한된다. 〈제주랑문〉은 사위 주형朱炯(1601~1642)의 죽음을 애도한 제문이다.

박응성은 〈송계곡〉 27수, 〈일기〉에 삽입되어 있는 1수 등 총 28수의 시조 작품을 남겼다. 〈송계곡〉은 9개의 소항목으로 나누어져 있는데 전체적인 내용은 충효와 수신修身, 강호한정을 주로 노래했는데 연이은 가뭄으로 인한 고통을 노래하기도 했다. 〈가서〉에는 송계곡을 지은 까닭에 대해서 자세하게 기록해 놓았다. 〈일기〉에 삽입된 시조는 삼재종三再從인 박륵朴玏(1594~1656)이 영해 판관으로 있을 때 객사를 방문, 방 안에 있는 소나무·대나무 등을 심어 놓은 다섯 개의 화분을 보고 지은 작품이다. 〈채란상사곡〉의 창작 경위에 대해서는 특별히 언급된 바가 없다.

박응성은 28수에 이르는 많은 시조 작품을 남겼을 뿐만 아니라 가사 작품까지 남겨서 시가사적으로 매우 큰 의미를 지니는 작가이다. 특히 서울에서 멀리 떨어져 있는 평해에만 머물러 있었던 사족 박응성이 이만한 작품을 남길 수 있었던 것은 무안박씨 영해파의 맏집 후손이고 박응성의 재당숙인 박선장朴善長(1555~1616)과 가사문학의 대가 정철 鄭澈(1536~1593)의 영향이 있었지 않을까 추측된다. 박선장은 서울과 경상도 곳곳에서 벼슬을 한 사람으로 〈오륜가〉 5수 등 시조 8수를 남

긴 작가이고, 정철은 강원도 관찰사로 부임해서 〈관동별곡〉을 썼는데
그 여정이 울진 '망양정望洋亭'까지 이어지고 있을 뿐만 아니라 〈훈민
가〉와 함께 강원도 지역에서 널리 애송되고 있었기 때문에 이들 작품
을 통해서 시조와 가사에 익숙해져 있었을 것으로 보인다. 그리고 〈일
기〉에는 가기歌妓들과 어울려 자연스럽게 취흥을 즐기고 시조를 지었
다는 기록도 있어서 평해 지역의 기방이나 풍류 현장에서 시조와 가사
가 널리 가창되고 있었던 분위기를 짐작해 볼 수 있다.

덧붙여, 〈가서〉에서 "일생의 심사를 모두 노래에 붙여 읊으니 꽃피는
아침, 달뜨는 저녁을 오직 마음이 가는 대로 혼자 노래하고 혼자 즐겼
다. 또한 족히 이것으로써 그 더러움을 씻어내고 그 속마음을 펼치며
속세의 생각을 지울 수 있었다. 이와 같을 따름이니 또 무엇을 구하겠
는가?"²라고 얘기한 것으로 보아 실제로는 더 많은 작품을 썼을 것으로
추정된다.

애정가사의 시작과 전개

애정가사³의 시작과 범위에 대해서는 연구자들 사이에서 많은 논란

---

2 〈가서〉, 권두환, 위의 글, 60~61쪽에서 재인용. "一生心思 都付於歌咏 花朝月夕 唯意
所適 自唱(而)自娛之 亦足以蕩滌其邪穢 暢敍其幽情 消遣世(慮)者 如斯而已 又何
求焉."
3 '애정가사' 용어에 대해서 정리해 둘 필요가 있다. '애정가사'는 남녀의 애정과 이별,
그리고 그리움을 노래한 가사를 일컫는다. 비슷한 용어로 '연정가사'를 사용하기도 한
다. 두 용어 모두 별 무리는 없지만 가사 작품을 살펴보면, '사랑'하는 마음이 우선이고,
'사랑'을 여읜 상태에의 '그리움'을 노래하는 경우가 대부분이기 때문에 '애정가사'라

이 있어 왔다. 애정가사의 최초작에 대해서는 양사언(1517~1584)의 〈미인별곡美人別曲〉이라는 주장,[4] 허난설헌許蘭雪軒(1563~1589)의 〈규원가閨怨歌〉로 보는 주장,[5] 김현중金鉉中[6]의 〈화류사花柳詞〉로 보는 주장,[7] 이희징李喜徵[8]의 〈춘면곡春眠曲〉으로 보는 주장[9] 등 다양한 견해가

명명하는 것이 좋을 듯하다. '애정가사'라는 용어를 처음으로 사용한 것은 조동일이다. (『한국문학통사』 3, 지식산업사, 1994, 383~384쪽 참조) 김옥천은 「애정가사의 범주와 성격 연구」(이화여대 석사학위논문, 2005), 7~22쪽에서 애정가사의 개념과 범주를 체계적으로 규정했는데 참고로 할 만하다. 김옥천은, "애정가사의 요건은 첫째, 사랑 그 자체의 사랑을 우선시해야 한다. 둘째, 남녀간의 애정이나 이별이 작품을 이끌어 가는 주된 내용으로 자리 잡고 있어야 한다. 셋째, 남녀의 만남은 순수한 동기를 가진 남녀의 만남으로 이 만남은 다른 사람에 의한 것이 아니라 자발적이어야 한다."고 했다. 따라서 부부 이별 모티프 규방가사나 남성 일방적으로 육체만 탐하는 내용의 작품은 애정가사에서 제외한다고 했다. 여기서는 김옥천의 견해에 동의하면서 연군가사와 규방가사의 포함 여부에 대해서는 아래에서 추가로 언급할 예정이다.

4 김팔남, 「연정가사의 형성시기와 작자층」, 『어문연구』 제30집(어문연구학회, 1998).
5 조윤제, 『조선시가사강』(도남학회, 1937), 424~425쪽 참조. ; 이상보, 『한국가사문학의 연구』(형설출판사, 1994), 21쪽 참조. ; 박연호, 「애정가사의 구성과 전개방식」(고려대 석사학위논문, 1993), 8~12쪽 참조.
6 생애가 자세히 밝혀져 있지 않지만 관련 기록을 통해서 볼 때, 16세기 말·17세기 초에서 17세기 후반까지 생존했던 것으로 보인다. 김현중의 문집 『치암집癡巖集』에 1634년과 1668년의 행적에 대한 기록만 남아 있을 뿐이어서 이 시기를 전후해서 〈화류사〉를 지었을 것으로 추측해 볼 따름이다. 김팔남, 「〈화류사〉의 창작 동인과 그 작품 세계」, 『어문연구』 제39집(어문연구학회, 2002), 160쪽 참조.
7 정인숙, 『가사문학과 시적 화자』(보고사, 2010), 31쪽의 '작품 일람표' 참조.
8 이희징의 생몰연대에 대해서는 이론이 있다. 성무경은 1587~1673년, 김용찬은 1647~몰년 미상으로 제시하고 있다. 연대검증이 따로 필요한 상황이다. 이희징의 출생연도를 1587년으로 볼 경우, 〈채란상사곡〉의 박응성, 〈화류사〉의 김현중과 동시대 인물로 볼 수 있다. 따라서 어느 작품이 최초작인지 확정할 수는 없지만, 일단은 연대가 상대적으로 확실한 〈채란상사곡〉을 최초작으로 보고자 한다. 성무경, 「18~19세기 음악환경의 변화와 가사의 가창전승」, 『한국시가연구』 제11집(한국시가학회, 2002), 55쪽과 김용찬, 「봄날의 꿈속에서 님과의 재회를 기원하다, 〈춘면곡〉」, 『오늘의 가사문학』 제16호(고요아침, 2018. 3.1), 28쪽 참조.

제시되었다. 그런데 〈미인별곡〉이 애정가사인가에 대해서는 의문이다. 〈미인별곡〉은 남녀 간의 사랑이나 그리움의 정보다는 불특정 미인의 모습을 여러 가지 미인 관련 고사의 인용으로 화려하게 미화하는 데 그친 희작戱作으로서 애정가사로 분류하기는 어렵다고 본다. 김현중의 〈화류사〉는 정확한 연대는 알 수 없지만 17세기에 창작된 작품임에는 틀림이 없을 듯하다.[10] 그렇지만 최근 〈채란상사곡〉이 학계에 보고됨[11] 으로 인해 최초작에 대한 논의를 좀 더 진행해 볼 필요가 있다. 앞서 언급한 바와 같이, 〈채란상사곡〉의 작자 박응성은 그 생애가 확실히 밝혀져 있고 창작연대는 늦어도 17세기 중반일 것이다. 그렇다면 〈화류사〉와 동시대의 작품으로 볼 수 있지만, 작가의 생존연대가 확실하고 창작연대가 상대적으로 좀 더 분명한 〈채란상사곡〉을 최초작으로 보는 것이 합리적이라고 본다.

다음으로, 애정가사의 범위 문제이다. 애정가사의 범위는 연군가사와 규방가사와 관련하여 정리할 필요가 있다. 연군가사와 규방가사를 애정가사에 포함시킬 것인가의 여부에 따라 최초작이 달라질 수 있기 때문이다. 연군가사 중 정철의 〈사미인곡〉과 〈속미인곡〉, 규방가사 계열의 〈규원가〉(또는 〈원부사怨婦詞〉)를 애정가사에 포함시켜 논의한 경

---

9 김옥천, 앞의 글, 100쪽의 '작품 일람표' 참조.
10 그런데 〈화류사〉를 애정가사로 볼 수 있는가에 대해서도 생각해 볼 여지가 있다. 내용상으로는 애정가사라 할 수 있지만, 작자의 경험을 노래한 것이 아니라 훼절당하고 자결한 생면부지 여성의 해원解冤을 목적으로 지었기 때문에 선험적 체험과 작위적 표현이 많이 나타나고 주술적 기능을 수행했다는 점, 『치암집』의 〈화류사〉 해설문은 허구적 요소가 많은 해원형解冤型 설화의 요소가 많다는 점에서 전형적인 애정가사로 보기는 어려운 점이 있다. 김팔남, 위의 글, 161~169쪽, 172~173쪽 참조.
11 권두환, 앞의 글 참조.

우가 있다.[12] 연군가사의 경우, 표면적으로 볼 때 남녀의 사랑과 그리움
을 노래하고 있고, 조선 후기에 애정가사로도 불렸다는 기록들이 있기
는 하지만 작품에 형상화된 남녀가 군신君臣의 우의寓意라는 점에 대
해서는 일반적으로 인정하고 있는 만큼 여기서는 애정가사에서 제외하
기로 한다. 그리고 〈규원가〉의 경우, 내용 자체는 애정가사라 볼 수 있
는 여지가 있기는 하지만 이 작품은 규방가사로 분류, 그 선구적 작품
으로 보고자 한다. 작가 허난설헌[13]의 남편에 대한 원망을 담고 있다는
점, 작품 제목을 '규원閨怨', 또는 '원부怨婦'로 했다는 점 등으로 미루
어 볼 때 애정가사보다는 조선 후기 규방가사의 자탄가류에 친연성이
있기 때문이다.

〈채란상사곡〉 이후 애정가사는 많은 작품이 창작되고 향유되었다.
작자가 밝혀져 있는 작품만도 김현중의 〈화류사〉, 이희징의 〈춘면곡〉
등 10여 편에 이르고 있고, 작가는 대부분 양반들이었다. 이희징의 〈춘
면곡〉, 민우룡閔雨龍(1732~1801)의 〈금루사金縷辭〉, 이세보李世輔(1832~
1895)의 〈상사별곡想思別曲〉 등은 양반으로서 기생을 그리워하는 내
용, 남철南哲이 여승 옥선玉禪과 주고받은 연작가사 〈승가僧歌〉는 여
승을 사랑하는 내용 등 파격적 내용이 많아서 조선 전기와는 확연히
달라진 조선 후기 문학사의 한 단면을 잘 보여주고 있다. 특히 〈춘면
곡〉은 작자미상의 〈상사별곡相思別曲〉과 함께 십이가사十二歌詞로도
널리 불렸고 정철의 〈사미인곡〉과 〈속미인곡〉도 조선 후기에 애정가

---

12 이상보, 앞의 책 참조. ; 정재호, 『한국가사문학론』(집문당, 1990), 42~44쪽 참조. ;
   김팔남, 앞의 논문(1998), 144쪽 참조.
13 작가가 허난설헌許蘭雪軒이라는 주장과 허균의 첩 무옥巫玉이라는 주장이 엇갈리고 있
   다. 그렇지만 여기서는 작가가 누구이든 큰 문제가 되지 않기 때문에 논외로 한다.

사로 불렸다는 기록들이 있는 만큼 양반들의 작품이 애정가사의 성
행에 끼친 영향이 크다고 할 것이다. 현재까지 전해 오고 있는 수십
편의 작자미상의 작품들은 애정가사가 서민가사로도 널리 불렸음을
말해 주고 있다.

 문학사상 가장 많은 창작이 이루어진 보편적인 주제가 애정이라고
할 수 있다. 남녀 간의 애정은 타고난 본성적 욕망이기 때문에 시대를
불문하고, 신분과 남녀를 불문하고 광범위한 창작이 이루어질 수 있었
지 않았나 생각된다. 조선시대의 경우, 절제를 미덕으로 하는 성리학을
이념으로 삼았기 때문에 체제 안정기인 조선 전기에는 기생들의 작품
을 제외하면 주류문학 시가詩歌에는 별로 나타나지 않지만 '골계전류'
에는 남녀 얘기가 넘쳐난다. 이념적 이완이 일어난 조선 후기에 접어들
면서부터 양반층 일각에서 애정시가 창작이 활발하게 이루어졌음을 자
료를 통해서 확인해 볼 수 있다. 그리고 문학 담당층으로서 중인 이하
하층들이 등장하고 문학의 대중화가 가속화되면서 애정문학의 창작도
시조, 소설, 사설시조 등 다양한 장르에서 활기를 띠게 되었다. 이런
문학적 풍토 속에서 애정가사 역시 왕성하게 창작되어 읽히고 노래 불
렸던 것이다.

〈채란상사곡〉, 낭군에 대한 애끓는 그리움,
그리고 남성작가의 여성적 목소리의 정체

 박응성의 『송계잡록』에도 〈채란상사곡〉의 창작 경위에 대한 기록은
없다. 그렇지만 그의 〈일기〉나 〈송계곡〉을 통해서 작품 창작의 분위기

는 짐작해 볼 수 있다. 먼저 1634년 10월 6일의 일기 원문을 살펴보자.

10월 6일 월만정에서 사례를 행했다. 저쪽 편이 우리 편을 이겼다.
황승지, 황첨지, 안진사, 우리 형제, 정주경, 박첨사, 이진사, 김만호, 황
청, 이계룡이 모였다. 가기를 불러 극진히 즐기다가 파하였다.[14]

그리고 〈송계곡〉 중 '월만정' 2수는 자신이 월만정의 주인으로 자처
하면서 풍류를 즐기며 여기가 인간세상이 아니라 별유천이라고 호기
있게 노래한 작품이다.[15] 평해 지역의 여러 동료들이 모여 월만정에서
편을 갈라서 활쏘기를 하고 기생을 불러 질탕하게 즐겼다는 얘기다. 바
로 전해 1633년 6월 12일 일기에도 청향정에서 편을 갈라서 활쏘기를
했다는 내용[16]이 있다. 남자들끼리 활쏘기 놀이를 하면서 흥을 돋운 후
기생을 불러 여흥을 즐기는 것이 일상화되어 있었음을 짐작할 수 있다.
앞서 인용했듯이, 박응성은 〈가서〉에서 "일생의 심사를 모두 노래에 붙
여 읊으니 꽃피는 아침, 달뜨는 저녁을 오직 마음이 가는 대로 혼자 노
래하고 혼자 즐겼다."고 했으니 이런 분위기에서 시조를 짓고 한시를
짓지 않았을까? 가기들의 노래를 들을 뿐만 아니라 자기의 작품을 가
기들로 하여금 노래 부르게도 했을 것이다. '채란'은 그런 가기들 중

---

14 권두환, 앞의 글, 52쪽에서 재인용. "十月初六日 行射禮於月滿亭 彼邊勝於我邊也 乃
黃承旨 黃僉知 安進士 我兄弟 鄭周卿 朴僉使 李進士 金萬戶 黃淸 李繼龍也 招歌妓
極歡而罷."
15 위의 글, 65쪽의 자료. 제1수: "滄波 綠野間애 白玉屛 둘러두고 / 十里長亭의 翠雲이
즘거시니 / 이거시 人間이 아니라 別有天가 하노라" 제2수: "문노라 別有天애 누고누고
네 主人고 / 녠날 노더니는 四仙이 긔어닝와 / 이제는 다믓 니 업서 나롤 긔라 ᄒᆞ노라"
16 위의 글, 51~52쪽 참조.

한 사람이었을 가능성이 높다. 〈채란상사곡〉은 채란의 애틋한 사연을 듣고 박응성이 대작代作을 했을 수도 있고, 채란이 부르는 것을 박응성이 기록해 놓은 것일 수도 있다.

〈채란상사곡〉은 가사 작품으로는 길이가 매우 짧은 작품인데 정연한 44조의 율격을 가지고 있다. 44조의 율격은 조선 후기의 가사, 특히 이념가사(도학가사, 규방가사, 종교가사 등)에 많이 나타나는 율격인데 이른 시기인 17세기 초의 애정가사에 44조가 완벽하게 구현되어 있다는 점에서 특이하다. 그리고 각 행 1·3음보에서는 모두 한자어를, 2·4음보에서는 순수한 우리말을 사용하는 등 특별한 기교를 구사하였다.[17]

짧은 작품이기 때문에 단락을 나누어 전편을 실어 본다.

① 秋夜長이 셜온제고 千里相思 더옥셜다
　一朝郎君 떠난후의 九十韶光 겨여간다
　弱手三千 머도멀샤 靑鳥消息 다근천니
　寂寞欄干 혼자지혀 不知何處 브라보니
　迴隔南北 ᄀ리진듸 雲山萬疊 머흐레라
② 靜言假寐 싱각ᄒ니 獨思斷腸 쇽절업다
　羅袖掩濕 플쳐혀여 郎君心事 싱각ᄒ니
　長安花柳 경죠흔듸 白馬金鞭 노니다가
　鬪鷄走馬 파흔후의 當日愛情 전혀닏고
　西山斜日 다진후의 洞庭夜月 볼가올제
　徘徊倡樓 일을삼아 處處酒色 줍견ᄂ듸

---

17 2, 4음보에도 한자어가 있기는 하지만 극소수이다. 그리고 마지막 행에서는 큰 변화를 주어 시조와 같은 결말 형식을 갖추었다.

薄命侍妾 므스일로 獨宿空房 그리는고
③ 羅幃寂寞 줌못드러 撫枕歎息 우니다가
鴦衾孤寢 잠간드러 夢裏相逢 ㅎ랴ㅎ니
□□□□ □□□□ □□□□ □□□□[18]
一聲孤雁 머므러셔 淚洒音信 맛다다가
漢陽城中 지나갈제 郎君處의 견ㅎ랴든
窓間□□ □□□□ □□□□ □□□□
疊疊愁心 뵈야는딕 秋風落葉 더욱어이
九曲肝腸 다근는다
④ 妾意無窮 홀일업셔 死已而矣 쑨이로다
因病到死 ㅎ닷거든 可憐妾情 너기쇼셔
生不相從 홀지라도 他日黃泉 ᄎᄌ쇼셔
아마도 人間天下(야) 날ᄀᄐ니 업스리라[19]

단락별 내용을 요약해 보면 다음과 같다.

① 독수공방하며 낭군을 그리워함
② 주색에 빠진 낭군에 대한 속절없는 그리움
③ 기러기 편에 애끊는 그리움 전하고 싶음
④ 그리움이 병이 되어 죽어서라도 만나고 싶은 마음

요약 내용을 보면, 작품 전체가 낭군에 대한 그리움으로 가득 차 있
다. 단락별 내용을 검토해 보자.

단락①에서는 하루아침에 낭군과 이별하고 홀로 된 서러움, 속절없

---

18 '□' 부분은 판독이 불가능한 곳임.
19 권두환, 위의 글, 66~67쪽의 자료.

이 지나가는 계절에 반가운 소식을 기다리지만 돌아오지 못할 것 같은 불안감을 드러냈다. 약수삼천, 형격남북, 운산만첩은 낭군과 화자 사이의 극복할 수 없는 정서적 거리, 그래서 불안해질 수밖에 없는 상황을 말해 주는 시어들이다.

단락②의 정서는 단장의 그리움이다. 단락①에서 보여 준 낭군과 화자 사이의 거리보다 더 화자의 애를 끊는 것은 낭군의 심사이다. 잠 못이루고 혼자 눈물 흘리게 만드는 것은 장안 경치 좋은 곳에 백마금편으로 노닐다가 화자는 잊어버리고 기생집을 전전하며 주색에 빠져 있을 낭군이다. 떠난 낭군을 그리워하는 것도 힘들지만 창루주색 일삼고 다니는 낭군에 대한 생각은 화자에게 불안감과 함께 절망감을 보태 주었을 것이다.

단락③은 판독이 어려운 부분이 있어서 완전한 해석이 어렵지만, 단락②의 창루주색을 탐하고 다니는 낭군에 대한 상상으로 더욱 절박해진 화자의 정서를 보여주고 있다. 적막한 방에서 탄식하면서 눈물 흘리고 있는 화자는 잠깐 든 잠 꿈속에서나마 낭군을 만나려 했으나 실패했다. 잠에서 깨어 보니 창밖에 외롭게 울고 있는 기러기, 그 기러기에게 자신의 마음을 담은 서신을 맡겨 한양 간 낭군에게 전하고자 하지만 그조차 불가능한 일, 그래서 첩첩이 쌓이는 수심에 구곡간장이 끊어진다고 했다. 그리움에 안절부절못하는 화자의 정서에 대한 표현이 단락②에 비해서 한층 더 절실해졌다.

단락④는 결말로서 화자의 그리움이 어찌할 수 없을 만큼 무궁무진하여 죽음을 연상하는 단계에까지 갔다. 상사병이 들어 죽을 지경에 이르렀으니 가련하게 여겨, 살아 상종은 못 해도 저승에서라도 찾아달라고 애원하고 있다. 그러면서 인간천하에 나 같은 사람은 없을 것이라고 한탄했다. 단락①에서 시작된 낭군에 대한 그리움의 정서가 단락④에 이르러 절정에 도달하는 과정을 점층적으로 보여주고 있다.

〈채란상사곡〉은 박응성의 문집『송계잡록』에 실려 있기 때문에 박응성의 작품이라고 할 수 있다. 그렇지만 작품 분석을 통해서 볼 때, 작품화자가 여성이라는 점, 정서적 흐름의 여성성, 화자와 낭군이 처해 있는 상황 설정이나 시어의 사용, 〈가서〉에 서술되어 있는 박응성의 풍류생활 등으로 미루어 볼 때, 박응성이 '채란'이라는 기생으로부터 들은 노래를 기록했거나 기생의 사연을 듣고 대작했을 가능성이 높은 것으로 판단된다. 또한, 애정가사는 조선 후기 창곡의 발달,[20] 가창문화권의 형성[21]과 관련성이 높기 때문에 〈채란상사곡〉도 당시 평해 지역에서 널리 가창되고 있었던 작품이 아닐까 추정해 볼 수 있다.

(『오늘의 가사문학』제19호, 2018)

---

[20] 조윤제, 앞의 책.
[21] 성무경, 앞의 글.

최초의 사행가사 〈장유가〉

조선 사대부가 바라본 일본과 청나라

작가 남용익, 그의 삶과 문학

호곡壺谷 남용익南龍翼(1628~1692)은 갓 20세에 문과에 급제하여 일찍부터 요직을 두루 역임하여 대제학과 이조판서에까지 이르렀다. 숙종조에 일어난 기사환국己巳換局(1689) 때 서인西人으로서 이조판서였던 남용익은 장희빈의 아들을 세자로 책봉하는 데 반대하다가 함경도 명천에 유배되었는데 3년 뒤 거기서 죽었다.

남용익은 28세 때인 1655년(효종 6년) 4월부터 다음 해 2월까지 통신사通信使의 종사관으로 일본에 다녀왔고 11년 후 1666(현종 7년) 9월부터 다음 해 1월까지 사은겸진주사謝恩兼陳奏使의 부사副使로 청나라에 다녀왔다.

남용익은 두 나라에 사신으로 다녀와서 많은 문학작품을 남겼다. 일본 통신사로 다녀온 경험을 작품화한 『부상록扶桑錄』과 『문견별록聞見

別錄』을 남겼고, 청나라에 다녀와서 지은 한시를 모은 「연행록燕行錄」
이 그의 문집 『호곡집壺谷集』에 실려 있다. 두 나라에 사신을 다녀온
경험을 회고하여 쓴 가사 작품 〈장유가壯遊歌〉도 있다.

뿐만 아니라, 남용익은 대제학의 자리에 있을 때, 신라 말 최치원崔致
遠으로부터 당대의 시인에 이르기까지 500명에 가까운 시인들의 한시
를 모아 『기아箕雅』라는 방대한 시선집을 편찬했고, 이 책에 수록된 시
인을 중심으로 자신의 문학론을 펼친 비평집 『호곡만필壺谷漫筆』을 남
겨 그의 문학에 대한 안목을 증명해 보였다.

사행문학의 전통과 사행가사

중국과 일본에 사신을 파견한 것은 삼국시대로부터 시작되었지만,
사행 후 기록을 남긴 것은 고려 말 정몽주鄭夢周(1337~1392)가 처음이
다. 고려 말에는 왜구의 잦은 침입으로 골머리를 앓던 중 여러 번 일본
막부에 사신을 파견하여 왜구를 다스려 달라는 요청을 했다. 정몽주는
1377년(우왕 3년) 9월에 일본으로 출발하여 이듬해 7월에 돌아왔다. 정
몽주는 사신으로 가 있는 동안 시詩 12편을 남겼다. 이것이 고려시대의
유일한 일본 사행문학使行文學이다.

조선시대에는 일본 사신을 통신사通信使라 했다. 임진왜란 전까지
수십 차례의 통신사 파견이 있었지만, 사행 기록은 송희경宋希璟(1376~
1446)의 『노송당일본행록老松堂日本行錄』, 신숙주申叔舟(1417~1475)의
『해동제국기海東諸國記』, 김성일金誠一(1538~1593)의 『해사록海槎錄』 정
도밖에 없다.

임진왜란 발발 이후에는 일본과의 외교가 단절되고 통신사 파견이 중단되었다가 1596년(선조 29년)에 휴전회담을 위한 사신 파견이 있었다. 이때 명나라 심유경沈惟敬(?~1600)과 함께 일본에 갔다 온 황신黃愼(1560~1617)이 필사본『일본왕환일기日本往還日記』을 남겼다. 그 후 1607년부터 외교 관계를 재개, 1811년(순조 11년)까지 총 12회 통신사를 파견했다.

여러 차례의 통신사 파견이 있었던 조선 후기에는『해사록海槎錄』,『동사록東槎錄』,『부상록扶桑錄』등의 명칭으로 19명의 사행록使行錄이 나왔다. 통신사 외교는 1811년 12차 파견을 끝으로 다시 중단되고 1876년 강화도조약을 계기로 수신사修信使 외교가 시작되었다. 1차 수신사의 정사正使로 간 김기수金綺秀(1832~?)가 사행록『수신일기修信日記』,『일동기유』를 남기는 등 다수의 수신사 사행록이 통신사 사행록의 뒤를 이었다.

정몽주의 시를 비롯하여 이들 대부분의 일본 사행록은 영조 때 홍계희洪啓禧(1703~1771)가 필사본으로 편찬한『해행총재海行摠載』에 실려 있다.『해행총재』는 총 4책으로 구성되어 있는데 20편의 일본 사행록을 수록하고 있다. 1876년 강화도조약 이후 불평등 외교가 진행되는 가운데 일본에 파견된 외교관이 남긴 가사작품도 있다. 이태직李台稙(1859~1903)은 주일 참사관으로 1년 머무는 동안의 경험을 중심으로 1902년에 〈유일록遊日錄〉(일명 〈대일본유람가〉)을 지었다. 일본을 금수의 나라로 보는 우월의식을 보이면서도 일본의 앞선 문명에 대해서는 놀라움을 금치 못하는 모습을 보여주고 있는 점에서 〈일동장유가〉와 작가의식이 유사하다고 하겠다.[1]

중국 사행 기록 역시 고려 말 정몽주가 시작했다. 정몽주는 1384년

(우왕 10년), 1386년(우왕 12년) 두 번에 걸쳐 명明나라에 다녀올 때 한시漢詩를 남겼다. 그리고 권근權近(1352~1409)은 1389년(창왕 원년)에 명나라를 다녀와서 기행시집『봉사록奉使錄』을 남겼다. 고려시대의 중국 사행문학은 이 정도에서 그쳤다.

조선시대에 들어와서는 소세양蘇世讓(1486~1562)이 1533년(중종 28년) 명나라에 갔다가 쓴『양곡조천록陽谷朝天錄』, 이듬해에 명나라에 갔다 온 정사룡鄭士龍(1491~1570)이 쓴『조천록朝天錄』등 150여 편이 넘는 사행문학이 나왔다. 조선시대에는 시대에 따라 사행의 명칭을 달리 사용했다. 조선 전기 명나라에 파견한 사행을 '조천사朝天使'라 하고 조선 후기 청나라에 파견한 사행을 '연행사燕行使'라 했다. 이에 따라 사행문학의 제목도 조선 전기에는 '조천록朝天錄', 조선 후기에는 '연행록燕行錄'이 많다. '조천'은 정통왕조인 명나라의 천자天子를 뵙는다는 뜻이 있는 반면, '연행'은 오랑캐 정복왕조인 청나라의 수도 연경에 다녀왔다는 정도의 의미를 지닌다.

이러한 한문 사행문학의 왕성한 창작은 조선 후기 국문 사행록 창작으로 이어졌다. 조선 후기에는 한글 사용자의 증가에 따라 독서 인구가 확대되었고 여행의 기회가 늘어남에 따라 국문 기행문학의 창작이 급격하게 증가했다. 더구나 일반인들은 해 보기 힘든 외국 여행의 기록인 국문 사행문학은 독자들의 흥미를 불러일으키기에 충분했을 것이다. 국문 사행록에는 이덕형李德馨(1566~1645)의『죽천행록竹泉行錄』, 김창업金昌業(1658~1721)의『노가재연행일기老稼齋燕行錄』, 홍대용洪大容(1731~1783)의『을병연행록乙丙燕行錄』, 서유문徐有聞(1762~1822)의『무

---

1 조동일,『한국문학통사 4』(지식산업사, 2008), 104~105쪽 참조.

오연행록戊午燕行錄』 등이 있다.

이상에서 살펴본 바와 같이, 고려 말로부터 시작된 사행문학은 조선 전기를 거쳐 조선 후기에 이르러 매우 왕성한 창작이 이루어졌다. 한시나 한문으로만 창작되던 사행문학의 전통은 조선 후기에 이르러 국문 사행록의 창작으로 이어졌다. 이러한 사행문학 창작의 일반화는 사행가사 창작의 원천이 되었다.

사행가사는 기행문학의 한 유형이다. 국내 기행가사의 창작은 조선 전기 백광훈의 〈관서별곡〉으로부터 시작되어 정철의 〈관동별곡〉에서 꽃을 피웠다. 이후 조선 후기 17세기부터는 작품 창작이 급증했다. 이러한 기행가사 창작 분위기와 사행문학 창작의 일반화에 힘입어 사행가사도 여러 편 창작되었다.

사행가사는 남용익南龍翼(1623~1692)의 〈장유가壯遊歌〉[2]에서 시작되었다. 남용익은 1655년 통신사의 종사관으로 일본에 다녀온 경험과 11년 후인 1666년 연행사의 부사로 청나라를 다녀온 경험을 합하여 〈장유가〉를 지었다. 이후 김인겸金仁謙(1707~1772)은 1763년 계미통신사癸未通信士의 삼방서기三房書記로 수행해서 일본을 다녀온 후 대장편 〈일동장유가日東壯遊歌〉를 지었다.

연행가사는 유명천柳命天(1633~1705)의 〈연행별곡燕行別曲〉을 시작으로, 박권朴權(1658~1715)의 〈서정별곡西征別曲〉, 김노상金老商(1787~1845)의 〈서행록西行錄〉,[3] 홍순학洪淳學(1842~1892)의 〈연행가燕行歌〉,

2 이 작품은 임형택의『옛 노래, 옛 사람들의 내면 풍경(소명출판, 2005)에서 처음 소개되었다. 아래에서 작품 인용은 이 책에서 한다.
3 한영규, 「새자료 〈무자서행록〉의 이본으로서의 특징」, 『한국시가연구』 33집(한국시가학회, 2012). 이 논문에서 필자는 지금까지 〈무자서행록〉의 작가가 김지수金芝叟라고

유인목柳寅睦(1839~1900)의 〈북행가北行歌〉 등이 그 뒤를 이었다.

〈장유가〉, 조선 사대부가 바라본 일본과 청나라

일반적으로 현재 전하고 있는 사행가사의 최초작은 〈장유가〉라고 한다. 그런데 작품이 전하고 있지는 않지만 〈장유가〉 이전에도 사행가사가 있었음을 다음 기록들이 밝히고 있다. 이수광李睟光(1563~1628)이 『지봉유설芝峯類說』에서 송순宋純의 〈면앙정가俛仰亭歌〉 등 우리나라의 가사歌詞에 대하여 언급하면서 자신이 지은 〈조천전후이곡朝天前後二曲〉이 있다고 밝혔고, 신흠申欽(1566~1628)은 『상촌고象村稿』의 「서지봉조천록가사후書芝峯朝天錄歌詞後」에서 〈조천록가사朝天錄歌詞〉에 대하여 자세하게 논평했다. 논평 본문에서는 〈조천록가사〉를 〈조천사朝天詞〉라고 했다. 따라서 〈조천전후이곡〉과 〈조천록가사〉와 〈조천사〉는 이수광 작 동일 작품의 다른 제목이다. 이 작품의 존재는 확인이 되지만 작품의 실상을 알 수는 없기 때문에 여기서는 일단 현전하고 있는 작품 중 가장 이른 시기에 나온 〈장유가〉를 최초의 사행가사로 보고 논의를 진행하고자 한다.

앞서 밝힌 바와 같이, 남용익은 1655년 통신사通信使의 종사관으로 일본에 다녀왔고 11년 후 1666년 사은겸진주사謝恩兼陳奏使의 부사副使로 청나라에 다녀왔다. 청나라에 다녀온 후 11년 전의 일본 통신사 경험을 회고하고 연행사의 경험을 보태 〈장유가〉를 지었다.

알려져 왔는데 '지수'가 김노상의 호號임을 밝혔다.

먼저 〈장유가〉의 서두와 결말을 통해서, 두 번의 사행에 대한 작가의 감회를 살펴보자.

남아男兒 ㅣ 생세生世ᄒ야 무슴 일 ᄒ쟌 말고
입신양명立身揚名ᄒ야 부모父母을 영현榮顯ᄒ고
상호봉시桑弧蓬矢로 사방四方도 쏘려니와
시삼백詩三百 외와두고 전대專對ㄴ들 아닐손야
나도 이 ᄯᅳᆺ먹고 어려셔 글을 빅화
마촘 천행天幸으로 장옥場屋의 ᄲᅢ히니
약관弱冠의 연蓮을 키고 계수桂樹가지 두 번 것거
양친兩親을 다 모시고 조모祖母도 무양無恙ᄒᆯ제
십년十年 ᄉ이예 경연慶宴을 세 번ᄒ니
만조공경滿朝公卿이 흔골의 몌예셰라
풍운風雲이 감회感會ᄒ고 천지天地의 은덕恩德으로
옥당은대玉堂銀臺예 총석寵錫이 편번便蕃ᄒ고
비의금대緋衣金帶예 작록爵祿이 태조太早ᄒ니
열친悅親은 다ᄒᆡᆼᄒ되 두렵기 ᄀ이업다
평생행역平生行役을 손고바 혀여보니
남북양국南北兩國의 장유壯遊도 그지 없다

친정親庭의 곳쳐 ᄃ녀 인견引見의 다시 ᄃ니
영행榮幸이 극진極盡ᄒ니 근력筋力을 혜아리니
내 나흘 혜여보니 올히야 사십四十일다
녜 사름 보니난 시사始仕ᄒᆞᆯ 나히늘
조년早年의 역양ᄒ야 아경亞卿을 첨모添冒ᄒ고
두 ᄶᅡ 먼 길흘 병업시 도라오니
님군의 덕분이요 부모父母의 은혜恩惠로다
아마도 내 님군 내 부모父母 백년百年 뫼시고

가영태평歌咏太平 흐리로다

서두와 결말에서 작품 전체에 흐르고 있는 작가의 정서를 확인할 수 있다. 서두의 내용을 살펴보면, 작가는 어려서부터 사대부 가문 자제로서 입신양명을 위한 공부를 하여 일찍 과거에 합격, 관직에 출사하여 요직을 거치며 임금의 총애를 받았다. 너무 일찍 현달하게 되어, 부모를 기쁘게 해 드리는 것은 다행이지만 한편으로는 두렵기까지 하다고 했다. 그리고 평생의 한 일 중 일본과 청나라에 사신으로 다녀온 경험을 최고로 꼽았다. 작가는 두 번의 사행길을 '장유壯遊'라고 했다. '장유'는 수백 명에 달하는 사신 행렬이 장도에 오른 모습과 함께 작가의 장쾌한 여행 기분의 표현으로 볼 수 있다. 서두에 나타나 있는 작가의 정서는 자부심과 자신감이다.

서두의 정서는 결말에까지 이어진다. 청나라에 다녀와 나이를 헤아려 보니 40살밖에 안 됐다. 출사出仕도 일찍 했지만 이른 시기에 여러 관직을 거쳐 나이 마흔에 아경亞卿의 지위까지 얻었고, 거기다 두 번이나 먼 사행을 병 없이 다녀온 것은 임금의 덕분이고 부모의 은혜라 했다. 마지막으로 태평성대를 구가하면서 마무리한 것도 탄탄대로를 걷고 있는 자신의 삶과 두 번의 사행 경험에서 우러나오는 감흥의 표현으로 볼 수 있다.

서두에 이어서 작품의 전반부는 일본, 후반부는 청나라 사행 여정으로 구성되어 있다. 사행 여정에서 만난 지명을 일일이 소개하면서 특별히 관심을 끄는 지역에 대해서는 그곳의 견문과 느낌을 자세하게 서술했다.

그러면 작품 전체 서두와 결말이 감싸고 있는 일본 사행의 서두와 결말, 청나라 사행의 서두와 결말 대목을 각각 살펴보자.

    (가) 효종조孝宗朝 을미년乙未年의 일본日本의 통신通信홀제
        청포종사靑袍從事가 이몸의 도라오니
        만리중명萬里重溟의 생사生死은 내여노코
        정위이별庭闈離別을 뉘 아이 념녀ㅎ리
        평명平明 희정당凞政堂의 탑전榻前의 하직下直ㅎ니
        옥음玉音이 정녕丁寧ㅎ샤 구버 경계 ㅎ신 말이
        연행燕行과 닉도ㅎ니 보닉기 의연依然ㅎ다
        너의 화협和協ㅎ야 됴히 가 수이 오라
        밧즈와 재배再拜ㅎ고 눈물이 절노난다

    (나) 수종水宗을 빅야 지나 태종대太宗臺을 브라보고
        환성歡聲이 뇌동雷同ㅎ야 북치고 노저으니
        부산관釜山館 기슭의 고국故國의 도라왓다
        국가國家 안녕安寧ㅎ고 군친君親을 다시 보니
        이성의 이 즐겁기 이밧긔 또 잇ᄂ가

    (다) 병오丙午 추구월秋九月은 금상조今上朝 칠년七年이라
        북경北京의 주문奏聞홀식 부사副使을 막히셔늘
        신계현新溪懸 지나들어 두 노친老親 또 써나니
        노방路傍의 고별告別ㅎ기 전후前後의 마츰 굿다[4]

    (라) 납월臘月 못진ㅎ야 객행客行이 도라오니
        농중탈출籠中脫出 흔 새 이도곤 쾌홀손냐

----

4 (나)와 (다)는 연속되는 대목이지만 논의의 편의상 단락을 나누었다.

청석령青石嶺 초하곡草下谷 풍운風雲이 ᄌ자시니
선왕先王 어제가御製歌을 을퍼보니 오열嗚咽ᄒ다
금석산金石山 지나면서 백마산성白馬山城 ᄇ라보니
동래東萊 회박回泊 적과 어ᄂ야 더 깃부니

(가)(다)는 두 사행의 서두로서 출발 대목, (나)(라)는 그 결말로서 귀환 대목이다. 앞서 살펴본 바, 작품 전체의 서두와 결말에 나타나 있는 정서와는 차이가 있다. (가)(다)는 먼 길을 떠나면서 고국과 부모를 걱정하고 고별을 슬퍼하는 모습을 보여주고 있다. 특히 (가)에서는 머나먼 바닷길을 생사를 내놓고 부모와 이별하고 가야 하니 염려가 안 될 수 없고, 임금조차 연행과는 다르니 일행이 잘 화합해서 다녀오라고 특별히 부탁할 정도로 험난한 사행길이었음을 얘기했다. 왕명으로 외교사절이 된 것은 영광스러운 일이지만 막상 사행길 자체는 쉬운 여정이 아니었기 때문에 만감이 교차되었을 것이다.

출발 대목에서의 이러한 복잡한 정서는 귀환 대목인 (나)(라)에서 해소된다. 일본에서 귀환하는 뱃길에서 부산 태종대가 나타나자 환호성을 지를 정도로 즐거웠고 청나라에서 돌아올 때는 새장을 탈출한 새처럼 통쾌했다고 했다. 그만큼 사행길이 험난하고 힘들었다는 뜻일 것이다.

작품 전체의 서두와 결말, 두 사행의 서두와 결말에 둘러싸여 있는 것이 일본과 청나라 사행에 대한 구체적인 경험의 서술이다. 두 사행 공히 사행 일정에 따라 지명을 열거하고 특기할 만한 지역에 대해서는 자세히 서술했다.

일본 사행은 국내 여정을 따라 부산까지 내려가서 배를 타고 일본으로 건너갔다. 부산에서 대마도를 가는 도중 심한 풍파를 만나 고생한

경험, 기대 이상으로 번화한 일본의 도시 풍경과 특이한 일본인의 모습
등을 구체적으로 서술하였다.

　작가의식이나 정서를 보여주는 대목을 인용해 본다.

　　대판성大坂城 비를 미고 처음으로 下陸ᄒ니
　　인민人民도 번화繁華ᄒ고 경개景槪도 긔특홀샤
　　여염閭閻이 박지撲地ᄒ야 사십리四十里예 버러ᄂ듸
　　방방곡곡坊坊曲曲의 화옥華屋이 대기對起ᄒ니
　　집마다 보패寶貝요 멸마다 금수錦繡로다
　　홍전紅氈을 두로 펼텨 온길히 휘앙輝映ᄒ니
　　긍과矜誇ᄒ거이와 사치奢侈도 그지업다
　　월녀안색越女顔色이 옥玉ᄀ고 눈ᄀ튀되
　　반의칠치斑衣柒齒예 소견所見이 해괴駭怪ᄒ다
　　성중城中의 호수湖水 잇고 믈가마다 주문朱門이라
　　백척장교百尺長橋 아릭 주즙舟楫이 왕래往來ᄒ니
　　전당錢塘을 못 보와도 이예서 더 나으랴

　　복견성伏見城 뎌만 보고 왜경倭京으로 드어가니
　　성지인물城池人物을 예 와야 더 알괘라
　　죽림竹林을 허혀고 본국사本國寺의 하처下處홀시
　　불상佛像을 칙우고 탑榻 우의 자리ᄒ니
　　존경尊敬도 태과太過ᄒ고 침처寢處도 불안不安하다
　　왜황倭皇은 무사無事ᄒ야 담의 올나 구살 보니
　　위권威權은 다 일허도 신세身世은 한가閑暇ᄒ다
　　주유왕周幽王 이후以後로 일성一姓 상승相承ᄒ니
　　이적유군夷狄有軍이 제하諸夏도곤 나은작가

앞 대목은 번화한 대판성의 모습에 놀라는 작가의 모습을 보여주고
있다. 일본땅에 상륙한 후 생각 밖에 아름다운 풍경과 대판성의 화려한
모습에 놀라워하는 모습이다. 천하의 절경이라 하는 전단강 풍경이라
도 이보다 낫겠느냐고 하면서 감탄하고 있다. 그렇지만 알록달록한 옷
을 입고 이에 검은 칠을 한 일본 여자들을 보고는 해괴하다고 했다. 의
외의 광경에 감탄하면서도 야만스러운 일본의 풍속에 대해서는 냉소적
으로 바라보고 있다. 이런 인식은 뒤 대목에 더욱 잘 나타나 있다.

일본의 수도인 경도京都에 있는 본국사에 숙소를 정했는데 불상을
치우고 침상을 마련한 걸 보고 대접이 너무 지나쳐서 불안하다고 했다.
특히 당시 실권을 잃고 경도에 있었던 황제에 대해서는 매우 풍자적인
시선으로 바라보았다. 황제로서의 위엄이나 권위는 다 잃어버리고 사
신 행렬을 담 넘어 굿 보듯 하는 모습을 보고 신세가 한가하다고 비꼬
았다. 논어論語의 문장5을 인용, 오랑캐에게 임금이 있는 것이 중화中華
에 임금이 없는 것보다 낫겠느냐고 했다. 그만큼 일본이 야만적인 오랑
캐라는 의미이다. 소중화로 자처하던 조선 사대부의 입장에서 일본은
오랑캐에 불과했던 것이다.

일본의 풍물과 사신을 극진히 대한 일본인들에 대한 놀라움과 감탄,
그리고 임진왜란을 일으킨 일본에 대한 적대감과 야만적인 오랑캐라는
인식이 일본 사행 전 일정에 걸쳐서 교차되고 있다. 이러한 전개를 통
해서, 작가는 예상 밖에 발전한 일본에 대하여 인정하지 않을 수 없었
지만, 다른 한편으로 일본은 우리를 괴롭힌 오랑캐라는 인식도 버릴 수
없었음을 짐작할 수 있다.

---

5 『논어論語』「팔일八佾」, "子曰, 夷狄之有君 不如諸夏之無君."

청나라 사행길의 분위기는 전체적으로 처창悽愴하고 소조蕭條하다.[6]
작가는 사행길에서 만나는 역사 유적지에서는 어김없이 이미 역사 속
에 사라진 명나라에 대한 회고, 망한 명나라에 대한 회한에 빠졌다. "슬
풀샤, 황량荒凉ᄒ다, 슬퍼운다, 목이 멘다"[7] 등의 감정어들이 작가의 정
서를 잘 표현해 주고 있다. 그러다가 한인漢人을 만났을 때는 반가워서
어쩔 줄 몰라 하기도 했다.[8]

> 향로청필香爐淸蹕에 예 거동 잇다마ᄂᆞᆫ
> 황극전皇極殿 용상龍床의 교목喬木은 의구依舊ᄒ되
> 삼백년三百年 명천하明天下ᄂᆞᆫ 어이ᄒ야 일탄 말고
> 도라와 탄식ᄒ고 예 일을 싱각ᄒ니
> 태조太祖 용흥龍興ᄒ샤 성전腥羶을 쓸러내고
> 성황成皇이 정정定鼎ᄒ샤 금탕金湯을 공액拱掖ᄒ니
> 만국萬國의 제항梯航ᄋᆞ야 북극北極텨로 둘러더니
> 이러한 호가거好家居을 뉘라셔 당파撞破ᄒ고

용상은 예나 지금이나 똑같은데 삼백 년 명 천하를 잃었다고 탄식했
다. 명 태조가 오랑캐를 몰아내고 성조成祖 영락제永樂帝가 북경으로
수도를 옮겨 만국이 북극성처럼 우러러보고 살기 좋은 곳을 누가 당파

---

6 "붕성패벽崩城敗壁은 본 듸마도 처창悽愴ᄒ고 백초황하白草黃河ᄂᆞᆫ ᄀᆞ이없이 소조蕭條
　ᄒ다"
7 "슬풀샤 광영위廣寧衛여 병화兵火의 탕패蕩敗ᄒ되, 숭흥사崇興寺 쌍탑雙榻의 고적古跡
　이 황양荒凉ᄒ다, 대능하大陵河 소능하小陵河의 츤믈결 슬퍼운다, 금주위錦州衛 역사役
　事ᄂᆞᆫ 지금의 목이 멘다"
8 "성장城將은 한인漢人이라 예모禮貌도 공근恭謹ᄒ다 배반음악杯盤音樂으로 진성盡誠
　ᄒ야 술 권ᄒ되 ᄆᆞ음의 먹은 말을 번거ᄒ여 못다 ᄒ다"

撞破했느냐고 했다. 이어지는 대목에서는 명나라 말기에 반란을 일으키고, 명나라를 배신하고 청나라를 도운 이자성李自成·오삼계吳三桂 등 역적을 만고의 죄인이라 하고 "황하수黃河水 언제 말가 한위의漢威儀 다시 볼고"라고 한탄했다.

청나라 황제를 조회하러 들어가서도 이처럼 명나라를 회고하고 있었으니 그 존명의식尊明意識과 멸청의식蔑清意識이 어느 정도였는가를 알 수 있다. 청에 대한 이러한 오랑캐 의식 때문에 그 나라 문화에 대한 객관적인 인식이나 견문은 거의 나타나 있지 않다. 힘의 논리에 의하여 어쩔 수 없이 사신으로 가기는 했지만, 마음은 불편하기 이를 데 없었던 것이다. 그래서 귀환길에 오르자 갇혀있던 새장을 탈출한 것과 같이 통쾌하다고 한 것이다. 청나라 사행 일정에서는 한漢의 정통왕조에 대한 회고가 주조를 이루고 있다고 해도 과언이 아니다.

이상에서 살펴본 바와 같이, 경험의 구체적 서술을 거쳐 사행에 대한 감회를 피력하고, 작품 전체의 서두·결말에서는 일본과 청나라 사람이 넘보지 못하는 이념적 자부심과 우월의식을 드러냈다. 〈장유가〉는 사행 일정에 따른 경험, 각국 사행의 서두·결말, 작품 전체 서두·결말 등 서술의 삼중구조를 통하여 작가의식의 다양한 층위를 한 겹 한 겹 단계적으로 보여주고 있다.

이러한 작품 전개 속에 내재되어 있는 남용익의 사행의식은 문화적 자부심과 우월의식이다. 일본에 대해서는 의외의 번화함에 놀라기는 했지만 만이蠻夷라는 기본 전제로써 놀라움을 가라앉힐 수 있었고, 청나라에 대해서는 정통 왕조인 명나라를 당파하고 세운 나라라는 인식을 가지고 있었기 때문에 원한 어린 멸시를 하고 있다. 이런 의식은 정통 왕조 명나라는 망하고 없지만, 그 전통을 잇고 있는 것이 조선이고 자신은 조선인이라는 자부심에서 나올 수 있는 것이다.

 두 나라 사행을 통합하여 한 작품으로 지은 사행가사는 〈장유가〉가 처음이자 마지막이다. 그렇지만 〈장유가〉에서 마련된 사행가사의 전통은 일본 사행가사 〈일동장유가〉, 청나라 사행가사 〈연행가〉들이 각각 이어나갔다.

(『오늘의 가사문학』 제13호, 2017)

최초의 농부가사 〈농부사〉

농부 사족의 농사경험과 이념적 지향

작가 김기홍의 삶과 문학

관곡寬谷 김기홍金起泓(1634~1701)은 우리 문학사에 보기 드문 함경도 향촌사족[1] 문인이다. 김기홍의 집안은 원래 전라도 전주에 살았다. 그런데 15세기 말 성종조에 정8품 무관 벼슬인 승의부위承義副尉를 지낸 6대조 김경金敬 때 무슨 이유인지는 자세하게 밝혀져 있지 않지만, 집안 전체가 강제로 이주를 당해 한반도의 끝자락 함경도 경원까지 가서 살게 되었다.

김기홍은 유아기에 병자호란을 겪었는데 최변방에 살고 있었던 그의 집안은 다른 지역에 비해 더 큰 어려움을 겪었을 것으로 보인다. 그런

---

1 향촌사족은 조선 후기에 정치적·사회적·경제적 지위를 상실하고 향촌에 머물고 있었던 한미한 사족士族들을 일컫는 용어이다.

데다 15세 때는 전염병으로 조부모와 부친을 잃으면서 집안 형편은 물
론, 건강까지 악화되었다. 설상가상으로 연이어 홍수가 겹쳐 농사까지
망치는 바람에 굶주림에 시달려야 하는 지경에 이르렀다. 이러한 어려
운 형편으로 인해 이곳저곳으로 이주하여 20여 년을 살다가 45세 되던
1678년에 관곡으로 옮겨서 정착한 것으로 보인다. 김기홍은 결혼 생활
에서도 우여곡절을 많이 겪었다. 집안이 한창 어려움에 봉착해 있을 때
인 18세에 결혼해서 세 번이나 부인을 사별하는 아픔을 겪었는데 이것
도 다 가난이 원인이었다.[2]

  김기홍이 관곡으로 이주할 때도 약간의 곡식과 소 한 마리밖에 없는
형편이었고, 읍에서 멀리 떨어진 곳을 개간하여 살려고 했으나 여의치
않아 다른 곳을 물색해서 정착하는 등 어려움을 겪었다. 다시 말하면,
김기홍은 스스로 삶의 터전을 일구고 농사를 지어 생계를 유지할 수밖
에 없는 형편이었다. 이런 면에서 볼 때, 김기홍의 형편은 가난한 평민
농부나 다름이 없었다. 그러나 김기홍은 유가儒家 사족으로서의 도리
를 지키기 위하여, 지역사회 유생들을 위하여 조정에 상소를 올리는 등
사족의 이념과 신분적 지위를 지키고자 부단히 노력했다.

  뿐만 아니라, 김기홍은 학문에 정진하는 자세를 견지하면서 함경도
로 부임해 오는 사대부들과 적극적인 인간관계를 맺었다. 함경도 관찰
사로 부임해 온 서원리徐元履(1596~1662) · 민정중閔鼎重(1628~1692), 함
경북도병마평사로 부임해 온 이단하李端夏(1625~1689)로부터 직접 가
르침을 받았다. 그리고 남구만南九萬(1629~1711)이 관찰사로 부임해

---

2 조지형, 「관곡 김기형의 시가문학연구」(고려대 박사학위논문, 2013). 김기홍의 행적에
  대해서는 대체로 이 논문을 참고로 하였다.

왔을 때도 가르침을 받았을 뿐만 아니라 함께 함경도 지역을 둘러보면서 그의 시에 차운次韻하기도 했다. 후일 남구만이 경흥에 위리안치되었을 때는 배소를 찾아가 유배 기간 내내 그를 시종하였다. 함경도로 부임해 온 사대부들과의 적극적인 교유와 함께 지역의 유생들과도 폭넓은 친분관계를 유지했다. 이러한 김기홍의 인간관계는 자신이 단순한 농부가 아니라 사족의 신분임을 분명히 하고 유가로서의 삶을 살아가고자 하는 의지를 보여준 것이라고 할 수 있겠다.[3]

이와 같은 삶의 역정을 통해서 볼 때, 김기홍의 가장 큰 갈등은 가난한 농부로서 살아가야 하는 현실과 사족으로 살고자 하는 이념 사이의 괴리였을 것으로 보인다. 이러한 김기홍의 삶과 갈등은 그의 문집 여러 글들과 한시에서도 두루두루 찾아볼 수 있다.

김기홍은 함경도라는 지역적 여건, 평민 농부나 다름없는 생활을 해야 했던 향촌사족이었음에도 불구하고 많은 저술과 문학작품을 남겼다. 김기홍의 저술은 후손이 편찬한 『관곡선생문집寬谷先生文集』에 실려 있다. 『관곡선생문집』은 5권 2책의 목판본과 필사본이 있다. 그리고 이 문집에 실려 있는 『관곡선생실기寬谷先生實記』와 『관곡야승寬谷野乘』은 따로 분리되어 필사본으로 전해 오기도 한다. 『관곡선생문집』에 의하면, 김기홍은 〈관곡팔경寬谷八景〉 8수·〈격양보擊壤譜〉 10수[4]·제목만 있는 3수 등 시조 21수, 〈채미가採薇歌〉·〈농부사農夫詞〉 등 가사 2작품, 한시 100여 수를 남겼다.

---

3 위의 글, 24~39쪽에 김기홍의 인간관계에 대하여 자세하게 언급해 놓았다.
4 〈관곡팔경〉은 시조 원작과 한역가가 함께, 〈격양보〉는 한역가만 기록되어 있다. 〈격양보〉는 글자 수와 압운이 일정치 않은 시인데 시조 작품의 한역으로 보인다. 조지형, 위의 글, 8~10쪽·71쪽 참조.

시조 〈관곡팔경〉과 한역시조 〈격양보〉는 옛날 은일처사들과 같이
자연 속에서 살아가는 흥취를 노래한 작품이다. 가사 〈채미가〉는 시조
에서 보여준 작품세계를 한층 구체화한 작품이다. 이들 작품은 17세기
이후에 성행한 향촌사족들의 은일문학과 맥을 같이한다. 농사짓는 명
분과 권농의식을 드러낸 〈농부사〉는 최초의 '농부가사'라는 점에서 문
학사적 의미가 있는 작품이다. 한편, 김기홍은 한시에서는 차운시를
많이 지었는데 그것은 함경도에 부임해 오거나 유배 온 중앙 문인들과
지역 유생들과의 적극적인 교유 결과라 할 것이다. 한시에서는 시조와
가사 작품에서 보여준 은일적 성격과 함께 유가로서의 학문적 자세,
함경도의 현실과 이웃에 대한 정서, 교유 인물에 대한 그리움의 정서
등 다양한 작품세계를 보여주고 있다. 그리고 『관곡야승』은 지역의 풍
토와 사적은 물론, 효자·열녀·충신 등 인물의 행적을 중점적으로 서
술하여 함경도 지역의 문화적 위상을 높이고 지역민들에게 자긍심을
부여하기 위한 인문지리서로서 함경도민의 지역의식을 잘 보여주는
저술이다.[5]

이와 같이, 김기홍은 중앙의 문화가 미치기 힘든 국토 최북단에 살면
서도 유가로서의 신분의식과 이념적 확신을 가지고 중앙에서 오는 사
대부들, 그리고 지역의 유생들과 폭넓은 대인관계를 가지면서 많은 문
학작품을 창작했다. 중앙의 사대부가 함경도에서 지은 문학작품은 많
지만, 함경도 지역민의 문학작품은 찾아보기 힘든데, 김기홍은 그 첫
사례이면서 다양한 장르의 많은 작품을 남겼다는 점에서 큰 족적을 남

5 정우봉, 「조선후기 풍속지리 문헌에 나타난 關北 지역과 그 인식의 차이」, 『고전과 해석』
제15집(고전문학한문학연구학회, 2015) 참조.

졌다고 하겠다.

농부가사의 시작과 전개

'농부가사'[6]는 대체로 직접 농사를 지으며 살아야 했던 향촌사족의 삶, 그리고 농촌의 현실과 생활을 대상으로 한 '농부가류 가사'를 일컫는다. 작품 제목이 〈농부사〉·〈농부가〉·〈권농가〉·〈근농가〉·〈농가월령가〉 등으로 되어 있는 작품들이 이 유형에 속하는데 17세기 후반으로부터 20세기 초까지 20편 이상의 작품이 나왔다.

농부가사는 조선 후기 사대부층의 분화와 사회현실의 변화에 따라 생겨난 작품군으로서 조선 전기에는 없던 가사 유형이다. 임진왜란 후 17세기로부터 조선은 급격한 변화의 소용돌이에 휘말렸다. 상층에서는 당쟁이 격화되어 당파가 분열되었을 뿐만 아니라 사대부층의 분화가 일어났다. 기득권을 상실한 사대부층은 몰락의 길을 걸어 벼슬자리에 나가지 못하고 향촌의 사족으로 머물 수밖에 없었고 형편이 좋지 않은 사족들은 손수 농사를 지어 생계를 이어나가지 않으면 안되었다.

---

6 '농부가사'와 유사한 명칭으로 농촌가사, 권농가사, 농민가사, 농부가류 가사 등이 사용되고 있다. 그런데 농촌가사는 농촌지역에서 창작된 작품으로 이해되기 때문에 조선 후기에 많이 나온 은일가사류도 대체로 여기에 포함될 수 있어서 범위가 너무 넓다는 느낌이 든다. 권농가사는 주제에 따른 명칭으로서 농부가사의 하위 개념으로 사용하는 것이 옳을 듯하며, 농민가사는 농부가사와 유사하나 실제로 작품 제목으로 많이 쓰인 것이 '농부'이므로 농부가사나 농부가류 가사로 명명하는 것이 가장 타당하다고 생각된다. 여기서는 '농부가류 가사'를 줄여 '농부가사'로 사용한다.

　이러한 변화는 신분질서의 해체를 촉진, 서민층이 각성하고 여성들이 제 목소리를 내게 됨으로써 문학에 있어서는 담당층이 확대되고 작품세계가 다양화되는 현상을 가져왔다. 그런 과정에서 주류 관료사회로부터 소외되어 가난하게 살아가야 했던 향촌사족들의 삶은 이념과 현실 사이의 괴리에서 오는 갈등의 연속이었다고 할 수 있다. 그리고 17세기로부터 시작하여 19세기에 이르기까지 점차 심화된 농민층의 분화와 이농현상으로 인한 농촌 공동체의 해체는 농부가사 담당층의 위기감을 고조시키기도 했을 것이다.[7] 농부가사는 이러한 사회현실 속에서 시작되었다.

　17세기 초 향촌사족으로서 농촌 생활을 노래한 최초의 작품은 박인로朴仁老(1561~1642)의 〈누항사陋巷詞〉이다. 그런데 〈누항사〉는 농촌에 살면서 농부로 살아가고자 하는 의식을 부분적으로 보여주고는 있지만 직접 농사를 지으며 살아가는 모습이나 농사일에 대하여 서술한 농부가사라기보다는 안빈낙도를 지향하는 은일가사라고 하는 것이 더 적절하다.

　최초의 농부가사라 할 수 있는 작품은 김기홍의 〈농부사〉이다. 〈농부사〉는 김기홍이 관곡으로 이사한 1678년 이후에 지은 것으로 보인다. 앞서 언급한 것처럼, 서울에서 가장 먼 북쪽 변방 함경도 경원의 향촌사족 김기홍은 평민 농부와 다름없이 손수 농사를 지으며 살았다. 그렇지만 사족으로서 지역문제를 해결하기 위하여 노력을 기울이는 한

7　농부가사의 창작배경에 대해서는 앞의 글들과 함께 다음 논문들을 참고로 할 수 있다. 조해숙, 「농부가에 나타난 후기가사의 창작의식과 장르적 성격 변화」(서울대 석사학위논문, 1991). ; 신성환, 「조선후기 농촌공동체의 운영과 농부가류 가사」, 『우리어문연구』 제44집(우리어문학회, 2012).

편, 중앙에서 오는 관료들뿐만 아니라 지역의 유생들과도 대인관계를 왕성하게 하면서 유가로서의 위상을 굳건히 지키려는 의식을 가지고 있었다. 〈농부사〉는 농사의 중요성, 일 년 농사의 과정, 농사를 짓는 이념적 근거 등을 제시하면서 농사를 권장한 작품이다. 김기홍은 박인로처럼 향촌사족으로서 보수적 성격을 지니고 있었지만, 직접 농사를 지으면서 현실 문제를 해결해 나가고자 했다는 면에서는 시대변화에 훨씬 적극적으로 대응한 인물이라 할 수 있다.

17세기에서 18세기 후반에 이르는 기간 동안 향촌사족들의 은일가사는 많이 나왔지만, 농부가사는 김기홍의 〈농부사〉 이후 1세기 이상 나오지 않다가 김익金瀷(1746~1809)의 〈권농가勸農歌〉가 그 뒤를 이었다. 그만큼 김기홍의 〈농부사〉는 선구적인 작품이라 할 만하다. 김기홍이 선구적으로 이런 작품을 쓸 수 있었던 것은 경기나 삼남 지역에 비해 관북 지역의 척박한 현실적 여건과 작가의 절박한 가정형편 때문이었지 않나 생각된다.

김익의 〈권농가〉는 1798년에 지은 작품인데 김기홍의 〈농부사〉를 이은 권농가사이다. 이 작품은 〈농부사〉와 유사하지만, 독자에게 한층 더 적극적으로 농사를 권유하고 있다. 19세기로 넘어가면 정학유丁學游(1786~1855)의 〈농가월령가農家月令歌〉, 이기원李基遠(1809~1890)의 〈농가월령農家月令〉, 최내현崔乃顯(1850~1923)의 〈민농가憫農歌〉, 윤우병尹禹炳의 〈농부가農夫歌〉 등이 그 뒤를 이었다. 이외에 여러 편의 〈농부가〉, 〈치산가治産歌〉와 같은 작가 미상의 작품들도 이 무렵에 나온 것으로 보인다.[8]

---

8 19세기까지의 농부가사 자료에 대해서는 길진숙, 「조선후기 농부가류 가사 연구」(이화

그런데 19세기 이후 농부가사는 작가와 작품세계 모두 다양하고 복잡한 양상으로 전개되었다.[9] 초창기의 농부가사가 권농의식이 강하게 나타나 있는 데 비해 정해정의 〈민농가〉나 작자 미상의 〈기음노래〉는 권농의 내용과 함께 현실비판적 내용을 담았다. 그리고 작가 미상의 〈농부가〉들, 〈명당가〉라는 제목의 작품들, 〈부농가〉와 같은 작품들은 풍요롭게 살아가는 부농들의 유흥적 풍류를 노래하기도 했다.[10]

이런 풍조는 19세기로부터 20세기 일제강점기까지 성행한 잡가로도 불려져 〈신제 농부ㄱ〉, 〈농부가〉, 〈잦은 농부가〉와 같은 작품으로 이어졌다.[11] 뿐만 아니라, 노동 현장은 떠났지만 농업 노동요, 창가나 신체시의 〈농부가〉들과도 서로 섞이는 현상을 보여준다.[12] 나아가 일제강점기에 나온 이태로의 〈농부가〉, 대한매일신보의 '사회등가사'나 계몽 잡지들의 농부가사는 권농의식과 함께 일제하의 농촌의 현실, 그리고 국

여대 석사학위논문, 1990), 6~10쪽에서 18편의 작품을 개관하였다. 조해숙, 앞의 논문, 7~8쪽에서는 20세기 초까지의 16작품의 목록을 제시했다.

9 길진숙, 위의 글에서는 농부가사의 작가는 대체로 양반의 신분이라 하고 작품 청자를 중심으로 권농가형·부농가형·중농가형으로 나누어 그 다양성을 논의하였다. 반면에 조해숙, 앞의 논문에서는 농부가사의 작자층이 몰락양반·하층농민·양반토호 등으로 다양했다고 주장했다.

10 길진숙이 부농가형이라고 한 이들 작품의 작가는 향촌사족이라기보다는 '부를 바탕으로 상승하는 계층'이라는 주장도 있다. 한창훈, 「조선후기 사족창작 농부가류 가사의 작가의식 연구」(고려대 석사학위논문, 1993), 1~6쪽 참조.

11 육민수, 「〈농부가〉류 작품의 담론 양상」, 『인문과학연구』 제14집(덕성여대 인문과학연구소, 2010)참조. 이 논문에서는 농부가류 작품의 담론 양상을 교화 담론과 유흥 담론으로 나누어 논의를 전개했다.

12 조해숙, 앞의 글, 68~73쪽 참조. 조해숙은 농부가사의 이런 다양성과 복합성은, 조선후기 가사의 갈래 확대와 해체를 동시에 보여주는 이행기 현상의 좋은 본보기라고 평가했다.

권회복을 다짐하는 항일의식을 담았다. 반면, 박로아의 〈농부가〉·김소
운의 〈농부가〉·가람의 〈농부가〉와 같은 작품은 일제의 강압적인 식민
통치를 애써 외면하고 체제 내의 관점에서 평화로운 농촌 모습을 그리
기도 했다.[13] 그리고 김주희金周熙(1860~1944)가 1932년에 발표한 〈권
농가勸農歌〉는 동학가사東學歌辭에 포함되어 있는 작품[14]으로서 농부
가사가 종교가사로도 불렸음을 보여준다.

농부가사가 전형성을 벗어나 담당층이 확대되고 작품의 내용과 형식
이 다른 유형의 가사 작품이나 타 장르와 섞이는 현상은 이행기를 지나
근대가 오는 시점에서 가사 장르가 해체되어 가는 과정을 보여주는 하
나의 사례라 할 것이다.

〈농부사〉, 농부 사족의 농사경험과 이념적 지향

〈농부사〉는 김기홍이 45세 되던 1678년 관곡으로 이사하여 정착한
이후에 지은 것으로 보인다. 비슷한 시기에 전형적인 은일가사 〈채미
가〉도 지었다. 두 작품은 서로 짝을 이루어 향촌사족 의식의 두 측면을
잘 보여 주고 있다. 〈채미가〉는 조선 전기로부터 관직에서 물러난 사대
부들이나 조선 후기 향촌사족들의 안빈낙도를 노래한 은일가사의 오랜
전통을 이은 작품이고, 〈농부사〉는 안빈낙도만을 노래하고 있을 수 없
는 가난한 향촌사족으로서 항산恒産을 마련해야 하는 상황에서 손수

---

13 구사회, 「우고 이태로의 〈농부가〉의 애국적 형상화」, 『국어국문학』 제147집(국어국문
   학회, 2007), 303쪽.
14 고전자료편찬실, 『동학가사(Ⅰ)』(한국정신문화연구원, 1979), 518~520쪽.

농사를 지어야 하는 이념적 명분과 유가적 의식을 드러낸 작품이다. 〈채미가〉는 앞선 작품들의 선례를 따른 작품이지만 〈농부사〉는 전에 없던 작품 유형인 농부가사의 전통을 새롭게 마련했다는 점에서 문학사적 의의가 있다.

우선 〈농부사〉의 내용을 단락으로 나누어 작품전개 양상을 살펴본다.

① 음식 맛을 알게 해 준 농업의 신성한 역사
② 하늘이 준 본업인 농업의 지중함과 당위성
③ 한 해 농업의 과정과 풍족한 미래의 삶에 대한 희망
④ 농업에 종사한 성현과 농부의 이념적 근거
⑤ 주경야독 권면, 이념의 실현과 풍요로운 삶에 대한 기대

먼저, 작품 서두인 단락①을 살펴보자.

乾坤이 열닌후에 萬物을 다 삼기되
百穀이 種子 업서 몃 히를 몯 시믄고
盤古王 나시며셔 燧人氏여 니르도록
禽獸의 피 마시고 나모여름 머글 제사
일홈이 飮食인둔 므슴 마슬 알라시리
神農氏 님금 되여 밧 갈기를 ᄀᆞ르치니
飮食의 됴흔 마슬 이제야 처엄 아라
時時로 제스흔들 恩惠를 다 가풀가

단락①에서는 태초 반고왕의 천지개벽으로부터 수인씨를 거쳐 농사를 할 수 있게 해 준 신농씨까지의 과정을 서술했다. 신화의 주인공들이 펼친 신성한 행위에 의해 원시 상태를 벗어나 인간이 인간답게 살게

된 내력을 서술함으로써 농사에 신성성을 부여하고자 했다. 장구한 세월, 짐승의 피나 마시고 나무 열매나 따 먹으며 음식의 맛도 모르던 시절의 인간은 그냥 생존을 위하여 먹었다고 한다면, 신농씨 덕에 농기구를 만들고 농사 기술을 익혀 음식 맛을 알게 된 이후의 인간은 도리를 알고 풍요를 누리는 문화적 존재가 될 수 있었음을 말한 것이다. 그런데 때때로 제사 지내는 것만으로 그 은혜를 갚을 수 있겠느냐고 물었다. 그 물음에 대한 답을 구체적으로 서술한 것이 단락②이다.

> 天下의 살읍들흘 四民에 ᄂᆞ화시니
> 學問을 흘쟉시면 立身揚名 ᄒᆞ려니와
> 農事ᄂᆞ 本業이라 仰事俯育 ᄒᆞ리로다
> 人命이 지듕ᄒᆞ고 하늘히 삼겨시니
> 天民이 되여나셔 本業을 아니ᄒᆞ랴

인간은 하늘로부터 사농공상士農工商 사민四民으로 나뉘어 태어났다고 하고, 작품에서는 학문해서 입신양명하는 사士와 본업인 농사를 지어 앙사부육하는 농農만을 얘기했다. 김기홍 자신이 향촌사족이었기 때문에 이 둘만을 언급했을 것이다. 입신양명과 앙사부육을 대등한 가치로 나타내면서 본업인 농사에 무게 중심을 두고 서술했다. 하늘로부터 부여받은 지중한 인명을 지켜내는 것이 농사이니 하늘 백성으로서 본업을 하지 않을 수 있겠느냐고 했다. 입신양명 이전에 농사로써 하늘로부터 받은 목숨을 보존하는 것이 우선임을 강조했다. 그래서 농사를 인간이 마땅히 해야 할 본업이라고 한 것이다. 단락①에서 신농씨에게 때때로 제사하는 것만으로는 은혜를 갚을 수 없다고 한 이유가 여기에 있다. 김기홍의 현실은 손수 농사지으며 살아야 하는 처지였기 때문에 입신양명보다는 농사에 비중을 두고 서술한 것이다.

　단락③을 살펴보자.

> 뜰헤 봄이 들고 和風이 훈덥거든
> 耒耜를 손소 들고 黍稷을 굴히 심거
> 和氣여 숨을 타셔 雨露에 즐아거든
> 일 닐러 호믜 메고 南畝에 돌아가셔
> 잡플을 다 굴히여 浡然히 흥셩커든
> 秋成을 기드려셔 뿌며 이며 지여다가
> 거두어 빠하 두고 斗斛으로 짐쟉ᄒ야
> 水碓에 담아 두고 晝夜를 흘니 셔혀
> 시내여 조히 시셔 浮浮히 실레 뼈셔
> 淸酒를 둑긔 빗고 粢盛을 ᄀ촌 후에
> 先祖믜 祭祀ᄒ며 婦子를 거ᄂ리고
> 빅브로 머그리라
> 내 몸에 辱이 업고 ᄂᆷ의 밥을 아니 빌면
> 人間의 나왓다가 홀홀이 도라간들
> 俯仰 天地間의 므슴 恨이 쏘 이시리

　단락③은 한 해 농사의 과정과 농사 후의 풍요로움에 대한 서술이다. 따뜻한 봄기운에 파종해서 여름에 김매기하고 곡식이 다 익어 거두어 들이는 농사의 과정, 정성을 다해 곡식 장만을 해서 선조께 제사하고 처자와 배부르게 먹는 상황까지를 제시했다. 그런데 농사의 과정에 대한 서술은 실제로 노동을 하는 농사 현장에 대한 것은 아니다. 철별로 할 일 중 핵심적인 것만 단 5~6행으로 짧게 언급했다. 힘겨운 농사일과 농부의 삶은 생략하고 풍요로운 농사 결과에 대하여 서술함으로써

작가 자신은 물론, 독자들에게 현실을 낙관적으로 생각하게 하고 미래
에 대하여 희망을 가지도록 했다. 그리고 김기홍 자신은 손수 농사를
짓는 농부이기는 하지만 농부로서의 삶보다는 앙사부육하며 인간의 도
리를 다하는 사족의 삶을 지향하고 있었음을 분명히 밝힌 것이다. 즉,
농사지어 선조 제사 제대로 해서 욕되지 않는 것, 가족들이 남의 밥 빌
어먹지 않고 풍요롭게 살게 하는 것이 부앙 천지간에 가장 떳떳한 삶이
라고 천명한 것이다.

단락③에서는 인간의 본업인 농사를 실행하는 자신의 모습과 농사
의 결과에 대한 희망을 보여 줬다고 한다면, 단락④에서는 그 이념적
명분을 제시했다.

> 녜브터 聖賢닉도 農業을 몬져 ᄒᆞ니
> 大舜은 聖人으로 歷山의 가 바틀 갈고
> 后稷은 農師ㅣ 되여 耕種을 힘쓰시니
> 莘野 伊尹이와 南陽 諸葛亮이
> 한가히 녀름 지여 農桑을 일삼으니
> 世上의 重ᄒᆞᆫ 일이 이밧ᄭᅵ 쏘이실가
> 金銀이 貴ᄒᆞ야도 飢渴을 몯살르고
> 玉帛이 보ᄇᆡ라도 凶年의 쓸ᄃᆡ업다
> 恒産이 업ᄉᆞ휘면 善心인들 엇디 나리
> 稼穡의 艱難을 글마다 닐러시되
> 周公의 七月詩ᄂᆞᆫ 그 듕의 ᄀᆞ졀ᄒᆞ니
> 으프며 노래 블러 뉘 아니 감동ᄒᆞ리

하늘에서 부여받은 본업을 실행한 것이 떳떳한 일이기는 하지만, 입
신양명을 제일의 이념적 목표로 삼는 유가의 입장에서는 좀 더 보편적

인 명분이 필요했을 수 있다. 그 명분을 옛 성현들의 사례에서 찾았다. 역산에서 농사를 지은 순임금, 요임금 때 농사를 관장하다가 주나라의 시조가 된 후직, 신야에서 농사를 짓다가 은나라 탕왕의 명신이 된 이윤, 농사짓다가 삼고초려의 주인공이 된 제갈량이 모두 농부 출신으로서 현달하여 후세에 추앙받는 성현이 되었으니 세상에 농사만큼 더 중한 일이 또 있겠느냐고 물었다. 금은옥백이 아무리 귀한 보배라 하더라도 기갈이 들고 흉년이 들면 아무 쓸모가 없다고 하면서 항산이 있어야 선심도 생기는 거라고 했다. 입신양명 이전에 농사가 인간의 본업임을 성현들의 행적을 통해서 밝히고, 작가 자신도 그들처럼 본업을 실행하면서 살아가고 있음을 강조한 것이다. 더욱이 후왕에게 농사의 어려움을 알게 하여 정치를 잘하게 하기 위해 주周나라 주공周公이 지은 시 〈칠월七月〉[15]을 상기하면서 농사의 힘듦보다는 보람에 감동하는 마음을 드러냈다. 농부로서 현달한 성현의 사례, 농부를 보살피는 임금의 노래는 작가 자신과 독자들에게 농부로서 본업에 종사하는 이념적 명분이 되어 줄 수 있었던 것이다.

결말인 단락⑤를 살펴보자.

어와 아희들하 주셔히 드러스라
성인(聖人)도 녀러 ᄒᆞ니 긔 아니 어려오냐

---

15 『시경詩經』, 「국풍國風」, 「빈풍豳風」, 〈칠월七月〉. 〈칠월〉은 백성들의 생업인 농업과 관련된 풍속을 월령체로 노래한 작품인데 주나라의 발상지 빈(豳) 지방 백성들의 노래이다. 조선시대에는 궁중에서 〈빈풍칠월도〉를 그리고 병풍으로 만드는 전통이 있었는데, 이는 임금에게 백성들의 힘겨움을 생각해서 안일한 정치를 경계하고 왕도정치를 구현하게 하는 교훈적인 의미를 담고 있다.

愚夫도 다 알거든 긔 아니 쉬올소냐
아츰의 바틀 갈고 밤이어든 그룰 넑어
忠孝룰 本을 삼고 九族이 和睦거든
月朔의 會飮ᄒ며 樂歲로 누리다가
功名을 몯 일올디라도 擊壤歌로 늘글이라

　결말에서는 이념의 현실적 실현으로 작품을 마무리했다. 농사란 성
인도 하지 않으면 안 되었던 힘든 일이기도 하고 어리석은 백성들도
할 수 있으니 쉬운 일이기도 하다고 했다. 이 말은, 힘들지만 성인들도
했으니 누구에게나 농사를 해야 하는 명분이 있고, 일 자체는 아무나
쉽게 할 수 있는 것이니 상하 구분 없이 모든 사람들이 다 할 수 있는
일이 농사라는 의미이다. 주경야독의 명분이 완벽하게 갖추어지게 된
셈이다. 충효를 근본으로 삼아 가족이 화목한 이념의 실현, 매월 모여
술 마시며 복락을 누리는 풍요로운 삶의 실현, 이것은 이념이 현실에
실현된 이상적 상황이다. 그런 상황에서는 부귀공명은 못 이룰지라도
격양가를 부르면서 늙을 수 있는 것이다. "어와 아ᄒ들하 ᄌ셔히 드러
ᄉ라"는 이런 상황 설정에 대하여 후손들이나 이웃 등 농촌 공동체의
공감을 유도하는 표현이다.
　〈농부사〉는 사족이지만 농부로서 실제 농사에 종사했던 작가가 작
품 전편에 걸쳐서 농사에 대하여 서술한 최초의 작품이라는 데 의의가
있다. 자연 속에서 안빈낙도하는 삶을 노래한 은일가사가 주로 창작되
던 시절에 안빈낙도 대신에 농사와 풍요를 노래한 작품의 등장은 조선
후기 시가사 변화의 한 단면을 보여주는 사례라 할 것이다. 그렇지만
〈농부사〉가 힘든 농사에 시달리는 농부의 삶이나 피폐한 농촌의 현실

에 대한 비판보다는 농사의 이념적 명분과 낙관적이고 관념적인 현실 인식에 머물렀다는 점에서는 여전히 보수성이 강한 작품이다. 이런 면에서, 〈농부사〉는 서울에서 가장 멀리 떨어진 함경도 국경지방에까지 미친 17세기 조선의 이행기 현상을 잘 보여주는 작품이라 할 수 있을 것이다.

(『오늘의 가사문학』 제24호, 2020)

최초의 도학가사 〈오륜가〉

교훈적 목적과 정서 표현

작가 곽시징의 삶과 문학

곽시징郭始徵(1644~1713)은 서울 근동芹洞에서 태어났으며 사헌부 종3품 집의執義 벼슬을 한 곽지흠郭之欽(1601~1666)의 아들이다. 송준길宋浚吉(1606~1672)과 송시열宋時烈(1607~1689)에게 배웠다. 송시열의 천거로 참봉參奉이 되었으나, 1689년(숙종15) 기사환국己巳換局 때 물러났고 송시열이 제주도에 유배되자 그 무고함을 고하는 상소를 올리기도 했다. 송시열이 사사賜死된 후에는 태안泰安으로 옮겨 은거하며 학문에 전념했는데 그곳 사람들의 칭송이 자자했다고 한다. 송시열이 신원되고 난 후에는 고향인 천안 목천으로 돌아와 경한정景寒亭을 짓고 제자들과 함께 학문을 도야했다. 그 후 목릉참봉穆陵參奉에 임명되고 숙종의 부름을 받아 왕자 연잉군延礽君(영조英祖)의 사부가 되었다. 그래서 목천에서는 곽시징을 곽사부라 부르기도 했다. 외직으로 나가 이인도利仁道 찰방察訪으로 있을 때는 덕으로써 백성들을 잘 보살펴 칭송을 받았고 만년에는 공주 둔촌에서 여생을 보냈다.

〈행장行狀〉이나 〈비명碑銘〉, 문학작품 등을 참고로 해 볼 때, 곽시징은 관직에 있을 때나 물러났을 때나 항상 학문과 도의 실천에 힘썼던 것으로 보인다. 태안이나 목천에 머물 때는 배우고자 하는 사람들이 몰려들었고 관직에 있을 때는 잘못한 관리들에게 효제孝悌의 도로써 용서하고 어루만졌다고 한다. 그리고 목천으로 돌아갔을 때는 자연에 노닐며 이황李滉의 〈도산십이곡陶山十二曲〉과 이이李珥의 〈고산구곡가高山九曲歌〉를 즐겨 부르며 아이들에게도 읊게 했을 뿐만 아니라 화답시 〈경한감흥시가景寒感興詩歌〉를 지어 스스로 노래 부르기도 하고 다른 사람들에게도 부르게 하여 욕기浴沂의 의취가 있었다고 한다.[1] 〈경한감흥시가〉는 총 24수로 이루어진 시조時調이다.[2]

〈도산십이곡〉을 좋아했을 뿐만 아니라 화답시를 짓고 퇴계가 〈도산십이곡발〉에서 아이들에게 노래 부르게 하여 감발융통하게 했듯이 자신도 그렇게 했다는 기록, 그리고 〈고산구곡가〉의 높은 뜻을 공경하여 〈도산십이곡〉 아래에 써 두고 사모했다고 한 〈제고산구곡가후題高山九曲歌後〉[3]의 내용을 통해서 볼 때, 곽시징은 퇴계와 율곡을 매우 흠모했던 것 같다. 곽시징은 국문시가의 효용에 대한 이러한 인식 아래 두 편

---

1 강전섭, 「전곽사부의 오륜가에 대하여」, 『한국시가문학연구』(문왕사, 1986), 134~137쪽 참조.

2 유림사 편, 『청주곽씨추동휘치중공가승淸州郭氏楸洞諱致中公家乘』 제2권(유림사, 1993), 1342쪽~1352쪽. 이 책에는 〈경한감흥시가〉의 제목을 〈낙촌경한정감흥가이십사장樂村景寒亭感興歌二十四章〉이라 하고 작품 전편을 실어 놓았으며 그 서문에서 창작 취지를 밝혔다.

3 위의 책, 1389쪽.

의 가사 작품 〈오륜가五倫歌〉와 〈권선징악가勸善懲惡歌〉를 지었다. 퇴계가 긍호방탕矜豪放蕩하고 설만희압褻慢戲狎하며 완세불공玩世不恭한 당시 사대부들의 문학적 풍조를 비판하면서 〈도산십이곡〉를 지은 전례에 따라 곽시징 역시 인륜이 무너져 가는 현실을 안타깝게 여기며 〈오륜가〉와 〈권선징악가〉를 지어 세상을 경계했던 것으로 보인다.

곽시징의 문학작품은 문집 『경한재유고景寒齋遺稿』⁴에 실려 있다.

교훈문학의 전통과 도학가사의 전개

교훈은 문학이 가지고 있는 보편적 속성의 하나이다. 문학은 작가의 표현욕구를 충족시키기도 하지만 독자로 하여금 작가가 지향하는 진실과 진리를 추구하게 하는 효용성을 지니고 있기도 하다. 후자의 경우를 문학의 교훈성이라 할 수 있다. 그런데 작가에 따라, 시대에 따라 작가 개인의 표현욕구보다 독자에 대한 교훈적 효용성에 목적을 둔 작품들이 많이 창작되는 경우가 있었는데 이런 유형의 작품들을 교훈문학이라 할 수 있다. 이념적 덕목의 나열을 통해 교훈적 주제의 전달에 치중할 경우, 작품의 문학성에 대한 논란이 일어나기도 한다. 그러나 교훈문학은 교훈적 효용성이 강한 작품 유형이기는 하지만 경전의 내용이나 실천덕목을 나열하는 데 그치는 것이 아니라 작가의 표현욕구의 발산이기도 하다는 관점에서도 접근할 필요가 있다.

고전시가에 있어서 교훈문학 작품에는 신라 경덕왕 때 충담사忠談師

---

4 위의 책, 1403~1620쪽.

가 쓴 〈안민가安民歌〉, 고려 말 나옹화상懶翁和尙의 〈서왕가西往歌〉 등
이 있기는 하지만, 교훈시가가 본격적으로 창작된 것은 조선시대이다.
조선 전기에는 교훈시조, 조선 후기에는 교훈가사 창작이 왕성하게 이
루어졌다. 도학가사道學歌辭[5]는 교훈가사 중 도학의 실천이념을 독자에
게 전달하고 계도하는 데 목적을 두고 창작한 작품 유형을 일컫는다.
조선 사대부들의 시가에는 일반적으로 도학사상이 스며들어 있지만,
시가문학의 한 유형으로서 교훈시가는 작가 자신의 정서를 표현하고자
하는 욕구 충족에 그치는 것이 아니라 독자에게 도학의 실천이념을 전
달하고 계도하고자 하는 목적의식이 강하게 드러난 작품군을 일컫는다.
　조선 전기의 교훈시조는 주세붕周世鵬(1495~1554)의 〈오륜가五倫歌〉
로부터 시작되어 송순宋純(1493~1583)의 〈오륜가五倫歌〉, 이숙량李叔樑
(1519~1592)의 〈분천강호가汾川講好歌〉, 박선장朴善長(1555~1616)의 〈오
륜가五倫歌〉, 정철鄭澈(1536~1593)의 〈훈민가訓民歌〉로 이어졌다. 16세
기로부터 시작된 교훈시조는 주로 관료의 입장에서 쓴 작품이 많은데
이들 작품은 향촌사회와 일반백성들에 이르기까지 유교 윤리로써 부정

---

5 도학은 송나라 주자가 집대성하고 조선 사대부들이 주 이념으로 삼은 성리학을 이르는
　말이다. 도학은 이론적인 탐구로 철학적으로 많은 발전을 이루었지만 가장 중요시하는
　것은 현실적 실천이었다. 도학은 공맹孔孟 이래 유학의 전통을 이어 떳떳한 인륜으로써
　자신을 수양하고 그를 바탕으로 사회·국가적인 차원으로 확대시켜 나가는 사상이다.
　그리고 흔히 교훈가사와 도학가사를 동일 개념으로 혼용해서 사용하곤 하는데 여기서
　는 도학가사를 교훈가사의 하위개념으로 보고자 한다. 왜냐하면, 교훈가사에는 도학가
　사뿐만 아니라 권농가사, 규방가사 중 계녀가류, 불교가사·천주가사·동학가사 등 종교
　가사들도 포함될 수 있기 때문이다. 계녀가류도 도학가사와 같은 이념적 바탕에서 향유
　된 작품군이기는 하지만 독자가 여성에 한정되어 있었기 때문에 따로 논의할 필요가
　있다. 다만, 조선 전기에는 시조의 작가가 대부분 사대부이고, 사대부는 도학을 이념으
　로 하는 계층이었기 때문에 도학시조를 따로 구분하지 않고 교훈시조로 통용하고 있다.

적인 현실을 개선하고 성리학적 사회질서를 확립하는 데 목적을 두고
있었을 것이다.

그리고 임진왜란 후 17세기에는 김상용金尙容(1561~1637)의 〈오륜
가五倫歌〉와 〈훈계자손가訓戒子孫歌〉, 박인로朴仁老(1561~1642)의 〈오
륜가五倫歌〉 등의 교훈시조가 나왔다. 이들 작품은 16세기의 전통을 이
으면서 가문의 자손들을 훈계하거나 재지사족의 의식을 드러낸 작품,
개인의 현실적 어려움을 이념적으로 극복하고 이런 이념을 세상 사람
들과 공유하고자 한 작품 등 창작의도나 대상이 다양화되었고 작가 또
한 재지사족으로 확대되는 현상을 보였다.

이렇게 시조 중심으로 전개되던 교훈시가는 18세기를 전후하여 위
축되고 가사로 장르 전환이 일어난다. 18세기 이후 시조는 전문가객의
활동과 가집의 편찬 등으로 통속적인 방향으로 전개되면서 교훈 위주
의 작품이 퇴조하고 있었던 데 비해 가사는 조선 후기로 접어들면서
일상의 삶이나 경험을 구체적으로 제시하는 작품들이 늘어나고 독자층
역시 여성이나 민중들까지 확대되는 추세였기 때문에 4음보 연속체의
장편시가인 가사를 활용한 교훈시가의 창작은 자연스러운 현상이 아니
었나 생각된다.[6] 18세기 전후에 시작된 교훈가사[7]는 19세기에 많은 작

---

6 교훈시가의 전개에 대해서는 박연호,『교훈가사 연구』(다운샘, 2003)와 하윤섭,「조선
   조 '五倫'담론의 계보학적 탐색과 오륜시가의 역사적 전개 양상」(고려대 박사학위논문,
   2012)을 참조했다.
7 가사 장르에 있어서 교훈의 의미와 교훈가사라는 용어의 가능성에 대해서는 조규익,
   「교훈의 장르론적 의미와 교훈가사」,『오늘의 가사문학』3호(한국가사문학관, 2014.
   12), 219~247쪽 참조. 이 글에서 필자는, 가사는 장르적 본질 자체가 교훈에 있기 때문
   에 그 하위 유형으로서 '교훈가사'를 설정하는 것은 문제가 있다고 지적했다. 장르론적
   관점에서 논의하자면 논란의 여지가 있지만, 어떤 시기에 이르러 전에 없던 성향이 두드

품이 창작되었고 20세기에 이르기까지 지속되었다. 교훈가사는 문학
성에 대한 논란이 있기는 하지만, 격변기를 살아가는 사람들의 다양한
이념적 지향과 갈등을 첨예하게 보여주고 있는 작품군임에는 틀림없는
사실이다.

교훈가사의 하위 유형인 도학가사의 최초 작품은 곽시징의 〈오륜가〉
이다.[8] 〈오륜가〉의 창작연대에 대해서는 논란이 있기는 하지만 태안과
목천에 은거하고 있었던 17세기 말에 지었을 것으로 추정된다.[9] 그리
고 곽시징은 이인도 찰방 시절(1708년)에 백성들을 교화하기 위해 〈권
선징악가〉를 짓기도 했다.

17세기 말, 18세기 초에 걸쳐 곽시징으로부터 시작된 도학가사는 창
작이 뜸하다가 18세기 중엽 이후 정치업丁致業(1692~1768)의 〈경몽가警
蒙歌〉, 안창후安昌後(1687~1771)의 〈명분설名分說〉, 배이도裵爾度(1706~
1786)의 〈훈가이담訓歌俚談〉, 남극엽南極曄(1736~1804)의 〈향음주례가

러지게 나타나는 작품군이 출현해서 일정 기간 성행했다면 그런 현상의 문학사적 의의
에 대하여 해명해 줄 필요가 있다고 본다. 유형 분류의 의미는 여기에 있는 것이다.
가사는 교술 장르로서 교훈을 전제로 하기 때문에 타 장르에 비해 교훈성의 비중이
크다고 하더라도 조선 전기 가사의 경우, 개인 정서의 표현이 많아 서정적 성격이 강한
데 비해서 조선 후기에 들어 교훈적 목적성이 두드러진 작품군이 나타나 한 시대를
풍미했기 때문에 교훈가사를 하나의 작품군으로 분류, 그 의의를 논의하는 것은 가사문
학 연구에 있어서 의미 있는 작업이라고 본다.

8 〈금보가琴譜歌〉, 〈권선지로가勸善指路歌〉, 〈도덕가道德歌〉, 〈낙빈가樂貧歌〉, 〈상저가
相杵歌〉, 〈효우가孝友歌〉 등 도학가사들의 작가가 16세기 퇴계退溪 이황李滉, 율곡栗谷
이이李珥, 남명南冥 조식曺植이라고 한 것은 18세기 이후 후대인들이 작품의 효용성을
높이고자 이들 성리학자들의 이름을 빌려 온 것으로 본다. 이에 대해서는 조동일, 『한국
문학통사』 제3권(지식산업사, 2005), 366~367쪽과 박연호, 「퇴계가사의 퇴계소작 여
부 재검토」, 『우리어문연구』 제36집(우리어문학회,2010), 7~29쪽 참조.

9 박연호, 앞의 책, 101쪽.

鄕飮酒禮歌〉 등이 이었고 19세기에는 교훈가사의 양산 추세에 따라 도
학가사의 창작도 왕성하게 이루어져 수십 편에 이르고 있다. 뿐만 아니
라, 19세기에 황립黃岦의 〈오륜가〉와 같은 도학가사가 여러 편 실려
있는『초당문답가草堂問答歌』등 많은 이본을 남긴 작품과 작품집이 나
왔다는 점도 특기할 만한 현상이다. 이렇게 19세기에 많은 작품을 남긴
도학가사는 20세기 초까지 활발한 창작이 이루어졌다. 18세기 이후 도
학가사의 창작이 활발하게 이루어진 것은 인륜의 당위성에 대한 인식
과 공감대의 확장이라는 보편적 요인도 있었겠지만, 조선 후기 들어 사
대부층의 신분분화에 따른 향촌사족이나 몰락사족의 발생, 성리학을
이념으로 하는 사대부 지배질서의 이완에 따른 종교의 다양화, 여성들
과 민중들의 의식성장, 유흥적 기풍의 만연 등에 따른 보수층의 위기의
식이 중요한 요인으로 작용했을 것이다.

〈오륜가〉의 교훈적 목적성과 정서 표현

　　곽시징 〈오륜가〉의 창작시기에 대해서는 논란이 있다. 〈권선징악가〉
와 함께 이인도 찰방 시절(1708년)에 지었을 것으로 보는 견해도 있고,
〈행장〉과 같은 곽시징 관련 기록이나 정황으로 미루어 태안이나 목천
은거 시절(1689년, 1694년)에 지었을 것으로 보는 견해도 있다. 두 견해
사이에는 불과 몇 년 차이가 나지 않으므로 최초 작품 여부나 작품 내
용 해석 면에서는 별다른 문제가 없을 것으로 보인다. 어떤 견해로 보
든 은거지나 관할지역의 사족士族이나 백성들을 교화하는 데 목적을
둔 작품임에는 틀림없다. 그런 목적성이 강하게 드러나 있기는 하지만

작품 전개 과정에서 당시 현실에 대한 자신의 생각과 정서, 그리고 이
념적 지향을 드러내기도 했다.

그러면, 여기서 〈오륜가〉의 작품세계를 살펴보자.

> 천지죠벽 ᄒᆞ온 후의 만물죠츠 싱겻셔라
> 초목은 ᄢᅵ를 알어 ᄉᆞ쳘을 ᄎᆞ려 잇고
> 금슈는 번셩ᄒᆞ여 각각 편셩 도엿도다
> 귀ᄒᆞ올셔 ᄉᆞ롬이라 그 즁의 뛰여나셔
> 지력은 오ᄒᆡᆼ이요 심졍은 오장이라
> 각각 셩명 지여니여 오륜을 ᄎᆞ렷시니
> 부자은 유친ᄒᆞ고 군신은 유의로다
> 부부는 유별ᄒᆞ고 장유는 유셔로다
> 붕우는 유신ᄒᆞ니 이 아니 오륜인가
> 사람이라 위병ᄒᆞ고 오륜을 모론 후에
> 무어슬 안다 ᄒᆞ며 어듸을 쓰잔 말가
> 오륜을 푸러ᄂᆡ여 역역키 알게 ᄒᆞ니
> 어화 ᄉᆞ롬드라 범홀리 듯지 마쇼[10]

〈오륜가〉의 서두이다. 서두의 내용은 ①천지만물의 생성과 인간의
귀함, ②인간다움의 근본 오륜, ③사람들에 대한 당부로 이루어져 있

---

10 강전섭은 곽시징의 〈오륜가〉의 이본 세 편을 대교하고 각편의 내용을 종합하여 교합본
을 만들었다. 원본이 전해지지 않고 있는 상황에서 이본 대교를 통해 원본 복원을 시도
한 작업이지만 교합본 역시 또 다른 이본이라 볼 수 있기 때문에 여기서는 강전섭 소장
〈오륜가〉를 대상으로 논의를 한다. 강전섭, 앞의 논문 참조. 이 작품은 유림사 편, 앞의
책, 1620~1650쪽에 〈곽수부 오륜가〉라는 제목으로 수록되어 있다. 이상보, 『18세기
가사 전집』(민속원, 1991), 86~97쪽에 실려 있는 〈오륜가〉는 강전섭의 교합본이다.

다. ①에서는 천지가 열리고 만물이 생성될 때 초목금수가 각기 성품을 타고났지만 인간이 가장 귀하다고 선언했다. ②에서는 인간이 초목금수와 달리 뛰어난 존재인 것은 오륜이 있기 때문이라 하고 5가지 덕목을 제시했다. 마지막 구절에서 "이 아니 오륜인가"라는 설의법 문장을 사용, 오륜을 모르고 있는 독자들에게 강한 어조로 되묻는 형식을 취하고 있다. 이런 어조는 ③으로 이어진다. 사람이라 하고 오륜을 모른다면 무엇을 안다고 할 수 있는가, 그런 사람을 어디에다 쓸 수 있겠는가라고 개탄하면서 오륜을 풀어서 자세하게 알게 해 줄 테니 범홀하게 듣지 말라고 당부했다. 특히, ③의 마지막 문장에서는 "어화 스름드라 범홀리 듯지 마쇼"라는 감탄사와 호격 조사, 그리고 명령형을 사용하여 세상 사람들에게 오륜을 직접적으로 전달하고 권계하고자 하는 목적의식을 강하게 드러냈다.

서사의 이러한 목적의식은 오륜을 구체적으로 상세하게 서술한 본사에 잘 드러나 있다. 가장 많은 분량을 할애하여 강조하고 있는 것은 오륜의 첫 번째 덕목인 부자유친父子有親이다. 서술순서는 ①부모 사랑, ②자식 도리, ③몹쓸 인물로 되어 있다.

①에서는 자식을 위해서 헌신하는 부모의 사랑을 얘기하면서 부모가 자식에게 해야 할 도리에 대해서 강조하고 있다. 특히 부모의 자식 교육에 대하여 언급하고 있는 내용이 흥미롭다.

> 사니 주식들은 박긔셔 가르쳐셔
> 글할 놈 글 시기고 활 쑈일 놈 활 쑈이고
> 과업을 심서하면 입신양명 흐리로다
> 싱일할 놈 싱일 시겨 농업을 심쎠 흐면

의식이 넉넉ᄒ고 가셰가 유여ᄒ니
의여식이 부죡ᄒ여 마음ᄃㅣ로 못할쇼야
녀ᄌ의 ᄒ올 일은 규즁의 집피드러
방적이며 침션이며 음셕범졀 익켜 보아
여공이 구비하면 현철부인 되나니다
자녀를 가라치니 그 부모의 마암이야
싱젼의 질락이요 사후의 비경이라

　아들과 딸 교육을 나누어 서술하면서 아들 교육에 대해서는 세분하
여 언급했다. 자식에 따라 "글할 놈, 활 쏘일 놈, 싱일할 놈"으로 나누어
교육할 것을 강조했다. 문신으로서의 입신양명뿐만 아니라 기질에 따
라 무인으로도 기르고 농사일을 시켜 의식을 여유 있게도 해야 한다고
했다. 그리고 딸에게는 규중의 일을 제대로 가르쳐 현철부인으로 길러
야 한다고도 했다. 이런 내용으로 미루어 볼 때, 작가는 사족뿐만 아니
라 일반백성들과 부녀자들까지도 독자로 상정하고 〈오륜가〉를 지었던
것 같다.
　②에서는 자식의 도리에 대해서 경전의 내용은 물론 일상생활의 경
험까지 동원하여 실감나게 서술하고 있다. 여자의 경우는 부모에게 행
실을 잘 배워서 시부모 봉양을 잘해야 한다고 했다.
　③에서는 부자천륜을 모르는 "근세의 몹쓸 인물"에 대해서 분개했
다. ①②에서는 마땅한 도리에 대해서 상세하게 서술하고 ③에서는 부
정적 인물에 대해 격앙된 어조로 비판했다. ①②에서는 일상 경험보다
는 주로 관념적 덕목을 중심으로 서술했지만 ③에서는 당시의 현실적
상황을 구체적으로 제시했다.

근셰의 몹쓸 인물 부자쳔륜 모로고셔
졔 스사로 난 체ᄒ고 졔 결노 큰 체ᄒ여
부모은덕 모로고셔 졔 몸만 즁이 알며
졔 몸의 의식지졀 먹고입기 풍비ᄒ되
부모의게 하올 거슨 등한이 이져시니
부모의 훈계츽망 ᄃᆡ답의 블슌ᄒ여
힝긱갓치 ᄃᆡ졉ᄒ니 륜긔가 물너진다

부모 은덕은 잊어버린 채 제 잘난 맛에 제 몸만 중히 여겨 부모 은덕, 부모 훈계는 등한히 하고 부모에게 불순하여 행객같이 대접하니 윤기가 무너졌다고 개탄했다. 그래서 사람이라고 하지만 숲속 까마귀와 같은 미물만도 못하니 세상이 용납하겠느냐고 했다. 다른 항목에서도 도리를 지키지 않는 사람들을 "세상의 못실 놈, 용렬한 남자, 철 모로는 부녀들"이라고 비하하면서 현실을 개탄했다. ①②에서 당연히 지켜야 할 도리를 상세하게 서술한 후, ③에서 도리가 무너진 당시의 상황을 제시함으로써 현실 문제의 심각성을 부각시킨 것이다.[11]

이러한 전개방식은 군신유의, 부부유별, 장유유서, 붕우유신 항목에

---

11 곽시징은 인간의 보편적인 규범으로서, 규범이 허물어져 가는 당시의 현실문제를 해결할 수 있는 대안으로서 오륜을 제시했다. 오륜 중에서도 부자유친, 즉 자식의 부모에 대한 효가 모든 규범의 근본임을 강조했다. 〈오륜가〉에 이어서 쓴 〈권선징악가〉에서는 부자유친만을 집중적으로 다루었다. 곽시징이 이인도 찰방 시절, 부임한 지 몇 달 지내보니 읍폐민막邑弊民瘼이 자심하여 마음을 다해 권선징악하고자 〈권선징악가〉를 썼음을 작품 서序에서 밝혔다. 먼저 부모의 "지즈至慈ᄒ신 은혜"를 상기시키면서 효자와 불효자를 대비하여 효를 선, 불효를 악으로 규정했다. "착ᄒ 니를 조와ᄒ고 악한 것를 아쳐ᄒᄆᆫ 사람의 상정이라"고 강조하고 백성들에게 효를 실천할 것을 호소했다. 유림사편, 앞의 책, 1693~1749쪽, 참조.

서도 동일하게 나타난다. 동일한 전개방식의 반복으로써 사람으로서 지켜야 할 당연한 도리와 그것을 어기고 사람답게 살지 못하고 있는 현실을 대비함으로써 당시 사회의 전반에서 인륜이 무너져 내리고 있는 현실에 경종을 울리고 있는 것이다.

이러한 전개방식은 결말의 절실한 정서 표현으로 이어진다.

> 인싱이 싱겨나셔 삼강오륜 모론고셔
> 쳔지간의 용납ᄒ며 금수나 다를손가
> 부모의게 효ᄌ 되고 나라의 츙신이라
> 화형제 낙쳐ᄌ여 붕우유신 ᄒ오면은
> 당니의 양명이요 쳔츄유젼 ᄒ리로다
> 일노ᄒ는 벗님니야 거룩ᄒ고 어질도다
> 셩인군ᄌ 졀노 되야 혈식쳔츄 ᄒ리로다
> 어와 사람들아 이니 말슴 들어보쇼
> 명심불망 하야셔라 오륜을 삼가셔라

오륜에 대하여 상세하게 서술한 후 결말에서는 서사에서 언급한 당부의 말을 다시 반복, 강조하고 있다. 사람으로 태어나 삼강오륜을 모르면 천지간에 용납될 수 없는 금수나 다를 바 없다고 하면서 오륜을 다시 열거했다. 그런 후 오륜을 실천하면 당대에 입신양명할 것이고 오래오래 그 이름이 남을 것이다, 이를 실천하는 벗님네는 거룩하고 어질어 성인군자 되어 영원히 기림을 받을 것이라고 했다. 그것으로도 부족해서 '이 내 말씀 들어보소, 명심불망 하여라, 오륜을 삼가라'라고 거듭 거듭 반복했다. 서사에서 "어화 스룸들아"라고 했듯이 여기서도 "어와 사람들아"라고 독자를 불러서 호소하는 문체를 택했다. 이러한 신신당

부는 작가의 정서가 그만큼 절실했음을 의미하는 것이다. 독자에게 오
륜의식을 고취하는 것이 이 작품의 주된 창작목적이겠지만 그 과정에
서 현실이나 독자에 대한 자신의 정서를 표현하는 것 역시 또 다른 창
작목적일 수 있다.

　〈오륜가〉에 대한 논의를 통해서, 도학가사는 교훈적 목적성이 두드
러진 작품군이기는 하지만, 작가의 정서 표현이기도 하다는 점에도 관
심을 가질 필요가 있음을 지적했다. 〈오륜가〉가 대체로 『소학小學』을
바탕으로 지어졌다고 하더라도 『소학』은 아닌 것이다. 다시 말하면, 도
학가사는 도학의 내용뿐만 아니라 창작 당시의 사회적 배경, 작가의 현
실과 정서를 담고 있고, 가사 장르의 속성을 활용한 문학작품이라는 점
을 염두에 두어야 한다. 교훈성이 강한 만큼 절박한 정서를 담고 있는
것이 도학가사인 것이다.

(『오늘의 가사문학』 제18호, 2018)

최초의 연행가사 〈연행별곡〉

사행 여정의 요약적 진술과 절제된 정서

작가 유명천, 그의 삶과 문학

퇴당退堂 유명천柳命天(1633~1705)은 남인 계열의 유명한 성씨인 진주 유씨柳氏 집안 출신이다. 유명천은 인조 때 태어나 어린 시절 당숙에게 입양되었다. 성장하여 결혼을 했으나 세 번이나 부인과 사별하는 아픔을 겪었을 뿐만 아니라 자식들을 일찍 여의는 불행까지 감내해야하는 삶이었다.

가정적으로 이런 불행을 겪은 유명천은 정치적으로도 파란만장한 삶을 살았다. 유명천은 40세 때인 현종 15년(1672)에 별시문과에 장원으로 급제했다. 과거급제 후 관직에 진출한 유명천은 정언·지평 등 언관을 거쳐 이조좌랑, 부제학, 대사성, 이조참판, 공조·예조판서, 홍문관 제학 등 요직을 맡았다.

유명천은 당쟁이 극심해지던 효종, 현종, 숙종 3대에 걸쳐 벼슬하면서 수많은 정치적 부침을 겪었다. 이조참판 시절에는 남인의 일당 독주를 꺼리던 숙종이 경신환국庚申換局(1680)을 단행함에 따라 유명천은 음성에 유배되었다가 3년 후 방면되었다. 5년 후(1688)에 강계부사로 나갔다가 1년 후 숙종이 장희빈의 아들을 원자로 책봉하려 하자 이에 반대하던 서인을 몰아내고 남인을 재등용한 기사환국己巳換局(1689) 때 중앙 관직으로 중용되어 공조판서에 오르는 등 여러 관직을 거쳤다. 그러나 장희빈에 대한 숙종의 마음이 바뀌어 폐비 민씨를 복위시키면서 남인이 다시 실각한 갑술환국甲戌換局(1694) 때 유명천도 다시 파직, 강진에 유배되었다가 그해에 영일로 유배지가 옮겨져 6년 동안 유배생활을 하다가 방면되었다. 그러나 2년 후 다시 인현왕후 모해 사건에 연루되어 유배당했다가 4년이 지난 1704년에 방면되어 고향으로 돌아가 다음 해(1705)에 세상을 떠났다. 이와 같이, 유명천은 관직에 나간 이후 30여 년 중 거의 반을 유배지에서 보냈고 벼슬 없이 고향에서 6년여의 세월을 보냈을 정도로 정치 풍파를 많이 겪었던 인물이다. 그런 만큼 그의 문학도 유배 관련 시문이 주류를 이룬다.[1]

유명천의 문학은 그의 필사본 문집 『퇴당집退堂集』에 실려 있다. 『퇴당집』은 『퇴당선생시집』 5권과 『퇴당선생문집』 5권, 전 5책의 분량으로 800편이 넘는 시문이 실려 있는 책이다. 특히 갑술환국 직전 해인 1693년 동지사冬至使의 정사正使로 연경燕京에 다녀온 경험을 쓴 「연행록燕行錄」, 갑술환국 후 오천烏川(현재의 영일)에 유배되었을 때 쓴 「오천록烏川錄」에는 많은 한시가 수록되어 있다. 연경에 갔다가 돌아와서

---

1 유명천의 생애와 문학의 전반적 성격에 대해서는 김갑기, 「퇴당 유명천고」, 『교육과학연구』 제12집(청주대 교육문제연구소, 1998) 참조.

는 〈연행일기〉와 최초의 연행가사인 〈연행별곡〉도 남겼다. 그리고 부인 한산 이씨는 남편이 오천에 유배되어 있을 때 따라가서 같이 지냈는데 남편 사후 유배를 비롯하여 힘들었던 자신의 삶을 회고한 『고행록苦行錄』이라는 국문 기록을 남겼다.[2]

연행가사의 시작과 전개

최초의 사행가사使行歌辭는 남용익南龍翼(1628~1692)의 〈장유가壯遊歌〉이다.[3] 그런데 〈장유가〉는 남용익이 일본과 청나라 양국에 사신으로 다녀와서 쓴 사행가사이다. 〈장유가〉의 절반은 연행燕行 경험이기 때문에 연행가사라 할 수도 있지만, 여기서는 연경 사행 경험만을 내용으로 하는 작품에 한해서 '연행가사'라고 정의한다. 왜냐하면, 〈장유가〉에서 시작된 사행가사가 일본 사행가사와 연행가사로 나누어지면서 각기 다른 방향으로 전개되었기 때문에 따로 논의할 필요가 있기 때문이다.

〈장유가〉에 나타나 있는 남용익의 사행의식은 문화적 자부심과 우월의식이다. 일본에 대해서는 의외의 번화함에 놀라기는 했지만 만이蠻夷라는 기본 전제로써 놀라움을 가라앉힐 수 있었고, 청나라에 대해서

---

2 유명천의 「오천록」과 부인 한산 이씨의 『고행록』에 대해서는 이민홍, 「퇴당 유명천 유배문학의 연구」, 『한문교육연구』 제25집(한국한문교육학회, 2005) 참조.
3 최초의 사행가사에 대해서는 김윤희, 「〈장유가〉의 언술 방식과 공간관을 통해 본 17세기 사행가사의 특성」, 『한국어문학국제학술포럼 학술대회』(한국어문학국제학술포럼, 2008) 참조. ; 최상은, 「최초의 사행가사 〈장유가〉, 조선 사대부가 바라 본 일본과 청나라」, 『오늘의 가사문학』 제13호(한국가사문학관, 2017) 참조.

는 정통 왕조인 명나라를 당파하고 세운 나라라는 인식을 가지고 있었
기 때문에 원한 어린 멸시가 숨어 있다. 이런 의식은 정통 왕조 명나라
는 망하고 없지만, 그 전통을 잇고 있는 것이 조선이고 자신은 조선인
이라는 자부심에서 나올 수 있는 것이다.[4] 이런 작가의식은 일본 사행
의 경우는 체험적 공간인식 아래 감각적인 경탄 위주의 표현으로, 청나
라 사행의 경우는 선험적 공간인식 아래 회고와 탄식의 표현으로 나타
났다.[5]

〈장유가〉의 뒤를 이은 두 나라 사행가사는 대체로 이런 성격에서 벗
어나지 않았다. 〈장유가〉를 이은 일본 통신사의 사행가사는 김인겸金仁
謙(1707~1772)의 〈일동장유가日東壯遊歌〉한 편 뿐이다. 〈일동장유가〉
역시 일본의 뛰어난 문물에 대해서는 놀라움을 금치 못했지만, 일본을
야만의 나라로 보고 흥미 위주로 작품을 쓴 작가의식을 보여주고 있다.
따라서 〈일동장유가〉는 선험적 관념보다는 실제의 견문을 중심으로 한
사실성이 두드러진 작품이다.

조선 후기 들어 총 12회 파견된 통신사는 순조 11년(1811)에 중단됐
다. 이후 국가적인 차원의 사행이 중단되면서 일본 사행가사는 변모된
모습으로 창작되거나 개인적인 해외 기행가사로 이어졌다. 그리고 일
본이나 서양에 대해서도 오랑캐 의식에서 벗어나 발전된 문명을 긍정
적으로 바라보는 의식으로의 변화를 보여준다.

1876년 강화도조약 이후 조선은 일본과 불평등 외교를 할 수밖에 없
는 상황이 되었고 새로운 개념의 외교 관계를 맺게 되었다. 그에 따라

---

4 최상은, 위의 글, 60쪽 참조.
5 김윤희, 앞의 글, 2008, 28쪽 참조.

외교관을 파견, 장기간 체류하면서 외교 업무를 담당하게 했는데 이태
직李台稙(1859~1903)은 주일 공사관의 참서관으로 가서 1년간 머물다
돌아와서 1902년에 〈유일록遊日錄〉(일명 〈대일본유람가〉)를 지었다. 이
작품도 사행가사의 성격을 띠고 있지만 특별한 일이 있을 때 파견했던
통신사의 왕복 일정에 따라 쓴 사행가사와는 달리 장기 체류 외교관으
로서 경험한 것을 쓴 작품이라는 점에서 유람가사의 성격이 짙다고 하
겠다. 이후에는 일본을 비롯하여 서양을 다녀와서 쓴 기행가사로 이어
졌다. 이종응李鍾應(1853~1920)은 영국을 다녀와서 〈서유견문록〉[6]을,
김한홍金漢弘(1877~1943)은 일본을 거쳐 미국에 갔다가 돌아와서 〈해
유가海遊歌〉(일명 〈서유가西遊歌〉)를 지었다.[7] 그리고 심복진沈福鎭(1877~
1943)은 1926년 일본 문명 시찰단으로 참여한 경험으로 〈동유감흥록東
遊感興錄〉[8]을 창작했다.

이에 비해 연행가사의 창작은 지속적으로 이루어져 사행가사의 전통
을 이어나갔다. 연행가사는 유명천柳命天(1633~1705)의 〈연행별곡燕行
別曲〉을 시작으로, 박권朴權(1658~1715)의 〈서정별곡西征別曲〉, 김노상
金老商(1787~1845)의 〈서행록西行錄〉, 서염순徐念淳(1800~?)의 〈연행별

---

6 〈서유견문록〉은 작가가 1902년 영국 에드워드 7세 즉위 대관식 축하사절단으로 파견되
  었으나 에드워드 7세의 건강상 이유로 대관식이 연기되는 바람에 공식적 임무 수행
  없이 귀국했다. 이 작품은 영국으로 가는 여정을 포함, 돌아오는 여정에서 동서양 10여
  개 국을 여행한 기행가사이다. 박노준, 「〈해유가〉와 〈셔유견문록〉 견주어 보기」, 『한국
  언어문화』 제23집(한국언어문화학회, 2003) 참조.
7 조동일, 『한국문학통사 4』 제4판(지식산업사, 2005), 104~108쪽 참조. ; 박애경, 「일본
  기행가사의 계보와 일본관의 변모양상」, 『열상고전연구』 제23집(열상고전연구회, 2006)
  참조.
8 박애경, 「장편가사 〈동유감흥록〉에 나타난 식민지 근대체험과 일본」, 『한국시가연구』
  제16집(한국시가학회, 2004) 참조.

곡〉,[9] 홍순학洪淳學(1842~1892)의 〈연행가燕行歌〉, 유인목柳寅睦(1839~ 1900)의 〈북행가北行歌〉 등이 그 뒤를 이었다. 1866년 홍순학의 〈연행 가〉, 유인목의 〈북행가〉 이후에 연행가사가 단절된 것은 조선과 일본, 그리고 청나라의 국제관계 때문일 것이다. 연경 사신 파견은 1894년까 지 있었지만, 일본에 의해 어쩔 수 없이 불평등하게 맺은 강화도조약 (1876) 이래 조선에 대한 주도권이 일본으로 넘어가는 정국의 변화로 인해 연행가사를 지을 만한 여건이 못 되었을 것으로 생각된다.

〈연행별곡〉, 사행 여정의 요약적 진술과 절제된 정서

〈연행별곡〉의 작가에 대해서는 논란이 있었지만, 유명천이 1693년 11월부터 1694년 3월까지 동지사冬至使의 정사正使[10]로 연경燕京에 다 녀와서 쓴 작품이라는 것이 밝혀졌다.[11] 유명천의 행적으로 보아 갑술 환국 때 강진에 유배되었을 때 썼을 것으로 추정된다. 30여 년 전에 일본과 연경을 다녀와서 쓴 남용익의 〈장유가〉의 뒤를 이은 사행가사 이고, 최초의 연행가사이다. 다음 해 동지사 서장관으로 연경을 다녀온

---

9 이 〈연행별곡〉은 다른 〈연행별곡〉과 구분하기 위해 〈임자연행별곡壬子燕行別曲〉으로 명명되기도 한다. 이 〈연행별곡〉의 작자와 창작시기에 대해서는 곽미라, 「〈임자연행별 곡」의 작자와 창작시기 변증」, 『고시가연구』 제30집(한국고시가문학회, 2012) 참조.
10 『승정원일기承政院日記』 354책 (탈초본 18책) 숙종 19년 11월 3일. "冬至正使柳命天, 副使李麟徵, 書狀官沈枋出去(동지사의 정사로 유명천, 부사로 이인징, 서장관으로 심 방이 나갔다.)"
11 임기중, 「연행가사의 작자와 그 시대」, 『연행가사연구』(아세아문화사, 2001), 29~37쪽 참조.

박권(1658~1715)의 〈서정별곡西征別曲〉이 〈연행별곡〉에서 시작된 연행가사의 전통을 이어갔다.

그러면, 〈연행별곡〉의 작품세계를 구체적으로 살펴보자.

연경 만리예 륙샥을 치힝ᄒ야
지월 초삼일의 북궐의 하직ᄒ고
갈 길을 도라보니 구름 밧긔 하ᄂᆞᆯ일싀
군명이 지중ᄒ니 슈고를 혜아리랴
모화관 사ᄃᆡᄒ고 홍졔원 드러오니
셔교의 젼별ᄒᆞᆯ 졔 친구ㅣ가 만좌ㅣ로다
삼공이 쥬벽ᄒ고 뉵조ㅣ가 버러 안ᄌ
쥬비로 샹속ᄒ야 원힝을 위로ᄒ니
지친 졍경이 더옥 더 사오납다
셔산의 ᄒᆡ 진 후에 역마를 밧비 모라
벽졔관 젹막ᄒᆞᆫᄃᆡ 대췌코 너머드니
련궐 단침의 가지록 싀로왜라

방물을 쥰ᄉᄒ고 문셔를 계유 ᄆᆞ챠
무건 지 ᄉ십일에 오던 길노 도라드니
젼로ㅣ가 비록 머나 힝역을 니즐노다
구련셩 다시 와셔 통균졍 ᄇᆞ라보니
홍분을 ᄀᆞ득 시러 ᄎᆡ션을 빗겨 잇고
가국이 ᄐᆡ평ᄒ니 ᄐᆡ평곡을 말닐소냐
아희아 잔 ᄀᆞ득 부어라 쟝일취를 ᄒᆞ리라[12]

12 임기중, 위의 책, 123~128쪽.

〈연행별곡〉의 서두와 결말이다. 서두에서는 연경 만 리에 사신으로 가게 되었음으로 차분하게 서술했다. "갈 길을 도라보니 구름 밧긔 하늘일식"에서 멀고 먼 여정에 대한 걱정, "군명이 지중ᄒ니 슈교를 혜아리랴"에서는 험난한 여정에 대한 걱정이 나타나 있지만 지중한 군명을 생각해서 절제하고 있는 모습을 보여준다. 이어서 서울 인근 모화관에서 있었던 사대查對, 홍제원·벽제관에서 열린 환송연에 대해서도 장면과 정서에 대한 구체적인 묘사보다는 "지친 경경이 더옥 더 사오납다", "벽졔관 적막ᄒ듸 대취코 너머드니", "련귈단침의 가지록 싀로왜라" 등 추상적인 설명을 하는 데서 그쳤다.

결말 부분도 비슷하다. 연경에서 돌아오는 여정을 극히 간략하게 서술하면서 작품을 마무리했다. 사신의 임무를 끝내고 연경에 묵은 지 사십 일 만에 귀환길에 올랐는데 그때의 정서 표현 역시 "젼로ㅣ가 비록 머나 힝역을 니즐노다"라고 하면서 극도로 절제하고 있다. 머나먼 여정에 따라올 괴로움에 대한 서술은 잊은 듯이 전무하다. 귀환 여정 역시 모두 생략하고 압록강변 구련성만을 언급했다. 연경으로 가는 여정도 지명 열거 중심으로 간략하게 서술한 마당에 똑같은 지역을 되짚어 오는 귀환 일정을 굳이 다시 언급할 필요가 없었을 것이다. 그래서 청나라 영토에서의 마지막 여정인 구련성에서 조선 영토인 통군정을 바라보며 뱃놀이를 했다는 정도의 서술을 하면서 국내 여정은 생략한 채 작품을 마무리한 것으로 보인다. "홍분을 ᄀ득 시러 치션을 빗겨 잇고"라고 한 것으로 보아 매우 흥청대는 술자리가 벌어졌을 것으로 보이지만 그 장면에 대해서는 더 이상의 서술을 하지 않았다. 그리고 결말에서 조국이 태평하다는 전제 아래 '태평곡'을 연주하게 하고 장일취長日醉를 하겠다고 했다. 그렇지만 뱃놀이나 취흥 장면에 대한 구체적인 묘사는 전혀 없다.

이와 같이, 서두와 결말에서는 최대한 절제된 정서로 규범적인 서술을 하고 있다. 이러한 서술의 밑바탕에는 임금과 나라에 대한 '충忠' 의식이 자리 잡고 있었기 때문이다. 벽제관을 대취해서 넘어가면서 "연궐단침의 가지록 시로왜라"라고 연군의식을 드러낸 서두, 조국의 태평성대를 전제하고서야 장일취에 빠져든 결말에서 그런 의식을 엿볼 수 있다.

그러면 여정을 통해서 작품의 성격을 좀 더 살펴보자.

파평관 슉쇼ᄒ고 림진강 건너 와셔
숑악산 ᄇᄅ보니 이거시 구도ㅣ로다
만월되예 달만 붉고 션쥭교의 졀만 노파
쳥셕동 험흔 길에 금쳔관 계우 오니
춍슈ᄂᆫ 어그메오 동션령 여긔로다
쇼션 젹벽을 이졔 와 다시 보니
풍류도 거룩홀샤 고젹이 방불ᄒ다
셩양관 말마ᄒ고 지슝관 도라드니
픠슈에 빙합흔 되 련광이 어리엿다
긔즈의 구봉이오 팔조의 교민인가
셔관 쇄약이 이 싸히 거룩ᄒ다
안쥬를 들어와셔 빅샹누를 올나보니
쳥쳔강 건너 드라 납쳥졍 잠깐 쉬니
소쇄 승샹이 일빅의 다 드럿다
경치도 쥬커이와 힝식이 지리ᄒ다
의검졍의 칼를 집고 룡만관의 드러가니
압록강 쟉별시예 풍셜이 ᄌᆼ쟈 잇다

본격적인 연경 사행 여정의 시작 대목이다. 압록강을 건너기 전까지
의 여정을 지명 중심으로 열거하되 특별히 조선의 역사·이념과 관련된
지역, 경치가 빼어난 곳에서는 그 사적과 작가의 정서를 간략하게 언급
했다. 송악산과 만월대에서는 고려의 도읍 개경을 회고하고 고려에 충
성을 다하고 선죽교에서 희생당한 정몽주의 충절을 기리기도 했다. 그
러나 그 표현은 "숑악산 ᄇᆞ라보니 이거시 구도ㅣ로다 / 만월ᄃᆡ예 달만
붉고 선죽교의 졀만 노파"라고 하는 데서 그쳤다. 표현은 매우 간략하
고 정서는 절제되어 있다. 동선령에서는 북송北宋 때 소식蘇軾의 〈적벽
부赤壁賦〉 풍류를 회고하고, 평양의 연광정에서는 고조선의 역사를 회
고하며 자랑스러워하기도 했다.

그러다가 평안북도 납청정에 이르러서는 아름다운 경치 속에서 주연
을 베풀어 흥취를 즐겼던 것 같은데 작가는 "경치도 죠커이와 ᄒᆡᆼᄉᆡᆨ이
지리ᄒ다"라고 요약했다. 좋은 경치 속에서의 흥취를 긴 여정을 소화해
내야 하는 자신의 지리한 행색 표현으로 가라앉혔다. 그리고 청나라와
의 접경지역인 압록강에 다다라서는 "압록강 작별시에 풍셜이 ᄌᆞ쟈 잇
다" 정도의 표현에서 그쳤다. "풍셜이 ᄌᆞ쟈 잇다"는 청나라에 들어가서
의 험난한 여정을 암시해 주는 표현이다. 처음으로 청나라에 들어가는
길, 국경에 선 사람으로서의 정서가 극도로 절제되어 있다.

유명천보다 1년 늦게 1694년 동지사 서장관으로 연경에 갔다 돌아
온 박권이 쓴 〈서정별곡西征別曲〉과 비교해 보자.

> 통군정 올아보니 호천지척의
> 의ᄃᆡ슈 가려시니 청구일역이
> 여긔 와 진탄 말가

힝장을 겸겸ᄒ야 압녹강 건너리라
여가를 다 부르니 셕양이 거의로다
졍거의 취코 올나 고향을 도라보니
죵남산 일천리의 구름이 머흐럿다[13]

　조선의 지경이 여기에서 끝나고 강을 건너면 청나라 땅임을 상기하
면서 한탄했다. 그리고 송별연에서 취기에 고국을 돌아보니 구름길이
험하다며 향수에 젖기도 했다. 19세기 장편 연행가사에 비하면 소략하
지만, 〈연행별곡〉에 비하면 압록강에 다다른 작가의 정서가 한층 구체
적으로 표현되어 있다.
　압록강 너머 청나라 여정에 대한 서술도 유사하게 나타난다.

소셔강 ᄀ 지나셔 즁강을 건너 오니
이거시 어듸메오 구련셩이 여긔로다
몽고장 넓게 치고 호표굴의 한둔ᄒ니
치음도 칩거니와 심ᄉ도 ᄀ이 업다
동지밤 계우 ᄉ와 혈암의 들어가니
만샹군관 쟝막ᄃᆯ를 렬풍에 썻거 노해
잇틀을 노쥭ᄒ고 봉황셩의 득달ᄒ니
안시셩이 지쳑이오 칙문이 예로고나
인마를 졍졔ᄒ야 참참이 혜여 갈ᄉ
회령령 계유 올나 청셕동 너머드니
그 아ᄅ 뇨동뜰이 칠팔니를 여러셰라

13 임기중, 위의 책, 132~133쪽.

압록강을 건너 구련성에서 며칠 노숙하면서 지낸 어려움을 "치음도 칩거니와 심수도 ᄀ이 업다"라고 추상적으로 설명하고, 요동벌의 넓음을 "칠팔니를 여러셰라"라고 담담하게 서술했다. 그러고는 봉황성, 안시성, 책문을 지나 회령령, 청석동에 이르는 여정을 단 몇 줄로 소개했다. 고구려 때의 안시성 전투나 효종의 청석령 시조에 대한 언급을 하고 있는 후대 작품들과는 달리 이 작품에서는 스쳐 지나간 지명으로 소개하는 데서 그쳤다.

연경에 도착, 황성에 들어 사신의 임무인 황극전 조참朝參을 하는 대목을 살펴보자.

> 만불뎐을 올ᄂᆞ 안져 황셩을 구버보니
> 쟝홈도 쟝홀시고 이 그르시 졍 크도다
> 갑슐년 샹원일에 황극뎐의 됴참ᄒᆞ니
> 명묘씩 졔작인가 굉려홈도 굉려ᄒᆞ다
> 방믈을 쥰ᄉᆞᄒᆞ고 문셔를 계유 ᄆᆞ챠
> 무건 지 ᄉᆞ십일에 오던 길노 도라드니
> 견로ㅣ가 비록 머나 힝역을 니즐노다

작품 전편에서 가장 정서 표현이 구체적으로 된 부분이다. 만불전에 올라앉아 황성을 굽어보고는 그 규모의 장대함에 감탄했다. 그리고 조참을 위해 황극전에 들었을 때는 그 규모가 "굉려함도 굉려하다"고 놀라워했다. 그렇지만 청나라나 황제에 대한 언급은 전혀 없이 이 황극전이 "명묘씩 졔작인가"라고 의문을 표했다. 청나라에 사신으로 갔으면서 명나라를 회고하고 있는 것이다. 그런 정서 표현 이후에는 사신으로서 "방믈을 쥰ᄉᆞᄒᆞ고 문셔를 계유 ᄆᆞ챠" 묵은 지 사십 일에 오던 길로 돌아들었다고 담담하게 서술했다. 청나라에 대한 언급은 한 마디도 없다. 이는 〈장유가〉에서 보여 주고 후대 연행가사에서 일반적으로 나타나는 존명멸청尊明蔑淸 의식을 묵시적으로 드러낸 것이라 할 수 있다.

〈연행별곡〉은 연행가사 가운데 가장 짧은 작품이다. 연행 출발에서 연경, 연경에서 구련성에 이르는 긴 여정을 100여 행으로 마무리하다 보니 지명 이외 작가의 행적이나 정서, 지역에 대한 이야기 등을 구체적으로 서술할 수 없었을 듯하다. 이렇게 절제된 서술은 작품 창작 시기와도 관련이 있을 것 같다. 작가 유명천은 연행에서 돌아와 복명할 겨를도 없이 갑술환국의 폭풍에 휘말려 들어 극변안치極邊安置의 길을 떠나야 하는 상황이었다.[14] 그렇다면 이 작품은 유배지에서 지은 것으로서 봐야 할 것이다. 유배지에서 사행가사를 쓰면서 후대 연행가사에서 보이는 다양한 경험이나 정서의 자유분방한 서술은 어려웠을 것이기 때문에 최대한 절제된 표현으로 사행 사실과 여정만 개괄적으로 정리하는 데 주력하지 않았나 생각된다.

유명천과는 반대로 갑술환국에서 재등용되어 연경 사신으로 다녀온 박권이 쓴 〈서정별곡〉도 짧은 연행가사이지만, 〈연행별곡〉에 비하면 내용이 훨씬 다채롭다. 그러다 김노상의 〈서행록〉으로부터 시작된 19세기의 장편 연행가사는 〈연행별곡〉과 〈서정별곡〉과는 비교가 안 될 정도로 왕복 여정과 연경에서의 견문, 현실인식과 정서 등을 다양한 문체로 풍부하게 서술하고 있다.

(『오늘의 가사문학』 제22집, 2019)

---

14 임기중, 「연행가사와 그 연행록」, 위의 책, 104쪽.

최초의 몽유가사 〈옥경몽유가〉

이념의 꿈속 실현, 그리고 현실의 갈등

작가 이유의 삶과 문학

〈옥경몽유가玉京夢遊歌〉의 작가 소악루小岳樓 이유李渘(1675~1753)
는 전주이씨로서 조선 제2대 왕인 정종의 제4왕자 선성군宣城君 이무
생李茂生의 9세손이다. 이유는 양천陽川(옛 이름은 파릉巴陵, 현 서울시 강서
구 가양동 궁산)에 대를 이어 살았다. 이유는 이곳에 있던 악양루岳陽樓
터에 소악루를 재건, 특별한 애정을 쏟아 자신의 호로 삼기도 했다. 화
재로 소실된 소악루를 최근 가양동 궁산근린공원에 복원해 놓았다.

이유는 39세에 생원이 되어 세마洗馬·위수衛率 벼슬에 연달아 제수
되었으나 모두 나가지 않았다. 57세에는 큰형을 비롯한 일가친척들의
권유로 단종端宗의 묘소인 영월 장릉莊陵의 참봉으로 나갔고, 금부도
사·감찰 등을 역임했다. 그리고 60세에는 전남 화순군의 동복현감同福
縣監으로 갔다가 63세에 그만두고 고향 양천으로 돌아가 여생을 보냈

다. 벼슬을 그만둘 때 백성들이 비를 세워 그를 칭송했다고 한다.

양천에서 여생을 보낸 이유는 성리학에도 조예가 깊어 윤봉구尹鳳九 (1683~1767) · 한원진韓元震(1682~1751) 등과 인물심성동이人物心性同異 문제에 대하여 토론을 벌였고, 소악루를 중심으로 조관빈趙觀彬(1691~ 1757) · 윤봉조尹鳳朝(1680~1761) · 이병연李秉淵(1671~1751) 등 쟁쟁한 명 사들과 시주금가詩酒琴歌로 교유하였다. 중국 사람들도 파릉(양천)은 작은 악양[小岳陽]이라고 할 정도로 아름다운 풍광을 지닌 곳이었는데, 이유는 여기에 중국 악양루를 본으로 삼아 소악루를 지었다고 한다. 이유는 소악루에서 명사들과 교유하면서 문집 10권과 시조 여러 편을 남겼다고 하는데 문집은 유실되어 전하지 않는다. 다행히 다른 문헌에 가사 4편과 연시조 1편이 남아 있어서 그의 문학세계의 일면을 엿볼 수 있다.

이유의 가사 작품은, 김시빈金時鑌(1680~1761 이후)이 1709년~1761 년까지 53년간 발행된 『시헌서時憲書』[1]를 모아서 한꺼번에 철해 두었 는데 그 이면에 필사되어 있다.[2] 따라서 『시헌서』의 발간 연대와 내용 은 가사 작품과 아무 상관이 없다. 여기에 실려 있는 이유의 가사 작품

---

1 『시헌서』는 '책력冊曆'이라고도 하는데 한 해의 일상생활과 관련된 내용을 수록한 일과 력日課曆으로 1년에 한 번씩 발간됨.

2 박규홍, 「석하 소장 고시헌서철에 필사된 시가작품」 『서지학보』 제8집(한국서지학회, 1992) 참조. 이 글에 의하면, 김시빈이 1709~1761년까지 53년간 발행된 『시헌서』를 한 해도 그르지 않고 모아 철해 두었는데 그 이면에 가사 13편과 시조 1편이 필사되어 있다. 그중 가사 4편이 이유의 작품이다. 김시빈과 필사자의 관계는 알 수 없다. 다만, 이유와 김시빈은 친분이 있는 사람이었지 않을까 추정할 따름이다. 박규홍은 이 논문에 서 『시헌서』철에 대해 고증했다. 고증에 이어 가사 작품 13편과 시조 1편도 수록해 놓았다.

은 〈사군별곡四郡別曲〉, 〈충효가忠孝歌〉, 〈옥경몽유가玉京夢遊歌〉, 〈망미인가望美人歌〉 등 4편이다. 그리고 김수장金壽長(1690~?)의 『해동가요海東歌謠』에 이유의 시조 작품 〈자규삼첩子規三疊〉 3편이 실려 있다.[3]

〈사군별곡〉은 이유가 가족들의 권유로 장릉 참봉으로 부임하기 위해 서울에서 영월에 이르는 여정과 영월·영춘·단양·청풍 등 4개 지역 기행 여정을 차례로 서술한 작품이다. 〈사군별곡〉은 전형적 기행가사로서 단종의 유배지 청령포에서는 옛 임금을 생각하며 비감에 젖어 목이 메기도 하지만 전체적으로는 여정과 아름다운 풍경, 기행의 흥취를 노래하고 있다. 〈충효가〉는 이유가 동복현감으로 있을 때 백성들을 교화하기 위해 지은 것으로 보인다. 전반부에서는 효를, 후반부에서는 충을 얘기했다. 아마도 효가 충의 바탕이 된다는 생각을 가지고 있었던 듯하다. 정철鄭澈(1536~1593)이 강원도 관찰사 시절에 〈훈민가訓民歌〉를 지은 목적과 상통한다 하겠다.

〈옥경몽유가〉와 〈망미인가〉는 벼슬을 그만두고 양천으로 귀향, 소악루를 중심으로 여생을 보낼 때 지은 작품이다. 〈옥경몽유가〉는 최초의 몽유가사夢遊歌辭로서 작가 이유가 꿈속에서 천상백옥경에 올라 현실적 고민을 토로하는 한편, 자신이 이루고자 한 삶의 최고 경지를 펼쳐보인 작품이다. 〈망미인가〉는 왕족으로서 서울 가까이 살면서도 임금의 부름을 받지 못해서였는지, 왕실에 대한 그리움 때문이었는지는 단정할 수 없으나 자신의 처절한 외로움을, 홀로 지내면서 임을 그리워하

---

3 작가 이유와 작품 창작 연대에 대해서는 다음 논문을 참고로 했다. 박규홍, 위의 글, 99~102쪽 참조. ; 김팔남, 「새로 발견된 소악루 이유의 가사 몇 편에 대하여」, 『고시가연구』 제18집(한국시가문화학회, 2006).

는 여인의 목소리로 노래한 작품이다. 여성화자의 목소리로 이루어진 작품 전개와 정서가 정철의 〈사미인곡〉과 〈속미인곡〉을 합쳐 놓은 듯한 느낌을 준다. 그런 면에서, 〈망미인가〉는 면면히 이어지고 있는 연군가사의 전통을 보여주고 있다고 하겠다.

〈자규삼첩〉은 3수로 된 연시조인데 이유가 장릉 참봉으로 영월에 갔을 때 지은 것으로 보인다. 단종이 수시로 올라 심회를 달래며 〈자규사子規詞〉를 지었던 매죽루梅竹樓를 찾아, 한 맺힌 삶을 살았던 단종의 슬픈 사연을 회고하면서 비감에 젖은 자신의 정서를 노래한 작품이다.

이와 같이, 이유는 왕족으로서 보기 드물게 여러 편의 가사와 시조 작품을 남겼다. 관직에 있을 때나 물러나 있을 때나 조선의 왕족으로서, 성리학자로서, 은일지사로서의 품격과 이념을 지키려고 노력했던 이유의 모습을 작품에서 발견할 수 있다. 이름 모를 필사자가 가사 4작품을 기록하고, 조선의 대표 시조집『해동가요』에 〈자규삼첩〉이 수록되어 있는 것은 이들 작품이 당시에 꽤 많이 알려져 있었고 노래불렸기 때문일 것이다.[4] 문집이 유실되어 이유의 문학세계를 온전히 알 수 없게 되었다는 것이 아쉬움으로 남는다.

몽유문학의 전통과 몽유가사

몽유문학夢遊文學은 현실세계에서 잠이 들어 꿈의 세계로 들어갔다

---

4 최은숙, 「소악루 이유 시가의 소통지향성과 담화 특성」, 『동양고전연구』 제42집(동양고전학회, 2011) 참조.

가 잠에서 깨어나 다시 현실세계로 돌아오는 몽유구조를 가지고 있고, 꿈의 세계가 작품의 주된 내용을 이루는 작품 유형이다. 몽유문학은 오랜 전통을 가지고 있다. 우리 문학사에서 꿈과 관련된 이야기는 『삼국사기三國史記』와 『삼국유사三國遺事』, 『고려사高麗史』에 여러 편이 실려 있는데 본격적인 몽유문학이라 할 만한 것은 신라의 '조신의 꿈' 이야기[5]가 대표적이다.[6] 한문학에서는 이규보李奎報(1168~1241)의 〈몽비부夢悲賦〉, 〈신묘정월구일기몽辛卯正月九日記夢〉 등이 있다.

조선 전기에는 새로운 장르로 몽유록夢遊錄이 등장하여 성행했다. 남효온南孝溫의 〈수향기睡鄕記〉를 시작으로 심의沈義의 〈기몽記夢〉(〈대관재몽유록大觀齋夢遊錄〉) 등 많은 작품이 나왔다. 몽유록의 경우, 17세기에는 윤계선尹繼善의 〈달천몽유록達川夢遊錄〉과 같은 임·병 양란과 관련된 작품들이 나왔는데 이후 안정기에 접어들자 몽유록의 쓰임새가 줄어들어 작품 창작은 계속되었지만 새로운 주제를 마련하지 못하고 문학적 긴장을 상실했다.[7]

소설의 경우, 김시습金時習이 한문소설 〈금오신화金鰲新話〉로 몽유소설의 길을 열었다. 5작품 중 〈취유부벽정기醉遊浮碧亭記〉, 〈남염부주지南炎浮洲志〉, 〈용궁부연록龍宮赴宴錄〉이 몽유구조로 되어 있어서 몽유소설의 힘찬 출발을 보였다. 조선 후기에는 김만중의 〈구운몽九雲夢〉을 비롯하여 많은 국문소설이 창작되었다.

5 『삼국유사三國遺事』 권제3卷第三「탑상塔像 제4第四」, 〈낙산이대성 관음 정취 조신洛山二大聖 觀音 正趣 調信〉
6 설화에 나타나는 꿈 화소의 자료와 유형에 대해서는 최명림, 「한국 설화의 꿈화소 연구」(전남대 석사학위논문, 1997) 참조.
7 몽유록의 흐름에 대해서는 조동일, 『한국문학통사』 2·3권(지식산업사, 2005) 참조.

시조의 경우, 꿈 모티프를 가진 작품은 많지만 몽유시조라 할 만한 작품은 평시조에는 거의 없고 사설시조에서 더러 나타난다. 짧은 형식의 시조가 몽유구조를 제대로 갖추기는 힘들었을 것이다.[8] 조선 후기에 와서 장르교섭 현상이 두드러지게 나타나고, 설화·몽유록·소설·가사 등 거의 모든 장르에서 몽유구조를 갖춘 작품이 성행하는 문학사적 변화의 영향으로 사설시조 역시 몽유구조를 받아들여 작품세계를 다양화하지 않았나 생각된다.

가사 역시 조선 전기로부터 꿈 모티프를 가진 작품은 많이 있었지만 몽유구조를 제대로 갖춘 작품은 18세기에 와서야 완성이 되었다. 정철의 〈속미인곡續美人曲〉이나 〈관동별곡關東別曲〉과 같은 작품에서도 몽유구조가 일부 나타나기는 하지만 너무 단편적이고 작품 전체에서 차지하는 비중이 낮기 때문에 몽유가사라 하기는 어렵다. 가사는 형식적 제약이 적은 장편 시가로서 시조보다 훨씬 개방적인 성격을 지니고 있어서 장르교섭 현상이 한층 활발하게 일어나 다양한 층위의 작품들이 창작되었다. 몽유가사도 조선 후기의 문학사적 흐름을 타고 발생했는데 특히 몽유록의 수용이 두드러졌다. 성리학적 이념성이 강하고 역사적·문학적 신념을 전달하고자 하는 교술적 성격이 강하다는 측면에서 가사와 몽유록은 친연성이 많았고, 조선 후기 가사가 장르적 극대화 현상을 보이면서 몽유록과의 교섭이 더욱 활발하게 일어나지 않았나 생각된다.

몽유구조가 전형적으로 갖추어진 최초의 작품은 이유의 〈옥경몽유

---

8 몽유시조의 형성과정과 성격에 대해서는 이규호, 「몽유시조의 형성과정」『인문과학연구』제3집(대구대 인문과학연구소, 1985)에서 자세하게 다루었다.

가〉이다.[9] 〈옥경몽유가〉는 연대가 확실하지는 않지만, 이유가 벼슬을 그만두고 양천으로 돌아간 1738년에서 세상을 떠난 1753년 사이에 나온 작품이다. 1759년에는 한석지韓錫地(1709~1803)의 〈길몽가吉夢歌〉가 나왔다. 〈옥경몽유가〉는 꿈속에서 옥황상제, 중국 역대 제왕, 문장사백을 만나 대화를 나누고 자신의 삶이 그중 가장 훌륭하다는 것을 과시한 작품이라 한다면, 〈길몽가〉는 꿈속에서 맹자를 만나 대화를 나누고 교시를 받았다는 내용으로 유학자로서 맹자의 도통을 이은 자신의 정체성을 확인한 작품인데, 18세기 향촌사족 가사의 새로운 단면을 보여주고 있다.[10]

작가와 연대가 확실히 밝혀져 있지 않지만, 18세기 후반에 나온 것으로 보이는 작품에는 〈옥루연가玉樓宴歌〉가 있다. 〈옥루연가〉는 명나라가 망하고 청나라 오랑캐의 세상이 된 것을 탄식하고, 꿈속에서 왕을 모시고 천상에 올라가 옥황상제를 만나 청나라에 대한 북벌의 천명을 하교 받고 온다는 내용이다. 모두 꿈속에서 작가가 이상적인 인물로 생각하는 성현을 만나 자신의 소망을 이루는 내용으로 매우 관념적인 성격을 띠는 작품들이다.

몽유가사는 19세기 이후 일제강점기에 이르기까지 여러 작품이 나왔는데, 18세기의 작품세계를 이은 작품이 있는가 하면, 종교가사로

---

9 몽유가사의 형성과정과 성격에 대해서는 이규호, 「몽유가사의 형성과정시고」, 『국어국문학』 제89집(국어국문학회, 1983)에서 자세하게 다루었다.
10 〈길몽가〉에 대해서는 다음 글들을 참조했다. 안혜진, 「길몽가를 통해 본 18세기 향촌사족 가사의 한 단면」, 『한국고전연구』 제8집(한국고전연구학회, 2002). ; 최은숙, 「몽유가사의 '꿈' 모티프 변주 양상과 〈길몽가〉의 의미」, 『한국시가연구』 제31집(한국시가학회, 2011) 참조.

창작되기도 했다. 조성신의 〈개암정가〉와 작자 미상의 〈몽유가〉들, 그리고 『용담유사龍潭遺詞』 중 최제우崔濟愚의 〈몽중노소문답가夢中老少問答歌〉가 19세기에 나왔다. 20세기 초와 일제강점기에는 김주희金周熙의 동학가사 〈몽중가夢中歌〉가 나왔고, 장학고張鶴皐의 〈역대취몽가歷代醉夢歌〉·김홍기金鴻基의 〈몽유가〉 등 풍전등화와 같은 조선에 대한 위기감과 망국의 울분, 그리고 항일 우국충정 등을 담은 작품들이 창작되었다.[11]

이념의 꿈속 실현, 그리고 현실의 갈등, 〈옥경몽유가〉

〈옥경몽유가〉는 이유가 장릉 참봉, 동복현감 등 짧은 벼슬살이를 하고 고향 양천에 돌아가서 지은 작품이다. 비슷한 시기에 〈망미인가〉도 지었다. 두 작품은 짝을 이루고 있는데 〈옥경몽유가〉는 꿈속에서 천상 백옥경에 올라 현실적 고민을 토로하는 한편, 자신이 이루고자 한 삶의 최고 경지를 펼쳐 보인 교술적 작품이고, 〈망미인가〉는 현실적 욕구를 이루지 못한 비애를 여성의 목소리로 쓴 연군가사로서 서정적 성격이 짙은 작품이다. 두 작품 모두 성리학을 이념으로 하는 조선 상층의 삶을 보여준다는 점에서는 동질적이지만 〈옥경몽유가〉는 이념 성취의 이상을, 〈망미인가〉는 이념 좌절의 현실에 무게 중심이 놓여 있다는 점에서는 상반된 작품세계를 보여준다. 이는 작가가 가지고 있었던 의식세

---

11 몽유가사 목록은 김팔남, 「〈몽유옥경가〉의 이상 세계 표출 방식」, 『어문연구』 제49집 (어문연구학회, 2005)에 8작품으로 정리해 놓았는데, 최은숙이 앞의 논문에서 이를 보완하여 15작품으로 정리해 놓았다.

계의 양면이다.

여기서는 최초의 몽유가사인 〈옥경몽유가〉의 작품세계를 알아보기로 한다. 먼저 작품전개를 단락으로 나누어 살펴본다.[12]

① 어젯밤 꿈에 백옥경에 올라 옥황을 만남
② 옥황 아래 앉은 삼황오제, 중국 역대 제왕, 문장사백과의 만남
③ 시적 화자 '나'와 문장사백의 백옥루 상량문 짓기
④ 옥황이 문장사백보다 '나'가 천하문장이라고 칭찬함
⑤ 옥황이 '나'의 세덕과 신세에 대해 물음
⑥ 옥황의 물음에 나의 세덕과 신세 서술
　⑥-㉠ 강헌대왕(태조)의 자손으로 혁혁하다가 영락하여 보잘것없는 왕손이 된 탄식
　⑥-㉡ 학문에 정진하여 성인의 뜻을 깨닫고 속세의 근심을 잊고자 하나 왕손으로서 득군행도得君行道하고 싶지만 때만 늦어감
　⑥-㉢ 늦게야 주역 공부를 하여 이치를 깨닫고 자신의 할 도리를 다하고자 하나 아이들조차 비웃으니 흉중에 감춘 말을 누구에게 털어놓겠느냐고 한탄함
　⑥-㉣ 지세 높고 풍경 좋은 곳에 소악루를 짓고 성현들의 풍류를 흠모하며 소악루 흥취를 자랑해 보지만 알아주는 사람은 없고 세태는 전락하여 세상영욕을 체념하고 살아가는 신세를 한탄함
⑦ '나'의 하소연에 옥황이 애석해하며 '나'를 동국의 보배라고 칭찬함
⑧ 네 인물의 탄식과 '나'에 대한 부러움
　⑧-㉠ 이백: 적강한 신선으로서 영락한 삶에 대한 한탄과 '나'의

---

12 작품 텍스트는 박규홍, 앞의 글, 111~113쪽 수록본으로 한다.

문장을 칭찬함

⑧-ⓛ 두보: 이런저런 벼슬살이 후의 유랑과 궁색한 삶을 한탄,
'나'를 대재大才라고 칭찬하고 소악루의 삶을 부러
워함

⑧-ⓒ 한유: 유교 이념 정립의 실패와 벼슬살이 부침에 대해 한탄
하고 '나'의 소악루 삶을 부러워함

⑧-ⓔ 패공: 항우와의 결전에서 죽을 고비를 넘기고 한나라를 세
우고 황제의 자리에 올랐지만 부귀영달은 허망하다
고 한탄하고, 영웅호걸들의 백옥루 잔치는 다시 모이
기 힘드니 즐겁게 놀자고 함

⑨ 천상 닭소리에 잠이 깬 후도 옥경에서처럼 놀고자 함

작품전개에 나타나 있듯이, 〈옥경몽유가〉는 몽유구조에서 도가적 성
격이 짙게 나타나 있다. 작가 이유는 왕족으로서 성리학을 이념으로 했
던 사람인데 작품에서는 도가의 상상력으로 자신의 뜻을 펼쳤다. 어젯
밤 꿈에 옥경에 올랐다는 설정, 꿈을 깬 후에도 인간세계를 옥경으로
여기며 놀겠다고 한 것은 환상적 분위기를 자아내지만, 꿈속 이야기에
서는 성리학의 이념과 현실 사이에서 갈등하고 있는 조선 왕족의 모습
을 보여준다.

작품 서두인 단락①과 결말인 단락⑨를 먼저 살펴보자.

白玉京 높은 樓에 어지밤 쑴에 올라

玉皇씌 再拜ᄒ고 믈너셔 도라보니 / 仙醪ᄅᆞᆯ 醉케 먹고 白玉欄에 의지ᄒ
야 / 天鷄一聲에 씌ᄃᆞᄅᆞ니 쑴이로다 / 靑風이 건듯 불고 曉月이 밝가ᄂᆞᆫᄃᆡ
/ 洞仙謠ᄅᆞᆯ 맑게 읇고 步虛詞ᄅᆞᆯ 높히 틔니 / 어ᄃᆡ셔 우는 鶴이 어ᄃᆡ러로

지나거니 / 앗가 白雲 우희 나니탓던 그 鶴인가 / 내가 神仙인가 神仙이
내롯던가 / 玉京이 예롯던가 예가 아니 玉京인가 / 天上인 줄 인간인
줄 아모 된 줄 내 몰내라 / 두어라 이리져리ᄒᆞ야 절로 노쟈 ᄒᆞ노라

몽유가사는 일반적으로 작품 서두에서 꿈을 꾸게 된 계기와 과정이
나타나 있는데 〈옥경몽유가〉는 모두 생략하고 "어지밤 쑴에"로 간략하
게 언급하면서 단도직입적으로 꿈속 이야기로 들어갔다. 그리고 결말
에서는 꿈에서 깨어났지만 〈동선요〉와 〈보허사〉를 읊고 연주하며 신선
이 타고 다닌다는 학을 등장시켜 자신이 신선인지 신선이 자기인지, 옥
경이 여기인지 여기가 옥경인지, 천상인지 인간인지를 모르겠다고 했
다. 꿈속이나 꿈 밖이나 모두 몽롱한 의식세계를 헤매고 있는 시적 화
자의 모습을 그렸다.

꿈속 이야기에서는 현실적 갈등을 토로하지만, 등장인물들이 하나같
이 시적 화자를 칭찬하고 부러워하는 것으로 설정함으로써 자신이 지
향하는 최고의 이상적 삶의 모습을 제시하고, 꿈 밖 이야기에서는 자신
이 은일지사로서 최고의 경지인 신선이 된 모습을 보여주었다. 〈옥경
몽유가〉는, 성리학을 이념으로 하는 작가 이유가 바라는 삶의 최고 경
지를 도가의 상상력으로 펼쳐 보인 작품이라 할 수 있다.

그러면 왕족이면서 성리학자였던 이유가 지향했던 최고의 삶은 어떤
모습이었는지 꿈속 이야기를 통해서 살펴보기로 한다.

우선 단락②를 살펴보자.

三皇五帝가 ᄎᆞ례로 안즌 알애 / 龍의곳 놉흔 코희 자ᄂᆞ 아니 劉季신
가 / 白水眞人이 文叔이도 게왓다쇠 / 晉陽에 仙李곳과 夾馬營 남은 香

내 / 唐太祖 宋高帝를 예 와서 맛나거다 / 文章詞伯은 누고누고 안자느
고 / 靑蓮舍 녯 主人이 太白이 너왓고나 / 浣花隱 草堂님자 子美야
[ ][ ]( )( ) / 潮陽에 귀향갓던 韓文公 자니라쇠 / 弇園에 醉흔 얼굴
元美야 반갑고나 / 古今文章이 ᄎ례로 나도 안고 / 玉盃瓊漿을 흔 잔식
먹은 후에

꿈속 옥경에서 옥황상제를 배알하고 물러나 돌아보니 삼황오제와 역
대 황제들, 그리고 문장사백文章詞伯[13]이 차례로 앉아 있다. 시적 화자
가 인간세상을 다스리는 최고 지위의 황제들과 최고의 문인들을 만나
"자니", "너"라고 호칭하면서 동료나 아랫사람 대하듯 반갑게 인사했
다. 인사 후 자기도 앉으면서 고금 문장이 차례로 앉아 신선의 술을 한
잔씩 마셨다고 했다. 시적 화자가 스스로 인간이 상상할 수 있는 최고
의 지위에 자신을 올려 놓았다.
　단락③과 단락④의 내용은 최고 지위에 오른 시적 화자의 위상을
확인하는 과정이다. 시적 화자 '나'의 주도로 백옥루 상량문을 다섯 부
분으로 나누어 문장사백에게 하나씩 짓게 하고 자신도 한 부분을 짓는
다. 일필휘지로 지어 올리자 옥황은 문장사백 모두를 칭찬하고 마지막
으로 '나'에게는 "천하문장"이 낫다고 극찬을 했다. 단락⑤는 옥황이
'나'를 불러들여 '나'의 사람됨과 세덕世德, 신세身世, 성명연세姓名年世
를 자세히 묻는 대목이다.
　단락⑥은 옥황의 물음에 대한 시적 화자의 하소연이 매우 길게 이

---

13 문장사백文章詞伯: 학식과 시문에 뛰어난 사람. 태백太白은 당나라 이백李白, 자미子美
는 당나라 두보杜甫, 한문공韓文公은 당나라 한유韓愈, 원미元美는 명나라 왕세정王世
貞이다.

어진다. 주로 이념과 현실 사이에서의 갈등과 고민을 털어놓았다. 단락⑥-㉠에서는 조선을 세운 태조 강헌대왕康獻大王의 혁혁한 왕손이 영락하여 초야에서 곤욕을 당하고 있는 현실을 탄식했다. ⑥-㉡에서는 왕손으로서 학문에 정진하여 임금의 마음을 얻어 도를 실행하고 싶지만 때만 늦어간다고 탄식했다. 이러한 탄식은 단락⑥-㉢에서도 계속 이어진다.

단락⑥-㉢의 한 대목을 인용해 본다.

> 盈虛消息理와 進退存亡道를 / 古往今來예 몃몃치 알앗는고 / 善惡은 내게 잇고 窮達은 하늘이니 / 내 홀 일 내 흔 후에 하늘이야 내 아던가 / 世上 兒子들이 指示ᄒ고 비웃스니 / 胸中에 곰촌 말을 눌더러 니를소니

늦게야 주역 공부를 하여 고금 학자들도 깨닫기 힘든 세상의 이치를 스스로 깨달아, 궁달은 하늘에 맡기고 선악을 가려 내 할 도리를 다했다고 했다. 그렇지만 시적 화자의 이러한 삶에 대하여 세상의 아이들조차 손가락질하며 비웃으니 흉중에 감추어 둔 말을 누구에게 털어놓겠느냐고 했다. 현실과 괴리된 시적 화자의 삶에 대한 탄식이다.

⑥-㉣에서는 그런 현실과의 괴리를 극복해 보고자 악양루 옛터에 소악루를 짓고 선현들의 풍류를 흠모하며 자신의 풍류를 자랑했다. 수많은 문인들이 찾고 명편들을 남긴 중국의 악양루岳陽樓와 동정호洞庭湖를 옮겨 놓은 듯 소악루를 절경이라 하고, 한가로운 풍류를 즐기는 자신의 모습을 위빈渭濱의 강태공姜太公과 무우舞雩의 증점曾點에 비유했다. 세상에서 최고의 풍류를 즐기고 있는 자신의 삶을 과시한 것

이다. 그렇지만 자신을 알아주는 사람은 아무도 없고 '세태世態가 전락
轉落하니' 어딜 다니겠느냐고 하면서, '정심당에 혼자 앉아 풍월을 희
롱희롱하니 / 인간영욕이 어떻던지 나는 모를래라 / 추월춘풍이 지나
는 줄 나는 모를래라'라고 체념적인 목소리로 자신의 하소연을 마무리
했다.

단락⑥은 최고의 신분, 최고의 학자적·문인적 소양, 최상의 풍류를
자랑했지만 인간세상의 현실과는 동떨어진 혼자만의 삶이 된 외로움과
좌절감에 빠진 시적 화자의 모습을 보여주었다고 하겠다.

단락⑦⑧에서는 대화의 주체가 바뀌면서 분위기가 완전히 달라진
다. 단락⑦에서는 그동안 아무에게도 털어놓지 못한 평생의 회포를 꿈
속 옥황 앞에서 펼쳤는데, 옥황이 들으시고 애석해하면서 시적 화자가
동국 최고의 문사임에도 불구하고 사람들이 눈이 없어서 박옥을 몰라
본 것이라고 위로했다. 옥황의 이 말이 떨어지자 그 자리에 있던 태백,
자미, 한문공, 패공이 차례로 자신들의 회포를 털어놓으면서 시적 화자
를 추켜세웠다.

단락⑧-㉠을 보자.

太白이 잔을 부어 勸ㅎ며 니른말이 / 나도 본듸 仙人으로 黃庭經 그
릇 닐고 / 人間謫降ㅎ야 行路難 지은 후에 / 落魄生涯가 兩月을 일삼더
니 / 네 身世 드러보니 날과 진짓 싹이로다 / 荒城虛道[ ]山月이 내 글
귀조[ ] [ ] [ ] / 龍雲飛去欲何山이 네 역시 文章이라 / 宜春花괴 [ ]
나는 울녀 [ ]아[ ] / 上林園 가마괴는 너는 언지 깃드릴고 / 紅顔이
잠간이요 百日이 쉬속이니 / 堆草木之零落兮여 恐美人之遲暮로다

누락된 글자들이 많아 부분적으로 문맥 연결에 문제가 있지만, 전체 내용을 파악하는 데는 어려움이 없다. 이태백은 원래 선인仙人이지만 인간 세상에 적강하여 영락한 삶을 살아온 자신의 생애가 시적 화자의 신세와 짝을 이룬다고 했다. 자신과 시적 화자의 글귀를 비교하면서 시적 화자 역시 빼어난 문인임을 칭찬하고 기약 없이 쉬 늙어가는 인생을 안타까워했다. 단락⑧-㉠에서는 시적 화자가, 뛰어난 문인으로서 포부는 있었지만 벼슬살이가 여의치 않아 영락한 삶을 살았던 이백과 자신을 대비하여 자기 위로를 했다고 할 수 있다.

⑧-㉡에서는 두보가, ⑧-㉢에서는 한유가 현실적인 삶의 어려움을 토로하고 시적 화자의 소악루 삶을 부러워하는 내용을 담았다. 두보와 한유를 능가하는 작가의 재주와 풍류생활을 과시한 것이다. 단락⑧-㉣에서 한나라를 세운 패공沛公 유방劉邦은 죽을 고비를 넘기고 나라를 세워 황제가 되었지만 현실세계의 부귀영달은 다 허망한 것이니 일시 궁달을 의논해서 뭐 하겠냐, 백옥루 이 모꼬지 다시 하기 어려우니 우리끼리 마음껏 놀자고 했다.

역대 최고의 문인으로 후세에 이름을 날려도 현실적 갈등과 고민을 안고 살아 왔다는 말, 황제가 되어 인간이 누릴 수 있는 최고의 부귀영화를 누려도 모두 뜬구름과 같은 것이라는 말은 시적 화자를 고무시키기에 충분하다. 단락⑧은 시적 화자가 자신의 갈등 많은 삶이 혼자만의 것이 아니라 옛 성현이나 황제들의 삶도 마찬가지였을 뿐만 아니라, 그들이 부러워할 정도로 자신의 삶이 훌륭하다는 것을 과시하면서 흥취에 빠져들고 싶은 마음을 담았다고 하겠다.

〈옥경몽유가〉의 작가 이유는 왕족이지만 왕실과는 인연이 별로 닿지 않았고, 성리학자로서 현실 지향적인 의식을 가지고 있었지만 관직에의 진출이 여의치 않았기 때문에 갈등과 고민이 많았던 것으로 보인다. 그 대안으로 한강변에 소악루를 짓고 풍류생활을 했지만, 속이 후련한 삶을 살았던 것은 아니었던 것 같다. 〈옥경몽유가〉는 꿈속에서 옥황에게 자신의 이념적 지향과 현실적 갈등을 토로하여 최상의 위로와 칭찬을 받고, 인간세상의 최고 신분인 황제들뿐만 아니라 역대 최고 문인들의 부러움을 사는 작가의 삶을 그린 작품이다. 다시 말하면, 이유는 〈옥경몽유가〉에서 몽유구조와 도가적 상상력을 활용, 자신이 소망하는 최선의 삶을 그려 봤다고 할 수 있겠다. 이러한 〈옥경몽유가〉의 몽유구조는 작가의 이념적 지향과 현실적 갈등, 일탈적 흥취에 대한 욕구 등을 효과적으로 표현해 줄 수 있는 장치로 활용되었다고 할 수 있겠다.

(『오늘의 가사문학』 제27호, 2020)

최초의 화전가 〈조화전가〉

여성들 조롱하려다 자탄에 빠진 남성들

규방가사의 유형과 화전가, 그리고 작가들

중세사회였던 조선 전기까지 상층 문학의 주류는 남성들의 한문학이었다. 그러다가 훈민정음이 창제되면서 국문문학의 시대가 열리고 여성들이 문학 담당층으로 등장하게 되었다. 그렇지만 조선 전기에는 사대부의 국문시가 창작은 왕성하게 이루어져 가사와 시조 장르에서 많은 작품들이 나왔지만, 여성들의 경우는 일부 기녀들의 시조 창작에 머물고 있었다. 그러다 16세기 후반 허초희許楚姬(1563~1589)의 〈규원가閨怨歌〉와 〈봉선화가鳳仙花歌〉 창작에 이르러서야 여성가사의 물꼬가 트였다. 규방가사¹의 시작도 바로 이 시기라 할 수 있다.

---

1 규방가사는 여러 가지 명칭으로 불렸는데 가장 많이 사용되고 있는 것은 규방가사 외에 내방가사와 여성가사이다. 내방가사의 '내방內房'은 '안방'의 의미로서 '규방'과 유사한

규방가사의 시작에 대해서는 논란이 있다. 〈규원가〉와 〈봉선화가〉는
형식과 내용면에서 조선 후기에 집중적으로 나온 규방가사와는 이질적
이기 때문에 이 두 작품을 규방가사의 시작으로 보기는 어렵다는 주장
들이 있어 왔다.[2] 그렇지만 〈규원가〉는 남편의 사랑을 받지 못하는 아

의미를 지닌 단어이다. 그런데 '내방'은 여성들의 거처인 '안방'의 의미로만 사용되는
경우가 많은 데 비해 '규방'은 '안방'의 의미를 포함, 여성들의 삶이나 문화 공간이라는
의미를 내포하고 있다. 『조선왕조실록』에 사용된 '내방'과 '규방·규중'의 의미가 대체로
그러하고, 〈규중행실가閨中行實歌〉, 〈규중칠우쟁론기閨中七友爭論記〉 등 문학 작품명
에서도 '규방'과 같은 의미인 '규중'이 사용되었다. 이재수는 "'규방'이나 '내방'이나
비슷한 의미이겠으나 '규圍'라 하면 심규深圍, 규중圍中, 궁규宮圍 등의 어휘에서 느낄
수 있는 바와 같이 너무 일반사회와는 절연적이고 고답적이며 고립·유폐, 또는 중세이전
적인 시대감을 준다."라고 규방의 문화적 의미를 규정하고, '규방'에 이런 의미가 있기
때문에 훨씬 폭이 넓고 내외, 또는 남녀의 대립감으로서의 여성을 가리키는 일반적인
명칭이며 근대적인 시대감을 주는 '내방'이 더 적절한 용어라고 했다. 이런 개념으로
볼 때, 중세에서 근대로의 이행기라 하지만 여전히 중세 신분사회가 유지되고 있었고
가부장제도가 강화되고 있었던 시대, 여성의 활동 영역이 집안으로 제한되어 있었던
상황에서 창작된 작품의 당대적 의미를 드러내는 명칭으로는 '내방가사'보다는 오히려
'규방가사'가 더 적절하다고 생각된다. '규방'은 물론 '내방'도 중세적 사고를 내포하고
있는 용어로서 근대화 이후 도시 산업사회의 발달, 여권의 신장 등으로 실생활에서는
거의 사용되지 않고 있다. 그리고 '여성가사'는 작가 중심의 용어로서 규방가사의 상위
개념이면서도 규방가사 전체를 포괄하지 못한다. 왜냐하면 규방가사의 작가에는 남성들
도 포함되어 있기 때문이다. 따라서 이 글에서는 당대적 의미를 잘 드러내는 '규방가사'
를 가장 적절한 용어라고 보고, '남성의 작품이든 여성의 작품이든 규방문화 공간에서
창작되고 향유된 가사 작품군'이라는 의미로 사용하고자 한다.(박경주의 아래 논문 참
조) 규방가사의 명칭과 개념에 대해서는 많은 연구자들이 논의했는데 여기서는 다음
글들을 주로 참고했다. 이재수, 『내방가사연구』(형설출판사, 1976), 10쪽. ; 권영철, 『규방
가사연구』(이우출판사, 1980), 9~18쪽. ; 서영숙, 『한국 여성가사 연구』(국학자료원,
1996), 11~12쪽. ; 박경주, 「양성공유문학으로서의 규방가사의 특성」, 『한국 시가문학
의 흐름』(도서출판 월인, 2009), 312쪽. ; 이정옥, 『내방가사 현장 연구』(역락, 2017),
14쪽.
2 규방가사의 발생, 형성, 유래에 대해서는 많은 논의가 있었는데 대표적으로 다음 글들을
참고로 할 수 있다. 권영철, 앞의 책, 66~72쪽. ; 서영숙, 앞의 책, 362~368쪽. ; 조동일,
『한국문학사 4』(지식산업사, 2008), 384~388쪽.

내의 원망을 내용으로 하고 제목을 '규원閨怨'으로 했다는 점에서, 〈봉
선화가〉에서는 "향규香閨의 일이 업셔~", "규중閨中의 나믄 닌연~" 등
의 시구가 사용되고 있다는 점에서 두 작품이 규방의식으로 창작되었
다고 볼 수 있다. 물론 두 작품 이후 150년 이상 여성가사나 규방가사
자료가 없기 때문에 영남지방으로부터 활기를 띤 규방가사와는 이질적
인 면이 많다 하더라도 규방가사의 선구적인 작품으로 보는 데는 무리
가 없을 것으로 보인다.[3]

〈규원가〉와 〈봉선화가〉 이후 규방가사는 18세기 중반에 와서야 여
러 작품의 창작이 이루어졌다. 1746년 홍원당이라는 사람의 〈조화전
가嘲花煎歌〉와 〈조화전가〉에 대한 안동권씨安東權氏(1718~1789)의 〈반
조화전가反嘲花煎歌〉, 전의이씨全義李氏의 〈절명사絕命詞〉, 연안이씨延
安李氏(1737~1815)의 〈쌍벽가雙璧歌〉와 〈부여노정기扶餘路程記〉, 남원
윤씨南原尹氏(1768~1801)의 〈명도자탄사命道自嘆辭〉 등이 차례로 나왔
다. 이어, 유명·무명의 규방가사가 19세기와 20세기 초반에 집중적으
로 창작되었다. 경상도 북부지방에서 성행한 규방가사는 다른 지역으
로도 확산, 전국적인 분포를 보여주고 있다. 경상도 북부지방의 경우,
주로 남인南人 집안 중심으로 반가班家의 전통을 이어가고 있는 가문
에서는 최근에 이르기까지도 규방가사를 향유하고 있고, 안동에서는
1990년 내방가사전승보존회가 발족하여 현재까지 활동하고 있다.[4]

---

3 최상은, 「최초의 여성가사 〈규원가〉, 남달라서 불행했던 여인의 강렬한 정서 분출」,
『오늘의 가사문학』 제3호(한국가사문학관, 2014.12), 87~93쪽에서는 〈규원가〉를 최
초의 여성가사로 논의했다..
4 규방가사의 창작, 전승, 향유에 대해서는 권영철, 앞의 책, 19~22쪽 참조. 최근의 규방가
사 향유에 대해서는 다음을 참고로 할 수 있다. ; 권영철, 앞의 책, 89쪽. ; 이원주, 「가사

　이렇게 18세기 중반에 물꼬를 트기 시작한 규방가사는 19세기 들어 많은 작품이 봇물 터지듯 쏟아져 나와 수천 편에 이르는 작품을 남겼다.⁵ 규방 여성들의 생활 범위는 남성들과 비교할 수 없을 정도로 좁아서 거의 가정의 울타리 범위 안에 제한되어 있었는데 그렇게 좁은 범위의 일상을 제재로 규방가사만큼 많은 편수의 작품을 낸 작품군은 찾아보기 어렵다. 가사는 남성의 전유물이다시피 한 장르였는데 이 시대에 와서 여성들이 집중적으로 창작, 작품 편수에 있어서 남성들의 작품과 비교가 안 될 정도로 많은 작품을 남겼다. 남성 중심 사회에서 억눌려 있었던 여성들의 표현 욕구가 그만큼 강렬했고 공감대가 높았기 때문에 그럴 수 있었을 것이다. 그런 면에서 조선 후기 여성문화에 있어서 규방가사 향유는 매우 중요한 위치를 차지한다고 볼 수 있다.

　규방가사에는 다양한 유형의 작품이 있어서 당시 여성들의 삶을 파노라마로 보여준다. 다시 말하면, 규방 여성으로서 지키면서 살아가야 할 일상과 그런 일상에 대한 그들의 의식과 정서를 다양하게 펼쳐 보여주고 있다. 다양한 유형 중 대표적인 것은 화전가花煎歌, 계녀가誡女歌, 자탄가自嘆歌라 할 수 있다. 이 세 유형의 작품군은 당시 규방 여성들의 삶을 서로 다른 측면에서 보여주고 있기 때문에 그 역학관계를 분석해 보면 규방가사의 작품세계를 입체적으로 조명해 볼 수 있다. 계녀가는

의 독자」, 『조선후기의 언어와 문학』(형설출판사, 1980). ; 권숙희, 『내방가사 이야기』(달구북, 2019). 이 책은 저자의 가사 작품집인데, 책 맨 끝 '참고문헌'에는 고금의 내방가사 작품을 수록한 자료집 목록을 제시해 놓았다. 내방가사전승보존회 홈페이지 "http://www.naebanggasa.com/"

5 권영철, 앞의 책, 75쪽에 의하면 저자가 수집한 규방가사만 해도 2,500편이 넘는다고 한다.

딸 시집보내는 친정 부모의 정을 담아 딸이 자칫 놓치기 쉬운 일상의
규범을 챙김으로써 신분적 위상에 맞는 삶을 유지해 나갈 수 있게 해
주었다. 반면, 화전가는 모처럼 자유로운 분위기에서 한 해 동안 맺힌
한을 놀이의 흥취로써 풀게 해 주었고, 자탄가는 규방 생활에서 생긴
답답하고 원통한 마음을 한껏 표현함으로써 분풀이를 할 수 있게 해
주었다. 화전가와 자탄가는 방식은 서로 다르지만 계녀가의 일상에서
벗어나 보고 싶은 욕구를 발산하고, 일상에서 발생하는 한을 풂으로써
마음을 정화시키고 삶의 의욕을 재충전할 수 있게 해 주었을 것이다.
즉 계녀가는 여성들의 일상적인 삶을 지탱할 수 있는 구심력이 되었다
면, 화전가와 자탄가는 그런 삶에서 일탈하려는 원심력으로 작용했다
고 볼 수 있다. 따라서 세 작품군은 당시 여성들이 삶을 지탱해 나가고
삶의 의욕을 고무시키는 세 가지 축이었다고 할 수 있겠다.[6]

　남성의 작품이든 여성의 작품이든 규방문화 공간에서 창작되고 향유
된 가사 작품군이 규방가사라 할 때, 16세기 허초희의 〈규원가〉와 〈봉
선화가〉 이후 처음으로 문학사에 등장하는 규방가사는 '홍원당'이라는
남성이 지은 〈조화전가〉이다. 〈조화전가〉 이외 18세기 규방가사의 작
품과 작가에 대해서는 앞서 언급했는데 18·19세기를 통틀어도 작가가
밝혀진 작품은 얼마 되지 않는다.[7] 규방가사는 특별한 경우를 제외하면
가족이나 친지들과 주고받거나 필사하여 전승하는 경우가 대부분이었
기 때문일 것이다. 그리고 당시에는 여성들의 경우 작가를 밝히더라도

6　세 유형의 역학관계에 대한 논의는 최상은, 「규방가사의 유형과 여성적 삶의 형상」,
　『새국어교육』 제91집(한국국어교육학회, 2012) 참조.
7　18·19세기 가사의 여성작가에 대해서는 성기옥, 「고전 여성 시가의 작가와 작품」, 이혜
　순 등저, 『한국 고전 여성작가 연구』(태학사, 1999), 139~149쪽 참조.

이름보다는 본관과 성만 밝히거나 ○○댁, ○○실, ○○부인 정도로
표기했고 작가의 자세한 내력도 밝히지 않았다. 아울러 여성작가에 비
하면 훨씬 적기는 하지만 화전가, 계녀가, 탄식가 등 유형별로 남성작
가가 골고루 분포되어 있어서 수십 편의 작품을 남기고 있다[8]는 점도
유념해 둘 필요가 있다. 특히 화전가의 경우, 〈조화전가〉와 〈반조화전
가〉처럼 남녀가 화답한 작품이 한 보따리이고 남성작가가 여성의 목소
리로 쓴 작품도 있어서 흥미를 끈다.[9]

화전가의 시작과 전개

화전가는 화전놀이를 제재로 한 규방가사를 의미한다. 화전놀이는
연원이 오래되었지만, 화전놀이를 하고 화전가를 짓는 풍습은 화답가
인 〈조화전가〉와 〈반조화전가〉가 나온 18세기 중반에 와서 확인된다.
조선 전기에는 남녀가 각각 화전놀이를 했던 것으로 보인다. 『조선왕
조실록』의 "진달래꽃이 필 때면 귀가貴家의 부인들이 며느리들을 모아
놀이판을 호화롭게 열었는데 그것을 전화음煎花飮이라고 한다."는 기
록,[10] 홍만종洪萬宗(1643~1725)의 『순오지旬五志』에 나오는 "임제林悌
(1549~1587)가 봄에 호남지방 여행을 하다가 시골 선비들이 길가에서
'전화회煎花會'를 열고 시회詩會를 하고 있었는데 거기에 끼어들어 시

---

8 박경주, 앞의 글, 313쪽.
9 권대오의 〈병암정 화전가〉, 권기섭의 〈천등산 화전가〉 같은 경우는 남성작가가 여성의
  목소리로 쓴 작품이다. 이들 작품에 대해서는 서영숙, 앞의 책, 224~226쪽 참조.
10 『조선왕조실록』 세조 3년 4월 22일(을묘) 기사 참조.

한 편을 지었다."는 기록[11] 등은 조선 전기 남녀들의 화전놀이 장면을 잘 설명해 주고 있다. 남성들의 화전놀이에서 한시를 지으며 풍류를 즐기는 풍습이 오래전부터 전승되어 왔다는 것도 알 수 있다. 한글 사용이 일반화되고 여성들의 화전놀이가 활발해지면서 남성들의 이러한 풍습이 여성들에게도 이어져 화전놀이를 갈 때 지필묵을 챙기게 된 것이 아닐까?

이후 17세기 초까지의 화전놀이에 대한 기록은 없지만 〈조화전가〉를 통해서 그 정황을 알 수가 있다. 〈조화전가〉와 〈반조화전가〉는 남성들이 화전놀이를 추진하려다 실패하고 여성들의 화전놀이를 조롱하다가 반격을 당하는 상황을 흥미롭게 보여주고 있다. 이 시기에 와서 어떤 이유에서 그랬는지는 자세히 알 수 없지만, 남성들의 화전놀이는 어려워지고 여성들만의 화전놀이로 발전되어 가고 있었지 않나 추측된다.[12] 〈조화전가〉와 〈반조화전가〉 이후 남녀 간에 화전놀이를 두고 화

---

11 홍만종洪萬宗, 『순오지旬五志 상上』 참조. 임제가 지었다는 시는 다음과 같다. "조그만 냇가에 솥단지 돌에 괴어 놓고 / 하얀 가루 맑은 기름으로 진달래꽃 지져내는구나 / 두 젓가락으로 집으니 향내가 입안 가득 / 한 해의 봄소식 뱃속까지 전해지네.(鼎冠撑石 小溪邊 白粉淸油煮杜鵑 雙箸挾來香滿口 一年春信腹中傳)"

12 남성들의 화전놀이는 스스로 준비하는 데 한계가 있었던 것으로 보인다. 음식 준비를 비롯하여 여러 가지 준비사항들을 손수 챙기기에는 남성들의 체면과 권위의식이 허락하지 않았을 것이다. 다음 작품의 인용 대목이 이런 정황을 말해 주고 있다. 〈화전가〉·〈퇴평화전가〉, 『규방가사 I』(정문연 고전자료편찬실, 1979), 375~376쪽·405~406쪽. "한편을 바라보니 화간벽상 언덕위에 / 투게소년 남자들이 관하에 취한술이 / 취흥을 못이겨서 웃는소래 들여는다 / 인자한 내마음에 그곳이 염여로다 / 여인업는 저모듬이 음식지공 누가할고 / 술한병 떡한합을 아해들여 보날적에 / …… / 우리먹던 씨끄럭이 걸인대접 보나오니 / 잡순후 납부거든 쥐던손을 쌔라보소 / 대장부 소인좌석 초초함도 그지업소."(〈화전가〉) "그리로 양히ᄒ니 그쎅함씨 노ᄌ셔라 / 먹는거산 갗치줄기 어화 남ᄌ 함씨놀면 / 풍월은 아니할기 겁내지 마라쇼셔 / 남녀가 함긔모허 답화나 ᄒᄌᄒ니 / 부듸부듸 노ᄌ셔라 두어줄 적어스니 / 답가을 보이소서 슈이슈이 보이쇼셔."(〈퇴평 화

답한 작품들이 적지 않게 창작되고 전승된 것은 화전놀이의 이런 변천 과정과 관련이 있을 것이다. 〈조화전가〉와 〈반조화전가〉에서 시작된 화답형 화전가는 남녀 간에만 주고받은 것이 아니라, 여성들끼리도 주 고받으며 작품을 공유함으로써 중요한 소통수단으로 발전했다. 화답형 화전가는 60편이 넘을 정도로 유형화되어 화전가의 중요한 흐름을 형 성했다.[13]

다른 한편으로는 화전놀이가 여성의 놀이로 정착되는 단계에서 화전 가도 여성들의 문학으로 전형화되어 소위 전형화전가가 형성되고 화전 가의 주류로 자리 잡았다. 전형화전가는 작품구조와 내용이 작가와 장 소에 따라 약간 다를 뿐 수백 편의 작품에서 거의 동일하게 나타날 정 도로 강한 전형화 현상이 나타났다.[14]

이런 전형화전가가 성행하는 가운데 다양한 내용들이 끼어든 변형화 전가가 출현했다.[15] 변형화전가는 내용면에서 전형화전가와 많이 다를

전가〉) 둘 다 화전놀이 하나 제대로 하지 못하는 남자들을 조롱하는 내용이다. 이동연, 「화전가로서의 〈반조화전가〉」, 『규방가사의 작품세계와 미학』(도서출판 역락, 2002), 19~20쪽 참조.

13 주정자, 「화전가 연구」(효성여대 석사학위논문, 1976), 11쪽에 의하면 화전가 394수 중 명칭이 '화전가'로 되어 있는 것이 가장 많고, 다음이 '답(반)화전가'여서 명칭을 2대별한다면 '화전가'와 '답(반)화전가'로 할 수 있다고 했다. 이 논문은 후에 권영철·주정원 공저, 『화전가연구』(형설출판사, 1981)로 출간되었다. 화답형 화전가에 대해서 는 백순철, 「문답형 규방가사의 창작환경과 지향」(고려대 석사학위논문, 1995)에서 집 중적으로 다루었다.

14 권영철은 화전가 525종을 교합하여 공통된 내용 17항목을 골라내어 하나의 작품으로 재구성, 〈권본 화전가〉라는 전형화전가를 만들어 내기도 했다. 정문연 고전자료편찬실, 앞의 책, 1979, 259~271쪽.

15 주정자는 앞의 논문, 78~88쪽에서 화답형 화전가를 '제3변형 화전가'로 분류했다. 그런 데 화답형 화전가가 화전가의 최초작이고, 이후 하나의 흐름을 형성했다면 이를 변형화

뿐만 아니라 향유계층도 하층으로 확산되는 현상을 보였다. 변형화전가인 〈덴동어미화전가〉를 예로 들면, 이방의 딸인 덴동어미가 결혼하는 족족 불행한 일을 겪고 남편과 사별하여 네 번이나 결혼한 사연, 처음으로 얻은 아이를 덴동이로 만든 기구한 운명을 실감나게 펼쳐 보인 작품으로서 전에 볼 수 없는 장편 화전가이다. 이방의 딸이었던 덴동어미가 개가를 하면서 점점 하층으로 전락하는 과정을 보여준다. 따라서 이 작품의 배경이 된 화전놀이는 여러 계층의 여성들이 함께 참여한 마을 단위의 행사였을 것으로 보인다.[16]

19세기 말, 20세기 초 규방가사는 한문학 중심의 문학적 평가와 유교적 이념 규제가 약화되는 변화가 오히려 유리한 조건이 되어 많은 작품이 산출되었다. 그리고 일제 강점기에는 공식적인 문화활동은 일제에 의해 장악되거나 통제되었지만, 규방가사는 그 손길이 미치지 않은 영역에서 창작되고 유통되었다. 화전가 역시 이런 분위기에 힘입어 많은 작품이 나왔다. 그렇지만, 화전가를 비롯한 규방가사가 시대변화에 따른 여성들의 정서나 현실에 대한 비판을 보여주기도 했지만, 전반적으로 새로운 시대에 걸맞은 참신한 성과를 거두지 못하고 신문명을 수용하는 데는 한계가 있어 소멸의 길에 들어섰다고 할 수 있다.[17]

전가라고 보는 것은 모순이다. 화전가의 흐름으로 봤을 때, 화답형 화전가로 시작된 화전가가 여성 중심의 화전놀이가 성행하면서 전형화전가가 형성되어 화답형 화전가와 양립하게 되었다고 보는 것이 타당할 것 같다.

16 이정옥, 앞의 책, 424쪽 참조.
17 조동일, 「규방가사의 변모와 각성」, 『한국문학사 4』(지식산업사, 2008), 116~123쪽 참조.

〈조화전가〉, 여성들 조롱하려다 자탄에 빠진 남성들

남성의 작품이든 여성의 작품이든 규방문화 공간에서 창작되고 향유된 가사 작품군을 규방가사라고 할 때, 규방가사의 최초 작품은 허초희의 〈규원가〉이고, 조선 후기 최초의 규방가사이면서 최초의 화전가는 〈조화전가〉이다. 〈조화전가〉는 홍원당이라는 남성이 1746년(영조 22년) 봄 경북 봉화군 법전면 소라에서 열린 여성들의 화전놀이를 조롱한 작품이다. '동네 부녀들이 동산에서 화전놀이를 할 때 젊은 문사文士들이 와서 조롱하는 화전가를 지었는데 여러 부인들이 아무도 대응을 하지 못하는지라 이중실李重實의 부인 안동권씨(1718~1789)가 답화전가를 지어 대답하자 문사들이 감탄하고 세상에 전파했다'[18]고 한다. 아마 친정 동네 화전놀이에 안동권씨도 참석했던 것 같다. 문사들 중 홍원당이 지은 것이 〈조화전가〉이고, 안동권씨가 지은 것이 〈반조화전가〉이다. 홍원당은 안동권씨의 친정 6촌인데 자세한 행적이 밝혀져 있지 않은 것으로 보아 특별한 벼슬을 지낸 적이 없는 향촌사족이었던 것 같다. 나중에 안동권씨가 홍원당의 집에 갔더니 〈조화전가〉를 고친 것을 보고 자기도 〈반조화전가〉를 고쳤다는 『잡록』 소재 작품 후지後識[19]의 내

---

18 이원주, 「『잡록』과 〈반조화전가〉에 대하여」, 『한국학논집』 제7집(계명대 한국학연구소, 1980), 39쪽. "쇼부인이실 적의 동즁 부녀들로 맛초아 동산의 젼화ᄒ실ᄉᆡ 년쇼흔 문ᄉᆡ 모혀 됴롱ᄒᄂᆞᆫ 화전가를 지어 한ᄉᆡ의 부녀의 몰골을 가지가지 흉써러 깃친듸 좌즁 졔 부인이 모다 흔 말슴을 듸답지 못ᄒᄂᆞᆫ지라 부인이 일피휘지ᄒᆞ야 답화젼ᄀᆞ를 지어 듸답ᄒ신듸 문ᄉᆡ 차탄불이ᄒ고 셰샹의 젼파ᄒᄂᆞ니라."(「언셔족보」). 필자는 이 논문에서 〈됴화전가〉와 〈반됴화전가〉를 처음으로 학계에 소개하면서 진보이씨眞寶李氏 세보世譜인 〈언셔족보〉와 안동권씨의『잡록雜錄』을 바탕으로 두 작품의 작가, 창작배경 등에 대해 자세하게 언급했다. 작품의 원제목은 〈됴화전가〉, 〈반됴화전가〉인데 여기서는 현대 표기법으로 〈조화전가〉, 〈반조화전가〉로 쓴다.

용으로 보아 한 차례 수정이 되었던 것으로 보인다. 홍원당은 나이 들어서 〈조화전가〉와 〈반조화전가〉를 주고받던 예전 화전놀이를 회상하면서 〈상심화전가〉를 짓기도 했다.

〈조화전가〉의 작품전개를 단락으로 나누어 살펴본다.

① 남자들의 화전놀이 계획 좌절에 대한 탄식
② 여성들의 화전놀이 준비과정 조롱
③ 강산완경 못하고 독좌공당하는 남자신세 탄식
④ 여성들의 경황없는 화전놀이 조롱
⑤ 여자만 못한 자신에 대한 탄식

단락①③⑤는 자신들의 행위에 대한 탄식, 단락②④는 여성들에 대한 조롱이다. 작품 창작의도는 단락②④에 있지만, 결과는 자신들에 대한 탄식으로 시작해서 자신들에 대한 탄식으로 끝냈다. 이러한 탄식에는 다분히 자조적 의미가 내포되어 있다. 결국 여성들에 대한 조롱은 여성들의 화전놀이가 실제로 가소로워서 그런 것이 아니라 부러움에서 오는 질투의 다른 표현이다. 여성들의 화전놀이를 조롱하려다 오히려 남성들 자신의 무력함을 드러내는 우를 범했다.

작품전개를 단락별 내용 중심으로 살펴본다.

어와 가쇠로다 우리일 가쇠로다 / 수삼원 경영흔일 허수공논 되거고

---

19 위의 글, 46쪽. "병인 츈의 쇼라 졉소의 가 홍시계우로 더브러 샹논ᄒ여 과히 놀고 도라오니 수쳐 졉의셔 녀ᄌ됴롱을 이곳치 ᄒ야시매 하 졀통 반됴가를 내 디엇더니 그 후 그집의 가보니 됴화젼가를 고쳐시매 나도 곳쳐시나 몬져 디은 것 곳곳이 퍼져 보니 만홀 거시니 두 번 보ᄂ니 고이히 넉이로다."

야 / 츈광을 원망호고 풍경을 일을삼아 / 한믹슈 의디호야 츈쇼식 브라
더니 / 강호의 봄이드니 곳곳마다 츈의로다 / 년광이 어린곳의 두견이
만발호니 / 쳔봉만슈의 가디마다 향긔로다 / 년광도 됴화되고 물식도
새로왜라 / 이러흔 됴흔경의 쌔ᄂᆞᆺ조차 삼월이라 / 남ᄌᆞ풍경 가져이셔
허송광음 부졀업다 / 호탕흔 밋친흥을 부졀업시 ᄌᆞ아내야 / 명녀흔 져
강산의 비회완경 흐려흐고 / 나계라 샹하촌의 두세친구 모다안자 / 맛
바회 됴흔경의 젼화를 흐려흐고 / 안ᄌᆞ면 의논ᄒᆞ고 만나면 언약ᄒᆞ야 /
젹슈공권 가져이셔 믹일빈말 ᄲᅮᆫ이로다 / 일승곡 못엇거든 빅분쳥유 긔
뉘내리 / 풍경이야 됴타만은 빈입가져 무엇ᄒᆞ리²⁰

단락① 대목이다. 작품의 첫줄에서부터 자신들의 일이 가소롭다고
탄식했다. 그러면서 계절은 봄이 와서 두견이 만발하고 산수 간에 향기
가 가득하여 마음은 호탕한 흥이 일어나 미칠 듯한데 다 부질없다고
했다. 그 이유는 아름다운 강산 풍경을 즐기려고 상하촌 친구들이 모여
앉아 화전을 하려고 여러 번 만나 의논하고 약속했지만 빈 입만 가지고
있을 뿐 아무것도 할 수 없었기 때문이다. 적수공권이라 매일 빈말뿐이
고 곡식 한 되 못 얻고 밀가루·기름 내놓을 사람도 없으니 풍경이야
좋다마는 빈 입만 가지고 무엇 하겠느냐고 자탄한 것이다.

〈반조화전가〉를 통해서 이런 자탄의 이유를 유추해 보자. 〈반조화전
가〉의 서두 중 "젹으나 쾌남ᄌᆞ면 긔아니 쉬울손가 / 헛ᄆᆞ음 다달히며
일번용의 못ᄒᆞ여셔 / 부녀 일ᄒᆡᆼ을 불워하니 / 잔폐코 셟산키야 이밧긔
ᄯᅩ이시랴"는 남성들이 한 번 마음을 내서 시원스럽게 여성들한테 도움
을 요청했으면 쉽게 해결될 수 있는 것을 헛된 마음, 즉 쓸데없는 체면

---

20 이원주, 앞의 글, 42~44쪽. 앞으로 작품 인용은 이 글에서 하므로 각주 생략.

이나 권위의식에 얽매어 아무것도 못하고 부녀 일행을 부러워하고 있
는 남성들이 형편없다고 조롱을 한 것이다.[21] 이렇게 볼 때, 〈조화전가〉
서두의 탄식은 남성들만의 화전놀이 추진이 어려워진 상황에서 나오는
자탄이라고 할 수 있다.

단락①의 탄식은 단락②의 여성들의 화전놀이에 대한 조롱으로 이
어진다.

> 의논이 불일ᄒ여 천연지금 ᄒ엿더니 / 시졀이 말세되니 고이흔일 하
> 고만타 / 심규의 부녀들은 완경홀줄 어이아라 / 슈동셔 수오가의 단찰이
> 오락가락 / 막덕이 불너내야 우군슈군 전갈ᄒ니 / 귀예다혀 ᄀᄂ말이
> 가당알가 저허ᄒᄂᆫ니 / 갈날을 굴디ᄒ니 손톱이 다ᄆ준다 / 우즐기ᄂ 거동
> 이아 일구난셜 다못홀다 / 녜업던 빅분청유 긔어드러 삼겨난고 / 호시
> 다마ᄒ고 조물이 새임볼나 / 동풍 어제비예 전계슈 대챵ᄒ니 / ᄋ근ᄌᆞ근
> 의논흔일 대수낭패 ᄒ거고야 / 도라안자 걱명긋티 아희우름 무ᄉ일고 /
> 낙심쳔만 ᄀ이업서 호텬탄식 뿐이로다 / 그듕의 다긔ᄒ니 왜쥬딜 ᄒ거
> 고야 / 막동이 분부ᄒ야 드리롤 노히거다 / 밋친눈물 고쳐뜻고 마조안자
> 웃ᄂ고야 / 삼연묵은 남겨구리 다시내야 떨쳐닙고 / 허튼머리 다흔겻히
> 양각흑각 무ᄉ일고 / 아희단장 그만ᄒ소 듕텬의 날ᄂ젓ᄂ / 동녁집 져리
> 오소 셧녁사름 이리가ᄂ / 쳥농굿 좁은길히 녹의홍상 구경일다

남성들은 의견이 일치하지 않아 차일피일 미루어 왔는데 여성들은
오히려 쪽지 몇 번 오락가락하더니 날짜를 정해 준비에 들어갔다. 자기
네가 못하는 의논을 여성들은 순조롭게 하고, 자기네가 해야 할 강산완

경을 여성들이 하게 된 현실을 말세의 괴이한 일로 치부해 버렸다. 가
장의 눈치를 봐야 하는 상황, 폭우로 갑자기 물이 불어 끊어진 다리로
인한 낭패에도 모든 걸 극복, 녹의홍상으로 단장하고 화전놀이에 나서
는 여성들이 남성들에 비해 훨씬 추진력이 있었음에도 불구하고 조롱
의 대상으로 삼았다. 조롱은 상대방보다 우위에서 할 수 있는 것이지
열세에 있으면서 할 수 있는 것이 아니다. 열세임에도 불구하고 감행한
조롱은 도리어 자신에게로 돌아올 수밖에 없다. 단락③은 이러한 형국
을 보여주는 대목이다.

> 어와 고이ᄒ다 녀인국 여긔런가 / 세강쇽말 ᄀ이업서 곤도셩남 ᄒ야
> 셰라 / 분벽사창은 부녀의 딕힐배오 / 강산완경은 남ᄌ일노 드럿더니 /
> 오늘일 보와ᄒ니 녯말이 각이ᄒ다 / 듕부녀ᄂ 산슈간의 완경ᄒ고 / 뉴
> 남ᄌᄂ 독좌공당 ᄒ여셰라 / 슈빈의 샹하ᄒ들 됴ᄒ경을 어이알니 / 연
> 녹 방초안의 단쳥구경 ᄒ시ᄂ가

남성과 여성의 위치가 뒤바뀐 현실을 개탄했다. '녀인국(女人國)', '곤
도셩남(坤道成男)'[22] 등은 여성들의 위세가 당당해진 현실을 인정하지
않을 수 없음을 표현한 용어들이다. 남성들이 해야 할 강산완경은 여성
들이 하고 있고 여성들이 해야 할 독좌공당은 남성들이 하고 있다고
한 대목에서는 자신들이 하지 못하는 화전놀이를 여성들이 하고 있는
현실을 인정하면서 자신들의 초라한 모습을 드러내고 있다. 즉 〈조화

---

22 『주역周易』 「계사繫辭 상上」에서 "건도성남乾道成男 곤도성녀坤道成女"라고 했는데 여
　기서는 "곤도성남坤道成男"이라 했으니 남녀의 위치가 전도된 상황을 자조적으로 표현
　한 것이다.

전가〉의 남성은 여성을 비웃고 있는 듯하지만, 여성들의 독자적이고 적극적인 모습에 위축되어 오히려 부러움을 갖게 되는 왜소한 모습을 숨기지 못하고 있는 것이다.[23] 여성들이 화전놀이 가서 흥취에 빠져들 때 남성들은 화전놀이 실패로 인해 소경 단청구경 하듯 텅 빈 집만 지키는 고독한 신세가 되어 흥취를 돋울 마음의 여유를 가질 수 없는 처지였고, 그런 처지에서 오는 강박관념은 여성들의 화전놀이에 끼어들어 분위기를 흐려놓는 지경에까지 이르게 했다.

단락 ④를 살펴보자.

> 광풍이 종일ᄒ니 화젼도 경이업다 / 젼후산 두견화를 다쓰어 모화내야 / 직무든 약간쩍을 계유구퍼 마슬보고 / 인ᄉ부디 아히들은 눈칙몰나 달나ᄒᆡ / 다래며 쑤디ᄌ며 그러져러 종일ᄒ니 / ᄇ라고 ᄇ란일이 무슴흥황 이실손고 / 가댱의 업ᄂᆞᆫ흥을 (규규이셔) 돗화쩔고 / 세간사리 염양걱뎡 말긋마다 졀노나니 / 져른ᄉ셜 긴ᄉ셜의 눈물은 무슨일고 / 반날이 못ᄒᆞ여셔 져녁싱각 밧브거든 / 별계 쳥승을 무슴경의 구경ᄒᆞ리 / 집의아히 싱각ᄒᆞ여 낫븐쩍 못다먹고 / 가만슈건 썰쳐내여 각각빗고 니러나니 / 창황이 가ᄂᆞᆫ거동 볼ᄉ록 즛업고야 / 무ᄉ일노 와겻다가 무엇보고 가시ᄂᆞᆫ고 / 산녕도 ᄲᅧᆼ을내고 하빅도 긔롱ᄒᆞ니 / 년화동텬이 무단히 욕을보니 / 고현 댱구소의 져거시 무슨일고/ 쳥강의 여흘소리 격분ᄒᆞ여 슬피울고 / 당져의 나ᄂᆞᆫ풀이 실싴ᄒᆞ여 푸르거든/ ᄆ음놀난 산묘들이 디디기 고이ᄒᆞ랴 / 동듸예 벽도화는 피다가 반만웃고 / 명젼의 양뉴 디ᄂᆞᆫ 보내고 춤을추니 / 그힝ᄎᆞ 블긴흔줄 초목도 져러커든 / 유식군지야 비웃기 고이ᄒᆞ랴

앞 대목의 내용으로 미루어 볼 때, 여성들이 화전놀이를 간 사이 심

23 박경주, 「〈상심화전가〉의 예외성」, 『규방가사의 양성성』(도서출판 월인, 2007), 162쪽.

심하던 차에 남성들이 화전장花煎場에 올라가 훼방을 놓으면서 여성들의 경황없는 화전놀이를 산천초목이 다 비웃는다고 조롱했다. 그날은 광풍이 불어 화전도 못 구울 정도로 경황이 없는 상황이었다. 그런데도 두견화로 화전을 겨우 구워내서 맛보는 장면, 우는 아이 달래는 모습, 한풀이를 하고 근심걱정 하는 모습, 아쉽게 화전놀이를 마무리하고 돌아가는 모습 등에 대하여 산천초목도 성을 내고 비웃는데 유식군자가 비웃는 게 뭐 이상하냐고 했다. 이 대목도 남성의 입장에서 여성들의 화전놀이를 폄하해서 조롱한 것이지 실제 화전놀이가 그랬던 것은 아니었던 것 같다. 〈반조화전가〉를 참고로 하자.

청유분 모화내야 소담히 댱만ᄒ여 / 옥녀션동들을 몬져것거 내여노코 / 종용히 모다안자 정결히 뇨긔흔후 / 그저야 니러셔셔 곳곳디 완샹ᄒ니 / 동풍 어제비예 봄경이 새로왓늬 / 딋샹의 벽도화ᄂᆞᆫ 날위ᄒ여 우어잇고 / 강두의 양뉴디ᄂᆞᆫ 의연흔 춤이로다 / 오싴운 깁흔골의 쳑쵹이 만발ᄒ니 / 무릉도원인들 이예서 더ᄒ오며 / 젼계예 묽은딩담 한가도 한가홀샤 / 쳥숭별계를 다시보와 무엇ᄒ리 / 귀ᄀᆞ의 됴흔소ᄅᆡ 됴슈호음 아닐손가 / 노션싱 ᄉ시음의 무권춘산 금슈명이 / 형용도 됴흘시고 진실노 이경이라 / 명젼의 푸른풀은 일반의ᄉ 씌여잇다 / 듀염계 어든ᄆᆞᆷ 내쏘한 ᄭᅵᄃᆞᄅᆞ니 / 형형싴싴을 조화옹이 비저내니 / 모흐면 일늬되고 훗트면 만쉬로다

화전 음식을 장만해서 아이들 먼저 챙기고 어른들이 요기한 후 봄경을 구경하면서 무릉도원인들 여기보다 낫겠느냐고 했다. 〈조화전가〉에서 보여준 경황없는 화전놀이 장면과는 상반된 분위기이다. 그리고 화전놀이 하나 성사시키지 못할 뿐만 아니라 문장 하나 제대로 못하고 여성들의 화전놀이에 와서 광언패설이나 해 대는 남성들의 무지하고

못난 행동에 비해 자신들은 옛 선비들의 청아한 풍류를 즐기며 성현의
이념을 꿰뚫고 있음을 과시했다. 이황李滉(1501~1570)의 〈산거사시각
음山居四時各吟〉[24]의 풍류를 생각하며 선비들의 일반청의미一般淸意味
를 음미하고 宋송나라 주염계朱濂溪(1017~1073)의 일리만수一理萬殊,
즉 이일분수理一分殊의 이치를 깨달아 그 경지를 노닐고 있다고 했다.
여성들의 사대부적 풍모와 남성들의 못난 행동을 통해서 남성과 여성
의 위치가 전도된 현실을 보여줌으로써 남성들을 조롱하고 있는 것이
다. 이어지는 대목에서는 "츈시 호광음의 녀즈죠롱 쑨" 각종 경서經書
와 서책을 두고서도 학문에는 힘쓰지 않고 궁벽한 길로 가는 남성들을
"산금야쉬가 벗ᄒ려" 한다고 하면서 "져러흔 남즈들은 불취반치"의 처
지가 된다고 꾸짖듯 몰아붙였다. 작품 마지막 줄에서는 "어와 져 남지
야 아마도 옥창부녀는 신선인가 ᄒ노라"라고 함으로써 풍류남아의 이
상인 신선까지 여성들이 빼앗았다.

작품 결말인 단락⑤를 보자.

> 싱각ᄒ매 참괴ᄒ니 허희탄식 쑨이로다 / 우리ᄀᆞᆺ흔 남즈들은 일녀즈
> 만 못ᄒ여셔 / 긔약흔일 허시되니 긔아니 가쇠온가 / 츈광이 부로ᄒ니 /
> 강산승경의 노라볼가 ᄒ노라

단락④와는 판이한 자세로 작품을 마무리했다. 생각해 보니 너무나

---

24 이황, 〈산거사시각음山居四時各吟〉. 『퇴계집退溪集』 권사卷四. "霧捲春山錦繡明 珍禽
相和百般鳴 山居近日無來客 碧草中庭滿意生"(안개 걷힌 봄산 비단같이 곱고 / 진기
한 새들 서로 어울려 지저귄다 / 산속에 사니 몇 며칠 찾아오는 손님 하나 없는데 /
뜰에는 푸른 풀이 제 마음대로 우거졌네)

부끄러워서 한숨지으며 탄식만 할 따름이라고 했다. 그 이유는 남성들이 여성만 못해서 기약한 일을 허사로 만든 것이 가소롭기 때문이다. 그러면서도 춘광이 한창이니 강산승경에 놀아볼까 한다고 허세를 부렸다. 단락⑤와 〈반조화전가〉의 화전놀이 장면으로 미루어 볼 때, 〈조화전가〉에서 보여준 여성들의 화전놀이에 대한 조롱은 남성들의 허세였고, 그 허세를 결말에서 철회한 것으로 볼 수 있다.

홍원당이 나중에 쓴 〈샹심화전가〉에서도 "화전가 다시 보니 어느시 졀 일어런고 /~/ 글디여 됴롱흠은 무슴투심 내엿던고"라고 옛날에 〈조화전가〉를 지어 여성들을 조롱한 것을 후회하고 있다. 이러한 조롱은 놀이의 흥취를 더하기 위하여 치밀하게 기획된 연출일 가능성도 있다. 화전놀이의 흥취를 더하기 위해 방해자가 나타나 상대방을 조롱하는 놀이상황을 연출함으로써 구성원 간의 친밀감과 흥취를 고조시키고 가사를 지어 놀이의 여운을 이어가는 생활문화가 형성되어 있었던 것이다. 가까운 친척 사이에서 가능한 놀이문화였다.[25] 그렇다고 하더라도 화전놀이에 남성들이 느닷없이 끼어들어 부녀들을 당황하게 하는 장면, 〈조화전가〉를 수정했을 뿐만 아니라 나이들어 후회까지 한 사례 등을 보면 남성들이 일방적으로 여성들을 조롱하려다 놀이 분위기를 깨뜨리고 망신당하는 경우도 있었던 것 같다. 어쨌든 여성을 조롱하는 남성의 목소리에는 자조自嘲와 후회가 스며있는 반면, 여성의 목소리에는 남성에 대한 질책성 조롱과 자신감이 실려 있다.

18세기 이후 가부장제의 일반화로 인하여 여성들의 권리와 활동범

---

25 권순회, 「화전가류 가사의 창작 및 소통 맥락에 대한 재검토」, 『어문논집』 53집(민족어문학회, 2006), 18~25쪽 참조.

위가 많이 위축되었음에도 불구하고 작품에 나타나 있는 남성과 여성
의 이러한 목소리는 어디에서 연유하는 것인가? 그 당시 여성들은 내
외법內外法에 의해 바깥일에 대하여 전혀 상관할 수 없었다. 반면에,
남성들은 입신출세에만 매달리거나 고향에 살면서 학문에만 종사함으
로 인하여 집안 경제에는 무관심한 경우가 많아 여성들에게 집안 경제
를 이끌어 가야 할 역할과 리더십이 더 크게 요구되었다. 이러한 상황
에서 가정 살림의 총감독자인 안주인 여성들이 남편을 대신하여 집안
경제를 이끌어 가는 경우가 늘어났다.[26] 그러다 보니, 집안 문제에 대해
서는 남성의 간섭에 제재를 가하여 가정관리자로서의 여성의 위치를
확고히 했다. 이러한 내외법은 주거 관리자로서의 여성의 능력을 고양
시키는 계기로 작용하기도 했다.[27] 그리고 여성들은 시집살이의 갈등을
겪기도 했지만, 성리학을 체득하고 주체적으로 실천하면서 성리학의
이념을 연구함으로써 자신의 의식세계를 넓히기도 했다.[28] 이러한 노력
들이 반영되어 있는 규방가사에서 남성들에게 휘둘리지 않는 여성문화
의 주체성을 읽을 수 있다.[29] 〈반조화전가〉의 여성이 전반적으로 자신
감에 차 있고 의기양양한 모습을 보여 주고 있는 것도 이런 관점에서
이해할 수 있다.

　반면, 남성인 향촌사족들은 벼슬길에 나가지 못할 뿐만 아니라 집안

---

26 한희숙, 「조선후기 양반여성의 생활과 여성 리더십」, 『여성과 역사』 제9집(한국여성사
　　학회, 2008), 21~27쪽 참조.
27 백순철, 「규방가사의 작품세계와 사회적 성격」(고려대 박사학위논문, 2000), 42~51쪽
　　참조.
28 이순구, 「조선시대 가족제도의 변화와 여성」, 『한국고전여성문학연구』 제10집(한국고
　　전여성문학회, 2005), 138~139쪽.
29 백순철, 앞의 글(2000), 137쪽.

의 생활 현실 문제를 해결해 줄 수 있는 능력도 갖추지 못한 경우가 많았다. 여기서 변형계녀가인 〈복선화음가福善禍淫歌〉를 참고로 할 만하다. 이 작품은 명문거족 규수가 가난에 찌든 향촌사족 집안에 시집가서 "아난거시 글쌘"[30]인 무능한 남편과 시부모 봉양하며 온갖 노동을 하여 치산治産하고 남편 출세시켜 가문을 일으키는 과정을 보여주는 작품이다. 딸을 경계하는 작품이지만 당시 향촌사족의 무능과 여성의 당당한 능력을 선명하게 보여주고 있다. 이러한 정황으로 미루어 볼 때, 18세기경 향촌사족 가문에서의 여성의 역할이 어느 정도였는지 짐작할 수 있다. 사회제도로서의 가부장제 속에서 제약을 많이 받았던 여성들이지만 집안에서의 여성의 목소리는 남성의 목소리에 비해 훨씬 당당했을 수 있다. 더욱이 여성들끼리 놀이의 현장에 모였을 때는 공감대를 형성하면서 그런 목소리는 더욱 커졌을 것이고, 그 상황에서 남성들이 어설픈 장난을 걸어왔을 때 그 남성들은 조롱거리가 될 수밖에 없었을 것이다. 화답형 화전가에 나타난 남성과 여성의 목소리는 이런 문맥에서 이해할 수 있다.

그러나 이러한 여성들의 목소리가 남성 중심의 가부장제와 같이 여성들의 사고와 활동을 제약하는 사회제도의 개혁에까지는 이르지 못했다. 왜냐하면, 여성들도 기존의 제도적 틀 안에서 가문을 유지하고자 하는 보수적 사고를 확고하게 지니고 있었기 때문이다.[31]

---

30 정문연, 앞의 책, 29쪽.
31 〈조화전가〉 작품론은 최상은, 「화전가를 통해 본 18, 19세기 남녀의 정서와 의식지향」, 『반교어문연구』 제31집(반교어문학회, 2011), 142~150쪽을 주로 인용했음.

최초의 동학가사 〈용담가〉

동학의 이념적 근간과 대중적 공감대

작가 최제우의 삶과 문학

최제우崔濟愚(1824~1864)는 본관이 경주이고 경주시 현곡면 가정리 귀미산 자락에서 최옥崔鋈(1762~1840)의 아들로 태어났다. 첫 이름은 복술福述·제선濟宣이었는데 나중에 구도의 길을 걸으면서 제우로 이름을 바꾸었다. 호는 수운水雲이다. 최제우의 집안은 그의 7대조 최진립崔震立(1568~1636)이 임·병 양란에서 공을 세우고 병조판서에 추증된 이래 관직 진출을 하지 못한 향촌사족이다. 이 집안에서는 대대로 최진립을 추앙해 왔는데 최제우도 〈안심가〉에서 "우리션조 흠텬 짜에 공덕비를 놉히셰워 / 만고유젼 하여보셰"라고 기렸다. 부친 최옥은 과거에 여러 번 응시했으나 낙방하고 가정리 용담서사龍潭書社에 은거하면서 성리학의 학문과 제자 교육에 힘써서 그의 학문적·문학적 명성이 영남 일대에 자자했다. 문집 『근암집近菴集』을 남겼다.[1]

그런데 최옥이 첫째, 둘째 부인과 사별하고 셋째 부인 한씨韓氏와 결혼했지만 한씨가 재혼이었던 관계로 최제우는 서자나 다름없는 처지였다. 거기다가 최제우는 어린 나이에 결혼을 했지만 10대에 부모를 모두 여의고 고아 신세가 되었다. 그런 후 얼마 안 되어 가정리 집에 큰 화재가 일어나 생활의 기반마저 잃게 되었다. 힘겨운 생활을 하다가 21세되던 1844년에 처가가 있는 울산으로 이사했다. 어렸을 때는 부친으로부터 성리학을 배웠겠지만, 울산으로 이사를 하면서 학문을 버리고 유랑생활로 접어들었다. 신분으로나 주변 여건으로나 성리학의 이념을 실현하기에는 힘든 현실을 자각하고 전혀 다른 삶의 길을 택한 것 같다. 10년 동안 양반사회에서 천시하는 상업활동을 시작, 바늘 행상을 하며 전국을 떠돌아다녔는데 이 기간에 당시 사회의 혼란상과 민중들의 힘겨운 삶을 두루두루 경험했을 것으로 보인다.

1854년 유랑을 마치고 울산으로 돌아온 최제우는 예수바위골이라는 산골짜기에 초가집을 짓고 살았다. 이 시기 전후로 최제우는 풍수가風水家와 술사術士, 천주교도 등 다양한 인물들을 만나고 다녔는데 이는 득도를 위한 준비과정이었다고 볼 수 있겠다.[2] 1855년 봄에는 금강산

---

1 최옥의 생애에 대해서는 다음 글 참조. 강석근, 「근암 최옥의 생애와 용담서사」, 『동학연구』 제18집(한국동학학회, 2005).

2 강시원 등저, 윤석산 역주, 『도원기서道源記書』(도서출판 문덕사, 1991), 15~18쪽에 의하면, 부친이 돌아가신 후 삼년상을 치르고 나니 집안 형편이 점점 기울어져 실의에 빠져 있는 듯했으나 최제우는 도량이 넓고 사람 가르치는 일을 중요하게 여겨 유도儒道는 물론, 불도佛道와 선도仙道, 천주교, 제자백가서 등을 두루 섭렵했다. 그런데 이 모든 이치가 잘못된 것을 알고 무예를 닦다가 장삿길을 떠나 세상을 두루 돌아다녔지만 여의치 않아 초라한 자신을 탄식하면서 울산으로 이사했다고 기록되어 있다. 『도원기서』는 원제목이 『崔先生文集 道源記書』로 되어 있는데 강시원 등 최제우의 제자들이 1879년에 편찬한 책으로서 동학에 관한 기록문 중 가장 오래된 사료이다.(『도원기서』 '책머리

유점사에서 온 선사禪師로부터 신인神人에게서 얻었다는 『을묘천서乙
卯天書』를 받고 본격적인 수도 생활을 시작했다. 이듬해에는 처자를 남
겨두고 통도사를 찾아 암자 생활을 했는데 이때부터 여러 가지 이적異
蹟을 보였다고 한다. 그러나 생활고로 인해 정상적인 생활을 하기가 어
려울 정도가 되자 1859년 36세 되던 해 고향 떠난 지 15년 만에 울산
을 떠나 다시 경주 가정리 용담으로 돌아왔다. 37세 되던 1860년, 이름
까지 제우濟愚로 고치며 각오를 새롭게 하고 수도를 하던 중, 4월 5일
에 몸에 이상 증세를 느끼며 상제上帝인 '한울님'3으로부터 무극대도無
極大道를 물려받아 동학東學의 도를 이루었다. 동학은 모든 사람은 양
민, 천민 할 것 없이 누구나 한울님을 모시고 있는 평등한 존재라는 '시
천주侍天主' 이념에 바탕을 둔 종교이다. 동학은 신분사회의 모순, 세도
정치의 횡포, 삼정의 문란 등으로 민생을 도탄에 빠뜨린 19세기 조선의
개혁을 주창한 정치·사회적 성격을 띤 종교이다. 또한, 서세동점의 위
기의식에서 서학西學[천주교]에 대항하기 위하여 동학의 기치를 내세운
민족종교이기도 한다.4 이러한 성격으로 인해 동학은 당시 민중들의 폭

에' 참조)

3 『용담유사』의 '하늘님'을 현대어로 '한울님'으로 표기한다. 천도교에서 '한울님'을 사용
하고 있고, 이에 따라 대부분 현대어 『용담유사』에서도 '한울님'으로 표기하고 있다.

4 최제우는 『동경대전』〈논학문〉에서 동학의 의미에 대한 물음에, "내가 또한 동에서 나서
동에서 받았으니 도는 비록 천도이나 학인 즉 동학이라. 하물며 땅이 동서로 나뉘었으니
서를 어찌 동이라 이르며 동을 어찌 서라고 이르겠는가. 공자는 노나라에 나시어 추나라
에 도를 폈기 때문에 추로의 풍화가 이 세상에 전해 온 것이고, 우리 도는 이땅에서
받아 이 땅에서 폈으니 어찌 가히 서라고 이름하겠는가.(吾亦 生於東 受於東 道雖天道
學則東學 況地分東西 西何謂東 東何謂西 孔子生於魯 風於鄒 鄒魯之風 傳遺於斯世
吾道受於斯 布於斯 豈可謂以西名之者乎"라고 답했다. 이 문답에서 최제우는 동학은
서학에 대립되는 개념이고, 우리나라에서 자생한 주체적 종교임을 밝힌 것이다.

발적인 호응을 얻었고, 그 결과 동학농민운동으로 발전할 수 있었다.

최제우는 득도한 뒤 즉시 포교를 하지 않고 수도에 정진하면서 〈용담가龍潭歌〉, 〈처사가處士歌〉, 〈안심가安心歌〉, 〈검결劍訣〉, 〈주문呪文〉 등을 지었다. 그리고 1861년 〈布德文〉을 짓고 동학이라는 명칭을 선포, 포덕을 시작했다.[5] 사민평등을 내세우는 동학은 당시 많은 호응을 받아 용담정에는 연일 사람들로 북적였다. 그러자 지방 유생들의 반발과 관청의 탄압을 받게 되어 그해 11월, 최제우는 가정리 용담을 떠나 전라도 남원의 암자 '은적암隱寂庵'으로 피신했다. 이때 〈논학문論學文〉, 〈교훈가敎訓歌〉, 〈도수사道修詞〉, 〈권학가勸學歌〉 등을 지었다.

겨울을 지내고 1862년 3월, 최제우는 다시 경주로 돌아왔지만, 용담으로 가지 않고 신도의 집에 머물렀다. 이 시기에 동학의 교도가 급속도로 늘어나자 관의 탄압은 날로 심해져 경주 관아에 체포되었는데 교도들의 집단항의로 풀려나기도 했다. 이때에 〈수덕문修德文〉, 〈몽중노소문답가夢中老少問答歌〉, 〈도덕가道德歌〉 등을 지었다. 신도가 지속적으로 늘자 최제우는 조직을 강화하기 위해 접주제接主制를 실시하고 흥해, 영천을 순회한 후 1863년 3월에 용담으로 돌아왔다. 이때에 〈흥비가興比歌〉, 〈불연기연不然其然〉을 지었다. 그리고 최시형崔時亨(1827~1898)을 북접주인北接主人으로 정하고 도통을 전수했다. 이제 동학은 신도가 파죽지세로 늘어나 전국으로 확산되었다. 상황이 이렇게 되자 조정에서는 최제우를 체포하기로 결정, 선전관을 파견했다. 결국 최제

---

5 천도교天道敎에서는 '포덕布德'을 연호로도 쓰고 있다. 최제우가 득도한 1860년이 포덕 1년이다. 천도교는 동학을 발전시킨 종교로서 동학 3대 교주인 孫秉熙(1861~1922)가 정교분리政敎分離를 주장하며 1905년 '천도교'라는 교명을 사용했다.

우는 1863년 12월, 용담에서 체포되어 서울로 압송되던 중, 과천에 당
도했을 때 철종이 갑자기 죽자 대구 감영에 수감되었다가 이듬해 1864
년 대구에서 좌도난정左道亂正과 요언혹민妖言惑民의 죄명을 쓰고 효수
당했다.[6]

동학을 창도한 최제우는 두 가지 경전을 마련했다.『동경대전東經大
全』과 『용담유사龍潭遺事』가 그것이다. 상층 지식인을 대상으로 교리
를 체계적으로 서술하기 위하여 한문으로 〈포덕문〉, 〈논학문〉, 〈수덕
문〉, 〈불연기연〉을 지었고 여러 편의 시문을 남겼다. 최시형이 1880년
강원도 인제군에서 이 글들을 모아 간행하면서 『동경대전』이라 명명
했다. 〈포덕문〉·〈논학문〉·〈수덕문〉은 1861년에서 이듬해 남원 은적
암에 머무르던 시기에 지은 것이고, 〈불연기연〉은 처형되기 전인 1863
년에 지었다.[7] 최제우의 한시는 총 14편 정도 되는데 한시의 형식에서
일탈하여 4언, 5언, 6언, 7언 등이 뒤섞인 악부시와 같은 모습을 지니
고 있다. 내용은 주로 자신의 종교적인 깨달음이나 포교를 위한 가르침
이 주를 이루고 있다.[8]

한편, 한글로써 일반대중을 포함한 모든 계층을 대상으로 이념과 정
서 전달을 효과적으로 할 수 있도록 하기 위해 『용담유사』를 지었다.

---

6 최제우의 생애에 대해서는 다음 글 참조. 강시원 등저, 앞의 책, 15~61쪽 참조. ; 최효식,
「수운 최제우의 생애와 사상」, 『동학연구』 제2집(한국동학학회, 1998). ; 김기승, 「『용
담유사』의 역사적 이해」, 『동학학보』 제2호(동학학회, 2001).
7 '최제우가 『동경대전』을 지었는지 의심되고, 『동경대전』은 『용담유사』에서 말한 바를
한문으로 옮겨 해설한 것으로 보인다.'는 주장도 있다. 조동일, 『한국문학통사 4』(지식
산업사, 2005), 15쪽 참조.
8 신상구, 「『동경대전』 소재 수운 한시 연구」, 『대동한문학』 제18집(대동한문학회, 2003)
참조.

『용담유사』는 최제우가 1860년에서 1863년에 걸쳐 지은 8편의 가사 작품[9]을 일컫는데 최시형이 1881년 충북 단양에서 간행했다. 이 판본 은 현재 남아 있지 않고, 1893년 경주에서 목판본으로 중간한 계사본癸 巳本이 현전 최고最古의 판본이다.

그런데 『용담유사』의 전승이 이러한 간행물에 의존해서 이루어진 것은 아니다. 〈안심가〉나 〈도덕가〉의 결말에서 '이 가사를 외워 내라' 는 당부의 말을 했고,[10] 생일잔치에서 제자들에게 '전에 〈흥비가〉를 반 포했는데 혹시 다 외웠는가?'라고 묻고 각자 직접 외우게 했다[11]고 한 것으로 보아 간행물이 나오기 전부터 이미 입에서 입으로 전승이 이루 어지고 있었던 것으로 보인다. 그리고 동학이 당시에 민중들 사이에 급 속도로 전파되어 갔던 정황으로 미루어 볼 때, 『용담유사』의 전승은 간행물의 독서보다는 오히려 구송口誦의 전파력에 의해 이루어진 부분 이 더 컸지 않을까 생각된다.[12]

---

9 최제우가 쓴 가사 작품은 모두 10편인데 〈처사가〉는 전해지지 않는다. 〈검결〉은 '칼노 래'인데, 목검으로 춤을 추면서 노래를 불렀다고 한다. 내용이 과격해서 최제우가 재판 을 받을 때 크게 문제가 되었다고 한다. 그래서 『용담유사』에도 포함되지 못하고 따로 전해 온다. 따라서 『용담유사』에는 〈용담가龍潭歌〉, 〈안심가安心歌〉, 〈교훈가教訓歌〉, 〈도수사道修詞〉, 〈몽중노소문답가夢中老少問答歌〉, 〈권학가勸學歌〉, 〈도덕가道德歌〉, 〈흥비가興比歌〉 등 8편이 실려있다.

10 〈안심가〉의 결말 "이가스 외와닉여 춘삼월 호시절에 / 태평가 불너보셰", 〈도덕가〉의 결말 "두어구 언문가스 드른다시 외와닉여 / 경심슈도 하온후에 잇지말고 싱각하쇼" 참조.

11 강시원 등저, 윤석산 역주, 『도원기서道源記書』(도서출판 문덕사, 1991), 48~49쪽 "先 生日, 興比歌 前有頒布矣 或爲熟誦之耶 各爲面講也." 참조.

12 『용담유사』의 정착과정에 대해서는 윤석산, 『용담유사 연구』(민족문화사, 1993), 40~ 46쪽 참조.

동학가사의 시작과 전개

동학가사는 문학작품이면서 동학의 교리를 나타내는 경전이라는 점
에서 다른 종교가사와 다르다. 불교가사나 천주가사는 교리를 해설하
고 신앙심을 고취하는 내용이지만, 동학가사는 그 자체가 교리이다. 최
제우가 동학의 교리를 가사 장르로 설파한 것은 당시 문학의 흐름을
간파했기 때문이다. 19세기는 가사의 향유층이 상층에서 하층에 이르
기까지 매우 다양화되어 있었고, 성리학의 이념을 교훈적으로 노래한
도학가사, 여성을 대상으로 한 규방가사, 당시 특권계층의 횡포를 고발
하는 현실비판가사, 불교가사와 천주가사 같은 종교가사의 창작이 왕
성하게 이루어지던 시기이다. 가사는 각각의 이념을 온전히 전달하고
정서적 공감대를 불러일으키는 데 매우 유용한 장르였던 것이다. 최제
우도 기존의 이념을 총체적으로 비판하면서 새로운 종교를 만듦에 있
어서 그 교리를 가장 잘 드러내고 대중적 파급효과를 거둘 수 있는 표
현수단은 가사 장르라고 판단했던 것 같다.

최제우가 득도 후 지은 『용담유사』 중 최초의 작품은 〈용담가〉이
다.[13] 최제우가 득도한 것은 1860년 4월 5일이지만 본격적으로 포교를
한 것은 7~8개월의 수련을 거친 후였는데, 수련을 마친 시점에서 무극
대도無極大道를 받은 기쁨을 〈용담가〉로 표현했다. 〈용담가〉와 비슷한
시기에 〈처사가〉와 〈안심가〉, 〈검결〉을 지었다. 〈용담가〉 다음으로 쓴
〈처사가〉는 현재 전하지 않는 작품이고, 칼춤을 추며 불렀다는 〈검결〉

---

13 『용담유사』 작품의 창작연대에 대해서는 논란이 많지만, 여기서는 다음 두 논문의 변증
  을 참고로 하여 논의를 진행한다. 윤석산, 앞의 책, 24~30쪽. ; 김기승, 「수운 최제우
  저작의 연대기적 검토」, 『동학학보』 제3호(동학학회, 2002).

은 변혁의 결기를 흥기시키는 과격한 내용으로 인해 『용담유사』에 실리지 못했다. 〈용담가〉는 유구한 역사와 신령스러움을 지닌 경주 귀미산에서 득도하여 신선이 된 자신을 세상 사람들에게 선포한 작품이다. 〈안심가〉는 빈천한 처지에서 득도한 후의 이상한 행적, 이런저런 모함에 대하여 걱정하는 아내를 위로하고 서학과 왜적놈들에 대해 경계하면서 모든 것은 한울님이 보살펴 줄 것이니 근심 말고 안심하라는 내용이다.

그 후 1861년 11월 최제우가 용담을 떠나 남원의 '은적암'으로 피신했는데, 이때 〈교훈가〉, 〈도수사〉, 〈권학가〉 등을 지었다. 〈교훈가〉는 "멀고 먼 가는 길에 생각나니 너희로다"와 같은 작품 내용으로 보아 용담을 떠난 지 얼마 안 되어 지은 작품인 듯하다. 〈교훈가〉는 가족들을 대상으로 그리움의 정서와 득도하기까지의 과정, 무극대도에 대한 확신, 근거없는 모함에 대하여 서술하고, 흐트러진 마음을 바로잡고 정성을 다해 수도하라는 당부의 말로 마무리한 작품이다. 〈도수사〉는 타향을 돌아다니던 어느 날, 전전반측하다가 지은 작품으로서 제자들에게 차분하게 정심수도하기를 당부하고, 춘삼월에 다시 만날 것을 기약한 작품이다. 〈권학가〉는 송구영신의 감회를 노래한 작품인데 세상 사람들에게 한마음으로 한울님을 공경하고 자신의 가르침을 잘 따를 것을 권유했다.

다음으로, 최제우가 1862년 남원에서 경주로 돌아와서 지은 작품에는 〈몽중노소문답가〉와 〈도덕가〉가 있다. 〈몽중노소문답가〉는 영웅 탄생과 꿈 모티프를 활용하여 최제우 자신의 신성성과 영웅성을 보여주면서 참서를 믿고 서학에 빠져 있는, 그래서 유학의 이념으로도 해결할 수 없는 효박한 하원갑 이 세상에서의 방황을 청산하고 고향으로 돌아가 정진하여 상원갑 호시절을 맞이하고자 하는 뜻을 펼친 작품이다.
〈도덕가〉는 『대학大學』과 『중용中庸』의 '성경誠敬' 두 글자에 주목하
여 동학과 유학을 대비하여 그 같고 다른 점을 설명하면서 동학은 한울
님에 대한 '경외지심敬畏之心'으로 모든 사람이 공평무사하게 '동귀일
체同歸一體'한다는 점에서 유학과 다르다고 강조하고 정심수도할 것을
권유했다.

  마지막 작품 〈흥비가〉[14]는 1862년 9월, 최제우가 경주 감영에 체포
되었다가 석방되어 조직적으로 포교활동을 하던 시기인 1863년 8월에
지은 작품이다. 〈흥비가〉는 서두에서 『시경詩經』 「국풍國風」 〈빈풍豳
風〉의 시구를 인용하여 모든 일을 법도에 따라 행해야 함을 깨달아야
한다는 것을 비유적으로 나타냈다. 세상을 교사하고 해악하는 무리를
모기[문장군蚊將軍]에 비유하여 경계하고, 동학의 도를 실행하는 '현인
달사賢人達士'들에게 중도에 그만두지 말고 마음 다잡고 정진하라고 했
다. 결말에서는 무궁한 이치를 부賦·흥興·비比로 써 내니 무궁히 살펴
서 깨달을 것을 권유했다. 〈흥비가〉는 『용담유사』의 마지막 작품으로
서 동학의 도를 이어나갈 제자들을 대상으로 지은 작품이다. 특히
1863년 8월, 최제우가 최시형에게 도통을 전수하고 〈흥비가〉를 지어
제자들을 경계하고 훈도한 것은 이듬해 처형당할 자신의 운명을 예견
했기 때문이 아닐까?

  『용담유사』 이후의 동학가사는 상주 동학가사에 집대성되어 있다.
상주 동학가사에는 1860년대 최제우의 『용담유사』로부터 1920년대까
지의 방대한 작품이 수록되어 있다. 상주 동학가사는 총 40책인데 100

---

14 〈흥비가〉의 '흥비興比'는 『시경詩經』의 육의六義 중 '흥'과 '비'를 말한다.

편에 달하는 작품이 수록되어 있다.[15] 상주 동학가사 간행을 주도한 사람은 김주희金周熙(1860~1944)이다. 김주희는 동학을 독자적으로 체계화하여 남접도주南接道主로 자처, 동학의 한 교파인 경천교敬天敎를 조직했다가 나중에 동학교東學敎를 설립했다. 동학교는 상주에 근거지를 두고 활동했는데 동학 중 가장 보수적인 교파이다. 동학교는 1922년 총독부의 공인을 얻는 한편, 이때부터 1933년까지 대대적인 간행 사업을 벌였는데, 상주 동학가사도 이때 간행됐다. 상주 동학가사는 전래된 가사의 정착, 김주희에 의한 전래가사의 개작, 그리고 김주희의 창작이 섞여 있을 것으로 보인다.[16] 상주 동학가사는 문제의식이나 표현에서 최제우의 『용담유사』에 훨씬 못 미친다는 평가를 받고 있다.[17]

동학가사의 선구작인 『용담유사』는 종교적 의미뿐만 아니라 문학사적 의미도 크다. 〈용담유사〉는 안으로 선천先天에서는 기를 펴지 못하던 빈천한 사람들이 후천後天의 주인이 된다는 평등주의를, 밖으로 서양과 일본으로 인해 위험에 빠진 조선을 구하고 태평성대를 맞이하고

----

15 상주 동학가사 총 40책 중 제29책, 제37책, 제40책은 전하지 않고 있으며, 제7책은 가사가 아니고 산문이다. 책 제목은 『龍潭遺事之第一』~『龍潭遺事之第三十九』와 같이 한자로 표기되어 있고 각책마다 책명이 따로 붙어 있다. 최제우의 『용담유사』는 제1책인 『龍潭遺事之第一』에 「룡담유亽」로 표기되어 있다.

16 상주 동학가사에 대해서는 최원식, 「동학가사 해제」, 『동학가사 I·Ⅱ』(정신문화연구원 고전자료 편찬실, 1979)를 주로 참고했다. 『동학가사Ⅱ』에는 상주 동학가사 이외의 작품으로 『수운가사』 10편, 『기타 동학가사』 6편도 수록되어 있는데 상주 동학가사와 겹치는 작품이 많다. 이렇게 볼 때, 동학가사는 『동학가사 I·Ⅱ』에 집대성되어 있다고 볼 수 있겠다. 『수운가사』는 필사본으로서 김광순이 소장하고 있던 것을 『동학가사Ⅱ』에 실어 놓은 것이다. 김광순, 「수운가사에 대하여」, 『퇴계학과 유교문화』(경북대 퇴계학연구소, 1987)에 『수운가사』의 해제와 요약, 그리고 필사본 원문이 수록되어 있다.

17 『한국문학통사 4』(지식산업사, 2005), 40쪽.

자 하는 민족주의를 함께 갖추어 근대사상 창조 작업을 진행했다. 이런
면에서 『용담유사』는 개화기 가사의 첫 작품이며 개화기 문학의 시발
이 되는 작품,[18] 개화기 가사의 개화의식을 뛰어넘어 매우 자주적이며
자생적인 근대의식을 내용으로 하는 작품,[19] 문학사적으로 중세에서 근
대로의 이행기 제2기를 선도한 작품[20]으로 평가를 받고 있다.

동학의 이념적 근간과 대중적 공감대, 〈용담가〉

〈용담가〉는 1860년 4월에 최제우가 득도한 후 몇 개월간의 수련과
정을 거쳐 본격적인 포교활동을 시작할 즈음 창작한 『용담유사』 중 첫
작품이다.[21] 용담은 정자 이름이면서 귀미산 자락 최제우의 고향 마을
을 가리키기도 한다. 최제우는 부친 최옥이 지은 '용담서사'를 '용담정
龍潭亭'으로 이름을 바꾸고 활동의 근거지로 삼았다. 〈용담가〉는 속인
이었던 최제우가 신선이 된, 삶의 일대 전환을 이룬 감회를 노래한 작
품이다. 이미 신선이 된 이후 가족과 제자, 대중들에게 던진 메시지인
『용담유사』의 다른 작품들에 비해 〈용담가〉는 최제우의 개인적 삶이

---

18 조동일, 「개화기의 우국가사」, 민병수 등 저, 『개화기의 우국문학』(신구문화사, 1979),
   68쪽.
19 윤석산, 앞의 책, 143~147쪽 참조.
20 조동일, 앞의 책(2005), 9쪽 참조.
21 『용담유사』 중 최고본인 '계사본'에는 〈교훈가〉와 〈안심가〉 다음에 〈용담가〉를 실어
   놓았다. 아마 득도과정보다 세상 사람들에 대한 교훈을 더 중요시한 편제가 아닌가 생각
   된다. 『용담유사』의 편제에 대해서는 정재호, 「동학가사에 있어서의 용담가의 위치」,
   『개신어문연구』 제5·6합병호(개신어문학회, 1988), 122~125쪽 참조.

나 동학의 탄생에 있어서 특별한 의미를 지닌 작품이다.

〈용담가〉를 단락으로 나누어 구체적으로 살펴본다.

① 일천 년 유서깊은 왕도 경주
② 승지이고 신령스러운 기운을 지닌 동도 주산 귀미산
③ 내가 지켜내야 할 최씨의 복덕산 귀미산
④ 산음수음에도 입신양명 못한 가련한 부친
⑤ 사십 평생 허송세월하고 귀미용담에 돌아온 불효자의 비감회심
⑥ 부친의 여경으로 천은을 입어 득도함
⑦ 한울님의 계시를 받은 기쁨과 자부심
⑧ 기장한 귀미산수 정기로 무극대도 이룬 환희
⑨ 나로 인해 천하의 명승지가 된 귀미산수
⑩ 나의 승천 후 귀미용담의 애달픈 미래

〈용담가〉는 제목이 말해 주는 것처럼, 최제우가 태어나고 자란 경주 귀미산 자락 '용담'이라는 장소를 중심으로 작품이 전개된다. 작품의 장소는 작품화자의 성격을 드러내는 중요한 요소 중의 하나이다.

그래서 여기서는 구분된 단락을 중심으로 작품전개와 그 의미를 분석해 본다. 단락①부터 살펴보자.

국호는 죠션이오 업호는 경쥬로다 / 셩호는 월셩이오 슈명은 문슈로 다 / 긔즈째 왕도로셔 일천년 안일넌가 / 동도는 고국이오 한양은 신부 로다 / 아동방 싱긴후에 이런왕도 쏘잇는가 / 슈셰도 조컨이와 산긔도 됴을시구 / 금오는 남산이오 귀미는 셔산이라 / 봉황딕 놉흔봉은 봉거 딕공 하여잇고 / 쳠셩딕 놉흔탑은 월셩을 직혀잇고 / 청옥덕 황옥덕은 자웅으로 직혀잇고 / 일쳔년 신라국은 소릭를 직혀닉네[22]

단락①은 고도 경주의 역사를 얘기했다. 경주는 고조선 기자 때 이래로 대대로 지켜온 최고의 왕도라고 했다. 실재했던 나라 이름, 유서 깊고 신령스러운 유적과 유물을 등장시켜 대중들이 사실로 믿게 했다. 조선의 왕도 한양은 경주에 비해 역사가 일천한 신부新府라고 했다. 한양보다 훨씬 유구한 역사를 지닌 경주의 서쪽에 수세水勢 좋고 산기山氣 좋은 귀미산이 위치해 있음을 밝힌 것이다.

이어서 단락②는 범위를 좁혀 귀미산의 승경에 대하여 노래했다.

> 어화세상 사름덜아 이런승디 구경하소 / 동읍삼산 볼작시면 신선업기 괴이하고 / 셔읍쥬산 잇셔시니 추로지풍 업슬소냐 / 어화세샹 사름덜아 고도강산 구경하소 / 인걸은 디령이라 명현달스 아니날시 / 하믈며 귀미산은 동도지 쥬산일세 / 곤륜산 일지믹은 즁화로 버려잇고 / 아동방 귀미산은 쇼즁화 싱겻구나

단락①은 경주의 역사와 형세에 대하여 시공간을 동원하여 입체적으로 서술했다면, 단락②는 공간에 초점을 맞추어 중국의 중심에 곤륜산이 있는 것과 같이 우리나라의 중심에 귀미산이 있다고 했다. 단락①에 비해 표면적으로는 서술의 범위가 귀미산으로 좁아졌지만 이면적으로는 귀미산이 아동방我東邦, 즉 우리나라의 중심이라는 의미로 넓어졌다. 경주는 승지인데 신선이 없다는 것이 괴이하고, 동도東都 경주의 주산 귀미산이 있는데 공맹과 같은 성인의 가르침인들 없겠느냐고 했다. 그리고 경주는 신령한 땅으로 명인달사가 나지 않을 수 없는 곳인

---

22 임기중, 『한국역대가사문학집성』(www.krpia.co.kr). 모든 작품인용은 이 책에서 하므로 각주 생략.

데 하물며 경주의 주산인 귀미산은 말할 필요가 있겠느냐고 거듭 강조
하고, 곤륜산이 중화 문화를 일구었다면 귀미산은 소중화 문화를 탄생
시켰다고 했다. 귀미산이 우리나라의 주산으로서 가장 신령스러운 산
임을 천명한 것이다. 단락①에서는 담담한 목소리로 서술했지만, 단락
②에서는 "어화셰샹 사름들아 ~ 구경하소"를 반복, 귀미산에 대한 벅찬
감정을 드러내기도 했다. 귀미산에 대한 이와 같은 칭송은 귀미산의 신
령스러운 정기를 타고 난 작품화자 '나'의 탄생에 대한 예고이다.

단락③을 보자.

> 어화셰샹 사름덜아 나도쏘흔 츌셰후에 / 고도강산 직혀늬여 셰셰유
> 젼 안일넌가 / 긔장하다 긔장하다 귀미산긔 긔장하다 / 거룩흔 가엄최
> 씨 복덕산 안일넌가 / 귀미산 싱긴후에 우리션죠 나셧구나 / 산음인가
> 슈음인가 위국츙신 긔장하다

단락①②에서 경주와 귀미산에 대해 서술하더니 단락③에서는 작
품화자 '나'와 선조를 등장시켰다. 내가 태어났으니 대대로 고도강산을
지켜낼 것이라고 하면서 기장한 귀미산 정기로 '우리선조'가 나시고 위
국충신이 났음을 자랑스럽게 얘기했다. 신령한 장소에서 고귀한 혈통
을 타고나 이 나라를 지켜나갈 작품화자의 남다른 영웅적 성격을 부각
시킨 것이다.[23] 그러면서 한 편으로는 단락②에 이어서 "어화셰샹 사름
들아"를 반복 사용하여 대중의 관심을 환기하고 "긔장하다 긔장하다

---

23 〈몽중노소문답가〉에서는 작품화자의 출생에 대하여 매우 구체적으로 서술해 놓았는데,
   영웅소설의 서두 기자치성祈子致誠 모티프와 꼭 닮아 있다.

귀미산긔 긔장하다"와 같은 민요적 반복법을 사용, 대중에게 친근하게
다가가고자 했다. 여기서부터 부친과 작품화자의 삶이 본격적으로 전
개된다.

단락④와 단락⑤에서는 이렇게 신령한 장소에서 고귀한 혈통을 타
고났음에도 불구하고 작품화자의 부자가 겪었던 고난을 구체적으로 서
술했다.

④ 가련하다 가련하다 우리부친 가련하다 / 귀미룡담 죠혼승디 도덕
문장 닥거닉여 / 산음슈음 아지마는 립신양명 못하시고 / 귀미산하 일
명각을 룡담이라 일홈하고 / 산림쳐ᄉ 일포의로 후세예 젼탄말가

⑤ 가련하다 가련하다 이내가운 가련하다 / 나도쏘ᄒ 츌셰후로 득죄
부모 안일넌가 / 불효불효 못면하니 젹셰원울 안일넌가 / 불우시지 남
아로셔 허숑셰월 하엿구나 / 인간만ᄉ 힝하다가 거연ᄉ십 되얏더라 /
ᄉ십평싱 이쑨인가 무가내라 할길읍다 / 귀미룡담 차자오니 / 흐르나니
물쇼리오 놉푸나니 산이로셰 / 좌우산쳔 둘너보니 / 산슈는 의구하고
초목은 함정하니 / 불효ᄒ 이내마음 그아니 슬풀쇼냐 / 오작은 나라들
어 조롱을 하는듯고 / 숑빅은 울울하여 졍졀을 직혀닉니 / 불효ᄒ 이내
마음 비감회심 졀노는다

단락③에서 "긔장하다 긔장하다 ~ 긔장하다"라고 했던 정서 표현이
"가련하다 가련하다 ~ 가련하다"로 바뀌었다. 단락④에서는 귀미용담
의 정기를 받아 도덕문장을 닦았지만 입신양명을 이루지 못하고, 귀미
산의 정기가 깃든 정자를 짓고 '용담'이라 이름 지었지만 일개 산림처
사로 후세에 전해 준 부친에 대한 안타까움을 드러냈다. 단락⑤에서는
부친으로부터 가련해진 가운을 작품화자 자신조차 일으키지 못하고 나

이 사십이 되도록 허송세월한 불효에 대하여 탄식했다. 귀미용담에 돌아왔을 때 지저귀는 새소리를 자신에 대한 조롱으로 듣고, 울창한 송백의 변함없는 기상을 보면서 기가 죽어 비감회심에 빠질 정도로 나약해진 자신의 모습을 그렸다. 단락③에서 일반 사람들과는 다르다는 것을 말하기 위해 기장한 기풍을 과시하는 한편, 단락④⑤에서는 평범하기도 하다는 걸 보여주기 위해 가련한 신세를 애달픈 정서로 나타냈다. 이것이 바로 민중영웅의 모습이고, 민중영웅적 성격을 통해 대중의 공감대를 높일 수 있는 것이다.

단락⑥으로 가면 정서가 가련함에서 다시 기장함으로 바뀐다. 고난의 과정을 지나 득도의 경지에 오른 작품화자의 모습이다.

> ⑥ 가련하다 이내부친 여경인들 업실쇼냐 / 쳐ㄷ불너 효유하고 이러그러 지닉나니 / 텬은이 망극하여 경신ᄉ월 초오일에 / 글노엇지 긔록하며 말노읏지 셩언할ᄭ / 만고업ᄂ 무극대도 여몽여각 득도로다
>
> ⑦ 긔장하다 긔장하다 이내운수 긔장하다 / 하늘님 하신말슴 / 기벽후 오만년에 네가쏘흔 첨이로다 / 나도쏘흔 기벽이후 / 로이무공 하다가셔 너를만나 셩공하니 / 나도셩공 너도득의 너의집안 운수로다 / 이말슴 드른후에 심독회 ᄌ부로다 / 어화셰샹 사름덜아 / 무극지운 닥친줄을 너의읏지 알ᄭ부냐 / 긔장하다 긔장하다 이내운수 긔장하다 / 긔미산슈 조흔승디 무극대도 닥가ᄂ니 / 오만년지 운수로다

단락⑥에서는 가련하다고 여겼던 부친의 여경餘慶으로 망극한 천은을 입어 꿈인 듯 생시인 듯 무극대도를 깨달았음을 선언했다. 귀미용담의 정기를 받은 고귀한 가문과 작품화자의 삶에 일대 전환이 일어난 득도 사건, 말글로 이루 다 표현할 수 없는 감격의 순간이다. 이로부터

작품화자의 정서도 확연히 달라져서 단락⑦에 오면 단락③에서 보여
줬던 "긔장하다 긔장하다 ~ 긔장하다"의 정서를 다시 회복했다. 특히
단락⑦에서는 한울님으로부터 '개벽 후 오만 년 이래 노력의 결실을
거두지 못하다가 너를 만나 처음으로 성공했다, 나도 성공했고 너도 득
의했으니 너의 집안 운수로다'라는 계시를 받았다.[24] 이 계시를 들은
후 세상 사람들은 알 수 없는 기쁨과 자부심을 얻었다고 했다. 세상 사
람들과 같이 가련한 신세였다가 세상 사람들은 알지 못하는 무극대도
를 이룬 특별한 존재, 세상 사람들로부터 추앙받는 민중영웅이 된 것이
다. 이런 정도의 경지에 오르자 작품화자는 "긔장하다 긔장하다 이내운
수 긔장하다"의 정서를 회복할 수 있었다.

⑧ 만셰일지 쟝부로셔 / 됴을시구 됴을시구 이내신명 됴을시구 / 귀
미산슈 조흔풍경 물형으로 싱겻다가 / 이내운수 맛췻도다 / 지지엽엽
조흔풍경 군ㄷ락디 안일넌가 / 일턴지하 명승디로 / 만학천봉 긔암괴셕
산마다 이러하며 / 억죠창싱 만은사름 사름마다 이러할가
⑨ 됴을시구 됴을시구 이내신명 됴을시구 / 귀미산슈 조흔풍경 아무
리 조타히도 / 내아니면 이러하며 / 내아니면 이런산슈 아동방 잇슬소냐

단락⑧⑨의 정서는 앞 단락의 "긔장하다 긔장하다 이내운수 긔장하
다"와는 달리 "됴을시구 됴을시구 이내 신명 됴을시구"로 바뀌었다.
'긔장한' 운수는 작품화자 자신보다는 귀미산이나 집안의 내력에 무게
중심이 놓여 있다면, '됴은' 신명은 작품화자 자신의 개인정서에로 무

---

24 〈몽중노소문답가〉에는 작품화자가 금강산 상상봉에서 잠깐 쉬다가 잠이 들었는데 한
도사가 나타나서 계시를 내리는 것으로 되어 있는데 내용이 길고 구체적이다.

게 중심이 옮겨진 상태라고 하겠다. 지금까지 작품에 형상화된 귀미산은 사람이 범접할 수 없는 신령스러운 존재였는데 단락⑧에 오면 귀미산의 풍경이 작품화자의 운수와 일치하게 되었다. 이제 귀미산수 하나하나의 풍경은 작품화자가 즐기는 장소가 된 것이다. 귀미산수의 풍경은 다른 산은 가질 수 없는 세상 제일의 명승지이듯이 작품화자도 세상 사람들이 가질 수 없는 운수를 지니고 있는 것이다.

단락⑨에서는 한 걸음 더 나아가 귀미산수의 좋은 풍경조차도 작품화자가 아니면 있을 수 없다고 했다. 오히려 작품화자로 인해 귀미산이 좋은 풍경이 될 수 있다는 의미이다. 단락①②③에서 귀미산의 신령스럽고 기장함을 기리며 "귀미산 싱긴후에 우리션죠 나셧구나"라고 하던 목소리가 "내아니면 이런산슈 아동방 잇슬소냐"로 바뀌었다. 세상 사람들과 같이 불우한 시절을 만나 허송세월하면서 불효도 했지만, 이제는 세상 사람들이 추앙하는 존재가 된 자신을 신명나는 목소리로 좋아하고 있다.

그렇지만 마지막 단락인 단락⑩에서는 갑자기 분위기가 달라진다.

> 나도쏘흔 신션이라 비샹텬 흐다히도 / 이내션경 귀미룡담 다시보기 어렵도다 / 쳔만년 지니온들 아니잇즈 밍셔히도 / 무심흔 귀미룡담 평 디되기 이달하다

작품화자는 신선이라 자처하면서도 귀미용담을 애달파하고 있다. 작품화자가 신선으로 승천을 한다 해도 귀미용담만한 선경은 보기 어렵다고 하면서 천만년을 지내도 잊지 않을 것이라 맹세했다. 그렇지만 마지막 문장에서, 무심한 세상 사람들로 인해 귀미용담이 기장한 신령스

러움을 잃고 평범한 땅이 되지 않을까 애달파했다. 이 결말 대목은 미
래에 다가올 작품화자 자신의 죽음과 귀미용담의 수난을 암시한 것이
아닐까.[25]

　이상에서 살펴본 바와 같이, 〈용담가〉는 작품화자 '나'로 형상화되어
있는 최제우의 탄생 배경과 삶의 전 과정을 서술한 작품이다. 〈용담가〉
는 전체적으로 작품화자 자신의 삶을 차분하게 서술하면서도 민요적
반복법이나 감탄어의 빈번한 사용으로 정서적으로 대중적 공감대를 높
였다고 평가할 수 있겠다. 『용담유사』에 실려 있는 후속 작품들은 〈용
담가〉의 내용을 구체화하거나 동학의 이념을 교훈적으로 서술한 작품
들이 대부분이라는 점에서, 〈용담가〉는 『용담유사』의 첫 작품이면서
후속 작품들의 이념적 근간이 되는 작품이라 할 수 있겠다.

(『오늘의 가사문학』 제28호, 2021)

---

25 이런 해석의 근거는 〈안심가〉의 다음 대목에서 찾을 수 있다. 신선이 되어 모든 장애
　요소를 척결하겠다는 작품화자의 의지를 드러낸 대목이지만, 승천 이후의 상황이 녹록
　지 않을 것임을 예견한 내용이기도 하다. "내가또흔 신선되야 비샹텬 흔다히도 / 기갓흔
　왜적놈을 / 하늘님게 조화밧아 일야간에 쇼멸하고 / 젼지무궁 하여노코 / 대보단에
　밍셔하고 한의원슈 갑허보세 / 즁슈흔 한의비각 / 헐고나니 초개갓고 붓고나니 박살일
　셰 / 이런걱경 모르고셔 / 요악흔 셰샹사룸 눌노뒤히 이말하노 / 우리션조 흠텬쩌에 /
　공덕비를 놉히셰워 만고유젼 하여보세 / 숑빅갓흔 이내졀개 / 금셕으로 세울줄을 셰샹
　사룸 뉘가알소 / 이달하다 뎌인물이 눌노뒤히 음히하노 / 요악흔 뎌인물이 눌노뒤히
　뎌말하노"

최초의 의병가사 〈고병정가사〉

현실과 병정에 대한 분개와 효유,
그리고 의병의 마음 단속

작가 유홍석의 삶과 문학

외당畏堂 유홍석柳弘錫(1841~1913)은 서울에서 태어났으나 그의 집
안은 10대조로부터 춘천에 세거했다. 조부와 부친 유중학柳重學 형제
는 화서華西 이항로李恒老(1792~1868)의 제자였고 유홍석 역시 어렸을
때 그의 가르침을 받았다. 후에 이 집안에서 의병이 많이 나왔던 것은
위정척사론의 사상적 기초를 마련한 이항로의 영향이 컸던 것 같다.

19세기 후반에는 서구열강의 조선 침략이 본격적으로 시작됐는데
1866년 프랑스 극동함대가 강화도를 점령하자 유홍석은 순무영巡撫營
전령으로 참전했고, 1876년 강화도조약 이후에는 일본과 서양을 똑같
이 조선을 괴롭히는 도적으로 규정하고 위정척사운동에 동참했다. 계
속해서 외세에 의한 개항과 제도개혁이 이루어지자 비분강개하다가

1895년 명성황후 시해와 단발령 반포 등 일련의 사건이 일어나자 의병義兵을 일으켜 항일운동의 기치를 들기에 이르렀다. 이들이 이른바, 을미의병乙未義兵이다.

유홍석은 이소응李昭應(1852~1930) 등 이항로의 사상을 이어받은 유생들과 함께 춘천에서 의병을 일으켜 활약하다가 서울로 진격하려다 여의치 않자 제천에서 의병을 일으킨 6촌 동생 유인석柳麟錫(1842~1915) 진영에 합류하여 의병활동을 펼쳐 나갔다. 1896년에는 여러 지역에서 의병이 수세에 몰리고 의병장들이 잇달아 전사함으로 인해 의병들의 마음이 해이해져서 다시 떨쳐 일으킬 수 없는 지경이 되자 〈고병정가사告兵丁歌辭〉를 지어 의병의 마음을 격동시키기도 했다.[1]

거듭되는 의병의 패배, 고종의 의병 해산 등으로 인해 수세 몰리던 중, 원병 요청을 위해 유인석과 함께 중국에 건너갔으나 실패했다. 그렇지만 중국에서라도 의병을 재기하여 국내로 진격하여 일본군을 몰아내려고 노력했으나 실행하지 못하고 1897년 고종의 명령을 받고 귀국했다. 그 후 1905년 을사늑약이 체결되자 통분함을 이기지 못하고 유

---

1 박한설 편, 『외당집畏堂集』 '연보年譜', 『증보增補 외당선생삼세록畏堂先生三世錄』(애국선열윤희순여사기념사업추진위원회, 1995), 87쪽. "병신년(1896년) 1월 15일, 직헌 이진응이 전사하여 위패를 만들고 곡을 했다. 1월 19일에는 입암 주용규가 충주에서 전사하고, 괴은 이춘영이 안보에서 싸우다 죽었으며, 2월에는 하사 안승우가 제천에서 싸우다 죽었다는 소식을 듣고 위패를 만들고 곡했다. 그리고 의병들의 마음이 해이해져서 다시 떨쳐 일으킬 수 없는 지경이라 〈병정가〉 이백십일 수를 외쳐 의병들의 마음을 진작시키고 장졸들을 격동시키니 일시에 그 공이 현저하게 드러났다.(丙申正月十五日 直軒李晉應戰死 設位而哭 正月十九日 聞立庵朱庸奎戰亡於忠州 槐隱李春永戰亡於安堡 設位而哭 二月 下沙 安承禹戰亡堤川 設位而哭 而軍心解弛不可復振 乃口號兵丁歌二百十一首 振作軍心激動將卒 以著一時顯功.")" 유홍석의 삶에 대한 이해는 이 책을 참고로 할 수 있다.

인석과 함께 목숨을 걸고 대사를 도모할 것을 맹세했다. 1907년 헤이
그밀사사건으로 고종이 일본에 의해 강제 퇴위당하고 군대를 해산하자
소강상태에 있던 의병이 다시 일어났다. 유홍석도 춘천에서 다시 의병
을 일으켜 1910년 합방이 되던 해에 유인석을 13도 의군도총재로 추대
하여 형제가 한마음으로 구국에 힘썼다. 71세 때는 가족들을 데리고
만주로 출국하여 독립운동을 하다가 1913년 73세로 병사했다.

　이상에서 살펴본 바, 유홍석의 일생은 의병으로서의 삶이라 해도 과
언이 아니다. 자신뿐만 아니라 6촌 동생 유인석, 아들 유제원柳濟遠, 유
제원의 부인 윤희순尹熙順, 손자 유돈상柳敦相까지 온 가족이 의병으로
활동했다는 면에서 유홍석의 삶에서 의병이 차지하는 비중이 얼마나
컸던가를 알 수 있다. 그의 문집 『외당집』에는 사대부들의 작품에 일반
적으로 나타나는 개인 서정시로서의 한시 50여 편도 있지만, 가장 주목
할 만한 작품은 『고병정가사』이다. 작가는 일생을 의병으로 살았고, 임
금도 어찌할 수 없는 국가의 위기 상황에서 전에 볼 수 없는 현실인식
이 드러나 있는 작품이기 때문이다.

의병가사[2]의 시작과 전개

의병은 외침을 받았을 때 백성들이 자발적으로 일어나 외세에 대항

---

2 이 책, 「최초의 우국가사 〈용사음〉」, 196쪽에서 우국가사의 하위 유형으로서 의병가사
　를 언급한 적이 있는데, 짧은 기간이지만 의병 운동이 맹렬했고 가사작품을 통해 의병
　의식을 촉발시키고자 하는 기세 또한 높아 여러 작품이 창작되었기 때문에 따로 다룰
　만하다고 판단되어 여기서 다시 논의한다.

하기 위해 조직한 군대나 병사를 일컫는다. 의병가사는 의병으로서 의병 투쟁에 대하여 노래한 가사의 한 유형을 가리킨다. 임진왜란 때도 의병은 있었지만, 의병가사는 없었다. 그때까지는 개인의 정서를 중심으로 한 서정적 가사가 주로 창작되고 있었다.

그러다 조선 후기인 17세기로부터 가사의 작품세계가 매우 다양해졌다. 현실에 대한 비판의식이 치열한 작품이 창작되는가 하면 이념성이 짙은 교술적 작품이 창작되기도 했다. 작자층 또한 넓어져서 여성들도 가사의 작자층으로 등장, 많은 작품을 내놓았다. 특히 개화기라 일컫는 19세기 말, 20세기 초에는 혼란한 정국과 관련된 작품이 다양하게 창작되었다. 이러한 문학적 풍토 속에서 일본이 강압적으로 조선을 개혁해 나가자 민족을 수호하고자 위정척사의 기치 아래 일어난 의병들은 의병가사를 지어 동료 의병들의 사기를 진작시키고 일본에 대한 적개심을 불태웠다.

최초의 의병가사는 유홍석의 〈고병정가사〉이다.[3] 앞서 언급한 것처럼, 유홍석은 1896년 2월 〈고병정가사〉를 지어 의병을 토벌하는 정부군에 대항하고 의병들의 사기를 진작시켰다. 유홍석에 이어 그의 며느리 윤희순은 의병의 아내로서 많은 격문과 의병가를 지어 의병을 후원하고 청년들과 여성들에게 의병 참여를 독려했다. 윤희순의 의병가에는 〈은스룸 으병ㄱ〉, 〈이둘픈 노릭〉, 〈붕어즁〉, 〈병정노릭〉, 〈으병군ㄱ〉, 〈병정ㄱ〉 등이 있는데 이들 작품을 의병가사로 보기도 하나 율격

---

3 정재호, 「최초의 의병가사고」, 『어문논집』 제22집(안암어문학회, 1981) 참조. 위에서 살펴본 바, 『외당집』의 기록은 〈고병정가사〉의 창작시기를 병신년인 1896년 2월이라 밝혀 놓았다.

이나 분절형태가 가사 장르와는 이질적이고, 노래로 불렸다는 기록[4]을 통해서 볼 때 의병대의 군가로서 창작되고 기능한 노랫말이었기 때문에 가사로 보기는 어려운 측면이 있다. 다만, 1923년에 쓴 〈신세타령〉만은 정연한 가사형식으로 되어 있어서 가사 장르로 볼 수 있다.[5]

유홍석이 〈고병정가사〉를 지은 지 두어 달 후인 1896년 4월 의병장 민용호閔龍鎬(1855~1922)는 〈회심가回心歌〉를 지었다. 강원도와 함경도 일대에서 의병 활동을 한 민용호는 1895년부터 이듬해 10월 의병을 해산하기까지의 경과를 『관동창의록關東倡義錄』에 일기 형식으로 기록했는데 〈회심가〉도 여기에 실려 있다. 의병대가 함흥에 입성, 대대적인 환영을 받고 감격하여 눈물을 흘리며 〈회심가〉 140여 행을 지어 사방 성문에 내걸었다.[6]

정용기鄭鏞基(1862~1907) 역시 의병장으로서 경북 영천 출신인데 〈권세가勸世歌〉를 지었다. 1905년 을사늑약이 체결된 후 의병을 일으키라는 고종의 밀지를 받은 아버지 정환직鄭煥直(1843~1907)과 함께 의병을 일으켜 항쟁하다 체포되었다. 얼마 후 석방되어 다시 의병을 일으켜 싸우다가 1907년에 전사했다. 정용기는 〈혈죽가사血竹歌辭〉, 〈국채보상단연회의연금권고가國債報償斷煙會義捐金勸告歌〉, 〈권세가〉 등 가사를 세 편 지었다. 〈혈죽가사〉는 1906년 민영환閔泳煥(1861~1905)이 자결

4 박한설 편, 〈성제선싱ᄃᆡ〉, 『윤씨실록尹氏實錄』, 앞의 책, 336쪽 참조. "헌ᄃᆡ 더군ᄃᆞᄂᆞ 전역이고 ᄂᆞ지ᄂᆞ 봄놏읍시 소리를 하는ᄃᆡ 소리ᄀᆞ 외놈들리 드르면 주글 노ᄅᆡ소리ᄆᆞᆫ 한니 걱정이로소이ᄃᆞ 실성ᄒᆞ는 ᄉᆞᄅᆞᆷ 갓아옵고 하던니 인젠 아이들까지도 그러하며 절문청년 ᄉᆡᄃᆡᆨ까지도 부르고 한니 걱정이 태산니로소이다."

5 윤희순의 의병가의 장르귀속에 대해서는 고순희의 논문(고순희, 「윤희순의 의병가와 가사」, 『한국고전여성문학연구』 제1집, 한국고전여성문학회, 2000)에서 자세히 다루었다.

6 민용호, 『관동창의록』(국사편찬위원회, 1984), 67~75쪽.

한 자리에 혈죽이 솟아난 것을 보고 그의 충절에 감복하여 지은 작품이
고, 〈국채보상단연회의연금권고가〉는 1907년 국채보상을 위한 의연금
을 내 줄 것을 권고한 작품이다. 그리고 〈권세가〉는 작가가 체포되었다
가 석방되어 국채보상운동에 동참하다가 다시 의병을 일으키기 위해
의기를 다지면서 의병 지원을 권유한 작품이다. 세 작품은 모두 위기에
처한 나라를 구하기 위한 투지를 보여준 작품이라는 면에서는 공통점
이 있는데, 의병가사로 분류할 수 있는 작품은 〈권세가〉 한 편이다.[7]

전수용全受鏞(1879~1910)은 〈격가檄歌〉를 지었는데, 전북 임실 출신
으로서 대동의병대장大東義兵大將이 되어 호남 의병 활동의 중심적 역할
을 하다 1909년 일본 헌병에게 체포되어 이듬해 한일합방 직전에 처형
당했다. 그의 한문 친필 『진중일기陣中日記』에 〈격가〉가 실려 있는데,
격문을 가사로 쓴 작품이다.[8] 같은 임실 출신으로 전수용과 같이 의병장
으로 활동한 이석용李錫庸(1878~1914)도 비슷한 시기의 의병 활동을 기
록한 『창의일록倡義日錄』에 의병가사 〈격중가檄衆歌〉를 남겼다.

일본의 포악한 탄압으로 1909년 이후로 의병 활동이 점차 약화되다
가 1910년 국권 상실 이후에는 국내 활동이 여의치 않자 활동 무대를
중국, 연해주 등 국외로 옮겨 독립군에 가담하여 활동하는 의병들이 많
았다.

---

7 정용기의 가사 작품에 대해서는, 김문기, 「정용기의 창의가사 고찰」, 『국어교육연구』
  제26집(국어교육학회, 1994) 참조.
8 전수용의 의병 운동에 대해서는 강길원의 논문(강길원, 「해산 전수용의 항일투쟁」, 『역
  사학보』 제101집, 역사학회, 1984)과 은혜주의 논문(은혜주, 「『전해산진중일기』와 『일
  본군 보병제14연대 진중일기』의 비교분석을 통한 해산 전수용의 의병활동 재구성」,
  동아대 석사학위논문, 2019) 참조.

김대락金大洛(1845~1914)은 안동 출신 선비로서 독립운동가 이상룡 李相龍(1858~1932)의 처남인데 국내에서 항일운동을 하다가 1910년 중국으로 망명하여 활동했다. 1913년에는 망국의 백성된 것에 분통을 터뜨리고 전의를 다지면서 〈분통가憤痛歌〉를 지었다.[9] 金斗滿(1872~ 1918)은 1918년 〈대한복수가大韓復讎歌〉를 지어 그 뒤를 이었다.[10]

신태식申泰植(1864~1932)은 경북 문경 출신 의병장으로 활약하다가 1909년 체포되어 교수형에 처해졌는데 후에 10년형으로 감형되어 복역하다가 1918년에 출감, 1920년에 의병 투쟁을 회고한 장편가사 〈신의관창의가申議官倡義歌〉를 지었다.[11]

이상에서 살펴본 바와 같이, 의병가사는 짧은 기간이지만 많은 작품이 창작되었다. 이들 의병가사는 의병 운동의 선봉에 섰던 의병들이 항일구국의 기개를 떨쳐 보여줌으로써 자신들의 의지를 다짐과 동시에 의병들의 사기를 진작하는 데도 크게 기여한 작품군이다.

가사 외에도 의병문학은 한시, 실기, 격문 등 다양한 장르로 창작되었다. 의병문학은 대체로 척사위정을 내세운 사대부 문인들의 작품이라 보수성을 강하게 띠지만, 그 보수성이 위기에 처한 나라를 구하고자 하는 애국심으로 발현되었다는 점에서, 당시의 어지러운 국·내외 정세에 대응하여 다양한 양상을 보여줬던 문학사의 한 단면을 극명하게 보여주고 있다는 면에서 매우 중요한 위치를 차지하는 작품군이라 할 수 있다.[12]

----

9 김용직, 「〈분통가〉의 의미와 의식-해제-」, 『한국학보』 제5권 2호(일지사, 1979) 참조.
10 김두만의 〈대한복수가〉에 대해서는 임기중, 『한국역대가사문학집성』(http://www.krpia.co.kr/) 참조.
11 조동일, 『한국문학통사 4』(지식산업사, 2008), 205쪽 참조.

〈고병정가사〉의 현실과 병정에 대한 분개와 효유, 그리고 의병의 마음 단속

〈고병정가사〉는 의병이 일어난 지 얼마 안 되어 의병장 여럿이 죽고 패전이 거듭되자 병사들 사기가 떨어지고 관군의 의병 진압은 점점 강해져서 어려움을 겪고 있는 상황에서 지은 작품이다.[13] 제목에 나타나 있듯이 이 작품은 의병을 진압하고자 하는 병정, 즉 관군의 병사들에게 고하는 작품이다. 병정들을 대상으로 작품을 쓴 것은 나라의 안타까운 현실과 의병의 정당함, 그리고 관군의 부당함을 얘기하면서 전국 병정들에게 의병 참여를 독려하는 데 그 목적이 있었던 것 같다. 그렇게 함으로써 사기가 떨어진 의병들의 힘을 북돋워 주는 것이 궁극적인 목표였을 것이다.

그러면 작품을 검토해 보자.

> 슬푸고 슬푸도다 痛憤흠도 痛憤ᄒ다
> 各道列邑 兵丁덜아 네늬말을 들어보라
>
> 슬푸다
> 各道列邑 兵丁들아[14]

---

12 의병문학의 전반적인 전개와 성격에 대해서는 조동일의 저서(조동일, 위의 책, 181~210쪽)와, 이창식의 논문(이창식, 「의병문학의 전개와 성격」, 『동국어문학』 제7집, 동국대 국어교육학과, 1995) 참조.

13 각주1 참조.

14 작품 인용은 임기중, 앞의 전자자료에서 하되 오류가 있는 부분은 필사본을 참고로 하여 수정한다. 필사본은 임기중, 『역대가사문학전집』 31(아세아문화사, 1998), 571~597쪽

작품의 서두와 결말이다. 시작과 끝을 강렬한 감탄어로 했다. 서두에서의 감탄어 사용이나 청자聽者 호명은 18·19세기 교훈가사, 규방가사, 동학가사, 현실비판가사 등에서 매우 광범위하게 사용된 표현법의하나이다. 화자의 정서를 청자에게 직접 전달하고 싶은 강한 욕구의 표현이라 할 수 있다. 첫 행 "슬푸고 슬푸도다 痛憤흠도 痛憤ㅎ다"는 작품전체에 흐르고 있는 정서이다. 서두에서 전국 병정들에게 슬프고 통분한 마음을 얘기할 테니 "네 닉 말을 들어보라"고 하면서 여러 가지 할말을 한 뒤, 결말에서는 다시 "슬푸다"로 마무리를 함으로써 병정들의동참을 이끌어내기가 어려울 거라는 화자의 절망적인 현실인식이 나타나 있다.

서두와 결말을 제외하고 작품의 내용 전개를 단락으로 나누어 살펴본다.

① 인륜이 살아있고 유서 깊은 우리나라
② 삼강오륜이 없는 금수와 같은 왜놈들
③ 조선을 유린하고 있는 왜놈, 그리고 말없이 방관하고 있는 신하들에 대한 분노
④ 혼돈 세상이 되어 버린 현실 개탄
⑤ 힘은 없지만 자신을 추스르려고 하는데 단발령조차 내리고 그에순응하여 금수지경에 빠진 신하들을 보니 통분함을 금할 수 없음
⑥ 죽을 각오로 천명을 따라 의병을 일으킴
⑦ 나라를 배신하고 금수의 졸도卒徒가 된 병정들에 대한 경고
⑧ 동족상잔과 의리를 모르고 덤벼드는 병정의 무모함에 대한 애달픔

에 실려 있다.

⑨ 병정에 대한 1차 효유 - 의병은 의리요 병정은 사욕私慾인데 술 취한 듯 사리분별 못 하는 병정에 대한 애달픔

⑩ 병정에 대한 2차 효유 - 백성의 부모인 임금에 대한 충을 져버리고 미혹에 빠진 병정에 대한 애달픔

⑪ 병정에 대한 3차 효유 - 금수만 못하여 형제 같은 의병을 치는 병정에 대한 애달픔

⑫ 간절한 효유의 말을 듣지 않으면 일시함몰할 것이라는 최후통첩

단락①~단락⑤는 단락⑥에서 천명한 의병 봉기의 이유에 대한 서술이다. 단락①과 단락②의 내용을 살펴보자.

① ᄉᆞ람의 貴ᄒᆞ거시 인륜밧긔 ᄯᅩ잇ᄂᆞᆫ가 / 임군의게 츙셩ᄒᆞ고 부모의게 효도흠이 / 天地의 常經이요 古今의 通ᄒᆞᆫ義라 / 옛젹ᄉᆞ람 말도말고 우리나라 故家大族 / 됴상의셔 忠孝하여 綱常을 붓ᄌᆞᆸᄋᆞᄉᆞ 垂名竹帛 ᄒᆞ오시고 流名千秋 ᄒᆞ오시니 / 子孫이 음덕입어 ᄃᆡᄃᆡ로 世祿ᄒᆞᆫ다

② 噫彼頑蠢 倭놈덜언 禽獸와 同類로다 / (右明國朝之德)[15] / 五輪얼 滅絶ᄒᆞ고 三綱을 폐기ᄒᆞᆫ다 / 三綱五倫 업셔스니 禮儀廉恥 잇슬쇼냐 / 아ᄂᆞ거시 食色이요 익이ᄂᆞ니 技藝로다 / 究厥心腸 ᄒᆞ여보면 俗之一字 ᄲᅮᆫ이로다

---

15 필사본에는 가사 원문은 큰 글씨로 행과 구가 구분된 연속체로 기록되어 있고, 행간에는 작은 글씨로 "右明國朝之德"과 같은 한문 문구로 24개의 단락별 내용이 제목처럼 적혀 있다. 단락별 제목은 행간 여백 좁은 공간에 거칠게 써 놓았고 글씨체도 다르며 단락 구분도 정확하지 않은 것으로 보아 후대에 어떤 사람이 가필한 것으로 보인다. 그런데 후대에 필사한 『외당집』에는 24개의 단락으로 분절이 되어 있는 것처럼 기록되어 있다. 따라서 이 글에서는 이런 분절에 따르지 않고 연속체라는 전제 아래 필자 임의대로 단락 구분을 하여 논의를 진행한다. 그리고 행간의 한문 문구는 ( )로 표시했다.

　우선 단락①에서는 우리나라는 오랜 세월 인륜으로 번창해 온 나라임을, 단락②에서는 왜놈들은 예의염치 없는 금수와 같이 속된 인간들임을 천명했다. 극단적인 대조법을 활용하여 문화대국인 우리나라와 야만국인 일본의 차이를 선명하게 구분함으로써 우리나라는 벌레와 같은 금수의 나라 왜놈들이 범접할 수 없는 나라임을 분명하게 말해 주고자 한 것이다.

　그럼에도 불구하고, 오히려 왜놈들이 우리나라에 들어와 횡행하고 있는 현실에 대한 분노와 개탄의 정서를 단락③~단락⑤에서 격앙된 어조로 표현했다. 단락③에서는 욕심 많은 왜놈들이 자기 욕심 못다 채워 우리나라까지 범하고, 그뿐만 아니라 우리의 예악문물을 비웃고 잘못됐다고 하면서 방자하게 횡행하고 있는 현실, 더욱이 갑신지변·갑오변란을 일으켜 군부君父를 협박하는데도 "흔 臣下도 말이 업시" 예사로 지나가는 현실에 대하여 "망극ᄒᆞ고 망극ᄒᆞ다", "슬푸고 슬푸도다"라고 탄식하고 있다. 단락④에서는 이런 현실을 혼돈세상이라 했다.

　　是非가 불명ᄒᆞ니 黑白이 無分이오 / 向背가 不明ᄒᆞ니 陰陽이 無分이오 / 夷狄을 假借ᄒᆞ니 華夷가 無分이오 / 禽獸와 和同ᄒᆞ니 人獸가 無分이오 / 逆黨이 不伏ᄒᆞ니 忠逆이 無分이오 / 復 讐雪恥 無心ᄒᆞ니 恩讐가 無分이오 / 임군의게 不忠ᄒᆞ니 父母의게 不孝로다 / 不忠不孝 겸히ᄒᆞ스니 三綱五倫 ᄭᅳᆫ허졋ᄂᆡ / 슬푸고 슬푸도다 世上이 슬푸도다 / 混沌세상 되야스니 어ᄂᆞ씨ᄂᆞ 발가볼가

　강상綱常의 나라인 우리나라가 금수와 같은 왜놈들한데 짓밟히니 모든 분별이 없어졌다고 했다. 모든 가치관이 뒤죽박죽이 되었고 불충불효를 겸하여 삼강오륜이 끊어졌으니 "슬푸고 슬푸도다 世上이 슬푸도

다"라고 심정을 토로했다. 오랑캐로 여기며 금수 취급을 하던 왜놈들에
게 나라가 유린당하고 있는 현실에 당혹감을 감출 수 없었던 것이다.
 최악의 현실은 단락⑤에 나타나 있다.

> 毁冠裂裳 남은화가 削髮마즈 ᄒ라ᄒ니 / 變中之 又變이오 亂中之 又
> 亂이라 / ᄉ람화히 禽獸됨이 이예와서 다히스니 / 上天이 震怒ᄒ고 日
> 月이 無光커늘 / 一國이 娭婀ᄒ여 말ᄒᄂ니 젼혀없고 / 十大臣 ᄒᄂ말
> 은 今上이 ᄒ셧다고 / 道理랄 假托ᄒ여 莫不順從 그리ᄒ고 / 各道列邑
> 守令方伯 時勢가 그러타고 / 聲勢란 피워닉여 傳令ᄒ고 勒削ᄒ니 / 痛
> 憤ᄒ고 痛憤ᄒ다 이지경이 되단말가

 단락⑤의 일부분이다. 단락⑤의 앞부분에서는 힘없는 서생으로서
통분함과 원한을 품고 있었지만 어찌할 수 없는 상황, 그런 상황에서나
마 역량을 가다듬어 자신을 추스르는 화자의 노력을 보여주었다. 그런
데 단발령이 내렸다. 삭발은 머리를 깎는 데서 그치는 것이 아니라 유
가의 예의문물을 부정하는 행위라고 여겼기 때문에 변란 중의 변란이
라고 했다. 문화대국 사람이 금수가 됐다고 했다. 상천이 진노하고 일
월이 빛을 잃을 지경이라고도 했다. 그럼에도 불구하고, 대신들은 "말
ᄒᄂ니 젼혀 없고" 임금이 하셨다고 핑계를 대며 명령에 순종하고 전국
수령방백들도 시세가 그렇다고 하면서 삭발을 명하고 있으니 "통분ᄒ
고 통분ᄒ다"고 했다. 통분함은 왜놈들을 향한 것이기도 하지만 왜놈들
의 명에 말 한마디 못하고 순종하는 대신들과 수령방백을 향한 것이
더 크다고 할 수 있다. 이것이 의병을 일으킨 가장 근본적인 원인일 수
도 있는 것이다.
 단락①과 단락②에서는 조선을 최상의 문화국으로, 일본은 최하의

야만국이라고 믿고 있는 화자의 인식을 드러내고, 단락③~단락⑤는 그 인식을 사정없이 허물어 버리는 현실과 그에 대한 화자의 정서를 점층적으로 표출하고 있다. 대조법과 점층법으로써 의병을 일으키지 않으면 안 되는 절박한 상황이 도래했음을 설파한 것이다.

단락⑥에서는 천지만고天地萬古에 유래 없는 변을 당한 현실에 분노하는 백성들과 함께 하늘의 뜻에 따라 의병을 일으켰음을 선언했다.

> 스람이라 ᄒᆞᄂᆞᆫ거시 天命을 바다쓰니 / 順天命을 아니ᄒᆞ면 그죄가 더 클지라 / (右明擧義之端) / 분홈도 ᄒᆞ거니와 天命을 두리기로 / 隻手로 이러ᄂᆞ니 力量을 不計로다 / 斷斷無他 一介心이 義理만 즙아스니 / 死生얼 도라보며 成敗럴 혜일쇼냐 / …… / 義氣예 激動ᄒᆞ여 齊聲ᄒᆞ고 이러ᄂᆞ니 / 謀士가 如雲이오 砲軍이 數千이라 / 人心이 響應ᄒᆞ니 거의 셩 ᄉᆞ 발알지라

힘은 약하지만 천명에 따라 생사성패를 헤아리지 않고 의기에 격동하여 일어났다고 했다. 한목소리로 일어나니 인심이 호응하여 많은 의병이 모여 거의 성사를 바랄 수 있게 됐다고도 했다. 천명에 따르지 않은 죄가 크므로 의병에 적극적으로 동참하라고 종용하고 있는 것이다. 천명을 거듭 강조한 것은 천명을 거역하고 있는 일본과 조선의 대신들에 대한 분노의 마음, 그리고 의병 동참에 대한 소망의 절실함을 드러내기 위함이다.

단락⑥까지의 작품 전반부는 의병이 일어나지 않으면 안 되는 필연적 상황에 대한 서술이라면, 단락⑦부터는 서술 대상이 병정으로 바뀐다. 병정들에 대한 분노와 애달픔을 어조를 달리 해 가면서 서술했다. 단락⑦을 살펴보자.

春秋의 法을 써서 先治黨與 호랴호고 / 削髮의 힘쓴골얼 추례로 聲討
호니 / 各道列邑 兵丁덜도 거의同心 발앗더니 / (右明擧義之事) / 失性
흔 너희물이 響背가 不明호여 / 銀錢兩을 바다먹고 禽獸의 卒徒되여 /
義兵을 害치랴고 간듸마다 接接戰호니 / 一國人民 갓치되여 이것이 홀
일이냐 / 스느니도 잇거니와 죽느니가 몃몃치뇨 / 어리셕고 어리셕다
너희等이 어리셕다 / 아모리 죽기로셔 올흔귀신 엇지되며 / 아모리 勝
戰흔덜 날아의 忠臣되랴 / 忠義예 相關업시 死地의 달녀드니 / 할 일업
고 홀슈업다 무느범얼 가만둘가 / (右明接戰之端)

단락⑦은 병정들에 대한 기대와 배신감에서 오는 분노의 표출이다.
대의명분에 따라 우리나라 사람들을 먼저 바로잡으려고, 삭발에 힘쓰
는 꼴들을 차례로 성토하면서 전국 병정들도 같은 마음으로 동참해 줄
것을 바랐더니 오히려 실성한 사람들처럼 은전 몇 푼 받아먹고 금수의
졸도가 되어 의병을 치고 있으니 같은 나라 국민이 되어 이것이 할 짓
이냐고 했다. 그런 병정들에게 "어리석고 어리석다 너희等이 어리석다"
라고 거듭 나무랐다. 옳고 그른 것을 분간하지 못하고, 충의에 상관없
이 사지死地에 달려드는 병정들을 사람 무는 범에 비유, 가만두지 않겠
다고 경고했다. 강한 어조로 경고하고 있지만, 속마음은 어리석은 생각
을 버리고 충의로 돌아오라고 타이르고 있는 것이다.
　단락⑧에서는 애달픔과 안타까움의 어조로 바뀌었다.

고기랄 줍지더니 기러기랄 줍겟고나 / 뮈운팔이 줍지더니 고흔팔이
줍겟고나 / 倭놈얼 치지더니 兵丁을 치게고나 / 犬羊을 줍지더니 스람
을 잡겟고나 / 敵國을 치즈함이 집안쓰흠 되야셔라 / 다갓치 국인으로
우리셔로 살히홈이 / 쇠가쇠럴 먹는게오 술이술얼 먹느게라 / (右喻義
兵之擊兵丁) / 잇닯고 잇닯도다 너희등이 잇닯도다 / 慾心이 갈이워셔

義理랄 모로는다 / 이예만 탐얼늬고 져쥭을줄 몰누스니 / 너희일 가져
다가 譬喻랄 홀작시면 / 낙시무는 물고기요 撲燈ㅎ는 납뷔로다

사람 무는 범을 가만둘 수 없듯이 무모하게 달려드는 병정들을 쳐야
하는데 그것은 동족상잔의 참극을 불러오는 것임을 여러 가지 비유를
들어 서술했다. 왜놈을 치려다가 같은 국민인 병정을 치게 생겼다고 안
타까워했다. 그리고 이런 상황을 초래한 병정들에 대해서는 "익닯고 익
닯도다 너희등이 익닯도다"라고 했다. 욕심에 가려 의리를 모르고 저
죽을 줄 모르고 날뛰는 병정들을 낚시 무는 물고기와 등불에 부딪히는
나비에 비유했다. 단락⑦의 강한 어조가 단락⑧에서는 안타까움과 애
달픔의 어조로 바뀌어 있다. 이는 의병이나 병정이나 다 같은 국민으로
서 서로 죽이고 죽는 지경에까지 이르게 된 상황에 대하여 정서적 공감
을 이끌어내려는 화자의 의도로 보인다.

이러한 의도는 단락⑨~단락⑪의 1~3차에 걸친 장문의 효유曉諭에
서 나타난다. 단락⑨는 "슬푸다 병정덜아 네 늬말을 들어보라"라고 시
작하더니 단락⑩과 단락⑪은 "슬푸다 兵丁덜아 늬말을 쏘드르라"라고
시작했다. 슬픈 현실에 대한 감정 표현을 먼저 하면서 병정들에게 직접
말을 건네는 방식을 취했다. 이런 표현은 규방가사나 현실비판가사 등
조선 후기 가사에서 관습적으로 사용해 오던 것이다. 특히 '계녀가'류
의 규방가사에서 "아희야 드러바라 쏘 흔말 이르리라"라고 반복적으로
딸을 부르며 전언하는 방식과 유사하다. 청자에게 화자의 정서나 전언
내용을 직접적으로 전달하고 소통하고자 하고자 할 때 쓰는 어법이다.
직접적으로 호소하는 목소리로 화자의 슬픈 마음을 드러내면서 병정들
을 불러 자신의 할 말을 들으라고 호소하고 있는 것이다.

세 단락의 주요 대목을 살펴보자.

⑨ 너희는 私欲이요 우리는 天理로다 / 私欲이라 ᄒᆞᄂᆞᆫ거션 처음언 强盛ᄒᆞ나 / 나종의 오릭되면 긔운이 졈졈줄고 / 義理라 ᄒᆞᄂᆞᆫ거션 처음 언 미약ᄒᆞ나 / 너죵의 오릴ᄉᆞ록 졈졈긔운 굿ᄂᆞ니라 / 義兵언 義理기로 苦心血誠 ᄒᆞ렷니와 / 너희는 무슴義로 苦心血戰 ᄒᆞ랴ᄂᆞ냐 / 義兵언 義 로ᄒᆞ기 죽어도 영화로듸 / 너희는 무슴義로 죽어셔 영화되랴 / …… / 이닯도다 이닯도다 취ᄒᆞᆫ거시 이닯도다 / 슐먹어 취ᄒᆞᆫ거슨 씰째ᄂᆞ 잇거 니와 / 슐안먹고 本心일키 그아니 이달으냐

⑩ 임군이라 ᄒᆞᄂᆞᆫ거슨 百姓의 父母시고 / 百姓이라 ᄒᆞᄂᆞᆫ거슨 나라의 赤子로다 / 赤子가 도야셔라 父母가 져ᄇᆞ릴가 / 私家집의 죵이라도 上 典을 衛尊ᄒᆞ고 / 말가치 愚蠢홈도 主人보고 굽얼치고 / ᄀᆡ가치 賤ᄒᆞᆫ것 도 主人위희 숀짓ᄂᆞᆫ다 / 愚迷ᄒᆞᆫ 너희등은 君上을 져보리니 / 말이ᄂᆞ 갓 홀쇼냐ᄀᆡ만도 못ᄒᆞ도다 / 義理ᄂᆞ 그만두고 血氣로 ᄒᆞ기로셔 / ᄂᆡ父母 져ᄇᆞ리고 남의 父母 셤길쇼냐 / ᄉᆞ람을 져ᄇᆞ리고 禽獸랄 위홀쇼냐 / 迷 惑홀ᄉᆞ 너희로다 이다를ᄉᆞ 너희로다 / (右明君臣之義)

⑪ 너희도 ᄉᆞ람이지 秉彝之性 업슬쇼냐 / 秉彝之性 잇것마는 義兵치 기 고이하다 / 視若仇讎 相克도여 殺如草芥 셔로ᄒᆞ니 / 비ᄒᆞ면 ᄒᆞᆫ집안 의 兄弟ᄊᆞ홈 이 아니냐 / 집승가치 賤ᄒᆞᆫ것도 類類相從 和同ᄒᆞ고 / 싀갓 튼 無知微物 져희기리 和樂ᄒᆞ여 / 萬樹千山 綠陰中의 날아들고 나라가 며 / 졔뜻즈로 우ᄂᆞᆫ쇼릭 狼藉이 和答ᄒᆞ니 / 경치도 죠커니와 늣긴마암 졀노난다 / 可以人이 ᄉᆞ람도여 싀문갓치 못홀쇼냐 / 너희는 何心事로 一國의셔 각각ᄂᆞ화 / ᄉᆞ람을 져ᄇᆞ리고 禽獸와 和同ᄒᆞ며 / 類類相從 아 니ᄒᆞ고 愛黨할쥴 모르ᄂᆞᆫ가 / 炮軍언 엇지ᄒᆞ여 義氣예 용밍잇고 / 너희 ᄂᆞ 무삼일노 不義랄 ᄒᆞ랴ᄂᆞ냐 / 이닯도다 愚迷홈이 이닯도다

 세 단락의 내용은 단계적으로 이루어져 있다. 단락⑨에서는 보편적 이념으로서의 의리를 언급하고 단락⑩과 단락⑪은 범위를 좁혀서 임금에 대한 충과 형제간의 정으로써 병정들의 마음을 움직여 보려 했다.

 단락⑨에서는 먼저 왜놈들의 위협에 의해 억지 개화와 단발을 했지만 상심上心은 신민臣民들이 의병을 일으켜 줄 것을 바라고 있으므로 의병은 의리이고 병정은 사욕이며, 의리라 하는 것은 처음은 미약하지만 끝은 강성하고 영화로울 것이고, 사욕이라 하는 것은 처음은 강한 듯하지만 나중에는 약해지고 명분이 없어질 것이라고 했다. 그리고 의리를 버리고 사욕을 쫓아가는 것은 술 먹고 취한 것보다 더 미혹하여 본심을 잃어버린 것이니 애달프다고도 했다. 인간이면 누구나 지켜야 할 의리를 저버린 병정들에 대한 화자의 애달픈 마음을 토로한 것이다.

 단락⑩에서는 인간의 의리 중 가장 중요한 덕목인 임금에 대한 충을 져버린 병정들을 애달파 했다. 임금은 백성의 부모이므로 백성을 자식처럼 여긴다고 하면서 임금을 저버리는 것은 말이나 개만 못한 짓이라고 언성을 높였다.

 단락⑪에서는 의병과 병정의 싸움은 형제 싸움이나 마찬가지이고, 형제간에 싸우는 것은 금수만 못한 짓이라고 했다. 짐승이나 새들도 자연 속에서 유유상종하고 화답하면서 정답게 살아가는데 인간이 되어 짐승이나 새만 못하게 서로 싸워서야 되겠느냐고 반문했다. 애당愛黨할 줄 모르고 불의를 저지르는 우매함에서 벗어나야 한다고 효유하면서 정서적 공감을 이끌어내려는 화자의 마음이 드러나 있다.

 세 단락에 흐르고 있는 화자의 정서는 병정들에 대한 '애달픔'이다. 전반부에서 보여줬던 분노의 마음에 대한 격앙된 어조가 후반부에 와서 애달픔의 어조로 바뀐 것은 병정들을 정서적으로 달래고 깨우치게

할 필요가 있었기 때문이다. 나라를 이 지경으로 만든 대신들에 대해서
는 분노했지만, 명에 따를 수밖에 없는 병정들에 대해서는 정서적으로
호소하는 것이 효과적일 수 있는 것이다.

그런 어조는 단락⑫에서 다시 한번 바뀐다.

> 무슨말노 효유ᄒᆞ여 어둔슉얼 밝혀볼가 / 발키고져 발키고져 너희슉
> 을 밝키고져 / 洹沈黎夜 어둔밤의 불혀다시 발키고져 / …… / 씨치고져
> 씨치고져 너희마암 씨치고져 / 히지고 西風 불졔 슐씨다시 씨치고져 /
> 닭ᄌᆞ츄고 식년날의 잠씨다시 씨치고져 / 如迷不知 몰나스나 終乃大覺
> ᄒᆞ여볼가 / 나의 이리 ᄒᆞᄂᆞᆫ말이 번거하다 할지라도 / 同是一國 生民이
> 라 黙無一言 참아하랴 / 開喩안코 殺伐ᄒᆞᆷ이 是所謂罔民이라 / 罔民을
> 참아하랴 惻隱ᄒᆞᆫ 마암으로 / 心腹賢腸 다베푸러 萬端開喩 이리ᄒᆞ니 /
> 거의 改悔 홀연이와 設使不聽 할지라도 / 그졔ᄂᆞᆫ 할슈업다 自速罪戾 어
> 이하랴 / (右望悔心之萌) / 甲兵을 가다듬어 一時陷沒 할이로다 / 勝敗
> 之數 혹시몰나 徼倖으로 살지라도 / 上帝가 昭臨ᄒᆞ고 神目이 如電이라 /
> 罪럴어디 逃망ᄒᆞ며 禍랄엇지 免할쇼냐

단락⑪에 이르기까지 의병은 옳고 병정은 그르다는 효유의 말을 길
게 한 화자의 어조는 여기에서 간절한 소망의 목소리로 바뀌었다. 화자
의 소망은, 무슨 말을 해서든 어두운 병정들의 마음을 밝히고 깨우치게
하는 것임을 거듭거듭 강조했다. 그리고 같은 나라의 백성으로서 개유
開諭하지 않고 살벌殺伐하는 망민罔民을 차마 할 수 없어 측은한 마음
으로 만단개유萬端改諭하고 있다고 했다. 이렇게 간절한 개유에도 불구
하고 듣지 않는다면 의병들이 일거에 병정들을 함몰할 것이고 요행이
살아남더라도 천벌을 받는 화를 면치 못할 것이라고 최후통첩을 했다.
간절한 소망의 목소리가 추상같은 경고의 목소리로 바뀌었다. 화자의

비장한 정서를 급격한 어조의 변화로써 보여주고 있는 것이다.

〈고병정가사〉는 다양한 어조를 동원하여 왜놈들과 대신들에 대하여 분개하고 병정들을 효유한 작품으로서 병정들로 하여금 의병에 동참하게 하는 데 목적을 두고 있지만, 이면적으로는 의병의 정당함과 애국심을 기림으로써 의병들의 사기를 진작시켜 분발하게 하는 데에 궁극적인 목표를 두고 있었던 것으로 보인다. 결말을 다시 보자.

> 슬푸다
> 各道列邑 兵丁들아

다른 행들과는 달리 결말에 해당하는 마지막 행은 의도적으로 행 바꾸기를 해서 "슬푸다"를 강조했다. 이는 병정들이 잘못을 깨닫고 의병에 동참하는 것은 현실성이 없다는 것을 알고 있었기 때문이다. 따라서 이 작품은 병정에 대한 기대보다는 의병들의 마음 단속에 초점을 맞추고 있다고 할 수 있다.

〈고병정가사〉로 시작된 의병가사는 조선 후기 가사의 형식적·율격적 변화, 현실비판가사의 현실인식과 〈동학가사〉의 외세에 대한 저항의식 등 가사 장르의 다양한 전통을 이어받아 당대 문학사에서 강렬한 인상을 남긴 작품군이다. 의병가사는 이념적인 면에서는 가장 보수적이지만 위기에 처한 국가를 지키려는 현실인식의 측면에서는 가장 진보적인 작품군었다고 할 수 있다. 의병가사의 이런 전통은 또 다른 모습으로 대한매일신보나 경향신문 등 신문가사들이 이어나갔다.

(『오늘의 가사문학』 제23호, 2019)

최초의 계몽가사
〈서울 슌청골 최돈성의 글〉

보수적 이념과 낙관적 계몽의식

조선 말기의 시대상황과 가사문학

19세기 말, 20세기 초의 조선은 그야말로 내우외환의 격동기였다. 조선 후기로 접어든 17세기로부터 변화의 바람이 불기 시작, 신분제도가 와해되고 이념적 혼란이 가중되는 등 중세 질서가 무너지면서 근대 지향적 흐름이 도도하게 진행됐다. 그러다 흔히 개화기[1]라 일컫는 19

---

1 개화기에 대해서는 그동안 많은 논란이 있었는데, 1894년 갑오개혁으로부터 1910년 한일합방에 이르는 시기를 일컫는 경우가 많았다. 그런데 조선의 유교와 불평등한 신분제에 대해 비판과 동시에 외세를 경계하고 민족주의를 주창했다는 면에서 『용담유사』를 개화기 문학의 시발로 보아야 한다는 주장도 있다. 여기서는 후자의 주장을 따른다. 개화기의 개념에 대해서는 다음 글 참조. 김병선, 「한국 개화기 창가 연구」(전남대 박사학위논문, 1990), 1쪽. ; 조동일, 「개화기의 우국가사」, 민병수 등 저, 『개화기의 우국문학』(신

세기 말에 이르면 외세의 개입이 커지면서 조선은 크나큰 위기에 봉착하게 됐다. 국경을 맞대고 있는 일본·청·러시아의 주도권 다툼, 서구 열강의 개항 압박이 가열되는 상황에서 메이지유신에 성공한 일본이 점차적으로 조선에서 세력을 확장시켜 나갔다.

일본은 1876년 강화도조약으로부터 조선을 억압하는 불평등조약을 맺기 시작하여 임오군란(1882)과 갑신정변(1884)을 거치며 청나라와 대립해 오다가 청일전쟁(1894)을 일으키고 갑오개혁(1894)을 강요했다. 이후 일본은 동학농민운동(1894)을 제압하고 명성황후를 시해하는 을미사변(1895)을 일으키는 등 조선을 무력화無力化하는 작업을 계속해 나갔다. 을미사변과 단발령(1895)에 항의하고 친일파를 응징하기 위해 유생들이 중심이 되어 전국에서 의병을 일으켰지만, 일본의 야욕을 꺾는 데는 한계가 있었다.

이런 시점에서 친일 내각의 지원을 받은 서재필徐載弼(1864~1951)은 서구식 개혁을 위한 민중 계몽의 필요성을 인식, 1896년《독립신문》을 발간하고 독립협회를 결성했다.《독립신문》은 서구의 자유·민주·평등사상과 일본의 신문명을 받아들이면서 조선의 유교문화와 청나라로부터 벗어나려 했다. 독립협회가 우선적으로 표방한 독립은 청나라로부터 독립, 황제의 나라로 만드는 것이었다. 그 상징적 의미로 고종高宗(재위 1863~1907)의 재가를 얻어, 중국 사신을 맞이하던 영은문迎恩門을 헐고 그 자리에 독립문을 세웠다. 아관파천(1896)에서 환궁한 후 독립협회와 수구파가 연합하여 칭제건원을 추진, 1897년에 고종이 황제로 등극하고 대한제국이 탄생했다. 이후 대한제국의 성장을 견제하려는

구문화사, 1979), 68쪽. ; 최원식, 『한국계명주의문학사론』(소명출판, 2002), 15~20쪽.

일본의 사주로 독립협회 친일인사들이 러시아와 정부에 대한 비판의 목소리를 높임으로써 고종과 척지면서 혁파의 대상이 되었다. 독립협회 해산 후, 친일 인사들을 중심으로 '만민공동회'라는 대중집회를 열어 정부의 조치에 항의했으나 강제 해산됨으로써 독립협회운동은 1898년에 종말을 고했다.[2]

독립협회 해산 이후에도 계속 발간되다 1899년에 종간된 《독립신문》은 서구식 개혁을 추진하고 민중들의 관심사인 탐관오리에 대한 고발 등 당시 조선의 문제점을 파헤침으로써 민중들의 호응을 이끌어내고 나라가 나아가야 할 방향을 적극적으로 제시했다는 점에서 큰 의의가 있지만, 인접 국가들과 서구열강의 각축 속에서 국제관계 파악이 미숙했고 일본 의존도가 지나치게 높아 소기의 목적을 달성하지 못했다는 비판을 받고 있다.

고종황제는 경제정책과 국방정책, 열강 간의 국제관계 등 다양한 방면의 정책에서 어느 정도 성공을 거두었지만 거센 열강들의 압박으로 여러 나라에 국가적 이권을 넘겨주게 되었다. 그 과정에서 일본이 가장 큰 이권을 챙기면서 조선에 대한 영향력을 극대화해 나갔다. 세력을 키운 일본이 러일전쟁(1904)에 승리하고 을사늑약(1905)을 맺었다. 이후로도 1907년 정미조약을 맺고 신문지법을 제정함으로써 국권이 거의 일본에 넘어가자, 전국에서 의병이 일어나고 대한자강회(1906)·신민회(1907) 등 여러 항일단체가 결성되어 항일구국운동을 벌였다. 《황성신문》(1898), 《대한매일신보》(1904) 등 언론들도 민족주의 입장에서 일본의 침략성을 폭로하고 비판했다. 그럼에도 불구하고, 1910년에는

---

2 한영우, 『다시 찾는 우리 역사』(경세원, 2008), 493~495쪽 참조.

조선이 일본에 합병되는 경술국치를 맞이하게 됨으로써 최악의 상황에 직면하게 되었다.

17세기로부터 시작된 조선 후기 이행기의 소용돌이 속에서 가장 역동적으로 대응해 왔던 문학 장르는 가사이다. 사대부의 문학이었던 가사는 신분질서의 이완으로 담당층이 확대되어 상하층과 남녀가 공유하는 장르가 되었고, 민요·소설 등 타 장르와도 교섭하면서 다양한 층위의 방대한 작품을 남겼다. 그 결과, 조선 전기에는 서정적 사대부가사가 주류를 이루었다면, 조선 후기에는 극대화된 서정적·서사적·교술적 성격의 가사 창작이 봇물을 이루었다. 형식에 있어서도 한편으로는 장편가사, 4·4조의 규격화된 율격의 작품이 큰 흐름을 이루더니, 다른 한편으로는 가창가사·잡가의 성행으로 단편화·분련화 현상이 일어나고 율격의 파격이 심화되는 작품이 또 하나의 흐름을 이루었다. 이러한 흐름은 19세기 말·20세기 초 개화기에 이르러 외래 음악의 곡조에 얹어 부르는 창가, 기독교 찬송가 등의 유입으로 더욱 복잡한 양상을 띠게 되었다.

19세기 말 신문의 발간은 문학사에 있어서도 중요한 전환점이 된 사건이다. 문학작품이 필사와 판각에 의존하여 지극히 제한된 독자에게만 읽히다가 인쇄된 신문을 통하여 동시에 광범위한 독자를 만날 수 있게 된 것이다. 신문 제작자들은 가독성을 높여 독자들에게 친근하게 다가가기 위해 가사·시조·잡가 등 당시 국민들에게 익숙한 시가작품들을 최대한 활용했는데, 게재된 작품수가 가장 많은 장르는 가사이다. 가사 장르는 분량의 제한이 없는 연속체의 형식을 특징으로 하는데, 신문에서는 제한되어 있는 지면에 할당된 분량으로 써야 했기 때문에 대체로 짧아지거나 여러 회로 나뉘어 연작으로 발표되는 경우도 있었다.

여기서 얘기하고자 하는 계몽가사는 조선 후기에 성행했던 교술성 강한 이념가사의 전통을 이어받았다고 볼 수 있다. 성리학을 이념으로 했던 조선은 후기로 접어들면서 사대부 통체체제가 분열되고 신분질서가 이완되면서 이념적으로도 극심한 혼란을 겪었다. 16세기까지는 성리학이 단일이념으로 발전해 왔지만 임·병 양란 이후 성리학에 대한 신뢰가 떨어지고 각종 종교가 발흥하여 논쟁했다. 조선 후기의 이념논쟁은 가사문학에서 치열하게 전개됐다. 움츠리고 있던 불교는 불교가사로 교화를 펼쳤고, 천주교는 포교의 수단으로 천주가사를 지었다. 민족종교인 동학은 동학가사를 교리로 삼아 민중 속으로 파고들었다. 이들에 맞서서 성리학 쪽에서는 도학가사로서 이념적 결속을 다지려 했지만 성공하지 못했다.

19세기 말에 이르러 일본의 조선 침략 만행이 드러나자 불같이 일어난 의병가사의 경우는 성리학을 바탕으로 했지만, 외세에 대항하는 애국심으로 무장되어 있었다는 점에서 도학가사와는 다르다. 이들 이념가사들과 함께 계몽가사와 상통하는 작품군은 현실비판가사이다. 현실비판가사는 당시 상층의 횡포와 도탄에 빠진 민중의 편에 서 있었다는 면에서 이념가사들과는 차원을 달리하지만, 계몽가사와는 동질성을 지닌다.

계몽가사의 시작과 전개

'계몽'은 가르쳐서 깨우치게 한다는 의미를 지니고 있어서 '계몽가사'는 조선 후기에 가사문학의 한 흐름을 형성한 이념가사와 상통한다.

그런데 문학사에서 얘기하는 계몽은 18세기 유럽 사회의 근대화 과정에서 생긴 '계몽주의'에서 유래한 용어이다. 19세기 말, 20세기 초 조선도 본격적으로 근대화의 길로 접어들었고 계몽이 이 시대의 가장 중요한 화두가 되었다.[3] 근대화 과정에서 새로운 서양문물을 접하면서 문명개화의 필요성을 절감, 계몽운동을 전개하게 되었다. 그런데 주로 친일인사들의 주도로 전개되던 계몽운동은 일본의 조선 침략 야욕이 노골화되고 국권을 상실하는 단계에 이르자 항일애국계몽운동으로 전환이 되었다. 특히 1904년 러일전쟁에서 승리한 일본은 1905년 을사늑약을 체결하고 조선을 보호국으로 삼았다. 이때부터 1910년 경술국치에 이르는 동안 전국에서 항일구국운동이 치열하게 벌어졌는데 이 시기를 특별히 '애국계몽기'라 명명하기도 한다.[4]

계몽운동에서 중요한 역할을 한 매체가 신문이다. 우리나라 최초의 근대신문은 박영효朴泳孝(1861~1939)의 주도로 1883년에 창간된 《한성순보漢城旬報》[5]이다. 이 신문은 통리아문 박문국에서 발행한 관보로서 문명개화와 부국강병, 외세로부터의 독립을 실현하기 위해 발간되

---

3 고은지, 『계몽가사의 소통환경과 양식적 특징』(보고사, 2009), 28쪽 참조.
4 최원식, 앞의 책, 15~20쪽 참조. 이 책에서 필자는 한국 계몽주의 문학사를 세 단계로 나누었다. 먼저, 1894년으로부터 1905년까지를 '맹아기'로 보았다. 이 시기에는 《독립신문》이 시가를 활용하여 계몽운동을 펼쳤다. 다음으로, 1905년에서 1910년까지를 '애국계몽기'라 했는데 이 시기에는 《대한매일신보》 등 여러 신문이 항일우국시를 게재했다. 마지막으로 1910년대는 친일 개화론과 같은 비굴한 계몽주의로 변질된 형태로 존속되다가 1919년 3·1운동에서 그 대단원의 막을 내렸다고 했다.
5 《한성순보》는 1884년 갑신정변 실패 후 박문국 화재로 종간되었다가 1886년 《한성주보漢城周報》로 재발간되었다. 《한성주보》는 처음에 한글 기사를 내놓았지만, 나중에는 《한성순보》 때처럼 한문으로 돌아갔다. 《한성주보》는 1888년 3월 12일자 제106호로 종간되었다.

었지만, 한문으로 되어 있었기 때문에 독자는 제한적이었다. 다음으로, 1896년에 최초의 민간신문으로 《독립신문》이 발간되었다. 《독립신문》은 국문판과 영문판으로 구성되었는데, 격일간지로 출발해서 일간지로 발전했다. 《독립신문》 이후에 나온 각종 언론매체들은 문학과 비문학의 경계를 넘나들며 생산되었던 계몽담론의 물적 토대가 되었을 뿐 아니라, 새로운 문학 소통 환경을 구축하게 되는 데 결정적인 기여를 했다.[6] 《독립신문》은 가사와 창가 등 시가문학을 적극적으로 활용했고, 애국계몽기의 대표적인 신문 《대한매일신보》도 가사, 시조, 창가 등 다양한 시가문학을 활용하여 계몽운동을 펼쳤다.

　계몽가사의 시작에 대해서도 논란이 많다. 《독립신문》의 잡보란에 실린 작품들을 가사 장르로 보는 경우,[7] 《대한매일신보》의 가사에서 계몽가사의 고유한 시형이 완성됐다고 보는 경우[8]가 대표적이다. 여기

6　고은지, 앞의 책, 29쪽.

7　정기철, 「독립신문 소재 개화가사 연구」, 『한국언어문학』 제42집(한국언어문학회, 1999). 《독립신문》 잡보란의 작품을 모두 가사로 보기는 어렵지만 〈셔울 슌졍골 최돈셩의 글〉과 같은 작품은 가사로 봐도 전혀 문제가 없다.

8　고은지, 앞의 책, 19~24쪽. 고은지는 '《독립신문》의 〈셔울 슌청골 최돈셩의 글〉(아래에서는 〈최돈셩의 글〉로 약칭함)이 전통적인 가사 양식으로 보기에 충분하지만, 《독립신문》 내부에서 이와 같이 전통적인 가사의 진술방식을 따르고 있는 경우는 드물다. 따라서 계몽가사의 출발은 《뎨국신문帝國新聞》에서 찾을 수 있고 《대한매일신보》에서 계몽가사의 고유한 시형이 완성됐다'고 했다. 〈최돈셩의 글〉이 전통 가사 양식으로 보기에 충분하지만 《독립신문》에 실린 작품 중 이런 류의 작품이 드물기 때문에 계몽가사의 출발을 《뎨국신문》으로 본 것은 모순이다. 〈최돈셩의 글〉이 예외적인 작품이라 하더라도 그 존재 의의는 인정해야 할 것이다. 《대한매일신보》의 가사 시형과 항일우국의식이 계몽가사의 핵심임을 부각시키고자 하는 연구자의 의식에서 나온 결과가 아닌가 생각된다. 고미숙, 「한국 '근대 계몽기' 시가의 이념과 형식」, 『대동문화연구』(성균관대 대동문화연구원, 1998), 190쪽 참조. 이 글에서 고미숙은 《대한매일신보》에서 마련된 계몽가사 형식의 전형이 전통 가사의 4음보격으로 되어 있으면서도 서서와 본사가, 그리고 다시

서는 《독립신문》 1896년 4월 11일자에 특별한 제목 없이 발표된 〈셔울 순청골 최돈성의 글〉(아래에서는 〈최돈성의 글〉로 약칭함)을 최초의 계몽가사로 보고자 한다. 이 작품은 전통 가사에 비해 길이는 많이 짧아졌지만, 형식이나 작품전개로 볼 때 가사로 보기에 충분하다.[9] 따라서 1896년 《독립신문》으로부터 1910년 《대한매일신보》 폐간까지 국민 계몽을 목적으로 게재했던 가사를 계몽가사라고 하고 《대한매일신보》의 가사는 특별히 '항일우국가사'라고 명명할 수 있겠다.

계몽가사는 《독립신문》에서 〈최돈성의 글〉 이후 여러 편 게재되었고, 《뎨국신문》, 《대한매일신보》 등 많은 신문들, 그리고 잡지들에서 수백 편이 발표되었다.[10] 계몽가사를 가장 많이 게재하고 있는 매체는 《대한

결사가 날카롭게 구획되며, 본사의 각 연도 앞뒤에 유사한 어법의 구문이나 후렴구를 배치하여 등가화의 원리에 의한 분할구도로 되어 있다는 점에서 기존 장르와 다르다고 했다.

9 김병선, 「한국 개화기 창가 연구」(전남대 박사학위논문, 1990), 41~43쪽 참조. 이 글에서는 《독립신문》의 '잡보'란에 실린 시가를 창가로 보고 〈최돈성의 글〉이 가사가 아니고 창가임을 논증했다. 〈최돈성의 글〉은 4·4조 2음보를 1구 단위로 묶어 2구씩을 쌍으로 하고 그 아래에 다음 2구를 배열한 다음 한 행을 비우고 다음 구들을 배열했다는 면에서 4음보 연속체로 된 전통 가사 양식과 다르다고 했다. 또한 통사적인 측면에서 대체로 2구마다 종결어미가 주어지는 것도 분절의식에서 나온 것이라 했다. 그런데 〈최돈성의 글〉은 '잡보'란에 실려 있는 것이 아니라 '외국 통신'과 '잡보'란 사이에 끼어 있는 작품이다. 그리고 2구씩 아래위로 배열한 다음 한 행을 비웠다고 했는데 《독립신문》에는 실제로 행을 비우지 않고 연속체로 기록되어 있다. 그리고 〈최돈성의 글〉과 같은 시행 배열은 전통 가사에서도 어렵지 않게 찾아볼 수 있고, 2구마다 종결어미가 주어지는 통사구조 역시 조선 후기 가사에서도 작품 전체는 아니지만 부분적으로 많이 나타난다. 그리고 다른 작품의 경우, '노래'라고 하거나 제목이 '가歌'로 되어 있는 데 비해 이 작품의 경우는 '글'이라고 했다. 따라서 〈최돈성의 글〉은 가창을 위한 '창가'로 보기보다는 읽기나 음영을 위한 단형 가사로 보는 것이 타당할 것 같다. 따라서 〈최돈성의 글〉은 4·4조 4음보 연속체 가사라고 할 수 있다.

10 계몽가사의 매체별(신문, 잡지) 작품 게재 편수는 장성진, 「개화가사의 서술구조와 현

매일신보》인데 700여 편을 실었다. 기타 신문, 잡지에 게재된 작품도 200여 편에 이른다. 10년이 좀 넘는 짧은 기간 동안 이 정도로 많은 작품이 창작되고 발표된 것은 유래가 없는 일이다. 그만큼 당시 신문 편집자들의 가사 장르의 효용에 대한 인식이 남달랐음을 의미하며, 다양한 독자들의 기고로 작품이 발표되었다는 점도 문학사상 특기할 만한 현상이다.《대한매일신보》의 경우, 박은식朴殷植(1859~1925)·신채호申采浩(1880~1936)·안창호安昌浩(1878~1938)·양기탁梁起鐸(1871~1938) 등 집필진이 있어서 가사를 썼다는 점도 전에 없던 일이다.[11]

많은 매체들 중《대한매일신보》의 계몽가사에 대해서는 따로 살펴볼 필요가 있다.《대한매일신보》의 계몽가사는 국문판의 경우는 '시사평론'란에, 국한문판의 경우는 3~5자 정도의 한자 제목으로 '잡보'란에 실려 있다. 그런데 1909년 11월 16일자 '잡보'란에 '등燈'이라는 제목 하에, 17일자부터는 '사회등社會燈'이라는 제목 아래 가사작품이 1910년 4월 30일까지 지속적으로 게재되어 60여 편에 이른다. 이들 가사를 일러 '사회등가사'라 하기도 한다.

작품 편수가 많을 뿐만 아니라 작품 성격면에서도《대한매일신보》의 가사는 계몽가사의 전형을 이루었다. 그 전형이 마련되기까지, 계몽가사는 조선 후기 이념가사들의 이념과 정서 서술방법, 현실비판가사의 풍자와 비판의 목소리를 이으면서 민요나 잡가 등 여러 계층의 민중문학에서 자양분을 받아들여 다양한 형식으로 창작되었다.《대한

실인식」(경북대 박사학위논문, 1991), 10~11쪽에 도표로 제시해 놓았다. 연구자에 따라 작품의 장르규정에 차이가 있기 때문에 작품의 편수도 차이가 있음을 밝혀 둔다.
11 최한선,「개화기 가사연구」(성균관대 석사학위논문, 1984) 참조.

매일신보》가사의 형식은 대체로 길이가 짧아지고 '반복어구가 사용되는 4음 4보격의 분연체'[12]가 많은데 이는 가사의 전통을 이으면서 잡가와 같은 당시에 성행하던 노래를 수용한 결과일 것이다.[13] 이러한 형식은 가사의 장르적 성격에 비추어 보면 많은 부분 파격이 일어난 것인데 이러한 파격은 바뀌어 가는 시대적 상황에 따라 문학도 그에 상응하는 변모를 겪으면서 또 다른 문학 장르를 형성해 가는 과정이라 할 수 있다.[14]

----

12 고은지, 앞의 책, 119쪽. 이 책에서는 〈문일지십가聞一知十歌〉(1907년 12월 18일)가 처음으로 등장한 계몽가사라 했다. 참고적으로 이 작품의 1·2연과 10연을 소개한다.

· 일국을 혼동ᄒ니 닉각대신의 권리로다 / 나라권리 다폴아셔 ᄌ긔디위 믹득ᄒ니 / 독젼기리 됴흘시고
· 이쳔만즁 우리동포 싱명지산 엇지ᄒ나 / 불고싱령 뎌관리들 탐학에만 종ᄉᄒ니 / 쥰민고퇴 됴흘시고
  (중략)
· 십싱구ᄉ 하더릭도 일심으로 단체ᄒ야 / ᄌ유죵을 크게치며 독립긔를 놉히들고 / 굴네밧게 버셔나셔 동양에 호령ᄒ면 / 당당뎨국 됴흘시고

13 고미숙, 앞의 글(1998), 185쪽. 필자는 《대한매일신보》 계몽가사 형식의 형성 과정은 전통 양식의 모든 장르가 총출동하여 '영혼이 자기의 형식의 집을 찾아 가는' 치열한 고투의 과정이라 했다. ; 윤덕진, 「애국계몽기 가사의 전통양식 계승과 개신」, 『열상고전연구』 제36집(열상고전연구회, 2012). 필자는 애국계몽기 가사가 전통 시가인 현실비판가사를 주로 계승했다고 보고, 《대한매일신보》 가사가 〈합강정가〉의 연 단위 반복, 〈갑민가〉의 대화체 사용을 통한 극적 상황 제시, 조선 후기 개성 있는 작가들이 보여 준 어희를 통한 풍자의 방법 등을 이어받았다고 했다. ; 조동일, 앞의 책, 290쪽. 필자는 풍자 수법이나 반복구를 사용해 연을 나누는 형식이 《대한매일신보》 가사의 두 가지 기본 특징인데 율격과 서술방식뿐만 아니라 풍자를 하는 수법에서는 재래의 가사를 이었고, 반복구를 사용해 연을 나누는 형식은 민요에서 받아들였다고 했다.

14 가사의 단형화는 신문의 제한된 지면으로 인해 생긴 현상일 것이다. 《대한매일신보》의 〈가역비장〉 같은 장편가사의 경우, 5회에 걸쳐 나누어 연재되었는데 이것도 신문 지면의 제한성 때문이었을 것이다.

〈셔울 슌쳥골 최돈셩의 글〉, 보수적 이념과 낙관적 계몽의식

19세기 말, 20세기 초 근대화 과정에서 발행된 신문을 통한 국민의식 계몽운동은 문학사에서도 큰 의미를 지닌다. 신문들이 격동기를 살아가는 국민을 대상으로 문학작품으로써 펼친 계몽운동은 문학의 효용에 대한 편집자들의 남다른 의식 아래 가능했을 것이다. 그리고 많은 부수로 발행되는 신문에 거의 매일 다양한 장르의 새로운 작품이 발표되는 유통 환경은 획기적인 사건이다. 당시에 성행하던 신구 문학 장르를 총망라하여 다채로운 창작 실험이 이루어졌다는 면에서도 의미가 크다. 그런 실험의 첫 작품이 《독립신문》 제3호(1896년 4월 11일)에 발표된 〈셔울 슌쳥골 최돈셩의 글〉(아래에서는 〈최돈셩의 글〉로 약칭함)이다.

〈최돈셩의 글〉은 《독립신문》 초창기 나라의 독립을 위한 개혁과 탐관오리에 대한 고발 등 국가가 나아가야 할 방향을 제시하고 민중의 호응을 이끌어 내고자 하는 의욕이 충만했던 시절의 작품이다. 작가 최돈셩은 신문 독자로 보이는데 어떤 사람인지는 분명치 않다. 제3호에 이런 작품을 기고한 것으로 보아 신문 편집진과 친밀한 관계에 있었던 사람이 아니었을까 추정해 볼 수 있다. 작품 제목도 작가가 이렇게 붙인 것인지, 제목 없이 기고된 글에 편집진이 작가를 밝히기 위해 붙인 것인지도 확실치 않다.

먼저 작품 전편을 인용해 본다. 논의의 편의상 행 번호를 붙인다.

① 대죠션국 건양원년 즈쥬독닙 깃버ᄒ세
② 텬디간에 사ᄅᆷ되야 진츙보국 데일이니
③ 님군ᄭᅴ 츙셩ᄒ고 졍부를 보호ᄒ세
④ 인민들을 ᄉ랑ᄒ고 나라긔를 놉히달세

⑤ 나라도을 싱각으로 시죵여일 동심ᄒ세
⑥ 부녀경ᄃᆡ ᄌᆞ식교육 사름마다 흘거시라
⑦ 집을각기 흥ᄒ랴면 나라몬져 보젼ᄒ세
⑧ 우리나라 보젼ᄒ기 자나ᄭᆡ나 싱각ᄒ세
⑨ 나라위히 죽ᄂᆞ죽엄 영광이제 원한업네
⑩ 국태평 가안락은 ᄉᆞ롱공샹 힘을쓰세
⑪ 우리나라 흥ᄒ기를 비ᄂᆞ이다 하ᄂᆞ님ᄭᅴ
⑫ 문명지화 열닌세샹 말과일과 ᄀᆞᆺ게ᄒ세
⑬ 아모것도 몰은사름 감히일언 ᄒᆞᆸ네다

〈최돈셩의 글〉은 길이가 많이 짧아졌지만, 가사로 보는 데 별 무리가 없다. 4·4조의 4음보 연속체로서 조선 후기에 광범위하게 나타나는 이념가사의 율격·형식을 이었다고 볼 수 있다. 짧은 작품이므로 행 단위로 내용전개를 살펴본다.

작품 서두와 결말은 한 행으로 구성했다. 서두인 ①행은 이 작품의 전체 주제를 제시하면서 들뜬 작가의 정서를 드러냈다. 조선이 칭제건원함으로써 자주독립 국가가 된 것을 천명하고 기뻐하고 있다. 자신의 기쁜 마음을 전달하고 독자의 공감을 유도하고 있는 것이다. ②행 이하에서는 자주독립 국가로서 실행해야 할 일들을 제시했다. ②행~⑤행에서는 진충보국을 얘기했다. 사람이 행해야 할 일 중 가장 중요한 일이 진충보국, 즉 나라에 대한 충성임을 강조하면서 임금에 충성하고 정부를 보호하자고 했다. 그리고 임금과 정부는 인민을 사랑하고 독립된 나라의 기치를 높이 달고, 인민들은 시종여일 나라 돕는 일에 마음을 같이 하자고 호소했다.

⑥행과 ⑦행에서는 범위를 가정으로 좁혀 부녀경대와 자식교육을

강조했다. 부녀경대는 남성 중심의 가부장사회로부터 여성 존중의 사회로 전환되어 가고 있는 시대상황을 보여준다. 자식교육은 대대로 해왔지만 여기서는 자주독립과 진충보국에 관한 교육을 의미한다. 부녀경대와 자식교육을 통한 가정의 흥함도 먼저 나라를 보전하는 데서 가능하다고 했다. 가정의 문제를 얘기하는 듯하더니 다시 나라 보전의 문제로 돌아갔다. ⑧행과 ⑨행에서는 나라 보전에 대하여 한층 더 강조했다. 자나깨나 나라 보존을 생각하자 하고 설사 나라를 위해 죽더라도 영광이지 원한은 없다고 했다.

⑩행에서는 국태민안을 위해 사농공상, 온 국민이 힘을 쓰자고 호소했다. 신분과 직업을 구분하지 않고 온 국민이 한마음으로 힘써야 함을 거듭 강조했다. ⑪행과 ⑫행은 우리나라 흥하기를 하나님께 기원했다. 작품전개로 보아 국론이 분열되어 있고 나라가 위기상황에 직면해 있음을 인식, 국민에 대한 계몽과 함께 하나님에게 간절하게 기원하는 마음을 담았다. 결론적으로, 나라를 흥하게 하는 것은 문명으로 교화하여 열린 세상을 만드는 것, 즉 문명개화하는 것이니 언행을 일치하여 실천하자는 말로 마무리했다. 문체면에서도, 신분과 직업 구분 없이 온 국민이 같은 마음으로 참여하자는 의미로 작품 전편에서 '하세'체의 청유형 문장을 사용했다.

⑬행은 특별할 것이 없는 평범한 국민의 한 사람으로서 감히 한마디 하니 독자들도 함께하면 좋겠다는 의미를 담고 있는 겸양의 말이다. 이런 결말은 조선 후기에서 일제강점기까지 왕성하게 창작된 규방가사의 결말에서 '보잘것없는 글 탓하지 말고 보기 바란다'라는 의미의 겸양의 말[15]을 붙인 것과 같은 맥락이라 할 수 있다. 작가 최돈성은 가정 안에까지 깊숙이 파고들어 있는 규방가사의 작품전개를 활용함으로써 친숙하

게 독자에게 다가가고자 했던 게 아닐까 생각된다. 이렇게 볼 때, 작가 최돈성은 '아모것도 몰은사룸'이 아니라 《독립신문》의 편집 방향에 호응했던 지식인 독자였거나 이 신문과 밀접한 관련이 인사였을 가능성이 높다고 하겠다.

〈최돈셩의 글〉의 계몽의식에 대해서는 비판의 목소리가 높다. 문명개화를 주창한 것은 일면 의의가 있겠지만, 위기에 처한 당시의 나라 상황에 대해서는 전혀 언급이 없고 진충보국으로 나라를 흥하게 할 수 있다는 낙관론에 치우쳐 있다. 모든 사람이 대등한 관계를 가지고 화합하는 질서를 어떻게 이루어야 할 것인지 고민하지 않고, 나라 위해 죽을 각오를 하자고 했다. 문명개화 열린 세상이 주권의 위기와 어떤 관계가 있는가 하는 문제는 밀어두고 미래를 낙관했다.[16] 당시 나라의 상황에 대한 현실인식이 전혀 나타나 있지 않을 뿐만 아니라, 문명개화에 대해서도 추상적인 언급에 그쳐 독자의 입장에서 "말과 일"을 어떻게 같게 해야 하는지 막연하게 생각되었을 수 있다. 말하자면, 〈최돈셩의 글〉은 전체적으로 현실인식이 막연하고 미래사회에 대한 비전을 제시하지도 못했으며, 보수적 윤리의식에 머물러 있어서 새로운 시대의 이

---

15 임기중, 앞의 책에 수록된 다음 작품들의 결말 참조.
〈병암정 화전가〉. "언사가 두셔업고 문구가 쇼략하나 / 능문고안 보시난이 눌러보고 근졍하오"
〈화전가〉. "배움업는 이여셩은 어리석고 재조옵셔 / 꽃싸움에 취한마음 차셔업시 적어스니 / 현숙하신 벗님내는 눌어셔 보옵시고 / 명연화전 기쁜대에 조은노리 지으소셔"
〈화쥰가라〉. "힝셜수셜 지은가스 보시며 비소만 사오니라 / 여자에 조분소견 이박기 못쓰나니 / 여즈직분 가소롭다"
〈회인가〉. "말은비록 무식하나 진졍으로 기록하니 / 그리알아 눌너보소"
16 조동일, 앞의 책, 274쪽 참조.

념을 확립하지도 못했다고 할 수 있다.

반면,《대한매일신보》의 가사는 일제 침략 때문에 빚어지는 갖가지 병폐를 드러내며 항일의 투지를 가다듬게 하는 주제를 최상의 수법을 사용해 성과 있게 구현했다, 민족수난에 대처하는 주체적인 근대문학의 좋은 본보기를 마련했다는 평가를 받고 있다.[17]《대한매일신보》에 실린 첫 가사작품인 〈가역비장歌亦悲壯〉의 한 대목을 보자.

> 衣冠文物 典章法度 箕子千年 遺風이오
> 禮義廉恥 孝悌忠信 古聖賢에 遺訓이라
> 小中華라 이르기는 君子國이 有名터니
> 嗚呼痛哉 甲오後에 世衰道微 可知로다
> 三綱五倫 斁絶ㅎ고 三尺王法 不振ㅎ니
> 親小人 遠賢臣은 國之興亡 그 안인가
> 亂臣賊子 奸細輩는 聖主何代 無之리오
> 우리 聖主 仁慈ㅎ샤 親賢遠小 ㅎ셧것만
> 浮雲又치 擁蔽日月 潛賣國土 寒心ㅎ다
> 五百年 우리 宗社 누가 잇셔 安保ㅎ며
> 三千里 우리 疆土 누가 잇셔 回復ㅎ며
> 二千萬 우리 同胞 누가 잇셔 扶護홀가[18]

5일에 걸쳐서 연재한 〈가역비장〉 첫 회의 한 대목이다.《독립신문》의 〈최돈성의 글〉과는 달리 우리의 유구한 역사와 이념에 기초하여 현

---

17 위의 책, 295쪽 참조.
18 강명관·고미숙 편, 〈가역비장〉, 『근대계몽기 시가자료집①』(성균관대 출판부, 2000), 1쪽.

작품 유형으로 간추린 가사문학사, 최초의 가사들

논의의 전제

　문학작품의 유형분류는 개별적으로 산재해 있는 작품을 일정한 기준에 의거하여 공통점 중심으로 묶어 나가는 작업을 말한다. 유형분류는 공시적·통시적으로 산재해 있는 수많은 개별작품을 체계적으로 이해하기 위한 하나의 과정이라 할 수 있다. 따라서 유형분류는 분류작업을 거쳐 그 공시적·통시적 의미를 해석하는 단계까지 나아가야 한다.

　유형분류는 연구자의 관점에 따라 기준이 달라질 수밖에 없다. 그동안 주제·담당층·장르·향유방식 등 다양한 기준에 따라 분류가 이루어져 왔지만, 문학작품을 해석하는 관점은 앞으로도 계속 개발되고 달라질 것이므로 그에 상응하여 작품분류의 기준도 새롭게 마련될 것이다. 지금까지의 유형분류들이 여러 가지 문제점을 드러내고 있지만, 그런 문제점조차 새로운 분류기준을 마련하는 데 참고자료가 될 수 있다는 점에서 의의를 지닌다. 그런데 드러난 문제점을 해결하기 위해 새로운

분류기준을 제시한다고 해서 그 기준이 완결된 것으로 모든 유형연구에 적용할 수 있는 것도 아니다.[1]

　여기서는 가사의 유형별 최초 작품을 비정하고 역사적 전개를 살핀 논문 「최초의 가사들」(『오늘의 가사문학』 제1호~제29호 연재) 29편의 논의를 바탕으로 가사문학의 대체적인 흐름을 파악해 보고자 한다. 물론 이 논문들이 가사 장르의 유형을 망라하고 개별작품을 모두 포괄할 수 있는 것은 아니다. 그렇지만 가사 장르의 큰 흐름을 형성한 유형들은 거의 포함되었다고 보고 논의를 진행하되 필요한 경우, 미포함 유형이나 작품들도 언급하여 논의를 확충할 것이다.[2] 그리고 이 글은 유형 중심의 논의이기 때문에 가사의 장르론, 율격과 형식 등에 대해서는 유형의 역사적 전개 논의 과정에서 필요한 경우 언급할 예정이다.

1 　김용찬, 「가사의 유형론적 검토」, 최한선 등편, 『가사문학의 어제와 내일』(태학사, 2020), 155~181쪽 참조. 필자는 기존의 가사 유형분류를 검토, 그 문제점을 지적하고 개별작품들을 포괄할 수 있는 다양한 기준을 제시하여 연구자가 선택할 수 있게 하는 방안이 요구된다고 하면서 7가지 분류기준을 제시했다. 그러면서 연구자에 따라 그 기준은 얼마든지 새롭게 만들어질 수 있으며 또 첨가되어야만 한다고 했다. 결국 객관적이고 완결된 유형분류 기준 마련은 어렵다는 것, 따라서 연구자 나름의 분류기준을 마련하는 수밖에 없다는 것을 확인했다고 할 수 있다.

2 　29가지의 유형은, 유형별로 작품창작이 지속적으로 이루어져 그 역사적 전개를 살펴볼 수 있는 작품군들이다. 그리고 시기별 공시적 작품양상을 최대한 다양한 관점에서 분류해 보려 노력했다. 다만, 총체적인 집필 계획에 따라 진행된 분류작업이 아니기 때문에 분류의 체계성이나 포괄성의 측면에서 미흡한 점이 많이 있음을 인정하지 않을 수 없다. 그리고 유형별 '최초의 작품'을 비정하는 데 초점을 맞추었기 때문에 작품창작의 선후관계를 파악할 수 없는 작자미상의 작품이 많은 조선 후기의 경우는 누락된 유형이 다수 있을 수 있다는 점도 밝혀 둔다.

발생기의 가사 작품 유형들

가사의 발생에 대한 논의는 어떤 장르보다 다양하게 이루어졌고 논란도 많았다. 현재는 일반적으로 고려 말 나옹화상懶翁和尙 혜근惠勤 (1320~1376)의 〈서왕가〉를 최초작으로 인정하고 있다. 그리고 가사의 장르적 성격에 대해서도 어느 역사적 장르보다 다양한 논의가 이루어졌다. 대표적인 것이 조동일의 '교술장르'설로서, 가사는 고려 말 교술민요를 원천으로 하여 탄생한 장르라고 했다. 고려 말의 선승 충지冲止 (1226~1292)가 지은 〈비단가臂短歌〉, 보우普愚(1301~1382)의 〈석가출산상釋迦出山相〉, 혜근의 〈삼종가三種歌〉 등 한 줄에 들어가는 글자 수가 일정치 않아 한시라고는 할 수 없는 긴 노래들이 있는데 이들은 우리말로 지어 부르던 노래를 한문으로 옮긴 것인데 한역되기 전의 우리말 노래는 가사였다고 볼 수 있다고 했다.[3] 선승들은 교술민요를 받아들여 중생교화에 필요한 우리말 노래를 만들었다고 본 것이다. 그 후 이에 대한 반론이 여럿 나왔지만 가장 일반적인 이론으로 받아들여지고 있다.[4] 이와 관련하여 교술민요뿐만 아니라 가사의 자질과 상통하는 선승

---

3 조동일, 『한국문학사 2』 제4판(지식산업사, 2005), 195~203쪽 참조.
4 진술양식에 의한 장르분류를 시도하여 '교술' 대신 '전술傳述'이라는 용어를 사용, 전술은 서술의 확장에 '노래하기'라는 환기 방식이 서술의 입체화를 방해하여 '서술의 평면적 확장을 이루는 진술양식'이라고 한 견해 역시 경청할 만하다.(성무경, 『가사의 시학과 장르실현』, 보고사, 2000, 56~57쪽). 김학성은 「가사의 양식 특성과 현대적 가능성」, 『우리 전통시가의 위상과 현대화』(보고사, 2015), 272~273쪽에서 성무경의 주장에 전적으로 동의하면서 가사는 4음 4보격의 율문 표출에 의한 '다정하게 말하기' 방식과 그러한 정감적 율문을 길게 연속체로 평면적으로 펼쳐 조목조목 '자상하게' 서술해 나가는 방식을 택함으로써 같은 4음 4보격을 운용하는 다른 장르와 변별된다고 했다. 김학성, 「가사의 장르론적 특성」, 『가사문학의 어제와 내일』(태학사, 2020), 133쪽.

들의 화청和請·선가禪歌(장편한문가요), 한문학의 사부辭賦와의 관계, 선승과 신흥사대부 사이의 밀접한 교류관계를 면밀하게 분석, 가사의 발생 동인을 밝힌 주장은 당시의 문학사적 움직임을 한층 더 포괄적으로 설명해 주고 있어서 주목할 만하다.[5]

이와 같이, 장편의 서술적 진술방식과 독자에 대한 교훈적 성격을 지니고 있는 한문학, 그리고 한문학의 격식을 벗어나 민요적 성격을 지닌 노래의 성행은 연속체의 장편시가인 가사 발생의 원천이 되었다고 할 수 있다. 특히 고려 말은 당시의 주 이념이었던 불교나 유교 양쪽에서 혼란을 겪고 있었다. 불교국인 고려가 말기 증상을 보이면서 선승들은 위기의식을 가지게 되었고, 유교를 이념으로 했던 신흥사대부는 원 지배하 혼란한 정국에 대한 개혁의지를 불태우고 있었던 상황이라 선승이든 신흥사대부든 자신들의 정서를 토로하고 독자에 대한 교화를 펼칠 장르가 필요했을 것이다. 선승들의 화청이나 선가, 신흥사대부의 사부가 이 시기에 집중적으로 창작되었던 것은 이런 시대적 배경과 관련이 있을 것으로 보인다. 아울러, 보다 효율적인 전달효과를 위한 우리말 노래의 필요성 또한 컸을 것이다.[6] 신흥사대부들에게는 이 시대에

김학성은 이에 앞서, '가사는 4음 4보격의 율격적 통제만 존재할 뿐 아무런 제약이 없이 무제한 연속이 가능한 관습적 장르로서 개방성과 복합성을 특징으로 한다. 그래서 가사는 그 운동의 폭이 넓고도 다양하여 그만큼 유동적이고 풍부한 변화를 보인 장르이다. 이러한 장르적 성격으로 인해 임·병 양란 이후 서정성으로의 극대화, 서사성으로의 극대화, 교술성으로의 극대화 등 세 가지 극단화 방향으로 장르적 변모를 겪게 되고 인접 장르와의 교섭도 활발하게 진행됐다'고 했다. 김학성, 「가사의 장르성격 재론」, 『국문학의 탐구』(성균관대 출판부, 1987), 114~139쪽 참조.

5 이은성, 「가사장르 발생에 대한 연구」(성균관대 박사학위논문, 1999) 참조.

6 한창훈, 「가사의 갈래 발생에 관한 논의의 재검토」, 최한선 등편, 앞의 책, 66쪽 참조.

우리말 노래로서 짧고 정제된 형식의 시조가 있었지만 자유로운 정서
토로와 대중교화에는 제약이 컸기 때문에 길고 형식적 제약이 덜한 가
사와 같은 장편시가가 필요했을 수 있다.[7] 이는 한문학에서 선승들이
선시를 쓰는 한편 선가를 짓고, 신흥사대부들이 한시를 쓰는 한편 사부
를 지었던 것도 이런 맥락에서 이해할 수 있을 것이다.

　이 시대에 나온 가사유형은 불교가사와 역사가사이다. 혜근의 불교
가사,[8] 신득청申得淸(1332~1392)의 역사가사[9]는 고려 말의 두 가지 이념
적 지향을 극명하게 보여주는 작품 유형이다.[10] 공민왕의 비호를 받은
신돈의 과도한 정치개입과 불교계의 폐해로 인하여 종교적 신뢰가 상
실되는 현실에서 혜근은 대중교화를 통해 불교의 중흥을 꾀했고,[11] 공
민왕의 실정·권문세족의 횡포·신돈의 횡행 등 총체적인 난국에 빠진
왕조의 위기에 직면한 신득청은 장구한 역사에 등장했던 중국 역대 왕

---

7 가사의 장르적 성격에 대해, 최상은은 「조선전기 사대부가사의 미의식」(성균관대 박사
　학위논문, 1991), 102쪽에서 '가사는 4음4보격의 율격을 가지는 율문으로서 대상을
　일일이 자세하게 열거하여 직접적으로 서술하며 주관적 정서를 남김없이 자유롭게 서
　술하는 장르'라 하고, 각주4)에서 인용한 것처럼 성무경이 '서술의 평면적 확장을 이루
　는 진술양식'이라 한 것, 김학성이 가사는 '다정하게 말하기'와 '자상하게 말하기' 방식
　으로 서술해 나가는 장르라 한 것도 모두 가사의 이런 성격을 설명한 것이다.

8 〈서왕가西往歌〉·〈심우가尋牛歌〉·〈낙도가樂道歌〉·〈승원가僧元歌〉

9 〈역대전리가歷代轉理歌〉

10 이두로 기록되어 있는 신득청의 〈역대전리가〉와 혜근의 〈승원가〉를 가사 장르에서 제
　외시키는 경우도 있으나 이두는 한자를 빌려서 우리말을 표기하는 방식인 만큼 '향가鄕
　歌'처럼 국문문학에 포함해야 하고, 국문문학에 포함한다면 가사 장르로 봐야 한다.

11 김학성, 「고려말 삼화상의 선가운용과 가사 발생」, 『오늘의 가사문학』 제25호(한국가사
　문학관, 2020), 23~27쪽 참조. 필자는,이 글에서 지식인 독자층을 대상으로 삼종가와
　같은 선가를 짓고, 선가를 이해하지 못하는 일반 대중들을 대상으로 가사라는 신종 장르
　를 창안했다고 했다.

의 득실을 하나하나 따져 왕에게 알림으로써 국정 쇄신을 하고자 했다. 혜근은 민중교화를 통한 불교적 개혁을, 신득청은 국왕에 대한 경계를 통한 유교적 개혁을 설파한 것이다. 두 작품 모두 혼란한 현실에 직면한 비원과 비분강개의 정서를 펼쳐내고 있지만, 작품 창작의 주된 목적은 독자에 대한 교화에 있었다. 시대적 상황이 이런 교훈적 이념가사[12]를 만들어 냈다고 할 수 있다.

그리고 가사의 최초 작품은 혜근의 〈서왕가〉인데 신득청의 〈역대전리가〉 이후 조선시대에 와서는 가사가 사대부의 문학으로 성장·발달한 것에 대해 주목할 필요가 있다. 하나의 장르는 어떤 담당층과 함께 발생하고 발전하다가 담당층이 교체되면 퇴보하거나 소멸하는 경우가 많다. 즉, 하나의 역사적 장르는 담당층과 운명을 같이하는 것이 일반적이다. 그런데 가사의 경우, 고려 말 발생기에 이미 성격이 전혀 다른 선승과 사대부가 장르를 공유하다가 조선시대에 와서는 사대부의 문학으로 발전하게 되었다는 점이 특이하다. 선승이나 사대부가 이념적 지향은 달리했지만, 가사 장르를 통해서 하고자 하는 말을 자세히 서술해서 정서를 토로하고 이념을 전달하여 교화의 목적을 달성하고자 했다는 점에서는 동질성을 지니고 있었기 때문에 장르를 공유할 수 있었던 것 같다.[13] 또한, 고려 말의 선승과 사대부는 이념을 달리하는 집

---

12 여기서 논의하고 있는 불교가사·역사가사를 비롯하여 후대에 나타나는 도학가사·천주가사·동학가사 등 이념 전달 위주의 작품을 '이념가사'라 칭한다.

13 김학성, 앞의 글(2020), 121~122쪽. 이 글에서 김학성은, 역사적 장르의 생성은 장르 담당층, 형식적 구조, 의식(세계관)의 동질성 등 세 가지 기본 요건을 갖추어야 한다고 했다. 그런데 꼭 동질적 세계관을 갖지 않더라도 장르 정신을 같이하면 다른 이질 집단에게도 확산되고 계승될 수 있다고 했다.

단이지만 상호교류 관계가 밀접했던 것도 장르 수수를 가능하게 했을 것이다.[14]

　그런데 가사의 발생과 발전을 언급한 기존 연구들의 경우, 가사는 선승의 작품을 계승하여 사대부가 발전시킨 것으로 봐 왔는데 다시 생각해 볼 여지가 있다. 신득청의 〈역대전리가〉가 1371년에 창작되었고 혜근의 작품들도 대체로 이 시기 전후로 창작되었을 것으로 보여 두 작가의 작품은 시대적으로 선후 영향 관계로 보기보다는 동시대 작품으로 보는 것이 합리적일 것 같다. 그리고 고려 후기에 들어와, 민요나 일반백성들의 생활실태와 질곡에서 다양하게 소재를 취하고 있는 악부樂府의 창작이 활발하게 이루어졌고,[15] 사대부가 주 담당층이었던 사부辭賦가 왕조교체기에 많이 창작되었으며,[16] 그런 사부를 선승이 짓고 사대부가 선승의 작품에 대한 평을 남기기도 했다는 점[17] 등으로 미루어 볼 때, 고려 말에는 선승과 사대부 양측 모두 가사와 같은 장편시가의 필요성을 느끼고 창작했을 것으로 보인다.[18] 따라서 가사는 고려 말 선승과 사대부가 공유했던 장르라 할 수 있겠다.

---

14 이은성, 앞의 글, 75쪽 참조.
15 박혜숙, 「형성기의 한국악부시 연구」(서울대 박사학위논문, 1989), 165~169쪽 참조.
16 김성수, 『한국 사부의 이해』(국학자료원, 1996), 110~127쪽 참조.
17 이은성, 앞의 글, 75쪽 참조.
18 이두로 기록되어 있는 신득청의 〈역대전리가〉와 혜근의 〈승원가〉를 가사 장르에서 제외시키는 경우도 있으나 이두는 한자를 빌려서 우리말을 표기하는 방식인 만큼 '향가鄕歌'처럼 국문문학에 포함해야 하고, 국문문학에 포함한다면 가사 장르로 봐야 한다.

전성기의 가사 작품 유형들

혜근과 신득청의 작품 이후 고려 말에서 조선 건국을 거쳐 15세기 후반 성종成宗 때 정극인丁克仁(1401~1481)의 〈상춘곡賞春曲〉이 나오기까지 100여 년 동안은 작품이 나오지 않았다. 작품창작이 이루어지지 않은 것인지 작품이 인멸되었는지는 알 수가 없다. 〈상춘곡〉을 비롯하여 조선 전기의 사대부가사들이 창작 당시의 문헌에서는 찾아볼 수 없고 모두 17세기 이후의 문헌에 기록되어 있기 때문이다. 이것은 기록으로든 구전으로든 전승이 되다가 현전 문헌에 기록되었다는 의미이므로 그 과정에서 인멸된 작품도 있었을 것으로 보인다. 그리고 진복창陳復昌(?~1563)의 〈역대가歷代歌〉, 홍섬洪暹(1504~1585)의 〈원분가冤憤歌〉, 송인宋寅(1517~1584)의 〈수월정가水月亭歌〉 등 제목만 전해지고 내용은 소실된 작품들에 대한 기록도 있어서 현전하는 작품 외에도 당시에 많은 작품들이 창작되었을 가능성을 시사해 주고 있다.[19]

---

19 이수광,『지봉유설芝峯類說』권14「문장부文章部」7 '가사歌詞' 참조. 이수광은 이 책에서, 우리나라의 노래는 작품은 좋으나 입으로만 오르내리는 데 그쳐서 애석하다고 하고, 평가할 만한 작품 제목을 열거하면서 이런 작품이 매우 많다고 했다. 그러면서 자신의 '조천전후이곡朝天前後二曲'도 있다고 했는데 이 두 작품도 가사일 가능성이 높다. 가사에 국한된 기록은 아니지만, 현전하지 않는 작품이 상당수 있었음을 말해 주고 있다. 원문은 다음과 같다. "우리나라의 가사는 방언을 섞어서 지었기 때문에 중국의 악부와 나란히 견줄 수 없다. 근세의 송순·정철의 작품이 가장 좋으나, 사람 입에 널리 오르내리는 일에 그침에 불과하니 애석하다. 긴 노래로는 감군은·한림별곡·어부사가 가장 오래되었고, 근세에는 퇴계가·남명가, 송순의 면앙정가, 백광홍의 관서별곡, 정철의 관동별곡·사미인곡·속사미인곡·장진주사 등이 세상에 널리 불리고 있다. 그밖에도 수월정가·역대가·관산별곡·고별리곡·남정가와 같은 부류가 매우 많다. 나에게도 또한 조천곡 전·후의 두 곡이 있으나 희작일 따름이다.(我國歌詞 雜以方言 故不能與中朝樂府比並 如近世宋純 鄭澈所作最善 而不過膾炙口頭而止 惜哉 長歌則感君恩 翰林別曲 漁父詞 最久 而近世退溪歌 南冥歌 宋純俛仰亭歌 白光弘關西別曲 鄭澈關東別曲 思美人

그리고 정극인의 〈상춘곡〉 이후 다양한 유형의 작품들이 창작된 것으로 보아 15세기 말·16세기 초에는 가사 창작이 일반화되어 있었다는 의미가 되므로 15세기 전반에도 가사 창작이 이루어졌을 가능성이 충분히 있다고 본다.

다만, 안정기로 접어들기 전 14세기 말·15세기 초는 왕조교체기의 격동기라는 시대적 상황을 고려해 볼 때, 가사 창작이 그리 활발하게 이루어지지는 않았을 것으로 보인다. 고려의 패망과 조선의 건국은 불교의 시대가 가고 성리학의 시대가 왔음을 의미한다. 그러므로 혜근과 같은 승려가 교화를 통해 불교를 개혁하려 했던 시도는 숭유억불을 국시로 내세운 조선 건국으로 인해 좌절되었고 이에 따라 불교가사의 창작도 위축될 수밖에 없었을 것이다. 사대부의 경우, 불교문화를 청산하고 왕조교체기 건국사업파와 절의충절파의 대립과 갈등을 해결하고 안정을 도모하기 위해서는 건국이념의 정립이 필요했다. 그런 공적 목적 달성을 위해서는 악장樂章을, 개인정서 표현을 위해서는 시조를 활용했다. 왕조가 교체되는 격동기의 호흡에는 유장한 가사보다는 악장과 시조가 더 적절했을 수 있다.

정극인丁克仁(1401~1481)의 〈상춘곡賞春曲〉 이후 15, 16세기는 사대부가사의 시대이다. 고려 말 승려와 사대부의 문학으로 출발한 가사가 조선의 배불정책으로 인해 불교가사가 위축되면서 사대부의 문학으로 발전했고 전성기를 맞이했다. 한 장르의 운명은 장르 담당층의 운명과 같이 한다고 볼 때, 가사의 전성기는 사대부의 전성기인 조선 전기(15·

曲 續思美人曲 將進酒詞 盛行於世 他如水月亭歌 歷代歌 關山別曲 古別離曲 南征歌之類甚多 余亦有朝天前後二曲 亦戲耳)

16세기)라 할 수 있다.[20]

전성기의 가사는 은일가사隱逸歌辭[21]로부터 시작되었다. 사대부는 관직에 진출하여 경국제민하는 것을 이상으로 여기고, 관직에서 물러났을 때는 초야에서 수신하면서 다음 관직을 기다렸다. 그리고 물러났을 때 사대부들은 은일가사를 지어 자신의 갈등을 토로하거나 이념적 흥취를 노래했다. 정극인의 〈상춘곡〉이 은일가사의 최초작이고 그 뒤를 이어 조선 후기에 이르기까지 가사문학의 한 맥을 이룰 정도로 많은 작품이 창작되었다. 송순宋純(1493~1582)의 〈면앙정가俛仰亭歌〉는 은일가사이면서 누정樓亭을 중심으로 한 누정가사의 전통을 마련했다. 그리고 허강許橿(1520~1592)의 〈서호별곡西湖別曲〉은 한강 뱃놀이를 노래한 선유가사船遊歌辭이다. 선유문학은 연원이 깊은 유형인데 가사에서는 〈서호별곡〉이 최초작이다. 선유는 후대 은일가사, 기행가사에서 애용된 모티프이다.

은일가사의 뒤를 이어, 조위曺偉(1454~1503)의 〈만분가萬憤歌〉를 최

---

20 〈서왕가〉나 〈역대전리가〉의 형식도 고려 말의 것은 아니다. 몇백 년 후에 기록된 작품이기 때문에 작품의 원형이 그대로 전승되었다고 보기는 어렵다. 내용에 있어서도 어느 정도 변개가 있었을 것이다. 〈역대전리가〉는 이두로 표기되어 있지만 거의 4·4조 음수율로 되어 있어서 조선 후기 가사의 형식에 가까워 〈서왕가〉보다 후대 가사의 모습을 보여주고 있다. 따라서 가사는 발생기의 형식을 찾아볼 수는 없다. 그리고 조선 초 15세기 전반의 작품이 없는 상태에서 형식의 변화 양상을 밝힐 수도 없다. 다만, 조선의 최초작품 〈상춘곡〉은 내용이나 정서면에서 〈서왕가〉·〈역대전리가〉와는 이질성이 많기 때문에 시대구분을 할 필요가 있다. 따라서 가사가 문학사에 새롭게 등장한 고려 말을 발생기로, 〈상춘곡〉 이후 16세기 임진왜란 전까지를 전성기로 보고자 한다.

21 은일가사는 '정치현실을 떠나 고향이나 자연 속에서 은거하는 삶이나 정서를 술회한 문학'을 의미한다. 강호가사, 강호한정가사, 누정가사, 서경가사 등과 겹치는 부분이 많은데 작품을 바라보는 관점에 따라 명명한 것이므로 포함되는 작품이 조금씩 다를 수 있다.

초작으로 하는 유배가사 역시 많은 작품들이 창작되었다. 유배가사는 관직에서 물러났을 때 지었다는 점에서는 은일가사와 같지만, 정서면 에서는 전혀 다른 작품군이다. 유배가사는 유가 사대부로서 충군忠君 의 이념을 담고 있지만, 오히려 경국제민의 이념실현이 좌절된 절망감 이 주조를 이루고 있어서 전성기 작품 유형 중에서는 가장 비극적인 정 서를 담고 있다. 특히 정철鄭澈(1536~1593)의 〈사미인곡思美人曲〉·〈속 미인곡續美人曲〉은 유배가사[22]의 백미로 알려져 있다. 두 작품은 남녀 간에 사랑하는 대상을 가리키는 '미인'을 임금의 우의로 사용, 미인가 사[23]의 전통을 마련한 작품이기도 하다. 그리고 정철은 〈사미인곡〉에서 미진했던 정서를 펼친 속편가사 〈속미인곡〉을 내놓아 많은 속편가사 창작의 계기를 마련했고, 〈관동별곡〉·〈속미인곡〉·〈성산별곡〉 등에서 대화체 전개를 시도, 대화체가사의 길을 열어 정철의 가사 네 작품은 당대는 물론 현대에 이르기까지 가사문학의 최고봉이라는 평가를 받고 있다.

　최초의 기행가사는 백광홍白光弘(1522~1556)의 〈관서별곡關西別曲〉 이고 정철의 〈관동별곡〉에 이르러 최고의 경지에 이르렀다는 평가가

---

22 여기서 유배가사는 실제의 유배상황에서 지은 작품과 함께 유배는 아니더라도 어쩔 수 없이 정치현실에서 물러나 있으면서 지은 작품 중, 정철의 〈사미인곡〉이나 〈속미인 곡〉과 같이 '유배의식'이 작품의 중심을 이루는 작품도 포함한다.

23 양사언楊士彦(1517~1584)이 지은 〈미인별곡美人別曲〉은 원래 제목이 없이 필사본으로 전해 오는 작품인데 후대 연구자가 〈미인별곡〉으로 명명한 것이다. 따라서 이 작품을 미인가사의 최초작이라고 하기는 어렵다. 내용은 어떤 여인의 아름다운 자태를 수많은 자연물과 과거 중국의 미인들에 비유하여 형상화해 낸 작품이다. 이상화된 여인상을 환상적으로 그려낸 희작가사戱作歌辭인데, 하나의 유형을 이룰 만한 후속 작품이 나오 지는 않았다.

일반적이다. 〈관서별곡〉은 왕명을 받고 임지로 향하는 과정에서 만난 지역의 지명을 일일이 소개했는데, 작품의 전체적 분위기는 임지로 향하는 들뜬 마음과 여행의 흥취이다. 왕에 대한 충성심의 표현도 이면적으로는 개인적 여행의 흥취를 극대화하기 위한 장치로 활용하고 있어서 서정성이 높다고 하겠다. 〈관동별곡〉 역시 그러한데 문학적 형상화와 표현이 〈관서별곡〉을 훨씬 능가한다는 평가를 받고 있다. 조선 후기에는 국내 기행가사, 사행가사使行歌辭, 표류가사漂流歌辭 등으로 분류할 수 있을 정도로 다양화되었고 규방가사의 하위유형으로 자리 잡을 만큼 광범위한 창작이 이루어졌다.

이외에 전쟁가사도 있는데 최초의 작품은 을묘왜변乙卯倭變(1555)의 경험을 서술한 양사준楊士俊의 〈남정가南征歌〉이다. 〈남정가〉는 실제 전쟁상황이나 현실인식을 보여주기보다는 승전의 감격에 들떠 있는 감상적 승전가라 할 수 있다. 〈남정가〉의 뒤를 이어 임진왜란·병자호란 때는 의병으로 참전했던 최현崔晛의 〈명월음明月吟〉과 〈용사음龍蛇吟〉, 수군으로 참전했던 박인로朴仁老의 〈태평사太平詞〉와 〈선상탄船上嘆〉를 비롯하여 여러 작품이 나왔다.

16세기에는 한 지역에서 가사작품이 집중적으로 창작되는 특이한 현상도 있었다. 전라남도 담양은 16세기 호남의 학문과 문학의 중심지였다. 송순宋純, 임억령林億齡, 양산보梁山甫, 기대승奇大升, 고경명高敬命, 임제林悌 등 수많은 문인 학자들이 동시대에 활동, 담양이 호남의 학문과 문학을 이끌어 나갔다. 가사에 있어서도 이서의 〈낙지가〉를 시작으로 송순의 〈면앙정가〉, 정철의 가사 4작품 등 16세기에 6작품이 나왔고 18·19세기에 무려 12작품이 창작되어 가히 담양가사[24]라 명명할 수 있을 정도여서 담양에서는 하나의 전통이 될 정도로 가사 창작이 일반화되어 있었던 것 같다. 현재 담양의 한국가사문학관에서 진행하고 있는 가사문학 DB작업, 가사문학 연구, 현대적 계승 작업도 이런 전통에 맥이 닿아 있다고 할 수 있겠다.

사대부가 가사의 주 담당층이던 16세기에 유일하게 등장한 여성작가가 허초희許楚姬(1563~1589)이다. 허초희는 허균의 누나로서 총명함이 남달라서 중국에까지 문명을 떨쳤으나 행복하게 살지 못하고 요절했는데, 불행한 자신의 삶의 한 단면을 절절하게 그려놓은 작품이 최초의 여성가사인 〈규원가閨怨歌〉이다. 〈규원가〉는 조선 후기에 쏟아져 나온 규방가사의 선구적인 작품으로 평가받고 있다.

이상에서, 전성기인 조선 전기의 가사 유형을 개관했다. 발생기인 고려 말의 가사는 교화의 목적으로 창작된 이념가사였는데 비해 전성기인 조선 전기 가사는 작가 개인의 현실적 경험과 정서를 서술한 서정적 작품이 많이 나왔고, 작품창작이 왕성하게 이루어져 여러 가지 유형을 형성할 정도로 가사가 성행했다. 또한 형상화 방법이나 서술 기법에서도 다양한 시도가 이루어져 작품세계를 더욱 다채롭게 한 시기이기도 하다. 29개의 유형 중 12개의 유형이 출현하여 담당층의 미의식을 다면적으로 보여주고 장르의 전형을 마련했다는 점에서 이 시기를 가사

---

24 담양 외에 지역명으로 유형분류를 할 수 있는 지역은 장흥이다. 백광홍의 기행가사인 〈관서별곡〉을 최초작으로 하는 '장흥가사'는 조선 전기에 1작품, 조선 후기에 8작품이 나왔다. 담양가사에 대해서는 고성혜, 「담양가사의 미의식 연구」(전남대 석사학위논문, 2012); 김학성, 「전남 담양 가사의 위상과 미학」, 『우리 전통시가의 위상과 현대화』(보고사, 2015) 참조. 담양가사와 장흥가사의 비교연구는 이상원, 「문학, 역사, 지리-담양과 장흥의 가사문학 비교」, 『한민족어문학』 제69집(한민족어문학회, 2015) 참조. 장흥가사에 대해서는 박수진, 『문화지리학으로 본 문림고을 장흥의 가사문학』(보고사, 2012) 참조.

의 전성기라 할 수 있다. 전성기의 유형들은 대부분 다음 시기까지 지속적으로 창작되었고, 어떤 유형은 여러 하위유형으로 분화되는 현상도 나타났다. 가사의 이러한 전개는 담당층인 사대부가 15·16세기에 국가체제와 성리학 이념의 전형을 확립하고 전성기를 맞이하여 왕성한 자기표현 욕구를 발산하고, 다음 시기인 임진왜란 이후에는 사대부층의 분화와 이념적 분열, 하층의 각성과 성장으로 담당층이 확대되는 시대 상황과 맞물려 있다고 하겠다.

이 시기는 고려 말 교화 목적의 교술 지향성보다는 개인의 정서 표현을 위주로 한 서정 지향성이 강한 작품이 주류를 이루고 있다. 조선 전기는 명실상부한 사대부의 시대로서 안정기로 접어들면서 그 전성기를 맞이한 시기이다. 그리고 사화士禍와 당쟁으로 인한 내부적 갈등이 있기는 했지만, 성리학이 사대부의 생활이념으로 확립된 시기이다. 따라서 이 시기의 사대부 문학은 정치현실이나 대상에 대하여 직접적으로 비판하거나 이념적으로 교화하려 하기보다는 개인적 차원에서 정서를 토로하고 이념적으로 승화시키려 했다. 그리고 가사는 4음 4보격 연속체의 시가인데 조선 전기의 작품들은 한 음보에 들어가는 음절수가 4음절로 고정되어 있지 않고 자연스러운 이탈을 허용하는 유연성을 보인다. 이는 한 음보의 음절수가 4음절로 고정되는 4·4조가 성행, 엄격한 율격적 통제가 이루어지는 조선 후기의 작품들과는 다른 모습이다.[25] 조선 전기가 사대부의 전성기이고 그들의 문학인 가사의 전성기라고 한다면, 이 시기의 가사가 보여주고 있는 위와 같은 장르 지향성

---

25 조선전·후기 가사의 율격적 성격과 의미에 대해서는 김학성, 「가사의 실현화과정과 근대적 지향」, 앞의 책(1987), 167~171쪽 참조.

이나 율격이 사대부가사의 전형이라 할 수 있다.

이 시기의 은일가사는 주로 정치현실에서 물러나 현실에 대한 갈등을 안빈낙도로 극복하려는 이념적 흥취 중심으로, 유배가사는 사대부의 이상인 경국제민의 이상이 좌절된 절망감을 연군의 정서 중심으로, 기행가사는 실제 여행 일정을 일일이 소개하면서도 여행의 감흥 중심으로 작품이 전개된다. 여타 다른 유형의 작품들도 유사한 지향성을 지니고 있다. 말하자면, 조선 전기는 성리학의 이념적 토대 위에 개인의 정서를 자유롭게 서술하고자 하는 서정 지향성이 강한 작품들이 성행한 시기라 하겠다.

전환기의 가사 작품 유형들

임진왜란과 병자호란이 일어난 16세기 말과 17세기 초는 조선왕조를 전·후기로 나누는 분기점이 되는 전환기이다. 그만큼 두 전란은 조선 사회에 큰 충격을 주었고 사회체제까지 흔들리게 만드는 결과를 가져왔다. 문학에 있어서도 전란의 충격, 전란을 겪으면서 바뀌어 가는 정치·사회적 변화와 이념적 갈등이 화두가 됐다. 대부분 문학사의 시대구분에서 두 전란을 전환기의 기점으로 보고 있는 이유가 여기에 있다. 전환기는 전성기의 문학적 관습이 지속되는 가운데 변화의 단초가 마련되는 시기이다.

전쟁가사는 〈남정가〉 이후 뜸하다가 임진왜란 때 여러 작품이 나왔다. 임진왜란이 일어나고 처음으로 나온 전쟁가사는 최현崔晛(1563~1640)의 〈명월음明月吟〉과 〈용사음龍蛇吟〉이다. 〈명월음〉은 피난길에 오른 선조에 대한 연군의 정을 달에 비유하여 노래한 작품이고, 〈용사음〉은 위기에 처한 나라와 현실에 대한 작가의 울분과 탄식, 전쟁의 참상, 전쟁에 대비하지 못한 벼슬아치들에 대한 비판, 의병들의 활약, 장수와 재상들의 각성 촉구 등을 내용으로 하는 작품이다. 감상적 승전가인 〈남정가〉에 비하면 전쟁가사의 진면목을 다양하게 보여주는 작품이라고 평가할 수 있다. 그리고 위기에 처한 나라의 현실에 대한 사실적 표현과 현실비판의식, 장수와 재상들을 향한 교훈적 목소리 등 조선 후기 가사의 성격을 미리 보여주기도 한다. 그리고 〈용사음〉은 용띠 해와 뱀띠 해, 즉 임진왜란이 일어난 1592년과 1593년의 조선의 현실과 나라에 대한 걱정을 노래한 작품으로서 최초의 우국가사로 손꼽을 수 있는 작품이기도 하다. 이외에 박인로朴仁老의 〈태평사太平詞〉와 〈선상탄船上嘆〉을 비롯, 여러 작품이 나왔다. 19세기 말에 대거 창작된 의병가사는 항일의지를 다지고 의병을 분발케 하는 데 목적을 두었는데, 20세기 초까지 당대 문학사에서 내용이나 문체에서 강렬한 인상을 남겼다. 의병가사는 일본의 침략에 항거하고 조선의 현실에 대해 신랄한 비판을 가하고 있어서 우국가사, 현실비판가사, 동학가사와 같은 앞 시대 가사의 전통을 이어받은 전쟁가사라고도 할 수 있다.

　자연 속 은일의 흥취와 안빈낙도를 노래하던 은일가사는 전환기를 거쳐 확장기에 이르기까지 가사문학의 큰 줄기를 형성해 왔다. 은일가사 역시 전환기를 맞아 전성기의 작품세계를 이어받으면서 많은 변모를 보였다. 박인로는 임진왜란에 직접 참전했다가 고향으로 돌아왔을 때 너무나 달라진 집안 형편과 주변 사람들의 태도에 적지 않게 당황하면서 〈누항사〉를 썼다. 〈누항사〉는 끼니조차 때울 수 없는 가정형편, 냉담해진 주변 사람들로 인해 농사조차 지을 수 없는 현실 앞에 좌절하면서 가난을 탄식하고 불만을 토로하는 장면이 작품의 대부분을 차지한다. 전성기 가사에서는 볼 수 없었던 탄궁의식嘆窮意識이 강하게 드러나 있어서 탄궁가사라 할 수 있다. 그렇지만 작품 결말에서는 현실을 극복해 나가는 적극적인 모습보다는 다시 안빈낙도, 충효와 화형제신붕우和兄弟信朋友의 이념으로 회귀하는 보수적인 모습도 보여주는데, 이러한 이념은 전환기 향촌사족의 삶에 명분이 되어 주기도 한다. 또한, 〈누항사〉는 누항의 상황과 화자의 행동에 대하여 사실적으로 묘사함으로써 다음 시기에 광범위하게 나타나는 서사적 진술방식의 단초를 보여 주고 있다.

〈누항사〉에서 전환기 가사의 모습을 보여준 박인로는 전형적인 안빈낙도의 은일가사인 〈소유정가小有亭歌〉와 〈노계가蘆溪歌〉, 이언적李彦迪(1491~1553)의 삶을 추앙한 송축가사 〈독락당獨樂堂〉[26] 등 많은 작품들에서 강한 이념성을 보여주고 있어서 그의 작품은 대체로 보수성을 띠고 있다. 정훈鄭勳(1563~1640) 역시 박인로와 유사한 작품 성향을 보여준다. 〈탄궁가〉와 〈우활가〉는 〈누항사〉와 같은 탄궁가사이고, 〈용추유영가龍湫游詠歌〉와 〈수남방옹가水南放翁歌〉는 〈소유정가〉나 〈노계가〉와 같은 보수적 은일가사이다. 박인로와 정훈은 중앙정계에서 소외되고 경제적 기반이 허약해진 향촌사족 1세대인데 조선 후기 사대부층

---

26 〈독락당〉은 송축가사의 최초작이다. 송축가사는 다양화되어 가는 조선 후기 문학 중에서 성리학 이념이 가장 이상적으로 실현된 상태를 노래한 작품군으로서 복잡하게 전개되고 있었던 당시 사회의 현실 문제로부터는 멀리 떨어져 있거나 현실에 대한 갈등을 보여주더라도 조선의 유가적 이념과 중세 체제에 대해서는 순응적이었다는 점에서는 매우 보수적인 작품군이라 할 수 있다. 그런데 개화기 이후 일제강점기에는 주권 없는 조국의 현실과 문명개화를 통한 자주독립에의 염원 사이에서 갈등하고 고민하는 모습을 보여주는 작품들도 나와서 주목할 만하다.

의 분화를 예고해 주면서 전환기의 이념과 갈등을 잘 보여주는 작가들이라고 하겠다.

보수적 은일가사는 전환기에서는 물론 다음 시기에도 지속적으로 창작되었지만, 탄궁가사의 탄궁의식은 현실에 대한 원망이나 비판의식으로 발전, 17세기 중반 작가미상의 〈시탄사時歎詞〉와 같은 현실비판가사로 이어졌다. 말하자면, 자연완상의 흥취와 안비낙도를 노래하던 은일가사가 전환기를 맞아 가난을 탄식하면서 이념과 현실 사이에서 갈등하는 모습을 보여주더니 다음 시기에 가서는 양극화되었다. 한편으로는 전성기 은일가사의 전통을 이어간 보수적 성향의 작품이 전환기를 거쳐 지속적으로 창작되었고, 다른 한편으로는 가난을 견딜 수 없는 생활현실로 생각하며 원망과 비판의 목소리를 높임으로써 가난은 이제 이념실현의 매개체가 아니라 극복되어야 할 대상으로 여기는 현실비판가사로 이어졌다.

임진왜란 이후의 혼란한 정국은 현실비판가사가 나오게 했다. 임진왜란이 끝난 지 얼마 안 된 시기에 창작한 것으로 보이는 허전許墺(1563~?)의 〈고공가雇工歌〉를 현실비판가사의 첫 작품으로 꼽을 수 있다. 도적들이 가산을 거덜내고 아직 멀리 가지 않았는데도 나태해지고 다툼질만 하는 머슴들을 나무라는 주인의 목소리로 쓴 〈고공가〉는 일반적으로 임금이 신하들을 비판한 작품으로 읽는다. 이 작품에 화답한 이원익의 〈고공답주인가〉 역시 마누라와 종을 등장시켜 집안일로써 나랏일을 비판한 작품이다. 〈고공답주인가〉는 〈고공가〉처럼 신하들에 대한 비판도 있지만 궁극적으로 임금이 올바른 현실인식으로 정치를 잘해야 함을 주장한 작품으로 〈고공가〉에 대한 반론을 펼친 현실비판가사라고 하겠다. 〈고공답주인가〉는, 보수적인 사고로 과거 지향적인 성

향이 있는 〈고공가〉에 비해 한층 진전된 안목과 현실인식을 보여주는
작품이라고 평가할 수 있다. 그렇지만 〈고공답주인가〉 역시 상층 내부
의 현실 문제에 대한 비판을 통해 체제안정의 소망을 담고 있어서 보수
성을 띠기는 마찬가지이다.

　다음 시기에는, 〈고공가〉나 〈고공답주인가〉의 보수성은 이념편향적
도학가사류로 변모되어 가고, 현실비판의식은 하층의 관점에서 상층을
비판하는 방향으로 전개되었다. 은일가사의 탄궁의식과 마찬가지로 두
작품의 비판의식은 〈시탄사〉로 이어졌다. 〈시탄사〉는 조정의 무능과
당쟁으로 피폐해진 정치현실, 그리고 하층 백성들의 원한을 사고 있는
상층 사대부들을 비판한 작품이다. 그런 점에서 〈시탄사〉는 상층 내부
의 문제에 국한되어 있는 〈고공가〉와 〈고공답주인가〉와는 관점이 확연
히 다른 작품이다. 다음 시기 현실비판가사는 〈시탄사〉의 맥락을 이은
유형이다. 한편, 〈고공답주인가〉는 〈고공가〉에 대해 화답한 작품으로
서 화답가사의 길을 열었다. 화답가사는 작자 자신의 의식세계를 다면
적으로 드러내는 기법으로 활용되거나 작가 간 소통의 수단으로 활용
되어 다음 시기의 유배가사, 애정가사, 규방가사 등에서 광범위하게 나
타나고 있다.

　임진왜란에 의병장으로 참전했던 휴정休靜(1520~1604)의 〈회심곡回
心曲〉이 나오면서 잠잠했던 불교가사 창작이 다시 활발해졌다. 이것은
휴정의 종교적 명성과 의병 참전으로 인한 백성들의 신뢰, 지배계층인
유가 사대부에 대한 불신에 기인한 현상으로 보인다. 이후 〈회심곡〉은
많은 이본이 생겼고 민중들에게까지 파급되어 잡가·민요로도 불리면
서 현대까지 대표적인 불교노래의 한 양식으로 전승되고 있다.

　전환기에는 전성기의 작품 유형을 대체로 계승하면서도 변화된 모습

을 보여 5가지의 새로운 유형이 출현했다. 현실비판가사와 화답가사는 임진왜란이라는 희대의 전란 경험을 바탕으로 새로이 등장한 유형이고 우국가사와 탄궁가사는 앞 시대의 전쟁가사와 은일가사의 전통과 변모를 보여주고 있어서 그 하위유형이라 할 수 있다. 그리고 송축가사는 당시의 암담한 현실적 경험과는 거리를 두고 성리학의 이념을 실현한 이상적 인물을 칭송한 매우 보수적인 작품군이다. 박인로나 정훈과 같은 향촌사족들의 탄궁가사와 송축가사는 전환기 향촌사족의 현실적 상황과 이념적 갈등을 잘 보여주는 사례라고 하겠다.

확장기의 가사 작품 유형들

확장기는, 전성기에 확립된 장르의 전형이 전환기를 거쳐 유지되기도 하지만 여러 가지 변화를 보이면서 확장되어 가는 시기이다. 병자호란 이후 17세기 중반에서 19세기 중반까지가 이 시기에 해당한다. 확장기는 사대부층이 분화되고, 신분제가 이완됨에 따라 거의 사대부층에 한정되어 있던 문학 담당층이 여성들과 하층민에게까지 확대되는 시기이다. 이와 함께, 한글 보급이 광범위하게 확산됨에 따라 다양한 계층에서 국문문학의 창작이 활발해졌다. 이념적 측면에서 보자면, 조선 전기는 성리학을 이념으로 하는 사대부층의 안정기적 정서를 보여주는 시기라 한다면, 조선 후기는 담당층의 확대에 따라 여러 문학 담당층이 각기 자신들의 목소리를 높임으로써 이념과 정서가 분열되고 극단화되는 현상이 나타나는 시기이다. 이런 상황 속에서 가사도 서정·서사·교술의 세 방향으로 극단화되는 경향을 보이는데, 이는 개방성과 복합성으로 인해 장르적 응집성이 약한 가사의 장르적 성격에 기인하는 것이다. 그리고 율격에 있어서도 4·4조의 기계적 율격으로 엄격화되는 현상[27]을 보이는가 하면 심한 파격이 일어나 형식이 산만해지기도 했다. 또한, 장편화 경향과 함께 단편화·분련화 현상도 나타났다.

불교가사는 휴정의 〈회심곡〉 이후 침굉枕肱(1616~1684)과 지형智瑩 등 많은 유·무명 작가들의 창작이 이어졌다. 확장기에 불교가사의 창작이 다시 활발하게 이루어진 것은 참혹한 전란을 겪은 백성들에게 정신적 위안을 줄 수 있는 종교가 필요했고, 성리학에 대한 불신과 사대부 지배체제의 이완으로 인해 타 이념의 발흥이 가능한 환경이 만들어졌기 때문일 것이다. 천주교 역시 이런 환경에서 들어왔고 포교의 수단으로 천주가사[28]를 내놓았다. 이렇게 종교가사가 활발하게 창작되자 보수적인 성리학자들은 도학가사로 대응했다. 도학가사는, 18세기에서 19세기까지 왕성한 창작이 이루어진 이념가사 중 도학, 즉 성리학의 이념을 현실에서 실현하고자 하는 소망과 그런 소망을 독자에게 전달하고 교화하는 데 목적을 두고 창작한 작품 유형을 일컫는다. 이념가사는 18세기를 거쳐 19세기까지 왕성한 창작이 이루어졌는데, 꿈 모티프를 활용하여 성리학의 이념을 실현하고자 하는 소망을 몽유가사[29]로 나

---

27 김학성, 앞의 책(1987), 114~139쪽, 140~167쪽 참조.

28 기존연구에서 이벽李蘗(1754~1785)의 〈천주공경가天主恭敬歌〉, 혹은 정약전丁若銓 (1758~1816) 등의 〈십계명가十誡命歌〉를 최초의 천주가사라고 해 왔으나 최근 위작 논란이 일어나고 있어서 '최초의 천주가사' 논의는 유보했다.

29 몽유가사의 최초 작품은 왕족인 이유李瀏(1675~1753)의 〈옥경몽유가玉京夢遊歌〉이다. 오랜 전통을 가지고 있는 몽유문학의 전통을 이은 유형인데 주로 성리학의 이상적인 경지를 그렸다. 19세기 후반에는 종교가사로도 창작되어 조선에 대한 위기감과 망국의 울분, 항일 우국충정 등을 담은 작품들이 여럿 나왔다.

타내기도 했다. 대중을 향한 교화의 목소리를 높인 다양한 이념가사의 존재는 성리학을 주 이념으로 하던 조선왕조가 이념적 혼란 속에 빠져들고 있었던 상황을 단적으로 보여주는 사례라 할 것이다. 다음 시기 동학가사, 의병가사, 계몽가사의 교화로 혼란 극복을 위한 노력을 기울였으나 성공하지 못했다.[30]

앞서 언급한 바, 이 시기 가사는 극단화 경향을 보이면서 매우 다양화되었는데, 그중 교술적 성격의 이념가사가 가장 큰 비중을 차지했다. 교훈적 목소리를 지녔던 이 시대 이념가사들은 각기 다른 지향성을 가지고 독자들을 교화하는 데 목적을 두다 보니 이념적으로 매우 경직되어 있고 배타적 교훈의 목소리는 거세졌다. 이러한 이념가사에서 4·4조의 기계적 율격이 주로 쓰였는데 그것은 적대적이거나 대립적인 이념에 대항하기 위해, 자기 이념에 대한 공감대를 확대하기 위해 기억과 환기에 용이한 율격이 필요했기 때문일 것이다.[31]

이 시기에 새롭게 생긴 특이한 작품군은 농부가사이다. 최초의 농부가사는 김기홍金起泓(1634~1701)의 〈농부사農夫詞〉인데 향촌사족인 작가가 함경도 최북단까지 추방당해 힘겹게 터전을 잡고 손수 농사를 지

---

30 이념가사는 주로 독자에 대한 교화를 목적으로 하는 교훈적 목소리를 지니는 경우가 대부분이어서 '교훈가사'로 명명하기도 한다. 교훈가사의 개념에 대해서는, 박연호,『교훈가사 연구』(다운샘, 2003), 22~25쪽 참조. 필자에 의하면 교훈가사는 오륜, 효, 권농, 권학, 계녀 등의 내용을 포함하는 작품군을 일컫는데 대체로 도학을 이념적 기반으로 하는 작품군이다. 필자는 교훈가사를 가문지향형과 향촌지향형으로 분류하고 가문지향형은 가문의 몰락에 직면한 향촌의 몰락사족에 의해 18세기에, 향촌지향형은 농민층의 경제적 몰락으로 향촌의 붕괴가 심각한 상황에 이른 상황에서 재지사족에 의해 19세기에 주로 창작되었다고 했다.

31 조선 전·후기 가사의 율격적 성격과 의미에 대해서는 김학성, 앞의 책(1987), 167~171쪽 참조.

으며 안빈낙도 대신 농사를 통한 풍요를 노래했다는 점에서 은일가사와는 확연히 다른 작품이다. 그리고 교훈적 목소리도 있기는 하지만 농부로서의 실제적 생활경험을 중심으로 서술하고 있다는 점에서 교훈가사와도 다르다. 다만, 피폐한 농촌의 현실에 대한 비판보다 농사의 이념적 명분과 낙관적·관념적 현실인식에 머물렀다는 점에서는 여전히 보수성이 강한 작품이다. 이후의 확장기 농부가사는 김기홍의 〈농부사〉에 비해 대체로 권농의식이 강하게 드러나 있다. 그러다 19세기 후반 이후에는 현실비판의식, 유흥적 풍류, 항일의식 등을 담아내면서 다양화되다가 그 정체성을 잃고 설 자리를 잃어 갔다.

국가존망의 위기를 맞이한 고려 말에 불교가사와 함께 형성된 역사가사는 조선 전기에 진복창이 지었다는 〈만고가〉가 있었다는 기록이 있지만, 작품은 전하지 않고 있다. 〈역대전리가〉 이후 현전하는 작품으로는 단군으로부터 숙종 때까지의 우리 역사를 서술한 홍만종洪萬宗(1643~1725)의 〈동국녁딕가東國歷代歌〉가 첫 작품이다. 18세기 초 〈동국녁딕가〉 이후 19세기에서 일제강점기에 이르기까지는 많은 작품이 창작됐다. 이 시기 역사가사는 대체로 사대부의 보수적 성향을 드러내고 있는데, 이러한 보수성은 외세의 조선 침략에 대응하고 기존 공동체의 해체 위기에서 가문의식을 고양하기 위한 교훈적 목소리로 나타났다.

전환기에 현실과 이념의 갈등을 그려낸 은일가사는 확장기에 와서 많은 작품이 창작되었다. 17세기는 은일가사가 성행한 시기로서 활발한 창작이 이루어지다가 18세기 이후로는 창작이 위축되는 현상을 보인다. 16세기까지는 은일가사의 작자층이 전형적인 사대부로서 경국제민을 위한 수신의 자세나 이념적 흥취를 노래했다. 그런데 전환기인

17세기 초에 와서는 사대부로서의 입지가 약해진 향촌사족의 이념과 현실 사이의 갈등을 노래하더니 17세기 중반 이후 확장기에는 오히려 이념적으로 보수화되는 경향을 보인다. 18·19세기는 향촌사족의 사회 경제적 기반이 더욱 약화됨에 따라 은일가사는 가문의식으로 발전하거나 성리학적 이념을 벗어난 풍류공간이나 생활공간으로 자연을 노래하다가 존재기반을 잃었다.[32] 18·19세기에 교훈가사가 성행했던 것과는 상반된 현상인데, 이는 향촌사족의 입지가 약화되면서 이념적으로나 정서적으로 여유가 없어지고 경직되어 있었던 상황과 관련이 있다고 생각된다.

정철의 〈사미인곡〉과 〈속미인곡〉에서 정점에 오른 유배가사는 확장기에 오면 관습화되면서 전성기의 서정성과 함축성은 떨어지고 유배사실이나 이념의 서술로 기울어 교술적·서사적 성격을 강하게 띤다. 특히, 유배노정과 유배지 생활을 중심으로 한 작품 구성은 동시대에 성행한 기행가사와 많이 닮아 있기도 하다. 이들 작품은 성리학으로 무장한 정치현실이나 경험적 사실 위주로 되어 있어서 전성기 작품의 문학적 성과에는 못 미친다. 한편, 사실적 서술과 교술적·서사적 성격을 지니면서 희화적 성격을 지닌 작품까지 나왔다.[33] 〈만언사〉와 〈채환재적가〉

---

32 안혜진은, 「강호가사의 변모과정 연구」(이화여대 석사학위논문, 1997)에서 누정계 가사와 초당계 가사로 분류하여 강호가사의 성격과 변모과정을 체계적으로 논의했다.
33 희화화는 19세기 문학의 중요한 특징 중의 하나이다. 소설이나 판소리와 같은 산문문학은 물론 사설시조나 가사에 있어서도 희화화는 중요한 형상화 방법이었다. 가사에 있어서 가장 보수적 성격을 지니고 있다고 볼 수 있는 교훈가사도 희화화를 통해 인물의 저열함을 부각시켜 유가윤리의 가치를 드러내고자 했다. 교훈가사의 희화화에 대해서는 박연호, 「교훈가사의 서술 구조와 미학」, 최한선 등편, 앞의 책(2020), 383~391쪽 참조.

는 민요와 판소리의 어법으로 자신을 희화화하고, 〈북천가〉는 방탕한 유배생활을 사실적으로 서술해 줌으로써 유배 사실 자체를 희화화하여 유배가사의 격식을 깨뜨리기도 했다. 이러한 변화는 유배가사와 같은 보수적 성향을 띠는 작품들에도 당시 문학사의 흐름이 거세게 밀어닥치고 있었던 상황을 잘 보여주고 있다.[34]

기행가사의 경우, 전환기에는 〈관동별곡〉의 영향을 받은 조우인의 〈출새곡〉, 〈관동속별곡〉이 나왔고, 확장기에 큰 변화를 가져오게 된다. 사회체제의 이완에 따라 여행의 기회가 확대되면서 국내 기행가사는 엄청난 양적 팽창을 보인다. 특히, 금강산 기행가사는 유·무명 작가들의 창작이 이어졌다. 또한, 일본과 청나라에 사신 파견이 잦아지면서 사행가사의 창작도 활기를 띠었다. 사행가사의 최초작은 남용익南龍翼(1623~1692)의 〈장유가壯遊歌〉인데 일본과 청나라 양국을 다녀와서 쓴 작품이다. 그 뒤를 이어 청나라를 다녀온 연행가사는 유명천柳命天(1633~1705)의 〈연행별곡燕行別曲〉을 시작으로 여러 편이 나왔고, 일본을 다녀와서 쓴 작품으로는 김인겸金仁謙(1707~1773)의 〈일동장유가日東壯遊歌〉가 있다.

이들 작품은 여행의 감흥과 함께 일본이나 청나라에 대한 문화적 자부심과 우월의식을 바탕으로 여정과 견문을 자세하게 사실적으로 서술해 주고 있다. 사행가사는 여정이 긴 데다 여정에 대한 사실적 서술이 자세하게 이루어진 만큼 대부분의 작품이 대장편이다. 이 시기의 기행가사는 사행가사 정도는 아니더라도 장편가사가 많았는데, 그 요

---

34 최상은, 「유배가사의 전통과 작품세계의 변모」, 최한선 등편, 앞의 책(2020), 289~320쪽 참조.

인은 전성기의 작품이 서정적 지향성이 높은 데 비해 이 시기 작품은 교술적·서사적 지향성이 높다는 데서 찾을 수 있을 것이다.

현실비판가사는 전환기에 허전의 〈고공가〉에서 출발했는데, 우국가사·탄궁가사의 서술방식과 의식을 이어받아 현실비판의식을 확충한 유형이다. 확장기에 집중적으로 창작된 현실비판가사는 〈시탄사〉에서 시작되어 18세기의 〈임계탄壬癸歎〉·〈합강정가合江亭歌〉, 19세기의 〈거창가居昌歌〉를 비롯하여 많은 작품의 창작으로 이어졌다. 현실비판가사의 작가는 대부분 확실히 밝혀져 있지 않지만, 당시 현실에 대해 불만을 가진 향촌사족이나 지식인이었을 것으로 보인다. 위의 두 작품은 전라감사와 거창부사라는 관직에 있는 특정 인물의 학정을 직접적으로 비판할 정도로 과감하다. 현실비판가사는 상층의 횡포로 인해 시달리는 하층이 고통을 겪어야 하는 부당한 현실에 대한 항거가 진행되고 있었던 당시의 상황을 가장 잘 보여주는 유형이다.

그런 면에서, 현실비판가사는 앞서 논의한 교훈가사와 대조된다. 두 유형은 향촌의 문제에 초점을 맞추고 있고 궁극적인 목표는 향촌의 안정에 두고 있다는 점에서는 지향점이 같다. 그러나 교훈가사는 향촌의 동요를 막기 위해 이념 강화에 주력하는 반면, 현실비판가사는 이념과 현실의 괴리를 고발하는 데 주력하고 있다는 점에서는 대조적이다. 이런 대조적인 작품군이 나오게 된 것은 현실비판가사의 작자층은 하층과 다름없는 처지가 되어 수탈의 대상이 된 지방의 하층사족이었고 교훈가사의 작자층은 대체로 재지사족들이었기 때문이다. 한편, 이들 유형은 현실의 문제를 하층민 개인의 나태나 상층의 횡포 정도로만 인식하여 개인의 윤리적 각성을 촉구하는 정도에 그쳤다는 데 그 한계가 있다는 지적도 있다.[35] 그렇지만, 앞 시대의 작품에서는 볼 수 없었던 현실인식과 비판의식이 두드러지게 나타난다는 점에서는 진전된 문학사의 한 단면을 보여준다고 평가할 수 있다.

확장기 가사문학의 큰 흐름을 형성한 유형은 규방가사이다. 16세기 말 최초의 여성가사이면서 규방가사의 선구작인 허초희의 〈규원가〉가 나온 이래 뜸하다가 18세기 중반에 와서 많은 작품이 나왔다. 규방가사는 가족이나 친지들과 주고받은 작품군으로 작가의 이름을 밝힐 필요가 없었기 때문에 작자미상의 작품이 대부분이다. 그렇기 때문에, 전환기나 확장기인 17세기 후반이나 18세기 초에도 규방가사가 있었는지는 불분명하다. 확실한 창작 연대를 알 수 있는 작품으로는 최초의 화전가인 〈조화전가嘲花煎歌〉이다. 〈조화전가〉는 안동 사람 홍원당이 1746년 여성들의 화전놀이를 조롱하면서 지은 작품이다. 〈조화전가〉에 이어 유·무명 작가의 규방가사가 19세기와 20세기 초반에 집중적으로 창작되었다. 경상도 북부지방에서 성행한 규방가사는 다른 지역으로도 확산, 전국적인 분포를 보여주면서 수천 편의 작품을 남기고 있다. 남성 중심 사회에서 억눌려 있었던 여성들의 표현 욕구가 그만큼 강렬했고 공감대가 높았기 때문에 그럴 수 있었을 것이다. 그런 면에서 조선 후기 여성문화에 있어서 규방가사 향유는 매우 중요한 위치를 차지한다고 볼 수 있다. 규방가사는 계녀가, 화전가, 자탄가 등 여러 하위유형으로 나눌 수 있는데 이런 다양한 유형의 작품은 당시 여성들의 삶을 파노라마로 보여주고 있다.

애정가사는 그 개념과 범위에 대해서는 논란이 있지만, 남녀의 애정과 이별, 그리고 그리움을 노래한 작품군으로서 확장기 가사의 특징적

---

35 박연호, 앞의 책(2003), 281~283쪽 참조.

유형이라 할 수 있다. 애정가사는 성리학의 확립기인 조선 전기에는 나타나지 않다가 이념적 이완이 일어난 조선 후기에 와서 사대부층 일각에서 창작이 활발하게 이루어졌다. 최초의 애정가사는 박응성朴應星(1581~1661)의 〈채란상사곡彩鸞相思曲〉인데, 기생 채란으로부터 님을 여읜 애틋한 사연을 듣고 지은 작품이다. 이 작품이 나온 후 사대부들의 작품이 여러 편 나왔는데 이세보李世輔(1832~1895)의 〈상사별곡想思別曲〉과 같이 양반으로서 기생을 그리워하는 내용, 남철南哲이 여승 옥선玉禪과 주고받은 연작가사 〈승가僧歌〉와 같이 여승을 사랑하는 내용 등 파격적 작품이 많아서 조선 전기와는 확연히 달라진 조선 후기 문학사의 한 단면을 잘 보여주고 있다. 특히 〈춘면곡〉은 작자미상의 〈상사별곡相思別曲〉과 함께 십이가사十二歌詞로도 널리 불렸고, 정철의 〈사미인곡〉과 〈속미인곡〉도 이 시기에는 애정가사로 불렸다는 기록들이 있는 만큼 양반들의 작품이 애정가사의 성행에 끼친 영향이 컸던 것 같다. 그리고 십이가사로 불린 작품들, 수십 편의 작자미상의 작품들로 미루어 볼 때, 애정가사가 하층문학으로도 널리 향유되었음을 알 수 있다. 남녀 간의 애정 문제는 문학의 가장 보편적인 주제인 만큼 이념적 통제가 이완되자 집중적으로 창작되었다고 볼 수 있겠다.

확장기에는 발생기에서 전환기에 이르기까지 형성된 유형들은 변화와 분화를 거듭했고, 시대상황에 따라 새로운 유형이 다양하게 출현했다. 그 요인은 승려와 사대가 담당층이었던 발생기. 사대부가 주 담당층이었던 전성기·전환기와는 달리 이 시대에는 사대부층 내 분화가 심화되고, 여성이나 하층으로 담당층이 확대되었다는 데 있다. 확장기는 장르의 전형에서 벗어나 극단화 현상을 보이거나 변형과 파격이 일어나는 시기이다.

확장기에는 발생기로부터 전성기를 거쳐 전환기에 이르기까지 형성된 19가지 작품 유형이 지속적으로 창작되면서 시대상황에 따라 분화와 변화를 거듭해 왔다. 거기에다 이 시기에 새로이 등장한 유형만도 8가지여서 그 다양성의 폭이 더욱 넓어졌다.

쇠퇴기의 가사 작품 유형들

쇠퇴기는 19세기 후반 개화기로부터 20세기까지를 일컫는다. 확장기의 조선은 내부적으로 개혁과 보수, 상층과 하층, 남성과 여성의 갈등 속에서 변화의 소용돌이를 겪고 있었다고 한다면, 쇠퇴기의 조선은 격심한 내우외환을 겪고 있었다. 안으로는 국내 각계각층의 갈등이 더욱 심화되고, 밖으로는 일본과 청나라를 비롯하여 서구 열강들의 조선 침략이 격화되어 가던 시기이다. 그야말로 조선이 말기로 접어드는 시기라 할 수 있다. 이러한 시국에 민중교화에 가장 큰 역할을 한 것이 가사이다. 국가적 위기나 이념적 혼란기에 이념가사가 교화를 펼친 전통이 이 시기에도 이어졌다.

최제우崔濟愚(1824~1864)가 안으로는 기존의 이념을 총체적으로 비판하면서 힘없는 백성들의 편에서 평등을 외치고, 밖으로는 일본과 서양 세력에 저항하는 민중·민족종교 동학을 창건하고 동학가사 〈용담유사〉를 지어 민중들과 함께 개혁을 시도한 것이 이 시기의 출발점이다. 〈용담유사〉 이후 동학가사는 김주희金周熙(1860~1944)의 주도로 방대한 작품 창작이 뒤를 이었고 목판본으로 간행되기도 했다. 동학가사는 현실비판가사의 현실인식을 이어받고 외세에 대한 민족주의를 함께 갖추어 민중들의 호응을 얻었다.

〈용담유사〉를 교리로 하는 동학의 민중종교운동은 짧은 시간에 동학
혁명으로 발전하여 전국적인 반향을 불러일으켰지만 좌절되고 말았다.
변화의 바람은 관군과 외세의 개입으로 수그러들어 자력 개화는 실패
하고 외세의 침탈은 가속화되어 조선은 급속도로 망국의 길로 빠져들
었다. 다시 말하면, 조선의 국가체제와 문화는 자구적인 노력으로 유지
하거나 개혁하지 못하고 외세, 특히 일본에 의해 거듭되는 불평등조약
과 억지 개화로 인하여 동력을 상실, 암흑의 일제강점기를 경험하지 않
을 수 없었다.

의병가사는 성리학을 바탕으로 했다는 점에서는 보수적이지만, 일본
의 조선 침략 만행에 대항하는 애국심으로 무장되어 있었다는 점에서
도학가사와 다르다. 1896년 유홍석柳弘錫(1841~1913)의 〈고병정가사
告兵丁歌辭〉로 시작된 의병가사는 확장기 가사의 형식과 율격, 현실비
판가사의 현실인식과 〈동학가사〉의 외세에 대한 저항의식 등 가사 장
르의 전통을 이으면서 항일구국의식을 강렬하게 표현함으로써 문학사
에서 깊은 인상을 남긴 작품군이다. 그런 면에서 의병가사는 이념적인
면에서는 가장 보수적이었지만, 현실인식의 측면에서는 가장 진보적인
작품군이었다고 평가할 수 있다.

동학가사와 의병가사를 이어 민중 교화의 맥을 이어간 것이 신문들
이 주도한 계몽가사이다. 계몽가사는 두 방향으로 전개되었다. 하나는
《독립신문》에 1896년부터 게재된 애국가류, 다른 하나는《대한매일신
보》에 1905년부터 게재된 항일우국가사류이다. 두 신문 외에도 많은
신문과 잡지에서 계몽가사를 게재, 한일합방 때까지 거의 1,000편 내
외의 방대한 작품이 발표되었다.

애국가류는 국가에 대한 충성과 서양식 문명개화를 주창했는데 철저한 현실인식 없이 낙관론에 치우쳤다는 비판이 크다. 반면, 항일우국가사는 위기에 처한 나라에 대한 현실인식과 함께 항일의지를 담아 민족의 역량으로 개화를 이루자는 주체의식을 보였다는 평가를 받고 있다. 그렇지만 계몽 지식인들은 개혁의식을 가지고 있기는 했지만, 재래의 유교 이념을 가진 사람들로서 새 시대를 이끌어갈 이념을 정립해 주지는 못했다. 그로 인해 계몽가사도 근대문학으로 자리매김하는 단계에 까지는 나아가지 못했다.

계몽가사는 확장기 가사의 이념·정서 서술방법, 현실비판가사의 풍자·비판의 목소리를 이어받고 민요나 잡가 등 당시 여러 계층의 민중문학을 수용, 형식면에서도 다양한 변모를 보여주고 있다. 계몽가사는 대체로 길이가 짧아지고 반복구가 많이 사용되었을 뿐만 아니라, 분연체로 된 작품이 많은데 이런 형식은 가사의 장르적 성격에 비추어 보면, 그 정체성이 의심될 정도의 심한 파격이라 할 수 있다.

이 시기에는 동학가사, 의병가사, 계몽가사 등 국가의 위기에 직면하여 민중교화를 목적으로 창작된 교술적 성격의 작품이 각광받으며 크게 성행했다. 동학가사와 의병가사는 작가와 독자가 이념적·정서적 공감대를 이루며 함께 행동으로 실천하는 과정에서 널리 파급되었고, 계몽가사는 신문이라는 인쇄매체를 통해 정기적으로 동시에 광범위하게 보급됨으로써 파급 효과를 높일 수 있었다. 이에 따라 확장기에 다양하게 나타났던 서정적·서사적 성격의 작품군은 약화되고 교술적 성격으로 극대화되는 편향성이 두드러졌다. 앞 시기 개별 작품 유형의 역사적 전개에서 살펴보았듯이, 개화기에 오면 대부분의 유형이 내용이나 형식에 파격이 일어나거나 창작의 활기가 떨어지는 현상이 나타나는 한

편, 장편화와 단편화의 양극화 현상까지 발생하는 등 전형성은 약화되고 불안정성이 두드러졌다.

그리고 개화기에 성행했던 교술적 성격의 작품군도 한일합방 이후에는 일제의 탄압, 신분제 폐지로 인한 담당층의 의식변화, 급박한 사회변화의 분위기와 가사의 유장한 연속체 형식의 부조화, 서구 근대시의 유입으로 인한 교술장르 위축 등으로 인해 창작이 위축될 수밖에 없었다. 그리고 이 시기 이념가사나 계몽가사의 창작과 유통의 경우, 지도자의 이념 전파 목적이나 계몽 주체인 신문의 보도지침에 의한 의도적 창작과 보급이 주를 이루었다는 면에서 일반적인 문학 활동이라 하기 어렵다. 이러한 가사 장르의 성격변화와 창작환경으로 미루어 볼 때, 이 시기는 수적인 면에서 볼 때는 많은 작품이 나왔지만 가사의 쇠퇴기라고 할 수 있다.

그런데 규방가사의 경우는 사정이 달랐다. 향촌사회의 규방은 개화기의 숨가쁜 변화의 소용돌이에서 벗어나 있었고 남성 중심의 유가적 이념 규제도 약화되었기 때문에 규방가사는 활발한 창작이 가능할 수 있었다. 그리고 일제강점기에도 규방은 일본의 통제권 밖에 있었기 때문에 지속적인 창작이 이루어질 수 있었다. 1930·1940년대까지 계속 창작되어 수천 편에 이른 규방가사는 대부분 지난 시기의 수준에서 벗어나지 못해 참신한 맛이 적은 것은 사실이다.[36] 해방 후 근래에 이르기까지도 규방가사의 창작과 필사가 이루어지고 있으나 근대문학의 자장에서는 벗어나 있다.

다만, 최근까지 창작과 필사가 이루어지고 있는 지속성, 그리고 담양

---

36 조동일, 『한국문학통사 4』 제4판(지식산업사, 2008), 117쪽 참조.

한국가사문학관에서 추진하고 있는 가사의 현대화 작업, 즉 현대 '가사
시'의 이론적·창작적 모색 등을 발판으로 하여 가사시가 현대 시문학
의 한 장르로 자리 잡을 수 있을지 주목된다.

(『오늘의 가사문학』 제30호, 2021)

최상은

영남대학교 국어국문학과 졸업
한국학중앙연구원 부설 한국학대학원 문학석사
성균관대학교 대학원 문학박사
상명대학교 한국어문학과 교수
상명대학교 어문대학장, 대학원장
한민족어문학회 회장
한국가사문학학술대상 수상
현 상명대학교 한국언어문화전공 명예교수

저서
『조선 사대부가사의 미의식과 문학성』
『가사문학의 이념과 정서』
『조선인의 삶과 가사문학』
『국역 천예록』(공역)
『형초 지역의 桃源之夢을 찾아서』(공저)
『대학한문』(공저)

작품 유형으로 본 가사문학사

최초의 가사들

2022년 6월 17일 초판 1쇄 펴냄

지은이 최상은
펴낸이 김흥국
펴낸곳 도서출판 보고사

책임편집 이소희
표지디자인 김규범

등록 1990년 12월 13일 제6-0429호
주소 경기도 파주시 회동길 337-15 보고사
전화 031-955-9797(대표), 02-922-5120~1(편집), 02-922-2246(영업)
팩스 02-922-6990
메일 kanapub3@naver.com / bogosabooks@naver.com
http://www.bogosabooks.co.kr

ISBN 979-11-6587-308-0 93810
ⓒ 최상은, 2022

정가 35,000원